U0556708

长篇小说

◎ 谭国伦 著

中国文联出版社

图书在版编目（CIP）数据

少女河心 / 谭国伦著. -- 北京 : 中国文联出版社，
2023.2
ISBN 978-7-5190-5082-5

Ⅰ. ①少… Ⅱ. ①谭… Ⅲ. ①长篇小说－中国－当代
Ⅳ. ①I247.5

中国国家版本馆 CIP 数据核字 (2023) 第 036213 号

著　　者　谭国伦
责任编辑　阴奕璇
策划编辑　肖华珍
责任校对　吉雅欣
装帧设计　阿　梁

出版发行　中国文联出版社有限公司
社　　址　北京市朝阳区农展馆南里 10 号　　邮编　100125
电　　话　010-85923025（发行部）　　010-85923091（总编室）
经　　销　全国新华书店等
印　　刷　三河市龙大印装有限公司

开　　本　710 毫米 ×1000 毫米　1/16
印　　张　25
字　　数　385 千字
版　　次　2023 年 2 月第 1 版第 1 次印刷
定　　价　68.00 元

内容提要

这是一部反映20世纪八九十年代改革开放时期，军人成长及婚姻生活的长篇小说，这也是一部军人的激情壮歌，这也是一部军嫂的深情悲歌。

在锦朝市西侧有一条河流，叫少女河，相传是一位少女为了反抗家里人强加的婚姻，不能嫁给心爱之人而跳河，以死明志。从此这条河就有了“心”，“这条河有心”，被女主人公乔爱华一语道出，男主人公和女主人公以自己的婚姻爱情，来证明了少女河“心”的存在。

朱文成和孙水涛均为武警某部政治处干事，一个是新闻干事，一个是保卫干事。因为工作性质不同，经常出差和外出，被人们称为“大神”和“大仙”。

二人又是同学加老乡的战友关系，同时从天林山深处入伍，开始了“神”和“仙”的修炼。二人家庭环境的不同，在奋斗过程中，“神”和“仙”就选取了不同的婚姻伴侣成就家庭。“大神”迎娶农村女人做妻子，“大仙”迎娶城市女人做妻子。朱文成认为，幸福的婚姻是要靠努力奋斗得来，要建立在稳定的基础上；孙水涛认为，幸福的婚姻可以一步到位，捷径也是人走的。

“大神”朱文成在考入部队警官学校第一年冬天，娶了农村妇女乔爱华作为军人妻子，开始两地书一世情，乔爱华用羸弱的身体支撑起农村的家，给了朱文成坚实的大后方，她也珍惜着军嫂这份荣光。但是一双眼睛始终在盯着丰满的她……

乔爱华到了部队，第二天朱文成就要上抗洪前线，她在等朱文成归来的时候得到公公病重住院的电报，她含泪离开了军营。朱文成为此给她封了一个“天下第一军嫂”的美名，她为此付出了一生的代价。

“我是保卫股孙干事！”孙水涛积蓄二十八年的火力，终于赢来战斗的时刻，等到了冲锋的号令，他不待敌人状态如何，便开始了最猛烈的攻势。

朱文成羡慕孙水涛没有相思之苦，能够下班就回家，享受亲亲热热的二人世界；孙水涛则羡慕朱文成有安定团结的大后方，自己可以自由快乐地飞翔，而他却要忍受城里人的轻视，在人家屋檐下低头忍气吞声。

朱文成在婚姻期间接到了好几只绣球，有政府干部周向莉，有报社副刊编辑刘巧英，姑娘美丽，条件优越，对朱文成倒追得大胆而热烈，让朱文成眼花缭乱；孙水涛在婚姻期间，认识了女大学生佟彩虹，佟彩虹给了他响亮而湿热的吻，他要坚决和程青燕离婚，和美女大学生一起奋斗，重新去用双手创造属于自己的幸福……

"飘萍一支笔，赛过十万军。"地方企业高官程伟杀死这个部队军官的心都有，但是那样的话他的女儿不可告人的疾病就会昭示天下，让女儿程青燕以后如何生活？

机关战士小钟的死亡，牵扯出部队干部和地方官员之间的某种联系，印证了部队已经严重受到地方享乐思想的冲击，也为朱文成和孙水涛敲响了警钟。

两人在单位都是积极上进的部队干部。副营，是很多部队干部奋斗的一道关键坎儿，过去了，还有很大的上升空间；过不去，那就转业或者原地踏步。很好的二人又成为彼此较量的竞争对手，这二人再也不顾同学和老乡情谊，开始无情的竞争，誓死把对方干败。

临死还想着部队工作的教导员，奋力追击越狱逃犯的老参谋，都是生动的教材，给予他们进步成长的人生很好的洗礼和教育。

他们的胸怀和责任，造就了他们是优秀军人，但他们的家庭却经受着一系列市场经济条件下的考验。高石头被老婆起外号"农村小土豆"，还给他戴了一连串的绿帽子，当这个女人被别人抛弃以后，跪在高石头面前痛哭，高石头又将如何对待给了自己无限痛苦的女人？

优秀的城市女孩景珊娜，有着自己的爱情追求，但是她所爱的人身边有个农村妇女，醋意渐浓。但是她的婚姻却被父亲用作换取升职的筹码，强烈逼迫她嫁给市长的司机。

农村户籍工作人员金桂铃，大胆地看着这个喝醉了的军人，她牵引着他的手，在长城上演绎了精美绝伦的"无衣"舞蹈。她要求哥哥带她到遥远的天林山深处去看望未来的婆婆一家人，半路上却遇见了劫道的。

乔爱华面对流氓一步一步的侵犯，她一步一步地退让和忍受，最终无路可退的时候，她用刀子狠狠地刺进王三麻子的身体，最终从一名军嫂变成一名杀人犯，她又将如何面对朱文成?

孙水涛正在心里想着如何和爱人办个圆满的婚礼，没有想到他接来的兵跑了一个，别人让把他接来的老婆当成兵补充上；朱文成在写作中犯了新闻人常犯的错误，用词过猛，结果检查写不停。

人无完人，努力工作肯定都有出错的时候，结果是二人一个调走，一个转业。调走和转业后的二人在新的岗位上都取得了不菲的业绩。

“神”和“仙”二人婚姻最终结果好像是实现了圆满的换位。朱文成成为城里人的女婿，孙水涛成了农村人的姑爷。

多年以后，朱武匠和程明妍在上海某单位相遇了。

爱与恨的拼杀、色和情的诱惑、利同义的纷争、名及节的坚守，在军人和他们的家庭以及社会中实现了大碰撞……

序一

文笔醇厚，情思绵长

关仁山

明代何宇度在《益部谈资》中写道：“蜀之文人才士，每出，皆表仪一代，领袖百家……岂他方所能比拟。”世人皆知，巴蜀出文才，事实果然。并非专指司马相如、杨雄、李白、巴金与魏明伦等等，崭露头角的作家谭国伦，早已深具气象，呈现出勃勃生机。

谭国伦祖籍四川，生活却把他拽到京津之间的廊坊。他从事新闻工作，整个心思反倒游弋在文学创作当中，犹如北宋名家欧阳修所说：“努力图树立，庶几终有成。”潜心小说创作，确属劳神费力的苦差事。谭国伦这位生于巴蜀、长于燕赵的实力派作家，把精神世界与文化追求，投入到了长篇小说的创作范畴，这也是他“图树立”的独特时空吧。

相比短篇小说，长篇小说确实难啃。路遥先生说：“每一分钟，都有新的生命欣喜地降生到这个世界；同时，也把另一些人送进坟墓……世界没有一天是平静的。”1988 年 5 月 25 日，被病痛折磨的路遥完成了长篇小说《平凡的世界》，他居然毫不犹豫，把圆珠笔扔到了窗外——这就是长篇小说蕴藏的特殊力量。

谭国伦已经养成了一支日渐成熟的现实主义文笔，虽然年过“知天命”，却执着深入长篇小说的思考与尝试当中。刚完成的长篇小说《少女河心》恰恰验证了这一点。纵观他的小说创作，突显了两大特征。

鲁迅指出：创造的基础是生活经验；而所谓生活经验是在“所作”以外，也包括了“所遇、所见、所闻”。

鲁迅先生所谓“所遇、所见、所闻”，的确变成了谭国伦的生活主题。虽说《少女河心》这部作品大约30万字，总体容量不算大。其中，所能触及的世间百态与人情世故，的确受到了一定约束。孰料，作者偏偏界定了这部小说的时限于空间：20世纪末，一名普通军人的成长及婚姻生活，紧傍锦朝市西侧的“少女河”。特殊地域，当然隐藏了特殊人物与特殊情感。小说 “楔子”写道：“一条‘L’形的河流绕锦朝市城西和城南缓缓流淌，这条名叫少女的河蜿蜒绵长，好似一个正值豆蔻年华的美丽少女翩跹起舞……”

小说“尾声”则从容收笔，诗意地延展了主题：“少女河的美好又成为年轻一代的话题，越说越亲切，才知道他们的父亲朱文成和孙水涛都来自大东市天林山深处的农村，还是极好的同学和战友。”

从整体结构而言，作者以散文笔调，新奇落笔；以小说技巧，日益创新，可见，作家已形成较为全面的艺术描述与扎实的文化修养。

令人感叹的是，中长篇小说的创作难点，恰恰是如何以特殊视角与特殊语言，塑造平凡中的与众不同。特殊的故事，往往运用自身的艺术情调，开创意料不到的生活细节与心灵世界。创作方法既与日常生活相渗透，互依存，又使各种情节沾染了特殊的隐秘含义。

作者曾概述：“爱与恨的拼杀、色和情的诱惑、利同义的纷争、名及节的坚守，在军人和他们的家庭以及社会中实现了大碰撞……”这些生活情节与成长空间，的确演为这部长篇小说的心路历程与博大空间。可见，谭国伦先生以小博大、细微见长的文学个性。

武警某部政治处干事朱文成，正巧置身于被描述的核心角色。他爱新闻，搞保卫，特殊经历赋予他独一无二的生活经历与感情波折，这就是《少女河心》的两大主题：成长与爱情。正像列夫·托尔斯泰那样，一方面，年轻的婚姻为他带来了温馨；另一方面，自己无可奈何地掉进了无穷的烦扰。

朱文成引领着自己的“小社会”，比如，“火一样热情”的乔爱华、老乡兼战友的孙水涛、农村户籍工作人员金桂铃、女大学生佟彩虹、“城市女孩”景珊娜以及“农村小土豆”高石头等等。朱文成笃信：幸福婚姻，要靠努力奋斗得来，这一切都要建立在稳定的基础上。孙水涛则认为：幸福婚姻，一步到位，捷径属于前缘注定。末了，二人的婚姻，似乎抵达了圆满境界：朱文成变为城里人的女婿；孙水涛升格为农村姑爷。其实，锦朝市的“少女河”，很早就预设了男男女女的人生波折，这与小说的角色们跑到什么地方、从事哪种工作，几乎毫无关系。

少女河的“柔”见证了倒背崖的“韧”，少女河直通女主人公的心灵，每一次波动，都在眼角的泪槽里闪现。乔爱华长长的泪槽就是一条思念的河流，是一条感天动地的河流。从细节里提炼主题，同样也是作者逐渐成熟的笔法。

《白鹿原》的作者陈忠实先生曾感叹：“如果不行，就回家养鸡。”很巧，《少女河心》的创作同样如此，无论如何，作品也逃不出神奇的“少女河”，在更遥远的军营里，在更陌生的社会当中，演绎着“和而不同”的生老病死。这种五彩斑斓的主题，称不上“神”，更谈不到“仙”，反而构成了谭国伦小说的特殊格局与游戏空间。故事的最终结局，沉醉在各不相同的个性里，命运也好，生命也罢，并不神秘，居然牢牢攥在自己的手心里。在剪取素材、涉猎人物、塑造个性方面，谭国伦已是殚思竭虑、尽倾痴情了。

黎巴嫩裔美国籍诗人纪伯伦曾说：“和你一同笑过的人，你可能把他忘掉；但是，和你一同哭过的人，你却永远不忘。”笑哭如此，生命亦然。《少女河心》也紧抓这一主题。其实，长篇小说的故事、情节、个性与思考，只能呈现读者的阅读表象，最要紧的是，抓住每颗敏感的心灵，让他们在故事之外，在哲理的范畴当中，攫取更深层的艺术与思想收获。谭国伦在小说末尾写道：“至此，锦朝市支队再无朱大神，再无孙大仙。”所谓神与仙，不过是方便处理故事格局，力图讲得有趣，聊得开心，一旦触及对生命的观照与思考，那么，这些文字符号随即瓦解冰消；殊不知，名不见经传的“少女河”“天林山”“倒背崖”，才是作者思想扎根的风水宝地，类似朱文成的执着、孙水涛的恣肆、乔爱华的痴情与高石头的执拗等等。

小说中，每个小人物都有很可爱的一面呈现。朱老汉雷人的眼珠子一抡，展示着一个农民的不可侵犯；刘辣子火热的性格，直性可爱；孙水仙精明泼赖，用眼睛一下子就洞察了她五嫂不是善茬；李春红在婆婆面前是无所不会的儿媳妇，在老公面前又是一个柔弱的娇气女人，如同一个演员；还有那个当了新兵就被选为伙食委员会主任的田爱农，写信报喜当了“主任”了，气得他爸到部队给了他一个嘴巴“我抽死你个田主任”……一个个形象鲜活可爱。

《少女河心》把持住了散文与小说的叙述频度与表演节奏，读来，轻松、亲切、舒适与思考，难怪颜之推先生推崇：“文章当以理致为心肾，气调为筋骨，事义为皮肤，华丽为冠冕。”文理相通，诗歌、散文、戏剧与小说的创作，极其类似。谭国伦把小说的叙事描写，与散文的义理与哲思，紧紧结合在了一起，达到了文体兼得、相得益彰的境界。其中，既有作者的文学积淀，又有斗胆创新的大胆尝试。“少女河”的意义恰属这部小说的“文胆”。

谭国伦先生新著《少女河心》面世，衷心致贺、悉心拜读。其实，燕赵山水类似巴蜀天地，应该多出一些真诚思考、潜心用功的实力派作家，同时，更期待他不懈创作、佳作频出……

2022 年 5 月 19 日 于北京

（作者系著名作家、中国作家协会第九届全委会委员，河北省作家协会主席）

序二

只羡鸳鸯不羡仙

董庆周

“仙因为是自己修成，所以逍遥自在，而神则长生不老是由于神职带来的，所以不可避免地要受到神职的限制和约束”。 这是截取长篇小说《少女河心》里关于神与仙的一段话。

这段话表面上看不大紧要，实则不可或缺。它实际上代表了两位主人公朱文成和孙水涛与生俱来的品质与性格，预示着，他们和战友们在西行取经的路上，历风霜雪雨，经八十一难，终得成功，修成正果。表达了追求美好的初心。

小说以神仙梦想入手，作为整部作品的一条虚线。让读者在作者的引领下，在憧憬中，悄然走进了小说的故事里，心随情动。

作家谭国伦的散文特点是，语言凝练，如风景般芬芳秀美，像天宫般美轮美奂，让人读来如醉如痴。今日读其小说，被醉倒也在情理之中。

文学不产粮食，不产钢铁，却可教化人生，慰藉风尘。载体不同，文字相同，意境一致。谭氏散文纵然好，却不曾让我哭过。而他这次一鼓作气出炉的长篇小说《少女河心》，竟然让我毫无征兆地哭得不能自持，用脚后跟想都想不到。

谭国伦在他的《少女河心》里，以人情、自然和风俗为背景，以时代大潮中的军营绿色为底色，以其扎实的文学功力，围绕着神与仙这一隐形脉络，成功塑造了朱文成和孙水涛两位战友与老乡共同在军营成长生活的生动的军人形象；刻画了乔爱华为代表的勤劳贤惠、忠贞善良、坚强乐观、激情刚烈的军嫂形象。展示了改革开放早中期，部队和地方，城市与农村的巨大变革和文化差异，讴歌了真善美，鞭挞了假丑恶。对于20世纪六七十年代出生的人，最易唤醒时代认同感。

故事荡气回肠，揭示了人性光辉。作者谭国伦，出生于巴蜀山区的一个农民家庭，又在燕赵大地体验过农村生活的艰辛，对大地的贫瘠和生活的重负有深刻的感受与领悟。他对故乡、故土，对农村和农民有着极其深厚的感情。而长大后在军营里的磨炼，锻造了他坚毅的品格，让他有了和小说主人公朱文成和孙水涛一样的军营情怀和军人情结。这种作风和情怀一直在他离开部队后的今天仍在持续发酵。军人的性格像种子一样植根于其内心深处，并将陪着他走上人生旅途。

作者通过主人公的表现，再次回答了什么是军人，什么是军嫂。抗洪命令下达，男主人公必须出发，刚来部队的女主人公可以等候丈夫归来，但是她知道她的另一个责任，那就是回去照顾生病住院的公公。

每个人都有英雄情结。所谓侠之大者，不是逞勇斗狠。真正的英雄应当是“纵死侠骨香，不惭世上英”。英雄群体的共性，就是勇敢、善良、心胸宽广。作者和他的主人公，都有强烈的英雄情结，或曰军人情结，又都是平凡的工作者。

谭国伦笔下的英雄没有概念化，食人间烟火，有私心，敢失败，勇担当。

最让人刻骨铭心的是朱文成与乔爱华的爱情。他们身上凝聚着军人与军嫂的爱情观、婚姻观。军嫂乔爱华的爱主动、深沉、隐忍、炽热。他们的爱情达到了最高境界:“问世间情为何物，直教人生死相许。”

文中的军嫂乔爱华“善良而朴实，吃苦耐劳，没有那种‘军嫂’的崇高理论，却天生具备‘军嫂’的伟大情怀。她们用她们羸弱的肩膀扛起了这个家，给军人一个完整的天空和坚实的大后方”。乔爱华因为丈夫朱文成封一个“天下第一军嫂”就高兴万分，就努力要做到第一，虽然知道是朱文成给她戴高帽，但她还是乐不彼此地喜欢。她把朱文成的进步看作自己的成就，每次都要检查作业般地翻看朱文成的发稿剪贴本，临死也舍不得。

被《少女河心》的情节感动得稀里哗啦时，也心生怨恨，大骂老谭冷酷无情。到哪里去找我失去了的心的碎片？让我从心里一下子提出了诸多个“假如”，假如朱文成早点克服困难把爱人接到城里去；假如乔爱华早点把自己已经预知过的危险和担忧，说给朱文成；可惜没有假如。读者的假设改变不了小说的剧情走向。

小说写分离时的孤单与折磨，更写欢聚时刻的炽热与爆裂，让人相信爱情融化一切。

小说到后面写得越来越老道，越来越精彩！小说始终以朱文成和孙水涛两个主人公与命运抗争为主线，采用影视媒体的分镜头手法，驾轻就熟地处理一系列的人物和场景。脉络清晰，情节自然流畅。

关于欢爱场景老谭进行了极其艺术化的处理：孙水涛就是敢于冲锋陷阵的铁血猛士……程青燕感觉她自己"就是一只摇曳的小船，风浪是如此的猛烈，要把这只小船撕碎，船底已经涌进了急流，要把小船吞噬和淹没。疼痛伴随着闪电一阵阵传来，暴雨又来了，要把这只小船瞬间变成了残渣碎末，让这只小船片甲不留"。小说中几处男女主人公的爱情欢愉都写得如诗如歌，让人感觉不到任何一点庸俗和色情，通过艺术性的语言，把爱情描绘到了极致。

在和程青燕的婚姻里，大仙孙水涛一点儿也仙不起来。一结婚就成了程家的使唤丫头，干尽所有家务，受尽一家人的白眼儿，好不容易孩子出生了吧，连个产品冠名权都没有。

经过洗礼后的大仙儿，曾经沧海难为水，从此全身心地扑在事业上，不承想无心插柳柳成荫，终于收获了和金桂铃的最真挚的浪漫爱情。

老谭的细节处理，妙不可言，妙在心领神会中的特别享受。

小说通过人物活动点滴，试图揭示生命的意义。在故事的发展中，反复体验着爱恨情仇，体验着愉快与痛苦、希望与绝望，无限地触摸到生命的本体。

不同环境下，大神朱文成和大仙孙水涛与不同的陌生人或熟悉人，通过一系列不同的故事和感情纠葛交织串联在一起，共同构成了某种缘分和境界。体现的实质就是，在这个境界中，人与自然的趋和，美与丑的对比共生，人格的升华降落，无时不牵动着读者的心一起升降起落。

美女爱英雄。不同的女性呈现给朱文成不同的风景。周向莉、刘巧英……

乔爱华，才是他可以触摸和拥抱的土地。那片土地肥沃、富饶，给了他永远的情和爱，给了他子嗣和未来。土地的宽广，可以让他无拘无束地自由驰骋，土地上和睦的家，温暖了他奋斗的前方，温暖了他幸福的未来。她是他永远讴歌的抒情诗。他不管走到哪里，都有家在等待着他。给他抚慰，给他力量。

乔爱华的杀人与自杀，无疑是小说剧情发展的最高潮，让读者义愤填膺，奋起呐喊。

乔爱华手刃了恶魔，也结束了自己的生命。对于她来说，她完成了人生一个伟大的壮举，为村里除掉了祸害，也用生命证明了她的清白，用实际行动保卫了“军嫂”这个伟大的称呼和名节。她的死，百姓为之哭号，天地为之动容。

作者在叙事，熟练运用起承转合。对于重大事项的发生，提前埋好伏笔。比如描写乔爱华在农村家里，黑暗里出现了一双贪婪罪恶的眼睛。让人开始为小说女主人公有了某种隐忧，预感到危险一步步临近。危险在逼近，不知道何时到来。乔爱华后来的剧情突变，读者也不是全无心理准备。

如果小说从军嫂乔爱华自杀后就结束，无疑是残忍的悲剧。好在结局，如乔爱华所愿。景姗娜以极大的包容和爱，呵护着她和朱文成的小家，并无微不至地照看朱文成的母亲和乔爱华的父母。她和朱文成的儿子就叫朱念华。

小说的结尾只用了一句话，言简意赅，给人留足了想象空间。

2022 年 6 月 于石家庄

（作者系中国诗歌学会会员、河北省作家协会会员、河北省文学艺术研究会诗委会副主任）

序三

向军嫂致敬

郝凤仙

几次阅读谭国伦老师的长篇小说《少女河心》，始终都是在悲喜交加的情绪里。第一稿 18 万字，第二稿修改到 21 万字，这次修改到 30 万字，一次比一次精彩，一次比一次成熟和圆满。谭老师近几年创作了大量的散文作品，很多散文都在省级以上媒体发表，还有的散文作品获全国大奖。他创作的小说还是较少，之前阅读过他反映部队生活、战士成长的中篇小说《回炉》《油井旁边的军用菜地》，为那几个战士成长的艰辛而感叹。没有想到谭老师在几年时间里又打磨出长篇小说《少女河心》，真是可喜可贺。悲的是《少女河心》中女主人公乔爱华的命运让我难过，乔爱华之死，令人惋惜，令人心疼。

一段时间以来，我的思维仍然在小说里畅游。朴实、幽默、生动、精练的语言文字如沐春风，曲折的故事情节环环相扣，引人入胜。时而我像奔跑在逶迤连绵的沙漠里，时而我像漫步在姹紫嫣红的田野里，时而我在高山上呐喊，时而我在小溪边聆听……在小说情节中跌宕起伏。我像是与小说里的每个人物对话，感受过每个人的喜怒哀乐，我痛快地哭过，也发自内心地笑过。

小说里阐述的观点太多太深刻。这就是人生吧，是谭老师诠释了什么叫作人生。全篇小说贯穿“情义”二字，夫妻情、父母情、手足情、部队情、战友情、爱国情、乡情……每一段情没有过多的痴缠怨恨，有的只是心灵深处呐喊着人世间最幸福的情感，爱到此时刚刚好。这充分体现了人们的善良与感恩，这是大千世界里高贵的灵魂共舞，这是和平世界最美妙的音符，这是作者的内心要表达的仁智仁爱，这份爱如甘泉般滋润着每个人的心灵。我们是被爱包围的，好清新好温暖的一个世界。

美中有丑，善中有恶。小说中的反面描写极为真实地突出了人性的特点，更恰当地衬托了人们的“美”与“丑”。朱文成与孙水涛为评副营的暗自较量，高石头戴绿帽后豁达心胸原谅妻子……都是鲜明的对比。恶棍王三麻子的出现把故事推向了另一个高潮，打破了生活的美好。小说结局算是圆满，大神朱文成，大仙孙水涛，在部队拼搏十几年终于收获了他们美满的家庭与事业。

小说中的女主人公乔爱华是读者的泪点也是作者的痛点，赚取了我们太多的眼泪。据说作者写到乔爱华的死，心情十分悲痛和难过。我们读后，也是泪水不停地流淌，为之遗憾，为之心酸。乔爱华的死是朱文成终生的疼痛，乔爱华太可怜了。

乔爱华是一位普通的农村妇女，她勤劳、善良、勇敢、任劳任怨。丈夫朱文成献身军营，乔爱华为他生儿育儿、孝敬公婆，家里地里一把好手，默默地为她的成子撑起一个家，她把整颗心献给了朱文成。她与成了聚少离多的日子，文字成了她的精神支柱，她爱朱文成，他的每一首诗，每一个字都能让她感动都能让她幸福。乔爱华太爱自己的丈夫了，以至爱到丢失了自己。是乔爱华成就了朱文成的事业，给了他一个坚实的大后方。

爱与期待，滋生了一个女人该有的醋意。面对越来越优秀的丈夫，乔爱华变得不自信起来，她怕自己的老公被人抢走，醋坛子几次被打翻，也只有朱文成暗自偷笑的份。朴实纯洁的华子呀，是多么在乎他。乔爱华不允许她的成子背叛她，她要做人人敬重羡慕的军嫂，她可以在亲朋面前，在乡下挺直了腰板做人。可“军嫂”这个耀眼的光环背后的心酸只有她自己懂得。那颗操劳的心，在年复一年、日盼一日的期待里念着，盼着。乔爱华流过泪，默默思念着、默默忍受着一切，盼望着夫妻二人团聚的日子，哪怕朱文成就在自己身边，什么也不用干，看着她就可以。

朱文成自由自在地飞翔，在部队取得了优秀业绩。他的身边美女如云，气质美女、纯情美女、高冷美女、心机美女，她们有智慧、有思想、有情商。朱文成却为乔爱华几次果断拒绝了抛来的绣球，他是重情重义的好男儿，乔爱华嫁对了人。嫁对了人又能怎么样呢？从此以后她能与心心相印的朱文成过上双宿双飞的日子吗？

我时常在想，是不是越朴实、越懂事的女人，越没有一个好的人生结局？假如乔爱华当初任性一点，早点让朱文成带她离开家乡，是不是会躲过劫难？假如乔爱华防范意识强一些，会不会早就让王三麻子绳之以法？假如乔爱华自私一点，是不是应该与丈夫早点诉说自身遇到的险境，朱文成早就把王三麻子解决了啊。唉，这个自以为是的女人啊，她怕给朱文成带来麻烦，一心只为她的成子着想，她承担的太多太多，最终她把爱人推向了另一个温柔乡，她失去了所有。

有道是“自古红颜多薄命”。还真是应了这句话。是王三麻子的色心色胆毁了乔爱华，剥夺了她幸福的权利。乔爱华背负着耻辱，用生命换回一世清白。

乔爱华是朱文成圣洁的天使，她的青春，她的心，她的爱，她的生命都给了她的成子，乔爱华错了吗？错在太善良。假如没有意外，朱文成与乔爱华会相爱一生吗？这就看乔爱华如何放她手里的风筝了。

爱情如沙，攥得越紧越容易流失。一个女人一定要爱得清醒，要自私一点，自信一点，不断提升自己，才有驾驭另一半的能力，才有不怕失去的勇气，才能与另一半比翼双飞。当你越来越漂亮，越来越强大了，哪还用担心风筝断了线。小说没有给我们这样的思绪，而是一个女主人公的悲剧出现。也许没有这个悲剧，又哪有这样的答案呢？

乔爱华是所有优秀军人妻子的代表，是她们支撑了军人蓝色的天空，是她们默默无闻的付出成就了军人的梦想，成就了共和国的和平事业，她们是共和国最伟大的女性。

少女河的美就是她们的美，少女河的心就是她们执着的内心。能够说出少女河是有心的，那乔爱华已经读懂了少女河的“心”，投河的少女最终的结局暗示了这也是她的结局。虽然她们的死亡原因不是一致的，但是都是为了爱，为了名节。这是女主人公的思想，也是女主人公灵魂所在。

作为女性，乔爱华在拥有女性的纯朴、善良、勤劳和坚强等诸多优点之外，她同样也拥有女性的爱美和虚荣。她虽然嘴里说朱文成给她买很多化妆品是浪费钱，但是她同样喜欢，知道朱文成心里有自己。她临死都要把自己梳洗干净，抹好化妆品再去自杀，她把朱文成的军功章别在自己的胸前，那是她的美。朱文成用文字歌颂她，把她拍成照片发出去，她都会高兴很多日子，心里感到甜蜜，又有了很多力量为朱文成坚守。“天下第一军嫂”，仅仅是朱文成给她的那么一个封号，她也会高兴，她也知道那是朱文成耍嘴皮子给她的赞美，她也喜欢。在她心里，朱文成是“天下第一军人”，只有“天下第一军人”才配拥有她这个“天下第一军嫂”，所以她就必须维护，不让人亵渎和侵犯。以至于拿生命来维护，誓死保卫名节。

阅读千万遍，女主人公乔爱华始终都是我的向往和最爱。

2022 年 8 月　于廊坊

（作者系中国散文家学会会员、河北省名人名企文学院院士、廊坊市作家协会会员）

目　　录

楔子

一条“L”形的河流绕锦朝市城西和城南缓缓流淌，这条名叫少女的河蜿蜒绵长，好似一个正值豆蔻年华的美丽少女翩跹起舞，悄然地伸展腰肢，把裙摆铺散在长天大地上，给这个地处咽喉要塞的城市增添了无限妩媚和风采，让这个铁血城市有了柔情。

这条河流上游叫乌馨河，这个名字从这里的人们记事的时候就这么叫，据说，乌馨河的含义是来自黑土地的温柔。这条河从燕山山脉东麓的五顶山发源，承载了很多历史情怀。五顶山和唐山的景忠山、秦皇岛的祖山、葫芦岛的首山，并称“燕山四雄”，“雄”是伟岸、险峻。五顶山更是因为唐代药王孙思邈在此修道，连同治病救人而声名远播。

当年唐太宗远征高句丽，征战之后渤海国（今天的东北三省）满目疮痍，战争的伤残和大自然的瘟疫并行。医者仁心的药王，不顾103岁高龄，从遥远的长安一路走来，到了五顶山，看到山高林密水清，便选择在此行医。

药王仙逝后，留下药王庙俯视山下远去的乌馨河，乌馨河就带着仁和爱向西南悠远地流淌。

乌馨河进入锦朝市城西北，在小石山马群沟开始改称少女河。

少女河这个名字的由来是因为一个美丽的传说。传说很多年前，一位美丽的少女为了反抗父母包办的婚姻，在小石山马群沟纵身跳下，投河明志，以死抗争。后来人们为了纪念这个坚贞的女子，从马群沟段开始，把少女投河的乌馨河叫作“少女河”。汹涌澎湃的乌馨河从此变得极尽温柔，它展开双臂拥抱城市，蜿蜿蜒蜒，如同少女的腰肢一样曲折妩媚，轻歌曼舞，让锦朝这座城市有了清新的水脉。

改名叫少女河的这段河流，河面宽阔，不再有上游的奔腾咆哮，不再有乱石穿空，流泉飞瀑，飞花碎玉，看不见流动，如同一条长长的玻璃镜面静静地平铺在锦朝市城西城南，映照着这个城市的日出和日落，映照着这个城市的生活光影。

一方水土养一方人。从古至今，少女河畔走出了一大批能人志士、专家学者。传奇人物沈拱山，著名教育家沈鹤、沈鹏等，他们为古老的少女河增添了许多令人遐想的灵秀色彩。如今，少女河仍然像一位慈祥的母亲，用她博大的胸襟和甘甜的乳汁，养育着万千儿女，灌溉着万亩良田。人们像保护眼睛一样，保护着少女河的生态环境，保护着少女河带给他们生活的美好。

由于地理位置的特殊性，锦朝市成为要塞之地，门户咽喉，历来很受兵家重视，这个城市也叫“兵城”，陆海空各军种之外，还有武警锦朝市支队、省武警总队第二支队、省武警总队第三支队和武警边防支队、武警消防支队。少女河不仅带给这个城市魅力和风景，也让驻守在这里的官兵喜欢上了这个地方。

少女河带着忠诚和理想，所到之处，留下风景留下灿烂；然后，坚定着目标和方向，冲开高山的阻挡，谢绝大地的挽留，执着向大海奔去。“干了黄河落了天，少女河畔有神仙。”这美好的诗句更为少女河增添了几分神秘，少女河也获得了人们的向往和热爱。

作为城市的母亲河，少女河满怀一颗执着的心感染着这片大地，感染曾经在这里战斗过和生活过的军人们。

这座河畔的城市，最美丽的是安静的夜晚。一轮新月如豆芽升起，河两岸影影绰绰，岸这边几棵稀落的绿柳似消息树静立着，夜风里有河水的清凉和土尘的躁动。

第一章　军人的雅号

“神”字与军队相关的词语，一般有“神机妙算”“用兵如神”“神兵天降”等，对于一个军人来说，有“战神”“军神”之美称是无上的光荣。

20 世纪 80 年代中期，在武警锦朝市支队机关有两位干事，被人们同“神”和“仙”连在一起，一个叫作“大神”，一个叫作“大仙”，他们自己也认可这些雅号，有时候还自诩为“大神”和“大仙”。“神”和“仙”本质没有什么区别，但是“道行”各有不同。二人时而一起运神用道，时而又水火不相容。

神者，政治处宣传股新闻干事朱文成是也；仙者，政治处保卫股保卫干事孙水涛是也。机关干部们还给他们每人前面添上一个“大”字，“朱大神”“孙大仙”名号响彻全支队，人们可以不知道其人，但不能不知他们的名号，其名号、其事迹绝对远播千里之外。在全总队宣传行列一提“朱大神”，就知道是锦朝市支队宣传股新闻干事朱文成；当然，在全总队保卫系统一提“孙大仙”，也知道是锦朝市支队保卫股保卫干事孙水涛。“大神”来了，就知道是朱文成驾到；“大仙”来了，就知道是孙水涛光临。

二人起初接受这尊称的时候，心里还很不是滋味儿。他们大约觉得这绰号有贬义色彩在其中，好像他们就是经常“神出鬼没”的另类。不过，别人称呼一下“朱大神”“孙大仙”，也不能就跟人家急眼吧？那也显得我们的“大神”“大仙”太没有涵养和胸怀度量了。渐渐地，他们发现，人们这样称呼他们的时候都是善意的，笑容满面，绝对不可能严肃地有板有眼地称呼“朱大神”“孙大仙”，那样岂不成了官称？久而久之，随着人们叫去吧，人们叫“大神”“大仙”，这二位干事也就立马出现。随意几次之后，机关那些老兵有时也戏称“大神干事”“大仙干事”，也没有不尊重的意思，因为熟悉，都在机关一个锅里吃饭，二位干事即使心里不悦，也不能发作，再说这些老兵老战士也都是有点儿专业技能和成长背景的，兵龄甚至比他们还长，难免工作中不打交道。管他呢，愿意怎么称呼就怎么称呼吧！时间长了，只能任其行之。说实在的，一些人这样称呼这两位干事的时候，眼神里也有羡慕嫉妒恨在其中，他们不知道二位干事的工作性质，以为朱文成和孙水涛比较逍遥自在，除了支队外，他们还可以去很多地方，可以经常在“营门外跑”。朱文成和孙水涛就逐渐找到了当“大神”当“大仙”的感觉，因为“神”和“仙”的胸怀是容纳万物是非，技能非凡超强。在一些比较随意的场合，这二人甚至还拿起“大神”“大仙”的做派，体现着神兵仙将的范儿，扬扬自得，怡然自乐。

刚开始，总队政治部首长到锦朝市支队检查工作，或者在其他一些场合，政治处赵主任和唐副主任被总队或者其他支队干部问起说：“你们支队有两大神仙？”两位主任脸上“唰”就红了，当然问者有戏谑成分，脸上有些挂不住。接下来其他人说：“你们支队‘这俩大神仙’唱了半出《西游记》，名号不仅在外，工作成绩在全总队也是响当当的。”这个时候，两位主任才笑逐颜开，原来在夸我们锦朝市支队啊，心里就舒服多了。

叫他们“大神”“大仙”，人们会以为这二人“工作不靠谱”“干事不着调”，其实不然，他们还真不是“瞎子弹琴——不靠谱”“哮喘病人吹乐器——够不着调”。这是由他们的工作性质和两个人的性格决定的。每个人都有个性，体现在工作上就有各种不同的表现，自然人们的“封号”“雅号”“尊称”就会铺天盖地而来。

既然我们锦朝市支队有两大“神仙”，我们必须说“神”道“仙”，这里不是在传播迷信，并不妨碍我们的读者、我们的军人做彻头彻尾的“无神论者”。

自古以来，“神”和“仙”，谁先谁后，争论不清，正如人们长久地争论究竟是先有鸡后有蛋，还是先有蛋后有鸡，也没有个准确答案。朱文成就说先有“神”，只有神才能成仙，“神仙”即来源于此，怎么没有“仙神”一说？孙水涛就说先有“仙”，“神”是“仙”封的，《封神演义》最能证明。不管谁先谁后，“神”和“仙”都是有区别的。

虽说朱文成和孙水涛二人绝对不可能是“神”是“仙”，但是二人可以拥有“神”和“仙”的境界，像神仙潜心修炼一样，努力钻研本职工作，积极上进追求进步。工作之余的休息时间，二人也模仿神仙的口吻：“找本‘大神’给你驱邪呀？”“找本‘大仙’给你看看前世今生和来世吗？”气氛一下子就活跃了起来。

巧的是政治宣传股股长姓沙，性格和《西游记》里少言寡语的沙和尚类似，体形也类似，工作起来以身作则，以实际行动影响着股里负责文化的李干事、负责教育的胡干事和负责新闻的朱大神。这样一来，加上唐副主任，政治处里《西游记》的主角都有了。唐副主任敦实的个子，性情和善；走起路来，两只胳膊就像在连队走队列似的，甩动的幅度比较大，不像其他干部胳膊摆动很随意或者手插裤兜；语气不急不躁，轻描淡写的一句话就让你无可反驳地执行，让执行者心情愉快，不到最后生气的时候是不会像唐僧似的“你这泼猴，为师要把你驱赶回花果山”，唐副主任最生气发火的语言是“什么破玩意儿”，看不到他雷霆万钧的样子，这是当领导的最高境界，在微笑中没有少给“大神”“大仙”念紧箍咒。赵主任则始终是一脸威严，戴着一副厚厚的眼镜，走路的时候，左胳膊呈半抬状态，好像在掐数着工作，右胳膊轻轻甩动。很少见到笑模样，即使是取得了很大的成绩，有了很可笑的事情，也是微笑一下，绝对没有那种开怀大笑。政治处的最高领导，脸色总是这么威严，让人不可亲近，如同《西游记》里的如来佛祖，都逃出不了他的手掌心，尤其是我们的“大神”和“大仙”。

锦朝市支队机关坐落在距离锦朝火车站不远的和平大街上，交通极为便利。支队机关主楼和副楼构成的“L”形直角，色调呈浅灰色，主楼五层，每层和每个屋子都呈井田格状，外观整整齐齐的像部队方块阵列。拐角处多了一层，有几间屋子，是机关通讯中枢设备机房。角上是一根高高的旗杆，飘扬着鲜艳的五星红旗，在蓝天下威严肃穆。大楼雄伟庄严，门口哨兵持枪冷峻地站立，使这个军事机关显得更加神秘和神圣。整个支队官兵 2300 多名，分属四大队十六个中队，其中的一个中队担负着国家北方某船厂的重要守卫任务，一个中队担负处置城市临时情况和突发事件任务，也叫处突中队或者机动中队，其他中队担负着劳改监狱（一般指工业劳改，刑期较长的犯人改造的地方）和劳改农场（一般指农业劳改，是刑期较短的犯人改造的地方；劳改监区指犯人晚上的羁押地，劳改农场指犯人从事劳动改造的整体活动范围）的看押任务。各项警情指挥号令就从这幢大楼里发出。一楼临街是机关服务部门，二楼是司令部，三楼是支队领导，四楼是政治处，五楼是后勤处。主楼和副楼每层都不连通，从主楼进入副楼，必须从一楼后门出去，再进入副楼，相反亦然。副楼是机关食堂、警卫通讯中队、机关战士宿舍和单身干部宿舍。这就是我们的“大神”和“大仙”修炼的地方。那个年代的办公就是纸笔墨，铅字打印和油印文件，只有通讯设施是比较现代先进的，有无线呼叫和有线电话，远比基层中队的工作环境好多了。每天在机关就是办公室、食堂和宿舍，三点成一线。无疑，这三个点，就是大神和大仙修炼的神坛和打坐的仙居。应当说，我们的大神和大仙修炼还是比较得法，严格按照部队纪律条令，以及各项工作要求去执行，都修成了正果，进步成长为优秀的革命军人。

第二章　天林山有梦

“大神”朱文成和“大仙”孙水涛同年入伍，两人是大东市同发镇不同村的老乡，朱文成是朱家屯人，孙水涛是孙家湾人。两人的家乡都在天林山脉深处，高山是他们童年成长的温暖屏障，密林是他们快乐的源泉福地。等到长大，两人又感觉那高山成了他们远行的阻碍，梦想的制约。山外的世界也随着从孩童变成少年，再变成青年而更加神秘，理想和梦幻的内容也越来越丰富。

两人从初中开始就是同学，一直到高中毕业。这两个少年也不知道从什么时候好上的，反正就玩在了一起。每到假期，那片山林就因为他们多了几分热闹。高山的阻挡，更增加了两个少年对山外世界的向往，想象从萌芽一点点变成无穷大，两人没事儿在一起也就有了神吹海侃不着边际的胡言乱语。朱文成说，他有了钱可以去坐飞机到太阳上住上一段时间，不让班上那些小瞧他的人去，然后像后羿射日一样去灭掉一部分阳光，不照耀这些人，让这些人一辈子生活在黑暗之中，一辈子也别想见到太阳，遗憾的是身上的钱还差几个亿，也没有那样的飞船可以载着他去。孙水涛说，现在正开着地球车巡视宇宙呢，一脚就可以把那些他不喜欢的人踢出地球，让他们四处飘散风化成为宇宙尘埃，可惜现在脚力有点不够，还差好几千万吨。朱文成说：“我用‘意念神功’消灭一切敌人，也可以用意念召唤指挥一切，意念想什么，什么就出现，出现让自己满意的结果。”孙水涛说：“你那‘意念神功’的法力还不够，仅限于地球人，我的‘宇宙神功’已经发力到银河系之外了，银河系之外有好几个星球，因为我的发力，已经爆炸了，如果别人不相信，可以去看看。”一个说他能用一块钱买一栋楼，另一个说你能我也能，结果两人买到嘴里的是当地特产“赵家楼”烧饼，每人嘴上咬着“一栋楼”哈哈大笑。要论口才，朱文成比孙水涛差上很多，更多的时候，他在听孙水涛吹，自己眼望着远方思考。朱文成见了其他人肯定是吹不起来的，他多了一些内秀，也不多言语，而孙水涛是见了谁都可以白话一通。

或许两人的“意念神功”和“宇宙功力”还远远不够吧，你看长城远像锯锯齿，他看长城近像齿锯锯，意念中的大学录取通知书绕过了两人，落榜的命运很惨的一致。二人都差了那么十几分而与大学无缘，不但没有考上大学，甚至大东市财贸学校这类中专学校也没有高看他们一眼，难兄难弟见面多了一副愁苦脸色，考大学改变人生的艰难出路不容许他们通过了。满心的豪情万丈，曾经的信心百倍，最后都变成了巨大的失落与迷茫。

“文成，怎么办？你还复读不？”孙水涛见到朱文成的时候，茫然地问道。茫然，如远处的山峰被云雾笼罩，既看不到山顶，也找不到云雾的根系。

“你呢？”

“我也不知道，不知道家里支持不支持。”孙水涛圆圆的眼睛里没有光芒和方向。

“我无所谓，家里怎么都可以。”朱文成低着头闷闷地回答。

“家里人对我很失望，没有考上大学，又碍眼。我总感觉对不起他们，我都不敢再提复读这事儿了。”孙水涛把一根树枝折断，一声脆响。

俩人骑在同一棵树的上下两根树杈上，像在平地上骑马。背对着树干，手里拿着小树枝，抽打着树杈。

“这哪是骑马呢，好像就是骑着一头跑不快的猪。”上面的孙水涛说着，就用脚点着下面朱文成的头。

朱文成发觉自己的位置变得被动了，又要成为孙水涛取笑的对象，骂道：“你讨厌不讨厌，把你的蹄子拿开。”

“这叫点化你，让你的大脑开开窍。这都不懂，真不愧就是一头跑不快的猪。”在上面的孙水涛说着就抽了那根树杈一下，好像在抽下面的朱文成，朱文成感觉有一股风从耳边吹过。

“用你？你先点化一下你自己吧，有本事考上个大学。”朱文成回击。

“你别说我，你不也是没有考上吗？我比你还多考了 2 分呢。要不，我用圣水浇灌浇灌你，让你茁壮成长。”说到朱文成比他少考 2 分，孙水涛有些沾沾自喜，调皮的他得意地用脚点了点朱文成的头。

“你敢，小心我给你劁了。”下面的朱文成在树枝上骈下一条腿，赶紧抱着树干出溜到地上，他知道孙水涛要发坏，撅折一根树枝，就往孙水涛的裆下一顿乱杵。

在上面的孙水涛左闪右躲，“别，别，你这是要灭我的种啊。”然后像猴子一样灵巧地蹿到上面的一根树杈，让朱文成够不着，“‘劁’用在你身上最合适，你没有听见乡间里总有来劁猪的吗？劁猪呢，劁猪呢，那就是要把你劁了。”

“你真他妈孙子。我让你成孙太监，让你姓孙没有孙，把你的后代都绝了。”朱文成和孙水涛斗嘴占不着便宜，多会儿就是这句骂，用木棍又够不着，两人斗嘴，朱文成从来都是吃亏的角色。

孙水涛对朱文成这句骂从来都不计较，总说：“你说得没错，我就是我爷爷的孙子，不是我妈的，不要搞错辈分就行。”让你对他的骂并没有得到心理的满足。

“朱文成，过来，我浇灌浇灌你。”孙水涛站在树杈上，向着远处开始滋射，画出一股清亮的弧线，空气里一股尿臊味弥漫，钻进朱文成的鼻子里。

“你他妈的文明点，好不好？”朱文成愤愤然。

“和猪在一起还讲什么文明呀？”孙水涛又拿朱文成开涮。

两个人为前途和未来，讨论了一回又一回，对世界不公平的愤愤然都表现在那些随手可以摧毁的树木上，不是踹树木一脚，就是折断那些树枝。

朱文成提议：“要不，我们都去当兵吧？”

这个提议让孙水涛眼前一亮，马上就放出了星光：“好啊，这叫天无绝人之路，英雄不问出处。”见到一点光亮，孙水涛马上就能活跃起来。

“原来你这脑壳不是猪脑子呀？值得表扬！”孙水涛伸手拍拍朱文成的脑袋。

“去滚。”朱文成扒拉开孙水涛的手。

两个顽皮的少年身后是高高的倒背崖。倒背崖像一个老者，盘坐在天林山脉的高处，笑眯眯地看着这两个顽皮的少年，在大山里大胆放肆，宽厚的胸怀让朱文成和孙水涛恣意妄为。崖顶浑圆，草木茂盛，浓密如发，没有人和牲畜可以到顶，也就由了草木恣意葳蕤，四周浑白的峰墙陡峭，峰墙下，两侧如同臂膀延伸，挽起远方的山梁。

爬峰墙，到顶峰，是二人见面后的挑战。朱文成喜欢那种登高望远后“极目楚天舒”的境界，孙水涛喜欢爬峰墙的惊险刺激。当二人站在最高峰顶，周围便是苍山如海，层层山梁层层浪，越远越幽蓝。

“望远能知风浪小，凌空始觉海波平。”能否走出这大山，能否不被这山海淹没？下得山来，就是两人的沉默。

朱文成文科好，自然也爱好文学，那个年代文学还是非常神圣而崇高的，文学青年朱文成感情丰富而细腻，把家乡的高山和溪流想象得激情流淌，把父母赞美得一塌糊涂，把妹妹朱文玥写成世间最美的天使。在决定当兵的时候，他在心里想：“不管走到哪里，我的家在大东市农村，在天林山脉深处，在这个朴实的山村，在这个美丽的黄海岸边，这里有我敬爱的父母，有我亲爱的妹妹，我的灵魂在这里。我不管走多远，都愿意回到这里，用我的肉身陪伴这里的一草一木。”

诗情决定感情，感情决定命运。高中毕业后，父亲朱老汉曾慈祥地征求朱文成的意见，问他还复读继续考大学吗？这让他感受到父爱的温暖，他很感激父亲的宽厚。

面对父亲的提问，他回答道：“爸，我考虑考虑吧。”他知道，无论他怎样决定，父亲都会支持，母亲周红妹更是不在话下。只有妹妹朱文玥始终都是一个单纯的女孩子，哥哥考上与考不上都不会影响她的吃饭睡觉，她的学习依然勤奋，她的快乐依然简单。

他在脑海中设想了种种复读考试的场景，挑灯夜战，苦熬题海，死记硬背，千军万马在那独木桥上拥挤，竞争残忍而惨烈，那十几分可不是那么好超越的，如果继续复习再考不上，父母和自己在村里更没有面子。他没有想象高考成功后的荣光，更多的是考虑失败后的脸面。所以他谨慎地决定：不再复读，在农村当一辈子普普通通的农民，守候这片高山密林。

大学校园里少了一个豪情万丈、激情飞扬的文学青年，天林山深处多了一个高中毕业后坦然面对生活的青年农民。接下来的时光就是按照农村的步骤和节奏开始生活。订婚、结婚、生孩子、种地、收庄稼，起早贪黑忙活农时，老婆孩子热炕头。几千年的农民都是这样过来的。朱老汉知道儿子孝顺，农村土地刚分包到户，多了一个干活的劳力，对于朱文成的选择他自然高兴，地里有了帮手，他以后会轻松很多。

两年前，农村包产到户，朱老汉一家四口人分了三块地，周家坟一块，大茄子地一块，倒背崖下一块，和其他乡邻的地一样，四分五裂，按照土地产量类型分散在山里。其中，倒背崖下的那一块地面积最大，有二亩多接近三亩。也是最肥沃的一块，没有村民邻地，但是距离朱文成家要远一些，在2里之外，对于这块地，朱老汉非常满意，地在山崖下方，每年山崖上方的落叶和干草吹进地里，冬天冰冻到春天就成为厚实的有机肥料。比较平坦，呈不规则的椭圆，属于沙土地，下雨以后不会成为硬硬的胶泥，利于庄稼很好地生长。朱老汉在生产队分地抓阄的时候，就盼望抓到这块地，这块地的产量也是村里最高的一块，他如愿以偿抓到后，看到全村人羡慕的目光："谁家饿肚子，朱老汉家也不会的，倒背崖下这块地旱涝保收。"

朱文成跟随父亲开始和土地打交道。"周家坟"，那地方也没有一个坟冢，屯里也没有人姓周，这个名字不知是怎么来的。"大茄子地"，那地块的形状也不像茄子，长不长圆不圆，谁给起的呢？还有"倒背崖"，是哪几个字呢？倒？道？周围也没有大道，背？碑？山崖也没有倒过，这么大的山崖，正着背都背不起来，倒着就能背起来？名字奇奇怪怪。这些小地名组成了朱家屯，十几个朱家屯组合成同发镇，几十个同发镇组成大东市，几百个大东市组成中国，大地名里套着小地名，小地名里有更小的地名。不管什么事物，都有属于自己或大或小的尊号。他现在就是这块地里的庄稼，依这块庄稼而生，依这块庄稼而活。庄稼需要阳光雨露，就是他需要阳光雨露。他是属于这块小地名的，也是属于大东市这个大地名的，也属于东北属于中国。但是反过来就不行啦，属于中国并不一定属于东北，属于东北，并不一定属于大东市，属于大东市，并不一定属于朱家屯。能正说，不能反说。无聊的时候，感觉自己一肚子十几年的学问只在这时有了用武之地，才有他思考的空间。

回村不久，村里的媒人好像知道朱文成心思似的，在知道他没有考上大学后，就上门了。

朱文成见到乔爱华的时候，有些惊异，世界这么巧吗？媒人带来的女孩竟然还是他邻村的初中同学乔爱华。两人一见，初中时候的点点滴滴，一个校园一个班的逸事、羞事、糗事、故事、傻事、情事，都一一在这对曾经的男女同学面前涌现。

初中的男生也是很调皮的。前桌的女生如果是瀑布秀发，后桌的男生，会拿一支笔去数女生的头发，一根一根地数得非常认真，男生之间甚至还为敢不敢数女生头发而打赌，被女生发觉后，会得到一个回头的白眼。系辫子的女生，有时候会把辫子甩到后面的课桌上，被男生悄悄地别上一本书，前面的女生整理辫子，就会有啪啪啦啦的响动，引得全班同学回头瞩目，女生会小脸绯红。要不别上一根小草柯，挂上一张纸，前面的女生浑然不觉，会让人想起小说里插草自卖的女孩。

朱文成坐在后面，当前面女生的辫子落在他的课桌上时，他心里有些痒痒，总想摸一下，但终是不敢。他只有把目光从女生后背往头顶上爬，然后再放远到黑板上。他的目光是由低到高、由近及远的过程，先把女学生的清纯收进眼底，再去读书。也是这样的少男触觉，他涌起了情思，文字有了比同龄人的光彩。别人用“秀颀”造句一般都会说，她有一张秀颀的脸，而他以“她秀颀的脸上还带着孩子气”而受到语文老师的表扬，老师说他的语言有创新，有感染力。也许是从那个造句开始，文学在他的心底扎下了根。

乔爱华在初中时，给朱文成性格泼辣、长相大气、学习不是太好的简单印象。朱文成给乔爱华就是高大帅气，还有着高仓健的冷峻和沉默的印象。乔爱华初中没有考上高中，两人再也没有过见面。

经过三年农村生活历练的乔爱华，身材更加结实丰满，是一朵大山里经过润色后艳丽成熟的花儿，芳香四溢，尤其是胸前那两座挺立的高山给人一种征服的诱惑，一见面就让青春期的朱文成满脸绯红，让落落大方的乔爱华感觉这个朱文成还是没有脱毛的嫩伢子，让她喜欢让她爱。经过热烈的过往回忆，四目相对，媒人已无。

“朱文成，那个时候，你用笔数过女生的头发没有啊？”

“我不敢。”

“想数来着吧？”

“没……”

“不想数是瞎话，是不是还想摸一摸？”

“……”

“别的男生是手不老实，你是眼睛不老实，对不对？”

“……”一系列问话问到朱文成的骨子里去了。

近距离的乔爱华有一张椭圆形的脸蛋，明眸皓齿，嘴唇丰满。让朱文成吃惊的是乔爱华两只大杏核眼睛旁边有着别人不能比拟的泪槽，又长又深，很是精致，像是工艺大师用刻刀专门雕琢的一样。随着主人的表情，泪槽会像鱼尾在两侧摆动，颇为生动。这样的泪槽好像是乔爱华独有，妹妹没有，母亲也没有。目光探寻在乔爱华的脸上，实际上更多地落在那深长的泪槽上，乔爱华的眼睛像一泓清亮的湖水，泪槽就像湖水溢满后可以流出去的沟渠。朱文成为自己形象的比喻感到骄傲。

朱文成问过走村串户相面的，相面的说，泪槽深的女子情感丰富，感情细腻，目标专一，但是比较爱吃醋，是个值得拥有的女朋友。朱文成不怎么相信这些相面算命之言，不过又觉得他好像说得也有道理：泪槽深说明泪水多，泪槽长说明泪水流得久，不同性格的人自然有不同的面目表现。他逐渐喜欢上了乔爱华眼角的泪槽，他认为那里面有很多内容，有诗有文。朱文成不善言语，但一言半语的表达对乔爱华还是蛮有感召力的，二人自此热恋起来了。称呼越来越亲切：华子、成子，可见二人的亲昵。

爱情的美好，让朱文成的思想四处散发，爱情的故乡在哪里？爱情的圣地在何方？

几个月农村农活的历练，动摇了朱文成继续当个好农民的决心。农村的艰苦还真不是他一时半会儿就能适应的，他有时候怀疑自己的决定，难道自己就在这里当一辈子农民？

北方的农家院落，房前屋后各有小院，南面的墙体是一米半高的石头砌成基座，上半部分是整面墙体的透明窗户，利于向阳采光。其他三面墙就是石头和泥巴组合的厚厚墙体，便于保暖保温。前院是菜园，白菜、黄瓜、西红柿、茄子、芹菜、大葱、生菜，母亲都会按照季节来摆弄，伺候得如同她的第三个孩子一样。父亲负责分包到户的几亩地，母亲负责家务和这个菜园。北墙有一小门通往后院，后院是鸡舍、猪圈、马棚，鸡舍和猪圈常年不是空的，分地后几户人家合用一匹马，轮流喂养。他的知识能用在几亩田地里，还是能用在母亲的菜园里，还是可以在鸡舍和猪圈里施展呢？

心中的理想、热血和激情也不是那么快就能磨灭的，还是有很多不甘，一盏灯火刚刚点亮，就熄灭了。远看青山巍巍，白云环绕还是很美好的，近处要面对黄土黑地就不再诗意绵绵，尤其是跟父亲干了几个月的农活，朱文成就有些龇牙咧嘴，好不辛苦。不甘心吧？学校里已经开学两个多月了，那些复读的同学早已经进入课堂准备第二年的冲刺了，他还能怎么样？

那些日子妹妹朱文玥说："哥，你都变黑变瘦了，我都心疼你了。"母亲周红妹也总告诫朱老汉："老头子，悠着点儿，使牲口都要慢慢来，更何况儿子还细皮嫩肉的，吃不了那么多苦。"母亲和妹妹的一些话让他在劳累中有了些安慰。

在爱情相守中踏实当个农民，还是在爱情助力下腾飞到山外去寻梦？在这样的犹犹豫豫中，冬季征兵号召到了村里，朱文成心中的梦想就被点亮了，他曾经在山里和孙水涛说过当兵去，军营的天肯定比这里的天更蓝，更有激情和诗意。

"种地最有身份的就是犁把式，如何使用牲口，是一门学问。牲口也是有灵性的，你要顺着它的性子来，不能和它呛着火，它要犯了脾气，成了惊马，拦都拦不住，拉起犁铧满山满沟地跑，没有阻挡，把犁铧给你摔个稀碎。生产队的好几个犁把式，都惊过马，摔烂过犁铧。使用牲口要懂得和它好好磨合，亲近，它才会听你的话，要有耐性，你柔它也柔，你硬它也硬。惊了马可不是闹着玩的，摔烂犁铧事儿小，有时候横冲直撞可以伤着人。"朱老汉一边犁地，一边头不抬地对前面的朱文成说，他要把朱文成培养成合格的犁把式。

"你要想当一个农民，首先要成为一个合格的犁把式，做农民的最牛的就是犁把式，犁把式谁也不敢小看，懂得地生地熟，地生了要加熟肥，熟肥就是人粪畜便，地熟了要加生肥，就是草木落叶。地生地熟，一插犁就知道。耕地种地不求人，犁杖掌握在自己手里，农时肯定误不了。"

"爸，我要当兵去。"

刚入庄稼地的朱文成对父亲传授的农时还很有兴趣，他知道父亲是一个伟大的农民，但当兵的想法一旦进入脑海就成了挥之不去的魔影，这个魔影驱赶了其他所有的意念，成为不灭的心灯，照亮了他的未来。

在倒背崖下的那块地里，他在前面牵引着那匹乌鬃马和父亲一起犁地，对父亲说出了心中的想法。父亲在后面一手扶摇着犁，一手拿着鞭子，父亲对着乌鬃马喊着"吁""喽"，那是马能听懂的指令，矫健地往前走。听父亲说，这匹马的祖先是来自几千里地外的内蒙古高原，新疆伊犁马、青海河曲马、内蒙古三河马为中国三大名马，乌鬃马就是三河马的后代。在生产队的六匹马中，父亲最喜欢的就是这匹黑色的乌鬃马，前额有规则竖立的菱形白毛，就像将军的勋章一样挂在额前，外貌俊秀、体质结实、结构匀称，力速兼备，持久力好，脚步轻快，一身短毛光滑顺溜，在阳光下反射着一层黑色的光芒。也正是年轻健壮的时候，桀骜不驯，只有见了父亲才会服服帖帖。分地的时候，谁家都不要，都摆弄不了这批烈马，只有朱老汉能使唤，父亲驯服了这匹烈马，也成就了朱老汉响当当的犁把式威名。虽说和另外三家合用合养，这匹马认主人厉害，更多的还是在朱家的马厩里。另外三家没有犁地把式，三家的地都是朱老汉牵着这匹马来耕种，三家人通过换工的方式帮助朱老汉家里干活。乌鬃马和其他牲口一样，跟随朱老汉好几年，都和朱老汉亲，朱老汉只要抚摸它们，它们就会回头亲吻朱老汉的手，用头蹭朱老汉的身体。朱老汉从来不高声恐吓这些牲口，就像从来没有吓唬过朱文成和朱文玥。朱老汉说，牲口是庄稼人的另一条命，是土地的魂魄；如果没有牲口，土地就没了生命；土地没有生命，人也就没有了生命。

朱文成没有想到朴实的农民父亲，竟然有这样深奥的农耕哲学，他对父亲肃然起敬。一场秋雨以后，正好种麦子，犁过地，整平了，要抓紧播种冬小麦。翻开的新土，如同一层层波浪，散发着土香味道。夕阳正往崖顶上落去，阳光斜过来，大地上劳作的剪影越来越长。

朱文成的话让朱老汉身体顿了一下，脸上的肌肉有了一丝颤动。在前面的朱文成自然没能够看到朱老汉瞬间的表情变化，他也没有回头再看父亲。父子两人依然配合着犁地，虽然不是多默契，但有个帮手总比没有帮手强。

马突然停下不走了，朱文成怎么轰赶也不走。朱老汉说：“累了，歇会儿，你去地头把水壶提过来。”朱文成赶紧把水提过来，从水壶里倒出水来，先是两个人喝完再饮马，那马仰头张嘴，等待朱文成用壶往嘴里灌，吸呼吸呼一阵响，饮得痛快。

朱老汉是言语不多的人，平时无事的时候，在一个地方可以默默无语地待一上午。对于朱文成的蚊子一样的声音，他自然听得真切，老汉有一副好听力，晚间庄稼抽穗拔节的声音，他都能听见。家里饲养的猪和鸡，有轻微的动静，都逃不过他的耳朵。

朱老汉是那一带有名的犁把式。他犁过的地均匀厚实，深浅一致，他研究了一辈子的土地，种什么样的庄稼，犁什么样的地，讲究各不同。圆边子，铲边子和一边倒等方法都是他根据土地地势总结出来的犁地方法。土地如果是中间高两边低，就要用圆边子犁法。圆边子就是沿着地周围逆时针转圈犁，圈子由大到小，把土翻向了周边中间自然就会变低。土地如果是中间低周边高，就要用铲边子犁法。铲边子就是在中间开一道犁沟，然后围绕这个犁沟顺时针转圈犁地，就把周边的土翻向中间，从而达到平整的目的。土地如果是一边高一边低，就从最低处沿着地长开一道犁沟，由低向高处一溜一溜地犁，要用两边倒的犁，把高处的土翻向低处。牲畜在别人手中就是不听使唤的犟种，在他手里如同老伙计一样亲切。因为他把牲畜当成宝贝一样疼爱，才能人畜合一，配合默契。牲畜走得端正，犁出来的地就很工整，不歪斜。牲畜走得快，走得快了有一股冲劲，犁出的土就能翻浪，翻得大翻得远，犁出来的地看起来就很虚松。牲畜走得匀速，翻出来的土就很均匀，不会一快一慢导致犁出来的地高低不平整。点种的时候需要侧翻，把一层土覆盖到另一层土上，像点种花生；收获的时候需要正豁，让庄稼直接露在外面，例如收红薯。

朱老汉对儿子的话没有时间去应答，他要抓紧把地犁了。

在大集体里，什么时令种什么庄稼，有生产队干部操心，他不必去考虑，让干什么农活就干什么农活。有了收成，分什么吃什么，按人均分配小收成，按劳动力分值分配大收成，各家的日子大同小异，谁也不用笑话谁。现在不同以往大锅饭，混日子也好，正道干也好，反正几亩地在自己手里，硗田瘦地，全凭自己摆弄。家家户户在比着过日子，日子过差了，十里八村都会笑话，都会被人瞧不起。农村分地后，他带着老伴儿操持这五亩地，每块地种什么，什么时候下种，都要自己操心。虽然他是犁把式，村里的人也都愿意和他换工，在包产到户后，户与户之间也有了小小的互助合作，但那是农忙需要耕地翻地的时候，平时不需要牲畜的时候，只有自己肩背手提。

这两年，他是体累心忙，忙碌得一塌糊涂。有时候累得浑身酥软，吃不下饭，睡不着觉，恨不得把儿子闺女喊回来种地。但第二天还要照常嘱咐儿子闺女好好上学，别像他和老伴似的，一辈子受累在土里刨食。儿子没有考上大学，他也不像儿子那样难过，反而为地里多了个帮手而欣慰，儿子也还听话，让干什么就干什么，他轻松一点是一点。这几个月，老汉已经习惯有儿子在家帮助自己打理农活，他更有信心把土地侍弄得更加精细，让三块地产出更多的粮食，秋种以后，他好像看到了来年的收成又要好过上一年。对于一个庄稼老农来讲，上山下河，耕地爬犁，春播秋种，夏收冬藏，日子就是这样年复一年地过下去。

儿子有对象了，看着小两口感情还很好，未来的儿媳妇看着也踏实，身子也壮实，是个好庄户人女子。他和老伴浑身就像增添了力气，有儿媳妇就会有孙子，希望和期盼越来越近，他有时候梦里都笑醒了。他没有想到看似很听话的儿子想去当兵！

回到家里，一家四口围坐在晚饭桌旁，燃灯如豆，烛光摇曳，照亮那张饭桌。

“去吧。”

默默无语的父亲应答了朱文成，一张厚重的脸，昏昏的灯光下，看不出是欣喜，看不出是难过。儿子要去当兵，就当他还在上学，家里始终没有这个劳动力。好在他还是犁把式，别人尊重他，抢着和他换工，他这一个劳力相当于别人两个劳力，农忙时候，别人还要看他的脸色，不过，他从来没有过高高在上，拿捏别人，乡里乡亲的，在一个山坳里生活了几十年，拿架子也出不了沟（名声不好，混不出去）。他知道文成看似文弱，但是性子也是很固执的。阻拦他也没有丁点儿意义，哪如放手呢。儿子走也好留也好，他该干的一点都不会少。

“去什么？什么去去的？”朱文玥清澈的目光追寻着父亲。

“你哥要去当兵。”

“这个决定好！这个决定好！”妹妹朱文玥对朱文成的选择欢欣鼓舞，有让她高兴的事情，她会叽叽喳喳的，像喜鹊一样欢叫。

“是要去，不是想去。”父亲再次强调了朱文成的决定。

“我哥到部队肯定行。”妹妹在一家四口人中发表高见，“哥，你要去当兵的话，是不是你那些高中课本就属于你妹子的啦？”

“文玥，这才是你最真实的想法吧？你哥当兵重不重要都不算回事儿，关键是那些书能换了新主人，对吧？”文成对于自己的妹妹还是了如指掌的。

“要不说你是我哥呢，你要不了解你妹妹，你怎么当我哥呀！哼嗯。”文玥调皮一笑，伸出舌头做了个鬼脸。

“你去当兵，你媳妇儿咋办？”妹妹欢实后，母亲表现出的忧虑。儿媳妇一身结实的身子骨就能帮衬这个家里不少忙，也能帮衬她不少，她有个心思，就怕儿子当兵几年没有当出个名堂来，儿媳妇再飞了，最后两手空空。

“兵该当去当，儿媳妇该娶还娶，两不耽误。”朱老汉作为一家之长，一锤定音。

哪个父母不是期待自己儿女有个最好的前途呢？

饭后的朱文玥，一股脑儿地把朱文成的高中课本搬进了她的小屋。刚上初三的她利用闲暇时间如饥似渴地学习高中课程来，她要利用初三时光好好把哥哥高中课程捋一遍，为高中学习打个好基础。

“这个死东西，看似蔫不拉几的，原来肚子里有小九九。”乔爱华在得知朱文成要当兵后，才发现有些小看了朱文成。她的眼睛有些湿润，眼泪开始往泪槽里涌动，她和朱文成相处得刚冒出火花。她学习不好，也没有考上大学，可她喜欢学习好的男生，但那些考上大学的男生绝对不会喜欢她。朱文成是她心仪的目标。现在这个东西要去当兵，是不是有什么见不得人的想法？

他们的感情在那几个月如同高照的秋阳，升温很快，热度很浓。乔爱华极其不愿意，她真的怕拴不住朱文成，怕朱文成就此挣脱。她的眼泪流出来了，眼角的泪槽如小河淌水，让朱文成第一次看到乔爱华深长的泪槽有如此强大的储存和流通功效，湖水盈满了湖泊以后，可以通过沟渠流淌到远方。

“放心吧，华子，我走到哪里心里只有你。”面对这样柔情的女子，朱文成心中也是满满的柔情，柔情的男子更怕柔情女子的眼泪。

在得到朱文成海誓山盟的承诺之后，她一有空就约朱文成出来，眼里满含妩媚诱惑，用湿润的目光感染着朱文成，很快就将朱文成俘虏，在朱文成的直视中又变成了炽热的岩浆，把朱文成融化在她的怀里。20岁的朱文成没有经受住考验，一股征服欲望让他冲上了那两座山峰，体会到了征服者胜利的喜悦，懂得了爱情的最高境界。

只有俘虏了敌人，才能更好地占领敌人的阵地。这个朴实的姑娘，虽然没有这样的认识，却有这样的行动。取得胜利后，她坚守一个执着的信念：“我已经是朱文成的人了，那我就是这个家里的一员，这个家就是我的家。”她把自己当成朱家的准儿媳妇，家里家外，抢着干这干那，她也很快熟悉了周家坟、大茄子地、倒背崖朱家三块地，也知道如何耕种，俨然就是这个家里的女主人。乔爱华做家务事儿和干农活儿很勤奋，赢得了朱文成父母和妹妹的满意：居家过日子绝对是一把好手，这样的媳妇打灯笼都难找。朱文成在心里也暗暗发誓，这辈子不管走到哪里，就是她了，有她在父母身边，他可以放心去远游，去飞翔。不管走到哪里，他朱文成有一个安定的大后方，那就是老婆乔爱华。这样，走进军营的朱文成心里就有了四个人的位置，对四个人有了无限牵挂。

孙水涛的情况就简单多了。高考后他在家里游手好闲几个月，感觉到没有什么意思，就经常找朱文成玩儿。刚开始，他准能把朱文成拖到山里去，朱文成的老娘也很热情。后来朱文成订婚了，他几次去朱文成家里，正赶上人家女朋友乔爱华在，他也就和乔爱华熟悉了，还开一些不荤不素的玩笑。朱文成的老娘周红妹就有些不高兴了，好像他对朱家儿媳妇有不良企图，或者要给抢走一样。也不咸不淡地来了两句："那么大小伙子了，不说在家里帮衬着干点事儿，还到处乱跑啥。"孙水涛知道老太太有些小心眼儿，加上他这个电灯泡当得没有滋味也没有意思，他再也不敢去骚扰朱文成了。

同为青春少年的他没有想到朱文成把那么漂亮的女同学弄到了手，心里酸酸的，醋味很浓。他们都是发光发热的热血男儿，谁不是激情澎湃？凭什么朱文成有那么漂亮的女朋友，他孙水涛就不可以有？媒婆也来家里说过两个姑娘，两个姑娘长得倒还说得过去，但是和乔爱华相比就差了成色，孙水涛见过后，不给人家点头，自然就没有了下文。

孙水涛家里人多，十几亩地被分了大大小小七八块，散落在山上山下，山间的土地没有太大的块状，坡地较多，平地较少。孙水涛问起家里的地来，孙老爹说了一大堆，孙水涛一个都没有记住，怎么这么细碎？就像那些散乱不着边际的英文单词，很难组合成一句完整的话来，再说到每一块适合种什么，他更是如坠雾里，看来农民也不是那么好当的。

农活干得不行，他被哥哥和父亲的叹息声弄得心里好像欠这个家里多少钱似的，心里不自在。从小到大，孙水涛对农活就从来没有摸过，家里弟兄多用不着他，他到家就是吊儿郎当，饭来张口衣来伸手，这样下去，肯定不是一个合格的农民。他看比他勤奋的朱文成都不复读了，觉得自己复读希望也不会太大，尤其是看到哥哥和父亲不信任他的神态，他对自己更没有了信心。他说了一句想复读，家里人就问，如果再考不上呢？那钱不就花得冤枉了吗？家里条件也不是那么好。一句反问终于让他打消了复读的念头。

他同样得到了征兵动员的消息，朱文成一提议，他马上就响应了。对于他家来说，家里有他不多，没有他也不少，弟兄五个中，他是老小，下面还有一个正在上学的妹妹。他成天游手好闲的，让家里人看着也不是那么舒服，哥们儿五个除了大哥二哥结婚分开另过之外，还有三哥四哥老大不小地在家里帮衬过日子。家里弟兄多，负担重，不会有条件很好的女子介绍给他，人们往往一问他家里的情况，就直摇头。

在农村，男孩女孩十七八岁就有订婚的，美其名曰先占下，等到了法定年龄再结婚，如果等到了结婚年龄再去找对象，基本上就是别人挑剩下的了。他三哥 24 岁就已经进入光棍行列了，他四哥 22 岁了还没有对象。媒人竟然要给他先说对象，因为他是高中生，那个年代，农村里有个高中生也是不多的，他的高中毕业文凭有了很大的说服力和诱惑力。父母虽然不愿意媒人先给他说对象，万一说成了，那么他的三哥、四哥可能就要打光棍了。但是耐不住媒人抹了油的嘴，就让孙水涛和姑娘见面了。虽然家里条件不是太好，但是有了朱文成的女朋友做参照标准，他的媳妇就更遥远了。

当兵是改变命运的最可行办法。通过自己的奋斗减轻父母的负担。父母含辛茹苦地把他们兄妹六人养大，还要想办法一个一个给他们成家，不到 60 岁的父母背已经驼了，头发白了许多，因为日子过得差，父母在村里总是抬不起头来，脸上很少看到笑容，除非有人给他们家说媳妇，或者娶媳妇，或者是大嫂二嫂生孩子，父母才会开心地笑。父母终日被沉重的日子弄得没有笑容，家里也就有些压抑，虽然不乏温暖，但气氛还是沉沉的。这让无拘无束的孙水涛开心不起来，庄稼地里的活儿他也不会，去了也是添乱，没事儿只有找同学玩。他和朱文成是最能玩到一块儿的，朱文成有一副好脾气，他以欺负朱文成为乐，怎么涮朱文成也不恼，还和他没事儿似的。脾气再好的人也会重色轻友，朱文成有了乔爱华竟然漠视他的存在，哥们儿再好也抵不过女同学的一个微笑，他算是把朱文成看透了：原来那是一头好色的猪。

他孙水涛不能光靠父母，要自己走出一条路来。想当初，父母一心一意供自己上学，就是希望自己考上大学，减轻家里的负担，大学没有考上，父母虽然没有任何的责怪，但也唉声叹气了很长时间。一想起自己崇高的决定，看到父母头上那斑斑的白发，孙水涛一下子感觉自己伟大了许多，他是有志气的，他的理想是远大的。

晚饭的时候，家里人围了一大桌子，还有在桌子下面吃饭的大人孩子，终于聚齐了。孙水涛像是积攒了多少年的勇气，嗯嗯地润了一下嗓子，宣布了他伟大的决定："我要去当兵!"

窸窸窣窣，杂乱的吃饭声音陆续停了下来，有的嘴巴上还吊着菜，有的刚把食物吞咽到嗓子眼，有的还在咀嚼中，有的还在夹菜，嘴巴能张则张，不能张的是怕食物流出来，屋子里恢复了宁静。全家人把目光对准了他，每个咀嚼食物的嘴巴都来不及合上，看稀罕物似的看着他，他没有考上大学，好像在全家人面前犯下了重罪一样，他又要开始新的罪恶行动。全家人的目光里依然是怀疑的神色，他没有考上大学就一无是处，是最对不起这个家庭为他的付出。

孙水涛不知道为什么会有长时间的停顿，空气不再流动。正如他把没有考上大学的消息告诉给家里人一样，空气凝固得冰冷可怕，全家人坐在火山口上盼望着，他一下子把大家伙拽到冰河里。没有人开口说第一句话，只有目光在审视。

"五哥，想去就去，再拼一把。"妹妹孙水仙天不怕地不怕放了第一枪。

"好好。""行行。""去吧，去吧。"附和的声音响起，逐渐趋于一致，窸窸窣窣的咀嚼声音又次第响起。

别看孙水涛在朱文成面前头头是道，耀武扬威的，欺负欺负朱文成，找找开心。在这个家里，他是最没有发言权的，甚至招惹妹妹不高兴了，妹妹还可以对他呼啸一通。

由他去吧。只要他不在家里吃闲饭和碍眼就可以了。当兵对于这个家庭来说，或多或少是一份荣耀，军人家庭，自豪感还是有点儿的，起码可以为他的三哥四哥说媳妇儿带来一点机会，添上点儿金粉。孙水涛当兵三年不会在家里碍手碍脚，每年还可以给家里挣来几百元的优抚金，也算是他对这个家的贡献。

秋天的夜有些清冷，月光凄清。

经过大量的动员，每个村都有不少的适龄青年去体检应征，符合标准的还不少。朱家屯和孙家湾都有三到四个积极入伍的青年，争得不可开交。好在同发镇武装部杨部长的英明决定成就了朱文成和孙水涛：让他们俩先去，一是他们岁数稍微大些，再不去就没有机会了；二是高中毕业走当兵这条路是一个很好的前途；三是其他人年轻，以后机会还有。杨部长就像看到当年自己在部队上努力奋斗一样，嘱咐朱文成和孙水涛："你们俩小子，有文化有理想，到了部队要不怕吃苦，一定要好好干出名堂来，也不枉我选拔你们到部队的一片苦心。"杨部长不认识朱文成孙水涛和他们的家人，也没有喝过两家人的一口水。他为能给部队送去有文化有理想的士兵而欣慰，几年以后，朱文成和孙水涛成为部队军官，他非常高兴，好像是另一个自己的梦想又实现了。他为自己成就了朱文成和孙水涛，为这两个家庭带来了光辉和荣耀而自豪，又感觉自己做了一件功德无量的大事。

他俩走的时候，两家人依依不舍地把他们送到县武装部大院集结。大院里绿色军装的年轻主角都被家人们簇拥着，在泪眼蒙胧中接受着各种叮嘱，好些绿军装旁边都有一个鲜活粉嫩的女子在送别兵哥哥，情意相连，泪水连绵。再见了，亲爱的父母；再见了，亲爱的朋友；再见了，亲密的爱人。

身穿军装的朱文成，在乔爱华的眼里变得高大英武，她心里非常仰慕，超级喜欢。拉着朱文成的手，难舍难分。前段时间，两家父母为他们举行了隆重的订婚仪式，以后不管他们身处天涯海角，都是相亲相爱的一家人。二人自从交往以后，冬季的农闲季节天天甜在一起，腻在一起，四只眼睛里的情丝纷繁复杂地交织在一起，你中有我，我中有你，不能分割。浓情蜜意中，朱文成的青春热血已经在爱情的国度里滚烫滚烫。他多么舍不得离开父母，多么舍不得离开他的华子呀！

临行前，朱老汉邀请村里朱姓一家人在一起吃了一顿饭，几乎把朱家屯的人都请了过来，算是给儿子送行。朱老汉当着朱家氏族的人们给朱文成上了一课："文成啊，你愿意当兵，我们不能阻拦你，按说咱们家就你一个儿子，也不愿意你离开我们，但是你要去，我们必须支持。你和爱华订了婚，算是把家成在我们跟前，让我们的心里踏实，让我们心安。你是个好孩子，到了部队好好干。记住：你是国家的人，就要时刻想着国家的事儿，千万不要整那些没有用的。能走出一条路来，更好；走不出来，也没有关系，有家接住你，有爱华等你回来。但是，咱可丑话说在前面，如果你真的要有个出息了，做出对不住爱华的事情来，看我怎么收拾你，别怪我不认你。咱是去增光添彩，光宗耀祖去了，不是让人家戳脊梁骨去了。”

朱老汉说这些话的时候，语重心长，眼珠浑圆，透露出他作为一个父亲的威严，朱文成也是第一次看到朱老汉这样严肃，眼珠子瞪得这样雷人。父亲的目光很坚定，坚定中饱含着对儿子的舐犊之情，他作为一个庄稼人，有的是农村人的勤劳和朴实，有的是老百姓的忠厚和善良。

“成子，你可别抛弃了我啊，要是那样，我就从倒背崖上跳下来给你看。”乔爱华对着朱文成悄悄地说，这话虽然说得很轻，但对朱文成来说，不亚于是聚蚊成雷一样的巨响，他的华子绝对是敢做敢当的刚烈女子。

面对父亲的嘱托，面对乔爱华的誓言，朱文成哪有不应之理？看到这么柔情的乔爱华，他怎么会变心？他还没有发现比乔爱华更好的女人。

武装部发下军装以后，孙水涛就迫不及待地穿在了身上，到处去撒欢儿，对于他来说，梦已经贴身了，大山里冬天的荒芜和寒蝉都是亲切的。山再高，水再长，也挡不住他冲出去的梦想。妹妹孙水仙很喜欢她五哥穿军装的样子，还调皮地把她五哥的军装穿在她身上，又肥又大，在山里女孩子身上，同样不失俏丽。军装也带给家里所有人快乐和喜悦。

在武装部结集，孙水涛不像朱文成那样恋恋不舍，他心里是无限的快乐，他可以不属于这片大山了，不再是父母和几个哥哥面前游手好闲、无所事事、碍眼的人了。眼不见心不烦，他离开以后，就再没有人看他不顺眼。不过，以后的路就要靠他自己了。他虽然没有情妹妹相送，倒也觉得释然，隐隐觉得她们都会成为累赘和牵挂，会影响他们未来的发展，只有他是无牵无挂一身轻。

孙水涛的父母和几个哥哥送他到征兵出发地，为他送行的队伍比别人都要庞大和壮观。父母没有太多的语言，但是父亲还是说了一句：“咱们家以后就要指望你了，家里人能不能沾上你的光，就要看你的了。要有什么困难，家里也会尽力支持你。”前半句话让孙水涛感觉他的责任和使命重大，后半句话则让孙水涛感觉家还是温暖的。

柔情似水，壮心如火。武装部大院里，身穿绿军装的新兵们站成一排，听从接兵干部的纪律要求和安排，亲人们的目光从周围聚焦在这些青春梦想里。嘱托一遍遍，泪洒一行行，那个场面记忆在每个追梦青年的心里。

那年的冬天，这两个“大学漏”就这样坐上了同一列火车皮。他们和亲人分别的阵痛瞬间就过去了，更多的是对军营的想象和美好未来的期待，梦想随同疾驰的火车，放飞在东北广袤的黑土地上。二人如同陈胜、吴广一样相约：苟富贵、莫相忘。如果都能同朝折桂最好，如果不能也要互相帮助。

在中学时代，两人就是那个山村路上一高一低的身影，如今来到部队一身戎装，便成了一高一低两个军人的身影。朱文成身高 183cm，高大瘦弱，长条形的脸庞，一双大眼睛深邃有神，高高的鼻梁，冷峻的表情一如那个年代风靡一时的日本影星高仓健。而孙水涛的个子才 170cm，人也长得厚实圆润，是那种比较标准的美男子脸型，小伙子天生有一种亲切的感觉。两人的目标都很一致，那就是：一定要在部队闯出一条属于自己的人生道路来。

第三章　军营第一课

汽车在崎岖的道路上颠簸，在荒凉辽河芦苇荡里行进。大东地区的入伍青年在一个小站下火车后，就被一辆辆汽车分开接走了。朱文成和孙水涛上了不同的汽车，他们一个在八中队，一个在三中队，两个中队间的距离就有 300 里路，两人就此分开。二人约定好互相通信，加强联系。

昏黄的大地上，荒无人烟，寒风凄凉。偶尔闪过一幢高墙电网的监狱，让这些新兵们心里有些失望。从大山里出来的每个农村青年，都向往城市高楼，想体验车水马龙的喧嚣和热闹。大山桎梏了他们的脚步和梦想，让他们的心寂静得太久。他们想到城市里去长见识。接兵的人告诉他，他们当兵的地方是锦朝市。锦朝市怎么会是这样荒凉呢？难道接兵的都是骗子吗？

未来会怎么样？朱文成和其他新兵一样，怀着忐忑的心情走进八中队。泥土搅拌稻草扠起来的院墙围成了营区，虽然才 1 米多高，但是墙外墙里的身份和角色就大不一样了，院墙外，他们是地方青年，院墙内，他们就是军人，出出入入都有严格的纪律限制。门口一个圆锥形状的岗楼，再加上一名持枪而立的军人，标志着这就是军营。两排砖墙营房有三角形尖顶，每排营房南墙上方竖着几根圆柱，那是东北特有的火墙烟囱，好像一排高射炮在耸立，对准天空。

新兵们在失落的情绪中，吃下那碗热气腾腾的“迎兵面”。从没有过集体生活经历的朱文成从那一晚，才知道什么叫集体生活。没想到那个叫修排长的军官和他铺挨铺，多少有些惊宠。熄灯不久，黄夜不再寂静，来自几个地区的新兵们组合在一起，磨牙的、打呼噜的、梦呓的、翻身扔腿甩胳膊的，成为黑夜中的军营组合乐章。磨牙的像老鼠啮噬木门吱吱作响，伴着喵呜的猫追；呼噜声此起彼伏，高一声低一声如同山间的大河，时而奔腾咆哮，时而无声息地静流；梦呓的情话、悄悄话，高声低语，窃窃私语，把白天的秘密都抖了出来；扔腿甩胳膊的，好像在练武，一招一式，有板有眼。

朱文成到达部队第二天就开始了军人的第一课：站军姿！多少年以后，他对于所有训练内容都是模模糊糊的，唯有“站军姿”给了他最深刻的记忆，也成就了他优秀的品质。

站军姿亦称“拔军姿”，每个当兵的人走进军营，首先必须要学会站军姿。站军姿，是一切军事动作之母。两脚尖分开六十度，两腿挺直，大拇指贴于食指第二关节，两手自然下垂贴紧。一定要贴紧，别人如果用力拔你的手，即使人被扯得倒下了，手也不能松！收腹、挺胸、抬头、目视前方，两肩后张。而且还要将体内的气流分为三股：一股从丹田顺两腿向下，使两腿挺直夹紧如柱，双脚虎虎生威，紧紧抓住地，有一种将大地踏裂的感觉；气不到腿，双脚无力，下身则不稳。一股从丹田向上，散至两肩与头顶，使肩平头正顶住天，眼盯前方不斜视，风吹沙迷眼不眨；气不饱盈，身体松垮，双目无神。一股收腹提臀，护住身体，使身体如钢铁一般坚固，否则腰部软弱上下不直。将体内的气和身上的每一块肌肉、骨骼最佳地协调兼顾，将气与力完美地舒展，形成一体最大的合力，站成一棵挺拔的劲松，不下一番苦功，不掉三五斤肉、流十来斤汗水，是绝对达不到这样的境界！

当听说第一天的训练是“站军姿”时，朱文成和大家一样的感觉：那还不容易，不就是站着吗？当他们按照要求开始“站”的时候，才感觉不是那么回事了。全军站军姿最高纪录时长是 6 个小时，一般人也就是 4 个小时。站得时间越长，越是考验人的毅力。60 分钟过去了，又一个 30 分钟过去，再一个 30 分钟过去……随着时间拉长，寒风吹刮，脸颊变得冰冷，手在变木，脚在变冷，大脑在变空，呼吸变短，每一寸肌肤似乎有蚂蚁在啃噬……忍住！挺住！

“啪！”2 小时 26 分的时候，朱文成第一个倒下，被抬到中队卫生室，喝水，按摩身体。那天，他们中队每个人都有站军姿的时间记录，最长的是 3 小时 38 分钟，他比别人少了一个小时。在多少年以后朱文成还被 3 小时 33 分的孙水涛笑话：“朱文成是软面条，立不直，也站不稳。”

多少年以后，朱文成在他的文字里有了自己更深刻的感受：

军姿的动作要领概括起来为“三挺三收一睁一顶”，所谓“三挺”指挺颈、挺胸、挺腿；“三收”指收下颌、收腹、收臀；“一睁”眼要睁大，并直视前方；“一顶”就是头要向上顶。

此时人已成为一座冰雕，体内那股蓄发的热血从毛孔迸出的热量足可以融化整个冬季。

站军姿，就如航海中的灯塔，永远不怕风急浪高，暴风骤雨；就如万里边防线上的哨卡，时刻保持高度警惕不容侵犯。站军姿，站得理想在蓝天上飞跃，站得信念在大地上升腾。

站军姿，站出浑身的兵味，站出军人的本色，站出军人的赤胆忠诚！站出了祖国的繁荣富强！

站军姿，不是谁都可以站得来、学得会的。只有穿上这身国防绿，在军队这所大熔炉里经过千锤百炼，炼得你举手投足之间无不透着军人的威武与阳刚，炼得你深深理解军人的职责重于泰山。那时，你的一言一行，将处处洋溢着军人的气质，把你放在任何一个地方一眼就能看出你是个当兵的。

“训练，是部队战斗力的基础，没有严格的训练，没有优异的训练成绩，我们绝不能打好胜仗。我们这支部队是靠严格的军事训练，圆满完成上级交给我们的执勤任务的。每名战士都应当知道，我们看押目标单位有着上千号劳改犯人，坚决不能让他们在我们的枪口下逃脱，也不能让他们在枪口下反抗，要让他们老老实实接受劳动改造，赎回他们曾经犯下的罪恶！”新训排长修国岩把训练的重要意义，如雷贯耳地强调，一遍一遍地震动着每个入伍新战士的耳膜。

修国岩同几个新训班长一起，为这些新兵们做了表演赛一样的示范。在单双杠上，修国岩如同那器械上不可或缺的物件，身体和器械完美结合在一起，动作间隙停顿的美感如同斗榫合缝，身体转动时如同齿轮紧紧咬合，无声无息，在推动机器做功，杠上动作翻云覆雨，只听身体摆动的呼呼风声，上杠姿势轻如云燕，落地下杠稳如座钟。人杠完美合一，展示出最美的姿态语言，那是青春的雄健与刚强。

“真棒！”朱文成在心中赞叹着。训练固然重要，但朱文成就差远了。他和孙水涛吹呼的“意念神功”永远停留在他的意念当中，部队讲究的是实力，靠的是真本事。个子高对于训练来说大多时候是弱项，例如站军姿和器械训练，需要个子低、重心低，练起来才能稳稳当当。他就像“硬条子”一样，身体不会打弯，缺乏柔软性。他虽然是瘦高个子，但也就是个骨架子，干吃饭不长肉，练习擒敌拳也不行，没有气势没有力度，身体协调性也差，唯一的好处就是走队列还像那么回事儿。

来当兵之前，朱文成把军营想象得特别美好。一到了营区里才发现，这里虽没有天林山的山高路险和群山连绵，但也是一片荒凉一片寂静，没有繁华也没有鸟语花香。新兵们都会有各种的失落，朱文成也不例外。文化浅的新兵们会认为他们走到哪里都是吃苦，能够很快适应。而高中毕业的朱文成就不一样了，心高气傲，心理落差大。训练更让他怵头，训练不好总爱批，甚至怀疑自己的选择不是正确的，当初应当回到学校去复读。

第一次离家这么远，自己在部队表现还是个笨蛋，他感觉自己没有希望了，心里不踏实，让他更加思念家乡的温暖，思念乔爱华给予的激情是那么美好。

“条件再不好的部队，也有好兵，再好的部队，也有落后的兵。关键在于你个人的把握和奋斗。”好在新训排长修国岩很快就看出了朱文成的思想变化，就找他谈心。

修国岩这是第二年带领四个新训班长训练新兵，训新兵是很累很操心的一项工作。一般来说，连队三名军事排长，都要轮流训新兵，今年新兵训练赶上中队干部空缺一名排长，所以，在他主动要求下，中队将新年度新兵训练任务交给了修国岩。修国岩训新兵有了第一年的经验，每个新兵有什么情况，都逃不过他的眼睛。

“文成，训练不好，不要自暴自弃。”黑红脸膛儿的排长长得很粗糙，竟然有这样的细心。

“排长，我……”朱文成知道，部队讲究训练，要求军事素质过硬，这才是合格的兵，才是有大好前途的兵。

“你努力训，不要求你训练成绩都优秀，但是你必须合格。这点信心应该有吧？”修国岩明白，对落后没有信心的新兵来说，不能一下子要求太高。

“有，排长。”修国岩表面上降低对他的要求，让朱文成感觉训练不再恐怖，合格不再遥远。

“你的训练可以不优秀，但是你其他工作必须优秀，包括内务卫生、内外勤务。你还可以发挥你的文化特长，多宣传咱们部队的好人好事啊，宣传咱们部队的优良作风。”排长修国岩点亮了朱文成心中的梦，坚定了他的信心。

当兵不习武，不算尽义务；习武习不精，不算合格兵。这次谈心，对于朱文成来说至关重要，是前进路上的引航，是歧路上的方向矫正。修国岩的每一句话对于朱文成都掷地有声，像一股力量在推动着朱文成。他不是笨人，排长稍微点拨，他就知道如何去做。

发枪了，战士们欢欣鼓舞，大家把枪栓拉得哗啦响，空枪击发得噹噹响。有枪在手，军人才是真实的，有枪，才有神气与威严。老兵们是“五六”式步枪，样式老旧粗笨。从朱文成他们那一届兵开始，部队配发最新式的“八一”式半自动步枪，可以装弹三十发。七斤半的重量，枪托可以折叠，枪身油亮黝黑，70 公分长度，正适手用，背带还可以调节。学生时代枪的概念只在课本里，如今真实在手中，遥远又亲切，神圣而让人胆怯，握在手里重如千斤。心中的理想也不再是狭隘的“当兵只为考军校”，更多的是当兵的责任和义务。

排长修国岩叫停了新兵们对枪的摆弄：“我们要永远记住，武器枪支绝对不能随便摆弄，随便摆弄最容易擦枪走火，擦枪走火最容易伤及无辜。枪是士兵的第二生命，人在枪在，枪在阵地在。我们拥有枪，那些犯罪分子才会惧怕我们，才会在我们的枪口下老老实实地服从改造！枪面对敌人是武器，面对战友是凶器。不管什么时候，都不能把枪面对自己的战友，都不能面对我们保卫的人民。大家记住了吗？”

“记住了！”回答声响彻辽河两岸。

第一次摸到梦寐以求的枪，军人的责任感油然而生，发自内心的激动和紧张让朱文成热血澎湃。紧紧地握住手中的钢枪，用心去感触它的温度，黝黑的枪身散发着阵阵冷酷，训练中的苦和累瞬间都烟消云散。自古就有“宝剑配英雄”，士兵携枪是军人的标准配置，也折射出军人的家国情怀。

政治思想教育、枪械训练、擒敌训练、体能训练，训练生活变得丰富多彩，新兵们逐渐从地方青年转化为真正的军人。

逐渐适应训练的艰苦以后，时间过得很快，一眨眼，新训三个月结束了。新兵们的军装上正式挂上了领章帽徽，成为一名真正的军人，鲜红的领章、威严的帽徽，让这些新兵们多了神气。适逢支队新闻干事为基层新兵们提供照相服务，肩枪、背枪、挂枪、敬礼……这些兵们都纷纷摆出最美的姿势，绽放出最开心的笑容，将照片邮寄给家乡的亲人们。

天林山深处的乔爱华，也收到了朱文成邮寄的照片，那照片上的朱文成背着枪目视前方，一脸庄严，体现着使命。虽然没有把目光留给欣赏照片的人，但也让思念的她心里暖暖的，这就是朱文成当兵要尽的义务。她将照片放在贴身衣兜里，每天时不时拿出来看一看，亲吻一下。瞅着照片诉说心里的相思，军人妻子的概念在那时候，才有了具体的内容，才有了使命和责任。

新兵们开始了执勤训练同步的军营生活。训练和执勤轮值，白天外勤和内勤，夜里夜勤，严肃紧张。

白天不执勤就训练，夜间不管是睡觉多甜蜜都要起床去上岗。当这些士兵们背起步枪，走上哨位，押解着劳改犯人走向劳改工地的时候，朱文成比其他士兵多了更高的觉悟认识。正是这些犯罪分子，破坏了人民的生命财产安全，破坏了社会的和谐美好。只有他们的岗位坚守，才有社会的稳定和安宁。

新兵下班后又待了五个月，中队文书考军校走了，朱文成从修国岩所在的班排里调到连部接替了中队的老文书，在邬指导员指导下，很快就适应了文书工作。这样，他有了很好的机会学习，不时写一些散文诗歌投到驻地的《营盘日报》和《人民武警报》。初出茅庐，可能是“兵味儿”还不够，还是军营特点没有找准，仅仅限于自我感觉良好的水平，雄心百倍的大作投出去总是石沉大海得不到回复。朱文成当了文书以后思想也成熟了很多，逐渐养成了不服输和不气馁的性格，他有屡败屡战的毅力，几次失败并不能使他丧失信心。他也知道，这样的环境和条件如果再服输或者气馁，那他真的就没有戏了，正是这样的思想认识决定了他以后的道路。

散文《永恒的风景》在《人民武警报》发表以后，成为了朱文成文章发表的开端。这篇深情的文字多年后朱文成都能够背下来：

“兵车开出去了很久，父亲母亲和爱人还在山垭口张望。父亲高大的身躯顶住了那远方的天空，他的右臂高举，一动不动，只有手掌在做一个扇形挥动，五指张开，好像把土地上希望种子播撒了出去，等待着收获，手掌正好与山尖一样平齐，有着大山一样的力量。母亲在哭抹着眼泪，也在慢慢地挥着手，手不过肩，连同抽泣的肩膀一起悸动，泪水已经流淌到我的心底。爱人手过头顶，从右至左地舞动着红纱巾，身体大幅度地摇摆，热情奔放，好像要奔跑过来，拉住我的手让我留下，那团红纱巾如同一片云彩飘在山顶。这个画面构成了我一生中永恒的风景……”

从此，朱文成的“豆腐块”和“萝卜条”多了，大块头也开始见诸报端，奠定了他的新闻干事之路。那时候支队机关有“一官两兵”的新闻报道组，并且新闻报道成绩在全总队总是第一第二，朱文成并没有太引起支队的重视，虽然政治处知道八中队有一个爱好写作的战士朱文成，但八中队把朱文成当成宝贝不放，朱文成的光芒还仅限于在基层中队闪烁。

写作，有时候是需要灵感的，不像写材料那样可以“新三年旧三年，缝缝补补又三年”，一篇老材料今年换数字，明年换名字，后年换时间，可以一劳永逸地用下去。诗歌和散文创作绝对不一样，绝对是灵感说了算，没有灵感的文字，写出来，就和白开水一样无滋无味。有时候需要苦思冥想，等待心灵的火花闪耀；有时候需要夜深人静，等待黑夜中突然的一束亮光出现。这样，朱文成养成了半夜写稿的习惯，有时候梦中有了灵感突然醒来，便开始写作。有时候在睡梦里梦呓：这就是军营的天空，湛蓝而清亮……神神叨叨的，使人一惊一乍的，搞得同宿舍的另一个通讯员都不愿意和他一个屋子睡觉，别人说他是“神经质”，他自己说是“神韵”。文字工作有很多随意性，中队干部对朱文成也很宽容，也不太计较他有时不守中队的作息时间，只要把工作干好就可以了。

乔爱华每月写一封信给朱文成，那个纯朴的山村妹子心里知道，朱文成是她手里的风筝，放线不能放太长了，太长了，就会让“妖风”给刮走了，拉太紧了又会断线。她掌握好每月给朱文成一封信的节奏，用她朴实的甜言蜜语温暖着朱文成，时刻把她与文成父母以及他妹妹和谐相处的故事汇报给朱文成，让朱文成感觉到他的家里有了乔爱华更加温馨。妹妹朱文玥也来信说这个未来的嫂嫂有多好。每到农忙的时候，到处都有乔爱华在朱家忙碌的身影，乔爱华家里家外都是一把好手，让父母喜欢得不得了。

当然，乔爱华信中的文字有少许错别字，每次读到错别字，朱文成就在心里哈哈大笑，然后回信给乔爱华一一指出来。朱文成在给乔爱华回信中找到了为人师表的高尚，从乔爱华用错别字表达的真挚热烈的情感中，他更加感受到乔爱华的纯朴可爱，同时，也有着对乔爱华的清澈思念。

当乔爱华出现在军营中的朱文成面前的时候，朱文成张大了嘴巴，惊住了。他不敢带着乔爱华面对这些清一色的男性军人们。

“你，你怎么来了？我连个思想准备都没有。”朱文成见到乔爱华不是惊喜，而是手足无措。

“大伯、大妈想你了，让我过来看看你。”无人去验证这句话的真伪，离开家两年了，说到亲人，朱文成的鼻子酸酸的。娘想儿路来长，儿想娘扁担长。

“这一路没少吃苦吧？”面对朝思暮想的情人，朱文成在瞬间的手足无措之后，便是苦思应对。

“你还说呢，这一道，可是把本姑娘害苦了。下了火车，倒两趟汽车，然后又坐三轮车。”委屈的眼泪在乔爱华眼里打转，“这地儿真偏啊。”

第一次到部队的乔爱华满含娇羞。因为她感受到了兵们落在她身上的目光，那些目光热辣辣的，像是带刺的荆棘。在农村天不怕地不怕的她到了军营，面对首长们威严的目光审视，她感觉到了窒息。好在中队干部给朱文成这个大文书特殊的单间照顾，两人有了独立的空间。二人亲近的时候，也不敢有大动静，深怕有眼睛在窥视，也不敢太深入，深怕突然有冒失鬼出现在他们面前，借口找朱文成有事儿。到了晚上，有些战士故意从中队部文书房间窗外经过，使劲地咳嗽一下，或者敲敲窗户，或者喊一声：“朱班长，该上岗了。”

中队通讯员在兵力不紧张的时候是不上岗的，乔爱华不知内情，还往往推朱文成赶紧去上岗，朱文成说不用上岗，是这些坏家伙让我好好上你这个岗。这样的打扰把朱文成和乔爱华弄得紧张兮兮的，这帮家伙太坏了。

白天的时候，乔爱华身上汇集了战友们太多狼一样的目光，乔爱华胸前那两座高山绽放出的诱惑力实在太强大了，好像有磁铁一样的引力，把中队战士们的目光从四周围全部汇聚到两个点上去。在这清一色的军营里，乔爱华像一朵芳香艳丽的花朵，带给绿色方阵最耀眼的色彩，怎么能不“招蜂引蝶”呢，到文书房间的“老乡”多了，找朱文成“咨询”问题的人多了，借口冠冕堂皇，说是和朱文成打招呼，但是目光都在乔爱华身上锁定，朱文成看到那些目光像刀子一样扎在乔爱华身上，好像一刀一刀地挑开了乔爱华的衣服，让他未婚妻体无完肤，心里很是不舒服，还没有待够的乔爱华就被朱文成早早地赶走了。乔爱华一看这些刀子一样的目光，也就乖乖地逃离，尽管她是那么舍不得朱文成。邬指导员不时找朱文成谈话：“朱文成，我们是武警战士，你还是高中毕业生，一定要树立正确的婚恋观，把握好自己，对姑娘负责也是对自己负责。”说得朱文成脸红红的，赶紧点头。

当然，乔爱华到部队也不仅仅是整天守候着朱文成，无所事事。她把带来的花生瓜子给战友们分发已尽。很快恢复了落落大方的本性，见了干部就叫首长好，见了战友就叫大兄弟好，让战友们感受到这个山里女子的朴实。这个善良的农家女子，听完朱文成讲述军营的故事后，更明白朱文成他们的崇高。为他们做点事儿吧，她就忙碌起来，拆洗朱文成和中队部通讯员的被褥，这些当兵的，一年到头很难洗一回被褥，那些被褥早已馊臭无比，乔爱华每拆洗一床都要捂着鼻子。把通讯员的被褥拆洗完了，再拆洗中队几个干部的被褥，干部们还好一点，比兵们讲究卫生。拆洗过被褥后，再缝被褥，她教给战斗班里手比较灵巧的战士穿针引线，告诉他们针脚距离和密度，被褥边角怎么缝合。乔爱华还做了个针线盒，放在中队部门口，名曰“传家宝”，里面有缝衣针、顶针和黑、白、绿几种颜色的线，战士们缝补衣服时取用。乔爱华告诉朱文成，线用完了，她随时邮寄过来。在被褥缝好以后，又把中队部干部和通讯员的衣服也一起洗了，甚至还有内衣，让中队干部和通讯员都不好意思了。乔爱华笑笑说：“这没啥，你们拿我当你家妹子不就完了吗？你们也都很忙，我也不会做啥，洗个衣服还累不着。”衣服晾干后整整齐齐叠好，物归原主。这个纯朴的姑娘知道，部队人们念叨她的好，实际上都会把分值记在朱文成的头上。

“华子，我当兵期间，你就别再来了哈？”在送乔爱华返回途中，朱文成说。

“为啥？”乔爱华不解的目光在朱文成脸上探寻答案。

“路途太远，交通不方便，来一趟太辛苦，到了部队你又闲不住。”

“那大伯大娘想你了，还让我来，咋办？”

“那就让他们来。”

“你个死猪，你个笨猪。”乔爱华揪住朱文成的耳朵。

“那你说他们想我？”

“你是不是傻？”

“反正我不希望你来，这么远，路上你如果再出点事情，我不放心。”

“我这么一个大活人，能出什么事情啊？”

“你没有看见那么多目光看着你，像一把把刀子，把你生吞活剥了，整得我心里不好受。”

“不，我就要来。我都不怕，你怕什么？”泪水积满了乔爱华的泪槽，啪嗒啪嗒，砸在地面上。朱文成的拒绝又让她心里暖暖的，山高路远，又怎么阻隔这绵绵的情意呢。

乔爱华离开部队，军营里缺少了风景。战友们开玩笑：“文成，老婆乔爱华什么时候再来啊？”都夸朱文成找了个好媳妇儿。其他通讯员也主动帮朱文成干了不少工作，让朱文成一心一意写材料，写文章。

爱情给了朱文成闲暇时的牵挂，给了他奋斗向上的动力，也给了他源源不断的激情和灵感。他的文字多了相思的元素，让人读了后有丰富的情感和回味无穷的内涵。连队很多战友都找朱文成代写家信和情书，他也就有更多的机会了解战友的思想和情感，了解他们的家庭，他们就把朱文成当成了知心的战友，和朱文成聊天谈心。虽然战友们说得多，朱文成说得少，但是朱文成往往一句话就起到“四两拨千斤”的功效，他笔下积累的素材越来越多，他的文字有了更多鲜活的内容和生命力。

孙水涛所在的高山子三中队是以前张作霖张大帅的放马场，如今改造成了几所农业劳改监狱。比朱文成所在地营盘新生地区还要艰苦，营盘新生附近还有辽河经过，冬天空气湿润一些，这里纯粹是干冷酷寒之地。

新兵训练三个月，队列、擒敌、器械、战术、枪械、五公里越野、紧急集合，训练内容越来越多，训练越来越紧张。在高山子三中队，偏远、单调、艰苦，考验着和孙水涛同去的新兵战友们。在临近春节的时候，另一个地区入伍的新兵，悄悄地开了小差，成为让人不齿的逃兵。

当部队将这名逃兵作遣送处理并严厉处罚以后，部队公开了逃兵逃跑的根由。这名逃兵在入伍之前有个女朋友，频频写信诉说相思之苦。还说她已经南下去了广东打工，广东已经成为改革开放的前沿，那里到处是工厂，工作机会多，希望他能够去找她。爱情的诱惑，再加上训练的艰苦，促使了这名新兵的逃跑。

“爱情？爱情就是扯后腿儿。”孙水涛得到逃兵根由以后，就得出了结论。他甚至想，朱文成不会因为爱情而当逃兵吧？他对于那些在当兵之前处对象订婚的战友，更是不屑一顾，对于朱文成的选择，他更有不太看好的心理，吃不着葡萄说葡萄酸的心理也因此淡化了许多。

“朱文成不会也整出这事儿来吧？”突然的想法在孙水涛心里冒出来，他感觉有些对不起同学，怎么不给自己的同学念叨点儿好呢？“朱文成要整出这事儿来，在朱家屯在同发镇那就丢大人了。”偶尔的这些想法存在孙水涛的意识里挥之不去，隐约还希望发生，他可以看看热闹。

因为有新兵逃逸，三中队邀请高山子镇法庭的法官为这些新兵们上了一堂军事法律课。

“当兵服兵役是每个公民按照《兵役法》规定的义务所尽的职责。逃离部队，是触犯《兵役法》的违法行为，必须受到严肃处理和严厉处罚。”法官讲课，义正词严，掷地有声。

“有的战士问到了，既然接受了处理，为什么还要接受处罚呢？这不是犯一种法律，接受双重责罚了吗？这里面的客体是一样的，都是这个逃兵，主体就不一样了。‘处理’的主体是部队，部队对他做出处理，遣送、开除军籍、除名等都是部队的处理方式。‘处罚’的主体是相关的法律，法律对他的处罚可以是罚金、拘留、拘役、判刑等形式。这个逃兵接受处理和处罚是不一致的，也不矛盾。”

“同志们，你们将要拿起枪去站岗，去押解犯人劳动。你们不仅是履行兵役义务的武警战士，同时也是拿着枪的执法者，面对劳改犯坚决地维护《宪法》《中华人民共和国刑法》《劳动改造法》等法律的尊严。你们更要学好法严守法才能更好地执行法，任务艰巨，责任重大，你们抓紧练好杀敌本领，成为一个本领过硬的执法者，成为一名优秀的军人，才能为社会带来更多的稳定，为千家万户带来更多的安宁。”法官普法，语重心长，余音绕梁。

“处理”“处罚”，这两个热词儿让孙水涛回到了高中的《法律常识》课本里，兴趣盎然。

“我们不仅是光荣的武警战士，将来还是持枪的执法者。”这崇高的使命，激励了孙水涛的学法情愫，高山子法庭的普法课，成为孙水涛军营的第一课。

孙水涛是聪明的，只要脱离了他的家庭，他的思想就像脱了缰的野马，无边无际。拨开乌云见青天，孙水涛的人生没有了迷茫。到部队以后，好像是找到了人生的方向，如鱼得水。他知道人生的出路只有靠自己努力，家里父母的期望，四个哥哥和一个妹妹的期盼，肩上有重担，背后有嘱托。与其担心未来，不如现在就努力。虽然在学校里和家里无所事事、吊儿郎当，但到了部队像是换了一个人，好像他早就应该来当兵似的。在部队，他的“宇宙功力”也不好使，一切都要玩真章。他的军事训练、内务卫生、内外勤务，基本上和他胖乎乎的身材一样圆滑机灵，游刃有余，不像个子高大的朱文成骨关节好像是坏死了一样，转不开，不灵动。部队最讲究的就是训练，训练体现战斗力，训练体现勤务执行力，他有着很好的身体素质，自然都不在话下。孙水涛工作勤奋，训练刻苦，执勤严谨，在第一年和第二年都是训练尖子和执勤能手，连续两年的优秀士兵。不怵头训练的孙水涛心里一片亮堂。

孙水涛没有爱情的滋润，并不代表他没有向上的动力，他的四个哥哥和一个妹妹时不时地来信，问候他的情况。也说起家里父母的情况，虽然他在家里游手好闲惹得几个哥哥有些不待见，但弟弟真的离开那个家，他们还真是很想念。他离开家的第二年，三哥终于成家了，他知道父母为三哥的婚事操了很多心，头发都急白了许多。剩下的就是给四哥操心了。他当兵第三年的时候，四哥也订婚了，父母的心愿终于了却。四哥来信说，家里有媒人给他这个老五说对象，问他要不要相亲，说这个女孩还不错，媒人想带对方到部队来见面。他知道，父母还是不放心他这个老五，怕他混不出个名堂来，还把终身大事给耽误了。他权衡了许久，回信拒绝了，说他还不想考虑这些。那一阵子他在婚姻大事上还是很犹豫彷徨的，这个偏僻的部队里会有他的一方天空吗？他能否在这三年里转换了身份？城市的生活距离他还有多远？22 岁，青春才刚刚开始，道路还漫长呢。最后他给自己百倍的信心，一定要走出那片大山，走出一条属于自己的路来。

孙水涛因表现优异当了副班长，逐渐养成了爱看书的好习惯。中队图书室里的书基本上让他翻看了个遍，什么侦破小说、法律故事书、部队管理方面的书籍，都是他最有兴趣的。加上高中学习的法律常识，在中队，孙水涛渐渐地成了“法律小博士”。战友们家里有了宅基地纠纷，有了土地纷争，有了家庭内部的矛盾，都找孙水涛咨询。孙水涛始终掌握“以事实为依据，以法律为准绳”的十二字方针，告诉战友们该怎么办怎么办，千万不能胡来，因为我们是光荣的人民武警战士，是面对监狱劳改犯的执法者，不能知法还违法，不能执法还犯法。因为兵与兵之间无隔阂无障碍，战友们家里有了问题，都愿意和孙水涛说说，孙水涛在学校里口才就好，一通道理往往说得战友们心服口服。孙水涛在中队的“法律小博士”角色，为中队帮了大忙，中队极为稳定，孙水涛还被支队评为“十大标兵”中的“学习标兵”。

孙水涛没事儿就给朱文成写信，互相了解彼此情况，在部队战友中，还有什么比又是同学又是战友更亲切的呢？并且彼此还是无话不谈的心灵倾诉对象呢。当然，孙水涛也要借此机会在朱文成面前找到更多的自豪感和优越感，炫耀他取得的荣誉，他在很多方面已经超越了朱文成，自豪感是通过比较获得的，朱文成当了几年兵，还没有看见有什么荣誉呢。孙水涛的心灵倾诉只有朱文成，不像朱文成没事儿向乔爱华倾诉，但是对战友的倾诉又是另一种感觉，而给对象倾诉多了，会让女人感觉自己太“面菜”不爷儿们。战友之间呢，彼此都是面对同样的军营环境，遇见不同的人和事情，面对的问题自然也就不一样，各自感受也就不一样。这种交流就更无所顾忌，彼此不用设防。时常打探着朱文成的消息，朱文成发表文章，他也很高兴。他没有朱文成的文笔，但他有朱文成比不了的口才，他可以凭借三寸不烂之舌说得唾沫乱飞，达到“水淹七军”的目的。他在信里总跟朱文成吹呼：他就是三中队的太阳。有他，三中队的每一个角落才亮得刺眼，一百多号战友才能阳光灿烂，他不高兴的时候，三中队就是黑暗的世界，宇宙同时无光。好在他写信的时候没有风，要不然他的舌头早就被风闪掉了。孙水涛的自我感觉良好也并非完全是吹牛，他是中队干部心里的“战士指导员”，在部队有良好表现和优秀士兵的荣誉，这使他对自己的未来和前途充满了信心。

即便是再好的战友，都会把对方作为心里目标来超越。在这样的交往和比较中，孙水涛找到了巨大的存在感。从那个时候起，只要比朱文成强一点儿，他都会扬扬得意。

第四章　必须整明白

“文成，你怎么样？在部队能整明白不？”

“我还行，能整明白。”

“你们班长排长整你不？”

“他们都很好的，不整人。”

“想乔爱华不？你们俩没有整出点啥动静来？”没有正形的话，每次都是从孙水涛开始。

“就你那点小心思，看热闹不怕事儿大的主儿，你想瞎了心吧，没有你想看的动静。”

“那就没有意思了，部队的事儿，不整不热闹。”

“你真是个孙子，光胡说。好好当兵，好好训练，你倒是千万别整出什么事儿来，要不然孙家湾那一家子饶不了你。”

“我不会的，我倒是希望你整出点事儿来，让我高兴几天。”

“一个把快乐建立在别人痛苦之上的人，不会有大出息，你小子心态好一点儿。”

朱文成和孙水涛在部队期间来往信件中，不乏逗闷子，逗咳嗽。在通信中，彼此发现部队有地方不一样的“整”，形成独特的“整”文化。

中国的文字语言内涵极为丰富，要不然那么多语言学家天天研究，都没有研究完。在部队，一个“整”字代表了很多意思，用途广得很。“整点东西”，是“偷”、是“要”、是“借”、是“买”、是“抢”？全凭你的思维来做主。个别纪律作风不好的老兵叫你出去“整点什么什么的”，你如果没有钱去买或者没有地方要，就会告诉你“没事儿，整呗！”意思不言而喻。

“喝酒”不叫“喝酒”，“抽烟”不叫“抽烟”，都叫“整两口”。“挨收拾”不叫

“挨收拾”，叫“挨整”。“收拾人”不叫“收拾人”，叫“整人”。“事情没有干好”，也说你是“咋整的”“这点事儿都整不明白”。

如果你什么都不会，也有人告诉你：“没事儿，虎超儿地整。”潜台词告诉你，胆子要大，不要怕。你要请示工作怎么处理或者怎么办，也会告诉你“看着整”。内务卫生有不完美的地方，告诉你再“整整”。写材料或者修改材料，也是叫“整个材料”或者是“把这个材料整整”。

如果你给部队捅了篓子，或者惹了事儿，让别人不满意了，也有人会问责：“你给我整事儿，是啵？”办了漂亮事、干了面子活儿或者给人上眼药，叫“整景儿”。你要外出，有人会嘱咐你：“别整事儿，整出事儿来，看我怎么整你！”让你把这件事情办好了，告诉你：“把这事儿给我整明白儿的哦。”

如果你是个没有前途和发展的，又无可救药的人，也有人会为你担心了：“我说那个谁呀，你以后可咋整哟？”说得你自己都觉得前途渺茫，不知道干啥才好。谁当了班长提了干，谁得了好处和荣誉，没有人说你“干得好”，会说：“那家伙，整得明白，整得不赖。”

事情没有办对方向，搞成南辕北辙，或者是指东打西，叫“整岔劈了”。什么东西没有看好，弄丢了，叫“整没了”。

还有就是“大胆”不叫“大胆”，叫“虎超儿的”，说你“胆子大”不叫“胆子大”，说你“那家伙，整得虎超儿”，让你放心大胆地“整”“虎超儿地整”。

谈情说爱也不例外。搞对象成功了，可以说“把那个姑娘整到手了”，让姑娘怀孕了，可以说“把女孩的肚子整大了”，两人柔情蜜意分不开，也说成“怎么整得和生离死别似的？”

这二人在学校里，感觉用处最多的词语是“打”。“打饭”“打水”“打扫卫生”“打架”“打理事务”“打那个姑娘的主意”“打车”“打个家具”“打开”“打井”“打猎”……

汉语语言中，地方流行“打”，部队时兴“整”。“整”和“打”可以代替汉语的所有动作。

还有一个词儿“弄”和“整”大同小异，同属于万能动词。褒义贬义都在其中，含义深刻。《三国演义》里曹操在华容道上又急又饿的时候，吩咐手下的人去“弄”

点充饥食物，袁阔成老师在说书的时候就解释为去“偷”。可见语言丰富，内涵之博大，只不过“弄”比“整”有些含蓄，轻描淡写一些，“整”有些缺乏人情味儿，实际上都是一个味道。不过“弄”没有“整”有力度、有气势、有威力、有影响，“弄”也体现不了说话者的风范和“派儿”，所以“弄”也没有“整”的用途广泛。

说起“整”，朱文成想起临当兵前，父亲说过一句话：“你是国家的人，就要时刻想着国家的事儿，千万不要‘整’那些没有用的。”父亲也会说个“整”话？不过，父亲好像就说过这么一句，不过这一句就足以让朱文成感到战栗，父亲温和的脸随着那个“整”变得威严。

部队的“整”远比“打”的内容涵盖更广，朱文成分析起来，感觉好笑。有时候给乔爱华写信说了几个“整”，换来乔爱华一顿臭骂，说他到部队不会说人话了。

在他们积极想“整”明白的时候，想在部队有一番作为的时候，有的战士却积极向后转。三中队有个第三年兵，是部队建设骨干，军事素质很好，小学文化，考军校自然考不上。但是部队爱惜这个素质好的兵，希望他留队第四年，承诺留队第四年，发展其入党，荣立三等功。但是这个兵死活不干，一年不待，一天也不留，就想回家跟随哥哥去做生意，他们家的种子公司已经粗具规模。留人留不住心，部队只能放其复员。

八中队有个第二年兵，父亲病故，也因此借口家中困难，要求提前一年复员，部队作为仁义之师，面对这样的情况，也只能为其办理提前复员手续。

“当兵后悔三年”，在改革开放中的弄潮青年说。“不当兵后悔一辈子”，当过兵的人坚决反击。

人生路上，唯有奋斗才能有安全感。

朱文成操起手中笔的时候，他又深深地怀念那支枪。枪对于军人而言，不仅仅是“朋友”“第二生命”，还是军人至高无上的信仰。身为军人，枪永恒的睡眠是军人最终的夙愿，但军人永恒的使命是让枪保持高度的清醒。也只有这样，军人与枪才有最生动的故事。他这个文书以通讯班班长之责，认真“整”材料，汇报中队工作；“整顿”松散的通讯班，发挥通讯员、司号员、给养员、卫生员、军械员最大的战斗效力；“整理”自己的学习和思想，让自己前进的步伐紧紧和部队要求一致。

“执干戈以卫社稷。”孙水涛紧握手中的钢枪，无悔军旗下的誓言，用青春和热血保家卫国。子弹在天空掠过，书写尊严和正义；沉默许久的信念，在射向目标的一瞬间，将辉煌永久定格。在他的奋斗中，为自己“整”了几个优秀和先进，把自己的青春“整”得容光焕发。

没有门的屋子肯定有一扇窗户，没有窗户和门的屋子那肯定是密闭的柜子。朱文成和孙水涛在军营里找到了通往理想的门，两人的命运皆被垂青。入伍第三年夏天，朱文成作为中队文书通讯班班长、孙水涛作为战斗班班长，通过勤奋努力，加上中队干部为他们的军事理论和文化学习创造条件，都考上了武警指挥学院，并一同进入指挥学院内卫系，成了同年入校的干部学员，又一次成为同学。两人在看到老乡名字的时候，虽说没有看到自己名字时那样喜悦，但也由衷地高兴。军营的阳光是那么灿烂，天空是那么湛蓝，中队干部和战士是那么的亲切，天林山外的世界是那么的美好，原野上到处是绿树青草，鲜花盛开。

两人都在第一时间向家里写信报告了喜讯。两人的父母得到消息后喜极而泣，儿子很争气，儿子很出色，为老人们的脸上争了光，让他们在村里人面前扬眉吐气，挺直了腰杆，他们的儿子将是共和国部队的军官了，当然他们分不清武警部队和解放军部队干部的称谓，反正他们的儿子将要成为部队的干部了。武装部杨部长如同指挥了一场胜利的战役一样，兴高采烈地把部队的通知函双手送到朱老汉和孙老爹手中，谢绝两家人的挽留，背着手唱着“苏三起解”的小曲儿，悠闲地溜达在山间的田埂上。

杨部长的到来，印证了儿子在信中的消息是准确又真实的，山村的土地上同样会有金龙腾飞。一纸通知书把两家老人的眼角“整”出了泪花，喜悦地笑着，高兴得泪水畅流。

乔爱华当然比谁都更高兴，她对朱文成的坚守和支持，终于有了收获。文成当军官了，她自然就会成为军官太太。她坚信文成不会离开她，她也坚信文成父母和妹妹也不会嫌弃她。但是她心里也惴惴不安，怕手里的风筝断了线。

在初中的时候，朱文成就给乔爱华留下了“高大”的印象，个子高高的、鼻梁高高的、颧骨高高的、眼睛大大的、嘴巴大大的，性格沉稳冷峻。学习又好，可惜她没有能够考上高中，不能同考上高中的朱文成比翼齐飞。但是朱文成始终在她心中有着不可摧毁的位置，少女的情愫像一棵幼芽植根心中，她以为这辈子就和“这头猪（朱）”失之交臂了呢。朱文成没有考上大学，她心里为朱文成遗憾，同时她也暗自高兴。朱文成回到家里不久，她就托人去朱家做媒。没有想到，朱文成对她印象也还好，她怎么能够不高兴呢？她说心里话，不愿意朱文成去当兵，但是看到他魂不守舍的样子，心里也不忍，他提出当兵，她也就认可了。她也知道喜欢文学的人情感都比较丰富，在朱文成当兵之前，她很快就把朱文成“拿下”做了她的俘虏，并成功地让两家老人为他们定了亲。她觉得自己这辈子属于朱文成，朱文成这辈子也只能属于她。但是要让朱文成死心塌地爱自己并且没有旁门左道，她还要做好外围工作，那就是爱他的父母和妹妹。这几年，她也心甘情愿地把自己当成这个家里的一分子，任劳任怨，赢得未来公婆的好感，赢得小姑子文玥的认可，赢得全屯人的称赞。她住在朱家就和小姑子一个被窝里说心里话，两人成了知心姐妹。有时候小姑子文玥逗这个未来的嫂子：“我哥当干部做了陈世美，你怎么办？”“那我就从倒背崖上跳下来，死在你们朱家屯！生死都是你们家的人。”这话被小姑子转给了朱文成，让朱文成知道现代版秦香莲的厉害，乔爱华会“整”出更大动静来的。

乔爱华开玩笑地问文成父亲朱老汉：“大伯，文成当军官了，他会不会做陈世美呀？”如今，她不能再等了，她要开始自己的“逼婚计划”。不能说乔爱华有心机，农村女孩子面对这种状况，不这么做也得这么想，万一朱文成这个风筝挣脱了她手中的线怎么办？她在这十里八村岂不成了天大的笑话。

面对这个勤劳俊俏的未来儿媳妇，文成父母满心里喜欢，多好的一个姑娘呀！一到农忙就往这个家里跑，到这个家里不挑这不挑那，拿起家伙就干活，没有拿自己当外人，是过日子的一把好手，人长得俊，嘴还甜。“他敢！他要做了陈世美，看我不扒了他的皮！”朱老汉话说得斩钉截铁，威严不可侵犯，他有着一双炯炯有神的大眼，目光如炬，雷人千里之外，愤怒起来，眼珠子要同目光一道飞向被注视者的身上，成为一颗炸弹，好像分分秒秒就要把目标炸掉。

乔爱华得到朱老汉这样泰山压顶的许诺，低眉颔首，心里狂喜，她从心里尊重这个善良正直的老人。老人是她的大后方，是她的坚强后盾，有了这个后盾，那头

“猪”应当是不敢去“瞎拱”。

未来婆婆有“母以子为贵”的高傲心理，虽然是偶尔地闪过，但这偶尔闪过的瞬间，让乔爱华准确地捕捉到了，使她“夫贵妻荣”的喜悦心理有了一丝异样，但这种异样转瞬而逝，有朱老汉的板上钉钉，再加上她的勤劳，她相信未来依然会很美好。

“五儿是好样儿的!”对于孙家湾孙水涛的父亲孙老爹来说，没有比这消息更振奋人心的了。老五走出了大山，他靠自己走出了一条路，脱掉了“农皮”，减轻了家里的负担，他们可以不再为老五操心了。老五有自己的光明前途，老五人长得精神帅气，嘴巴又甜，一定错不了。从此他和老伴能在村里人面前昂首挺胸了。这些年，五个儿子一个闺女，可是把家里的日子拖苦了，五个儿子一个闺女的家庭和一个孩子的家庭怎么比？不管他孙老爹付出多少辛苦，房子建了一处又一处，怎么都不够住，五个儿子就要五套房，还没有老两口住的。虽然说是包产到户了，人们可以用农闲时间去做点小生意，但是改革的春风刚把城市吹暖，农村人的思想观念还在老旧俗套之中，即便有些改变，农村可以做的小生意还是很少。农村粮食产量比以前多了许多，温饱也没有问题，但需要用钱的地方实在是太多，农民只有靠变卖粮食和蔬菜来换钱，他们家的日子依然在贫困线上摆动。别人给自己的几个儿子介绍的媳妇家庭条件和长相都差了不少，谁让他家穷呢？儿子能娶上媳妇就不错了，哪有资格和条件去挑拣别人？唯一心安的是这几个儿媳妇都还算是善良能干，一心一意为这个家里操持过日子。现在好了，老三老四都有了对象了，老五不用操心了，以后奋斗出来的就是好日子。

快乐在孙家大家庭和几个小家的房前屋后洋溢着。孙家人像办喜事一样，把关系不错的乡邻和亲戚招呼到一起，狠狠地吃喝了一回，孙水涛的四个哥哥和孙老爹第一次喝得酩酊大醉。孙家湾所有姓孙的都感觉无上荣光，在亲朋好友的祝福声中收获了一辈子都没有过的快乐和自豪，这是孙家几代人都没有出现过的荣耀。孙水涛的母亲总是梦里笑醒，喜悦的泪水不停地流。逢人便说：“我们五儿是军官了，军装是四个兜的，精神着呢。”

第五章　上车再买票

朱文成军校寒假回到朱家屯，父亲朱老汉和他促膝详谈："文成啊，你现在是真正的国家人了，你和爱华的事情怎么办？我看这孩子很好，在咱们乡下打灯笼也难找，你们相处这么多年，你也不小了，也该成家了。我看你这次回来，就把婚结了吧。"

朱老汉在做这个决定之前，曾经和老伴周红妹争论过。

"我说红妹子，过几天文成回来，让他和爱华把婚结了。"

"文成要不同意呢？"

"他有什么不同意的，难道他还有什么想法吗？这么老搁着也不是回事儿。"

"文成要不愿意就别强摁着了，反正他现在是城里人。"

"城里人怎么啦，城里人就高一大截呀？他变成城里人就许他忘本啦？在咱老朱家没有这号传统，以后你还少在爱华面前说城里人农村人的，你不是农村人呀，农村人就矮三分啦？"

"儿子要有更好的想法呢？咱就别拦着了。"

"那也不行！坚决不能让他有别的想法，咱们在全屯子丢不起这个人，在同发镇丢不起这个脸。"朱老汉看似商量，实际上是早有不容更改的决定，就是提前和她打个招呼而已。

"那你看着办吧，有这个媳妇，咱们老两口轻松点，没有这个媳妇，文成未来好点。"

"就你想得现实，咱们做人的本分不能丢。"

朱老汉向来就是说一不二，周红妹早已经习以为常。

老两口争论完的第二天，乔爱华就上门忙乎起来，系上围裙前院后院屋内屋外地干起了家务，比在自己家里还熟悉还随意，让婆婆周红妹好像成了多余的人，婆婆看到这个忙碌的身影，因为儿子的身份改变，她变得心安理得，不再拿乔爱华当“客”待。

对于结婚，朱文成没有任何思想准备。他没有想到父亲会提出这样的问题：“我还没有心理准备呢。”他去了警校以后，人们谈论最多的是未来的理想和抱负，以及如何施展能力管理部队，也谈论自己未来的家。面对学校的战友，他不敢说他有一个农村的未婚妻，已经订婚了两年多，他第一次感觉到有一个农村的妻子好像低人一等似的，但是一想到乔爱华对他的好，又释怀了，不少军官和国家干部都有一个农村爱人，也没有什么。不过现在让他结婚，还真的是没有心理准备。他有什么拒绝的理由和说辞呢？

一个想法突然出现在他的脑海里：这是不是乔爱华搞的“曲线救国”策略？他和乔爱华在一起的时候，乔爱华期待的眼神迫切，闪电一样的泪槽，从眼角里流出的都是对他的渴望，给他的柔情让他把乔爱华从少女变成了少妇，对于这个年代的青春男女来说，也有不少人早早就把禁果吃了，他和乔爱华已经成为食人间禁果的快乐神仙。他心里也知道必须对乔爱华负责，要对她好一辈子，不过他还没有自由浪漫够呢，就要让他进入丈夫的角色，明年很可能就要进入父亲的角色，他心里还真的没有预想好。一想到这是乔爱华“曲线救国”的招数，心里就有了一些不快：“这个女人是不是整得太有手段了？是不是太有心计了？”

他不高兴的表情，眼睛里不愿意的神态，一下子被父亲看懂了：“你小子别扯‘哩根儿愣’，想什么歪的斜的，坚决不行！老老实实把婚给我结了，我们老朱家不能办那些昧良心的事情，让人说三道四。爱华是个好孩子，你不能辜负了人家，如果你要辜负了人家，看我不扒了你的皮。咱们不搞复杂化，亲戚朋友还有当家子弄几桌，吃个饭就成了。”婚姻大事，让朱老汉说得很简单，也就是几桌饭的事情。

“爸，那也要先把结婚证办下来，才结婚吧？”朱文成是不能招架他父亲的威严了，父亲虽然没有打骂过他，但是比打骂的父亲更难以拒绝和不容反驳。

“结婚证以后补办，等你回到学校暑假的时候开个介绍信回来，你们一起到乡里办证，这次先把婚结了。”朱老汉的智慧不比他这个军校学生差多少。

“那不能先结婚后办证呀？”朱文成做最后的抵抗。

“你们在一起的时候，怎么就没有想到你们还没有结婚证？”这句话一下子就让朱文成没了词儿，老汉火眼金睛。朱老汉有些生气了，他在这个家里说一不二，面对要展翅高飞的儿子，他必须保持自己既有的威严。在他这个岁数，同村的人家都是儿孙绕膝了，让他羡慕得不得了。儿子早晚都要结婚，还有什么可拖延的呢？如果乔爱华这孩子不好，或者文成当兵之前没有订婚，他也不会坚持的。庄稼人的朴实憨厚，让他觉着人不能昧了良心，必须对得起人。

朱文成看父亲有些生气，更不敢对视父亲不容拒绝的眼睛，他知道那目光已经变成两根粗大的绳索，死死地把他捆住了，让他逃脱不得，他有天大的力气也挣脱不开，也无力挣开。在父亲面前是没了招数，只有投降一条路。也罢，早晚的事情，华子是他永远的老婆，他必须坚守这个承诺。“爸，你看着安排吧，我听你的。”

躲在门外的乔爱华听着父子俩的谈话，她开始还在为朱文成的态度而恨他：“这个东西是不是有什么别的幺蛾子？玩什么小九九？”后来看到未来公爹的坚决态度，她开心极了，佩服未来公爹的智慧和力度。

一切按部就班，婚礼就这样在没有结婚证的情况下举行了。朱文成和乔爱华来了个先上车后买票，这个票什么时候买，还要等多久，朱文成不知道。对于一个懂法律的武警干部来说，这就是典型的不遵纪守法，但是父亲说以前他们在一起的时候就怎么没有想到没有结婚证的话，他就蔫巴了，先上车吧，好在他和乔爱华已经到了法定的结婚年龄，还属于晚婚晚育的那一类，农村的婚礼会有多少人去验证是否领取结婚证了呢？乡村朴实的民风宽容地对待进入婚姻殿堂的青年男女，更何况是部队军官的婚礼呢，更无人去质疑。

普通院落里里外外贴满大红喜字和通红对联，红灯高挂，红烛摇曳，大家红光满面，喜气洋洋。欢呼声祝福声喝彩声此起彼伏。

“朱文成，孙水涛，我没有看错你们，恭喜你们。人生百年，征途漫漫，你们在部队还要好好干，争取弄个团长、师长回来喔，给我这个杨部长再争个大光。朱文成，今天是你的大喜日子，祝福你！”杨部长被朱文成请来喝喜酒，人生道路上的扶助者，怎么能忘记呢。朱家人对杨部长千恩万谢，让杨部长在微醉中飘飘然了。

金榜题名，新婚之夜，人生四大喜事，朱文成实现两喜，他陶醉了。他不仅是未来的军官，也是幸福的新郎官。他的人生可以说是开局良好，成家立业近在咫尺，事业成功就在眼前。他邀请了很多同学，当然少不了战友孙水涛。

孙水涛和其他同学们是一肚子“坏水”，让他在公开场合里当众“出丑”，让朱文成给大家讲一讲“爬山”的艰辛和体会，即便他和乔爱华两人多次尝得禁果享尽甜蜜，在众人面前还是羞涩和腼腆。

那一天，朱文成木偶般被动地做这做那，好不容易送走了同学和几个退伍回来的战友，只有孙水涛迟迟不动，他还有他的表演呢。

孙水涛对朱文成说：“朱文成，我发现你们两口子在一起还真的是有吃有喝。”

“什么意思？”被喜悦冲昏头脑的朱文成没有反应过来。

“她吃猪（朱）肉，你喝奶。”孙水涛阴阴地坏笑，一下子就招来脸红的乔爱华一顿狠掐。

朱文成发现又让孙水涛这小子给算计了，笑骂：“你真他妈孙子。”这是朱文成对孙水涛的“专骂”，孙水涛对于这句“专骂”就像挠痒痒一样。

“哎呀。我发现你们两口子在一起还真的是——又打又骂。”

“噗嗤——”乔爱华乐了：“你就是皮皇帝的妈——皮太后（厚），欠松了。”

“嘿嘿——咱们的华子也会俏皮嗑了。”朱文成笑了。

“咱们？那我就不走了，要实现共产主义了。”孙水涛笑嘻嘻的，得寸进尺。

“赶快滚，不要不待人气儿。”朱文成开轰。

“你轰我可不成，因为华子是咱们的，也有我一份儿。”孙水涛一边说，一边躲着乔爱华的手掐。

“真拿你没有办法。”朱文成斗嘴始终没有在孙水涛这里占过便宜，他只能大度地谦让孙水涛，这是在高中时候和孙水涛之间养成的相处之道。

孙水涛想着办法刁难朱文成和乔爱华，在小两口赔尽笑脸和好话，在得到朱文成承诺给他负责回军校的车票后，“敲诈”成功，他才心满意足地起身。

临走时，孙水涛还坏嘻嘻地说：“朱文成，战争已经打响，拿出你的意念神功来，冲锋陷阵的时刻到了，共和国考验军人的时刻到了，你别还没怎么着，就被敌人打得狼狈逃窜。”把乔爱华和朱文成臊得像抹了满脸的朱砂。

新婚的夜晚，朱文成因为对乔爱华耍手段用心计有点不好印象，心里还是多少有些不快。当乔爱华大大方方地展示出女性成熟迷人的全部魅力时，这个共和国的军人一下子就投降了，哪有什么不愉快？以前他们在一起的时候都是偷偷摸摸，即便在部队也不是那么正大光明。今日面对乔爱华大方地展示自己，他才真正地欣赏到这个女人的美，他搜集了无数赞美女性的词汇，发现都不够用了。他感觉到乔爱华是上天赐给他的尤物，绝世美女，既有农村女子的纯朴，也有山里女人的野性，让他喜欢让他爱。面对肥沃丰腴的土地，心动不如行动，他马上就开始“卧姿装子弹”，发起冲锋的号令，向敌人排山倒海地杀了过去，满腔的热血化作了仇恨怒火，射出了最后一粒子弹，准备挥师凯旋。朱文成是偃旗息鼓休整了，但是乔爱华开始了疯狂地反扑，她没有被军人的强悍所打倒，她只是暂时避其锋芒，让对手耗费火力和子弹，等对方火力衰退了，她兴趣盎然，兴奋点不断，开始发起强大的反攻，朱文成在乔爱华的反击之下，再加上婚礼上的招架得精疲力尽，新婚的激情运动，面对乔爱华誓死夺回阵地的决心，他仓皇应战，不大工夫就丢盔卸甲，溃不成军，被乔爱华打进倒背崖的谷底。不大工夫，回报给乔爱华的是朱文成沉沉的酣睡。

“你醒醒，你陪我说会儿话。”乔爱华拧着朱文成的耳朵，她还意犹未尽。“啊啊……你干嘛呀？”疼痛让朱文成迷糊着双眼看着乔爱华。“成子，你不要做对不起我的事情啊，你要背叛了我，我和你没完。”新婚之夜情话还没有说完，就开始了训诫。这让朱文成一下子就清醒过来了。背叛？他的大脑里根本没有这个概念和词汇，至少目前他还没有发现比乔爱华更好的女人。瞬间，他想起了那个相面人的话，泪槽深的人爱吃醋。“华子，放心吧，放心吧。”转身又沉沉睡去。

此后，乔爱华真正成为了一名军嫂，开始履行着一个军嫂的职责和使命，她也就读懂了“军嫂”的含义，她的成子开始给她这个军嫂无限的赞美。

孙水涛参加了朱文成的婚礼，他没有太多的眼热，但是他想象着朱文成和乔爱华美好的夜晚，心里像装满了不成熟的杨梅，酸酸的。他何尝不想体会爱情的美好，何尝不想体会情人给予的温柔和激情？但是他的爱情还八字没有一撇呢，谈什么爱情。看来朱文成这小子真是既得了风，又得了雨。不过，朱文成承诺给他回军校的车票，让他心里有些满足感，这算是“吃喜儿”，不算是讹诈，心里的酸味就没有那么强烈了。

说心里话，朱文成这样做是因为朱家就朱文成这么一个儿子，儿子远走高飞，让朱老汉两口子心里空落落的，跟前没有儿孙绕膝的欢笑，老人的日子会越过越没劲。那样的老人老得快，晚景更凄凉。孙水涛家里虽然很穷，但是儿孙满堂，他爹他妈尽管劳累，看见那孙男娣女，也是开心得不得了，他爹他妈看着他们兄妹六人，不是多么虎虎生威，但也个个健壮如牛，下一代又在茁壮成长，怎么能不快乐呢？他父亲在有他大哥的时候就请算命先生给看了看，说他们家五行缺水。水主智，其性聪，其情善，其味咸，其色黑。水旺之人面黑有采，语言清和，为人深思熟虑，足智多谋，学识过人。太过则好说是非，飘荡贪淫。不及则人物短小，性情无常，胆小无略，行事反复。一通相术下来，孙老爹赶紧给大哥起名孙海涛，二哥孙江涛，三哥孙河涛，四哥孙湖涛，到他这里起名孙水涛，妹妹孙水仙。父母胆小的性格殃及前面几个哥哥，当然在智慧上大脑也不是多么灵光，只知道实干，诚实对人，但是父母认为只要家里有人气，一代代地努力总会兴旺发达的。家里有人气比什么都强，没有人气何来的财气？没有人气哪里来的和谐希望？父母单纯的想法主导着这个家庭的一言一行。

孙水涛在上高中的时候，就幻想到城里去工作和生活，通过自己的奋斗给这个家庭带来喜悦和荣光，面朝黄土背朝天实在是太辛苦。乡下的日子穷，农村不是让人羡慕的地方，农民也还不是让人羡慕的职业。考学、当兵成了走出大山，走出农村的两条道路。考学虽然落榜，但是如今他通过军营接近了自己的梦想，未来一片光明。

那一夜，他做了一个很美好的梦。

漂亮的妻子温柔地挎着他的胳膊，手里拿着一束美丽的鲜花，把头依在他的臂弯里，他穿着武警部队的警服靓装，帅气地走在大街上，周围满是羡慕的目光。中队的战士们簇拥着他和妻子，高喊着“中队长亲一个，中队长亲一个。”阳光灿烂地照耀在他们的脸上，事业家庭双丰收，他们脸上满是幸福的笑容。他们一起去车站，去接从老家前来探望他们的父母，妻子面对父亲，甜甜地叫了一个“爸”，面对母亲，甜甜地叫一个“妈”。在他们甜蜜的小家里，父母幸福地看着儿媳妇忙这忙那，一会儿就给老人准备了一大桌子饭菜，让老人吃好喝好，完事就给老人安排洗漱和休息。他看到城里妻子是这样的温柔贤惠，开心地笑着，父母也快乐地笑着。面对妻子娇羞的面容，他激情地拥吻着，奋力地耕种着土地……

到了第二天，孙水涛发现他被窝里的褥子湿了一大片，那地图画得有模有样。他也是激情磅礴的青年，芳华正茂，火力十足。这个甜美幸福的梦让孙水涛记忆了很多年，那场景想起来都激动，这就是他要奋斗的目标。

第六章　神韵栩如生

警校三年，两年在学校，第三年回原部队见习，这就是部队“理论加实践”培养军事干部，见习期满才算警校毕业。

七月的熏风，吹送着稻香。营盘大地，辽河汤汤，芦苇浩荡。回到两年不见的八中队，豪情满怀的朱文成又一番感慨。铁打的营盘流水的兵，营房依旧是两排“高射炮”，物是人非，从入伍时候的陌生变成了现在的亲切。这里是朱文成梦想腾飞的地方，如今回到这里，好像是奋斗了好几年，又回到了原点，不同的是身份有了质的变化，荣归故里，未来还要在入伍之地开始新的征程。

黑红黑红的修国岩就如同迎接朱文成新兵入伍一样，热情地迎接朱文成的到来。只不过修国岩已经成了八中队连职干部，也是八中队唯一认识的人，战士一茬一茬地复员，几个干部调整的调整，升职的升职。独有修国岩在八中队坚守，意念中就是为了等待朱文成的荣归，继续当朱文成的领导。朱文成面对老排长，自然有份特殊的情感。新兵时候的脆弱，是在修国岩勉励中变得坚强；新兵时候的自暴自弃，是修国岩鼓舞了他，让他坚持了下来；新训结束后，又是修国岩把他要到所在班排，督促他的训练和执勤，给他创造学习和写作的时间，被调整到连部当文书。修国岩既是他的良师，又是他的益友，这份知遇之恩，给朱文成的人生启蒙和导航，没齿难忘。

“老首长好，见习排长朱文成向您报到！”朱文成一个标准的军礼。

“文成，欢迎你，欢迎你回到老连队来工作。”修国岩伸出黑红黑红的胳膊，握住了朱文成的胳膊，和其他中队干部一样，都穿着短袖军服，露出黑红黑红的胳膊，带着暑天的热汗，他们为朱文成举行了一个小小的欢迎仪式。

黑红黑红，是军人标准的颜色，是军人奋斗的颜色，是军人拼搏的颜色，是军人奉献的颜色。

“以后，还要请老首长多指导。”

“两年军校锻炼，你应当成为一个合格的指挥员了，还用我指导吗？”

“真的，能回到您的手下来工作，是荣幸也是幸福。”

“你不再是一个战士了，你就是连队建设的新生力量和骨干力量。”

熟悉的首长，熟悉的连队，唯梦而新。

内务搬到他原来当新兵的时候那个班排里，还是新兵时候的那个位置。他虽然是一名干部，但他想还是要像一个新兵那样，好好地从头做起。

他成了三十名战士的最高首长，好在这三十名战士没有太调皮捣蛋的，即便有一两个刺头，他也能通过思想政治工作，一顿婆婆妈妈和吹胡子瞪眼，恩威并施，道理并行，关怀有加，把这些战士“整治”得心服口服。当兵为了什么？这是他常给战士们提的问题，当然套话答案是千篇一律完美的一致：当兵保卫祖国，尽一个公民的责任和义务。他也有自己的答案：既然是保卫祖国，首先是自己要做一个合格的武警战士，才能保卫祖国，要苦练杀敌本领才能尽好义务。

那个年代兵的来源比较复杂，什么样素质都有，良莠不齐。一个个说是初中毕业，实际上文盲不少，说是优秀的社会青年，实际上社会小混混不少。当兵的目的也有很多种：锻炼锻炼见见世面的，大学漏子考军校的，非农业户口回去安置工作的，社会混子避风头不进号子的……朱文成当排长后，一些战士和他套近乎，拍他马屁，都是他不喜欢的。他喜欢那些在训练场上嗷嗷叫，不怕摔打，如狼似虎的战士；喜欢那些在勤务执行中，思维缜密，对待敌情有头脑有办法的战士；喜欢那些面对困难和凶顽能够临危不惧，勇敢而上的战士。当然这些也是他笔下最好的素材，丰富着他的军旅生活，提高他的带兵能力。

他知道把很多方法教给三个班长和三个副班长，把道理和方法教给他们，兵教兵、兵管兵的效力往往比他直接管理到某一个战士的效果要好得多。这样弱化了干部战士之间的矛盾，兵管兵、兵教兵是让人从心理上比较容易接受的方法，也能够做到纲举目张。

爱情温暖着朱文成的从军旅程。结婚两年后，一个大胖小子的出生乐坏了全家人，朱老汉也不征求儿子儿媳的意见，很武断地给孙子起名“朱武匠”。老汉本来是要把这个名字给他的第二个儿子的，结果第二个儿子没有到来，倒是生了个女儿，闺女哪能叫武匠呢，就给起了个“文跃”，希望超越她哥哥文成，学校老师认为一个女孩子叫“跃”不太文雅，就给改成了“玥”，于是他的女儿就叫“朱文玥”了，也就是朱文成的妹妹。这样他们家的儿孙中，文臣武将齐备，文有成就，武有技艺（手艺人之称呼为匠）。朱文玥因为提前学习了哥哥的高中课本知识，掌握的知识也扎实，高中三年学习始终名列前茅，真如朱老汉心愿超越了她哥哥文成，考上大东市医学院。对于朱家来说，喜事频频光耀门庭，朱老汉逢人便说，逢人便笑，老朱家祖上积了大德，他们烧了高香，祖宗在福荫后代。

乔爱华有时候写信称呼朱文成为“猪”，朱文成回信称呼乔爱华为“桥”。然后朱文成在信中想乔爱华的时候说，猪想拱桥了，想把她拱个人仰马翻。乔爱华说你把“桥”拱塌了，小心砸死你，我是你命运中的那座桥，猪只能在桥上走，才能到达河的对岸，你才能成功，说等他们见面自然就“猪上桥”了，肉麻的情话说得含蓄又让人想象无穷。每次通信自然要谈起他们的“小猪崽”，这回说长胖了，下回说会爬了，“小猪崽”是他们信中必有的话题。

乔爱华每到部队一次，就造就一片风景，部队就多了鲜活的色彩，战士们也都精神了，着装利索了，开始讲究神采和风度。兵们的目光就像步枪准星似的不断地跟踪那款款的身影，那柔美的身姿。不想让“嫂子”看到他们的脏乱差，问候“嫂子好”的声音不绝于耳，目的是让审美疲劳的眼睛好好活跃一下，那些目光开始在这位军嫂身上跳舞。伴着漂亮嫂子桃红李白的笑容，乔爱华眼角的泪槽如钩，在微笑中好像流出了醇香的东北高粱酒，醉了青春醉了军营。当然，朱文成这个时候也知道这些兵们的色心，也知道这些兵刻薄的目光中有的不怀好意，也就很大度了，谁让这军营色彩太单调？谁让这军营的性别太单纯？

当了“军官太太”的乔爱华身上农村妇女的朴实不改，每次探亲都要带些针线来。到了部队，住进中队部家属房的第二天，就拿起中队干部和通讯员的被褥开始拆洗，拆洗完被褥就给大家伙儿洗衣服，哪个干部和通讯员也别想阻拦，干部和战士们反而不好意思。乔爱华说：“都不要客气，拿我当你们家嫂子就成啦。”语言随和自然，兵们嫂子长嫂子短叫得更加亲热。乔爱华知道，虽然她辛苦，但是部队的“印象分”依然会记在朱文成身上，以前的打分方法还在她的记忆中。她这个军嫂不能让人家白叫了，是军嫂就应当这样做，她感觉这都是她的责任。

朱文成在部队虽然忙碌，但是每到闲暇的周日，没有集体活动的时候，他还是操笔写诗作文，见习排长那一年里，在省市级报纸上发表了十多篇文章。那些文字一个个都是神奇的激情密码，都是他用心在雕琢。每当稿费来到部队，他就给中队加上一个平时轻易吃不着的菜，大家对朱排长的写稿热情自然是大力支持。

见习期满，朱文成警校毕业。这时正值全军军衔制度改革，部队军官全部实行军衔制，解放军不再是红领章和五角星，武警部队也不再是国徽和红领章，换成了盾牌国徽组成的帽徽和松枝盾牌组成的领花，肩上也有了士兵和军官的级别。金黄的肩章上一道醒目的红竖杠，红杠中间缀上一颗闪亮的银星，这一杠一星，代表着朱文成正式进入了共和国部队军官的序列，从行政 23 级的少尉开始了他人生的腾飞。高大的朱文成佩戴上新的领花肩章，戴上大檐帽，雄姿英发，心中有着无限的喜悦。在鲜红的军旗下，他再一次庄严地宣誓：

服从中国共产党的领导，全心全意为人民服务，服从命令，忠于职守，严守纪律，保守秘密，英勇顽强，不怕牺牲，苦练杀敌本领，时刻准备战斗，绝不叛离军队，誓死保卫祖国。

在誓言中，朱文成坚定了自己的信仰。

锦朝市支队机关三楼拐角的宣传股办公室窗明几净。向东的窗户每天迎接着太阳升起，向南的窗户可以直视太阳从东往西移动的轨迹，感受一天气温从凉到热到冷的起起伏伏。白云飘进来，思绪飞出去，在蓝天下筑梦军营的理想。往下就能看见和平大街上车水马龙，人来人往，吆喝声、叫卖声、喇叭声，城市的喧嚣彰显城市的热闹。对面的城市居民住宅外墙上，横平竖直地开着一扇扇窗户，证明是住宅，而不是一堵墙，俟夜会次第亮起灯光，灯光里有温馨有诱惑有情感有故事。医院、电影院、学校、商场、汽车站、火车站都不远，这就是城市。

三抽一柜的传统办公桌上都有一块绿色的台尼，台尼上压着一块厚厚的玻璃，玻璃在太阳照射下，反射着刺眼的绿光。光芒热烈，光芒艳丽，玻璃被太阳的强光照射，热热的烫手。临门处，空缺了一些日子的办公桌以干净整洁的面貌静静等待新主人的到来，等待朱文成的到来。授衔两个月以后，支队原来的新闻干事奉调到总队宣传处新闻站当了新闻干事，朱文成被支队调到宣传股当新闻干事，在政治处唐副主任引导下，朱文成走进宣传股办公室，和沙股长、胡干事、李干事一一握过手，几声“欢迎”之后，他就是宣传股的成员了，沙股长还是比较熟悉朱文成的，知道朱文成发过十多篇文章。其他两位干事仅仅见过面而已。

作训服变常规服，哨位变岗位，枪械变纸笔，军事干部变政工干部。朱文成开始以笔为枪，实现他“铁肩担道义，妙手著文章”的理想。他知道，自己属于文字，属于军事新闻，属于军营生活。部队火热的生活，以及那荡气回肠的壮烈，只有通过他的文字和摄影画面，才能传递给社会，才能展示给社会。风调雨顺的军营路，又向他绽放了鲜花，给了他灿烂的阳光。

和朱文成一起住单身宿舍的是组织股何海晶干事，朴实厚道，四方大脸，入伍比朱文成早两年，从黑龙江海林农村入伍，到机关刚半年时间。何海晶面对新来的同事非常热情豪爽，主动地帮助朱文成整理内务，让朱文成感觉这是个好战友，好兄长。晚上进入宿舍，两位干事的聊天就没了拘束。

“朱干事，多大啦？结婚了没？我有个小姨子特漂亮，可以介绍给你。”何海晶热情地推销自己的小姨子。

“谢谢何干事的好意，我儿子都满地跑了。”朱文成没有想到何干事见了他第一句话竟然是这个。

“是吗？你整得够着急的啊，媳妇儿不会也是农村的吧？”

“初中同学。当兵前订的婚，军校第一年冬天结的婚。”

“是个爷们儿，从农村出来，没有忘本。”

“何干事，你也是农村来，农村夫人？”

“行，就凭你从农村出来，娶了农村媳妇，没有忘本，咱们就是好兄弟，就有得唠。”

“何干事，你家大嫂还在农村？”

“当然。”

那一夜，这两个从农村来的干事聊到深夜。何海晶竟然也是在家里结完婚以后才入伍的。结婚后，不说老老实实在家里守着老婆孩子热炕头，有了媳妇也没有拴住他年轻狂躁的心，世界很大，就想出来看看。何海晶入伍的时候，农村还没有包产到户，家里有他无他关系不大，都是挣大集体的工分，妻子陈霞也拦不住他，愿意去就去，抡一辈子大铁锨也没有意思。没有想到何海晶还真是当兵的那块料，到了部队不怕脏不怕累不怕苦，三年的优秀士兵和学雷锋积极分子整下来，第四年竟然被推荐到总队指挥学院培训两年整提了干。支队孙政委看何海晶人品还不错，就给调到组织股当了干事。提干以后，部队也有问起何海晶个人问题，见面也说有没有对象，如果没有对象，可以把小姨子介绍给他。当别人遗憾的时候，他却扬扬得意：我是在黑土地上“播过种”的干部，那语气好像是从红军长征过来的老前辈一样。不明就里的人以为他有多辉煌的历史，细问才知何海晶早婚早育，等到符合法定结婚年纪，孩子都降生了，典型的先上车后买票，据说部队从农村当兵来的，这种情况不算少数。打那以后，介绍小姨子的话题就让何海晶运用得如火如荼，因为他还有一堆小姨子像大地里的禾苗，次第长大。

那几日晚间，朱文成和何海晶俩人还比拼各自农村媳妇的勤劳善良和优点。

“海林人，海林汉，海林女人最能干。”何海晶说陈霞。

“同学亲，心连心，走到哪里都一根筋。”朱文成说乔爱华。

何海晶说陈霞对他百依百顺，他说一陈霞就不敢说二。这也许是真的，因为结婚了，女人都没能拴住何海晶。他是主动冲锋让陈霞投降的。

朱文成也实在。他是被动型，乔爱华知道他没有考上大学就主动找媒人，然后努力表现让他奉命成婚，被乔爱华冲锋拿下他做了俘虏。

“你小子，以后肯定上不了战场，上去也是逃兵，怎么能让一个娘们给拿下了呢？”何干事打趣朱文成。

“什么被动主动，都是一个味道。”

“那能一样吗？狼吃人，人吃狼，是一个滋味儿吗？我是冲锋陷阵的英雄。你呢，是俘虏兵。”这个何干事真能整，把两个女人比喻成狼。

二人还各自说起自己农村的婚俗，一个比一个色和俗。朱文成知道，这就是部队，能在一起讨论女人的战友才是可以交心的战友。

何海晶接纳朱文成同舍就寝，就领教了朱文成的夜猫子功夫。很晚的时候，何海晶已经睡了一觉，朱文成才轻手轻脚回到宿舍，像个贼似的。朱文成对文字有些走火入魔，有时梦里会出现灵感，一个激灵就坐起来，几个晚上下来，让何海晶第二天也哈欠连天的。组织股的其他干事说何海晶晚上肯定出去做贼了。何海晶说是给朱文成望风去了。

一天早上，何海晶起床就收拾行李："冲你小子这么文痴，老子也不干了！"

"何干事，不至于吧？我以后尽量早回来。"刚到机关的朱文成还没有摸着机关的脉络呢，他只能满是歉意。

"早回来？那我也不干了。"

不干了？什么意思？是不干工作，还是换宿舍？朱文成心说何海晶不会因为这么点小事儿就不干了？部队工作还是你想不干就不干的？前几天，何干事的火气还没有这么大呢。

"何干事，有话好说，我知道我的毛病，让你没有休息好。"

"哈哈，朱干事，我何海晶还不至于那么小心眼儿吧。我主动申请去连队了，今天就走，去十中队当副指导员，以后多到十中队走一走，多给我们写一写。咱们都是从农村来的，都是农村老婆，有的是话唠。"

"升官啦？那祝贺你呀。何指导员没有拿我朱文成当外人，十中队肯定少去不了。"吓朱文成一大跳。

"代理的，要等半年以后正排职务满了，才能正式任命。"

"在机关再待半年不也可以提副连吗？"

"机关没有啥意思。"

让朱文成没有想到的是，何海晶主动要求离开机关去连队，弄得朱文成一头雾水：别人都是打破脑袋往机关里整，何海晶却放弃机关悠闲舒适的环境到偏远地区连队去，这人是不是有毛病？

朱文成后来听其他干事说，在政治处写材料没有两把刷子是玩不转的，一年可以练出个指挥员，三年练不出一个材料将。何海晶文化底子薄，文字水平差，多次被主任好训，感觉自己不是一个写材料的料，几次要求去连队。到司令部和后勤处不也可以吗？那两个部门的文字工作相对弱一些，但何海晶决然要去连队，让人不理解。

何海晶离开政治处的原因找到了，朱文成心里落了个坦然，一个人的宿舍更是方便了他写作，什么时候回去休息都无人过问。不过朱文成还不明白的是，何海晶为什么放着好好的机关不待，非要去连队呢？去连队喝兵血？揩兵油？疑问就这样在朱文成心中扎了根。

朱文成养成的夜深人静写稿和半夜梦中出灵感的毛病，就这样被带到了机关，白天股里四个干部，还有串股室谈工作的干部，写稿不容易集中精力，没有质量和效率。新闻干事要忙碌地走遍各中队，还要加强同其他支队、总队以及新闻单位的联系，每年还要参加总队组织的“新闻会战”，所以白天机关干部看见朱文成的身影就少之又少，加上他有时半夜灵感突现，从睡梦中爬起来就要写稿子，给人的印象是：朱文成神神叨叨的，来无影去无踪，成了“鬼难拿”，人们就送给了朱文成一个外号“朱大神”。

到了锦朝市的朱文成，对城市的高楼大厦并不是多么向往，对人来人往的车流也没有太多新奇，只有城市边的少女河让他着迷。少女河的风景如画一般：堤上，小草密密匝匝，在阳光下油绿茵茵；岸边，一棵棵柳树排成行，柔软的枝条垂在明镜似的河面上；水中，鱼翔浅底，有的轻游，有的蹦跳，有的静浮水面；河面上，燕子飞来飞去，啁啾翠鸣，还不时地用翅膀拍打着水面，带起一串串水珠滴落。

这条河真像一位可爱的青春少女，呈现在朱文成的眼前。

“啊，高贵的头颅怎么能从货运列车下钻出？”不知道是哪位有学问的军人从烈士的诗句里套改出这句话，锦朝市支队一大队的官兵们都知道这句话。在高山子这个四等小站，总有几列长长的货运列车停靠，没有过街天桥，也没有地下通道。只要从锦朝市方向开来的火车上下来，必须从货运列车下钻过，才能出站。不从货运列车下钻过，就要从车头或者从车尾绕过去，那样就太费时间了，劳改监区的家属和管教们也都从货运列车下钻过，才能去几个新生劳改农场的。不过，如果去往锦朝市方向，可以进站直接上车，不必从货运列车下钻过，每个来过高山子的人，走的时候是可以忘却来时的尴尬，而变得道貌岸然地进站上车。人们总也不理解，为什么不管什么时候只要是锦朝市方向来的火车到站后，都有货运列车停在邻近的铁轨上，出站还必须从车厢下面钻过。

根据从哪里来回哪里去的政策，孙水涛回锦朝市支队三中队见习。他和另外几名见习排长在四等小站高山子火车站下车以后，低下高贵的头颅，从铁轨上停着的货运车厢下钻过，就看见了锦朝市支队一大队的吉普车前来接站。这几年，公出、探亲，只要离开连队，都要跑出近百里，钻过这列货运车厢。上了吉普车，原野一片绿色尽入眼帘，草色青青，干热的夏季里，飘过一阵阵的青草芬芳。

这个偏远的中队，驻扎在距离市区四百多里路的蛮荒之地，交通极为不便。他知道，要走出这里首先是要干出成绩，成为部队军官只是万里长征走完第一步，以后的道路还很漫长。对于从农村里走出来的他来说，只有勤奋上进，踏实工作，才有更好的出头之日。

他不怵头军事训练，可以带领全排30人每天跑上个5公里，他精神头十足，每天晚上都要查岗查哨，白天去很远的野外查外勤，确保训练不掉队，勤务不出漏子。孙水涛执勤训练走在兵的前头，兢兢业业，尽心尽责。

他喜欢法律，没有事儿就给战士们讲法律故事，讲法律知识。虽然部队有些兵的素质不怎么样，但是他对他们的要求是，必须遵章守纪，知法守法。绝不能做有辱武警战士荣誉的事情。他的法律知识丰富，加上能说会道，自然吸引了中队的战士们。因此三中队虽然是全支队最偏远的中队，却也是最稳定的中队，也是学法用法的先进中队。

孙水涛能说会道，总也改变不了吹牛的毛病，当然他的吹忽，能让战士们崇拜他。说他在当兵之前，收拾几个地方的混混不在话下，一手对付一个，还可以用脚踢上一个，说那些小混混就是咋咋呼呼的能耐，只要够勇敢，都不是他的对手。还说他一个人可以走上一晚的夜路，什么猫叫鬼哭的，在他几声大喊中就住了声音，自称“孙大胆儿”。兵们崇拜的神色会让孙水涛更加得意，好像这三十个兵就是千军万马，他在运筹帷幄地指挥一场大的战役。兵们不知道孙排长是什么来历，孙水涛总对他们说，如果他们要“整”出什么事儿来，他会“整”死他们，兵们在他们的孙排长面前就只有老老实实地训练和出勤，不敢有任何造次。

其他中队干部们倒没有看出他的胆子有多大，说他是个“大白话”倒是真的，这一天天的，只要看见兵们围着他，他就在有滋有味地白话着。说他扯淡吧，很多事情也是有道理的，说他讲道理吧，不少内容纯瞎扯。孙水涛为此被其他中队干部起个外号“孙大白话”。

当然他会把这些故事添油加醋地写给朱文成，说他一瞪眼，全排战士哆嗦得吓尿裤子，说他一口仙气，就可以把战士吹到水沟里洗个澡。朱文成自从到了部队以后，改了很多吹牛的毛病，他知道写作光靠吹是不行的，要言之有物，言之有理，言之有情才行。不过看到孙水涛吹牛，他很想和孙水涛对吹一下，但是又怕孙水涛拿他的老婆乔爱华打哈哈，拿他的老婆来吹牛，说他的战斗力不行，说什么我孙水涛可以帮忙，替他冲锋进攻，他就不敢应战了。朱文成吃亏不说，孙水涛还会说是替朋友两肋插刀，天下人唯孙水涛最仗义，朱文成应当磕头谢恩，才对得起孙水涛的两刀。

见习期满，孙水涛正式从警校毕业，挂上了一杠一星。授衔后，他叫上几个战友为自己庆贺一番，利用一个周日大醉特醉，他在喜悦中兴奋，在兴奋中哭泣。他终于真正地成为部队的一名军官，真正地脱掉了“农皮”，他不会再“无颜面对江东父老”，他在心里已经看到白发苍苍的父母脸上幸福的喜悦，看到辛勤的哥哥嫂嫂自豪的笑容，看到小妹孙水仙由衷地赞叹：“我五哥就是行！他要向着梦想出发，去努力奋斗，他的未来将是顺利和辉煌的。”

朱文成调到机关当新闻干事是孙水涛意料之中的事情，但是没有想到见习期结束不久，文成刚挂衔就到了机关。他在三中队任职，朱文成不计山高路远，也愿意从货运列车下面钻过，不辞辛苦地往三中队跑，两人之间无拘无束，把很多共同语言谈个天昏地暗。朱文成第一次钻货运列车时，因为个头高，把脑袋磕得龇牙咧嘴，那一下子疼得差点要了他的小命儿，他赶紧趴在铁轨上，笨笨地爬过去。每一次到高山子，过货运列车，对于别人来说都是钻，对于朱文成来说是爬。朱文成借去看望他的机会采访他，他有被宣传的欲望，但是他知道被宣传不是他随便吹牛，飘太高了肯定会摔坏的。他就拒绝朱文成的好意，高姿态地谦虚，假模假样地说：“要把有限的宣传机会给其他同志们，朱文成同志，你应当再深入一些，深入战士们中间去，和战士们一起去站岗，一起去掏厕所，一起去饭堂刷碗。这样你才有真知灼见，才有最真实的体会，不要脱离群众嘛，小鬼——”很严肃的新闻采访活动让孙水涛给说成了《聊斋》，弄得朱文成哭笑不得。然后顺着这个话题，孙水涛就往朱文成老婆身上引，拿乔爱华开玩笑，变成他快乐的本源。北方有俗语：没有结过婚的人都是小孩，不管他七老八十，只要没有结过婚都是小孩，大小孩老小孩只有结了婚才算是大人，哪怕是童婚，都是大人，也叫大丈夫。小孩子做错事可以原谅，大人做错事是不可原谅的。朱文成也是人夫人父，也就不再和这个没有结婚的大小孩纠结，任他胡闹吧。但是最好的办法就是不接他的下句，否则，吃亏的还是他朱文成。

第二年年底，由于孙水涛的刻苦学习和勤奋工作，取得了很好的成绩，也得到了组织的认可。支队提拔他当上了中队的副指导员，协助指导员做好思想政治工作，抓好中队的共青团建设，进步应当说是相当不慢。他的职务走在了朱文成前头，神气得很，心里说：朱文成啊，朱文成，你到机关能怎么的？不还是个小干事吗？老子还算“整”得明白，你就在机关慢慢熬着吧。

孙水涛在中队当上副指导员以后，有人给他介绍对象。第一个是劳改监区管教干部的女儿，他连见都没有见就摇头，不管对方如何漂亮，对方家庭条件如何好，就是不见。他考虑得很现实：难道要让他永远守在这个鸟不拉屎的地方吗？这里除了几个兵之外,就是一堆灰色的劳改犯(劳改犯人的服装是蓝灰色的),有什么意思？假如以后他调到机关还要两地分居，每一次来都要从货运列车下钻过，往这个偏远之地奔。没有老在基层的干部，中队干部正连职是最高首长。不管对方委托了中队长、指导员说了多少次，他就是不见，他不想以后岁数大了还要两地分居，或者转业以后到这个地方来同爱人团聚。他宁可忍受青春的煎熬，也要等待，等待到他梦中的地方去，去寻找他梦中的天使。

正是因为如此,中队长和指导员的人情薄面让他坚定的想法给剥的一点都不剩。他只顾自己的思维，没有委婉地拒绝，甚至说：“他天好的闺女我也不看，他家有万金我也不要。指导员，中队长，你们不要费这个心思了。你们要看着好，你们自己娶到家里去吧。”这什么话，他不愿意就让别人娶到家里去？中队长和指导员都是结了婚的人，让人家犯重婚罪？话语生硬得把人撅到八百里外。

“这小子太不识抬举，好心换来驴肝肺，你为你是谁呀，天王老子？谁都配不上你？”中队长和指导员瞅他就心里不太舒服。时间一长，孙水涛也看出来了，想到自己生硬的语言把两位中队主官顶到南山坡上去了，搁谁心里会舒服？他又多次赔笑，才有所缓和。但是让他感觉在工作中处处有些受制，真受制假受制无人考证，只要工作一不顺利，好像就是两位主官给他穿了小鞋，在“整”他，心眼儿就变窄。为此，朱文成还说过他几回，让他不要拿对待战士的态度来对待领导和同事，毕竟别人不是你手下的兵。

因为这，孙水涛一想到朱文成调到机关也会陷入沉思，他什么时候才能去机关呢？什么时候到城市里去实现他的另一个梦呀。他看到朱文成整天挎着一个摄影包，带着笔记本，悠闲地这里拍拍，那里照照，好不风光。嘴上说不羡慕，但是心里酸着呢。他经常在心里自问：是金子总会发光的，我这块金子什么时候可以大放光彩呢？

支队机关还有热心的干部给他介绍过几个锦朝市区的女孩子，家庭条件也还可以，长相也不错。因为他常年在三中队，那个地方风大太阳毒，他原来还白白净净的，经过常年风吹日晒，也就有了标准的军人本色，黑红黑红的，成了黝黑小伙儿一枚，一见面就被姑娘给否定了。好不容易有姑娘答应相处试试，但是到他所在的三中队去了两趟，钻了两次货运列车，就打了退堂鼓：这是什么地方呀？交通还要倒三倒，一周就一个周日休息（那时候还只是周日单休，没有双休日），来回两天还要请一天假，两天时间大部分都在路上。偏僻不说，条件还极差，高贵的头颅怎么能从货运列车下面钻出？军人的相思浪漫只限于文学作品当中，真的到了现实中，除了眼泪，就是孤独的期盼和等待，姑娘回到市区就再没有了音信，让我们热情的孙水涛怀着无限美好傻等了很久。

孙水涛把这些都毫不隐瞒地告诉给朱文成，并坚持自己的观点。其实在之前，朱文成还几次写信给孙水涛说起过他妹妹朱文玥，说到朱文玥在大东市医学院的大学生活，说朱文玥变得漂亮了。他希望孙水涛能够踏实地考虑自己的爱情婚姻，他愿意孙水涛能对他的妹妹朱文玥有想法。从心里来讲，孙水涛除了天真一些虚荣一些，没有什么大毛病，给他当妹夫还是不错的，毕竟两人也说得来。孙水涛见过朱文玥，朱文玥也见过孙水涛。朱文玥对孙水涛还是有好感的，她对哥哥朱文成说，只要孙水涛愿意，她就和孙水涛相处看看。但是朱文成说了几次，孙水涛就不往朱文玥这方面想，朱文成知道孙水涛根本就没有那个意思，因为他农村家庭提供不了孙水涛所需要的，尽管他父母对孙水涛也有不错的印象，强扭的瓜不甜。不仅如此，还有一个两地分居也是孙水涛不能接受的。朱文成知道没有戏，就告诉朱文玥让她在大东市里寻找自己的爱情。孙水涛响应了更好，那样他们会更亲近，没有响应也没有关系，他们不失战友和同学的亲密关系。

朱文成几次提到朱文玥，孙水涛又不是傻子，他怎么能够不明白朱文成的一番心思呢？虽说朱文玥长得也不错，细高挑的身材，性格也很好，有文化有学识有容貌有长相，但是选择朱文玥，什么物质基础都没有，一切都要从零开始，这是他不能接受的。房没有一间，地没有一垄，拿什么生活？他在部队，自己连个落脚点都没有，拿什么给朱文玥一个家？把家安在大东市里？举目无亲不说，两人每到假期都在铁路上和公路上耗着？把家安在锦朝市里？锦朝市也没有属于自己的片瓦，朱文玥大学毕业根本就没有进入锦朝市的条件。面对朱文成的好意，残酷的现实只能让他假装不知道，不回应朱文成信中有关朱文玥的内容。

现实考验着孙水涛，与他梦中的情景相去甚远。难道社会就这么现实吗，为什么这些女孩只看到他眼前所处的环境，不能看到他光明的未来？80 年代中期，改革开放中人们的思想观念在转变，人们越来越现实了：致富才是小康路，金钱才是坦途。但话又说回来，他不能只怪别人现实吧，他孙水涛不现实吗？要不然为何频频拒绝监区管教干部的女儿呢？

妹妹孙水仙嫁人了，小两口商量着在同发镇上做个小生意，不知道做什么，请她五哥出个主意。他如今的身份，在孙家湾举足轻重，家里的人有重大举措，都要先找他咨询或者商量。

第七章　城市的魅力

孙水涛当副指导员的第二年，支队政治处保卫股王股长转业，保卫干事张干事提拔为保卫股长。朱文成后来知道孙水涛让两位中队主官当红娘沾上一身骚，工作感觉不顺畅，就希望离开三中队，他就在政治处多次给“如来佛”赵主任和唐副主任吹风，加上两位主任对孙水涛也比较了解，知道孙水涛有法律方面的爱好和专长，就派他到沈阳刑事警察学院进行了六个月的刑侦业务知识培训。孙水涛培训回来后就被调到保卫股当了保卫干事。

在得到调机关的准确消息后，孙水涛感觉终于离开了三中队这个樊笼，脱离了看管笼子的中队长和指导员。自己距离梦中的天堂又近了一步。他兴奋的目光如同长长的射线，已经射进那个城市的心脏，变成了鱼钩，在少女河中钓出理想的未来。好像锦朝市里有个漂亮女孩已经成为少女河里的美人鱼，等待他手里的钓钩，向他招手，给他灿烂的笑容，给他妩媚的温柔。中队通向锦朝市支队机关的路，好像铺满红地毯，上面撒满了鲜花，人们对他夹道欢迎，身后是中队小战士和中队干部们羡慕的眼神和期待的目光，似乎期待他到支队以后也能够提携帮助他们的表情。他的心里敞亮而痛快，未来的道路阳光灿烂，神姿仙态一样的步履，轻盈地走向充满光辉的明天。想到以前自己坚定信念地拒绝了那些诱惑，认为自己真的有神仙般的定力，为自己的执着感到自豪，他的光彩不会只在一个小小的三中队绽放，不会遗失在那个荒芜的放马场里。至少是不用在中队长和指导员两手遮天的屋檐下受气受制，他很大度地和中队长指导员握手告别，感谢两位中队主官的栽培，希望两位主官到机关出差的时候，能够找到他，他会很好地请两位领导搓一顿。语气看似谦和客气，但是有一种居高临下的得意神态。

对于朱文成的大力举荐，孙水涛早已知晓，心中对这个老乡和同学很是感激：

朱文成做到了“苟富贵、莫相忘”。这样一来朱文成在孙水涛面前有了吹牛的资本：“要不是我给‘如来佛’下命令，你小子就在五峰山下石头缝里再待五百年吧。那滋味不好受吧？”“你算说对了，那简直就不是人待的地方，当兵的最多待三年，我这一晃待了五六年，这要不来机关，什么时候是个头啊。整天的连个异性也见不着，更难说卿卿我我的浪漫了，顶多是等到中队长和指导员的夫人到部队，当作风景欣赏欣赏，但也只能远观不能亵玩焉。好在我有仙风道骨，能够坚持修炼这么多年。不近女色，不好贪淫，今日修成正果。”在政治处干部宿舍里，两个人在晚上没事儿又开始了调侃。

“你那是吃不着葡萄说葡萄酸吧。你还仙风道骨不近女色，那是没有女色可近，要有的话，还不早就被你拿下了？”这就是孙水涛，不仅不借坡下驴，还反其道行之，又吹上了。

刚来机关的孙水涛对城市还很新奇。从天林山深处出来，孙水涛还是第一次在城市里生活，上学的武警指挥学校也是在那个省城的郊外，距离省城还有100公里，根本就是在农村。而今来到锦朝市，就是换了人间。白日的窗外，车来车往，人如川流，城市在流动中变幻节奏；商贩吆喝声，汽车喇叭声组成城市奏鸣曲，市民在喧闹中追寻梦想；人们衣着五颜六色，树绿花红，建筑色彩如一块块魔方，城市在色彩斑斓中随四季流转。最美的是城市的夜晚，入夜，星光璀璨，万家灯火，路灯如织、灯花如树、车灯如柱，那是一个灯光的海洋；僻静处，人影斑驳，声音隐约，又是一个梦幻般的世界；城边的少女河为城市带来习习凉风，为城市增添了温柔和妩媚。面对这样美妙的城市，孙水涛贪婪地呼吸城市的空气，他将来的事业，他未来的家，都要和这个城市一起呼吸，他要和这个城市融为一体。

从支队机关楼前往西不远，是正对火车站南北向的中央大道，中央大道往南1500米就是少女河。少女河流经城市这段，由于拓宽和深挖，水流显得安静平稳，没有上游的湍急，也没有下游入海的澎湃汹涌，少女河深水静流，如同熟睡中的女子，神态安详，河风轻柔是她均匀的呼吸，阳光洒在河面上，宛若金色的肌肤闪着迷人的光泽，河边的垂柳千万条如同少女的秀发一样，丝丝缕缕灵动飘逸尽显妩媚。河边的楼宇多为浅灰、浅蓝、浅黄、浅蓝、灰白，外观都是砂石墙体，远没有现在的各种深色瓷砖贴墙显得华美，但是城市清淡的颜色倒也素雅。冷色调的城市中，只有河面上迅速划动的小船展示了城市的悠闲。

周日无聊的时候，孙水涛就拉着朱文成逛街看风景去，到少女河边游玩，指点江山。说是看风景其实就是去欣赏市区的女孩子，指点江山就是评判城市女孩的容貌。

来到市区，孙水涛的眼睛就明显不够用了，目光变成一束束鲜花，如同天女散花一样广泛撒到每个城市女孩子身上，用阳光般的柔情去寻索每一个女孩子。自己以后的家就在这个城市里，什么样气质的女孩才是自己喜欢的呢？满街多姿多彩的女孩，在孙水涛面前眼花缭乱地飘过，让他应接不暇。恨不得每个女孩都尽收眼底，让他看个清清楚楚、明明白白、真真切切。朱文成看到孙水涛这个贪婪的样子，就有些好笑。当兵三年，母猪赛貂蝉。凡是当过兵的人都知道这个顺口溜，偏远地区的部队实在是太枯燥太艰苦。

“这个女孩不错，个子高高的，胸脯挺挺的，皮肤白白的，走路咔咔的，很有范儿。有个高傲公主的样子。”

“这女孩也可以，很秀气，眼睛扑闪扑闪的很灵光，一定是个才女。”

“这女孩太不行了，长相不仅对不起她妈，连我这个评论家都对不起，长得太丑了。怎么这个城市里还有这么丑的女孩呀？”好像在孙水涛眼里，城市女孩就必须漂亮，城里女孩注定就要比农村女孩温柔有才气，他太把城市理想化了，爱屋及乌，仿佛包括城里的一切人和事都要比农村好。有几个女孩被孙水涛的目光刺了眼，回过头来，给孙水涛一个怒目而视，孙水涛对朱文成讪笑：城里女孩不懂得被别人欣赏吗？

“那是你不会欣赏。”

我们不能说这两个军人逛街欣赏女孩子的行为有什么错误或者说是不道德，毕竟是年轻人，欣赏异性关注异性是很正常的心理行为，他们只是欣赏而已，远远地欣赏而已。欣赏风景的过程就是为自己确立美丽标准的过程，再说我们的保卫股孙干事又是大龄青年，怎么能够不猴急呢？

你在欣赏风景的时候，也成就了别人的风景。两个身穿橄榄绿的青年军官，英俊威武，也是少女河畔亮丽的一景。总有不少少女的目光落在他们的身上，有的在喊杜丘，有的在喊高仓健，《追捕》火遍了城市乡村。孙水涛才发现这些少女的目光不是投给他的，他圆润的脸输给了棱角分明的朱文成，心里涌起一股酸菜味道。他不知道，为什么和朱文成在一起，气场总要低朱文成一等，即便他的嘴能说会道，有时候也压不住，超越不了朱文成，心里五味杂陈，不是酸的多一些就是涩的多一些。

“哎，这个好，个子中等，身材匀称，衣着整洁，相貌也好看，一看就知道是那种干净利索的女孩儿，很适合做我的老婆。”一个红衣服女孩从他们两人身边轻盈走过，还回头对他们嫣然一笑，孙水涛的眼睛立即光芒万丈，恨不能将姑娘融化了，马上前去就把姑娘给拉住，问她的姓名、年龄、工作、学历、单位和家庭。军人的矜持使他们不能主动走上前去搭讪，万一让人误会或者反感了呢？那个年代，在大街上主动搭讪的，会被认为是流氓或者二流子。冲动在孙水涛心底酝酿着，但他始终不敢有那么大胆的举动。那天没有主动搭讪女孩的遗憾一直留在心里，后来孙水涛自己又去那个公园的那个座椅位置盼望邂逅那个女孩。“守株待兔”了好几次，无果而终。也许真的是，机不可失，时不再来。他没有能够等到那个红衣女孩。很多年后，他还在为当初没有胆量去搭讪而懊悔，怎么那时候竟然那么懦弱！关键时候怎么就冲不上去？还自吹是天不怕地不怕的“孙大胆儿”！

孙水涛的这种表现，就是刘姥姥进大观园，什么都新奇，什么都没有见过。孙水涛的心在不停地悸动，城里肯定会有他的天使出现。他不能再等了，他老大不小了。家里四哥的儿子都打酱油了，同年入伍的朱文成儿子可以满屯子跑了，父母也来信总问起他的婚事，他到了部队，父母又爱莫能助。

只要在机关，到了周日，孙水涛都要拽着朱文成来少女河边散步，朱文成知道孙水涛在心里期待一个浪漫的艳遇，也就随着他来。

到机关时间不长，就有参谋助理一干人等给孙水涛介绍对象，什么小姨子大姨子，夫人同事家的女孩。朱文成告诉孙水涛，先不要着急见面，他问为什么？朱文成说他是山西煤窑里出来的黑鬼子，还没有亮白呢，等过上个把月，先“捂捂白”，要不然一见面就把姑娘给吓跑了。孙水涛听了朱文成这一分析就来气，你白？你才是从白面缸里出来的老鼠，你外表是白的，但是里面是黑的，但他承认朱文成分析得有道理。反过来又说：“哎，朱文成，你看我现在的黑面孔配乔老婆，应当绰绰有余吧？”这孙子，又来了。

既然不能急于见面，选择晚上见面总可以吧，晚上在光线较暗的场所，倒是看不出孙水涛的皮肤黑来，但是万一人家姑娘觉得孙水涛不是什么好人怎么办？另外，孙水涛也怕晚上看不清姑娘的真面目，所以也不敢黑天去见面。

朱文成还和孙水涛说：“你如果去十中队开展工作，我估计副指导员何海晶会向你推销他小姨子，你可以考虑考虑。”

孙水涛说：“他们那一届兵都是黑龙江农村的，那么远的小姨子不能考虑，坚决不考虑。”年轻的干部几乎都被何海晶推销过小姨子，在何海晶的眼里，哪里的女孩都不如他的一溜小姨子。孙水涛也有耳闻。

也是，大东市农村的女大学生朱文玥都不考虑，他孙水涛更不会考虑那么远的农村女子了。

朱文成劝解孙水涛，别眼光太高了，也要考虑自身的条件，还有是否能够驾驭得了城里的女孩子。否则受伤的肯定是自己，得失都是相辅相成的，自己想得到更多，往往也会失去更多。

但是朱文成哪知道孙水涛的心思呢？孙水涛实在是穷怕了，从小家里那么多兄弟，一点好东西看得见吃不着，有点东西眨眼就没。别人家是什么日子，他家是什么日子？吃了上顿没下顿，几个哥哥的盖房娶媳妇就把一家人累瘫了，娶媳妇就像四处求大爷一样，好吃好喝送媒人，好衣好穿给女方，给他们盖房子，把媳妇娶进来，再分出去，像供着一尊尊大佛。父母的老窝就像年轻的时候下蛋孵鸡一样，活力不减，到了苍白年纪，还在把鸡窝里的余温余热就着里面的柴草一根根吐出来，给小鸡们搭窝。生命不息，搭窝不止。他现在已经通过当兵入伍实现从农民到军人的华丽转身，那么，他同样可以通过婚姻实现从贫穷到富有的华丽转身。

朱文成接手支队新闻报道工作的时候，机关的两名报道员还剩下一个，剩下的这一个每天全身心地复习功课，同时参加警通中队的体能训练，准备考学；另一个因为当年考学没有考上，在年底选择了退伍。朱文成不能让那个战士再分心写新闻报道了，这是关系人家一辈子前途的事情，否则会像那个没有考上警官学校的战士一样留下遗憾。实际上支队的新闻报道工作就是他一个人在干。

“沙股长，您看咱们以后的新闻报道工作应该怎么抓呢？现在青黄不接的时候，人手也少。”朱文成翻看以前的新闻报道稿件记录和剪贴资料，应该说，原来的新闻报道工作成绩非常显著，他不能让支队的新闻报道工作退步或者停滞不前。

“在新兵下班以后，选骨干充实队伍。”沙股长说。

“能不能调动全支队力量，鼓励机关干部和基层干部，甚至战士都参与到写稿中来，以此强化部队学习的气氛呢？”朱文成突发奇想。

“可以呀，你拿个方案。”沙股长肯定了朱文成的思路。

终于等到新兵下班，他和政治处领导请示后，组织了一期支队新闻报道员培训班，每个中队的新兵上交一两篇散文，然后从各中队选两名文章写得好的战士参加新闻报道培训。朱文成从理论到实践，深入浅出地把“人咬狗”与“狗咬人”之间的区别，以及散文是最好的写作基础等讲得头头是道。他告诉这些参加培训的战士，在部队不是只有参加抗洪抢险、救火救灾，处置突发事件才是新闻，平时的训练执勤、部队建设、干部战士的精神风貌都可以写出好新闻来。培训结束后，最终从四中队选出战士魏文河，从十四中队选出战士陆长喜，到机关充实了支队报道组。朱文成有时候让他们帮助抄抄新闻稿子，然后中央、省、市三级报纸来个“一稿多投”，两名报道员在抄稿子过程中也很快进入了角色，有时候小块头稿子上也会带上抄稿子战士的名字，让魏文河和陆长喜高兴坏了，他们既见报露了名字，也学会了新闻报道写作。同时，支队下发了《关于实行支队新闻报道奖励办法的通知》，调动搞文字材料工作干部们的热情，机关三大部门的干部们，工作之余积极地练笔。这样，锦朝市支队的新闻报道工作从青黄不接，慢慢地走上了正轨。

朱文成到机关后，巧合的是，武警部队组织新闻干事参加了解放军南京政治学院的军事新闻为期三年的成人本科考试，朱文成在全总队20多个新闻干事中名列前茅。每年有一个月时间的军事新闻业务集中培训，地点是沈阳、长春、哈尔滨或者北京，学习范围加宽，视野变得开阔，同行之间多了交流，从业余爱好到科班学习转型，让他的新闻业务除了实践还有了很好的理论提升。

朱文成除看书写作，很少出来逛街，他认为逛街是少男少女的事情，他已经是成人了，已经为人夫为人父。在心里始终没有城里女孩就比农村女孩好的想法，乔爱华在他心中就是贤妻良母，家里家外任劳任怨。这些年都是她在照顾父母和抚养儿子。不忙的时候乔爱华会给他写上一两封信，汇报一下家里父母的状况，说一下儿子的情况。信里没有怨言，没有牢骚，但是字里行间都是女人的期盼和渴望。

他到机关一段时间后，很多机关干部和他熟悉后，也都热心地问他的婚姻情况，他说自己的儿子都好几岁了，别人就摇摇头，都到城市里来了，怎么还找个农村老婆呢？这话说得最多的是政治处群工杨干事，说他手里有一大把地方女青年，想找个部队军官。还开玩笑说朱文成如果把家里的处理掉，马上就有现成的，朱文成呵呵一笑，谢谢杨干事的好意。有人告诉朱文成，别看杨干事嘻嘻哈哈的像个和事佬，给人一种没有脾气没有本事的样子，实际上道行深着呢，杨干事是部队正常的三年一提职三年一进步的主儿，半步都没有耽误。朱文成对这些议论也没有当回事，他看到的是政治处的几朝元老，资历深厚，为处里的干部战士服务也很周到，地方群众工作基础扎实，为支队没有少拿回全省双拥工作先进单位的牌子。杨干事也没有少给朱文成提供材料，很多双拥稿件都在中央级的报纸上刊发，杨干事很满意这个年轻干事的水平和能力，甚至还承诺，如果朱文成以后评上副营职，妻儿随军手续可以帮助他办理，落户一个很好的学区，孩子可以上很好的学校。朱文成很佩服杨干事的群众工作能力，当然也希望有那么一天。支队不少干部都在锦朝市里成家，房子也有了，每天正常地上班下班，日子过得滋润又幸福。只有他每天到了下班后，看着空空荡荡的机关大院，思念着妻子。好在晚上是他写稿子的最佳时间，日子过得倒也充实。

机关大院的晚间，作战值班、通讯值班、机要值班、运输战勤值班的干部们就凑到一起研究 JQKA，总机就把各值班电话统一转接到宽敞的作战值班室，作战值班室有好几部电话，内线外线均有，通信畅达。有的值班干部处里相关勤务，往往会出现三缺一，朱文成就是候补队员，只要他赶的稿子不是那么急的时候，他也会去凑一手。很多时候，值班干部三缺一的时候找不着他。除了赶稿子就是人不在，让人恨恨地说“大神”不在。

到了机关以后，乔爱华在农闲的时候，会带着孩子来住上十天半个月。宿舍在机关警通中队楼上，机关的几个单身宿舍都是男士。妻子来机关后，朱文成就要把其他同事赶到别的宿舍去打游击，也很不方便，他总是觉得对不起机关同事。女性在清一色的男子汉军营里，始终都要接受着很多目光的检阅和审视，虽然他妻子都是孩子的妈妈了，已经不再有青春少女的诱惑，但有成熟少妇的妩媚，很多“贪婪”的目光在妻子身上扫来扫去，如果那些目光是一挺挺机关枪的话，他的妻子早就被打成了筛子了。有时候他提醒妻子少来部队几次，可乔爱华就不听那一套：“我堂堂正正的军人家属，怕什么？那些目光离不开老娘，说明老娘很有魅力，还是青春靓丽。只许你看不许别人看？”在乔爱华这样的气势下，朱文成不得不住声。

每次在他还没有心理准备的时候，妻子就突然杀过来。这种突然对于他来说有惊喜，也有不快，应当提前在信里说一声，让他也有个心理准备。但他哪知道一个年轻女人在思念丈夫时的急切心理呢？那乔爱华在思念朱文成的时候，恨不能立刻就来到朱文成跟前，然后把朱文成来个生吞活剥，活活地咽进自己肚子里，把他摁在自己的怀里，融化了他。每次见到朱文成，她的眼里都闪烁着两团火球，火球旁边的泪槽里盈满了炽热的岩浆，是惊喜也是思念也是激动。人都说水火不相容，但在乔爱华这里，绝对相容，还是两种威力无穷的武器。那两团火球指挥着她的行动，只有一个念头就要马上到朱文成面前，半秒钟都不能等，要用泪水快速淹没朱文成。相思之情很快就掩盖了一切，干柴烈火，很快就点燃了两个人的激情，宿舍里的那床是老式木床，一动还吱扭吱扭直叫唤，床头把墙撞得咚咚直响，给楼下警通中队的干部战士好像是地动山摇地震的感觉。楼下的警通中队战士见了朱文成捂嘴偷着乐。而那两个干部就直言不讳：动静整那么大，还让不让人睡觉啦？一脸的坏笑，把乔爱华的脸臊得白一阵红一阵。孙水涛也打趣朱文成，说朱文成的“意念神功”近来练到了炉火纯青的地步，功力越来越强大，他在偏远的三中队都听到了支队机关楼在摇晃，但是不知道乔老婆是否能够经受得住这超强功力。也不知道从什么时候开始，孙水涛对乔爱华不叫嫂子，叫“乔老婆”，好像他有个姓“乔”的老婆似的，朱文成和乔爱华拿孙水涛没有办法，随他去叫好了。孙水涛见了乔爱华就说，乔老婆来啦，乔老婆好。乔爱华也答应，你孙水涛怎么叫，她乔爱华还是乔爱华，也少不了什么，她还是朱文成的妻子。在地动山摇的动静中，唯一不受影响的是他们几岁的儿子武匠，小家伙只要一入睡，就和死狗子一样没有区别，任你天翻地覆，都不影响小东西在酣梦中的成长，只是第二天会早早醒来去抓大神的脸，弄醒朱文成。

有时候乔爱华在和他温存后还不忘问他：“你老实交代，在市里是不是很老实，没有用文字勾三搭四吧？还有你的照相机，别什么地方都瞄，小心眼睛拔不出来。

告诉你，市里那些女孩子都是驴粪蛋子表面光，靠不住的，你都是有儿子的人了，少玩‘花枝俏’。”念着紧箍咒的时候，乔爱华还不忘记揪住着朱文成的耳朵，把整个嘴对着他的耳朵一字一句，认认真真地说。

那场面绝对是秀才遇见兵有理说不清，乔爱华蚕眉倒竖泪槽如剑，也不会给朱文成反驳的机会。朱文成安慰乔爱华：“放心吧，华子。陈世美不是我，我也不是陈世美。那样我不就改姓陈了吗？倒是你把家里的地守好了，别让野猪给刨了。”这话一语双关，乔爱华当时还没有听出来，朱文成解释了一下，换来了乔爱华加大了扭耳朵的力度：“你敢亵渎老娘，告诉你，老娘天生就不是那种人，如果地要让野猪给刨了，老娘从倒背崖上跳下去，给你验明正身。倒是你要陈世美了，看我不掀翻你们支队，扒了你这身皮！”

这咬牙切齿的毒誓也就乔爱华能够发出来，朱文成心里一阵阵发麻。

面对丈夫已经是一杠两星的肩章，这个已经被家庭和孩子拖累得失去了少女颜色的农村女人，内心早就不自信了。她丰满的身材变得有些臃肿，形象建设也不再注重了，胸前的高山因为母乳的缘故，也变得肥硕了。朱文成不在意这些，只要父母满意，妻子对他们好，家庭和谐，他还有什么不知足的呢？

乔爱华到了锦朝市部队机关后，又把机关几个住单身宿舍的干部的被褥拆洗缝制活儿包了过来，依旧和到基层中队探亲一样。后来知道孙水涛又和朱文成同屋住，乔爱华又会把孙水涛的臭衣服烂袜子洗个干净，缝补结实。孙水涛穿上干净的衣服会说：“还是我乔老婆好。”朱文成说：“你乔老婆乔老婆的，没完啦，别搞错了对象！没有我，乔爱华认识你是老几呀？”孙水涛说：“要没有你，乔老婆就变成孙老婆了。”这样的话题结果就是又让孙水涛占了上风。

乔爱华每次到部队，都会让朱文成把《人民武警报》和《解放军报》拿几份来，利用看报打发时间。一个农村妇女爱读军队的报纸，不能不说她已经把自己的全部身心和军人紧密地联系到了一起。她还让朱文成把他的发稿剪贴本拿来，反复地阅读，从文字里感受朱文成的思想，随着朱文成的脉络进入部队火热的生活中，看到那些反映军嫂生活的文字，好像写的就是她一样，看着看着就流泪了。每次来部队她都要看看剪贴本厚了没有，按照她的话说就是“检查作业”，看看朱文成在部队偷懒没有。她特别喜欢朱文成最早发的那篇散文《永恒的风景》，看到描写她挥舞红纱巾的那几句话，她心里特别美，好像她的成子就是她肚子里的蛔虫，她想什么他都知道。那年送别的时候，她就是那样的心思，美美地读起来，还忍不住地骂道："这个死成子，还真的钻到我心里了。"当她看到朱文成拍摄以她为内容的照片刊登到报纸上以后，她开心极了，全国会有多少人看到她呀，在她心里自己好像已经是明星了。这张图片就是朱文成对她爱的表达，就是对她最美的情话。每次从部队开心地回家，她又有了更多力量去守候军人的大后方。

乔爱华会给两岁的儿子朱武匠炫耀："武匠，这是爸爸拍的妈妈，你看妈妈漂亮不？"

"漂亮，妈妈最漂亮了。"

"爸爸和妈妈在一起，你最喜欢谁呀？"

"最喜欢爸爸。"

"你这个小叛徒，前两天见了爸爸还和陌生人似的，屁股还没有焐热就把妈妈扔到后边去啦。"说着就胳肢着儿子。

这个时候，武匠就躲到朱文成的身后。

"你说，你为什么喜欢爸爸？"

"因为爸爸的军装好看。"小家伙说着，就往朱文成后背上一蹿，小胳膊紧紧搂住朱文成的脖子，小腿夹住朱文成的腰。

儿子缠绵朱文成的时候，乔爱华头枕着朱文成的大腿，翻阅着朱文成的剪贴本，神情专注，有时候还念出声来。

"儿子，会背哪些唐诗啦？给爸爸背几首？"

"鹅，鹅，鹅，曲颈向天歌，白毛浮绿水，红掌拨清波。""床前明月光，疑是地上霜，举头望明月，低头思故乡。""远看山有色，近听水无声，春去花还在，人来鸟不惊。"

稚嫩的童音，点燃了军营的柔情和温馨。

这样的场景也让远处的少女河羡慕，望着这对军地夫妻的亲热和甜蜜，在夕阳下，它羞红了脸孔，扯过傍晚的雾气做了面纱，让自己变得朦胧起来。

第八章　相机和手铐

孙水涛在机关保卫股翻看着以前的卷宗。没有想到违纪违法的事情竟这么多！有些案件还触目惊心。监守自盗，警民纠纷，打架斗殴等，平均每年都有一起案子发生。很大程度上源于那个年代兵的成分复杂，部队多少也受社会不良风气的影响，两千多人的部队鱼龙混杂，难免不出事儿。

保卫股的责任不仅仅是办理案件，或者维护军人权益，更多的是普法，防止违法犯罪，如此想来这里就不再是个清闲股室。孙水涛向张股长提出，和国家“七五”普法计划一道，强化全支队普法教育，各中队开展气势宏大的普法活动，用违法犯罪的案件事例来警示部队战士；同时，各中队确立重点人，确定问题战士，然后逐个谈话。张股长没有想到孙水涛很有思路，哪有不支持的道理：“水涛，你有什么想法，就虎超地去整，不要怕出问题。普法也是长期的工作，也是预防工作的重要方面。”

得到张股长的首肯，孙水涛知道了工作的方向。如何面对那些问题战士或者说是有点小毛病的战士呢？孙水涛的身份不再是中队的排长和副指导员，在中队，他成天和战士摸爬滚打在一起，多是以细致入微的思想工作为主，如今他作为全支队的保卫股干事不可能细致入微地去一个个做思想工作。中队干部可以细致入微、和风细雨，润物细无声，他必须以他的高度和力度来面对这些战士，敲山震虎、高悬利剑，现身说法。他和中队干部一唱一和，效果肯定会更好。

“我是保卫股孙干事！”孙水涛在中队找“问题战士”谈话时，气贯长虹，正气凛然，雷声震耳，把他别在裤腰上的手铐子“啪”地砸在桌子上，那动静要把桌子震裂，把房顶掀开，一双眼睛如利剑一般要洞穿到战士的骨子里去，那气势要把人吓个半死，让“问题战士”浑身直打哆嗦，眼睛也不敢看他，只有低头受训的份儿。

“听说你在中队不怎么听话，不怎么守纪律，我今天就是来‘请’你找个地方听听话，守守纪律！支队锦山中队小号很有名，想不想去看看？沈阳马山家子教养院也缺人，想不想去？”这个“请”字说得看似客气实则威严，谁敢接受这个“请”呀！

锦山中队小号，是支队专门关押那些违纪犯罪战士的地方，沈阳马山家子教养院是专门对违法分子进行劳动教养的地方，其他地方的名号可以不知道，但是这两个地方，战士们都知道。

“我已经掌握了你的表现了，如果你再不悬崖勒马，我这个保卫股孙干事不是白吃干饭的，可以把你送到你应该去的地方！”

“今天找你谈话，是对你最严厉的警告，也是最后一次警钟，希望你好好表现，老老实实地当个好兵，别给部队找麻烦，也别给你爹妈找麻烦。”

“别让我下次再找到你！下次再找你，就不是今天谈话这么简单了，那是什么结果，你自己知道！”

“是！是！我坚决保证不再犯错误，老老实实遵章守纪。”被训话的战士自然是赶紧点头。

每到一个中队，孙水涛都要这样雷霆万钧地表演一下：“我是保卫股孙干事！”然后就是把锃亮的手铐子“啪”地往桌子上一砸。把场面气氛整得要火山爆发一样，那些问题战士自然就被这气势给整“怂”了，该交代问题的交代问题，该保证的赶紧保证。

时间长了，一说“保卫股孙干事有请”，有些问题战士自然是做贼心虚，紧张得不得了，毕竟都才十八九岁，大点的也只有二十一二岁的小年轻，有几个是老江湖呢？自然搁不住孙水涛一阵唬，再加上那铮亮的手铐子一摔，好像那手铐子专门就是为那些问题战士准备的，马上就要给他们铐上似的，没有个不害怕。平日里看着面目和善的孙干事原来是这么地“凶”！

当然，孙水涛在找问题战士谈话时，也不尽然是用这种“唬”的办法进行“恐吓”，他也有和颜悦色的一面，对于那些只是偶然犯一点小错儿，平时表现好的战士，自然不能给“吓”死，也要找准战士犯错误的根源，苦口婆心地给他们讲法律、讲道理。孙水涛口才本来就好，滔滔不绝如流水，刚才还吓得发毛的战士，瞬间就让他给说得心悦诚服，由衷地感激孙干事提醒得及时、教育得对。

全支队哪些是“问题战士”，哪些是“悬崖边上的战士”，哪些是“危险分子”，孙水涛都要做到心中有数，时不时地杀个“回马枪”，给那些战士再“补补课”。当那些战士看到孙干事又找到他们的时候，心里更是突突的，浑身发麻，不知道中队干部又“告”了他们什么“小状”。当然表现好的，孙水涛就不再当他们的面摔手铐了，对于那些没有起色的战士，孙水涛会把手铐子“摔”得更响，黑眼珠子往上一抬，目光似闪电，气势更吓人：“你想怎么着，现在我就把你‘调’到锦山中队吧？”傻子都明白去锦山中队就意味着被关支队小号。然后中队干部装模作样地向孙干事“求情”，孙干事再“法外开恩”饶恕这个战士一次，拿出一张惩戒令，让这名战士签字，“叭”地盖上中国人民武装警察部队锦朝市支队保卫股的大红公章，一式两份，其中一份交给这名战士。如此这般，战士不服气也要服气，那些恶习臭毛病只得老老实实地改掉。

“我是保卫股孙干事！”这句话就这样虎虎生威地响彻了全支队。也不知道谁编了一句顺口溜，盛传全支队：“不怕枪，不怕炮，就怕孙干事摔手铐。”有些干部见了孙水涛还模仿这句话，模仿孙水涛摔手铐的动作。支队各中队经过孙水涛这样一过筛子，警风大转，势头良好，守规矩的战士多了，遵纪守法的战士多了，部队也稳定多了。孙水涛给中队干部们减了压，得到了支队上下称赞。

孙水涛从朱文成培训新闻报道员的活动中受到启发，朱文成能搞全支队的新闻报道员培训，让新闻报道员提供素材，那么他孙水涛也可以搞一个全支队的法制小教员培训班，让那些法制小教员发挥作用，随时为他提供线索和警情，岂不是更好？

孙水涛把他的设想告诉给张股长，张股长为他开创性的工作思路叫好。在领导支持下，很快，为期 20 天的首期支队法制小教员培训班开班了。各中队选派思想品行好、口才好、有威望的战士、班长和排长三人参加培训，孙水涛教给这些法制小教员如何开展法律教育和普法工作，教本领、教方法。这样各中队参加培训的人员，回到中队就都成立了“法律教育小组”，发挥职能作用，使全支队的法制教育也就达到了纲举目张的效果。经验被全总队转发，朱文成总结成工作新闻发在了《人民武警报》上，让机关干部对这个孙干事刮目相看。

“整得好啊，孙水涛，还真有两下子，不光是吹。”朱文成看着见报后的新闻，对孙水涛说。

“你以为我孙水涛是靠吹吗？光棍儿不是吹的，火车不是靠推的，罗锅不是靠撅的，小山不是靠堆的。”一说他喘，他就咳嗽起来没完没了。

“都，都，你行，以后多报道报道你。”

“以后本人闪光点多去了，你报道都报道不完，累死你写，你会把《人民武警报》办成孙水涛优秀事迹专刊的。”越说越离谱。

“给你一根羽毛，你就要飞上天呀，又不怕摔死。”

“没事儿，掉不下来。如果真要掉下来，还有乔老婆接着呢，她肉厚，可以做个很好的肉垫。”吹着吹着，话题就引到了乔爱华身上。

“打住，打住。”朱文成赶紧收拢话题。

孙水涛由于经常下中队，或者去外地帮助解决战士家里的纠纷，或者去沈阳刑事警察学院学习，或者到总队办理业务，也是个经常让人抓不着影儿的家伙。有一次，支队王副政委到政治处参加会议，赶上新闻干事朱文成不在，这个孙水涛就向王副政委“告”朱文成的“状”：“政委啊，‘朱大神’要不在政治处，政治处就显得少了一半人。”孙水涛没有想到王副政委反将了他一军：“你不是大仙吗？你‘孙大仙’要不在政治处，政治处还就没有人了呢！”

至此，“孙大仙”的名号非孙水涛莫属，上上下下就这样叫开了，所以，就有了“大仙”。

新闻要充分发挥宣传的作用才有意义和价值。孙水涛把部队的普法工作做得风生水起，朱文成的新闻宣传报道工作也不甘落后。党委的英明决策，支队树立的先进典型，战士中间的好人好事，基层建设的经验做法，部队管理中的亮点，都是朱文成的素材，还有那些默默奉献甘于坚守大后方支持军人工作的军嫂们，警民共建事迹也都是他笔下的内容。

朱文成在钻研文字写作之余，也钻研图片摄影。文字和图片是新闻表达的两种手法，各有特点和优势。一张图片只要拍摄技术过硬，主题突出，画面构图有美感有冲击力，配上简单的说明文字，比文字还好发表。他在中队当战士的时候就注意做好剪贴，几本厚厚的剪贴本都是好的散文诗歌和艺术图片，闲暇时候就拿出来欣赏，然后就琢磨，如果自己要写的话，应当怎么样写，如果自己要拍摄的话，是否还有更好的角度？这些平时看似耗费工夫的积累，逐渐养成了朱文成爱学习爱钻研的良好习惯，无形中提高了他的写作水平和摄影水平。久而久之，朱文成的摄影和他的文字一样也到了较高的层次，机关干部和战士的证件照片都请朱文成拍摄，机关干部的婚礼摄影也非朱文成莫属。一支笔和一架照相机，就是他的两般武器，朱文成游刃有余地担负起他作为军事新闻人的责任和使命，为部队做好服务。

作为一名机关干部，朱文成能够在中队和战士们一起摸爬滚打，可以搬到战斗班和那些战士们同吃同住，和战士们拉家常，他虽然没有孙水涛那样的口才，但是也能够把心掏给那些战士，让战士们的内心在他面前袒露无遗。朱文成可以陪着战士走上很远的路去野外勤务现场，体验基层战士的生活，他知道只有真正走进这些基层官兵的情感世界，才能知道他们在想啥，要干啥。

他在总队搞新闻会战的时候，会把其他支队的好做法、好经验，总结出来给支队政治处主任和副主任，看看能否适用于锦朝市支队，或者把好的做法传授给他采访的中队，他希望锦朝市支队到处都是先进和典型，都是他写不完的素材和报道内容。

朱文成到基层采访的时候，有些战士买了照相机学习照相，打算回家开个照相馆，他就手把手地教这几个战士，教给他们如何构图，如何用光，拍摄人像应当注意的问题。他告诉学习摄影的战士：长相无论多么丑的人，都有最美的那一瞬间，如果能抓住这最美的一瞬间，那人像就拍摄成功了。在拍摄风景照片时，要注意选用最好的角度，采用“线形”“回形”“凹凸形”“三角形”等多种构图方法，注意把情感和思想融入画面里，照片才会生动。学摄影的战士亲切地叫他“朱老师”。

孙水涛看见每个战士在头脑里都要审视一下，然后眯起眼睛，那细细的目光，如同刀子在切割分析：这个战士会有什么问题呢？他是从法律纪律角度去看待一个战士。而朱文成就不一样，每一个战士经过他面前的时候，他都会瞪大眼珠子，让这个战士走进自己的视野里，去寻找这个战士的与众不同之处，比如在训练和执勤中有什么不一样的地方，然后操起相机，把长镜头远远地拉出再拉回来，反反复复地调整景深景浅和对焦，然后再咔嚓咔嚓，战士们在他的镜头里好不得意，好不威风。在他的眼里，战友们都是最可爱的人。

朱文成拍摄的照片上了《人民武警报》或者《解放军报》，那些战士都会把报纸邮寄给家里的人，说他上了报纸了，那些战士都很喜欢这个支队新闻干事。

时间长了，“朱大神”和“孙大仙”在基层官兵中就有不同的受欢迎程度。虽然他们的工作对基层中队来说都很重要。但是那些战士们更喜欢朱干事的“大炮”（照相机），可以让他们威武；而不喜欢孙干事的手铐子，那玩意儿实在是吓人不浅，让人胆小。

除了中队搞法制教育之外，孙水涛还真的不受基层中队欢迎。一说保卫股孙干事去哪个中队了，人们立马就会问：“那个中队出什么事儿了？”好像孙水涛去哪个中队，哪个中队肯定有案件似的。而朱干事去哪个中队，说明那个中队肯定又涌现了典型和先进了，要报道报道。虽然说新闻当中也有负面新闻，但是部队新闻肯定是绝对要以正面报道为主，负面的会影响部队良好形象。他们两位干事一个是“言好事”，一个是“办坏事”。所以说，“朱大神”远远比“孙大仙”受欢迎得多。

机关干部的单身宿舍是朱文成和孙水涛共同的“家”。在这个家里，两人无话不谈。侃大山、吹牛皮、掏心窝、扯八卦……但是每次的宿舍“卧谈会”都是以朱文成的“茶壶里煮饺子——有话说不出来”而告终。朱文成是慢活出细工、细工出精品的那一种，肚子里有存货，需要深思熟虑后才更好表达。孙水涛心直口快，随口就来。

“朱大神”和“孙大仙”两人也经常召开只有一个听众的新闻发布会，或者召开只有一个听众的警情发布会。如果赶上有其他宿舍的战士干部来串门，听众就会多一些。如果只剩下他们俩了，就开始对吹，二人也都有开吹的资本，对吹得不亦乐乎。

大神说：“我的大炮（照相机）一拉，全连笑开花；本人一支笔，赛过十万军。皇帝的粑粑——好屎（好使）。”

大仙说：“我的手铐子一掏，地动山摇，全部吓尿；本人一声吼，全连抖三抖。临死前放屁———绝屁（绝踥）。”

两人还在争论谁的功劳大，是先有鸡还是先有蛋的问题。

大仙说："要是没有我的普法教育，哪来的部队稳定？没有部队的稳定，怎么会涌现那么多的先进和典型？本人的工作是基础，基础牢，你才能逍遥，所以绝对是先有鸡，鸡生蛋。"

大神说："锦朝市支队没有你的时候，虽然案件多一些，但也同样有的是先进，你的普法顶多就是个毛毛雨。本人表扬的先进，可以温暖他们一辈子。表扬先进，同样可以激励后进，后进也会变先进的。宣传就是战斗力，所以绝对是先有的蛋，蛋孵出鸡。"

两人争论不出个所以然的时候，孙大仙就拿出他的杀手锏，开始拿朱文成的老婆乔爱华打哈哈。"我说大神，乔老婆怎么很长时间不来部队了，是不是上次她来了，在部队'吃撑着了'，到现在还不消化；还是你偷摸跑回家让人家'喂猪'了？"这话的字面意思倒没有什么，但是细一想是很无耻的。

一到这个时候，朱大神只能偃旗息鼓，举手投降，装聋作哑，不再和孙大仙论战，他争论不过，他知道大仙嘴里没有好话。只好假装"呼噜，呼噜"。

"唉，唉，我说，你别真的跟猪似的打上呼噜了，我问你，你想你们家的'小猪崽'（大神的儿子当然就是小朱了）了吗？"

这话也不好回答。如果说想，那么大仙就会说："我看是想小猪的他妈了。"如果说不想，大仙又会说："什么人哪？没有一点舐犊之情，连自己的儿子都不想。"然后会长长地"哦"一声，"对！对！你本来就不是人，是一头猪（朱），是一头瘦肉型的猪（朱）。"

有时候，孙水涛说："我的衣服和被褥脏了，赶紧让乔老婆来给我拾掇拾掇，让本大仙干干净净去搞对象，要不然搞不上对象，就找你们两口子算账。"

"你别瞎扯，你还真拿你不当外人呀，脸皮臭厚，你搞不上对象那是你大仙没有本事和能力。"

"咱们谁跟谁呀，你的就是我的，我的就是你的，谁让我啥也没有呢。"

"你赶紧给我打住，说你不嫌臊，你还得加个'更'字儿。"

"咱们哥们之间早就应当实行'共产主义'了，要'分田地，均贫富'。"

"你滚，咱们呀，共产主义可以，咱们共产不共妻！"

“那还叫共产主义吗？”

大仙不仅要“占有”大神老婆，连同大神的儿子武匠也不放过。每次武匠到部队，大仙会逗武匠：“儿子，是不是想孙爸爸啦，孙爸爸给你去买好吃的。叫孙爸爸，叫一个。”还对武匠说，他才是亲爸爸，朱文成是后爸爸。

孩子小的时候，一糊弄就叫了一个，叫得大仙飘飘欲仙。朱文成和乔爱华就赶紧纠正，不叫不叫，叫孙叔叔。后来武匠大了，大仙怎么逗也不灵了。

这样的神仙论战，每次都是气得大神笑不得恼不得，这个时候大神只有开唱顺口溜：姓张姓李你别姓王（王八），姓啥都比姓孙（孙子）强。

他们两人的姓氏分不出谁优谁劣。机关单位的那帮干事、参谋、助理的见了他们两人都会把称呼拉得很长：猪（呜）干事，孙（儿）干事。他们只能嬉笑怒骂对方：“你会说人话吗？”更有甚者说，“猪光知道吃，又不会干事呀，”然后没事儿又来一个，“猪是不干事的，有事让孙儿去干吧。”两人倒霉就倒霉在这姓氏上。

那个年代三人的扑克“斗地主”还没有发明，锦朝市支队包括全总队玩的都是四人打对家，什么“扣一”“升级”“立棍儿”和“立方”。有的时候，还会赶上大神和大仙两人一伙打对家，两人总因为对方出错了牌而互相掐，“神”不让“仙”，“仙”不让“神”，完全没有“神”和“仙”的风度。

不过机关有了“朱大神”“孙大仙”，确实多了不少的热闹和欢笑。

大神和大仙在先有鸡还是先有蛋的争论中，无法确立是相机的功劳大，还是手铐子的功劳大，谁也说服不了谁。尤其是大仙，总认为自己功高盖世，部队的稳定就是严厉的纪律惩戒来维护。大神有时候也懒得和大仙争论，更使得大仙飘飘然，比过朱文成就是最好的存在和优越。

当然，相机和手铐也不能完全对立，宣传股和保卫股是部队稳定的两大部门，互相协作又是经常性工作。

锦朝市支队多年的兵源都是东北三省和内蒙古东部地区，这是根据东北地区气候条件和人们生活习惯所形成的。但是在那一年以后，全军考虑到部队整体作战和远距离大练兵，建设多元化部队作战体系，为更合适全国各地域性融合与综合性作战体系建设，首先是打破小地域大区域兵员界限。锦朝市支队上年度冬季第一次远赴上海市区征兵300名，其他300名来源于内蒙古赤峰和乌兰察布两个地区。新兵下班后，各中队形成了隐约的地域派。上海兵看不起内蒙古兵，认为北方兵纯粹是老土，就会用拳头说话，没有知识和文化，是典型的粗俗和野蛮。在内蒙古兵的眼里，改革开放就是包产到户那么简单，“三提五统”变成“一税制”，牧民和农民有了更多的自由，改革后的草原高原更加宽广和辽远，他们可以更加广阔地驰骋。内蒙古兵有如此高度的认识，应当说难能可贵，这在上海兵看来还是井底之蛙，他们的大上海早已经站在改革开放前沿，经济已经从单一的计划经济走向股份制、合资、私营等多种形式经济体，他们一部分人已经先富了起来，黄浦江上的游轮已经把他们的理想和未来带进了五大洲四大洋，早已与世界接轨，那里已经是国际性大都市。上海还给他们保留了原单位的岗位编制，每年地方政府给他们的兵役补贴就是一万元，比部队干部年工资还高两倍之多。个个家里条件好，家里不时邮寄零花钱邮寄零食改善部队让他们皱眉头的伙食，优越感甚强。上海兵给内蒙古兵的印象是，上海小白脸都是一个个没有离开娘怀抱的孩子，还是没有断奶的娃娃，就知道油腔滑调，细皮嫩肉娇生惯养经不起摔打。他们是来自高原的骏马，是能够搏击长空的雄鹰，是能够斗得过恶狼的好猎手，他们率真坦诚胸怀宽广。如果真的打起仗来，还是他们勇敢地冲锋在前，谁当了逃兵、伪军和汉奸，一看便知。内蒙古兵口才理论说不过上海兵，上海兵训练比不过内蒙古兵，地域观念、思维方式都有很大的冲击。有的中队甚至给内蒙古兵起外号“原始人”，给上海兵起外号“吊奶人”（意思是多大都没有离开老娘的乳房），极为形象地侮辱了对方，这样的思想冲突演化为十三中队、十一中队多名新兵的“私下较量”，从而引起支队重视，新的课题已经摆在了政治思想工作的案头，过去的宣传教育形式亟待加强并创新。

针对各中队存在的地域老乡群体观念，尤其是南北地域差异化明显的军人队伍，支队政治处要坚决打好破冰之旅这一仗，已经不再是纯粹端正入伍动机那么简单了。宣传股和保卫股第一次大规模合作，深入开展政治思想工作。宣传股狠抓民族融合进步、战友团结教育，把《战友之歌》教唱到每个战士的骨子里：

战友战友亲如兄弟，革命把我们召唤在一起，你来自边疆，他来自内地，我们都是人民的子弟，战友战友，这亲切的称呼，这崇高的友谊，把我们结成一个钢的集体。

在这一届兵中广泛开展帮教、友谊结对活动，打破兵与兵的地域界限。针对他们的思想教育主题是：大中华是一个幅员辽阔，人口众多，民族多元的一个国家，地域不同，生产力水平不同，改革开放的程度不同，各有优势各有弱项，人不能选择自己的出身，但是可以选择自己奋斗的目标和方向，只看见别人的短处，没有看到自己的短处，都不利于自己的成长进步。不同地域有不同的生活风情，有不同的文化特色和文化精髓，团结才有力量，团结是友谊和进步的标志，只有团结，才有民族精髓融合，成为不可战胜的力量。电影组到各中队轮流放映电影《大上海 1937》《倾城之恋》《骑士风云》和《森吉德玛》，都市文化、城市文化和高原文化、草原文化都一同展现在上海兵和内蒙古兵的面前，这些都是中华文化丰富多彩的美好内容，柔情美、悲壮美、苍凉美、激情美、淳朴美、繁华美都充分地表现了主人公的家国情怀，深深地感染了这些兵们。朱文成负责搜集新兵中互帮互助的先进典型，拍成照片，组织摄影展，在全支队巡回展出，把好的典型人物写成文字下发各中队进行通报表彰。孙水涛除了摔手铐子之外，就是抓反面典型，把以往不利于部队团结的言行举止都在他的法纪教育中一一列出其危害。

那些兵们在同一时刻有了两种感受。一是朱文成相机的“笑一笑”，和战友之间再亲近一些，朱干事总是那么和蔼；二是孙水涛手铐子哗啦啦地比画，如果再有不利于部队团结的表现，手铐随时伺候，孙干事总是那么冷冰冰。冰与火两重天的感觉天差地别，震撼着年轻的心。

朱文成在给新兵们授课时说，别看你们来的时候都是白白净净，经过三个多月部队训练，黑土地的风吹日晒，你们现在都是黝黑小青年，这才是军人最光荣的肤色。你们再互相看看，你们还有差别吗？上海兵如同高原来的，有了粗犷和伟岸，内蒙古兵如同都市来的，有了细腻和虚心，都具备的刚强和毅力。

互帮互学、互训互练、互比互超在锦朝市支队形成了整体部队风貌，没有地区差异的兵兵融合成为部队战斗力表现。一中队的上海兵为内蒙古孤儿兵捐款，九中队上海兵的母亲为部队邮寄来和面机，七中队内蒙古兵家属从赤峰赶过两只羊来，让这个支队除了养猪之外又多了养羊事业，兵们积极努力，家乡父老积极支持部队建设等先进事迹层出不穷。

那一年的政治思想教育工作，宣传股和保卫股成为最累的股室，朱文成和孙水涛作为工作主力，每天一同到各中队，一同吃住，到中队又是一个宿舍吹牛，法制教育后就是政治思想教育，然后组织参观展览，非常辛苦。

孙水涛依然是羡慕的眼神：“这个人呀，生坏了人别生坏了命儿，上海来的，一年兵役补助就一万元，比我全年工资还多两倍，我要是生在上海多好呀，老天让我出生在穷困的天林山沟子里，世界真的很不公平。”

朱文成说：“你知足吧，历经千万年已经把你生出来了，那些没有生出来的，还可能在宇宙里孕育着呢。”

“那我也愿意继续孕育到一个好的地方再出生。”孙水涛说。

“到那个时候，你说不定就被孕育成牛呀、马的畜生了。”

“你现在不已经被孕育成猪（朱）啊、狗的了吗？”

停！谈论不能再继续！

那次的合作也是大神和大仙最有水平最有风格最圆满的一次合作，体现了“精诚团结”和“一致对外”，在以后的军旅生活中，还成为二人快乐的话题。那一年的新兵教育，也是几年来最累的一年新兵教育，教育成效整体好于以往。孙水涛总结出《兵员差异化的法制教育》被总队下发，朱文成采写出很多兵与兵之间团结的稿件在《人民武警报》上刊发，各有收获和成效。

那年八月的抗洪抢险，因为政治思想工作提前做到了位，上海兵和内蒙古兵积极要求参加抗洪抢险，成为绝对的主力。不过，三年后的复退工作中，上海兵无一人主动要求留队，因为他们知道耽误一年，他们距离先富起来的步伐又慢了好几拍，给他们提干都构不成诱惑。

第九章　少女河有心

进入七月以来，东北地区降雨天气明显增多，比往年的降雨量超出好几倍。锦朝市支队的干部战士们知道今年的“八一”建军节连着周日，可以有连续两天的休息，大家平时都很忙碌和紧张，希望在这两天能好好休息休息。

这个时候，乔爱华也到了部队探亲。这个季节庄稼除了施肥锄草，基本上也不忙了。夫妻二人也谋划着在锦朝市区好好转一转，带孩子好好玩一玩，尤其是少女河公园，有很多游乐项目，是儿子武匠最喜欢去的地方。这个季节的少女河碧波荡漾，河水泛着涟漪，风光旖旎。自古水就是灵性的象征，城市有了水，就仿若妙龄少女有美丽的青春容颜，也就有了灵动，有了韵律，有了气质。每次乔爱华带儿子来部队，少女河公园都是一家人去不够的。上次春节团聚之后，一家人又半年没在一起了。

辽河下游水位暴涨，已经接近历史水位最高值，严重威胁到辽河油田工业区密集的钻井作业区和几十个人口集中的农村，战斗警报已经拉响。到 7 月 30 日，总队发布命令，部队停止休假，所有休假的干部战士立即归队，“八一”不再放假。部队进入战备状态，随时待命出征。

朱文成已经是第二年的副连职干部，对于此时险情的到来，他没有犹豫，率先报名去抗洪第一线，他带上报道员陆长喜组成了前线宣传组。二人准备好作训服、换洗衣服、雨衣和军用胶鞋，再带上照相机、纸和笔，就可以战斗了。他从来不畏惧生死，军人必须有这样的担当，前线才有最感人的事迹和新闻，如果战友们冲上去了，以生死立命，他不能及时报道出来，不能及时宣传出来，都是他的失职。

面对乔爱华依依不舍的眼神和担心的神态，他安慰她：“没事儿的，华子，你别担心。也许这两天，辽河的水位下降了，我们都不用去了。”夫妻二人都盼望出征的命令不要到来，尤其是华子，她不敢想象那残酷的后果，是抢险就有牺牲，洪水无情啊。她不敢让成子出宿舍，怕他一去不回。那两日二人偎依在一起，泪水从乔爱华眼角长长的泪槽里溢出，朱文成用嘴去接住，涩涩的咸咸的，流进了他的心里，这就是军人生活的味道。

“妈妈，不哭了，以后武匠听话，不会再让妈妈生气了。”儿子又长大了一岁，但是他不知道妈妈为什么会哭。

那一刻还是来了，分别的时候，两人含泪紧紧地拥抱着，久久不愿意分开。8月1日上午8时，总队下达命令，按照预案，锦朝市支队组织500人的抗洪队伍必须在下午4点到达抗洪指定地点，营盘市盘河区河南村的堤坝上。支队机关每个人给20分钟准备时间，按照预定时间在机关院里集结。陈支队长、鲁参谋长任锦朝市支队抗洪前线总指挥和副总指挥。

“不哭，华子。没事儿的，我们的任务是负责采集新闻，做好宣传，不可能到险处去的，我也会注意安全的。”

“成子，你别为了抢拍英雄场面，真的不管不顾。别忘了你后边还有家庭，还有父母妻儿的，你要真的壮烈了，让我怎么过？”

“说什么傻话呢？没事儿的。好好在这里待着吧，带儿子好好玩几天，我会平安回来的。”

儿子武匠还不懂得什么是生离死别，只是用纯净的眸光看着这个场面，小家伙眼神中充满疑惑，实在是读不懂，两个大人为什么要泪眼婆娑。

乔爱华看着抗洪车队消失在马路尽头，才拉着儿子的小手，在街头茫然地游走，朱文成带走了她的心。丈夫的安危如倒背崖一样压在心里。她只有无聊地等候她的成子归来，此时回天林山也是放心不下，她一年才来一次部队，她不能放过这次机会，她的成子绝对会平安归来。

朱文成在乔爱华牵挂的目光中走上了辽河大堤，这是他第一次参加这么大规模的抗洪抢险宣传报道。对于前面的凶险，他心里也没有底。他看了看跟随自己的报道员陆长喜，清楚自己还要保护好他的安全。

2783米长的河南堤聚集了来自周边四支部队的1500余名抗洪官兵。据《辽河水志》记载，辽河在历史上有几次大堤决口，都在不同的地段。这次经过省水利专家勘察，认为今年的辽河水位最危险地段应当是在河南村 2783 米的长堤。虽然这里在雨季来临之前有些加固，但也还是最为脆弱的地段。

锦朝市支队抗洪抢险队的指挥部设在河南村委会，在村委会楼顶架设通讯电台，战士们平时就住在村委会院里，院子距离堤坝只有 300 米。

堤坝下的水位每天都在看涨，辽河北面是 50 公里宽的稻田，堤坝比南侧堤坝要低矮，已经是一片汪洋。河南村是营盘市的小康村，东北地区有名的富裕村，村里集木材加工、河蟹养殖、稻米加工、物流集散于一体，闻名东北。这个在改革开放中第一时间富裕起来的村庄是营盘市的一面旗帜。河南村的地理位置也极为重要，是整个辽河油田工业区的门户，保住河南村就意味着保住了辽河油田工业区。这也许是当初河流耕治者考虑到汛期的“舍”和“得”。那么多的水不可能都通过河道入海，必然要有溢出，溢出的洪水淹没哪一侧是必须科学考虑的，北侧的稻田地只能成为牺牲对象，才能保护这片工业区。河南村中间有一条 60 米宽的道路通往河的北面，两侧的河堤就形成了 80 多米宽的断口。桥已经被洪水淹没，河堤断口已经用沙袋堵住，不过这里仍是极为不稳固的危险段。近万吨的土方堆放在原来断口南侧。

北侧的汪洋和南侧的人来人往形成了鲜明的对比。北侧的洪水慢慢地上涌，形成压力试图拱裂这 2783 米的长堤，土黄色的水面不时有上游来的树枝杂草和动物浮尸漂过。南侧的河南村和工业区里，居民在紧张地搬家，抗洪的人们不停地调运土石方，调运沙袋，抢运木桩，一片忙碌景象。

朱文成和陆长喜做了分工，陆长喜在楼顶守候在电台旁记录好各种抗洪信息，并到营盘市区冲洗胶卷，到营盘市支队传真稿件；他负责在堤坝上拍照和采写新闻。

陆长喜接到朱文成分工的时候，明白这是朱干事在保护他，不让他上最危险的地段。

陆长喜说：“朱干事，咱俩把分工换一下吧，嫂子和孩子还在机关等你回去呢。”

“小陆，不要争了，我是有家有口的人，即使真有什么问题也不遗憾，你还年轻不是吗？”朱文成这样分工的时候确实也是这么想的。

第二天早上 6 点，巡堤的干部传来紧急情况，水位距新堵上的断口位置只有半米了，堵口很松软。一声哨响，全员紧急出动，奔赴险段。

只见那缺口的沙袋已整体往南移动了有两公分，沙袋没有和原堤坝很好地凝结在一起。官兵们又从下往上傍上一层沙袋。大家装土的装土，扛的扛，码垛的码垛，码上再踩个结结实实，看不出哪个是干部哪个是战士。朱文成的相机快门啪啪不停，当然，他也要选择最好的角度，把每个官兵的表情和汗水拍摄出来。而他选取的站位又比较刁钻，在从上往下拍摄全景大场面的时候，他发现断口位置最佳，取景时后退一步，又后退一步，等拍摄完了，他发现再退一步，自己就落到河里了，一身冷汗惊出，好危险呀。

半天时间过去了，80 米宽的断口得到加固，干部战士们才感到疲惫与饥饿。朱文成简单垫补几口，就开始写稿，写完稿子就让陆长喜送去邮局，并冲洗胶卷。

根据第一天的险情，指挥部开了会，冲锋组、抢险组、保障组、救护组、宣传组、通讯组等力量配置又重新做了调整和部署，把会游泳的战士调整到冲锋组，所有的干部必须 24 小时坚守。

好在那几日辽河下游地区没有降雨，水都是从上游涌来，对于抗洪官兵们来说不用顶风冒雨。

到抗洪前线的第三天，由于水土不服，以及过于劳累，20 多名战士发起了高烧，得了痢疾。病了的战士们坚持轻伤不下火线，继续背运土石方和打木桩。用他们的话说就是，走上大堤，就多一份力量。

朱文成在抗洪现场还见到了十中队副指导员何海晶。曾经同一个宿舍的战友又一同在抗洪战场上相见，分外亲切。虽然朱文成也到过十中队采访，俩人也能见面。但是在生与死的战场上见面自然是另一番感触。朱文成到十中队见到何海晶时，才知道何海晶为什么坚决不留机关。

“老弟啊，他们谁都没有说对我不在机关待的原因。材料是难写不假，我去后勤处或者司令部找个位置不是不可以，孙政委是我的老领导，这不含糊的。你知道为什么吗？因为我穷啊，老家里穷。我一个月 300 多元工资，在市里就攒不下，市里新鲜东西多，看见就痒痒，周末和节日，关系不错的战友、领导请你到家里吃顿饭，咱也不能空着手啊，市里还有人情往来的份子，也是不小的开支。我到连队来，天高皇帝远，这些不就省了吗？再有啊，营盘地区属于艰苦地区，有艰苦地区差补助，每月有 30 多元，在机关就没有，机关伙食有补助，伙食费交得高，每天要交 2 元，中队伙食费才交 8 角钱，一个月下来，里外里就要节省六七十元。你算算，哪个合适？你说，咱们老婆孩子都在农村，不就指望这点工资吗？不管家不顾家，咱们还娶农村老婆干啥，咱还算人吗？现在改革开放到处都在说钱的问题，农村也不例外，见不到钱不说，花费还蛮高。再说了，我这个人喜欢人多热闹，在连队有这么多兵，心里踏实，天地更广阔。”

面对何海晶一席话，朱文成久久不能平静。何海晶说的，正是他朱文成所经历的，他比别人宽裕的是，因为勤奋写作，每个月有一二百元稿费，工资交给家里，手头还能活泛一些。

“部队干部农村妻，工资到手月月稀。农忙农闲两不见，无谓生死守雄鸡（中国版图像雄鸡状）。”部队流传的顺口溜就是军人的真实写照。

“朱干事，多给我们十中队拍几张。多给我们十中队报道报道。”何海晶见到朱文成说。

“只要你往水里跳，我肯定把镜头抓拍好。”朱文成开起了玩笑。

“如果抗洪需要，绝对没有问题。”英勇无畏的气概。

在几日的沙土装运中，何海晶的右脚被一尖刺扎破了脚心，鲜血直流，他没有任何声张，悄悄让随队医生给他做了消毒包扎，忍痛到现场继续挖土和包扎土石方袋子。过了两天，那脚已肿得像个大萝卜，穿不下鞋，才被战友们知道，他自己仍然拄着一根木棍，坚持到堤坝。大家都劝他休息，他笑一笑，没有关系。他说只要他在，他的小姨子就在，战士们就有希望，战士们就更有劲头。直到抗洪结束，何海晶才到医院治疗。

这一幕，感染着朱文成，激励着朱文成。抗洪抢险不仅是舍生取义，还是最好的教育形式。这无疑又是他笔下最生动的素材。

第四天，由于巨大的压力，堤坝产生了几处竖裂缝，他们赶紧又打桩加固，铲平裂缝，全员固守堤坝。那天下午，冲锋组的战士要潜到河底把橡胶布固定到裂缝处，这是一项极其危险的任务。会潜水的战士纷纷报名，最后选了 10 名战士潜入水里。朱文成知道要把这些战士入水和出水的表情真实地拍摄出来，才能对得起这些奋不顾身的勇士。他让几个战士拉住自己的腿，趴在堤面，把上半身吊到水面，把镜头平切到水面拍摄。这样，战士入水和出水的表情都真实地被记录了下来。

为了拍摄整个大坝的抗洪场面，朱文成想把水面作个前景，让几个会游泳的战士穿着救生衣架着他，下到水里，他穿救生衣空站在水里拍摄，支队长同意了，但是要求他千万注意安全。

“人在堤在”“誓死与大堤共存亡”“身后就是我们的父老乡亲”“保卫大堤保卫家园”“誓死保护油田”……党旗飘起来了，突击队的旗帜舞起来了，旌旗鲜红，口号鲜明，热血激昂，振奋人心。

这些生动的画面就这样被朱文成采用最危险的方式拍摄出来，照片洗出来后，画面极为感人，受到支队长和参谋长的高度赞扬，称其不愧是专业的新闻人。

当晚，在分配救生衣和救生圈的时候，不够每人一个，按照条件，朱文成可以分到一个救生衣，陆长喜可以用一个救生圈。其他战士要好几个人合用一个救生圈。朱文成坚持陆长喜把救生圈贡献出来，他和陆长喜合用一个救生衣，陈支队长答应了朱文成的要求。

决战之夜，决胜之夜。除了作战指挥参谋和通讯员在指挥部以外，陈支队长和鲁参谋长带队在大堤上坚守，誓死和大堤共存亡，报道员陆长喜坚决要和朱文成在一起，朱文成也没有继续坚持，他知道无论如何要保护好陆长喜。他和陆长喜从大堤东端到西端，拍摄了战士们连夜加固大堤的英勇画面，以及随时抢险的备战场景，官兵们视死如归的坦然和风采鼓舞着朱文成和陆长喜。锦朝市支队的官兵是好样的，新年度的上海兵和内蒙古兵也是好样的，不愧是从黑龙江一路拼杀过来有着优良传统的人民军队。

紧张的采访完毕，两人在临时照明灯下写完稿件，用塑料袋把照相机和手稿包裹好，背在身上。

“小陆，记着，咱们俩，不管谁安全了，都要把这些资料保管好。”

“记住了，朱干事。”

后半夜闲下来，脑子空了，乔爱华和儿子武匠走进了朱文成的大脑里，此时他对妻子的思念更为浓烈，如果自己牺牲了，华子该是怎么样地难过，以后又该如何生活？胡思乱想中，已是热泪盈眶。

“华子，假如我牺牲了，你千万不要难过。再找个好人家，把咱们的孩子抚养大。”皓月当空，夜色清凉，面对夏夜的远方，朱文成在心里嘱托。

每个抗洪官兵都在默念着，心里祈祷着，终于迎来了初升的朝阳。朝阳从水面升起，如同清洗过了昨日的劳累和疲惫，精神抖擞，鲜红清新，在水面照射出一道长长的波光，通红通红地荡漾。洪水平静地流淌，大堤的几处险段安然无恙。经过一夜的紧张加固，大堤有惊无险地平稳度过了那一夜，几十万的土石方装入十几万个沙袋被加固在堤坝外侧，巩固了这 2783 米长的险段。

灿烂的朝阳映红了抗洪战士们的脸，每个士兵都变得鲜红生动。面对胜利，不知是哪一位战士喊了起来："我们胜利啰！我们胜利啰！"大家都跟着喊了起来，跟着跳了起来，欢呼声久远地在辽河上空回响。这激动人心的画面，同样被朱文成拍进了照相机里，写进了文字里。

其他战士可以休息了，但是朱文成还得马不停蹄地写稿和拍摄，现场采访，穿梭于干部和战士之间。听说大堤保住了，河南村的村民们又返回来了，油田作业区的工人们也回来了，朱文成又把镜头对准了这些村民和工人们。

"河南村保住了，关键时候还要靠人民子弟兵！"这是河南村村民们最深情的话，也是油田工人的心里话。那一夜后，人们纷纷自发抬着大锅的绿豆汤、成屉的肉包子，慰问人民子弟兵。

面对这平静昏黄而暗藏凶险的辽河，朱文成在想，这里面是不是有个河神？河神在哪里？今日面对他这个朱大神和无数抗洪官兵，河神算是"面菜"了，退却了。

勇敢的官兵们用行动感染着朱文成，朱文成不惧个人安危和生死采写新闻报道的无畏神采和风范，同样也鼓励了参加抗洪抢险的官兵们。

坚守到第八天的时候，支队机关的慰问团来到抗洪现场，给他捎来了乔爱华的信。

在支队机关等候朱文成归来的乔爱华，在朱文成走后就把心提到了嗓子眼儿，时刻牵挂着她的成子，她无心逛街，儿子在少女河公园玩的时候，她也只是木然地看着少女河。

"少女河是有心的。"在朱文成第二次带她和儿子来河边玩的时候，她突然说出了这么一句，那语气很坚定。老家天林山里的小溪水流淌得欢快，这少女河流淌得文静。成子给她讲了少女河的来由之后，她看过朱文成的散文里引用过"草木有本心，何求美人折”的句子，更坚信少女河是有心的。朱文成吃惊地看着她，朱文成没有想到乔爱华这个农村妻子，竟然会冒出这样的“金句”来，万物都是有本心的，都在按照自己的“心”生存繁衍进化。成子问她，少女河的心是什么，她一时回答不上来，认为是那个投河的少女给了这条大河一颗决绝的心，这颗心也就变成了少女河的心。

河边公园除了当地政府搞公益活动之外，其余时间都是相对清静的，很适合市民游玩。这条河也是朱文成的灵感之河，朱文成很多很有创意的艺术摄影作品、新闻摄影报道都是在这里发现并拍摄的，还有一些散文诗歌都是从少女河获得灵感而创作的。朱文成喜欢，乔爱华同样也喜欢。这条河流也过滤了乔爱华心里繁杂的念想，她感觉到她的心和投河少女的心是一致的，是相通的。

少女河在汛期的水位也涨了很多，水流不再平静，能听得见远处水流的哗哗声，波浪汹涌，好像有股力量急促地推进着河水，让河水不能有片刻停留。这河水是不是也连接着远处的辽河呢？乔爱华的心随着流水到了在辽河抗洪的朱文成身边。那个时候她虽然看不到电视里的转播，但可以听到广播里的关于洪水无情、洪灾肆虐的报道。她在心里默默地念叨：“成子，千万要注意安全，我和孩子在等候你平安归来，还有家里父母在等候你归来啊。”她的目光发呆，泪水无声地流下来，流进了少女河，把她的心和少女河的心连在一起了，随河水流向远方。这些天她茶饭不思，倒是儿子武匠少不更事，把饭依然吃得很香，还劝她要好好吃饭，有了力气才能想爸爸。

朱文成走后，留给乔爱华一颗惴惴不安的心，她在万千不安中把朱文成和孙水涛的被褥拆洗完缝制好，还把他们哥儿俩的衣服都洗干净，整齐地给他们放在床头。

朱文成走后的第三天，乔爱华突然想回家了，因为她感觉到自己在这里无所事事，还要给很忙碌的部队添麻烦，每日三餐都要战士给他们送饭，很是不安。她叫醒了还在贪睡的儿子武匠，开始收拾东西，准备回家。

“妈妈，咱们不等爸爸回来啦？”儿子揉着蒙眬的睡眼，不解地问。

“不等了，越等越心慌。”这是她的真实心态，越等心里越是那种不好的想法。那天晚上的梦里，朱文成告诉她，他要走了，让她带好武匠，在水里冒一下头就不见了，她怎么去拉都没有拉回来，她哭得昏天黑地，醒来才知道是一个噩梦，但她眼角的泪槽里还真实地存有泪迹。阒寂的夜里，只有远处的灯光透过窗帘，武匠安静地睡在身边。目光一紧，眼皮一跳，泪槽一麻，她便不由得将其和朱文成的安危联系起来，偶尔打个喷嚏也能扰乱她的思绪，让她浮想联翩。朱文成的安危和她身上的每一个细胞都联系到了一起，越想心里越窄，不如回家干点事情，省得这样没事儿胡思乱想。她再也无心待在宿舍里，整日坐卧不宁。

她把朱文成给她留下的发稿发文剪贴本放好。她喜欢读他写的那些文字，虽然有些道理不是很懂，但是她也能明白个大概其，还有那些照片拍得真好。每次来，她都要看他的剪贴本，那是她爱的成子的心血和成就，她知道，那里面也有她的功劳。她又拿起来剪贴本，把它抱在怀里，贴在心口窝处，她感觉那里面的文字和图片都活了，都在和她的心一起跳动，和她的血液一起流淌，她感觉这样就是在拥抱着她的成子，她又深情地亲吻了那个厚厚的剪贴本，就好像亲吻朱文成的脸颊一样，然后恋恋不舍地放在被子下面。

乔爱华既有农村妇女的粗犷豪放，也有着农村女子的温柔细腻。每次朱文成回家，她都要朱文成把他的剪贴本带回去，或者她每次来部队要看朱文成的剪贴本。看看是不是变厚了，她给朱文成“检查作业”是必须的，是看看他在部队是真的在忙，还是不干正事儿去“野”了。她内心是欣赏成子的，每当看到那厚厚的剪贴本，她就觉得自己的付出很有价值。

剪贴本是朱文成事业成就的积累和展示，同时也是乔爱华的荣耀和珍爱，无形中也是一股强大的力量鞭策着乔爱华，激励着她努力去做一个优秀的军人妻子。

上午 10 点钟，报道员魏文河就转来了老家给朱文成的电报，内容是：父病，速归。

接到电报的那一刻，她的心又被扯到遥远的天林山深处的家中，被扯到病中的公爹那里。电报很明显，家里转和不开了，她必须回去，也不知道公爹是什么病，病痛到了什么程度。她不可能上前线去把朱文成喊回来。回家孝敬公婆是她的义务和责任，她别无选择。

她好想把她的成子等回来，但是她不能等。她的成子在抗洪战场，而她必须要面对另外一个战场：去护理她的公爹，照顾成子的家人。她知道，公爹是家里的顶梁柱，家里不能没有他。小姑子朱文玥暑假和同学去外地搞调查去了，肯定是联系不上。家里还有那么多的鸡鸭和猪要喂养，她必须迅速回去。

她给朱文成写了一封信，让信带去她的问候和嘱托。

成子：

我好想等你平安归来，继续我们的恩爱，等候你归来给咱们武匠更多的亲热，讲一讲你们抗洪救灾的传奇故事。

此刻的你，我不知道是什么样子，是累了，是瘦了，还是黑了，我都不知道，反正不是很好的样子。我多想去现场看一看你，去亲一亲你。儿女有情，洪水无情。战地没有浪漫，只有冲锋。

我在这里待不下去了，思念让我很难受，我想我还是回去吧，因为我不知道你什么时候才回来，我等不起，也熬不起，那样的我只有痛苦地想念危险中的你，总有不好的场面在我大脑里浮现。

你要好好保重自己，家里的事情，你就放心好啦，不要牵挂。

为了我，为了孩子，你必须安全回来，回来后给我写个信。

亲吻你疲惫的面容。

爱你的华子

8月3日

把信交给战士魏文河后，这个军嫂才知道什么是守候，她第一次感觉到了军人妻子的义务和责任，是这么伟大和崇高，她同样在为国奉献。善良又懂事的乔爱华没有告诉朱文成她为什么要回家，她怕分了朱文成的心，让他不能安心地抗洪，平添一分危险，她要她的成子安好。

拒绝了战士魏文河的护送，她拉着儿子的小手，背上行李，心急如焚地坐上了开往大东市的火车。

“妈妈，我想等爸爸回来，我想爸爸。”儿子武匠的话让乔爱华的眼角里盈满了泪水，泪水从她深深的泪槽里流了出来。

“妈妈不哭，妈妈不哭。武匠不想爸爸了，好吗？”小家伙伸出小手去擦掉妈妈眼角的泪水。

乔爱华只是用力地搂紧了儿子武匠。

在县城医院，乔爱华见到了她的公爹。老汉精神状态不错，依然健壮，目光依然刚强，只是眼珠有些发黄。原来公公因为过度劳累，得了肝炎病，只要按时吃药，注意休养，不要劳累，不会有什么大问题的。

老汉看到懂事的儿媳妇回来了，很是高兴："爱华，我没什么事儿，你们回去吧，把家里好好照看一下，这几天都是邻居在帮忙照看呢。武匠还小，别让他在这里传染上。"

谁曾想，因为劳累，朱老汉患上肝病，后来，也因为这个严重而无法根治的病，这个家将要面临巨大的灾难。

看到乐观的公爹，乔爱华的心里也就踏实了。自从进了朱家门，她早已把自己融入这个家了。

"回去吧，爱华，医院里有我，你就踏实回去把家照管好。"婆婆周红妹看到乔爱华第一时间赶回来，心里一热，这个孩子没有贪恋城市的浪漫。"乔爱华配不上她儿子的观念"的作祟心理也因为朱武匠的出生而淡化，儿媳妇是识大体顾大局的，心在这个家里。她也就催促乔爱华赶紧回家去，她不放心家里让一个外人照看。

"娘，那您辛苦了。爸，您一定要好好养病，什么都不要惦记啊。"

"爷爷，奶奶，再见！"儿子武匠离开病房的时候，不忘记和两位老人打个招呼。

回到朱家屯，她就成了这个家庭的主力，在周家坟、大茄子地、倒背崖三块地里开始忙前忙后地劳作，很快就让自己充实了起来，儿子像个尾巴似的跟在她身后，时不时安慰一下劳累的她。等到收到朱文成报平安的信，她心里也终于踏实了。

朱文成知道这些，还是过春节回到家以后，母亲告诉他父亲得病的经过。得知真相后，朱文成被妻子的胸怀惊呆了，老婆的沉着力真大啊，他恨不得把华子举起来，他的华子实在是太伟大了！"天下第一军嫂！"他把这个高帽子戴给乔爱华的时候，乔爱华嬉笑地骂了他一句："去滚，滚得越远越好，就知道耍嘴皮子。"

但是这个"天下第一军嫂"高帽子，让乔爱华心里很受用，并温暖了她的一生。

第十章　首长不吃素

大神朱文成去抗洪，大仙孙水涛也没有闲着。本来他也申请去抗洪，最后却被分配到八中队代职指导员。

锦朝市支队在辽河流域的营盘地区还有 6 个中队驻守，这 6 个中队分别是七、八、九、十、十一、十二中队，都是看守农业劳改监狱的。每个中队抽调了 50 名官兵去抗洪，是锦朝市支队中抽调抗洪人数最多的几个中队，因为这几个中队地处辽河流域，就近物质保障和人员调配，所以抽调人数相对多一些。这样一来，这几个中队的兵力就比较紧张了。支队往这几个中队派遣一到两名干部临时代职，并参与各中队勤务，虽然不用出外勤和站岗，但是要带班和查勤。

由于八中队指导员 7 月考上了山西夏县武警指挥学院，八中队实际上只有中队长王化忠一个主官，指导员暂时空缺。8 月 2 日，王化忠带领副中队长、一名排长和 50 名战士去抗洪，孙水涛就成了这个中队的最高首长。

几年过去的八中队，营房依旧，两排火墙烟囱依然高射炮一样面对天空，抽走兵力的营区，显得空荡了许多，夏日强光照射，营区是空寂的炽热。这里曾经是大神朱文成的老连队，孙水涛来到这里，感觉和八中队亲近了。有种乌屋同爱、远近同亲之感，就因为他和朱文成极好的私人关系。

代理指导员，虽然是短暂的代理，那也是中队的最高首长，那也是“一把手”，是“一把手”就有最终的拍板权、决策权、人事权、签字权……这让孙水涛的虚荣心理得到了极大的满足，如果把“代理”两个字去掉会更好。到中队后，他满营区转悠，背着个手，裤腰带上别个闪亮的手铐子，眼睛踅摸着每个战士，有的战士惊呼：“这不是保卫股孙干事吗？我的个老天爷，怎么把这个大仙给派到这个中队来啦！”尤其是那些以前被孙水涛谈过话的战士，更是头皮发麻心里发紧。

大仙到哪里都要找感觉，尤其是“欺负”大神朱文成的满足感，寻找气朱文成为快乐的成就感。满营区转悠的孙水涛还真的没有想找战士一个个谈话，他来找朱文成的影子，这个大神曾经在这里当战士，当见习排长。他在心里对着空气喊：“朱文成，你给我滚出来，出来迎接本中队首长，我命令你去把厕所里打扫干净，在今天晚饭前把猪号里的猪粪给我整理干净。要不然你别想吃饭。还有啊，今夜上岗，你要是打盹睡觉，跑了犯人，保卫股孙干事先把手铐子给你戴上，别说我把你整去劳动教养，本首长不是吃素的，你糊弄不了我。”好像朱文成就是他手下的战士一样，他可以吆五喝六，他好像看见大神已经被他这个大仙指挥得团团转了。

如果在不远处抗洪的朱文成知道孙水涛这样在意念中“整”他，非得气个半死，没准儿他会把大仙孙水涛举起来，扔到辽河里去喂鱼。

孙水涛可以在意念中玩笑一番，工作上就不敢含糊了。他知道此行责任重大，中队除了他，还有一个副指导员、一个司务长和两名排长，从三中队出来的他对连队工作并不陌生，他立即召集他们开了中队干部会议，详细了解情况，做出了抗洪期间的具体方案。一是目标单位的外勤出工由 6 个队减为 4 个队，每个队出外勤的战士由 4 个增加到 5 个，中队兵力减少，更要防止犯人趁抗洪期间的警力较少而越狱，如果目标单位确实需要增加外勤，必须提前和中队做好沟通。二是白天的内勤各岗哨全哨布岗，晚上夜勤全岗全哨不变。三是取消白天的军事训练，下岗或者外勤归来的战士编入当天或者当夜的机动战备班组中，确保战备力量有充足的休息，保持良好的精神状态，时刻准备应对突发事件。四是加大白天和晚上的查勤查岗力度，每岗必查，每哨必过，防止松懈和麻痹大意。

第一条内容，得到了目标单位的同意，因为他们也有抗洪抢险任务，虽然不用他们到辽河堤坝上去，但是万一辽河决口，他们这里也是必淹之地。他们也要保证监狱犯人的不逃跑、不越狱、不暴乱、不骚动。

对于中队现有的兵力，孙水涛要求每天要有两名干部查勤查岗，中队现有的党员和班长、副班长等骨干必须在带班员岗位上和执勤岗位上，同时不能放松对战士各种情况的反映。

应当说孙水涛经过战士、副班长、班长、警校学员、见习排长、排长、副指导员、保卫干事的历练，已经成为了一名合格的指挥员。几天下来，方案确实可行，有不完善的地方，又做了些修改，效果很好。

第二天凌晨，晨光睥睨军营，起床号悠长地唤醒了整个营区和不远处的哨位。几分钟后，出操号音短、粗、急地响过，孙水涛带领全连出操，他扎着武装带走在队前。50多名士兵齐刷刷的脚步，踩着“一二一”的节拍，脚步如浪涛翻卷，“一二三四”的口号声震天，他就这样像模像样地开始新的角色。他的武装带不离身，不是扎在身上，就是拿在手中，查勤查哨、检查内务卫生，看见不规范让他不满意的地方，就用武装带轻轻地给那个战士来那么一下子，武装带的金属卡扣抽在身上，说疼也不疼，说不疼也疼，然后一句话：“好好整着，别吊稀乎的。”“吊稀乎”是部队常用语言，就是工作松散乱的意思；还有“吊喝的”也是，就是说某个兵不正经工作，松松垮垮，没有紧张劲儿；“煞楞儿”就是要快速利索的意思。这些军营语言还就是基层连队用得最多，往往就和“整”字密切相连，成为丰富的军营“整”文化。面对这样的首长，有的老兵油子会捂着被抽打的地方，假装疼得要命：“哎哟——疼死了。指导员，您太狠了。”“小兔崽子，你少给我装。你再装，就是欺骗领导，我整你个‘欺君之罪’，把你铐起来。”孙水涛面带着笑容，语气说不严厉也有些威严，说着就要摸后屁股的手铐。战士赶紧赔笑：“指导员，不疼了不疼了，我好好整就是了。”“我告诉你啊，煞楞儿地整，利索点儿。”“是!”一个军礼回敬了孙水涛。仅一天的工夫，孙水涛就把八中队熟悉成了自己的家。

部队在饭前、开会之前、学习之前，只要是集合成队以后，都是一首歌曲开头，作为准备活动的序曲。活动前的一首歌，无外乎的《学习雷锋好榜样》《人民军队忠于党》《没有共产党就没有新中国》《打靶归来》《战友之歌》等，《十五的月亮》刚红起来，也唱得最多。唱歌不是唱歌，是喊歌，只要齐整，声音洪亮就可以。连队之间、班排之前，都有拉歌比赛，比的是气势，比的是齐整。

孙水涛到八中队的第四天中午，他犀利的目光一下子就看到三班有个第二年兵，唱歌的时候，无精打采，有嘴型，没有声音，有嘴动，没有力度。他把目光射向这个战士，这个战士赶紧低下了头。在吃饭期间，他发现这个战士吃饭的动作有些木然和机械，不像别人那么快当和利索。等到别人都要收拾桌子了，他还没有吃完一碗饭，等新兵催促他时，他才赶紧扒拉几口，扔下空碗就走。

他把一排长叫来了解情况，一排长说这个战士叫董学志，今年新兵下班他作为第二年兵里的骨干，军事素质比较不错，一心想当副班长，结果没有当上，心里有情绪。但也没有太反常和出格的言行举止，让干什么就干什么，就是积极性不高。

部队选提副班长的事情已经过去半年时间了，这个兵还有这么大情绪，不应该呀，他不会就这个状态一直到当兵第三年结束吧？

“你把他给我叫到办公室来。”孙水涛有些不放心，问题不会这样简单。

“报告！”嘴里像含着一口饭似的。

“进来！”不大工夫，这个面目黑红的战士就站在了孙水涛跟前。在他的“问题战士”名单里，并没有这个兵的名号，说明这个兵的本质还是不错的。

“听说你因为没有整上副班长，就闹情绪？”孙水涛的语气并不重，但是目光威严，让董学志不敢直视。在八中队，同样盛传“不怕枪、不怕炮，就怕孙干事摔手铐”这样的顺口溜。今日站在孙干事面前，这个战士心里也打颤。

“不是。”

“不是？是你们班长，还是老兵欺负你了？”

“也不是。”

“那是什么？”孙水涛预感是不是这个战士家里有什么情况，让他不能安心呢？

“你跟指导员说实话，看看指导员能不能帮你，是不是家里出了什么事情了？”

“指导员，你真的能帮我？”董学志无助的眼睛一亮，好像看到了希望的光芒。

“你先说说吧，我看是什么情况。”

“指导员，我们家出事儿了。”眼泪一下子就从这个战士眼里流了出来。

原来，他们家在东北华松县中红旗村，那里属于山区向平原过渡地带。他们家属于山区，散落居住。

因为土地分到户了，各家都想抢点荒坡，多种点粮食。董家和附近王家之间有一块荒坡，对于地少人多的山里人家，谁都愿意多种点地。董家先开垦了这块荒坡，并种了庄稼，王家就眼红了：这块荒坡距离谁家的耕地都不远，要耕种都是很顺手的事情。王家就提出，这荒坡是集体的，大家都有份儿，董家说，谁垦荒就是谁的。王家就把事情告到与他们关系不错的村支书那里，村支书自然认可王家的说法，要求把垦荒地分一半给王家。董家当然就不服气，这好歹也是一块 2 亩多的坡地呢？凭什么我垦荒出来，你拿走一半？双方你争我夺，相持不下，就吵起来了。王家仗着人多势众，几个儿子合伙把董学志的父亲和哥哥给打住院了，董学志父亲董万良肋骨被打折三根，哥哥董学忠被打成脑震荡，王家还毁坏了那坡地上的庄稼。董家花费了四千多元医药费，董学志的父亲还在医院躺着，向派出所报案，派出所说是不够立案标准，不予立案。

前天董学志收到家信后怒不可遏，年轻气盛的他，恨不得立刻拿枪毙了王家那帮人和那个狗支书。他不知道父亲怎么样了，哥哥怎么样了。母亲是不是能够承受这些。

董学志很想请假回家看看，但是一般探亲假都是在第三年才让休假，他还不够条件，即便是特殊情况，现在部队这么紧张，兵力严重短缺，哪有他回家的机会呢？根本不可能。

听了董学志的诉说，孙水涛也很气愤，这样的案例他经历过几个，应该说是不难解决的。

“董学志，你要相信部队，相信组织，这些事情不是你回家就能解决的。你放心吧，部队尽量帮你解决，但怎么也要等他们抗洪回来，部队恢复正常勤务和训练以后。你不要着急，先等等。你给家里写封信，先安慰一下家人。”孙水涛语重心长地劝慰这个战士。

“你想当副班长，目的是好的，但是不能因为没有当上就气馁，只要你努力学习，继续苦练，以后有的是机会。再说了，你好好训练，长了本事，以后回到你们家乡，也会有你的用武之地。”

那天孙水涛还带董学志到器械场，让董学志做了几套器械动作，给他指出了很多不足：摆动身体不能像面条一样柔软，要像钢板一样坚硬笔直；骑杠不是坐杠等。这个叫董学志的战士没有想到这个孙干事对军事训练这么精通，董学志看到了希望，向上努力的积极性也被孙水涛给激发了出来，距离第三年复员还有一年多时间呢，这一年多，绝对不能混下去。

孙水涛是何许人也，“大仙”也，是大仙就绝对不白给。

高高的小兴安岭在向大仙孙水涛微笑，那神奇的原始森林给了大仙梦一般的想象，神秘的绿色王国在迎接着这个遥远的来客。经过九个小时的火车，再转两次公共汽车到达目的地——八中队战士董学志的家乡华松县，孙水涛没有想到这辈子还会到这个小兴安岭余脉脚下的山区小县。人们对没有到过的地方叫远方，远方对于每一个人来说又有了诗意和梦想。临来的时候，大神朱文成还逗笑孙水涛，此行领一个兴安岭大姑娘回去，但又说别大姑娘没有领回去，倒是让狼外婆给留下了，大神说完这话就让大仙一顿好扁，说我像你似的那么没有出息，乔爱华一个眼神就把你拿下了，还说乔老婆这次来部队没有“吃饱饭”，大神应该回去继续给乔老婆“喂饭”，话里话外的意思无耻到了一定程度。

大仙孙水涛此行当然是要解决董学志家的土地纠纷问题。抗洪结束以后，孙水涛回到支队机关，将此事反映给政治处领导，引起了政治处的重视。锦朝市支队近几年之所以能连续被评为武警部队基层建设先进支队，很重要一点就是部队非常稳定，重视了官兵家庭重大问题的处理和解决，像这样战士家庭有较大问题的，每年都有个七八起，这七八起家庭问题的解决，在整个支队官兵心中的意义不可小视，在稳定军心方面效果十分明显，部队案件发生率降到了最低。领导们认为此事靠发函不可能解决问题，必须派人出面协调解决，孙水涛回到机关的第三天就出发来到了东北华松县。

毕竟是办案老手，孙水涛没有全部认可董学志的一家之言，而是重新了解事情的全部经过。他找到县武装部和县民政局，表明了此行目的，有部队领导出面，当地武装部门和民政部门自然不能怠慢。孙水涛的态度是：县里解决不了，他会反映到地区，地区解决不了，他反映到省里，直到解决为止。那几年，国家拨乱反正以后，拥军优属、拥政爱民的“双拥”工作常抓不懈，如火如荼，轰轰烈烈，华松县也不例外。他们先是找到县医院，了解董学志父亲董万良和哥哥董学忠被打住院的情况，董万良被打断三根肋骨、董学忠脑震荡，花费 4000 元等情况均属实。不管起因如何，打人造成伤害就是犯法。他们联名要求县公安局先立案，把打人者拘捕，三部门的合力当然比董家一家报案的力度要大，很快王家打人者被拘留。

孙水涛等一行又来到中红旗村找到村支书了解情况。董万良一家确实没有提前经过村委会同意就擅自垦荒，也是错误一方。王家可以把问题反映给村委会，但是不能直接向董家讨要和伤害董家。包产到户初期，垦荒引起的纠纷不在少数，垦荒原则上是谁垦荒属于谁耕种。

大仙孙水涛在走访和处理这件事情时，时不时露出别在后腰上的手铐子，或者用手蹭一下，那手铐子和一串钥匙别在一起，一碰，哗啦哗啦作响，自然就引起人们的注意。意思很明显，他是部队法律部门的干部，是懂法的，也是有执法权力的。那锃亮的手铐子对一般人还是有一定威慑力的。

董万良一家见到部队的干部，像遇见了救星，又看到肇事者被拘留了，心里的感激之情溢于言表。一家人的目光满是期望，这个朴实的家庭希望能够狠狠地法办肇事者，赔偿他们的所有损失。

孙水涛请村委会带他去垦荒地现场查看。这片荒坡地有 2 亩之多，很多玉米已经快成熟了，成片成片被毁坏的玉米秸秆枯黄在地里，没被损坏的玉米顽强地生长着，向来人凄苦地诉说着它们的灾难，让人看见很是心疼。

武装部、民政局、部队三方压境，即使见过世面的中红旗村支部书记也不得不低头：领导，是我们没有把事情处理好，我们一定妥善解决，尽量让董万良一家满意。

村委会提出：王家向董家赔礼道歉，赔偿董家医药费、误工费、精神损失费和青苗费；董家给予王家谅解，不追究王家法律责任；村委会收回垦荒地，明年春天种植树苗，变成集体林地。

董家则提出：赔礼道歉，赔偿各种损失，荒坡地继续由董家耕种，追究王家法律责任。董家作为受害者坚决要得到全部补偿和利益的最大化，并把对方绳之以法而后快。

村委会和董家都没有让步的意思，为难着孙水涛。

孙水涛看到村支书的方案明显有偏袒王家之嫌，但是他不能去追究王家与村支书的关系或者其他猫腻，也不可能去追究乡派出所和村支书的问题，他不可能过多地干预地方事务，只能就事论事。他知道董王两家都在一个村里居住，低头不见抬头见，把问题严重化和复杂化并不利于两家以后在村里相处。

他不是想当和事佬，但是必须要“和”。“和”在中国有很明显的深意，“和”的原意是唱歌应和，但也是“有饭吃”的字面意义，“庄稼收成放入口中”，都有饭吃就是安定，就是团结；有礼还要有胸怀有谦让，还要让别人能生存，“和”也体现了极强的包容性，“和”本身就是“合”，即多人合成一口，一个声音，一个步调，也是团结。既要把事情处理到村委会、王家和董家都满意，还要有利于两家以后的和平相处，董家作为村里的弱势群体，他们不需要树敌太多。

大仙孙水涛发挥了超常的口才和说服力，他首先找到董万良：“大叔，你们家缺粮食，也缺钱，对吧？”

“对呀。”面对儿子董学志部队的首长，他们当然希望得到全部的满足，老汉的眼睛里释放的是更多需求。

“那你们打算要多少钱呀？”

“怎么也得10000元吧。”

“可以考虑，那么其他方面呢？”

“打人凶手必须判刑，判的时间越长越好。”董家人面对王家的欺负他们的凶手，恨不得千刀万剐。

“大叔，你们家缺仇人吗？”孙水涛开始从另个一角度去开导董家人。

“不缺，谁要那么多仇人干嘛？”

“那我说一个办法行不？”

“你说说看。”

“关于垦荒地，你们事先没有向村委会申请，这是你们的不对，王家的要求属于无理要求，打伤你们更不对。但你们是一个村的人，承包地还算是邻地，在一个村里，今后还要打交道，不能树敌，对以后不好。我为你们争取几点：一是王家赔礼道歉，在村委会大喇叭上公开道歉；二是王家赔偿各种费用5800元，4000元为医药费，1800元为其他各种损失费用；三是只要求那块垦荒地的一半耕种权，另一半给王家耕种，让王家出那一半地的垦荒费用；四是对王家做治安处罚，不做刑事处罚。”孙水涛千思万想考虑出这样一个方案。

种一半就是保护了董家利益，另一半自然让利给王家。孙水涛走后，如果村委会强行收回这块荒坡地，给董家支付百十元的垦荒费用，再交给王家耕种，董家岂不是只能干瞪眼，毫无办法吗？说是收回变成林地，如果不变成林地呢？出尔反尔也不是不可能，毕竟那是集体的，村委会有支配权。

经孙水涛前后一分析，董家人才知道自己考虑的真是只顾了眼前没有看到长远，连连叹服，虽然没有达到最理想的目标，但是保住了长远的利益。

说服了董家，村委会还在卡着。孙水涛就给村支书上起法制教育课，大讲军人家属权益受保护等内容让村支书明白法是大于权的。孙水涛最后严正地说道，如果村委会不让步，他就把事情反映到县政府、反映到地区政府，到时候上级政府是否追究村支书的其他连带责任问题，就不是他孙水涛现在沟通这么简单了。代表王家利益的村支书一看孙水涛想把事情往大了捅，也就认可了孙水涛的解决方案，他不得不佩服这个部队军官的胆识和气魄。村支书没有想到部队的干部办事识大体、讲风格、重长远、有谋略。虽然他和王家关系好一些，但是不能过分地偏袒，不管怎么说，村里稳定才是关键，对于村子管理也绝对是有好处的。

王家在村里虽然势力大，但是一看到这么多部门都在关注这件事情，部队又来了带手铐子的干部，知道自己闯了大祸，只能是认栽，只求他们打人的兄弟少判几年，以后有机会再对董家实施报复。

如今，王家人没有想到董家人给了他们一条生路，没有想到这个部队的干部提出这样一个解决方案，他们得到了一半土地的耕作权，打人的兄弟也不用判刑了。他们自然接受孙水涛的解决方案，连同垦荒费用支付了董家 6000 元，在村里的大喇叭上当全村人给董家赔礼道歉。

村委会出具了那块垦荒地两家各耕种一半的证明，董家也出具了谅解备忘录。

县民政局、县武装部、县公安局、锦朝市支队保卫股、村委会五方在场见证，王家和董家签订和解协议，握手言和。王家打人者被处以拘留 7 日的治安处罚。

事情最终得到了圆满解决。董万良一家人对大仙孙水涛千恩万谢，拿出了一堆土特产和一个大红包表达心意，还请孙水涛多关照在部队的董学志，孙水涛坚决地拒绝了土特产和大红包，说部队战士只要都安心服役，他都会关照的。问题处理完毕，他让乡里的武装部干部陪同自己到小兴安岭林区转悠了半天，欣赏了林海风光，吃了点林区野味就返回了锦朝市，顺利处理了八中队战士董学志的家庭问题，他又功德圆满，大功告成一件。

消息传到八中队，温暖了全连的战士。董学志放下了心理包袱，恢复了积极上进的状态，每天刻苦训练，第三年当了班长，临复员还入了党。后来他给大仙孙水涛写过几封感谢信，说他退伍后在地方考上了公安警察，邀请孙水涛去华松县做客。

大仙孙水涛解决过很多战士的家庭涉法纠纷，董学志的家庭问题给他留下了最为深刻的印象。一是解决难度比较大，二是解决后在部队的反响是最好的，三是对战士本人激励也是最大的，否则董学志不会有这么好的结局。

回程的大仙孙水涛没有想到，另一件好事儿正在等待着他。

第十一章　漂亮女纺工

这个夏天是极为不平静的，经过 7 月 8 月的雨季，洪水慢慢退去，各地的河流也逐渐恢复了安宁，不再汹涌澎湃，滚滚的黄涛也慢慢变成温情脉脉的绿波。少女河恢复了往日的温顺和淑女之态，用宽广的胸怀环抱着这个城市，润泽着这片土地上的人们。

城市在大力发展工业的同时，也在考虑市民居住的舒适度，考虑市民的游玩需求。经过几年的治理，少女河沿岸建起的公园，已经成为锦朝市民必去的休闲场所。公园依河而建，全长 5 公里，总面积 74 公顷，景观有“层林尽染”“繁花似锦”“桃柳相依”“蓑翁垂钓”等。以原生态自然景观为主的特色，体现人与自然的和谐统一，是一个风景如画的景观公园。

河边的地形起起伏伏如同少女河里的波浪，公园里植着桃、柳、松、水生植物等树木花草，成为维持良好生态的岸陆景观，也是飞禽的栖息地。入口处有半圆形广场，通过两侧台阶方便游人从堤顶进入滩地，中间设方形过渡广场，供人们停留休息。中心广场用半围合的花树做背景面朝水面，广场另一侧设置亲水栈道，增添了趣味性。河边还设置垂钓平台，为游客提供垂钓场地。景观树池、休闲座椅与广场和谐统一为一体，亲水一侧场地边界采用流线型，空间层次变化多样。在踏步休闲设施有了人性化设计，场地宽敞，健身设施完备，色彩丰富的景观空间深受人们的欢迎。沿河公园绿树成荫，成为人们最好的休闲去处，为城市增添了无限的魅力。

在少女河不远处就是东北地区有名的轻工企业，也是锦朝市的重点企业——少女河纺织厂，少女河纺织厂有 2000 名纺织工人，那些青春芳华的纺织女工，叽叽喳喳的，如同百鸟朝凤，成为锦朝市最亮丽的风景。

“找对象，去女纺，女纺职工最漂亮。”这句话是少女河纺织厂领导们为了解决厂里女工的婚姻问题，在锦朝市区打的广告语。也就成为那座城市男人们的口头禅，很多单身男士找不到对象，最后都把目光移到少女河纺织厂，少女河纺织厂是最后成就人们爱情的地方。这句少女河纺织厂的广告语当然也传到了锦朝市支队，传到支队单身干部耳朵里。我们保卫股的大仙孙水涛干事当然也知道，但是他还没有想把目光投到少女河纺织厂去找一个女工。初中课本中有海涅的一首诗歌《西里西亚的纺织工人》，诗里描述了艰辛的纺织工人受到资本家无情的欺诈和盘剥，没有任何尊严，还得不到休息。想象力的信马由缰，让孙水涛对纺织女工不看好，即使看好纺织女工，那纺织厂的领导是不是也在欺诈和盘剥那些女工呢？

当然，这些想象并不能成为孙水涛的真实理由：一是纺织女工比较累比较辛苦，属于女性行业工种中的底层，有条件有门路的不去当纺织工人；二是纺织女工三班倒，他作为部队军人经常要下部队或者出差，没有时间去接送夜班；三是他的家庭本来就差，希望找个条件好的，能够帮助一下家里，对父母尽一点儿孝心。想法很实际，也不能怨我们军人的想法太现实，那个年代军人的待遇极低，每个月三百多元的工资够干什么呢？探亲访友，一年几个来回就没有了，谈不上成家立业，更谈不上攒下积蓄娶妻生子。哪如找个条件好的老丈人，一步到位呢，那不是很好吗？部队干部到了营级，部队才分给房子，但要等到那个时候，又是猴年马月的事。再说还有很多营级干部已经在前面排队等房子了，他们一个个都在外面租房子打游击，房东说赶走他们就赶走他们，房租年年看涨，更没有积蓄可言。比他资历老的机关连职干部还有十多个呢，他想等到部队分房子，一下子就没有了信心。

杨干事手里一大把地方女青年，到了孙水涛这里，也所剩无几，杨干事热心地安排孙水涛见了几次面，要么是长得不让他满意，要么就是条件太差。有一个他满意的女孩，但是了解到他遥远的家中有那么多的弟兄妯娌，还有老爹老娘，没有听完就摇头，婚后负担太重，麻烦肯定不断，女方作为独女的家庭结构简单，独女生活习惯了，这样庞大的家庭实在难以相处。第三次见面就拒绝了他，孙水涛悻悻然。

机关干部扯闲篇的内容都会和社会发展进步、人们生活水准提高有关，会说到谁谁的亲戚下海挣了大钱，谁谁的生意做得如何大，谁家买了高档电器，谁家添置了真皮沙发和实木家具，更有厉害的是谁家安装了私人电话。现代的家用电器、真皮沙发的价格，高得令人咋舌，每一样高档家具都要顶他们十几个月的工资。谁家安装了一部私人电话那肯定是重大新闻，有电话的家庭是有档次和实力的象征，那时候，安装一部电话还要托人找关系花上几千元的装机费、择号费、号码租赁费，排队很长时间才能安上。再摸摸自己的腰包，顿感相形见绌。改革开放的新气象、新变化从社会不断地传到部队，传到机关里来。这些信息传到孙水涛的耳朵里，更让他羡慕和眼热。

残酷的现实，让英俊白净的孙干事下定决心一定要找个条件好的老丈人，即便是女方脾气性格差一点，他相信，他能够靠自己的三寸不烂之舌，用甜言蜜语把对方哄好。

程青燕，少女河纺织厂的女工，娇小玲珑，年轻漂亮，身上有种霸气的公主范儿，城市女孩娇生惯养长大，过着无忧无虑的快乐生活。在 18 岁高中毕业后，程青燕靠着父亲程伟是纺织厂的车间主任，进入纺织厂当了三年多纺织女工。那三年的工作对于她来说，简直是炼狱一样，又脏又累不说，还是恐怖的三班倒，半夜别人睡得香甜的时候，她还在车间里翻纱、挡车、浆洗，又脏又累。她感觉自己就是落进污泥坑里的白天鹅，一身污泥沾湿了展翅高飞的羽翼，还不如厂房外“咕咕咯”“咯咯哒”的鸡欢实呢，也不知道什么时候是个头。直到父亲当上纺织厂的副厂长以后才算脱离了苦海，她也水涨船高到厂部办公室当了材料员。办公室的材料员基本上是傻子都会干的活儿，程青燕每天轻轻松松，喝着茶、嗑着瓜子、织着毛衣，白天可以晚来早走，享受清闲。

前几年有人给她介绍男朋友，对方一看她是三班倒的女工，首先就想到了三班倒接送的辛苦，夏天还好说，冬天的寒冷令人望而生畏，纺织厂的三班倒什么时候是个头啊，一说就是恐怖，赶紧摇摇头拒绝。气得程青燕大骂那些势利眼的男人：“今日小瞧老娘，有朝一日，老娘让你们高攀不上。”

到了厂办，工作清闲了，上门提亲的也多了，条件好的男人也多了。她知道，这些男人不单纯是冲着她漂亮来的，主要是冲着她老爸程伟的权力来的，见面谈几句，她就看出对方心机不纯，马上就否定，左一个不成右一个还不成。老爸当了副厂长以后，家里分的房子又多了一室，成了三室一厅的房子，在那个年代可以说绝对是高干家庭才有的豪宅。房子也是那个年代的大问题，条件就更优越了，她无形中又把眼光抬得很高很高，一般男青年难入她的法眼，即便她相中了哪一个，但是男方又忍受不了她的强势，三两次见面后就逃之夭夭。高不成低不就，无形中就拖延到了 26 岁，成了老姑娘，把父母急得不行：什么时候才能把这姑奶奶嫁出去哟。而她依然是不上心，我行我素，过着衣来伸手饭来张口的日子，好像找对象与她无关，是父母的事情。

她的父亲程伟虽然明面上不着急，暗地里也在托人帮助他女儿物色对象。一日他和厂里的人闲聊，赶上锦朝市支队张副支队长的爱人曹大姐在场，曹大姐也是少女河纺织厂的职工，是个库管员，为人热心肠，曹大姐很痛快地把这件事情应承了下来。回到家，曹大姐一边做晚饭，一边把程伟“招东床”的事情和张副支队长一说，张副支队长在客厅里来回踱步，满机关过筛子，从中队到机关，从机关到中队，把全支队的干部反反复复在他头脑中过了一遍，为程副厂长选乘龙快婿，最后选来选去，“大仙”孙水涛干事就进入了张副支队长的视线：孙水涛应该是可以，小伙儿岁数也不小了，28 岁早就该成家了，小伙子工作也能干，人也英俊，能说会道。张副支队长把孙水涛的情况对曹大姐详细说了说，曹大姐一听，心想这段良缘应该是十拿九稳了。

曹大姐在程副厂长和程青燕面前为孙水涛镀金，共和国优秀的军人孙水涛在这对父女俩心中留下了深刻而良好的印象。那段时间正赶上孙水涛到东北华松县帮助战士董学志处理邻里纠纷，未能及时见面。

一周以后，大仙孙水涛从东北华松县处理完战士董学志的家庭问题回到机关，就被张副支队长在办公室召见，详细情况一说，孙水涛心里也就有了七八分愿意，关键是对方有三室一厅啊，房子的诱惑太大了，对方还是独生女儿，父母双职工，家庭条件肯定是优越。这几年孙水涛挑三拣四的，心中始终一个标准不动摇：那就是对方是独女、父母双职工、有宽敞的楼房、女方还要长得好。他以前见过的女孩要么不是独女，要么没有房子，要么长得不漂亮。处过几个女孩，处处就成了喝不下去的凉粥。曹大姐就好像是他的知音一样，虽然还没有提自己的要求，介绍的女方条件满足了自己的所有期望，就等一睹真颜了。

汛期过后的少女河，文文静静，像个情窦初开的女学生。在河边公园里，程青燕一家人、张副支队长、曹大姐和孙水涛聚到了一起，相亲会开始了。简单介绍之后，就是孙水涛和程青燕两人沿着少女河漫步，徜徉在少女河的幽静里。程青燕见孙水涛并不像曹大姐说得那么好，眼前的这个男人有点白面书生，还带点油滑，没有军人那种高大威猛的感觉，有英俊并没有英武，她心里还是有些失望，但是对孙水涛也不反感。回到家里，程青燕被问及印象如何，便说不是十分满意，不料被父母很严厉地制止了。因为程伟两口子对孙水涛印象很好，小伙子干净利索，品质好，嘴巴甜，工作能干，有发展前途，又因为是农村来的，人比较实在，没有城里人那么多弯弯绕。关键是他们的女儿岁数不小了，在那个年代已经进入大龄剩女行列了。

“姑奶奶，你就别再挑剔了，这小伙子不错，挺面善的，招人喜欢。”程夫人何大妈第一个表达了同意。

“燕儿，你就别这山望着那山高啦，小伙儿英俊潇洒，还稳重。素质肯定不错。”程伟也肯定了程母的意见。

“你们就不能再给我一次选择的机会吗？”程青燕还有些心不甘。

“一个个机会都让你错过去了，给你的机会还少吗？我看孙水涛就行，再说了，曹大姐给挑选的人，肯定错不了。”何大妈的态度也变得越来越坚决了。

“我看就是他了，你曹姨不会坑咱们的。年轻的部队军官，有发展前途。”程伟给了肯定的评价，何大妈更是随声附和。

程青燕不再固执地坚持，以前相亲的时候父母亲结成的统一战线也不那么牢固，意见不一致的时候，不是母亲就是父亲和自己在一条战壕里，这次两人都那么坚决地要把自己嫁出去。既然对孙水涛不反感，就处处看，毕竟她也不想老在家里，厂里的好姐妹都在纷纷建立自己的自由王国，展示在自由王国里的权威，比拼着自己老公有多么听话，自己有多么幸福。尤其是那个保全工李春红，人长得比她差，但幸福指数在姐妹中高高地排在第一位，今天秀老公宠爱，明天秀老公的缠绵。每次她们姐儿个到李春红家做客，都看见李春红吆五喝六地指挥着她老公，像个皇后一样，有了孩子以后，就成了皇太后，高高在上，让她们嫉妒得要死，超越李春红的想法不知什么时候就在心里作祟。

“行吧。”她终于很勉强地回答了父母，让父母的心踏实了下来。

孙水涛见了程青燕，眼睛一下子亮了，大放光彩：这是一株高傲的牡丹花儿，鲜艳绽放，高贵典雅。这就是他要找的天使！他要寻觅的公主！漂亮有气质，有一种不怒自威的范儿，让人不忍心拒绝；高冷的目光，让人有种心甘情愿被征服的感觉。等啊，盼啊，多少年了，他梦中的女神终于出现了。

不知道孙水涛是因为对方条件好而爱程青燕，还是因为程青燕长得漂亮而爱，要说纯粹的爱情，恐怕还是没有的，毕竟孙水涛是先知道对方家里优越条件的。这两点程青燕都具备，孙水涛愿意也就在情理之中了。爱屋及乌，程青燕当然就是孙水涛眼中的天使和高贵的公主。

“青青子衿，悠悠我心。”从那以后，孙水涛开始和程青燕频频约会。在孙水涛甜蜜的话语里，程青燕进入了爱情的幸福王国。

“孙水涛，我问你，你是爱我们家的条件呢？还是爱我这个人呢？”

“看你说的，当然是爱你这个人啦，燕儿。”孙水涛没有想到程青燕这么直白。

“你得了吧，没有我们家的条件我这个人算啥呀？”程青燕哼了一下。

“那也是爱屋及乌，先爱你的人，后爱你家的条件。”孙水涛赶紧圆上话。

“我这个人哪方面值得你爱啊？”

“都值得爱。你人美，漂亮，娇小美丽，公主范儿。”孙水涛恨不得把中学课本中赞美女性的词儿都端出来。

“包括我的坏脾气，我的无理取闹，你也爱？”程青燕给了孙水涛一个小坏笑。

“……爱，都爱。”谁愿意喜欢坏脾气的女孩呀？孙水涛实在是怕到手的燕子飞了。

“你这话，鬼都不信。”

“关键是你信就行啦。”

“那我说的话，你都听不？”

“听！听！”表白都嫌慢。

“那你给我来个军礼，向你们首长报告似的，表白一下。”

“报告程青燕同志，孙水涛服从命令。听从指挥，保证完成任务！”爱情为大，别说一个军礼了，一百个军礼都不在话下。

程青燕看到孙水涛从甜言蜜语到一本正经的样子很可爱，也高兴了，背着小手，扔着小腿儿地往前走，像欢快的百灵鸟儿。孙水涛帮程青燕拿着外套和小包，跟屁虫一样，屁颠儿屁颠儿的，把程青燕捧在手心里，生怕摔坏了。

每个周日约会后回来，大仙孙水涛都要把他的喜悦分享给大神朱文成，喜笑颜开，他希望得到朱文成的祝福。同时，他也要在朱文成面前找找优越感，他要娶城里女子做老婆，他在城里就要有家了，而朱文成还是农村老婆，农村老婆再优秀也是农村的，即使他朱文成和乔爱华如何恩爱，也改变不了生下儿子的户口随母亲，还是脱不掉下一代的“农皮”，农村的面朝黄土背朝天的生活还要延续，而他就不一样，“翻身的农奴得解放”。如果说朱文成一只脚踏在城市，那么另一只脚还踏在农村，也许这辈子只能这样“脚踩两只船”；而他孙水涛已经双脚踏进城市，只等和这个城市完完全全地融合了。

而程青燕在闺密的撺掇下，对孙水涛实行了一系列的考验。例如，和几个闺密在吃饭的时候，找个公用电话召唤孙水涛前去买单；要不就是程青燕晚上下班不回家，故意拖到后半夜，让孙水涛半夜从支队机关打车去纺织厂里接她回家；还有一次，孙水涛在单位值夜班，接到程青燕电话，说肚子疼，让他带她去医院，未来的老婆病了，岂能小视？孙水涛心里一紧，心疼了起来，赶紧找到在机关住的单身干部替换一下。见到程青燕的时候，程青燕嘻嘻哈哈和闺密正在厂里说笑呢，孙水涛气得眼睛都绿了，这要是他手下的战士，他肯定是连抽带踹，拿正在值班的军人开玩笑！但是一看到程青燕那带着挑衅又妩媚的眼神，孙水涛只能把气恨咽到肚子里，自己生闷气。程青燕看孙水涛真生气了，赶紧拽着孙水涛的胳膊，轻轻地摇晃几下：“我就想知道是你部队值班重要，还是我重要？”这是两码事儿，哪有可比性？

孙水涛对于程青燕的任性和胡闹，气愤几分钟后，会在程青燕的甜美微笑中烟消云散，认为这是程青燕的调皮而不是她的任性。一帮闺密没有起好作用，结婚后让她远离这些闺密就好了。他也承认爱情就是要经得住考验，经不住考验会鸡飞蛋打。

孙水涛感觉少年时候的梦就要实现了，他的眼前出现了盛大的场景：他幸福地率领着程青燕回到孙家湾，向村里人展示他漂亮的妻子，人们争先恐后地欣赏妻子的风采和美貌，到处是赞叹声，到处是羡慕的眼神，他的父母和几个哥哥也开心地笑着，鲜花和掌声簇拥着他和妻子……这是他人生奋斗的重要成果，他美好的将来已经在开花结果。好像程青燕就是他们部队众多士兵中的一员，唯他马首是瞻，召之即来，来之能战，战之必胜，胜之一流。不过这个兵很特殊，他要给这个兵崇高的荣誉，最高的礼遇。

朱文成对于孙大仙相亲成功，当然是很开心。但是他没有想到一个整天摆弄法律知识的人还那么不理性，爱情就这么容易把人冲昏头脑？大仙终于找到了他心仪的天使，朱文成为之高兴，过去为这个同学的婚事他没少着急，却想不出办法，现在好像去了一块心病，他真诚地为孙水涛祝福，希望孙水涛能把握好这次机会，顺利地进入婚姻殿堂。对于孙水涛的想法和愿望，他是支持的，毕竟一个年轻的部队干部要奋斗到有房有位的那一步确实太难了。

朱文成和孙水涛说了祝福的话后，话锋一转："这回我可有话题把你撵回你老家孙家湾去。"那就是对孙水涛拿他的乔爱华开涮，他可以拿孙水涛的程青燕开涮，来个针锋相对。这些年，孙水涛没少拿乔爱华开涮，弄得朱文成气压神经。大神说："大仙，咱们实行'共产主义'吧。"大仙说："目前来讲，还是各家各户发展'私营经济'才好，还不具备实行'共产主义'条件。"大神话里有话，前一个"共产主义"和后一个"共产主义"内涵绝对不是一个意思。大仙想起上次两人谈论"共产主义"内容，吓得赶紧求饶："别，别，以后我们互相尊重，永结友好，独立自主，互不侵犯。"程青燕俨然已经是他的私家财产不容侵犯，不容亵渎了。

爱情是润肤露，爱情是雪花膏。人逢喜事精神爽，孙水涛又变年轻了许多，头发顺溜了，衣着整洁了，皮鞋光亮了。从那以后，孙水涛心情大悦，脚步盈盈，神采奕奕，风度翩翩，一切美好都围绕在他身边。他又成了那个不识愁滋味的少年，一路歌声嘹亮，满脸的阳光欢笑。

孙水涛马上就要修炼成功，真要成为呼风唤雨的"大仙"了。

第十二章　绽放的玫瑰

大仙孙水涛的青春在爱情的滋润中放着异彩，大神朱文成的事业也在闪烁着光芒。

因为朱文成的努力，锦朝市支队的新闻报道年年走在全总队前列，两名报道员在他的带领下也多有建树，每人都能发表四五十篇新闻稿件，加上朱文成的稿件，每年可以达到二百篇之多。这“一官两兵”年年都被总队评为新闻报道先进个人，支队年年被评为新闻报道先进单位。那个时候，总队开各种会议，干部们谈论的是哪个支队又在《人民武警报》和《解放军报》上露脸了，羡慕和称赞有加，锦朝市支队的领导们总是在这样的场合中容光焕发。领导心情愉悦的同时当然不会忘记支队这“一官两兵”，政治处每年的三等功荣立者，三人必有一位。朱大神从战士到现在，已经先后三次荣立了三等功，还三次被人民武警报社评为优秀通讯员，获奖作品和荣誉证书每年都有几个。望着这一摞摞证书，看着这一篇篇变成铅字的报道，他心里美呀。手写的文字变成铅字后，是那么富有诗情，富有韵味和意境。

满身光环的大神朱文成光彩照人，照亮了锦朝市区熟悉他的女青年，这些女青年像娇艳妩媚的花儿一样，在朱文成面前展示出各种风姿风采，诱惑着共和国年轻的武警军官。有的花儿散发着成熟的芳香，像陈年的雄黄酒，迷醉着朱文成；有的花儿开得正艳丽，散发着耀眼的光泽，像一团火，吸引着朱文成；有的如含情脉脉的花苞，已经露出几瓣花片，像晨光中的雨露，清澈可掬，一种清香，让朱文成爱怜。

锦朝市支队有几个双拥共建单位，锦和区合铁街道办事处就是其中的一个。锦朝市支队干部家属的户口一般都属于合铁街道派出所管辖，干部的孩子们上学也属于合铁街道片区的合铁一小，合铁一小还是锦朝市区比较有名的好学校。所以锦朝市支队就有了一万个理由要同合铁街道办事处搞好军民共建。合铁街道不过是一个正科级单位，锦朝市支队是堂堂的县团级单位，虽然级别不在一个层次上，但涉及干部利益太多，所以，锦朝市支队历任支队领导必须重视和合铁街道办事处的共建工作。

在大神朱文成到支队机关的第四年夏天，合铁街道办事处的外宣工作在全区被通报批评，时间过半，任务完成没有过半，在《锦朝日报》的新闻报道屈指可数，在省级党报宣传还是零。街道党委书记岳克章很生气，责成新调整的街道宣传委员周向莉想办法突破，力争年底拿全区的外宣工作第一名。在岳克章看来，工作干得好不好，必须要写好，报纸上有名电视台有声，才是一个合格的宣传干部。任务艰巨而重大，怎么办？愁死了美女宣委周向莉，她原来是街道办事处的党办秘书专门写材料，现在提拔为宣委，也算是进入副科级。新闻和材料是两个概念，宣委兼管统战等其他工作，时间紧任务重，她还是外行，让她无从下手。正在她发愁的时候，有人点拨她请外援，她一下子恍然大悟：共建单位锦朝市支队朱文成是很好的笔杆子外援呀，他没少写警民共建的稿子，有些材料还是她提供的。

周向莉兴冲冲地找到了支队政治处群工干事杨干事，群众工作需要的是耐心，需要微笑服务，杨干事好脾气好性格正好适合，也是老干事了，没有任何架子。杨干事将此事汇报给唐副主任，唐副主任又将此事汇报给赵主任。人家求上门来，焉有不帮助之理？领导指示，全力帮助快速突破，帮助合铁街道办事处超额完成全年任务，责成朱文成做好这项工作，两名报道员继续做好本支队自己的新闻报道工作，不能种了别人的地荒了自己的田。当然，唐副主任还有其他的考虑，不能让战士天天出去和地方联系，在地方搞对象，和地方青年拉拉扯扯的。

“欢迎您，朱干事，让您受累，让您费心了。”外援驾到，周向莉满是欣喜。

“努力完成领导交给的任务！”一个军礼，让周向莉高兴得只知道东西不知南北。

“去，去，别把这里搞得和部队似的。努力不行，你们部队都是保证完成任务，都是坚决完成任务，到这里也要保证完成任务，也要坚决完成任务！”一个嗔笑，军民关系随和了许多。

“保证完成！坚决完成！”

“这就对了，凭您朱干事的能力，这还算回事儿呀，是不是，杨干事？”周向莉转头问起陪同朱文成到合铁街道的杨干事。

“那是，我们大神干事完成咱们这点任务不算回事，简直就是张飞吃豆芽——小菜。”

“可别这么说，您一夸，我又该不知道姓什么了。”

“我们这里办公场地紧张，给您腾不出独立的办公室，我把您的办公桌放在我的办公桌对面了，不知道合不合您意？”

“只要能写稿子，在哪里都成。”

“那给您放到楼顶上也成啊？还哪儿都成。”

“那每天上楼顶下楼顶，不是要费很多工夫？”

“你没有意见就行，你说怎么开展工作，小女子听从您的安排。”话语在熟悉中变得亲切。

“你们先聊着，我去看看岳书记。”杨干事说道。

“好的，杨干事，岳书记就在二楼。”周向莉说。

“我知道。”一撤身，杨干事上了二楼，看来杨干事和岳书记非常熟悉。

朱文成可以在街道写稿子，也可以在支队机关写稿子，随朱文成的意愿在哪里办公都可以，中午可以在街道办事处食堂免费午饭。反正也不远，两个单位都在和平大街上，距离有个 1000 多米。时间期限是三个月，完成市级以上 30 篇稿子，其中省党报 5 篇，不能用文学稿子代替。

在采访之前，周向莉告诉朱文成，在地方采访不同于部队，部队干部和战士都有军衔，称呼一般不会错。地方机关各部门的人，除非门牌上有局长室或主任室，知道室内主人的职务，在其他场合，只要你称呼“主任”，就没有问题。“主任”就是个官儿，也是官称，你称呼“主任”，因为主任不分级别，有正国级主任，也有村委级主任，只要是主任，都不同于民，对方都会很高兴。“主任”对于官员来讲是万能称呼的，其他级别的股长、处长、局长、厅长级别是最不好把握的，叫错了麻烦，把职务低的称呼高了，还好一些，但把职务高的称呼低了，就是黑脸，工作就不好开展。叫“主任”准没错儿。正如对认识的人不认识的人，都可以叫“同志”也是一样的。

周向莉说到“主任”这个官称，朱文成想起来在支队机关炊事班长田爱农的成长逸事。田爱农当兵入伍到五中队，新兵下班后，连队改选士兵委员会。士兵委员会就是为了维护士兵权益不受侵犯而成立的士兵组织，是共产党军队与国民党军队的本质区别，改选士兵委员会都是在第一年兵和第二年兵中进行，第三年兵属于退伍兵行列，就不在参与范围。从农村来的田爱农就被选为士兵委员会副主任，同时被选为连队伙食委员会主任，在中队副指导员指导下开展工作。田爱农作为身兼两职的新兵，高兴得忘乎所以，就写信告诉在农村的父母，说他当了部队的主任。父母接到信很高兴，儿子太有出息了，到部队半年就当了官，说主任是多大的官儿呀，在村里村主任就权力不小，那么大个部队，主任权力肯定要比村主任权力大吧。两口子不相信，也没有敢在村里张扬，就想到部队来看看再说。好不容易按照信封上的地址，三绕五绕地打听到连队，在营房门口，被自卫哨拦下，站自卫哨的还是一个第三年老兵，对新兵根本就不熟悉："你们是谁呀，你们找谁？""我们是你们部队田主任的父母，来看望你们部队田主任。""部队田主任？我们连队都是中队长、指导员、排长和班长，没有个田主任！"田爱农父母很生气，说："你这个当兵的，怎么见了田主任的父母也不敬礼，甚至还说没有个田主任？"在这两位朴实农民心里，敬礼是崇高的敬意，是严肃的，也是荣耀，他们的儿子都当主任了，当兵的见了田主任父母肯定要敬礼，这是田爱农父母想了一路的事情。"大叔大婶，真的没有个田主任。"正好查勤归来的副指导员过来，问明情况，哈哈大笑说："有个田主任，有个田主任。"就把这对农村夫妻带到田爱农跟前。这对农村夫妻看到儿子还是一个兵，衣服上还是两个兜，还在给老兵打洗脸水，还在帮厨干杂活，见了连队四个兜还在敬礼，这也不是个主任啊，才知道被儿子骗了。当爹的拉过儿子就是一顿抽："我打死你个田主任，我打死你个田主任。"田主任的笑话就传遍了支队。不过田爱农这个士兵后来调到炊事班，还真的一根筋地研究部队每天每人 1.2 元的伙食，在炊事班长手把手指导下，认真钻研士兵饮食，如何做到粗粮细作，后来接过连队炊事班的重担，第六年转为志愿兵调到机关炊事班当班长，伙食还是让他调剂得津津有味，在机关又被选为士兵委员会副主任兼伙食委员会主任。熟悉田爱农的，都不叫他田班长，叫他田主任，他就哈哈一乐。笑谈在成功人士后就变成美谈和逸事。

朱文成说了部队田爱农逸事，把周向莉逗得哈哈大笑。

朱文成在宣委周向莉带领下，走遍了合铁街道的 7 个联委，30 个居委，甚至到好几个上级机关，称呼了很多“主任”，换取了很多笑脸，获得了很多的内容，搜集了几大本素材。他以军人的敏锐视角，把一些普通的内容变换角度，在各种信息中选取闪光的那一个点，开始奋笔疾书。环境清静，美女若无，不管周向莉如何关注朱文成，朱文成都低头写作。周向莉更多的是双手把玩着水杯，柔情地看着奋笔疾书的朱文成，旁若无人的专注给周向莉留下了赞叹：军人就是有不一样的气质。

每完成一篇稿子，周向莉都要称赞一番：“朱大干事妙笔生花，果然不同凡响。”

“周宣委，您消停一会儿吧，见报再戴高帽子也不迟。”朱文成不敢对视周向莉，周向莉热辣辣欣赏的目光，要把人给融化了。

一分耕耘一分收获。两个月后，《书记心中的群众事儿》《服务向前移，群众人心齐》《垃圾无小事》《居委大妈的吆喝声》，一系列普通平凡的小事情，在朱文成笔下变得让人爱读，把画面场景变美，变得生动有趣。这些文章还在省报市报的重要位置刊发。书记岳克章乐得合不上嘴，把周向莉高兴坏了，她的名字缀在朱文成后面也登上了省报市报的重要位置，朱文成也教给了她很多写新闻稿方面的知识，什么角度要新，语言要美，用词要准，善于用第三人称来表达等，让周向莉感觉写新闻比写干枯的材料有意思多了。

虽然朱文成在合铁街道出出入入几个月，但是也没有见过岳克章几次，只是打过照面，岳克章个子很高，很粗壮。岳克章知道朱文成是周向莉请来的外援，是部队的笔杆子，他没有想到这个笔杆子竟然这么厉害，这样的笔杆子可以为自己所用才好。

“朱干事，我们岳书记想见一见你。”周向莉传达了岳克章的指示。

“还有什么事儿吗？”朱文成知道该打道回府了。

“不知道，我们岳书记肯定是向你表示谢意吧。”

“不必啦，咱们是共建单位，我们部队还有很多事情麻烦你们呢。”

“不要拘束，走吧，跟我去见岳书记。”

走进二楼书记办公室，岳克章坐在办公桌后，双腿高高地摞在办公桌上，坐下后的身体更显肥胖地装满了整个转椅，让人看不见靠背，悠闲晃动着身体。见朱文成进来，慢慢悠悠地把腿放下，欠了欠身，两腮的肉在眯眼笑中往外鼓，指了指桌子旁边的沙发：“坐吧。”

“抽根儿？”岳克章伸手举着一盒软中华，见朱文成摆手不会，就抖出一根放在了自己嘴上，“向莉，给朱干事把茶水倒上，今天晚上，在雁冰城大酒店定个位置，把他们部队的杨干事叫上，咱们好好请请朱干事。你让那个雁冰城李总安排丰盛一些，让天瑞商贸公司钱总作陪。”

“岳书记，晚上就免了，别安排了。”朱文成受宠若惊。

“你客气啥，不要管了。”岳克章不容拒绝的姿态。

“好的，岳书记。你们聊吧。”

周向莉出屋的时候把门带上了，偌大的空间里只剩下岳克章和朱文成二人。朱文成感觉到无限的压抑。

“朱干事，我岳克章又不吃人，你那么紧张干什么？”

“不是。”在军营里待久了的军人与地方官员已经呈现了明显的不融合之势，尤其是改革开放让地方官员的思想更解放，作风也更松散，工作方法更霸气。

“朱干事，你的文章写得不错，我很喜欢。这段时间，辛苦你了。”

“应该的，军地共建，这是我们应该做的。”

“以后个人有什么事儿呢，在部队解决不了，可以找周向莉，周向莉办不了的，也可以直接找我。”

“以后肯定少不了麻烦您。”

“你别和我客气，我们街道的外宣工作，以后还请朱干事多帮忙。”

“好，一定，一定。”

二人客套一番后，岳克章和朱文成聊起部队一些情况，也问了问朱文成个人的情况。

“这是一盒朋友从南方带回来的极品龙井，拿去喝吧。”岳克章将一盒精致包装的茶叶塞给了朱文成，“以后啊，别和我客气，有啥事，尽管找我。”在岳克章看来，像朱文成这样的笔杆子越多越好，可以更好地为他服务。

有人来敲门，朱文成赶紧告辞。

朱文成无法拒绝地拎起那盒茶叶，回到周向莉的办公室，悄悄地将那盒茶叶放在周向莉办公桌上。

岳克章不是朱文成见到的最大地方官，但感觉岳克章的官气却很大。说是闲聊，更多的是岳克章问朱文成答，下笔如流水的他，也没有嘴上的功夫，何况是不熟悉的地方官。

晚上下班的时候，群工杨干事特别等候，朱文成无奈在杨干事带领下，赴了雁冰城大酒店。雁冰城大酒店几个字体灯像流水一样在大门口流淌，光耀夜晚的锦朝市。一楼二楼外墙上的电子管灯五光十色，休闲、娱乐、洗浴、餐饮、歌厅、宾馆等功能已经表明这是吃住玩一条龙的综合功能大酒店，鱼贯而入的小汽车一溜烟似的驶入楼后停车场。门迎的女子明眸皓齿，不停地含笑鞠躬，紧身的绿色唐装旗袍，突出胸脯的高耸，大尺度的开衩若有若无地露出雪白的大腿，玉臂修长，优雅地摆出“请”的姿态，诱惑度、感染度、聚焦度超过56度的热辣高粱酒。杨干事泰然自若地往前走，朱文成像是一个小跟班，跟在杨干事身后。进得电梯，四面电梯墙光洁如镜，把里面的人反射到各面墙上，空间一下子变得紧凑，电梯墙上标注了各楼层功能。一二楼大堂和洗浴中心，三四楼歌舞厅和休闲中心，五六楼餐饮中心，七层到十三层为客房，同样有唐装女子在开关电梯，问好楼层就摁下序号。每个房间门口也有一唐装女子在明媚含笑，笑容的热度远比门迎女子亲切。308房间是带卫生间的里外套间，外间专做会客用，有三组沙发和三个茶几，每个茶几上有提前准备好的鲜果干果、香烟和小点心放置在小盘里：鲜果是提子、小香蕉，干果是开心果和松子，香烟是中华和南京，小点心是面包和饼干。还有遥控电视，佳丽牌是那个年代最时兴的遥控彩电，四角墙上有壁挂电扇，正在摇头晃脑，吹送凉风。杨干事和朱文成到后，服务员引领到沙发上休息，倒过茶水，躬身退出。地面是朱红地毯，地毯上织锦着金色绿色红色富贵牡丹图，门窗都是包口装修。里间是一张可坐十五人的旋转餐桌，旁有一小屋，专供上菜服务员使用。稍事休息，岳克章、周向莉和其他一些不认识的人陆续走进房间，有西服革履的、有高档休闲装的，只有杨干事和朱文成的一身军装与这个房间的气氛格格不入。朱文成看着这一切有些心跳，是激动还是不安，他都说不好。

那一晚，锦和区公安局王局长、区法院的陈院长、区供销社的谢主任、天瑞商贸的钱总、雁冰城的李总、盛达商场的龙总、锦华山集团的曾总，他们以奇怪的眼神看着杨干事和朱干事。周向莉把朱文成帮助合铁街道完成外宣任务的事一说，这些人才轻轻地点了一下头，算是许可。每个人还给朱文成和杨干事发了名片，有的红色、有的黄色、有的白色、有的绿色，尺寸大小都一样，排版的格式有竖排有横排，职务、名头、办公电话和住宅电话都明确标注。

周向莉游刃有余地安排来宾的座位，谁主位谁客位安排得井井有条，官员坐中间，两侧是企业老板，下首位是朱文成和杨干事。菜系都是上午提前让雁冰城李总安排好的，周向莉只是发挥督促责任。在五粮液的热烈中，龙胆鲍鱼、蒜蓉龙虾、清蒸甲鱼、青丝燕窝、大虾两吃、深海全爆等名贵菜系依次上了桌。每人面前，各有一个分酒器，各有三只小杯，分别是红绿白颜色，红的是勾兑了甲鱼血，绿的是勾兑上了甲鱼胆，玲珑剔透的杯具闪着玫瑰红、麦苗绿，器皿圆润，色泽诱人，茶水杯、汤碗、碟子、筷子、羹匙、擦手巾，把每个人桌前都摆满了。

岳克章清了清嗓子，隆重地发表召集本次宴会的重要意义：为了团结、表达思念、加强联系、深化友谊、密切感情、更好互助、共同发展，像举行仪式一样地提酒举杯。喝红色的，红色表示热情似火；喝绿色的，绿色的表示肝胆相照；然后是白色的，白色的表示友谊纯洁。叮叮当当、清脆悦耳的碰杯声音响过，吱吱抿酒干杯动静像有一屋子老鼠在叫，咝咝哈哈张开嘴，放出酒香气息，美好感觉就此开始，觥筹交错，随心所欲，三杯过后尽开颜。喝酒的姿态也各有不同。有的右手端杯，左手托杯底，小心翼翼送入唇边，双手发力，嘴唇微张，身体微微后倾，将酒送入口中；有的右手端杯抬起，头往前倾，“蛟龙探海”，将酒吸入口中；有的端起酒杯，把酒往高处一抛，张开大嘴，“天狗吃月”，将酒吞入口中，点滴不洒；有的把头高仰，咧开大口，“犀牛望月”，把杯子往里一倾，将酒倒入喉咙，嘴巴一合，眼睛一闭，咕咚一下，酒已落入肚中。只有周向莉，左手端杯，右手张开捂住那杯子，轻轻一抿，湿过朱唇，杯子里还剩大半，其他人也不和这个女流计较。官员、老板和朱文成、杨干事喝过两杯客套酒后，官商政企不分家，哥们弟兄没有外人，多日不见，分外亲热。是老熟人，这样的场面也会很快变成老熟人的。权钱不分家，拍手搭肩，越亲越密，话题逐渐庸俗，从社会话题变成了女人话题。酒话题没有了，然后就是划拳猜拳，输者喝酒。“哥俩好啊，六六六啊，你喝酒啊，五魁首啊。”轮流划，轮流猜，两只手在饭桌上空不动，只见手掌变幻出不同手势，指头屈卷表现不同的数字，两人红着脸，眼珠子冒红，但是手势和姿态都准确地表达，彼此都一目了然谁对谁错。岳克章总是输家，总喝酒，几杯酒下去，他就开始找旁边的企业老总代喝。

朱文成发现，他们根本就不是被请主宾，他们是世界第三极，可有可无。看得朱文成目瞪口呆，身边的杨干事已经和在座的人打成一片，主动端杯起立，向各位敬酒，看样子他和这帮人熟络得很。周向莉怕冷落了朱文成，热情地劝慰朱文成吃菜，用红酒向他敬酒，周向莉被红酒催熟了脸颊，妩媚地看着朱文成和杨干事，不住地表达谢意，他们三人成为一个方阵，也是因为他们交往较多，熟悉较多。

一箱子白酒喝光以后，服务员把每人桌前的碎壳垃圾清理，重新换过一套洁净餐具，添酒回灯重开宴。又上来几十听蓝带啤酒，小杯下去，大杯上来，从斯文变成了豪气牛饮。岳克章召唤服务员拿过十多个鸡蛋，自己先打碎一枚在杯子里，其他人也一一照做，倒上啤酒后，那蛋黄沉在杯底，昏黄的天空映照，像一轮朝阳初升，更有岳克章放了三枚鸡蛋，名曰“大好前程，三阳开泰”，还有锦华山集团的曾总放了两枚鸡蛋，名曰“双龙戏水”。朱文成和杨干事也同样放入鸡蛋，一股腥味伴随麦芽味一起进入鼻息。第一杯啤酒的仪式是由女士周向莉主持，大家一同举杯为了改革开放更加美好而干杯。

酒中，锦华山曾总把头转向两位军人说：“我们那儿有个保安部部长王大庆，你们认识不？”

“认识，认识。”杨干事回答。

王大庆是锦朝市支队的老志愿兵了，几年前是支队的保密员，后来转业到锦朝市煤气公司。

“曾总，他怎么到您那里了呀？”杨干事问道。

“他嫌弃煤气公司工资低，停薪留职到我那儿，当了保安部长，每月工资千数来块钱吧。”

“哦。”

王大庆也是朱文成熟悉的，他和杨干事因此又同曾总单独喝了几杯啤酒。

若干个推杯换盏之后，主食上桌。有海鲜饺子、葱油金饼、阳春鱼面。进来两个服务员，把三种主食又分成十多份，放在每个宾客面前。一阵阵窸窸窣窣、吸吸溜溜的声音过后，一个个呈现出红扑扑的脸，红通通的眼，抚摸一下子圆鼓鼓的肚皮，发出感慨：“甚好，甚好。”

“下个节目，咱们是先放松放松，还是先去搓几圈？”岳克章作为召集人，没有忘记组织者的身份。

“怎么都行，现在才 11 点。”

“二位干事，今天不管你们吃好吃不好的，喝好喝不好的，多包涵，咱们下次再聚，以后还请二位干事多帮忙。周向莉，你负责把朱干事和杨干事送回去。”岳克章等人走到朱文成和杨干事面前，一一握过手，好像众多领导接见。

“后会有期”“常联系”“有事儿说话”话语是那么让人温暖。

朱文成哪里见过这些世面，这些阵势、场面、华丽、高档、诱惑等都是朱文成第一次见到，他感觉是火在烤着他，空气要让他窒息。部队和地方的差距怎么这么大呢？我们军人辛辛苦苦地守卫千家万户的安宁，付出了青春和生命，难道就是让这些官僚和老板们大吃大喝吗？这该是天林山深处百姓多少汗水呢？

“这帮家伙，真他妈的会吃，真他妈的会玩。”朱文成摇晃着说。

“朱文成，少见多怪，如果以后和他们打交道多了，都是正常现象，慢慢适应吧。”杨干事对朱文成说道。

“恐怕我永远也适应不了。”

“你少发症（傻一根筋）。”老干事的口气。

“你是群众工作无所不及。”

“没有办法，群工干事必须和地方打好交道啊。咱们支队那么多干部家属的孩子上学，随军转户口，办地方粮食关系，哪样不是我去出头？”朱文成明白支队多大的领导见了杨干事总要客客气气的原因。

“看来我只适合和部队打交道。”

“慢慢来，以后会适应的。”

“哎，我说文成，我看单身的周宣委看上你了，你可以考虑考虑。”杨干事转移过话题来。

“杨干事，您别瞎说了，人家能看上我？”

“这都没准点事儿，我看十有八九。”

“不会的，即便是，我也不会答应的。”

“说你发症，你又来了，如果真的看上你了，你就赶紧把家里的处理掉。”

独自回机关的路上，在酒精作用下，他有些飘飘然，感觉自己已经成为神仙，到哪里轻轻用神手一点，哪里就会出现神奇般的改变。

经过三个月的朝夕相处，朱文成优秀的文笔，勤奋扎实的作风，敢打敢拼的斗志，不怕困难、顽强刻苦的精神给周向莉留下了深刻的印象。那高大身影的亲和力，磁性的语言具有水滴石穿的渗透力，那深邃的目光具有强大的穿透力……这些优点足以击败一个人的心灵，让崇拜者顶礼膜拜。如果让一个单纯的小女生这样痴迷，情有可原，但是让周向莉这个成熟的女性这样痴迷，说明我们的大神朱文成确实太优秀了。

今年二十有八的周向莉可以说是一个典型的美女，细高挑的个子，修长的身材，优美的曲线，五官端正的瓜子脸，成熟妩媚。这样一个女子竟然有过一段短暂的婚姻，也许是年轻的时候不懂爱情，仅为对方的帅气潇洒所打动，走入婚姻殿堂后才发现，帅气不能当作饭吃，不能当作柴米油盐，帅气养眼养不了家，潇洒也很容易与游手好闲、在机关混日子画上等号。她和对方都是干部子弟家庭，门当户对，但是一到过日子就完蛋，公主型和公子型绝不是完美的搭配，都是娇生惯养，谁都想少干点家务，谁都想在家里享受清闲，加上她工作忙碌，到了家就不想动弹，面对凉锅冷灶，心里就很是不爽。时间长了，二人不免吵吵闹闹，半年时间没到，二人便分道扬镳了。

如今朱文成在周向莉面前出现，怎么能不让她心动？二人以前仅限于认识，如今通过面对面的交流，她才知道她需要什么样的婚姻，勤奋踏实可靠上进的男人才是她需要的。虽然离婚后有人给她介绍了不少，但她与人见过几次面就再也没有了感觉，这样一来就把年龄拖大了。她感觉朱文成是上帝派给她的最佳人选，她要把他抓在手里，绝不能放过。她幻想着和朱文成共同攀登事业的高峰，一路上交换着彼此的笑容，互相鼓励着，收获着幸福快乐，一起走到人生的终点。

某个周六的夜晚，在一家别致的餐馆里，小包厢里灯光朦胧，色彩温馨。一碟花生米、一盘猪头肉、一份清蒸鲈鱼、一笼蜜汁南瓜，有凉有热有荤有素有甜有咸，外加一瓶通化红葡萄酒。周向莉以感谢的名义将朱文成约了出来，这是他们第一次面对面如此近距离交流，第一次在一起不谈工作。二人久久不说话，注视着对方，但更多的是周向莉直视着朱文成，自信而大胆的眼神把朱文成看得不好意思，只好把目光移向他处。这个女人的目光是那么的有力量，令人不可抗拒，要把心无城府的朱文成穿透，挖出他骨子里的那点残根杂念来。

开杯的话题是那天岳克章的请客。

“那天岳书记请我和杨干事，为什么要叫那么多人呀？”

“有时候，这帮人想聚一聚，总要有个因为所以然吧。”

“那你们直接请客安排就得了呗，何必叫上我和杨干事啊。”

“那也不差你们两双筷子，请你们是最好的理由。”

“那也不至于吃那么好吧？”

“其实这些都不算什么。”

“周宣委，那顿饭得多少钱呀？”

“应该四千多的样子。”

“我的天哪？那么多钱，我们基层连队一个月的伙食费啊？我一年的工资还不够。”

“你没有听说过有一句顺口溜吗？‘一顿饭一头牛，屁股下面坐栋楼。百姓一年忙到头，不够干部揩顿油。’”

“太腐败了，典型的大吃大喝，胡吃海喝。”朱文成的眼里全是天林山深处那些面朝黄土背朝天的父老乡亲，他在心里为那些农民流泪。

“吃喝算个啥呀，好在都是那些大老板买单。”

“大老板最后还是挣老百姓的钱啊。”什么是花天酒地，什么是灯红酒绿，这就是！

“其实我也看不惯，但是没有办法，要学会适应。有个顺口溜：‘上午轮子转，中午盘子转，下午骰子转，晚上裙子转。’就是说这帮官员的做派。”又让朱文成张大了嘴，改革开放以来，有了这么多的新词儿。

“来吧，咱们喝酒，不说那些了。”周向莉主动端起了杯子。

周向莉柔情而大胆的目光里有热烈，但更多的是自信和不容置疑：“朱干事，你以后打算留在锦朝市吗？或者说是就在锦朝市里发展吗？”

“我现在不就在锦朝市里吗？”这个问题的出现让朱文成手足无措。

“我是说永远地留在锦朝市里。”

“永远地留在锦朝市里？这句话我怎么就不明白呢？”朱文成一时糊涂了，他突然想起来那天晚上杨干事提起来的话。

“你怎么写稿子那么聪明，到实际问题就变得笨拙了呢？”

“谁知道你的葫芦里有什么药呀，再说女人心海底针。”

“我就那么深不可测吗？”

“没有，反正女人是一本难懂的书。”

“随你怎么想，反正我不是你说的那么难懂，以后你就会知道我这个人其实很简单的。”周向莉的目光变得炽烈，让朱文成感觉耀眼。

“抱歉，我不明白你的意思。”

“朱干事，如果你想留在锦朝市，转业分配工作，我可以帮你。”

转业？这个问题，超出了朱文成的预料。作为农村出来的孩子，他能走到今天实属不易。他同其他部队干部一样，也希望成为未来的股长、副主任、主任、副政委、政委……如果可能的话也可以到总队新闻站当站长，到人民武警报社当编辑记者。军人的营盘级别大小影响着军队干部的去与留，如果是基层中队，也不可能一辈子留在中队，在支队有想法可以干到团职退休，也可以到省城总队去，留锦朝市也不一定是朱文成的最终选择。

这个问题朱文成根本就没有想过，也就答复不了周向莉，对于才副连职的他来说，转业太遥远了，他的事业现在正蒸蒸日上，摄影和文字是他喜欢的工作，可以说是小名小利双收，在媒体上时不时就有他的大名，隔三岔五还有几十元的稿费单子放在他的办公桌上。他感觉“朱文成”三字变成铅字印在报纸杂志上时，自己的名字才会闪闪发光。部队干部中只有那些表现不好的，或者不求上进混日子的，一朝变成干部就功成名就的，都是被转业的人选，或者自己因为各方面原因主动要求的才可能转业。

“朱干事，我问的这些问题可能是有些唐突了，但是我很希望你能够给我一个明确的答复。”

周向莉是一个很聪明的女性，她一看朱文成不好表达，就知道他根本没有考虑过这些事情，她其实是在试探关键问题的答案是不是有利于她下一步的努力。他们仅仅是因为工作认识并熟悉的，也知道他还没有把她和他联想到一起，她的矜持告诉她，欲速则不达，温水煮青蛙的效果才是最好的。她不能强迫他，随即转移一些话题，谈论锦朝的城市之美，谈论各种社会现象，谈论改革开放的一些变化。

通化葡萄酒上脸是很快的，没有多久，周向莉的脸蛋就已红扑扑的，热辣的目光大胆地直视着朱文成，好像一团炽热的火焰，要蔓延到朱文成身上来，要迅速熔化朱文成。朱文成还没有胆量迎接这一团烈焰，他看了一眼，就赶紧低下头去。在周向莉面前，农村小伙子的朴实性格很自然地展露了出来，傻傻的样子让周向莉很是喜欢。

“话题是不是又严肃了，我给你讲个笑话吧。有人开玩笑说我们岳书记名字限制了他的人生发展，都怪他爹给他起名字起错了。说岳书记如果当官，最多只能当个科长，如果做生意，顶多是个刻章的，刻章生意还不好，一月刻一枚。克章就是‘科长’就是‘刻章’。”

“哈哈，哈哈。”朱文成笑了，“如果他要姓年，岂不更惨啦？”

“你不知道，我们机关都知道这个笑话，但是岳书记特别生气。谁要解读他的名字，他就不高兴。”

“但是那个天瑞商贸的钱总重新解读了岳书记的名字，才让岳书记高兴起来。说岳书记当官，科长是他人生起步的第一阶梯，还会越升越高；如果生意呢，刻章是他人生的第一桶金，还会越赚越多。把我们岳书记哄得那个乐呀。”

拍马屁拍到家了，朱文成又一个吃惊，官商结合真的好紧密。

两人在最后的笑话中，愉快地结束了约会。分手时，周向莉给了朱文成一封信，嘱咐他回去以后好好看看。

周向莉要帮他，这么热心？不会这么简单吧？朱文成已经感觉到这个周宣委话里有话，难道这个美女对自己有什么想法吗？那一天的约会，他更多是在听这个女宣委感谢和夸奖他，但这些都是铺垫，关键点的话题才是正题，他还真的无法回答她。

朱文成回到单位的宿舍，孙水涛出去还没有回来。他打开了周向莉的信，认真地阅读起来。

文成，你好：

你应当不会想到我会给你写这样的信。请你耐心地把信看完，好好考虑一下，给我一个圆满的回复。

经过这几个月的接触，我发现你人很好，热心、善良、朴实、有才华、积极上进，这些都是我欣赏的。

曾经的单纯让我有过短暂不幸的婚姻，回到现实生活中，我知道什么样的婚姻才适合我，什么样的人才适合做我的丈夫。我今天就向你表白：我喜欢你，我爱你！希望你也喜欢我，希望你也爱我。

我侧面打听过你，知道你现在有一个农村的妻子和一个孩子。但是我不介意，希望你能够再重新选择你的人生和未来，我想到那个时候，我们会比翼双飞，生活会更加美好。

我不知道你和你的农村妻子在一起是否幸福，是否有共同语言，这样的两地分居你是否已经厌烦，是否后悔那个时候的选择。我想这一切都应该是肯定的吧？没有关系，文成，重新选择吧，和我一起共筑美好的未来吧。

也许你会认为我是个不光彩的第三者，但是每个人都有追求自己幸福婚姻的权利。我觉得这样做是把你解脱出来，在城市里拥有一个温暖幸福的家，那才是最美好的，我这样做是值得的。

我向你承诺：我会做一个好妻子，会做一个好儿媳妇的，我会善待你的父母，不会因为你父母是农民就小瞧和轻视，这一点你放心好啦。

我问你是否留在锦朝市，就是这个意思。我的家庭条件还算是不错的吧，我是家中的独女，父亲在市委大小也算是个领导干部，他没有把我放在哪个大机关里去，是希望我在基层好好锻炼，从基层做起，我也在努力奋斗着。我的母亲是市里一个局机关的副局长，也是一个很好的母亲。

如果你以后转业了，我父母会把你安排在一个你想去的单位发展。但是越早越好，一个年轻人在机关单位加上勤奋上进，前途是很光明的，凭你的才华和勤奋，未来应当是没有问题的。

我也知道，部队副连职干部就可以有转业要求了，所以，我希望你有一个让我感到很满意的选择。

文成，我等你，别让我失望。我爱你！

向莉即日

不愧是党办秘书出身，文字有条有理，有理有据，语气让朱文成不可反驳。

周向莉的表达热烈而主动，坦率又真诚，不仅是用情话来诱惑朱文成，同时把优厚的家庭条件展示给他，编织出一张很大的情网，来罩住朱文成，也许周家就等待朱文成这个东床驸马了。

群工杨干事，鬼精鬼精。

葡萄酒醉人，但是这封信马上就让朱文成清醒了，但又迅速醉在另一个世界里，那就是周向莉火热的情网。

这天大的好事儿，怎么就让他赶上了呢？怎么就没有机会让大仙孙水涛赶上呢？孙水涛现在和程青燕已经在谈婚论嫁了，每天很晚才回来，两人热乎着呢。这些不仅仅是巧合吧？世间的很多巧合都蕴含着必然，难道上天要给他另一个发展道路？

在这之前，朱文成从来就没有怀疑过自己的婚姻选择，他认为自己的选择英明、伟大、光荣、正确。自己在前方奋斗打拼，后方父母有妻子乔爱华照顾，四口人在朱家屯生活得其乐融融。只有这样，他才能轻装上阵，向着未来出发。妹妹朱文玥大学已经毕业，对象在大东市里，他和父亲一起给文玥支付了一笔城市增容费，帮文玥留在了大东市，也不在父母跟前。父母以后年岁大了，肯定是离不开人照顾的，虽然大东市距离家里才半天的路程，但是哪如父母面前有乔爱华方便呢？

他的想法朴素也罢，单纯也罢，那个年代当兵的人考虑父母的远比考虑自己的多，支队很多首长都是从老家把妻子带到城市里。

如今，周向莉给他描绘了这样美好的前途，让他开始怀疑自己当初的选择了。也许父母让自己的儿子去当兵，就没有指望他能够为父母尽多少孝道，自己这样的做法值得吗？

妻子乔爱华的形象和面孔不停地在他面前闪现，他们在一起的恩爱和激情一幕幕地出现了。妻子贤惠能干，在朱家屯是有名的，老人对她是满意的。儿女有出息，儿媳妇能干，孙子乖巧，这已经是很美满的生活了。

但是，周向莉美丽的面孔不时地掩盖了乔爱华的面容，周向莉的表白，周向莉的诱惑，让人无法抗拒啊，这样想着想着他就睡着了。

在梦里，他拉着周向莉在一片空地上拼命地向前奔跑着，后面乔爱华拿着菜刀在狂追，一边追一边喊："我宰了你们这对狗男女，一个第三者，一个陈世美。"他跑得气喘吁吁，满身是汗，好像喘不过气来了，憋闷得难受。忽然画面变幻着乔爱华来到他的宿舍，问他又多久没有回家啦，他们的儿子武匠已经想他了，然后乔爱华就扑进了他的怀里："成子，我想你了。"等他和乔爱华激情完事以后，竟然发现和他激情的是周向莉……梦醒来以后，四周黑黑的，对面床上响着孙水涛均匀的鼾声。

"少女河是有心的。"乔爱华执着的目光坚定的表情，清晰地出现在他面前。"如果你哥要背叛了我，我就从倒背崖上跳下去。"妹妹在信中转达了乔爱华的话，如同雷声一样在朱文成耳边炸响。

第十三章　花香伴月阴

“一拜天地，二拜高堂，夫妻对拜……”习惯军装在身的孙水涛穿上了银灰色新郎西服，同样英俊潇洒，在他28周岁的时候，终于走进了婚姻殿堂。

大幅婚纱照挂在前台，彩色气球飘飞在婚宴现场，人们开心地笑着，祝福着新郎和新娘。朱文成忙前忙后为婚礼照相，这几日他这个老乡忙活得够呛。机关管理股的管理员高石头也帮着孙水涛操持婚礼。这个高石头虽然其貌不扬，个子矮小，但已经是副营职干部了，天生一副热心肠，为不少机关干部操持过婚礼。

在一家豪华的饭店里，少女河纺织厂的程伟副厂长大摆宴席，为他的女儿程青燕和女婿孙水涛举行隆重的婚礼。市里主管轻工业的副市长、市里的轻工业局局长等相关单位的领导、少女河纺织厂的领导和同事们、锦朝市支队的支队领导和机关战友同事们也都应邀参加了这盛大的婚礼，好不热闹。

白色的婚纱映托着程青燕，款款走在舞台上，腮红、口红、红晕、花红凝聚成今日的幸福红。眼角眉梢都是情，唇边嘴角都是笑。台下一桌闺密望着程青燕，纷纷举双手挑着大拇指，点着赞。程青燕自豪了，陶醉了。

程副厂长挽着身穿婚纱的女儿程青燕，把她交到新郎孙水涛的手中，嘱咐女婿：“孩子，我把我的宝贝女儿交给你了，你要好好爱护她，保护她，给她胸怀和宽容。这孩子让我们娇惯坏了，你要好好担待她。”

“是，我一定好好对她，爱她，给她幸福。”孙水涛这样承诺着，牵过了美若天仙的程青燕。女人何时最美？那就是穿婚纱的那一刻，漂亮的程青燕穿上婚纱的样子迷醉了孙水涛，赢得了来宾的赞叹。

新婚夫妻在向父母鞠躬改口的时候，程青燕还在闺密羡慕的眼神中陶醉，心绪飞扬，神态和礼仪也就没有在公公婆婆这里停留，改口的声音像蚊子一样轻，没有人听得见。孙水涛的母亲孙大娘满脸皱纹，开口一笑，皱纹便拥挤到了耳根，像孙家湾那块苍老的土地，她满心欢喜地拉住这个新媳妇的手，想对这个仙女一样的儿媳妇夸赞几句，再把改口钱给到新媳妇手里。程青燕好像怕农村婆婆玷污了她的圣洁似的，赶紧拿过红包一抽手，瘦弱的老太太在被抽手时，趔趄了一下，老太太差点倒了，还是婚礼主持人眼疾手快，把老人扶住了。孙水涛侧头的眼神中闪过一丝不快，心里有了一种复杂情绪。昨天父母一家人到火车站，她这个当儿媳妇的，应当同他一起到火车站去接一下，程青燕借口忙也没有去，更别说晚上到宾馆去看望一下孙水涛从老家里来的一家人了，连起码的礼节和尊重都没有，这让孙水涛心里很不是滋味。

孙水涛的父母和程青燕的父母坐在亲家席位上，孙水涛的父母从农村来，没有见过这样的场面，也不知道城里人的规矩，神态踟蹰，也不知道说什么，只能随声附和，诚惶诚恐，唯唯诺诺，举止小心翼翼，深怕在这个场合说错什么，做错什么。

越怕什么越有什么。孙水涛的四个哥哥嫂子也都带着孩子来参加婚礼，在另外一桌吃饭。小孩子从来没有见过这么大场面，觉得新奇好玩，就手拿气球，在饭桌的空隙里来回奔跑追逐，他的哥嫂也没有在意。忽然二哥家的女儿晶晶没有注意到脚下婚礼录像的电源线，被脚下的电源线绊倒了，头磕在桌子上，人也摔倒在地，同时把桌子上的一瓶啤酒碰倒在地上，瓶子碎了，玻璃碴子掉了一地。玻璃碴子可能扎破了晶晶的脸，小姑娘“哇”的一声就大哭起来。

男宾们还沉浸在推杯换盏之间，谈论着婚礼气派以及多日不见的问候，熟人之间不同的变化在聚会的场合里传播，“改革”“下海”“对缝”都是时髦的经济适用语言。母亲们则不住地往孩子嘴里填鸭，孩子们被塞进去的食物鼓满两腮，艰难地咀嚼。哭声比主持人的欢呼还有力度，一下子就让婚礼现场寂静下来。马上把现场来宾的目光吸引到这一桌，孙水涛的二哥二嫂好不尴尬，赶紧把晶晶带到饭店外，给孩子检查哪里受伤安抚孩子，但是孩子好像是因为疼痛，哭声高一声低一声没有停住。新娘程青燕从热烈的情绪中一下子坠落了，感到非常不快，新婚大喜，哪能有哭声呢？这让程青燕感觉在一帮闺密面前栽了面子，让父母也在各级领导面前难堪，程青燕放下敬酒的杯子就跑到后台换衣间哭了起来。

人多的场合，难免有些意外，谁也不能完全避免。孙水涛和婚礼主持人还有两家父母也到换衣间去劝慰程青燕，说大人不能和小孩子一般见识。

“小孩子没有见识，看护的大人是干嘛的？”程青燕不停地抹着脸上的脂粉和眼泪。

“我看这是小孩子替婶婶哭嫁嘛，这是小孩子把传统给我们发扬出来了，古时候，女方嫁女都要哭嫁，是好事儿！”还是主持人见多识广。

“是，是。”大家都应承着。

“孩子，都是我们家人不懂事，你多担待，别和我们农村人计较，你是城里知书达理的大家主出身，哪能和我们农村乡下人一般见识呢？是不是，孩子？”孙水涛父亲孙老汉的姿态低到地底下了。

“亲家，你言重了。我们青燕不懂事儿，还拿自己当小孩子呢。”程厂长也赶紧自我批评，“燕儿，这算什么呀，赶紧继续敬酒去。”

在大家劝慰之下，新娘程青燕才又重新出来给宾客敬酒。主持人说：“刚才是新娘身体突然有些不舒服，去后台喝了点水，休息了一下，大家继续吃好喝好，为一对新人祝福吧！”

这样一个小插曲，让孙水涛心里极为不舒服，脸上的笑容很是勉强，好像是僵住了。他怪青燕不懂事儿，也怪二哥二嫂没有看好孩子。

婚礼结束后，孙水涛还要忙活很多后续的事情，他把关照父母和哥嫂的事情交代给了朱文成，让朱文成全权接待他的父母。

孙水涛的家人默默无言地回到了宾馆。晶晶被玻璃碴子划破了脸，有半厘米长的小口子，在锦和区医院上了点药，并无大碍。小姑娘也不再哭了，她好像知道自己闯了大祸似的，不敢看文成叔叔。

“文成，你和五儿关系最好，你平时多说着点五儿，人家是金枝玉叶，多让着人家点儿。咱庄户人家，委屈点没啥，只要他们把日子过好就行啦。我们还有他四个哥哥呢，让他别惦记着我们，他过得好我们就满意啦。”孙水涛的母亲孙大娘无助地拉着文成的手，眼泪汪汪的，把文成也说得眼睛湿湿的。

“多好的亲人啊，胸怀坦率，朴实真诚。这就是农民，他们的心像高山一样实诚，胸怀像大海一样宽广！”朱文成在心里这样默默地赞叹。

“我看这个嫂子不怎么样，朱大哥让我五哥小心点儿吧，以后有我五哥受的。”

孙水涛的妹妹孙水仙直言快语地说。孙水仙没有考上大学，回到了孙家湾，已经嫁到附近的村里，在镇里开了食杂店成为小老板娘，丈夫因为在镇里收垃圾，就没有一同前来参加婚礼。其他人对程青燕的印象也不是那么好，这个城里的公主在他们眼里是高高在上的，孙水仙的话就有了附和的声音。

"你个死丫头，瞎说什么呢？今天是你五哥结婚第一天，你们就这么说，不许挑拨你五哥五嫂的关系。"孙大娘对孙水仙呵斥道。孙水仙一个轻蔑的眼神儿，哼了一声打住了，其他人也就不言语了。

孙水涛的父亲和几个哥哥也微笑着对朱文成表达了同样的意思，希望文成以后多提醒着孙水涛点。说罢，他们谢绝了朱文成的挽留，去火车站买票走了，上车前让朱文成不要通知孙水涛，也别惊动亲家一家人。等程伟一家人说要过来看望时，才知道孙家的人已经走了，他们感觉到了自己的失礼。

当孙水涛知道家人默默离开后，泪水终于忍不住地流了下来：自己不再属于父母，他不再属于孙家湾。是孙家湾抛弃了他，还是他抛弃了孙家湾？总之，那块生他养他的土地远去了，只留下童年的印迹，还有亲人们苍老的背影。

新房是孙水涛老丈人程伟用自己的房子调整出来的。按照老丈人的条件，程家本来分了个三室一厅的房子，因为青燕找的对象是无房的军人，老丈人就在家属区找人把房子兑换成一户两室一厅和一户一室一厅的房子两处，并把这个一室一厅给他们当婚房。由于老丈人还在任上，还有人来客往，家里小了也不方便，等孙水涛他们有了孩子，老丈人退下来再把两室一厅给孙水涛他们住。因为在一个厂里的家属区，两处房子是前后楼，各自亮不亮灯一下子都能看见。程伟不让小夫妻二人单独起火，两家人在一起吃饭。新房里的茶几上还有一部红色电话机，是纺织厂的内线电话，也可以通过总机要通外线。那个电话对于孙水涛来说是很亲切的，管它内线或者外线呢？反正是身份和层次的象征。小时候课本里的"楼上楼下电灯电话"的富裕生活如今就真实地出现在他面前。

晚上闹洞房，热烈气氛一浪高过一浪。程青燕的男女同学们鬼主意一个赛一个地多，不停地给孙水涛出难题，考验着这个武警部队的军人。尤其是那个叫李春红的，带领着一帮姐妹，以娘家人的姿态，对孙水涛姐夫长姐夫短地来了个丈夫“三从四德”：老婆出门要跟“从”，老婆命令要服“从”，老婆讲错要盲“从”；老婆化妆要等“得”，老婆花钱要舍“得”，老婆生气要忍“得”，老婆生日要记“得”。在热闹喜庆的氛围里，大家都很开心，程青燕也早已忘记了白天婚礼上的不快，她感觉自己有些小题大做了。孙水涛看到程青燕开心了，他也就高兴了。

还有一个男同学赖在床上不起来，其他女同学：“你不起来，新婚两口子怎么睡觉啊。”

“没有床也能睡觉。”赖同学说。

“没有床也能睡觉，又是什么幺蛾子？”孙水涛一惊。

“这么着吧，军人同志，我出个谜语，你要猜对了，我就起来，其他人不许提示。”

“是不是又是那个傻姑爷入洞房的谜语？”有女同学起哄。

“不是，这回是‘新婚之夜没有床，打一个字’，你们就当今天晚上没有床。”

“新婚之夜没有床。”“新婚之夜没有床。”洞房里响起轻声的念叨。

“猜不出来”，“猜不出来”，几分钟后，都表示无能为力，把求助的目光投向赖同学，希望他揭开谜底，赖同学一脸不怀好意地看着孙水涛。但是大家把最淫秽的字词都想到了，也没有想出和“新婚之夜没有床”相关联的字来。

“猜不出来，我就不走了。”

“快走吧，别耽误人家两口子的美事儿了。”几个女同学纷纷上前，将赖同学拉出新房，孙水涛和程青燕绯红着两张脸，微笑着把一群同学送走。

谜底始终没有揭开，成为孙水涛不解的心谜。

紫色气球映灯明，大红喜字贴窗棂。红红被褥香气艳，新人含羞夜含情。虽然空间狭窄，但是喜气甚浓。

好不容易把闹洞房的人送走，狭小的一室一厅终于宽敞了。闹洞房的人们走了以后，两人没有精力去收拾凌乱的屋子，准备休息。孙水涛躺在床上就不想动，被程青燕提溜起来，让他去洗澡。

热水一上身，疲惫感马上就消失了，人立刻就变得精神，孙水涛变得雄姿英发。他帮助程青燕洗完澡，两人相拥上了床。

风含情水含笑，夜晚的呼吸变得急促而猛烈。孙水涛积蓄二十八年的火力，终于赢来战斗的时刻，吹响了冲锋的号令，他不待敌人状态如何，便开始了最猛烈的攻势。像指挥他全排的士兵去青纱帐里追寻那逃跑的劳改犯，快速地搜索和扑进；像是带领中队战士们开展团日活动，把跃进训练和武装越野当作游戏来做，新奇又刺激；像是在问题战士面前，猛地一摔手铐子：我是保卫股孙干事！战士就浑身直打哆嗦，屈服在他的威严之下。

程青燕感觉她就是一只摇曳的小船，风浪是如此的猛烈，要把这只小船撕碎，船底已经涌进了急流，要把小船吞噬和淹没。疼痛伴随着闪电一阵阵传来，暴雨又来了，要把这只小船瞬间变成了残渣碎末，让这只小船片甲不留。

不知道过了多久，风浪停止了，激烈的闪电也停止了，暴雨也停止了，她从晕厥中苏醒过来，孙水涛山一样沉重压得她喘不过气来，她忍着剧痛，一脚就把孙水涛蹬到床底。

兴奋未尽的孙水涛毫无准备地被踹到床底，他突然间从在让人窒息的火山口上被打到了冰冷的海底，一下子惊呆了，他看到了程青燕眼中的愤怒，他用疑惑的目光注视着新娘。

“你他妈的是土匪,还是流氓？你当老娘是你抢来的女人,还是你买来的妓女？你懂得怜香惜玉吗？你会温柔吗？你他妈的以为这是你在部队打仗呀？”程青燕没有想到看似文绉绉的孙水涛会像一个疯子一样对待她，像土匪一样粗鲁和野蛮。“农民就是农民，穿一身军装也改变不了农民的劣根！我告诉你啊，孙水涛，以后，没有老娘的允许，休想靠近老娘的身子。”

一顿连珠炮把孙水涛打懵圈了,他没有想到这个娇小的女人竟然有这样的粗口,婚前的温柔甜美哪里去了？婚前和婚后简直是一个天上一个地下，女人翻脸比翻书还快吗？眼里没有丝毫柔情，有的只是凶相。他虽然是农民，但是农民怎么啦？你这个城里人怎么还不如农民呢？他是动作粗鲁了点，但是你不至于一口一个老娘，一口一个你他妈的，还污蔑我们农民。程青燕如果不爆粗口，他可能还能忍受，还能好言好语地哄哄她，没有想到这样一个漂亮的女人竟然有这样肮脏的思维观念。念着是新婚之夜，他不好发作，只是恨恨地抱着一床被子到客厅沙发上去睡了。

是夜，程青燕又做了一场噩梦。梦里孙水涛拿着一杆冲锋枪，面目狰狞地对着她，让她向公公婆婆承认错误，她坚决不承认，孙水涛猛烈地向她开枪，她心里想，她要死了，要死在这个男人的枪下了。第二天醒来，阳光已经照进屋子里，孙水涛已经在收拾屋子了。她的双腿痉挛和下身撕裂的疼痛连在一起，她第一次感到夫妻生活是如此的恐惧。

结婚前后，只差一天，程青燕就从温柔的天使变成河东狮吼，给编织了很多美好幸福梦想的孙水涛留下了深刻的阴影：现实与那些个梦想真的差好远好远。

在程青燕的眼里，孙水涛也从谦谦君子变成了一介猛夫。

孙水涛的新婚蜜月甜度不够，相反却有了一点点的苦涩。第一夜的小插曲并未影响二人蜜月的远方神往，夫妻二人和很多人一样，选择了去桂林看甲天下的山水。白天欣赏美景的时候，二人还喜笑颜开，这里拍摄一张，那里拍摄一张。孙水涛是保卫股干事，办理案件是需要照相的，所以摄影水平还是不赖的，一路上充当着保镖、马夫、脚夫和摄影师的角色，尽心尽责。程青燕在孙水涛的呵护中体会着天使一样的快乐和幸福，陶醉山水，留恋忘情。到了晚上，孙水涛就对程青燕有想法，要在山水美景间留下恩爱的印迹，程青燕也觉得应该如此。但是每当从一个境界刚要升华到另一个境界的时候，程青燕就有了抗拒性反应，双腿痉挛，浑身发麻，那恐惧的梦就出现在程青燕面前，然后猛烈地把孙水涛推开，让孙水涛不得不停止冲锋，终止战斗。有时候即使程青燕主动需求也不行，一到关键时候，她的双腿就会痉挛，浑身发麻。

我们不知道那个年代有没有出现过“性爱恐惧症”这个词语，但是有关于性爱的内容绝对不能登上大雅之堂，那个时候人们对这方面的知识了解极为贫乏，只是微乎其微的几率中，让我们孙水涛赶上了。

第十四章　神女飘然至

又是一个年终岁末，大神朱文成和大仙孙水涛修炼到了一个新的境界，那就是二位神仙同时被支队下达了正连职命令。不管二人的爱情婚姻生活如何，他们都没有耽误半点工作，相反在工作岗位上还干出了一流的成绩，朱大神被评为《人民武警报》社的优秀通讯员，孙大仙被评为武警部队普法先进个人，组织是不会忘记那些积极上进、勤奋工作并做出一流业绩的同志。

这样一来，二人又处于同一起跑线上，各自以神仙道行决高下。

朱文成没有基层主官的经历，政治处下派他到六中队任指导员有三种考虑：一是六中队是先进中队，基础建设比较好，不是那么难管理，有助于朱文成做出成绩；二是六中队距离支队也不算远，交通还算方便，便于朱文成周六回来写稿投稿；三是任职时间只有一年，一年以后，他就是宣传股的正连职新闻干事，他必须在当好基层主管的同时，带领两个报道员把稿子写好。身兼两职，实际上就是让他镀金吧，反正多方面的利好都给朱文成了。孙水涛因为有了城市生活的家，对朱文成到连队挂职，没有以前那么浓浓的醋意了，他要全心全意经营好自己的婚姻，程青燕那个姑奶奶比政治处副主任唐僧念经时还难伺候。

周向莉在朱文成的观念中注入了城市生活的美好向往，改变了他过去的一些思想观念。农村和城市是有差距，农村生活的美好只是城市生活的一个犄角，交通、购物、教育、环境、娱乐、饮食等，都没有办法和城市相提并论。远的不说，就说身边人，从生活层次和质量来看，孙水涛后来者居上，远远超越他了。孙水涛一个空手道就拥有了一切：城市爱人、城市房子、城市繁华和未来孩子的城市教育等，都把他抛远了，他又默默羡慕起孙水涛来。

也许当初选择是错误的，年轻时候上了激情诱惑的大当。每当这样想的时候，乔爱华身上的缺点就凸显了出来，比起周向莉那就差得很远。他现在有点心猿意马，立在这山望着那山高，拿周向莉的优点比乔爱华的缺点了。面对周向莉的诱惑，朱文成也是凡人，他同样会犹豫，同样会考虑新的选择，在比较着向前进与向后退的得与失。

但是一回到朱家屯，看到乔爱华任劳任怨地对待他的父母，辛勤地侍弄那几亩薄地，照顾和教育儿子武匠，不管多累，对他朱文成还嘘寒问暖，极尽温柔，他又觉得这个农村媳妇无可挑剔。妹妹朱文玥出嫁以后，这个家所有的欢笑和快乐都来自乔爱华和他们的儿子武匠。两位老人日日都是喜笑颜开，看到这样的和睦场面，他还有什么不满足的呢？

他为什么要去以自己的私利去破坏这个家的和谐美好，让爱他和他爱的华子变成痛苦一生的女人呢？再说乔爱华哪里有什么对不起他的？当然，还有重要的一点，乔爱华是敢爱敢恨的女人，如果他抛弃了她，她肯定会去倒背崖上跳下来，在另一个世界里的乔爱华对他都是怨恨。他会成为千夫所指，世人都会骂他这个“陈世美”，他也实在是不敢想象那样的结局。

思想的动摇代表不了行动的动摇。他是有理想有抱负的青年军官，他不能因为婚姻家庭而影响了他人生梦想的实现，或者为自己的奋斗去设置更多的障碍。妻子乔爱华用农村妇女结实的臂膀给了他一个坚实的大后方，他才能放心地冲锋，才能勇敢地去战斗。如果他和周向莉走到了一起，又能怎么样？在天林山深处的父母永远也是自己的牵挂，父母老去的时候，都是自己要孝敬和负责的。家的浪漫和谐中必然要有一个人以家庭为中心，才会有温馨美好。整日和一个事业型的女人在一起，怎么去寻找家的温馨呢？他朱文成想象不出来，也不敢去想象。

时间一长，朱文成也分析出了周向莉的性格。周向莉是官场型女子，两人根本就不适合，即使和周向莉在一起，也无幸福可言，在周向莉第二次约他的时候，他和盘托出了他对爱人、对农村家庭的满意和不可改变的决心。即使周向莉让他再好好考虑重新选择，还说如果他离婚把儿子带过来，她也能接受，朱文成还是谢绝了周向莉的好意。那期间，杨干事还问过朱文成几次：“怎么样，我没有说错吧？赶紧想办法处理掉家里的，这么好条件的女子这么好的机会，千万不要放弃。”他还是坚决地摇摇头。杨干事也摇摇头：“真症（一根筋的意思）啊！”

朱文成知道，他虽然被叫作“大神”，但他更懂得神也要修炼，才能有所成就。如果选择了周向莉，那等于自己获取了不是通过奋斗来的劳动果实，他心里不会踏实。信神也好不信神也罢，反正“离地三尺有神灵”，神灵在看着他的一言一行；没有神灵也好，熟悉他的人都在看着，他的脊梁骨赤裸裸地展露在众人面前。

在中队没有事情的时候，他会找来一些关于神话故事方面的书，不是他要信神，而是想从中获取更多的知识。尽管我们军人推崇无神论，但并不是要禁止人们去研究和知晓吧。

西游记中太白金星所说:“世间万物者，凡有耐心，均可成仙。”有人也许会质疑太白金星所说的。据《封神演义》中元始天尊所言：封神劫数中，根行深厚者成其仙道，根行稍次者成其神道，也就是说神的地位要低于仙。

他朱文成如果选择了周向莉，抛弃了乔爱华，让乔爱华一辈子痛苦，那么他就是做了让人不齿的坏事，死后必定是成不了神，想到此，朱文成内心无比自豪地笑了。

仙比神的职位要高，像古代的盘古和女娲，人们往往都会称他们为仙，他们可谓是仙界中的最强王者。其实质上是属于仙不属于神。中国的神话故事当中，大多数我们看到的都是神，似乎与仙没有什么关系。而神与仙是不相同的，神比起仙来似乎更容易得到。因此看来，仙比神的职位要高。仙比神又更显高贵一些，神仙这个行当也是分为高中下等的。它会根据一个人的素质之分，来划分神仙的地位之高下。

身处在人世间的我们，能够得到神仙这个职称当然是幸运的。世界上人人平等，我们在刚出生的时候，人的智力和水平都是一样的。只是到了后期，人接触的环境所处的地位不一样，便导致这个人的做事方法与性格的不同。中国人自古以来讲究志同而道合，一定要宽厚做人，用良心来做事。关键时刻，老天爷也会出来帮助你，不要害怕困难与失败。当你在人世间做的好事大于你所收获的时候，老天爷就会把它记成是一种神仙的标志，不争不抢，理性做人。

这些语言感染着朱文成，揭示着很多做人做事的道理，这也是朱文成有时候喜欢研究神话故事的一个原因吧。“为人处世都要非常优秀”“不争不抢，理性做人”这些道理永远不过时，在很多方面也都符合军人的作风和要求。

人分三六九等，神分四类八仙。

一是创世造物之神。这些神创造了世界，创造了生命，乃至人类文明。《说文解字》中解释“神”为：“天神，引出万物者也。” 这就是神的最初含义。甲骨文中记载“帝令风”“帝令雨”，帝也具有创世大神的性质。《西游记》中说，太上老君乃开天辟地之祖。民间传说中开天辟地的盘古，炼石补天的女娲，都是这一类的神。

二是祖先之神。中国文化特别崇拜祖先，越早的祖先神性越强。黄帝大战蚩尤，他们手下的部落首领都具有大神通。据说黄帝是四面神，能够全方位观察宇宙。后来的尧舜禹，也有大神通。尧的眉毛有八种颜色，舜怎么也杀不死，大禹治水的定海神针有一万三千五百斤，汤能够在大旱之年为百姓求雨，都不是凡人。

三是自然之神。比如日神、月神、山神、河伯等等，这应该是原始崇拜的残留。《西游记》中的昴日星官大概跟日神有关，太阴星君跟月神有关。红孩儿在六百里钻头号山，奴役的山神就有三十个。至于河神，《庄子》书中称之为河伯。《西游记》中的水德星君及其管辖下的龙王，大概属于水神系列。

四是后天之神。中国文化有功德成神的说法，圣贤清官之类的杰出人物，活着的时候贡献大，死了以后成为神灵保佑百姓。民间传说，包公死后为阎罗，海瑞死后为城隍，都是这一类的神。秦叔宝、尉迟恭勇猛无敌，成为保家护宅的门神。

这些神话传说，体现了几千年来中华民族的美好向往，也对那些正义侠义为民之士以崇高礼遇，丰富着人们的精神生活，鼓励着人们追求真善美，与假恶丑作斗争。

在中队，很多战士不爱看书，休息时间聊些低级趣味的东西，朱文成就给战士们讲些神话故事，那些神是怎么来的，把神话故事中做人做事的道理分析给战士们。讲完故事，他要求，战士们的人格魅力要有“神韵”，走路说话要有“神采”，执勤战斗要有“神勇”，训练格斗要有“神力”，武装越野跑步要有“神速”，多学本领长“神通”，制伏敌人要有“神手”，使用武器要做“神枪手”，获得荣誉才会“神气”，才会有“丘比特”射来的“神箭”，你们每人才会有一个“神女”作对象……这些新奇的要求虽然和部队要求没有两样，但是让战士们接受得很愉快，尤其是最后两句更让人喜欢，头脑里在想一举一动是不是达到了“神”的要求。

战士们的军营生活因此变得丰富多彩了：爱学习的多了，积极训练的多了，认真执勤的多了，主动工作的多了，对自己的要求和标准都提高了。

朱文成当战士的时候训练不好，但是他由衷地赞美那些训练好的战士，对于训练过硬的，他大会小会都表扬：一个军队，训练是战斗力第一要素，没有战斗力，其他都是扯淡，不能打胜仗的军队，是熊包软面。他经常为那些训练好的战士加油，鼓励他们当训练尖子，当执勤标兵。他处处模仿着当年排长修国岩对战士们的鼓励，模仿中队长修国岩对班排长的管理。给班排长分析班长为什么被拿破仑称作“军中之父”，又被斯大林称作“军中之母”。“军中之父”就是班长要像在一个家庭中顶天立地的父亲那样，在部队有威严，做表率，挑大梁，冲锋在前，对待战士要像严父一样管理。“军中之母”就是班长要像一个家庭中的母亲一样，管理好战士们的一切，对战士们的成长要不停督促，要关心和照顾好他们。

朱文成以“军中之父”“军中之母”理论，让班长们知道了如何当好班长，在部队发挥骨干中坚力量。

不知道战士们有没有“神女”出现，但是有位“神女”如同天上掉下的林妹妹飘落在朱文成面前，这位姑娘就是《锦朝日报》副刊部编辑刘巧英。刘巧英所编发的文艺稿件之中，朱文成反映部队生活、军人情感的诗歌散文，给她的副刊版面带来一股清新亮丽之风，也让她深深被作品中渲染的青春激情感染。军营里二十多岁的年轻小伙子，在朱文成的作品中时刻打动着刘巧英：

二十岁的身影挺立天地间
天因此不会坍塌
崇高的使命赋予身影无穷的力量
人们在这个空间里自由地徜徉
年轻的目光平视着远方
空间的所有都要在这目光里过滤
非正义的事物要留给身后的钢枪
风霜雪雨也撼动不了他们的坚强
……

这哪是什么诗歌呢？简直就是姑娘心中的雕像！共和国军人顶天立地，才有了人们幸福生活的空间，才有这自由的阳光。有时候，副刊没有好的艺术图片美化版面，她就给朱文成打个电话，朱文成就能送去很多反映部队生活的艺术摄影，那火热的军营生活让朱文成通过艺术图片一表达，军营的激情、火热和悲壮的美感震撼着人的心灵。不过，最近不知为什么，朱文成半年没有给她所在的副刊部投稿了，在其他新闻版面上也没有看见朱文成的文字。这个 26 岁的年轻编辑，就想着朱文成哪里去了，这一想不要紧，还把她自己的后半生和朱文成联系起来。

在她看到的文稿里，朱文成的文字稿无疑是最出色，最优秀的。朱文成经常去她办公室里送稿件，也有不多的交流，但是从不多的交流中，她看到了朱文成学识丰富，文笔老练，角度刁钻，善于旁征博引。她还发现朱文成这个人为人谦逊，在追求上永不满足。这样品质优秀的军人怎么能不在她情感中泛起涟漪呢？

后来一打听，原来朱文成升职了，这不就是进步了吗？姑娘心里想到，她还真没有看错这个人。于是她给支队宣传股打电话，说要到部队来采访，支队宣传股沙股长联系朱文成，让他在中队接待，并沟通好宣传采访事宜。这样，巧英姑娘就被支队机关吉普车给送到了六中队指导员朱文成面前。

“刘大编辑，什么风把你给吹到这里来了，我说今天天还没有亮，喜鹊就叫上了，原来是美女要来，你这一来，我们整个部队都亮堂了。”朱文成见到熟悉的美女编辑，笨嘴也能信口开河了。

“瞧你说的，我哪有那么大魅力呀。”刘巧英有些不好意思了。

长发飘起来，红妆扮起来。刘巧英到六中队，很多战士以为是朱文成的爱人到部队了，一口一个“嫂子”地叫着，还有很多老兵以取资料为借口到中队部办公室里，欣赏这个美女，这些兵们到屋子里，进进出出的目光就在刘巧英身上拉大锯，你盯一回，他看一回，然后就嘿嘿直乐：“嫂子真漂亮。”其实一个个装模作样地在办公桌上找半天，当然什么都没有找到，然后就讪讪地说：“再到别的地方找找。”

朱文成还要一个个地纠正：“别瞎说，什么嫂子，这是报社的美女记者，到咱们中队采访。”

然而，刘巧英却很受用，心里美滋滋的，她看到了兵们的可爱。

朱文成带着刘巧英参观了部队哨位，中队的营房各班，标准的方块加直线，干净整洁。雷厉风行、令行禁止、有板有眼、板板正正。惊呆了姑娘的眼睛。尤其是走上那神圣的哨位，更是让姑娘诗兴大发：

十几步确定方寸间
就丈量出一个同心圆
目光从圆心中发散
一丝目光，就是一缕威严

神圣在枪刺上闪现
迎着太阳的光芒
伴随着星星的亮点
还有夜的黑暗

风吹雨打
绿色的信念不变
电闪雷鸣
和平的意志更坚
……

“好！好！不愧为锦朝市的大才女。”刘巧英随口吟出，朱文成就赞不绝口。

“朱干事，我都晕啦，你再夸我就该上天了。”刘巧英脸红了，羞涩起来。让自己喜欢的人这样赞美，喜悦从内到外展露出来。

朱文成还组织了正在训练的三排战士，给姑娘表演了队列、倒功、擒敌拳、器械等训练。那些兵们喊出了九牛二虎之力，喊声和气势把姑娘看得目瞪口呆：太厉害啦，真是太厉害了！

刘巧英感觉自己就应当嫁给这绿色，嫁给眼前这位一杠两星的共和国军官，她在心中开始悄悄编织着和眼前的这个武警军官的美好未来。

在军号嘹亮中，刘巧英在中队干部陪同下，吃过战士们的军营大锅饭后，朱文成开始下逐客令。

“刘大编辑，咱们采也采了，看也看了，吃也吃了，还有什么需要的吗？”

这不明显的是天不留客，人也不留客吗？她没有想到朱文成这么快就下了逐客令，让还没有在军营里待够的她好不尴尬，甚至是很失望。刘巧英无奈地笑了笑，光顾了看，光顾了问，正题还没有说呢。

“朱干事，我就那么不受你的欢迎吗？”这个浑身书卷气的女子，用温婉的眼神目不转睛温柔地看着朱文成，她嘴角微微一翘，雅致中带着深情，让人不忍拒绝。

“欢迎，欢迎，岂敢！岂敢!”

“那你是什么意思？”姑娘声音细柔却带着力量，大概刚才的逐客令让她感觉到了委屈，她泪水有点不争气地湿润了眼睛，她暗想，看来自己满肚子热望只能是一厢情愿了。

这阵势，朱文成就知道这姑奶奶不是简单地来采访的。“那你还有什么事吗？”

“我问你，我这个人怎么样？”

“好哇，年轻漂亮，有气质。”这样一说，朱文成终于认真地欣赏起刘巧英来。一副精致的眼镜后面是气质若兰的纯情目光，俊秀的脸上带着文艺女孩的雅致，纯真的笑容里，书卷气息浓郁，心同透明的玻璃一样。纯洁而美好的女孩子一个，谁能够去伤害她呢？

“那我嫁给你怎么样？”姑娘直白而大胆，好不容易开了口，情感便没有了遮拦，就像高山上的雪水融化后，自然地流淌。

什么？轮到朱文成目瞪口呆了，刚把周向莉的绣球送回去，怎么又来了一个刘巧英的丘比特神箭？看姑娘的表情，肯定是经过认真考虑的，也绝对不是儿戏。

朱文成回身注视巧英姑娘。她的眼睛如同一泓湖水清澈明亮，一脸的真诚，似乎在期待一个答案，似乎在静静等待朱文成的回答：难道我不漂亮吗？难道我不美吗？让朱文成想到他上学时候的那个造句：她秀颀的脸上还带着孩子气。

朱文成默然地走到离刘巧英远一点的地方，他沉重的目光是那么无助，他不敢面对这清澈的眸子，这目光里有无限诗意，还有白云，还有远方。他知道身后的目光正在追随自己的身影，她肯定不愿意他走出她的视野。生活需要诗意，但诗不是生活的全部。这是怎么了？周向莉热情主动，没有想到刘巧英看似柔弱，也这样热情率真。如果说周向莉的绣球抛过来的时候还有很多很多的犹豫后，是果断的决绝，坚定了自己一心爱乔爱华的终生誓言。刘巧英的表白，也只能是在自己生命长河里出现的一朵浪花吧。没有什么可以犹豫的，面对这样单纯的姑娘，模棱两可的犹豫会对她的伤害更大。片刻，让自己冷静下来的朱文成重新走到巧英姑娘面前。

“谢谢你，刘编辑，我朱文成何德何能啊，能够让你这么看重。真的要向你说一声对不起，对不起。”说话间，他从上衣兜里拿出他和妻子乔爱华儿子武匠一家三口的合影照片。照片上三个人笑得幸福美满，儿子活泼可爱。

刘巧英接过照片一看，那画面的和谐好像是对她的天真一个巨大讽刺。朱文成怎么那么快就结婚了？还有了儿子？自己好傻好傻，平时里和朱文成聊诗聊文怎么就没有聊家庭？这突如其来的情况是她没有想到的。她的眼泪瞬间就流了下来，就像决堤的黄河水，她把照片还给朱文成，喃喃地说：“不是真的，你告诉我，这不是真的。你为何不早告诉我？”

朱文成赶紧安慰这个单纯的姑娘：“是真的，是真的，对不起，对不起，是我应该早告诉你。”

那一天，刘巧英姑娘不知道自己是怎么回到锦朝市的，回到家以后不吃不喝，把自己关在屋子里。她就想不明白，怎么会是这样的呢？她是许多人倾慕的一个好女孩子，多少人追她都让她给拒绝回去，那个高大帅气又文质彬彬的朱文成这两个月成了她心中的主角，成了她美好爱情大厦里的支撑。她幻想着朱文成和她一起工作在锦朝日报社，一起上班，一起下班，朝朝暮暮，然后演绎世间最美的爱情，郎才女貌，夫唱妇随，琴瑟和鸣。美好的蓝图，竟然不如现实的一张照片。飘在天上五颜六色的气球多么漂亮啊，装点了整个蓝天，那么多的气球只需要一根小小的绣花针，就可以击碎所有的美好。她在心中搭建的爱情大厦轰然倒塌，砸碎了她纯洁的心。但是她不可能像周向莉那样强势，也不可能去反复要求朱文成答应她。她也讴歌爱情的美好，但是她不可能去讴歌通过第三者手段得到的爱情，那样的爱情肯定就会美好吗？她只有接受这个现实，让时间来抚平她内心的伤痛。

在中队的朱文成竟然没有想到短短几个月时间里，有两个美女抛来绣球，主动地追他。他这才想到好饭不怕晚，应该等到最后再吃。自己年轻的时候怎么就那么经不住诱惑？

但是，他也不得不遗憾，心里不停对着两大美女表示对不起，对不起。正如那个年代的一首歌曲《迟到》：

你到我身边，带着微笑/带来了我的烦恼/我的心中早已有个她/哦，她比你先到/她温柔又可爱/她美丽又大方/直到有一天，你心中有个他/你会了解我的感觉/爱要真诚，不能分享/哦，对你说声抱歉/哦，对你说声抱歉/哦，对你说声抱歉。

第十五章　檐矮人低头

“七五”普法结束后，部队又进入了“八五”普法阶段。20世纪80年代，国家经历了拨乱反正，社会走上发展经济的正轨，文攻武卫结束了，一些社会治安问题就显得突出了，经过几次严打以后，社会稳定了许多，但人们的法纪意识还是淡薄，吃喝玩乐和自由化思潮等资产阶级糟粕乘虚而入，侵蚀着共和国的肌体，很多人在这种思潮中迷失了，这样的思潮也开始侵蚀我们年轻的共和国军人。“七五”普法、“八五”普法尤为重要，部队更是首当其冲。锦朝市支队的普法任务重任当然是落在了政治处保卫股和宣传股。

大仙孙水涛根据“七五”普法经验，结合自己在基层三年的经历，撰写了两万多字的普法小册子——《锦朝市支队普法教材》。教材分为十一个部分：一是“八五”普法面临的国际国内形势；二是普法于国家经济建设的重要意义；三是当前资产阶级自由化给部队带来的冲击；四是“八五”普法于部队建设的重要意义；五是“八五”普法内容：《宪法》教程、《中华人民共和国刑法》教程、《民法》教程、《兵役法》教程等；六是部队违法犯罪行为面面观；七是部队违法犯罪的预防；八是政治思想工作是预防违法犯罪的防火墙；九是严格管理阻断违法犯罪的温床；十是做好军人家庭工作，稳固军人安心服役的大后方；十一是干部既是普法施教者，也是法律面前的遵守者。教材深入浅出地结合部队实际，结合那个年代人们的思维观念冲突，紧紧抓住军人心理，对军人灵魂进行了拷问，把改革开放初期人们的思维迷蒙通过法律进行解答。虽然不能说孙水涛的教案就是万能的，但是孙水涛能够以其工作经历和那个时代对社会的深度分析，写出这样的普法材料，实在是难能可贵了。

部队的干部，在那个时候也在经受着考验。改革开放后，人们很快就富了起来，干部们那三百元的工资相形见绌。思想难免有些动摇，眼睛难免红热。孙水涛认为重点应当是对干部们加强普法，干部稳，队伍稳，兵心齐。普法首要是抓思想，管人管身管不住心，管心管不住思想是问题症结。

教材深受支队领导们的好评。很快就编发各大队、各中队和机关司政后和教导队、卫生队、农场等下属单位，部队的普法工作就如火如荼地开展了起来。“我是保卫股孙干事!”这句话又在支队各中队响彻，那锃亮的手铐子又在那些问题战士面前摔得啪啪直响！那气势雷霆万钧般地在各中队闪过，震慑着每个战士的心灵。

部队总是要面临很多重大的急难险重的任务，正是部队政治思想工作基础牢固，法制教育抓得紧，部队才能体现出良好的战斗力。抗洪抢险、平暴治乱、救火救灾等任务下达，干部战士主动请缨，请战书、决心书纷纷飞向组织，誓死明志：愿意为了国家和人民贡献一切力量。作为大神的朱文成和作为大仙的孙水涛，在这些急难险重面前从来就没有低过头，更没有退却过。

大仙孙水涛的工作是没有说的，成绩突出，贡献可彰。但是，他的爱情婚姻总不是那么顺顺当当，让他苦恼。

孙水涛是有血有肉的青年，浑身激情澎湃。如果不到部队下点或者出差，每天总是按时回家，同岳父岳母一起吃完饭后，再回到自己家里休息。每天晚饭后，谁都不愿意马上动弹去洗碗，饭后的神经是懒惰的，是需要休息的。程青燕总是命令式地让孙水涛去洗碗擦地烧水。丈母娘何大妈总说放在那里吧，她有空再洗。但是程青燕已经这样说了，孙水涛不能不动，如果不动的话，回到小家里夫妻二人不免又会吵吵。自己是老五，在父母面前，在四个哥哥面前基本上是甩手掌柜，如今在城里人面前，他们三人看着他一人干活，尤其是在岳父家，程青燕那种颐指气使的神色、高高在上的态度，让他有些受不了。有时候岳父岳母会看不过去责怪程青燕几句，但并不反对孙水涛去干这干那。

干完家务后，孙水涛会在客厅的小凳子上坐上一会儿，等待程青燕回家的命令。这个时候，程青燕和她的父母坐在沙发上有说有笑，说纺织厂的逸闻趣事，说厂里的八卦新闻，三个人乐乐呵呵的。好像孙水涛是个外人，即便是孙水涛有一张能说会道的嘴巴，也插不上几句话，偶尔插上一句话，又不适合现场的氛围，他们三人马上会停下来看着他，那三个眼神好像有些不满：是他的插话影响了他们三人之间的和谐气氛，打断了他们三人的快乐思维。这个时候，孙水涛马上会尴尬，知道自己的话有些多余。倒是岳父有时候怕冷场，会问一问孙水涛部队的情况，孙水涛就会滔滔不绝地把部队的情况告诉岳父一家三口。但是部队里有些东西是不能乱说的，除了积极向上的内容，其他负面内容是严禁外传的。久而久之，他说的内容也就没有什么新鲜的了，没有新鲜的，大家也就不愿意听了，不管什么场合，人们对负面的新闻和热闹，远比正面的感兴趣，所以他可以传播的内容就极为有限了。

有时候，岳父家的内线和外线电话，会不合时宜地响起来，大家就集体缄默，好像说话会影响通话。找岳父的一般是与工作相关，找岳母和程青燕一般就是私事儿，或者在电话里告知厂里的新闻八卦，正事不多，孙水涛也得耐心等候和伺候着。

和程青燕煲电话的往往都是李春红。两人总交流婚后的体会和管理丈夫的经验：“我们家孙水涛啊，还行，什么都干，任劳任怨，脾气也好。”一边表扬着孙水涛，一边拿眼神瞟着他，好像对孙水涛说，你看我在表扬你呢。“说是嫁给部队军官好，也就那样吧，一身皮的诱惑，好听而已。还经常出差不在家，他要不在家，家里就乱糟糟的，我都没有抓弄。什么？那个谁要离婚了？为什么呀？为家庭琐碎，家庭琐碎至于到离婚吗？谁多干一点少干一点，有什么呀？孙水涛要不在家，还不是我干？想不开，一言不合就离婚，让人怎么看呀？赶明儿，我看见她好好劝劝她，让她别离了。你还别说，在钱的问题上，对男人还别管太紧了，男人有应酬有交往也是需要花钱的，我从来都没有让孙水涛交过工资，他那点钱呀，还不够他出差搭钱的呢。我说春红，明天是周日，你有空吗？咱们去逛逛百惠商场吧，听说来了新款式的服装了，还是香港货呢，要去晚了，就没有货了，好，咱们就这样说定了哈，明天上午 9 点商场门口见。别挂，别挂，咱们再聊一会儿。”孙水涛以为程青燕要挂电话了呢，没有想到一个话题结束，还有另一个话题要开始。明天就见面了，有多少话不能聊啊。

在程青燕煲电话粥的时候，岳父偶尔会问起孙水涛他们的军龄和军衔调整关系，工资上涨与哪些方面挂钩等。他又不是部队干部股的干事，也只能简单说些皮毛，没有太让人感兴趣的东西。说到工资的时候，程青燕在煲电话粥的另一只耳朵会很敏感地听见这边的话题，眼神一瞟，嗤之以鼻：“就他那点工资，三百多元钱，够干什么的呀，我这一个月够他三个人挣的了。”然后又赶紧对电话里说，“没事儿没事儿，说我们家孙水涛那点可怜的工资呢。”那种轻视的态度让人不寒而栗，没有办法，部队的工资在那个年代就是最低的。他孙水涛又不能去偷，又不能去抢，不可能有让他们一家三口羡慕的收入。

这三口人，好不容易聊天聊到要休息了，他孙水涛才能站起来，陪着程青燕回自己的小家。回到小家里，孙水涛刚开始还因为他们一家人的态度反击程青燕，说我是共和国堂堂正正的军人，不是你们家的保姆之类，家务活儿可以多干，但是别瞧不起人。

程青燕一听，脑袋一歪眼睛一斜，好像很不理解眼前这个男人似的。不过几秒就开始语刺扎人：“哎哟喂，你还真是可伟大的了，嫌弃我们啦？你那点儿工资还有资格在这里说三道四吗？吃我们老程家的，喝我们老程家的，住我们老程家的。你凭什么不干点活儿？你从结婚到现在给这个家里贡献什么了？哪个物件是你孙水涛添置的？告诉你孙水涛，在我们老程家就是这样子，你愿意在这个家里待着，就老老实实待着，不愿意待着就滚蛋，姑奶奶还就不在乎这个！”煲电话粥的柔声细语到脾气火暴，都是瞬间的事儿，一会儿就从老娘上升为姑奶奶，又长了孙水涛一辈儿。话到这个程度，孙水涛就得赶紧浇水灭火，发挥嘴上功夫，眯眼呈笑，说上一火车皮的好话，把程青燕哄乐了。

程青燕不知道从哪里得来的相夫教子真经：男人就要管，不管就完蛋；男人放了羊，红杏会出墙；男人管不住，猪也要上树。还说孙水涛现在只是部队的一个小小干事，现在管不住，以后当了营长团长，就更管不住了。

人在矮檐下，怎能不低头。人家说得并不是没有道理，从结婚到现在，他还真的什么也没给家里添置过。从提干到现在积攒下的工资，大部分都给了父母，父母拉扯着他们哥五个和一个妹妹很不容易，他不能不管父母，不能不帮家里。这两年，二哥和三哥头胎都是女孩，就想第二胎生个男孩，自然就会被计划生育罚款。每次都找他借钱，他二话不说，找同事们凑够 2000 元，给二哥三哥邮寄过去。哥哥家里有事情，他不能不帮助。母亲岁数大了，又做了一次白内障手术，他也邮寄给父母 1500 元。妹妹结婚，他这个当哥哥的，不能没有责任，也给了 1000 元，单位干部结婚随份子也是开支，支队每年都要为家庭极为困难的干部战士捐款，他也不能落后。这些年出差，虽然有差旅费补助，但是那点差旅费根本不够，出差每天伙食补助4元钱，也只够两碗面而已。结婚虽说不花不花的，也要花进去三四千块钱，给程青燕买礼物买衣服，给岳父岳母买礼物，还有谈恋爱期间也没有少花销。面对程青燕这一席话，他只能厚脸皮呈笑，洗耳恭听。

每次到岳父家吃晚饭，孙水涛心里都有些紧张。岳父居高临下，工厂里的那种权威气势同样也会带到家里，转移到他身上，目光强势；岳母也是漠视着他，对他漫不经心，人说一个女婿半个儿，老太太还没有在他身上找到儿子的感觉；程青燕更是盛气凌人，态度蛮横娇惯，一副姑奶奶的样子，高高在上。他和一个下人没有什么区别。他每次都在对自己说，去了少说话，多干活，不要弄出不合时宜的气氛来。

在孙家湾的老家，因为自己无用无能，受到哥嫂们的压制，是他们恨铁不成钢；如今有了自己的小家，还要受到程青燕一家人的压制，这是一种高高在上、居高临下的压制，他什么时候可以冲出这压抑呢？在自己的小家里，孙水涛就是一个全职丈夫，洗衣做饭，在程青燕的指令和挑剔中学会了所有家务活计，真应了北方那句话：娶妻娶妻，做饭洗衣。即便是这样，还是免不了经常的磕磕碰碰。有时候孙水涛想，这种没有夫妻生活的婚姻还维持着有什么用呢？床下是冷漠，但是到了一张床上，肯定避免不了你碰我蹭的，碰碰撞撞，两人就抱在了一起。孙水涛挑逗程青燕，程青燕抚摸孙水涛，四目相对，水乳交融，就有激情和想法，但是到了万里长征最后一公里的时候，程青燕就浑身痉挛打颤，有时候还晕厥过去，就和一具僵尸没有什么区别。这个当儿，孙水涛已经是疲惫的战马心灰意冷。这种状态下，程青燕还有些内疚："水涛，真对不起你，又让你失望了。"孙水涛心里很是痛苦，面对这样的笑脸，他只能藏怒为喜，安慰程青燕。但是这样的事情过后，程青燕就会马上恢复公主的常态，用高高在上的目光俯视他。

两人都认为程青燕是不是有哪方面的疾病呀。他们一起去医院，咨询了妇科专家，专家给程青燕做了多方面检查，结果是心率异常，有轻度的癫痫病。夫妻生活兴奋了就会引起心率异常血液紊乱，导致癫痫病发作，晕厥和僵化都是会出现的症状。结果出来后，两人都傻眼了。医生还嘱咐他们尽量不要有房事，否则会有意外，出现生命危险，把两人都吓住了。

肝肺传染病没有，女性生殖器官发育正常，没有其他遗传性疾病，两人没有亲属血缘关系，就符合结婚条件。如果婚前检查出这些毛病来多好呀，要是那样，给他孙水涛一座金山，他也不会选择程青燕，现在说什么都晚了。

“水涛，我也不愿意是这样的结果啊。”程青燕面对这样的结果，很是难过，漂亮女人一哭梨花带雨，唤起了孙水涛怜香惜玉之心。

一块光鲜的土地不能耕种，犁铧下去就会碰撞到里面有毒带刺的根系，根系从远处延伸过来，结结实实隐藏在土层下面，会伤害到耕种土地的人。孙水涛想起家里的一片片土地，但马上又否定了自己，这个比喻是不对的，种地的人没有问题，是这片地不行。

时间一长，两个人都有了离婚的想法，但是这个想法到了程青燕头脑里，马上就被否定了。如果那样，别人很可能就知道她有严重的夫妻生活障碍，还会说他们家看不起农村来的女婿。负面因素大于正面因素，而这个时候，程青燕又检查出怀孕了，肯定是新婚之夜那晚上的结果。这让她喜出望外，婚姻肯定是保住了。江山易改本性难移，二十多年的公主生活，也让程青燕很难放下公主身段和姑奶奶态度来，对孙水涛的呼号依然是我行我素，外甥打灯笼——照舅（旧）。

孙水涛得到程青燕怀孕的消息，半喜半忧。喜的是，他在不久的将来就要当爹了，也要上档升级了，有了孩子以后，他的婚姻是没有问题了；忧的是，他要为这样的婚姻屈辱一辈子。不管怎么样，喜大于忧，他还是把程青燕怀孕的消息告诉了远在千里之外的父母和哥哥嫂嫂。

副厂长程伟和何大妈知道程青燕怀孕了，也很高兴，他们要当姥爷姥姥了。他们也不忘记叮嘱程青燕把公主脾气和性格好好改一改，收敛一点，要当妈的人了，不能随着性子来。

这样一来，程青燕成了重点保护对象，孙水涛更不能有什么微词。每天晚上更多的场面就是程青燕和她妈妈的闲篇是没完没了，要不和闺密李春红分享怀孕的消息，从李春红那里获得安胎、养胎的秘诀。而岳父程伟呢，跷起二郎腿，饭后用一根牙签剔完牙，把嘴里的残留食物咽进肚子里，牙签就叼在嘴里，用紧闭的嘴唇来回转动牙签，举着一张四开报纸翻来覆去，里里外外地看。那一张四开报纸一会儿就能看完，但是程副厂长比白天的工作还细心，等报纸看得差不多了，“噗！”准确地将牙签射进几米外的垃圾桶，再端起茶水来漱漱口，在嘴里呼噜两下也不吐出，“咕噜”就吞进了肚子里。孙水涛看见老丈人射牙签的动作心里说：“比我打枪还准。”丈母娘和程青燕眼睛不离电视，一边嗑瓜子，一边闲聊，话题都是程青燕肚子里的孩子，养胎安胎注意事项，饮食结构调整，等等。无事的孙水涛在客厅闲着，跟随着岳母的眼睛看着那个彩色电视，如果有雪花了，就让孙水涛起身调台，几台几台，手机械地听着程青燕指挥。没事情的时候，他就是多余的人，他还要看他们三人的水杯子，水少了，就要及时添水，给岳父倒水的时候，岳父还会“唔”“唔”地支吾两声，程青燕和她母亲则视而不见。他不能说因为没事儿就提前回去，他必须等程青燕和她母亲聊天累了，说上一句：“天不早了，你们回去休息吧。”丈母娘不忘记嘱咐孙水涛，“好好照顾青燕。”

孙水涛时刻在怀疑自己当初的选择和婚姻爱情观是否正确？他的家庭和他所处的环境，决定他的婚姻选择，不能不现实。追求美好的物质生活难道有错吗？即使不遇见程青燕，那么是不是还会有李青燕、王青燕呢？是不是城市女人都是这样的居高临下，都是这样正眼不看农村人？也许也有很善良温柔的好女人，但是为什么他孙水涛没有能够遇见呢？难道他孙水涛逃离了这种苦难，必须就要经历那种苦难吗？从当初程青燕是他眼里的天使和公主，现在变成了女巫，变成了蒲松龄笔下披着画皮的女妖。

孙水涛目光茫然地看着这个城市，这个城市还有多少秘密没有让人看透？有多少未知还没有公开？城市的亲切美好在他的心中大打折扣。

孙水涛羡慕起朱文成的婚姻生活了，乔爱华就是一块坚强的后盾，任凭朱文成在前方奔跑。乔爱华又温柔又贤惠，还能干，给了朱文成一个殷实的大后方，让朱文成自由自在地飞翔，在飞翔中还可以飞到界外去看看风景。他朱文成把父母亲扔给乔爱华，自己吃盐不管咸，喝醋不问酸，多自在呀。而他可以吗？但在农村成个家，又要给老父亲带来多大的负担呢？有时候从这个角度想来，孙水涛又认为自己的选择是正确而伟大的。

第十六章　父亲留不住

父亲再次病了，这次生病不同于上次，很是严重，在省城大医院住院治疗。接到妹妹朱文玥的电话后，朱文成请了年休假回家。这个时候，他已经在基层挂职年满，回到了机关宣传股。

赶到省城医院以后，看到病床上苍老的父亲，已经憔悴得不像样子。眼窝深陷，颧骨高耸，嘴角干瘪，皮肤焦黄，蜷缩在病床上，很是让人心疼。朱文成的心一下子就掉出来了，他拉着父亲的手，父亲的手已经没有那种壮汉的热烈温度了："爸——"眼泪不争气地流了出来。

"爱华呢？"他问妹妹，看到妻子不在医院，他心里有些不满。

"我嫂子昨天才回去，我来替嫂子几天，她回去看看孩子和咱妈。"妹妹说，"你不要怪嫂子，嫂子够苦的了。"朱文玥有孕在身，她也有诸多不便。

"你不要怪爱华，爱华是个好孩子。咱们家仰仗着爱华了，自打我有病以来，这几年的重活累活，都是她抢着干。家里家外，地里那么多农活儿，都是爱华帮衬着我和你妈，一个人还要带孩子。我感觉养得很好了，就没有当回事儿，也就不太注意，谁曾想就偏偏犯到这个病上了呢？"父亲的眼睛里再也无力射出雷人的目光了，和善而慈祥，在焦黄眼白里传递着亲情，眼角还有些许泪水。

朱文成知道错怪了自己的妻子，就不再吱声。第二天，他就让挺着大肚子的妹妹回大东市上班去了。

妹妹走后，朱文成才体会到照顾病人的辛苦。带父亲做各种检查、跑上跑下取药、缴费；看着输液瓶子，不能因跑液而进入空气；给父亲量体温测血压，观察父亲的病况，随时告诉医生；为父亲打饭，伺候父亲上厕所。一想到妻子这样不嫌弃公爹，照顾公爹上厕所，朱文成心里就对妻子无限感激。

黄疸指数居高不下，父亲的肤色已经变成了黄黑色，他不敢让父亲照镜子，怕父亲看到自己的样子伤心难过。护士嘱咐他，千万不要让老人孩子和病人接触，也不要触碰病人用过的东西，肝炎病毒对免疫力低下的老人和孩子的传染是很快的，也告诉他平时多洗手注意消毒卫生。

医生告诉朱文成，父亲已经是肝癌晚期了，现在的治疗已经毫无意义，也就是延长生命而已。得到这样的消息，朱文成感觉天要塌了，四周都在旋转。

父亲啊，你为什么还要这么劳累呀，你为什么不早点让我回到您的面前让我尽尽孝呀；我怎么这么笨呀，回到家里，也不知道劝说父亲去医院好好看看，就凭父亲说没事儿；父亲啊，难道您这么年轻，才 53 岁就要离开我们吗？您这么忍心吗？父亲啊，都是儿子不好，没有让您享过一天福，您就这样要走了……

朱文成就这样在心里默默地难过着，痛苦着，眼泪不争气地掉下来。

“文成啊，别难过，是爹没有福分看武匠长大了，享受不到孙子成长的欢喜了，也看不到你再升官后的风光了。话又说回来，你爹已经知足哩，你和文玥在朱家屯已经给爹增了光，让爹在朱家屯扬眉吐气了。还有那么能干的儿媳妇，十里八村谁个不夸，哪个不赞啊。爹虽然不能长寿，但是爹没有白来世上一遭，你们都是好孩子，爹高兴着呢。”老汉在病床上有气无力地说道，眼睛里的光已经没有一点儿力量了，脸上被泥土浸渍的皱纹又多了几重，更显深邃。只是眉宇间不再那么深沉凝重，舒展了许多，显示着老汉的释然。

“文成啊，你是这个家的男人，你要负起责任来。你要好好对待爱华，不要辜负了她，这个孩子吃苦耐劳，任劳任怨为这个家没少付出，我们不能对不起她，做人要讲究良心。你们夫妻要恩爱，我也就放心了。”

文成拉着父亲的手说：“爸，你放心吧，我不会做对不起她的事情的，咱们庄户人家不能让别人戳脊梁骨。”父亲的手干如柴火，骨节硬硬的，没了血色，只有些温度传递着老人的爱。

在医院的日子里，爷儿俩的交流比他们一辈子的话还多，父子诀别的深情都在这绵绵的话语里。

母亲、妻子爱华、儿子武匠和妹妹文玥夫妇也先后来到医院。在父亲进入昏迷的那一天，他们将朱老汉拉回了朱家屯，等待着最后送别朱老汉。回到朱家屯，村里知晓的乡人们，纷纷来看望这一带有名的犁把式，朱文成看到了乡人对父亲的景仰，做一个让人景仰的人需要一辈子努力，父亲亦如此。第三日凌晨，朱老汉带着对儿孙的满足走了，留给世界的是一片哭声。哭声响彻着朱家屯，高高的倒背崖沉默而立，四周的高山一片肃然，为这个朴实的农村老汉默哀致意。

朱文成给父亲穿寿衣的时候，看到父亲身上还穿着他在部队穿过的秋衣秋裤时，心里就更难过了，原来父亲一直在捡拾他的衣服穿，这是怎样朴素的老人啊！省吃俭用，勤劳一生。他含着泪，给父亲穿上一生唯一的一身新衣——寿衣。

一家人都沉浸在父亲离去的悲痛之中。儿子武匠来回地找他要爷爷，孩子从小跟爷爷长大对爷爷很亲近，小家伙不知道死亡是一个什么概念。他只是认为爷爷是暂时地离开，要真的是暂时离开该多好啊。

家还是那个家，突然间少了一个高大的身躯，这个家变得空荡了许多，前院、后院和几间屋舍里，再也没有那个忙碌的不知疲倦的身影。似乎影子隐约还在，父亲呼吸过的气息还在，昏暗的灯光下，父亲的影子如同墙一样遮挡着一家人，那影子好像有无穷的力量，撑开岁月，让阳光朗照在这家的日子里，让这个家的生活宽泛而游刃有余。

马厩的那匹黑色乌鬃马也老了，15 岁的老马相当于人的 90 岁高寿。在朱家屯的时候，朱文成牵过它喂过它。朱文成看到老马，就像看到父亲的影子，轻轻地抚摸马的头部，抱着马的脖子，眼泪就流了出来，这是父亲的伴侣啊，陪伴了父亲十多年。马不吃夜草不肥，父亲每天半夜都会起来喂马，父亲喂养的牲畜比别人的毛色亮还肥硕健壮。他拿过铁梳子，轻轻地给老马梳理浑身糟毛，直到厚厚的长毛重新整洁。它不再英俊强健，肩、胯、腿、髋的骨形不再分明，也不再紧凑，毛色不再鲜亮，小灯泡一样的眼珠子不再明亮，额前的那块“勋章”白毛已经不成规则形状，“马瘦毛长”的成语出现在他面前。面对朱文成抱来的草料，一闻不闻，对面前的清水吸吮两口，呼哧一口气，不再理会，硕壮、矫健的神态不再。突然，那匹马把头伸出槽外，马鬃竖立，气鼓肚圆，两只前蹄轮换抬起放下，就像在踏步走，浑身打颤，甩出身上的泥土，仰头嘶鸣，咴——咴——咴——声音凄厉悠长。朱文成看见老马眼中有两串长长的泪，大滴大滴落入盆里，滴答滴答，响声很亮，又低下头颅，不停地拱着朱文成的肚子，呼哧呼哧地喘气，它在呜咽，它在以这样的方式悼念它的主人，思念它的主人，为主人悲鸣。马脖子下的铜铃铛随着身体不停地摇晃和摆动，哗啦啦地响，时而清脆散乱，时而清脆急促，一声一声都是悲痛。朱文成给老马重新端来一盆温热的粥：“喝吧，老伙计，这个家里还需要你呢。”老马好像是听懂了朱文成的话，呼噜呼噜地把那盆粥吸溜了个精光，重新躺下了。

那一阵子，周红妹呆坐在炕上的一角，目光呆滞，不吃不喝地念叨老伴。朱文成和妹妹不停地劝慰，生怕母亲有什么想不开。家里还有鸡鸭、两头猪和乌鬃马要喂养，朱文成默默地帮助妻子忙里忙外，他那只拿笔的手已经远离了稼穑，远离了家务，远离了农村，他更多地看着妻子忙碌的身影，妻子好辛苦。

晚上，夫妻因为家里的变故再没有任何激情，他只是紧紧搂住妻子的身体，拥抱着妻子，给她温存。“华子，苦了你了。以后这个家你会更累的，妈又是那种状态，武匠还小，也调皮。”文成对妻子说。

乔爱华一听文成这样说，多少心酸多少苦累都化作了眼泪流在了文成的心口窝，有些粗糙的手轻轻地抚摸着文成的胸脯。“成子，只要你心里永远有我们娘儿俩，我再苦再累也值，也心甘情愿，你在部队好好干，别对不起我们娘儿俩就成。”

“放心吧，华子，我贤惠的老婆，这个家以后还要依靠你。等我再熬上几年，你们够随军条件了，我就把你们都带出去。”朱文成对乔爱华承诺。

“你是这个家的男人，你要负起责任来。”父亲的话在他耳边回响。父亲的去世，给朱文成带来的打击如天塌一般。这个家的顶梁柱没了，意味着他就成了这个家的顶梁柱，他如何顶起这个家？朱文成无惧生死，却怕面对死亡，尤其是亲人间的生离死别。经历过生死考验的他，面对父亲的去世，却再也坚强不起来。父亲和爱华是他的两只飞翔的翅膀，父亲是家里的一座大山，把这个家围护得铜墙铁壁一般。有父亲在，他可以不考虑家庭，甚至家庭的责任和义务都不用考虑。他可以越飞越高，越飞越远，向着梦中的地方去。如今他飞翔的翅膀折断了，他无法继续飞翔。他必须回到现实，面对这个家庭，开始继承父亲的衣钵，把这个家好好经营下去。逝者是生者的先行者，生者是逝者的继续。

头脑里全是父亲的音容笑貌，泪水止不住地流：长大后，我就成了你。

“你爸爸又撂下咱们娘儿俩走了。”话说得好心酸，让朱文成的归途湿漉漉的。

朱文成走了，又回部队去了，把偌大的一个家扔给了农村妇女乔爱华。

公爹的去世，对乔爱华同样是很大的打击，她的眼泪流成了河，泪槽长时间都在流淌泪水。这些年，公爹拿她就像自己女儿一样对待，很多家里的事情都和她商量，征求她的意见，如果她不愿意的，公爹也会很慎重，公爹可以不去问婆婆，但是必须问她，只要她高兴，公爹都会努力去做，公爹说：“文成不在家，爱华带孩子不容易。”公爹同样很满意她对这个家的付出和努力。可以说某种程度上对她比对待小姑子朱文玥还好，公爹总有一句话：“女儿再好也是人家的人，她只能给人家过日子，只有儿媳妇才是自己家的人，给自己过日子，拿儿媳妇当外人是天大的傻子。”这些话，说得她心里暖暖的。家里家外的重活都是公爹包了，但是在公爹的影响下，她已经成为庄稼地里的一把好手，除了不会使用牲口，其他的农活都不在话下。公爹的这份亲情和爱护，让她永世难忘。

这些年，乔爱华已经练出来了，如今的她哪里还有几年前天真纯洁的农村小姑娘影子？每天都和敢死队一样，风风火火，雷厉风行。烦琐的家务活儿和地里活儿都在等待她。她已经练就了铁脚板和铁肩膀，承受山一样的压力。她已经从一个羸弱的女孩子摔打成了一个结实的村妇，再没有小女子的羞羞答答，有的是泼辣干练。自从那一年朱文成给她一个“天下第一军嫂”的封号以后，她内心知道是成子在哄她开心，但是她自信地知道，天下没有几个军嫂做得比她好。她就是第一！想起这些，她浑身就有了无穷的力量。

有公爹在，她只是农活打下手，以后耕地耙地种地等用牲口的活计，只能自己去和屯里其他几个犁把式换工了，公爹这么多年在村里给屯里人耕地、种地，只要是用牲口的活儿从没有含糊过，即使别人抽不出时间来换工，公爹也照样去帮人犁地，婆婆总不愿意。公爹说，咱们是军人家庭，不能和别人一般见识，再说，农时也不能耽误。和他们换工应当没有问题，实在不行就去请自己娘家哥哥帮忙，她知道，公爹去世以后，她的日子会更难。唉，庄稼种什么样算什么样子吧。

想到牲口，那匹乌鬃马谁来使唤？那匹马老了，特别记主人，恐怕别人也使唤不动。它像这个家的成员一样，不可或缺。主人都可以热热闹闹地在一起说话，只有它寂寞地守在那个马厩，脖子下作伴的铃铛丁零当啷地响几声，才算驱除了它的寂寞。

一天凌晨，晨光熹微。乔爱华走进马厩，发现马不见了，好几天的草料几乎没有动。她心里一紧，乌鬃马就是这个家的成员，不能再没有了，她很是奇怪，谁会偷一匹老马呢？马槽上剩下半截撕扯断的草绳，肯定是乌鬃马自己咬断了，她顺着马蹄印迹往前走，院子门大开，门闩不是用手开的，好像是拱开的。马蹄印引导着乔爱华往前走，走上她熟悉的崎岖山路，老马识途。几粒硬屎就让急切的乔爱华找到倒背崖那块地，地块外面埋葬着朱老汉。

那一幕惊呆了乔爱华。只见乌鬃马前腿跪在朱老汉墓前，后腿前屈。马头磕地，空瘪的肚子像一片树叶两瓣分在脊梁两侧，马尾像叶柄一样自然甩在身后，马嘴微张，像是在和它的主人对话。睁着铜铃一样的眼珠子，两行清泪流在地上，眼白瘆人，早就没了呼吸。身体僵硬，如同一尊雕塑一样，在磕拜着它的主人。乔爱华被乌鬃马的行为震惊了，世间竟然有这样神奇的事情？人老奸，马老猾，难不成这匹乌鬃马是神马？以这种方式殉情它的主人？乔爱华又是一阵热泪，人对牲畜有恩，牲畜知人情。

老朱家的马为主人殉情啦！新闻很快就传遍了朱家屯。人们纷涌前来，观看这神奇的一幕。“这乌鬃马真成马屁精了，以这样的方式结束了自己畜生的命。”“这是人家朱老汉积的德。”“朱家真是祖上有荫，两个儿女都出息了，连乌鬃马也孝主。”

犬不欺良主，人不毁善物。乔爱华在当家人帮助下，含泪将乌鬃马埋在朱老汉坟墓旁边。

第三天，儿子武匠说：“妈妈，什么时候咱们家可以吃马肉啊？”

“吃马肉？”乔爱华一愣。

“你看谁家吃马肉啦？”

“在下屯和我一块玩的王通合说，他们家有好多马肉可以吃。”

怎么回事儿？该不会是那乌鬃马被他们挖出来吃了吧？她赶紧跑到朱老汉的墓前，发现乌鬃马墓已被挖开，马的尸体早已无影无踪，只剩下空空的墓坑在公爹墓旁。坑边还有拖拽留下的痕迹。这是哪个缺德鬼干的事呢？可怜的那乌鬃马，善良的乌鬃马，死后都不得安宁，还要被人吃掉。乔爱华又是一阵难过。

乌鬃马重好几百斤，也不是一两个人就可以抬得动的。乔爱华疯子似的奔下屯而来，一到下屯，乔爱华闻到了浓浓的肉香味儿，这味道还不是猪肉的香味，像是牲口肉的味道。

乔爱华顺着凌乱的脚印，还有散落的泥土，找到了外号叫王三麻子王回明家的院落前，浓烈的马肉香味更冲了。

小孩子王通合说得没错儿，肯定是王回明哥几个合伙盗取了乌鬃马的尸体，抬回来剥皮吃肉。王通合是武匠玩得好的小朋友，王回明是王通合的三叔。

又是这个王三麻子！乔爱华带着泪槽如剑、疾恶如仇的表情，刚想迈进院子，又把腿缩回来了，她实在不想招惹这一家子人。朱老汉在世的时候就说过，多一事不如少一事，尽量不招惹是非，有些事情忍一忍就过去了，宁可让别人欠着咱们的，也不要让自己欠着别人的。她也不好去找当家的几个长辈为她出头，牲畜死了就是让人吃肉的，你不吃还管别人不吃？她这是第一次到王三麻子家来，几间破屋像是魔鬼窟，狰狞着大口，她有些胆怯。如果是别人家，她进去也就进去了，王三麻子家绝对是不能进的，就当马肉喂进野狗肚子里了。如果进去，那二流子说不清会干出什么事儿来，只是可怜了那匹乌鬃马。这样想的时候，她退回了脚步，扭头往上屯回走。

公爹在世的时候，她就已经看到了王三麻子那双不安分的眼睛，时不时地窥视她，看到她身边没有一个男人，似乎有机可乘，但是这双眼睛以前看到朱老汉那雷人的眼珠子，就屈服了。这些年，公爹像雄鹰一样把她和儿子武匠维护在一双巨大的羽翼之下，给朱家遮风挡雨，保护着他们娘儿俩不受外人欺负。如今公爹走了，谁来保护她和儿子武匠，婆婆哪有那个力量呢？

公爹刚去世的时候，她就想让文成把他们娘儿俩带到锦朝市去，她可以在市区找个适合农村妇女干的活计，再说孩子马上就要上小学了。然而，她不敢说，难道公爹刚走，就让这个家没了吗？再说即使文成带她走了，剩下婆婆一个孤老太太怎么过？那还不要了老太太的命吗？

跟随文成去市里，带上婆婆，也不太现实，一家四口人，文成的工资低，她能否找到活计还两说，即使找到活计，待遇也不会高到哪里去，市里不可能有高工资的活儿留给农村人去干。自己到市里，如果让文成的同事们看见他老婆干着低人一等的活计，让文成的脸面往哪里放？

还是在农村好。种个地，交上公粮后，剩下的就是自己的，有吃的；养个猪，养个鸡鸭，有花的；文成的工资也能补贴家里，日子也能过得去，比别人家还宽裕。在农村，家里有人挣工资，还是很让人羡慕的光景。

这些想法只是在乔爱华头脑里闪过，她没有去付诸行动。因为她知道，军人忠孝不能两全，家国天下，孰轻孰重，她心里知道。自己的丈夫虽然不是在边关前线，也是在内地里守护着千家万户的平安。只有自己的牺牲和奉献，文成才能安心服役，才能做更多的工作。更何况，在文成心目中，她是“天下第一军嫂”呢，这个称号鼓舞着她，温暖着她。

这就是我们军人的妻子！善良而朴实，吃苦耐劳，她们没有那种“军嫂”的崇高理论，但是早就具备了“军嫂”的伟大情怀。她们用她们羸弱的肩膀扛起了这个家，给军人一个完整的天空，给军人一个坚实的大后方。

白天还好说，但是一到晚上，儿子武匠睡着了以后，她都要陪婆婆说会儿话，让婆婆安心睡觉她才能进入睡眠状态。虽然小姑子朱文玥陪伴了婆婆一段时间，但是小姑子也有工作，不能总耽搁，再说小姑子也快生孩子了，身体不太方便。小姑子想把婆婆接到大东市里住上一段时间，但是婆婆不放心乔爱华一个人在家里弄家带孩子，也就没有去。

夜晚来临，孤独和寂寞像蛇一样缠住了乔爱华的身体，公爹去世对这个家庭的打击，以及乔爱华的操劳，让她的身心疲惫不堪。按说身体越疲惫，进入睡眠状态越快，但是到了乔爱华这里就是长长的夜，长长的失眠。她一闭眼，就是公爹和儿子武匠欢笑的场面；一闭眼，就是文成的情话在耳边想起，她的身体犹如针刺一样，欲望爬满全身。家的不安全又让她惊恐不安，家里没有个男人那种恐怖，让人无法想象。

如果养条狗看家护院还要好一些，走到哪里，可以把狗带上护身。那几年，因为狂犬病和养狗带来巨大的粮食消耗，国家开展了打狗运动，基本上把狗给杀光了，也不允许养狗。婆婆养了两只大鹅，鹅虽然不能护院，但是不管白天还是晚上，来了陌生人，它都会呱呱地叫唤，引起屋里人的注意。

收庄稼了，乔爱华想去找那几家欠她家工的人帮忙，但后来一想，家里没人犁地，以后求人的地方多呢。自己就一垄一垄地收，婆婆帮助捆扎，一趟一趟地背回家来，那几日天昏地暗，没日没夜，让一个小小的武匠看着家。

收过庄稼的地块，需要重新翻过，才能播种下季庄稼，乔爱华和婆婆分别去屯里的三家犁把式家里换了工，好话说尽，赔着笑脸，才将三块地翻过。有犁把式的家庭，说话理直气壮，总是犹豫考虑，最后一副咬牙切齿痛下决心的姿态：“好吧，自己家的耽误一天就耽误一天吧，军人家庭优先。”这样的话语和态度，让乔爱华和她婆婆千恩万谢。各种各的地，各管各的家。朱家的荣光不是因为他们是军人家庭而荣光，不是因为有个女大学生而荣光，是因为朱老汉是人人需要的犁把式而荣光。

第十七章　姓名权之争

城里人就是城里人，农村人就是农村人，这个界限是谁也无法突破和逾越的。即便是农村人在城里生活，也是改变不了农村人固有的思想形态和生活本性，农村人的受教育程度生活范围决定着思维认识和办事风格与城市人有很多不同。城里人有着至高无上的优越感，工作稳定，风吹不着，日晒不着，月月有固定的工资和福利，远比农村人看老天脸色吃饭容易得多。这也就决定着城市人看农村人的眼光是往下的，但是这种往下看的眼光就刺痛着在城里生活的农村人。

我们的大仙孙水涛就是经常在这种刺痛中生活。“孙水涛，你别以为你现在是城里人了，就可以在我面前耀武扬威。你别忘记了，你现在所有的这一切，都是我们给予你的。”有时候，程青燕给孙水涛一本正经地敲边鼓，有时候又是随意说出，不管是怎么个形式和态度说出来的，程青燕就是要让孙水涛明白他的幸福是她程家给予的，是恩赐给他的。这个城里的娇小姐没有认识到她不能给孙水涛夫妻生活已经是最大的缺陷了，反而不停地敲打着孙水涛。孙水涛看着程青燕肚子里孩子的份儿上，只能笑呵呵地应对着程青燕：“是，是。”程青燕的肚子越来越大了，他更不能与她计较。

岳父岳母虽然不至于像程青燕那样语言刻薄地对待孙水涛，但是那种傲慢的状态依然存在。每当程副厂长家里来了客人，孙水涛如果在场，那就是跑前跑后的劳动力，让孙水涛在客人面前一点共和国军官的脸面也没有。等孙水涛去忙活时，客人夸程副厂长两口子找了个勤奋的好姑爷时，老两口子不以为然，农村来的女婿，他不干谁干？

对于这些，孙水涛已经习以为常。他知道自己还无力与这个家庭抗衡，还无力与之决一雌雄。正如军人打仗一样，不能在乎一城一地的得失，也不能在乎一战一役的胜负。他只有忍！他孙水涛会成长，他孙水涛在追求着进步，他现在在屋檐下，并不意味着永远在屋檐下，程副厂长说到头也只是个副厂长了，在有生之年也不可能升上去了，年龄在那里摆着呢。退了休，还能有这样的辉煌吗？程青燕还能是永远的公主高高在上吗？

这种心里的不快也仅限于在程家，一旦出了程家大门，孙水涛还是高兴的。他知道苦难是暂时的，屈辱是眼前的。他现在是让机关干部们羡慕的，他找了个漂亮老婆，有个条件极好的老丈人，有属于自己的窝。不像有的干部年年月月要租房子，来来回回地搬家，这点他是稳定的。他又是老家孙家湾人羡慕的，他成了部队军官，又成了城里人的女婿，给父母带来了荣光，孙家湾的人教育子女都以他为榜样。

别人用羡慕的目光看着孙水涛，他心里满足，虽然夫妻生活没有快乐而言，但是这种表面的光鲜也给他带来了快乐的心情。人不吃饭活不了，其他没有什么都活得了。他也时刻安慰着自己，自我满足给他带来激情，激励着他努力工作，积极向上追求。

自从怀孕以后，这个家庭里又多了一个人，这个人就叫“人家”。“人家”从来不发言，一直都是通过程青燕的小嘴口传送达，孙水涛还必须服从，因为“人家”的指示都是正确不能反驳的，这个“人家”还是万事能型的专家。具体是谁呢？有时候是电视里的话，有时候是报纸上的话，有时候是单位同事的话，有时候是公园里人们闲聊的话，有时候是一句俗谚俗语，到了程青燕这里统称为“人家”。人家说，怀孕的女人最怕生气，孙水涛，你不许惹老娘生气，惹老娘生气，以后宝宝长大了，会为他妈报仇的；人家说，男人干家务是对女人最好的宠爱，于是大大小小的家务都堆在孙水涛头上；人家说，女人年轻时候管不住老公，年老的时候就是一根烂葱，每天都要掐着孙水涛的胳膊，问程青燕是不是世界上最好的女人；人家说，怀孕女人多运动，对宝宝体质好，于是每天只要有空就走路，不管也不顾；人家说，晚饭七分饿三分饱，经常给出差和下点回来的孙水涛吃猫儿饭，半夜里把孙水涛饿得够呛……“人家”已经完完全全指挥了孙水涛的生活，稍微反驳，程青燕的杏眼一瞪，孙水涛的脸上只能继续堆砌笑容。

“人家！人家！怎么什么都是人家！咱们事事都要听人家的吗？人家是谁？咱们自己有没有长脑子？”有时候气得孙水涛说了话，他恨不得马上找到这个说原话的“人家”狠狠揍一顿，打得“人家”再也不能胡言乱语。

“人家怎么啦？人家都是对的，所以就要听。”说着，程青燕会挺着大肚子掐住孙水涛的胳膊，“你还和我对道（对道，就是对方说一句，有理没有理都要撑上一句）不？人家说得对，咱们就要听。”那意思，她程青燕都在听“人家”的话，你孙水涛就更没有理由不听“人家”的话。

无论如何也不能和怀孕的女人计较，不能对道了。

女儿出生了，关于“人家”的指示、指令就更多了。程青燕就像传话筒和扬声器，大脑不过电，还是坚决执行者。“人家”的话是至理名言，是真理，是皇帝金口玉言。人家说，女儿好，女儿是妈妈的小棉袄；人家说，爹不聪明儿混蛋，妈妈漂亮女好看；人家说，儿子穷养，女儿富养，于是每月让孙水涛上交200元工资；人家说，穷山恶水出刁民，山里来的孙水涛他就不是人；人家说，孩子母乳吃多了，乳房要变形，孙水涛，下班后买几袋奶粉回来，前半句语气还是很温柔，后半句就是命令式的了；人家说，女人是家庭的中心，男士是事业的中心……孙水涛在单位如何不是程青燕干预的，但是一到了家，必须围绕“一个中心两个基本点”去努力，一个中心是程青燕，两个基本点是家务和孩子。

“人家”理论是社会的一个缩影，这种理论无时无刻不在。每个人都在发表着观点和主张，充实着“人家”理论，每个人都在感受着“人家”理论，或多或少地接受着“人家”理论指导。这种在生活中随时都会冒出来的“人家说”理论缓和了程青燕与孙水涛之间交流的生硬态度，程青燕依据这些理论指挥孙水涛，理直气壮，还让孙水涛又心甘情愿。

程家人的中心点转移到孩子身上，一家人都忙乎着这个宝贝，也就没有感觉孙水涛是外人了，虽然还是支使孙水涛去干这干那的，但是语气明显好得多，孙水涛也从上有四个哥哥和父母的懒鬼，变成家里勤谨忠实的一员，他们终于认可了孙水涛是这个家庭中的一员。这种变化让孙水涛感受到了温暖，感受到了城里人并不是那么的刻薄和无情。

可爱的女儿给全家人带来了欢笑，呜哇的哭声都是大家爱听的，嘻嘻的笑颜陶醉了全家人，乌黑明亮的眼睛随同孙水涛的眼睛，小巧精致的鼻子和嘴继承了程青燕的美貌。大家都欢喜得不得了，每天回到家里的第一件事情就是要看看小囡囡。

欢乐之后必然有着痛苦相伴。给女儿起什么名字呢？孙水涛起名叫孙澈，意思像水一样清澈。永远都柔美如水，心地美好。

“还孙权呢？”程青燕马上就嗤之以鼻。她把《三国演义》里的小霸王孙策和这个孙澈混为一谈。

“不用你起名了，我们早就给闺女起好名字啰，叫‘程明妍’，我女儿以后的前途一片光明，好记又好叫，后两个字还很时尚。”

“什么？程—明—妍？连我的‘姓孙’都没有了？”如一记重拳打到了孙水涛心窝上。看来女儿姓“程”一事是他们全家人早已谋划好的了，不管生下来的是男孩还是女孩，男孩叫“程明岩”，女孩叫“程明妍”。

“我坚决不同意，她就叫孙澈！”农村人的倔劲儿上来了。

“她是我们老程家的根，是不是，闺女？”程青燕还低头去哄女儿。

“我看你们别吵吵了。那叫程明水吧，女儿母亲和父亲各带上一个字，加上‘明’，就行啦，这样也公平，就这样吧，水涛。”

看似公平，实质并没有改变。

“我还是不同意！”孙水涛态度坚决。孩子跟随父亲姓，这是原则，决不可动摇。好一个“各带父母一个字”！这么轻描淡写，怎么不把个“孙”字放在最前面带上呢，再带个“青”字或者“燕”字呢？看似在调解，实际上还是在维护程的姓氏。

“你以为你是谁呀，你上门做女婿，吃我们的，喝我们的，就得听我们的，孩子是老程家的，就要姓程。你要不愿意就滚！”程青燕在月子中同样是不让分毫，她用食指近距离地指着孙水涛的眼睛，好像他一动弹，那指头就会戳瞎他的眼睛。那手指头像一杆枪，射出了很多子弹打在了他的心里，那枪后面是仇恨的眼睛，是愤怒的目光。他恨不得张口咬断那根刺向他的手指头，这恶毒的手指头让他的心凉到了底儿。

有了孩子的程青燕还没有把自己和孙水涛融为一体夫妻同心，她的观念还在他们老程家，在她父亲那里。

上门女婿？孙水涛现在才明白，自己在别人眼中是个“上门女婿”，上门女婿就必须接受孩子跟随女方家姓的传统？他孙水涛不是在“娶”程青燕吗？热闹了半天，是程青燕在“娶”他！

孙水涛明白自己的地位后，再加上程青燕让他“滚”。一个“滚”字就明白了自己在程家的影子地位，一个七尺男儿让一个小女人喊着“滚”，他的心彻底凉透了。原来，他只是他们家的影子，可大可小的影子，可有可无的影子，可悲可泣的影子，可拉可拽的影子，可抛可弃的影子。他收拾了自己的衣物就要走，不顾岳父和岳母的劝阻，离开了这个程氏家庭。男儿有泪不轻弹，委屈的泪水在黑夜斑驳的城市中流了一路，远处的万家灯火在他的泪光中模糊成一片璀璨，竟然没有一盏灯是为他照耀，他的影子也被黑夜吞噬，少女河映照着城市的灯影，平波无声。

“孙水涛，你有本事走，你就永远不要回来!”程青燕看到孙水涛毫无眷恋地离开她，作为要风得风要雨得雨的她来说，还没有人敢这样对她，窗外刮起了风，淹没了她呜呜的哭声。

孩子刚出生，孙水涛就回到以前的单身宿舍和朱文成同室。写稿很晚回来的朱文成，看到孙水涛蜷缩在另一张空床上，大吃一惊。

朱文成开着玩笑：“你小子是饱汉子不知饿汉子饥呀，夫妻生活才几天呀，大鱼大肉包子饺子吃腻了？让我们这两地分居的眼热眼馋的，这是整的哪一出呀？”

“我要离婚!”孙水涛给了朱文成一个背影。

“离婚？刚当上爸爸的高兴劲儿还没有过呢，就要离婚？给我们演《聊斋》呢，还是说《西游》呢？”朱文成知道孙水涛的离婚是气话。

“真的，我不想过了。”联想到结婚以来，在人家屋檐下受的窝囊气，孙水涛眼泪流下来了。当兵多苦多累，孙水涛都没有流过一滴眼泪，今天在自己的同学面前，在自己最好的战友面前，感到了委屈。

“不至于吧，程青燕那么漂亮的大美人，才几天呀，这么快就稀罕够啦？什么情况，给哥们儿说说，哥们儿替你收拾收拾程青燕。”朱文成看着这个哭泣的大孩子一样的孙水涛，心里酸楚楚的，他想起孙大娘让他多点拨着孙水涛的话来，眼前浮动着老人茫然无措的目光。

孙水涛把给女儿改名字的事情前后经过和朱文成描述了一番，他不能容忍自己的女儿不随爹姓。

“哎，你不是可以摔手铐子吗？那气势，在战士面前，雷霆万钧：我是保卫股孙干事！有一百个胆儿也得让你给吓破了，你拿手铐子摔呀，实在不行，把程青燕铐起来。”

“那是我能摔手铐子的主吗？我的大神，要能摔，我他妈的早摔了，我在你面前费这个口舌！”朱文成形象的动作，把孙水涛给逗乐了。

“你摔不了手铐子，你不还是‘孙大白话’吗？黑的也可以让你说成白的，死的也可以让你说成活的，你呀，应当继续发挥你白话能耐。原来你只有欺负我老朱的本事啊？见了母老虎就软面了？”

“你个死玩意儿，别人都痛苦到这种程度了，你还没完没了地取笑。”

“哪有什么痛苦呀，离婚不就解放了吗？那不就痛快啦。”

“哪个离婚不是痛苦的？”

“这不是你自找的吗？你不说，程青燕是天，程青燕是地，程青燕是你生命中的上帝吗？”

“你个死猪，你终于可以看我的笑话啦。”

“我就是要看你笑话，乌拉乌拉，滴滴答答，滴滴答答，你愿意给别人当孙子，这是好高骛远的结果。”说着，朱文成吹起了军号。

“关键时候，你不是为了朋友两肋插刀，相反是插朋友两刀。今日没有心情，懒得理你。”说完，翻身装睡。

朱文成对孙水涛这样的结果，可气又可笑，爱恨不能。爱其是战友是老乡是同学，恨其在爱情婚姻方面总是不能保持清醒头脑。

过了一会儿，孙水涛忍不住了，回过头来：“我说，文成，你说我该怎么把这个婚离了？”

“离什么婚？瞎闹。”

“你说不离婚，还能怎么着？”

“嗨，不算回事儿，这好说。一个字：等！”

“等？”孙水涛茫然地看着朱文成。

“必须等！你是法律专家，子女跟随父母都可以姓，程家这样要求也不违反法律，只是国人传统上是要跟随父亲姓而已。”朱文成反而给孙水涛上起了法律课。

这个道理，孙水涛焉能不明白？不过这样的结果出来，他不承认是上门女婿也罢，承认也罢，他在别人的眼里肯定是上门女婿印象，女儿跟随程家姓，他的脸面何在？

“俗话说：景无千般好，花无百日红。你老丈人不可能永远辉煌吧，程青燕高傲的公主范儿不能永远存在吧。所以你要等他们失势的那一天，你自然就翻身了，那时候你不会还是一个小小的干事吧，那时候你再去派出所把女儿的名字改过来不就完结了吗？”

一席话点醒梦中人，我怎么就没有明白这一点呢？孙水涛猛地从床上坐了起来。“还是你小子聪明，但是我要等多少年呀。”

“等多少年都要等！”

孙水涛心里的积怨终于消除了，眼前又豁亮起来，两人又开始扯东道西。

朱文成说：“我家是儿子，你们家是女儿，我看咱们做儿女亲家吧，等我儿子大了就来娶你们家姑娘。”

“娶我们家姑娘？我们家可是城市户口，你们家是农村户口呢，不干不干。”孙水涛口无遮拦地说出了这句话，但是他没有想到虽然随口说出的一句话，就伤害了多年的好友。他把话说出去以后，才知道有了歧视成分。

“什么？我们家农村户口，你们家城市户口？你孙水涛还是人吗？你做城里人才几天呀，你不是从农村出来的吗？不是农村人把你养大的？你就看不起农村人啦？”朱文成瞪大了眼睛，他没有想到在这样处境下的孙水涛竟然还有这样世俗的观念。孙水涛虽然是随口一说，但也是从心里反映出了孙水涛思想有些变质。他反击着孙水涛，但也没有太多地发作。

朱文成翻身去睡觉，再也不搭理孙水涛了。孙水涛赶紧说：“文成，我开玩笑呢。没有问题的，咱们就是亲家。”

再解释还有什么用呢？朱文成也不理孙水涛的话，不知道什么时候就入睡了。

窗外，下起了夜雨，淅淅沥沥，打湿了这两个战友的心，让他们的心湿漉漉的。

在单身宿舍里住了几日，孙水涛不好意思自己回去。朱文成联系了孙水涛和程青燕的媒人张副支队长的爱人曹大姐，曹大姐对朱文成的分析很是赞同。劝勉孙水涛不要不满足，以程家现在的地位和条件，没有几个人可以那么容易就得到的。但是朱文成和曹大姐哪知道孙水涛没有夫妻生活之苦呢？

两人把孙水涛送回程家。曹大姐当程副厂长的面，装模作样地批评孙水涛几句："年轻人不要火气太盛了，好好珍惜生活，珍惜现在的幸福，有女儿了，也是当爸爸的人了，别动不动就闹分居，都要明白自己的身份不一样了。"

曹大姐很快又打个圆场："不过呢，孩子不跟随父亲姓，这个给谁都不能一下子就接受，你们应该理解孙水涛才是。好啦，好啦，水涛你以后不要孩子气啦，你们程家不要四对一哟！"哪有四啊？曹大姐说还有孩子呢，孩子要往孙水涛身上拉屎撒尿，也是欺负我们的孙大军官的表现嘛，把全家都逗乐了。

曹大姐也耳闻程家对待孙水涛的态度，但是她不能说她们厂的领导，更不敢批评，她只能把话说到这个份儿上，否则是给自己找别扭，自己在人家手下干活呢。

程青燕还在胡思乱想，如果孙水涛和她离了婚，她带着一个孩子该怎么过，谁会要一个拖油瓶？她在无数遍设想没有孙水涛的日子，同时又不停地期盼孙水涛回头。这样孙水涛又回到了程家，程青燕错误地认为这是孙水涛离不开程家，又不好意思自己回来，自己回来又下不来台阶，才把朱文成和曹大姐找来的。她看孙水涛的眼神又多了几分轻视和不屑，因为"人家"说，男人绝对不能惯着，越惯越上塞，不能给好脸，给好脸就要上天；"人家"还说了，好马不吃回头草，回头的肯定不是好马。

孙水涛的父母来信也说，孩子跟谁姓都没有关系，只要孙水涛在程家生活得幸福就好，不影响孙水涛的事业和发展就好。孙水涛没有想到慈祥的父母亲是这样的开明，其实他哪里知道父亲当然也希望孙女姓孙，但是儿子在人家屋檐下，又有什么办法呢？闺女是给人家养的，孙水涛也当是给人家养的！

孙水涛的直接领导，保卫股张股长也劝孙水涛差不多就得啦。不要计较孩子的姓氏问题，说他应当感到知足。张股长还说到他的婚姻，他是当战士时候订的婚，第一次回家就见面，感觉行吗？行，行就订婚。哪有什么谈恋爱和花前月下，第二次见面，就结婚了，第三次见面就有叫爸爸的儿子了。现在爱人跟他随军到部队，开始带着儿子和老婆谈恋爱，两人性格也是有些差异，但为了儿子还要好好地把日子过下去，所以日子也过得还算和顺。军人的婚姻让张股长一说就是这么简单：第一次见面订婚，第二次见面结婚，第三次见面当爹。张股长说得有些夸张，但是支队很多领导的婚姻就是这样过来的。

军人，这个特殊的群体和行业，就决定了他们的婚姻爱情该简单就要简单，没有时间和精力去复杂。

就这样，孙水涛的女儿就叫程明水了，小名就叫明明。

第十八章　教授神仙名

大神不愧是大神，大仙不愧为大仙，“神”和“仙”都是有本事有水平的，绝对不白给。两人同时被共建单位锦朝大学聘请为客座教授，朱文成是文学与新闻传播学院教授，孙水涛是法学院教授，他们每人每个月都要给大学的学生们讲一到两次课。

“教授”生活又让这两位神仙迎来事业上新的成就和荣耀。两个当兵的军人成为一个大学的客座教授，应当说他们不再是虚有其表，是真的很有水平。

两人都被聘请为客座教授，大仙又是一番得意：“看来我这个沈阳刑事警察学院毕业证书还是很有说服力的。”

“你别得意，你那是半年的速成本科，咱是实实在在的三年学制本科。”大神说。

“就你那个三年，加起来的面对面学习才我一半时间，你那是典型的浪费时间，徒有虚名。”

“我是更多地把理论用于实践，理论与实践相结合。”

“我的理论指导一切。”

“实践出真知。”

“反正你的水分比较多。”

“水分多不多，我是凭真才实学考上的。”大神也有得意神色。

“我那是保送，说明我比较优秀，免试入学，你懂不懂，你这头猪。”

“三岁小孩也可以被保送如少年大学生，你的免试入学证明不了你有多出色。”

“嘿嘿，三岁小孩能被保送，你能吗？本大仙就是优等生保送，是保送就比你考的强。”

大神发现自己的一句话掉进大仙的坑里了，赶紧住嘴，俩人斗斗嘴就又要该没有正形了。朱文成一看，不给大仙优越感，这孙子说不清又要扯出什么来，再说斗嘴确实斗不过大仙。

二人除了做好部队的各项工作之外，还要认真地备好每月的讲课，二人也互相交流和沟通。面对部队的战士都还好说，但是面对一群思维活跃的大学生们，要想不被问倒，还真得费一番功夫。光靠书本知识远远是不够的，两人把部队的逸闻趣事和经典传奇融入课堂上，使他们的授课比较生动，课堂气氛也比较活跃。

朱大神被问及新闻和文学的关联点，就是很棘手的问题。因为这是两个范畴的概念，前者属于客观事实的报道，反映真实的人和事，宣传鼓动功效比较快捷迅速；后者是指以语言文字为工具形象化地反映客观现实的艺术，是对客观现实进行艺术再加工，通过对人的情感感染而体现价值。如果说共同点的话，只有新闻通讯同文学中的散文、报告文学走得最近，也是最好的关联。优秀的通讯作品可以说也是优秀的散文作品，例如魏巍的《谁是最可爱的人》既是优秀的散文，也是优秀的新闻通讯；王石、房树民的《为了六十一个阶级兄弟》也是最好的散文，也是最优秀的新闻通讯；徐迟的《地质之光》是报告文学，也是优秀的长篇人物通讯。放在哪个范畴来研究，那么这些文章就属于哪个范畴的文体。这样的描述，让那些大学生们心服口服。讲到这些作品的时候，朱文成深情地说："同学们，无论我们以后是从事新闻专业，还是从事文学事业，新闻和文学都是宣传和文化传播的两种方式。新闻更注重于传播，在面上广度上要突出一些；文学更注重于传承，在深度上和时代延续上要突出一些。新闻有浓厚的宣传特性，文学有浓厚的文化艺术特性。但是有一点，我们都要抓住人性美的根本，抓住与时代相结合的闪光点，来采写新闻和进行文学创作，这是做好文字工作的初衷。不坚守好这个初衷，我们很可能做的都是表面文章。"

孙大仙被问及最多的"正当防卫"的将要发生时、正在进行时、完成时，三种时态决定着什么样的情况下需要"正当防卫"，防卫到什么程度？那个年代的大学生同样是一腔热血，背负正义。好像走向社会就会出现很多突发事件，让他们能够见义勇为地解决掉。这个概念其实在初中的法律常识里就有过定义，是这些学生们考验孙水涛呢？还是不信服军人的水平？不管怎么样，孙水涛还是细致地给这些大学生解说。正当防卫，指对正在进行不法侵害行为的人，而采取的制止不法侵害的行为，对不法侵害人造成一定限度损害的，属于正当防卫，不负刑事责任。根据《中华人民共和国刑法》第二十条规定，为使国家、公共利益、本人或者他人的人身、财产和其他权利免受正在进行中的不法侵害，而采取的制止不法侵害的行为，对不法侵害人造成损害的，属于正当防卫，不负刑事责任。无限正当防卫，是指对正在进行的行凶、杀人、抢劫、强奸、绑架以及其他严重危及人身安全的暴力犯罪，而采取防卫行为，造成不法侵害人伤亡的，不属于防卫过当，仍然属于正当防卫，不负刑事责任。正当防卫的三个要件必须同时成立：一、正当防卫所针对的，必须是不法侵害；二、必须是在不法侵害正在进行的时候；三、正当防卫不能超越必要限度。防卫过当，是指防卫行为明显超过必要限度造成重大损害的应当负刑事责任的情形。正当防卫行为超越了法律规定的防卫尺度，因而应当负刑事责任的情况，但是应当减轻或者免除处罚，难就难在正当防卫的尺度上如何把握，在法律衡量上同样也会出现很多情况。有时候正当防卫确实制止了瞬间的不法侵害，但是实施者瞬间又进行了第二次侵害，那么正当防卫就没有彻底制止犯罪行为的继续发生……出现多种情况，因为尺度确实不好把握。

那个年代的军人，虽然没有 20 世纪六七十年代那样吃香，在 90 年代初期在社会行业中也不算最好的就业选择，但一身橄榄绿的威武在大学生眼里还是有些关注度的，尤其是肩挑一杠几星的军官，青睐程度会更高一些。1989 年春季，多位军人为了共和国的尊严，为了国家不被敌人搞乱搞垮，牺牲了自己的生命成为烈士，再次重塑了军人的威严和崇高！这两位年轻的共和国武警军官英武帅气，又学识渊博，必然要赢得一些女大学生的芳心。

两人有时候见面就开玩笑，今天你有几个女大学生向你送秋波，他有几个女大学生对他微笑了？最终比较来比较去的，反正都是大仙收获的秋波多，得到的微笑多。不比大神多，不是他孙水涛的气概。

时间不长，两人都收到了不少锦朝大学的来信。

两人就把这些大学生的信件放在一起共同阅读和点评。这个女孩子文采好，那个女孩子有条理。这个女孩子字写得大气，那个女孩的字很娟秀。从字体研判人的性格，到研究人的容貌。还有女大学生邮寄来照片，大学里的女孩子是走上社会前最后的画布，色彩简单而亮丽，面对那些清纯的少女，难免会让人采花惜花。

两人约定，这些锦书都不做回函。让这些女孩子们的心自然冷却，保持我们革命军人的定力，不能被这些小女生诱惑。他们都是已成家立业并且都是有了孩子的父亲，决不能做辱没军人形象的事情。

过了一段时间，这些女学生们没有得到大神和大仙的回信，大多数默默作罢。只有那么一两个女学生仍然有不到黄河不死心的气概。

朱文成和孙水涛的手里都有这么两个“顽固分子”，这两个“顽固分子”是收不到回信就写第二封，然后写第三封。信的内容是越来越大胆，越来越直白，越来越情浓，一封比一封心情煎熬。共同点都是赞美我们的军人才华横溢、英俊帅气，使得她们仰慕崇敬，她们愿意为军人支撑起另一片天空。

二人再次约定，一起回信拒绝。“谢谢你的深情和专注，我们已是已婚的军人，也都有了孩子，爱人善良贤惠……军人婚姻受保护，请尊重我们的现实……你们目前首要的任务是好好学习，学更多的知识，为我们的国家建设将来做更多的贡献。”满篇的官话，充满了冷漠，估计能够把那几个女孩子的热情打到冰冷的地窖里去。

当然，二人接到这么多绣球的时候，支队机关也引起了不小的议论，已经是政治处一把手的唐主任找了二人谈话，让他们要珍惜自己的荣誉，珍惜自己的前途和未来，不要在个人问题上犯了纪律作风错误，纪律作风问题对于军人来说是很严重的。当然，大神朱文成和大仙孙水涛的认识和觉悟还是有的，肯定是很愉快地接受领导的告诫。

政治处又同共建单位锦朝大学的有关领导们强调不要让女大学生给部队的军训干部战士、两位客座教授写信，以免引起不必要的误会和纠纷。

朱文成在回绝了女大学生的来信后，在心里对妻子乔爱华说：“华子，我对得起你，我不会辜负你的付出。你在那一方，我在这一方，我们共同撑起一片天空，那是属于你和我的未来，那是我们美好的明天。”

但是他在这样想的时候，有个女学生却不是这样想。这个女学生就是锦朝大学文学与新闻传播学院汉语言文学专业的大三学生景珊娜，她同样得到了朱文成的回绝信。但是她认为朱文成不会是那么无情无义的，需要用时间来证明。当她得知朱文成是有爱人有孩子的时候，她心里确实难过了一阵子。为什么朱文成要这么早早就进入了婚姻？她想起一句诗“君生我未生，我生君已老”。罢了，做不成情人就做个良师益友吧，做个兄妹吧，让朱大哥的光辉照亮我的一生吧。在她心里，朱文成高大伟岸，挺拔，有男子汉气概。如果让这样优秀的男人成为她生命中的陌生人，岂不是她人生中的损失？

朱大哥：

你好。请原谅我不再称呼你为朱老师，得知你有爱人和孩子，我心里很难过，但是我愿意和你保持通信往来，我愿意成为你的一个小妹妹，得到你的爱护和帮助，得到你的指引和点拨，让你成为我的良师益友，让我们成为知心朋友，我希望这次不会被你拒绝。

你真的很让我着迷。你那很有轮廓很有个性的脸，让人有抚摸的冲动。我想感知一下你的温度，是不是真的就和那回绝的信一样冰冷？你知道吗？你的脸，像那种大舌头英雄钢笔头一样，尖尖的下巴，就是那笔尖，能够行云流水一样地写出很多奇诗妙文。你深邃的目光像大海一样，有着我们看不到的广阔和深度。

没有想到把我拍成新闻照片的人就是你，那张报纸我现在还收藏着呢。城市有时候很小，人与人之间的距离又很近。这就是很好的缘分，让我们互相珍惜相识相知的缘分，我会很好地珍惜，直到永久。

对了，朱大哥，我们还是老乡呢，说起老乡就很亲切了。大东，是我们共同的家乡，我家就在大东市里，盼望有机会能一起回大东市，我们可以在大东市里一聚畅谈。朱大哥，我知道你的前途远大，未来一片光明，不管你怎么发展，妹妹都希望大东市永远是你温暖的家园，大东市里有你的家，有你的妹妹。

……

随信寄去一支英雄牌钢笔，希望你喜欢，因为你像我心中的英雄一样伟岸，你将会是我心中的英雄。

如果你不介意，我以后对你的书面文字称呼就是“英雄钢笔”。

祝大哥用英雄钢笔写出更多的英雄事迹。

妹妹　珊娜

1990 年 8 月 18 日

大学生的奇思妙想，真的让朱文成无语了，还有人把他的脸比喻成大舌头钢笔头，把他的下巴比喻成笔尖。第一次有人做这样的比喻，不就是说他的颧骨比较宽、下巴尖吗？他突然想起来，相声大师马三立的脸型就是上方下尖的钢笔尖，原来他是马三立的脸型，他感到有些好笑，这些女孩子的奇思妙想很让人捉摸不透。

这支黑色的英雄钢笔，拿在朱文成手里，重似千金。扭开笔帽，那金黄色的笔头，就是上方下尖的，包着木质舌头，木质舌头有两横排黑黑的墨槽，笔尖闪着金光，刺着他的眼睛。

“珊娜妹妹，我朱文成何德何能啊，让你如此高看啊。”朱文成在心里轻轻地问道。以书面称呼他为“英雄钢笔”也足见这个女孩子的调皮。

这封信使朱文成再也无法拒绝。这个妹妹认也得认，不认也得认。女学生的坦诚和热情，是每一个人都无法拒绝的。人家已经明确表达了兄妹之请求，并没有要破坏他的家庭的意思。他也只好回信表示尽力当好一个哥哥，给景珊娜一些帮助。

他该回赠景珊娜什么呢？还是选一个笔记本吧？跑遍市区比较大的文具商店，最精美的也只是包着塑料皮的笔记本。带个小锁，就是最讲究的和豪华的了。

朱文成第一次给锦朝大学授课的时候，很多学生并没有听进去多少有关新闻和文学方面的知识和理论。当朱文成一身戎装，伟岸的身躯走上讲台，抑扬顿挫地发挥时候，台下却是各种各样的目光。下课铃声一响，讨论开始：

“轮廓感好强哟，好像就是简笔画勾勒出来的一样。”

“怎么长得像高仓健呢，但是没有高仓健冷峻。”

“你们说错了，我看像相声大师马三立，但是比马三立严肃。”

“依我看，他谁都不像，像英雄钢笔的大笔尖。”这个比喻观点一出，传来一片笑声。

“我看像陈述扮演的国民党特务，眼镜后面有阴光。”从英雄一下子到了特务，反差太强烈了，有男生在摧毁朱文成给女生心中的形象，景珊娜狠狠地瞪了说朱文成像特务的那个男生。

那个男生马上就把枪口转向了景珊娜：“景珊娜，你是不是看上这个大特务陈述了呀？”

"我看你才像特务。"景珊娜没有正面回答那个男同学的问题。

英雄钢笔观点是景珊娜的独家发明，她那时候正用英雄钢笔做笔记，她的观点引起很多女生的共鸣。她越看越像，那张脸难道就是按照英雄钢笔模子来的？还是英雄钢笔按照那张脸来制作的？她为自己伟大的发现感到英明。"英雄钢笔"一下子就走进了她的心中，有时候发呆了，好友就说是不是又在想"英雄钢笔"了？别人不说还好，一说更让"英雄钢笔"占据了她的内心。多有神采啊，气势飞扬，口若悬河，知识如水流淌，就像英雄钢笔一样，有写不尽的才华。

景珊娜也是个优秀的女孩，她进入学校后学习勤奋，成绩优异。还积极参加社会实践活动，被他们文学院学生会选为宣传委员，有几次朱文成在少女河公园采风拍摄中，还遇见景珊娜组织学校的志愿者开展社会公益活动，打扫公园卫生，向市民宣讲法律知识等。被朱文成拍摄成新闻照片发在《锦朝日报》上。那个时候，朱文成还没有成为锦朝大学的客座教授。朱文成也不认识景珊娜，没有想到，二人成了师生关系。如果景珊娜不提，朱文成还想不起这事儿来。他拿出报刊剪贴本，找到了去年在《锦朝日报》头版发布的新闻照片。照片里的那个主角不正是景珊娜吗？给市民发放宣传页同时，她专注地宣讲着，表情自然，画面和谐，角度新颖，也是朱文成比较满意的一张照片。现在竟然和这个女主角认识了，这样的认识方式也是一种巧合。

有时候，你不想得到的时候，往往会收获很多。朱文成就是这样子，他拥有了对乔爱华的爱情后，心无杂念，不再想其他的情感，也不想让别的女子介入他的感情世界。但是几年间，先后有三位美女向他表达了爱意，这说明朱文成身上有魅力，吸引了一个又一个优秀的女青年。除了妻子乔爱华忠贞不渝的爱情，还赢得了周向莉、刘巧英和景珊娜的倾慕。

这几个女性，每一个都与众不同。

周向莉是一座高山，壮丽巍峨，挺拔高耸。这个女子心高气傲，她的爱情在无限风光的险峰，爱她的男子必须不畏艰险努力去攀登，才能得到她的垂青。周向莉把爱情与政治仕途紧密联系在一起，朱文成其实并不是周向莉需要的那种人，他们注定是两条平行线，他没有兴趣去攀那座高峰。他只会远远地望着，在遥远处欣赏这座山峰，用心去祝福周向莉幸福。

刘巧英是一片美丽的湖泊，水平如镜，清亮如洗，湛蓝湛蓝的。水中倒映着蓝天白云，岸边花香四溢。不识水性的他不会跳进湖中将自己淹没，他情愿做一个观景者，坐在岸边，对着这片湖水歌颂爱情，歌颂自然，拍摄出湖光山色美丽的风光片，让更多人看到她的美。

青春秀美的景珊娜是少女河畔一朵即将盛开的鲜花，这朵鲜花正努力地吸取阳光和雨露，奋力地向世界展示着她的魅力。朝阳是她的伴侣，晚霞是她的情歌。他只能默默守护着她，让她更好地成长，不受尘世的沾染。

而乔爱华，才是他可以触摸和拥抱的土地。那片土地肥沃，那片土地富饶，给了他永远的情和爱，给了他子嗣和未来。土地的宽广，可以让他无拘无束地自由驰骋，土地上和睦的家，温暖了他奋斗的前方，温暖了他幸福的未来。那个朴实的农村妇女身上闪耀着中国千千万万劳动人民优秀的品质，是他永远讴歌的抒情诗。他不管走到哪里，土地上都有个家在等待着他。他是那片土地放出去的风筝，他在蓝天上与阳光亲昵，与鸟儿一起歌唱。总有一天，他会疲惫，他会劳累，那片土地都在等待着他，温暖的胸怀随时向他敞开着，抚慰他的汗水征程。

山也好，湖也好，花也罢。朱文成想乔爱华了，他们应当是很久没有见面了。父亲去世后，妻子再也没有来过部队，妻子放心不下婆婆一个人在家里，山里的农活和家务活也多，孩子也上学了。

当客座教授期间，周向莉又请朱文成帮助撰写几篇新闻稿件，朱文成一想到岳克章那副腐败的嘴脸，心里就老大不愿意，但又不好驳了周向莉的面子，杨干事也来说合，朱文成勉强地写了几篇稿子，在省报上挤一挤发了，周向莉几次邀请朱文成做客无果，就通过邮局以无名氏名义，邮寄过来1000元钱给朱文成作辛苦费，朱文成收后要退给周向莉，周向莉死活不承认，朱文成毫不犹豫就捐给了全国希望工程办公室，留下了收据。他知道自己是一个农民的儿子，绝对不能把根烂掉。

最近也有个小妹妹在给大仙孙水涛放电，他有些不能自抑，他感觉这个“家”有牢笼之感，不是他真正的“家”，他有挣脱出去的想法了。

程青燕一家人的心思都在孩子的身上，漠视他的存在。只是有家务活儿了、要给孩子洗涮尿布了、给孩子打扫卫生了，他才会被想起来。水涛，给孩子冲奶粉去；水涛，给孩子换一下尿布；水涛，把孩子的粑粑收拾了；水涛，给孩子洗一下澡……他也喜欢这个女儿，他也愿意为女儿付出，但是他不喜欢这样被人吆五喝六地指使着。尤其是看到程青燕搂着电话不放，没完没了地煲电话粥，前知五百年，后知八百年的，什么这个姐们好，那个姐们不好的，在他看来全是没用的废话。尤其是和那个李春红的电话，两人恨不能搂在一起不停地说话，白天两人在单位见完了，晚上还有那么多废话，他就气不打一处来，但是他还得忍着。

孩子一天天长大，也越来越可爱了。咿咿呀呀中可以蹒跚地学走路，也学会了简单地叫妈妈爸爸姥姥姥爷了。但是无人教孩子叫爷爷奶奶。产假期满，程青燕就在厂里又请了长假带孩子，她的工作又不是多么重要。自从有了孩子以后，她再也没有让孙水涛近过身，她偶尔会感觉是不是对孙水涛有些残忍了，但是一想到那个动作会让她晕厥，会让她成为僵尸，会有生命危险，她又无所谓了。

"燕儿，我想休假，咱们带孩子回大东老家去看看吧，孩子出生到现在，家里人还没有看过呢？再说，从咱俩认识到现在，你也没有去过我们家呢？去看看吧？"

"有什么可去的呀？你们那么大一家子，挤在那儿间破屋子里，那得多脏多乱啊？"

"你就凑合凑合待两天呗？"

"我能凑合，孩子能凑合吗？万一这一路带不好，折腾病了，怎么办？"

"你们家人也看过我了，等以后孩子大了再说吧。"

程青燕也有过去孙水涛老家看看的想法，结婚的时候，那么大一家子，都没有像回事的衣服，就知道家里肯定不怎么样，卫生条件、上厕所都是她不能接受的。再说，那么些七大姑八大姨的，孩子又多，这去一趟好几千块钱没有了。

程青燕一拒绝，孙水涛就不再有这个念想。他现在已经适应了城里生活的舒适整洁，老家的脏乱拥挤让他不敢再去回顾。如果带老婆孩子回去，家里人哪儿有照顾不到的，这姑奶奶还不得翻天啊？到时候整出点动静来，他的脸往哪里搁？展示城里媳妇的念头也就作罢。

孙水涛继续开启着他的夜间临时工模式，晚上来，早上走。每天早早起来把她们娘儿俩的早餐做了，一般是牛奶、鸡蛋、面包，再熬点大米粥，自己吃后，赶紧骑车子到支队上班，晚饭倒是不用他做，一般都在岳母家里吃，晚上回家早点晚点也没有什么，不过晚回去必须给家里打电话，岳母好留饭或者不留饭。完全就是城里人的生活，早晚上下班的自行车大潮从城市的各个角落里，汇聚到大马路上，涌流到城市的另一端，再散落到城市街区里。起早赶晚的周期生活给他的想法是，原来这就是城里人的生活，城里人生活的本来面目不过就是风里来雨里去的朝九晚五，不能睡懒觉，因为那个叫作“班”的东西，在等着他去上，在路上还要小心翼翼，不能和陌生人有任何碰撞，产生摩擦，要不然“班”会晚的，管着“班”的唐主任会问什么原因，迟到时间长了，唐主任会说：“什么破玩意儿，又迟到了？”次数多了，领导的脸色不会好看的，也会影响到他的进步和升迁。尤其是每周四支队机关早七点的点名出大操，没有正当理由无故不出操的，名字会被记在机关黑板上，会“光荣”整整一周，不管你是什么级别的干部还是战士，都会因此出名。全体机关干部战士一个都不能少，不管多远都要到机关院里集合，出操跑步，附近的合铁公园是出操的终点，休息一会儿再跑回到机关解散。点名和组织出操的管理股管理员高石头，人小嗓门大，一下子把所有人的朦胧睡意赶跑：“立正！向右看齐！稍息！现在开始点名……”从支队长到机关战士，不论职务，统一喊名字，应答为“到!”点名结束，开始出操。“立正！向右转！跑步——走!”齐刷刷的步伐像一阵旋风，在和平大街上刮过，“一二三四”的口号声震动半个城区。

孙水涛有时候想程青燕难道是木头做的吗？没有一点七情六欲？如果不是新婚那一天的强行进攻，恐怕现在连个孩子也没有，说明他孙水涛打仗还是靠谱的，有着很高的命中率。他才 30 岁，难道让他一辈子这样干耗着？他也看出来了，他们只是要个名义上的女婿，而不打算给他实质上的内容，哪怕有一点儿尊重也好。

希望越大，失望越大，打击越重。更让孙水涛生气的事情发生了。

那一日，孙水涛的父亲和母亲竟然找到孙水涛家，要见见孙女。老两口带着老家的玉米面、红薯、绿豆和红小豆等农村土特产，背了一麻袋。他们满心欢喜地想象这个快 1 岁的孙女该是怎么样的可爱和招人喜欢。一路千辛万苦来到了锦朝市，打听到少女河纺织厂家属区，找到孙水涛的家。敲半天门，也没有人开门。明明程青燕就在屋子里，她通过门镜看到了孙老爹两位老人，正满怀希望地等待她开门，她反而回到了屋子里。

敲门声惊动了邻居王老太太，老太太开门问孙老爹找谁，到谁家里去，孙老爹说到程家去，他是孙水涛的父亲。邻居王老太太大声喊程青燕的名字，程青燕才勉强把门打开，用一副冷漠不欢迎的态度把两位老人迎进屋子里，然后就目光冷漠地移向别处。

老人进屋后，站也不是，坐也不是，没有人让座，只好尴尬地站着。面对儿媳妇，更不敢大声言语，诚惶诚恐，赔上诸多小心。孙老爹热脸贴冷屁股地说这道那，换来的是“嗯”“啊”之类的回答。想看看孙女，程青燕把孩子叫过来让老人瞅了瞅，老人想抱一抱，也不让抱，也没有教给孩子喊爷爷奶奶。朴实的农村人怎么看不出儿媳妇的态度呢？他们没有喝一口水，给孙女撂下贰佰元钱，说是给孙女的见面礼，放下土特产就要走。

“哎——你们吃了饭再走吧。”程青燕看着老人要走，言语挽留。

“不嘞，闺女，我们要着急赶火车。”老人拉开门就没有回头。

出得门来，两位老人搀扶着下了楼，一句话也说不出来。孙老爹怕孙大娘情感受不了，紧紧挽着老伴的胳膊：“老伴啊，咱们不难过哈，只要五儿在她们家过得好就成。咱们为了啥呀，不就是为了孩子有个好生活，有个好前途吗？”孙老爹虽然这么说，眼泪还是忍不住流出来，湿了整张老脸。

“老头子，我不难过，自古以来，衙门就高高在上，不是咱们穷人想进的天堂。五儿好就行啦，咱们五儿在孙家湾给咱增光了。”孙大娘说着也抹了一把老泪，风吹过她灰白的头发，在阳光下闪着银光。

“咱们孙家出了改换门庭的人，咱们还求啥呀？这把老骨头了，热一下冷一下，没啥，这么多年都过来啦。”

“咱不能说五儿媳妇不好，咱们没有给人家吃，也没有给人家穿，人家凭什么对咱们好呀，让咱们进屋就成啦，咱们也没有白来，看见咱们可爱的大孙女啦。”孙大娘侧过头给孙老爹一个笑脸。

“老伴啊，这么想就对喽。”

城市很快就吞噬了两位老人瘦小的身影，仿佛他们从未出现过。

老人千里迢迢奔来，满肚子热望，却是这样一个场景。但是他们也没有和任何人说起这些不快，只要儿子孙水涛在他们家过得好就成。

晚上孙水涛心里想着闺女的招人喜欢的样儿，兴致勃勃回到家里，看到农村的编织袋子，问起谁到家里来过，程青燕才漫不经心说起他父母来过。问为什么没有留下，程青燕说老人着急回去，就没有留住。孩子还小，也不会学舌，也表达不了什么。但是这个说法在第二天一早就被邻居王老太太给否定了，把老人说得伤心和可怜，勾起了孙水涛的眼泪和无限往事。程家是副厂长，平时趾高气扬把别人都不放在眼里，王老太太告了密。

怒从气中来，恶向胆边生。孙水涛二话没有说，回到屋子里，抓起程青燕就是两个耳光，他没有想到这个女人竟然如此恶毒：不尊重他也就忍了，还把他那么大老远来的父母赶走。结婚以来所有的忍受都在这愤怒的两个耳光里爆发了。

程青燕哪里受过这个委屈？哭声震动四邻，她没有想到平时老实蔫吧的孙水涛竟然动手打了她，这还了得！

面对前来兴师问罪的程伟两口子，孙水涛以豁出去了的态度对程伟和何大妈说："问问你们的好女儿吧，你们把女儿教育得很好！"说话间，摔门而去。任凭女儿揪心的哭声也没有再回头。

离婚吧。这个词在他的头脑里多次闪现。他不能这样孤苦地等下去，被动地等也不是办法。他必须主动出击，重新去寻找属于自己的幸福，他和他的亲人在这一家人眼里得不到任何的尊重！

孙水涛再次回到和朱文成的单身宿舍，他把自己的情况告诉了朱文成，朱文成也感觉程青燕一家人太过分了。

朱文成也不好劝慰孙水涛。俗话说：宁拆十座庙，不破一桩婚。劝也不是，不劝也不是。他只是感觉这些年来，孙水涛对爱情婚姻的要求有些过于脱离现实，总想一下子得到全部现成的东西。很多东西只有自己奋斗得来的才靠得住，别人给予的往往是竹篮打水。

孙水涛有时候想自己这个"仙"怎么那么窝囊？一点朱文成这个"神"的神气儿都没有，更别说他自诩为八仙中的蓝采和了，其实他不知道，"仙"也是要奋斗才能成"仙"。

仙，繁体字"僊"。这是会意字。看字的左边，是个人；字的右边，上半部是巢的鸟蛋，中间是双手。意思是人爬到高处取鸟巢。其意义，就是在高处的人。后来，直接简化成了“仙”，山中之人。古人心目中，山最高，最接近于天。仙是古代中国神话中称有特殊能力、可以长生不死的人。《孔子家语》：“不食者，不死而神。”《说文解字》：“仙，长生仙去。从人从山。”《释名》：“老而不死曰仙。仙，迁也。迁入山也。故其制字人旁作山也。”由此可知，仙通常是指活人经过修行得获长生后的称号。

不经过奋斗而得到的，往往会是昙花一现，孙水涛在爱情婚姻观上的缺陷是很明显的。“仙”也要奋斗到不同程度才可能成为不同程度的“仙”，孙水涛修炼不够，成功自然就远，他也就过不了海。

神的能力大多数是生来就有的，而仙的能力主要靠修炼而来。其次，神一般在天庭有自己的工作职责，千里眼、顺风耳掌管情报，雷公、电母管下雨打雷，李天王父子负责斩妖伏魔，乃至玉帝统领宇宙，都有干不完的活儿。相对而言，仙就轻松得多，镇元子搞种植，八仙游戏人间，都是闲得慌的表现。

神仙虽有别，但在吴承恩老爷子笔下已经合在一起，成为一类。蟠桃盛会的仙女说到出席人员时，有上八洞神仙，主要指三清、四帝、太乙天仙。中八洞神仙，主要是玉皇、九垒、海岳神仙。下八洞神仙，主要是幽冥教主、注世地仙。这些神仙，大多数都有固定的职位，像赤脚大仙这样闲的很少。

孙水涛想起自己的婚姻来就沮丧难过，他这个“仙”已经不像刚开始那样神气活现了，功力弱化到极点。仙从来都是来无影去无踪，居无定所，说不定在哪个角落里猫着，也许就猫在他身边，或许就和他附体同身。他羡慕起大神朱文成幸福快乐的生活，还是那么神气，虽然朱文成父亲没有了，但还是无忧无虑，有一个乔爱华就免除了大神的全部后顾之忧。还是农村女人好，农村女人朴实善良。远不是他这个“仙”所能及的。

第十九章　彩虹昙花现

锦朝大学法学院大二女生佟彩虹身材匀称秀气，忽闪忽闪的大眼睛透着灵气，看上去很清纯，好像一朵色彩清浅的鲜花摇曳在枝头；一对短短的麻花辫子，又像田野里的麦穗沉甸甸的成熟而饱满。

风行的琼瑶小说点亮了每个少女的心。她们都在梦想着突然有一个白马王子翩然地走到这些灰姑娘面前，牵着她们的手，缓缓地走上铺满鲜花的红地毯，她们穿着洁白的婚纱，走向神话般的婚姻殿堂。出有疾驰车马，入则厅堂豪华，在湖光山色中幸福地生活。这个从大山深处走出来的女孩子同样不乏这样美好的梦想，她经过两年多大学生活的历练，通过对城市的观察和了解，她知道爱情是她留在城市的唯一通道。她不想毕业就分配回到那个山沟里的乡镇或者县城里去，她要想办法留在大城市里。山里的艰苦，她从小耳濡目染，考大学也是跳出“农门”的机会，她为何不直接用青春换取爱情，换得留城的机会呢？留在城市的唯一办法就是找个属于这个城市的男人，找一个有能力有魄力的男人，等到大学毕业水到渠成就能留在这里。

她一进入大学就开始设想自己的未来，在四处寻找可以利用的目标。校园里还没有发现哪个同学有实力能帮助她实现理想，她就把目光投向岁数比较大的老师层面中。她反复观察，学校老师，成熟的已经结婚成老头了，没有成熟的好像一点儿都“不社会”，还有些愣头青的样子。目标从大一选到大二，都没有出现理想的目标，她心里不免有些着急。

大二下学期，锦朝大学聘请了锦朝市支队的朱文成和孙水涛作为学校的客座教授，两人橄榄绿的威武和英俊，让佟彩虹眼前一亮。她没有想到孙水涛老师还是给他们法学院讲课的老师，让她心里狂喜。这不是上天赐给她的白马王子吗？威严的大盖帽下，一张柔和的脸，金黄的肩章上一红杠三颗银星闪耀着刺眼的光芒，那光芒里有着这个军官灿烂的未来。

大学里不允许谈恋爱，但是谈了恋爱，也无人追究和干涉，何况是她正大光明地以请教问题的方式接近我们的大仙孙水涛呢？佟彩红每次在孙水涛讲课之前就搜罗很多问题，等待课后向孙水涛提问，想办法创造接近孙老师的机会。

“孙老师，我想问一下，律师既然是维护法律的尊严，为什么要为有罪之人做无罪或者免罪辩护呢？”

“为有罪之人做辩护，同样是维护法律的尊严。犯罪人有聘请律师的权利，律师是为他辩护没有违法犯罪的那一部分，有时候侦查、起诉、庭审中有界定不清楚的，需要律师来明辨，让法律执行更透明。律师行业为有罪之人做无罪或者轻罪辩护，这是一个法治国家进步的表现。”

“A 案、B 案、C 案是连带案。其中最先发现的 B 案，B 案是发现 A 案的线索，破获 A 案，发现了 C 案，但是整个 A、B、C 三案的关联，是 A 案衍生 B 案，B 案衍生 C 案，在侦查和公诉和审理上有什么区别呢？”

“侦查中，线索越多越好，发现哪个破获哪一个，以线索的先后顺序为主，但有的时候，后一个线索有助于先案的破获。但是在公诉和审判的时候，要看 A、B、C 哪些是主案重案，应当先审理主案重案，主案重案完毕以后，再公诉和审判次案。不能因为先审理次案影响到主案重案的侦查和法律上的量刑。”

这些问题很专业，不是法律爱好者能提出来的，在经过几次提问以后，佟彩虹就引起了孙水涛的强烈好感。她没有同其他女生一样给孙水涛一次次地写信，她也没有得到过孙水涛已经进入婚姻有了女儿的信息，她勇敢地走到孙水涛面前，进行正面突击。姑娘的个别问题过于专业化，让孙水涛答不上来，佟彩虹总是善解人意地说：“孙老师，您可能一时想不起来怎么回答我，等下次您再告诉我答案吧。”忽闪忽闪的眼睛满是期待，又显得善解人意。

谁能拒绝这样一个积极追求上进，努力学习的姑娘的热情呢？这个姑娘每次见到孙水涛都扑闪着眼睛，让人心驰神往。孙水涛不厌恶，甚至还很喜欢。他本人也追求上进，所以对佟彩虹的印象就好上加好了。

终于在两个月以后，佟彩虹主动约孙水涛去爬山和划船，畅谈她的人生理想，她当然不会说要借助婚姻留城市的想法。她希望未来能够得到孙大哥的支持和帮助，孙水涛哪能在姑娘面前掉份子呢？自然是一律应承。

佟彩虹还不时找孙大哥借点钱，说生活费不够了，学校补助的那点钱少得可怜。家里很困难，每到月底总是要“吃糠咽菜”，一副无助让人爱怜的样子让孙水涛英雄气概大展，有时候佟彩虹也还钱给孙水涛，孙水涛当然不好意思接到手里，但是佟彩虹坚持要让孙水涛收下。这样一来，给孙水涛的良好印象大增：多好的姑娘呀，焉能不帮助呢？这样，孙水涛每月固定给姑娘 50 元生活费或者零花钱。佟彩虹就眼泪汪汪地表示孙水涛是她的大恩人。

“孙大哥，我要嫁给你，等我毕业以后就嫁给你。”在一次约会刚见面的时候佟彩虹就大胆表白。孙水涛以为佟彩虹在说玩笑话，但是那纯真的眼神又好像很认真。

“你别胡说了，你还是学生，我们不可能。”孙水涛本能地拒绝了，他不许可姑娘有这样的想法。

“怎么不可能呀？”佟彩虹拉着孙水涛的手不停地摇晃。

……孙水涛欲言又止。他实在没有勇气和盘托出他的婚姻，佟彩虹的出现意味着什么？一次次地约他出来，他都没有拒绝，他在想什么？他不会想不到佟彩虹有这样的心思。但是他没有想到佟彩虹会这么快地提出来，他在婚姻之外体会着和一个女孩子约会的快乐，虽然只是拉拉手，但是这样的美好气氛是他在婚后在程青燕那里享受不到的。

那天约会气氛很沉重，沉重在孙水涛这里，姑娘还是喋喋不休地描绘她和孙大哥互促互进，比翼双飞的美好未来。

临分别的时候，孙水涛鼓起勇气说：“彩虹同学，下次别约我了，我不配，因为我……”

“不，下次你不出来，我就到你们单位请你！直到你出来为止！”这么果敢，让孙水涛害怕地看着这个看似柔弱的女孩子，她哪里来的胆量？

“叭！”佟彩虹趁孙水涛不注意的时候，给他的脸上来了一个响亮的吻！

回来的路上，孙水涛都在回味着这个吻，温热而湿润，美好又甜蜜，美极了。

在下次约会的周六晚间，孙水涛怕佟彩虹找上门来，给支队机关带来不好的影响，他又乖乖地赴约了。这次两人去电影院看电影，在一个包厢里，情话已经说得差不多了，佟彩虹紧紧地抱住孙水涛，依靠在孙水涛的怀里。孙水涛抱着这样温润的柔力球，他终于不能自抑，热烈地吻着佟彩虹。他压制了很久的激情就要爆发，双手就要往阵地中央突破，然而佟彩虹就像精灵一样逃开了。让孙水涛面红脖子粗尴尬地坐在包厢里，好像有人给了他一记狠狠的耳光，他的脸在黑暗中火热，好在周围的人没有人注意他，他心里又无限失落。

“孙大哥，我早晚是你的，你不要着急嘛。”佟彩虹在分别的时候，捧住了孙水涛的脸，给了他长长的吻，那灵巧的舌头像游鱼一样搅动着孙水涛的身心，那是他作为大仙腾飞的感觉，云里雾里。

这两个吻，甜美得很，彻底把孙水涛征服了。他在遇见佟彩虹之前，还对他和程青燕的婚姻抱着幻想，佟彩虹的出现，让他离婚的想法逐渐变得坚决。

离婚吧，孙水涛不能再等待了，他已经突破了一个军人的道德底线，再继续下去难免要犯错误。他孙水涛也总不能穷其一生，用乞乞哀哀的态度来保全这段婚姻吧。恰逢这时，司令部管理股管理员高石头的婚姻悲剧又让他看到自己婚姻的寒冷现实，离婚的想法变得急切而铁心。

从湖南入伍的高石头在管理股主要负责机关食堂，人很热心。每当机关干部大规模下点，他都会安排干部们回来的午饭和晚饭，计算好车次，这些人能否吃上饭，他都要告诉炊事班田班长备好饭，准备的饭菜中，菜是菜，饭是饭，还有汤，都温在锅里。时间长了，也就掌握了规律，给那些去基层中队的干部备饭，他心中有数。机关还有好几个值班岗位，作战值班、机要值班、通讯值班、运输战勤值班等，他请示支队领导，统一给安排了夜班饭，朱文成有时候夜间写稿，高石头的夜班饭也算他一个。还有出差到外地回来的干部，探家回机关的干部战士，如果让他看见了，也会问有没有吃饭，如果没有吃饭，也让炊事班给弄点饭，让下点干部、回家干部战士、出差干部、值班干部、加班干部心里暖暖的。他说管理首先是服务，服务不好，何谈管理？服务是基础，管理是目的。没有服务的管理是不足以服众的，最终也不会有良好的管理效益。这个认识和支队机关是基层的命令指导机关一样，首先要为基层做好服务，才能让基层更好地执行命令、接受指导，理论如出一辙。田班长就是在五中队调过来的志愿兵田爱农，也被十中队副指导员何海晶成功地推销了小姨子，成为何海晶的三妹夫，成为三妹夫以后，也不忘记和何海晶一道，向年轻干部战士推销自己的小姨子："我有个小姨子特漂亮，可以介绍给你。"田爱农有过"田主任"的传奇逸事，也是一副热心肠，和高石头一起打理机关的伙食以及来客的招待，服务周到细致深受赞誉。

高石头还热心地帮助干部家庭中的婚丧嫁娶，有事情还忙前忙后，时间长了，家在锦朝市的机关干部家里有什么事情都请高石头帮忙。高石头虽然个子小，但是跑起活路来，快捷又细致。

就这样一个热心肠的人，他的婚姻也会出现问题。

管理股高石头的婚姻也有一定戏剧性。高石头姓高人很矮，还不到一米六，在中队当排长的时候被看押目标单位监狱长的女儿耿芳看上了，耿芳比高石头还高出半头，但是也不影响他们成为夫妻。那个水瘦山寒的偏僻之地，遮挡了耿芳看世界的眼睛，她没有找到比这个湖南来的军官更优秀的青年，她心满意足地嫁给了高石头。

随着高石头被提拔到锦朝市支队机关，耿芳也随军到了锦朝市里，眼界一下子天宽地阔。高石头被提为副营以后，支队还给分了两室平房，但是耿芳感觉锦朝市才是她快乐的天堂，原来自己让一片小树叶给障目了，这么多帅哥都在锦朝市里，耿芳不顾自己已经是一个母亲的角色，也不顾及自己的军嫂身份，没有工作的她，在高石头上班后除了舞厅歌厅就是电影院，用一双轻浮的媚眼展示着自己的万种风情，一些帅哥跟着她到处闲逛。妻子的责任、母亲的责任统统被她抛之脑后。

有一次，耿芳和一个男人正在床上翻滚，被回家取东西的高石头逮了个正着，一对野鸳鸯还很不知羞耻地把高石头推出门外，干完了事情才从容地离开。怒发冲冠的高石头恨不能拿刀宰了这对狗男女，即便是这样，高石头还是忍了，劝耿芳为孩子着想，他既往不咎。耿芳也信誓旦旦地说以后绝不再犯，高石头就这样容忍了耿芳。事情发生后，有人说高石头是个爷儿们，能够忍让，有胸怀；更多的人说高石头是个窝囊鬼，没有血性。让别人骑到头上拉屎，还在忍让。

忍让依然没有好结果。时间一长，耿芳依然我行我素。她从心里就看不上这个农村小土豆（她给高石头起的外号），她反而认为自己过去是瞎了眼，跟了这么个小土豆。在她不知是哪一个男友的鼓动下，耿芳主动地提出了离婚。

高石头非常痛苦地委托后勤处才协理员代理他办了离婚手续，独自担负起抚养女儿的责任。

很多机关干部为高石头鸣不平。当孙水涛义愤填膺地找到高石头，要帮助高石头追究那个男人破坏军婚罪的时候，高石头竟然把他拦住了。说只要耿芳跟那个男人能够幸福，他愿意放弃追究那个男人的责任，心胸宽广得让人震撼。离婚后，耿芳也求高石头放那个男人一马。

高石头的婚姻悲剧，让孙水涛感觉到了现实的残酷。忍让不一定就换来别人的同情，相反是变本加厉的折磨，是对方的得寸进尺。农村人就这样让城里人看不起吗？但是支队很多干部也娶了城里姑娘，怎么也都生活得很好呢？为什么让他孙水涛和高石头赶上这样的女子和家庭？

没有夫妻生活，看在孩子面上，忍忍也就可以过去，也不是什么大不了，和尚也是人当的，光棍也是人打的。他孙水涛不是不能看淡这些。但是对待父母不尊重、不孝敬绝对不能容忍！他孙水涛已经容忍够多了，你程青燕一家不就是有个条件和地位吗？好的条件和高的地位就可以容许你们这样没有道德没有人性了？我在你们家当三孙子也就罢了，就是不允许你们这样对待老人！孙水涛把父母看作天，这样的天竟然在城里人眼里什么也不是！

恨只恨当初自己被对方的优越条件所迷住，只怨自己被漂亮容貌冲昏了头脑！才得到今天这枚苦果。人没有长前后眼，世上也没有后悔药。

孙水涛提出离婚的消息，在程家不亚于火山爆发。这个甩门而去的年轻人长胆量了，要让程家人踮屣着脚去仰望孙水涛，没有想到这个军人竟然有这样大的火气，甩门而去的动作和响声，振聋发聩，也许在那一刻程伟夫妇清醒了过来。小两口吵吵闹闹没有什么大不了的，一旦涉及离婚，那可不是什么好事情，也不是什么好影响。让军人提出离婚，程家的颜面何在？

“这可怎么办？这可咋整？”程伟在屋子里转开了圆圈。

人在低处看不到未来，人站在高处又看不到危险。这也许就是程青燕的悲哀，面对婚姻的存亡，她还想着：“离婚就离婚，姑奶奶可没有怕过谁！‘人家’说，三条腿的蛤蟆没有，两条腿的人有的是；‘人家’说，死了披红的，挂绿的；‘人家’

说，上赶的不是买卖，这家不买下家买；‘人家’说，鸡窝里多会儿也孵不出凤凰来，孙水涛那个揍性还想欺负住了我？……”

“你别什么都不在乎了，都是我们把你惯坏了，让你不知尊长爱幼。”亲家穷也好破也好，怎么都是程青燕的长辈。

“爸，你不是怕我离婚，是怕你在厂里没有尊严，对吗？”

“燕儿，你怎么和你爸说话呢？”何大妈也站在程伟一边。

“他愿意离就离，我们娘儿俩过，没有问题。”程青燕还是倔倔的性子。

程伟说：“女人的青春如同花朵，盛开时艳丽万分，凋零时无人问津。等你老了，你就什么都不是。”

“天底下，有当爹的这么说自己闺女的吗？还拽出这么洋气的词儿来。”

“闺女啊，你爸说的有道理，做女人就是这样的。”何大妈继续维护着程伟的立场。

“那我也不会去求孙水涛。”

“男人要哄，女人要宠。把孙水涛当成你儿子来宠，就不会有问题了。”何大妈说。

“让我去哄他？那他还不得把尾巴翘到天上去呀？那我还算什么？”程青燕把杏眼一撇。

“你怎个就这么任性呢？”程伟摇了摇头，他像一只老狐狸一样，嗅到了危险的气息。

一个周日，心绪不佳的程青燕带着女儿到李春红家串门。李春红在单位就是柔弱小女生的样子，她去的时候，李春红正如女汉子，擦地收拾屋子，忙得不亦乐乎，不大工夫就把家收拾得规规矩矩，简直判若两人。见程青燕登门，就放下手中的活计，陪青燕说话。两个孩子倒不认生，见面就玩起来。一会儿春红老公回来，“老公，我来那个了，你帮我把衣服洗了吧。”“老公，青燕轻易不来咱们家一回，你好好表现表现哦。”“老公，你是世界上最好的男人。”“老公，你最疼我了。”贱气、娇气、酸气、肉麻、媚态，一副楚楚动人的小酸样，高帽子给老公戴得严严实实，她老公乐颠颠的。公公婆婆来了，李春红收起媚态，一本正经进入家庭主妇角色，一会儿请公公婆婆上座，一会儿给公公婆婆端水上茶，洗水果削水果，也不来那个了。然后赶着老公陪公公婆婆说话，自己忙里忙外去弄了一桌子好饭，把公公婆婆乐得合不拢嘴，说春红别把他们儿子宠坏了。整个上午，把程青燕惊得目瞪口呆，这还是那个柔柔弱弱的李春红吗？天生的就是个演戏的，怎么如此深藏不露？原来人与人之间再好，也有从不示人的内容。

“人家”李春红说，对老公一宠二哄三管，高帽子就要给他戴暖和了，你还要表现得柔弱点儿，同情弱女子，酸一些，媚一些，男人准离不开你。原来管理男人有这么多学问呀？“你怎么不早告诉我呢？”“你妈不教你吗？”一看李春红把婚姻经营得酸酸的甜甜的有滋有味儿，才知道自己把婚姻经营错了，这些日子她一人带着孩子也累得臭死，有个男人怎么也比没有强。没有比较就没有伤害，人往往在比较中发现自己事事不如人，有李春红的婚姻作参照，程青燕才知道自己公主的本性不再适合婚姻。她很想给孙水涛打电话，但她又放不下架子，拿起电话机拨通了几次，都听见孙水涛在电话里喂喂地喊，又听见孙水涛说“神经病”，被对方啪地挂了电话。心里又一赌气：“姑奶奶不伺候你，愿意回来就回来。”她特别希望孙水涛能够主动地回到家里来。

程伟带着夫人何大妈、带着程青燕，在张副支队长陪同下，登门向孙水涛道歉，把孩子可爱的一面展示给孙水涛，媒人曹大姐也来说合。希望孙水涛能够原谅程青燕，回到少女河纺织厂的家属区。程家甚至抛出更诱惑的条件：如果孙水涛回到程家，程家可以把女儿名字改为“孙”姓，不再坚持“程”姓。永远都叫“孙明妍”，或者按照孙水涛最早给孩子的起名“孙澈”，随时可以去派出所把孩子的名字更改回来。应该说，这是程家痛定思痛之后，体现出的最大诚意，做出的巨大让步。

孙澈，孙明妍，恢复“孙”姓？这无异于一个饥饿的人突然见到了一块香甜的面包，诱惑力巨大。张副支队长夫妇也劝说，程家这回是真心悔过，不会再对孙水涛吆五喝六，他在程家将是堂堂正正的人。朱文成也说，可以啦，事情到这一步，就是斗争最完美的胜利，就是利益最大化啦，人非圣贤，孰能无过？应该再给程家人一个机会，不要再一意孤行。

经不住多次劝说和道歉，女儿的可爱，以及程青燕柔情蜜意莺歌燕舞楚楚动人的话语差点融化了孙水涛，孙水涛离婚的决心都有些动摇了。这个时候，佟彩虹的出现，给了孙水涛一个清新亮丽的世界。如同一个人在充满油烟浑浊的屋子久居，突然到了一个室外空气舒爽之地，让人陶醉，忍不住要大口大口地呼吸着新鲜空气。程青燕的漂亮已经是假象了，骨子里的清高冷漠和缺乏教养才是真实本质，这些柔弱媚态让他感到虚伪和恶心，佟彩虹虽然没有程青燕漂亮，但是农村女孩子的质朴和善良是程青燕所没有的。他的重心完全在年轻女学生佟彩虹的身上，佟彩虹一定能够给他那狂热如火的爱，佟彩虹是那炽热的岩浆已经喷发的火山，他愿意将自己跳进去融化。他愿意重新开始，和佟彩虹一起胼手胝足打江山，开辟生活新天地。

他犹豫很久也没有告诉佟彩虹他已经结婚的事实，但是也没有告诉佟彩虹他正处于分居的状态。他想给佟彩虹一个单身的结果，等离婚后，再告诉姑娘也不迟，或者不告诉她，给她一个钻石王老五的概念，让那颗纯洁的心就纯洁到底。

离婚也并不是一帆风顺，程家本身就不想离婚。孙水涛就是一门心思要离婚，对方采取了拖延战术，置之不理。

政治处领导们因为张副支队长的人情大面，再加上程伟副厂长多次沟通，开始还劝阻孙水涛不要离婚。舆论开始呈现有利于程家的“一边倒”。说孙水涛有点太自不量力了，自己几斤几两还不清楚吗？说你是大仙还真拿自己当大仙呀？程家已经让步到这种程度，孙水涛怎么还不知足？你孙水涛有什么本事和能力，获得这样现成的优越条件和生活，做城里人女婿一点亏都不吃，可能吗？面对这样的舆论风口，孙水涛没有办法，只能抛出“程青燕的夫妻生活障碍症”，对孙水涛这样的说辞，舆论也不乏怀疑，夫妻生活障碍，那么这个孩子是捡来的吗？在孙水涛铁心离婚的决心里，舆论像一阵风，逐渐平息。人们知道程青燕有夫妻生活障碍以后，领导们也无法再坚持了，张副支队长和曹大姐也就不坚持了。不让孙水涛离婚，难道让人家过一辈子苦行僧的生活吗？部队嘛，向来以稳定为重要，不管是部队，还是干部战士的家庭，稳定压倒一切。只有干部战士稳定了，军心才会稳定，才会有战斗力。锦朝市支队虽然这样希望，但是属于官兵个人的私事，也只能以劝说为主，绝对不可能以行政命令去强迫。

有了领导的认可，孙水涛等程青燕哺乳期满以后，加快了离婚的步伐。他到锦和区法院合铁法庭起诉了程青燕，要不惜一切代价离婚。

对方很快就应诉了，提出了两点要求：一是女儿归女方抚养，二是男方支付女方 80000 元的抚养费。

80000 元抚养费怎么算来的？女方按照现在社会生活每个月 360 元，从现在到 20 周岁，一共是 82080 元。一次性支付 80000 元整。

孙水涛一听，头都大了。他每月的工资刚调整完毕才 420 多元，每月 360 元，自己仅有 60 元生活费？这个抚养费是当时全国范围内也是要价比较高的了。他想起海涅的《西里西亚的纺织工人》，程伟这不是在压榨纺织工人，典型是在压榨纺织工人的家属。

但是对方又说，如果不支付 80000 元抚养费，要么就别离婚，欢迎他回去，好好过日子。

这是对方不离婚的又一策略，但是孙水涛满脑子里要给佟彩虹一个交代，坚决不答应。

天价抚养费难倒了孙水涛。他问朱文成怎么办？朱文成也恨那些拿农村人不当人的城市势利眼。

朱文成说："这好办。我有笔，这个时候比你的法律管用。"朱文成以前到北京出差，在北京站东街饭店一条街被一个黑心饭馆老板大宰了一回，他奋笔疾书，将他所遇见的情况，以及那饭菜的馊、臭、腥的状态写成文字，寄给了《北京晚报》。一个月以后，那个饭店老板写信给朱文成，向朱文成道歉，并退回了饭费 98 元。此事在部队还被当作传奇故事成为笑谈，从那以后，朱文成才理解"飘萍一支笔，赛过十万军"的真理，为什么国民党反动派是那么地仇恨鲁迅先生，为什么要不遗余力地刺杀爱国报人史量才。

于是，朱文成将孙水涛的婚姻经过写成了两篇痛斥的文字《军人就应当受到权贵婚姻的这样对待吗》《权贵就有权要天价抚养费吗》，他把这两篇文字送到少女河纺织厂程伟办公室，程伟看后，把朱文成杀死一百遍的心都有。他不知道他女儿程青燕有夫妻生活障碍，还有心率异常和轻微的癫痫病。怎么说这些东西都不能见光，女儿的名声，他作为一个几千人大厂的副厂长老脸往哪里放？他们家很多地方确实做得不对，这不是刀把给人家，让人家宰割自己吗？

程伟这才知道部队的干部是不好惹的。他没有想到，道歉，道歉不管用，改姓，改姓不管用，要高价抚养费还不管用。在程伟运筹帷幄的思维里，这三种招法肯定都会对孙水涛有说服力和威慑力，竟然全然不管用，被对方一一化解。他像一只斗败的老公鸡，让对方撕咬得遍体鳞伤，只剩延口残喘。也恨女儿太不争气，老脸也让她的任性劲儿丢尽了：堂堂的少女河纺织厂副厂长程伟的女儿让人家起诉离婚了！每天到厂里去上班，面对那些问候的笑脸，程伟再也打不起精神来，那些笑脸好像洞穿了程家婚姻失败的理由，虚伪地向他问好。他已经黔驴技穷，实在是想不出还有什么其他招数，来阻止这场离婚诉讼，让孙水涛乖乖地回到少女河纺织厂家属区来。协商调解，继续让步，是目前不让这些文字扩散的唯一办法。

经过协商和调解，对方要求支付 40000 元抚养费一年内支付完毕，孩子以后再有其他情况，也不需要孙水涛负责。孙水涛答应了，他知道，对待这个女儿，他应当有这样的义务和责任。

筹钱！筹钱！十万火急！

“你们老孙家，还让不让人消停了？今天娶媳妇儿，明天盖房子，现在又来个要钱的催命鬼。”大嫂发难。

“就是，有什么不可以忍让的，不就是看不起农村人吗？看不起就看不起吧，小五维护半天有什么用？维护半天就看得起啦？”二嫂也提出了自己的观点，她已经忘记了自己女儿晶晶在孙水涛婚礼上的一幕。

“抱着大树有柴烧，还怕树枝扎手啊，忍一忍就过去了。”三嫂也发了言。

“你们老孙家也就这么两下子，本事不大，脾气不小，还闹什么离婚。”四嫂同样有发言权。

孙水涛要离婚的消息传到孙家湾，在这个家庭里引起轩然大波。四个妯娌联合发言，在孙老爹组织的家庭大会上，长枪短炮一致对外。

几个哥哥在女人面前也不敢吱声儿，小五怎么就不体谅家庭的困难呢？从小就不让人省心，到现在还不让人省心，说是部队的军官，就是好听点，一身皮而已，说白了还是一个穷光蛋。

“你们两个老的也是，好端端的，要去看什么孙女？厚脸皮惹回来一身臊。”大哥埋怨着孙老爹和孙大娘。

“你……”孙老爹想发作，最终还是忍住了。

“都是我们老两口不好，现在说什么都晚了，现在五儿铁了心要离婚，你们当哥当嫂的，不能撒手不管啊。”孙大娘央求着儿子儿媳妇们。

“我们怎么管啊？”

“你们不能不讲良心。你，老二，当初超生罚款，不是老五给你凑钱吗？你，老大，要买牲口，不也是老五给你凑钱吗？还有你，老三，你老丈人要做大手术，不也是老五给你寄钱回来救的急吗？”孙老爹把他的眼珠子瞪起来，扫视每个儿子儿媳妇。

“咱们老孙家砸锅卖铁，也要帮老五这一回。老五不是个孬种，他肯定会翻身的，我今天把这条老命放在这里，不翻身，你们用唾沫星子淹死我们老两口。”孙老爹继续放出狠话来。

“你们哥四个，凑出 10000 元来，每家出 2500，拆房卖地也要凑出来。”孙老爹开口发言，把目光环视着哥四个，不容置疑。

“天吔，这也太多了吧，这不是要命吗？”

“你们想想办法，怎么也要让五儿把这个坎过去。以后让老五加倍还你们。”孙大娘在旁边也说了话。

“就他？上学、上学上不出来，婚姻、婚姻弄得鸡飞蛋打；”有人对孙水涛的能力提出了疑问。

“要对你们的兄弟有信心，人总有翻身的时候，眼睛别只盯着脚后跟。”孙老爹将目光对准说这句话的老二。

“光沾不上多少，麻烦倒是不少。”老四也开了言。

“少说两句!”

“都这个时候了，别人发发牢骚还不行吗？”老三说。

卖猪的卖猪、卖鸡的卖鸡，卖粮的卖粮，借钱的借钱，一时间，孙家呈现“卖”相，和“借”势。

孙家弟兄几个都是很老实的人，父母说什么，都能去积极做什么。几个媳妇也是老实人家的姑娘，也没有刁钻的，刁钻的也不会进这个家，在一阵牢骚后，还是去努力完成孙老爹分派的任务。几个哥哥嫂嫂虽然希望孙水涛为了孩子不要离婚，但是在孙老爹的高压下，想起程家的作为，也就去“拆房卖地”。尤其是孙水涛的妹妹孙水仙，她和丈夫的生意刚解决温饱，起色还不大，但是她支持得最彻底，想办法给她五哥解决了 5000 元，孙老爹和他几个哥哥四处张罗给孙水涛凑了 10000 元。

手捧着这 15000 元，孙水涛痛哭流涕。他又把亲人的皮给刮了一层啊！这些年，父母和哥哥嫂嫂们没有享到他的什么福，还跟他担心受累。

在第一时间想到的，肯定也是最亲近的人。没有等大仙孙水涛张口，朱文成就把自己的积蓄 3000 元给了他，接过朱文成的钱，心里感慨万千：关键时刻还是自己一个车皮来的老乡，还是自己的同学。他一句话也说不出来，只是紧紧地抱住了大神朱文成，那情感已经无声地表达了。

孙水涛也借遍了部队的战友，才借到 12000 元，还差 10000 元。他给程青燕打了 10000 元的欠条，才拿到了属于他的离婚证。

终于解放了，空气自由了，天又蓝了。孙水涛感觉自己终于回到了大仙时代。

拿到离婚证那一刻，孙水涛还是很难过的，毕竟他真心地爱过程青燕，也投入过全部情感和精力。还有那个刚刚一岁就没有父爱的宝贝女儿。他在心里默念着："宝贝，爸爸对不起你了，爸爸不能陪你长大了。等以后爸爸混好了，爸爸再给你补偿吧。"他没有痛恨程青燕多少，只是痛恨他们把一个漂亮的女人纵容和娇惯坏了，他真心希望程青燕找到属于自己的幸福，希望程青燕把自己高贵的公主脾气好好改一改。

佟彩虹的情网刚刚举起来，还没有完全张开，大仙孙水涛就迫不及待地扎了进去。这场离婚诉讼，对于孙水涛来说，就像漫长的抗日战争，在这场没有硝烟的战争中，孙水涛取得了最终的胜利，虽然是惨胜，但胜利终归是属于了他。他像个得胜的将军一样，开始为自己规划和佟彩虹的美好未来。他现在正连职务已经满两年了，再有一年，正连职满三年可以评副营职，那么他就有资格排队分房子。那时候，他就有属于自己的窝儿了，到时候给佟彩虹找找关系，也能留在市里分配到那个司法部门，他们就可以"身无分文双飞翼，心有理想一点通"，一起讨论工作，一起快乐地研究法律，再孕育一个聪明的法律宝宝。一家三口其乐融融。岂不是神仙般的美哉？这样想的时候，大仙的神色开始绽放光彩。

佟彩虹对于孙水涛来说，白天是美丽的彩虹，到了夜晚就是他向往的一颗星星，一颗闪亮的星星。白天的彩虹照耀他，让他努力去工作；夜晚的星星指引着他，给了他美好的梦想。他虽然没有感受到那颗星星的温暖，但是他已经看到了那颗星星带给他的光明，他要努力地摘取那颗星星，去拥抱它的明亮，去接受它的温暖。

离婚后的一个周日，孙水涛兴高采烈地在少女河公园里约会了女学生佟彩虹。他不再像以前那样偷偷摸摸的了，这次是正大光明地在少女河公园里约会，以前佟彩虹想约他去少女河公园，他因为怕看见熟人，从来不应，这回可以公开他和一个女大学生的恋情了。他在少女河畔开始的第一段婚姻，他要在少女河畔开始他的第二次婚姻，他的心情就像第一次在少女河畔见到程青燕一样愉悦。他兴奋地拥抱着佟彩虹热吻，不管周围是否有人经过，佟彩虹让他挤压得喘不上气儿来。

"孙大哥，什么事这么高兴呀？"佟彩虹被孙水涛的兴奋感染着。

"我答应你，我愿意娶你做我一辈子幸福的爱人，请你嫁给我！"孙水涛很浪漫地摘下一束野花，双手捧在佟彩虹面前。

对于孙水涛以前没有痛快响应自己的求嫁，今日却怎么痛快地向自己承诺呢？她有些不解，是不是以前有什么问题呢？作为法学专业的学生，找到事情的真相和本源，是她们的专业特点。

"孙大哥，你以前为什么不痛快答应我呢？"佟彩虹抱着孙水涛的胳膊，偎依在他身边。

"因为以前我还在婚姻当中，没有告诉你，是因为我没有资格承接你的爱情。现在我离婚了，是个单身汉。"孙水涛和盘托出这三年来和程青燕的爱情婚姻状况，把自己不幸的过往，真真切切地告诉给佟彩虹。包括给孩子的 40000 元抚养费，还有 10000 元未能支付。

"我知道你有故事，但是不知道你的故事竟然这么惨！"佟彩虹很同情地对孙水涛说。她也知道孙水涛可能是在婚姻之中，她也不介意，成熟的男人才有雄厚的实力和丰富的资源。

孙水涛向佟彩虹描绘了美好的未来："还有一年，我就在部队评上副营职，部队会给我分房子，你就可以作为随军家属，就是光荣而伟大的军嫂了！那时候，你也毕业了，我可以利用一切社会关系，帮助你分配到锦朝市。那时候我们同出同进，双飞双憩。"孙水涛给佟彩虹指着天上一对双飞的鸟儿，平举双臂，摆动起来，做飞翔的状态。

孙水涛还浪漫地把彩虹同学比作天上的彩虹，他是地面的一泓清水，清水映照彩虹，彩虹落在水里，相映成趣，相得益彰，成为人世间最美的风景，这风景就是他们一生的永恒。

那一天，孙水涛激动兴奋的状态远远超过了佟彩虹。

“好呀，孙大哥，你这样，你现在就帮我联系有关系的单位吧，省得到时候都往市里挤，不好分配，你现在就要帮我把关系搞铁，到时候就水到渠成。”佟彩虹感觉进入爱情状态的大男人也如一个小男生一样浪漫，她也被他感染了，她可以把她的未来和后半生托付给这个男人，

“没有问题。”孙水涛痛快地答应着佟彩虹，他要努力让心爱的姑娘满意。分手的时候，他们又热烈地拥吻，醉了少女河，醉了那天的阳光。此时，他感觉到城市的楼宇张开怀抱迎接着他，那些树木在和他一起舞蹈，汽车起起伏伏的鸣笛声也仿佛在为他欢唱。

他们就这样甜蜜地约会着，孙水涛总想得到实质性的突破，怎奈佟彩虹的阵地工事修筑太坚固，抵抗防守太严密，她告诉他，把最美好的那一刻留待他迎娶她的那一天。

孙水涛为了爱情，开始抓紧行动。他知道要获得佟彩虹的爱，关键是工作的问题。在军营中的他真是小看了社会，在中国最难办的是人事问题，最难弄的也是就业分配问题，他找人咨询了一下，大学生就业分配，原则上是从哪里来回到哪里去，有婚姻关系或者投亲的可以考虑。但是农村毕业的大学生不回原籍，要留在锦朝市这样的中等城市，必须交一笔很可观的城市增容费，大约在 20000 元的样子，还有其他的人情关系花费也要在 10000 元左右。

面对这样的实际情况，孙水涛即使想为佟彩虹负担这么大的花费，他也实在是心有余而力不足，他真的没有能力负担这笔费用，把他全身的骨头、肉和血卖掉也筹不够这些钱，他现在还欠着程青燕 10000 元抚养费呢。他认为婚姻是两个人的事情，佟彩虹的家里也应当负担这些费用，他可以为佟彩虹留在锦朝市去卖力气跑腿儿。

情况打听清楚了，花费需要自己出，爱情也不能包办一切。佟彩虹没有想到孙水涛给了她这样一个结果，她的心渐渐变凉了。以为孙水涛会为了她能够赴汤蹈火，不顾一切地为她负担这些，她不嫌弃他结过婚，也不嫌弃他比自己大，她需要一个

为她负担和解决一切的男人。他说过一年就评上副营分房子，会有那么顺利的现成的副营和房子在等他吗？分房子是大问题，他那么好分吗？再有，他那么多外债，拿什么给她幸福的婚姻？他一个月不吃不喝，也要将近十年才能把孩子抚养费还清。让她嫁给他和他一起还外债吗？看来她的孙大哥没有那么大的实力，也不能帮助她实现这个理想，那么嫁给这个军官的意义也就不大了。橄榄绿的光鲜，并不等于实际的需求和现实的温暖。说到底，他不是琼瑶笔下的那个白马王子，也不可能牵着她的手走上幸福的红地毯，也不可能有铺满鲜花的幸福生活。

孙水涛后来又约会佟彩虹，就被佟彩虹以学习很忙为借口推辞了。佟彩虹要慢慢淡化孙水涛的热情，她不可能在孙水涛这一棵树上吊死。

孙水涛还在善意地想着佟彩虹，还在激情澎湃地想象约会的甜蜜和热烈。当他看到佟彩虹给他来的绝交信，才知道，自己是被别人利用了。

孙老师：

对不起，我让您失望了，这半年多来，您给了我很多快乐，谢谢您。

我们现在学习很紧张，我要开始准备毕业论文了，我要把所有的精力都放在学习上，能够顺利毕业才是关键。所以，您的约会，我是不能再去了。

我考虑了很久，我们不大适合，我还是一个乳臭未干的学生，您已经是一个大军官了，我们地位相差悬殊；再有您的年龄比我大那么多，思想观念、生活方式也会有很大差距。在一起生活会有很多矛盾的。所以，我决定退出了。

谢谢您，孙老师，您的课讲得很精彩，我会认真地听好您的每一节课。祝您早日找到您心仪的另一半。祝您幸福。

您的学生 佟彩虹即日

看完了这封信，孙水涛才明白，自己堂堂的共和国军人竟然被一个黄毛丫头给耍了！被欺骗利用了。居然用这种委婉的口气来拒绝他，什么地位差别？什么年龄差别？全是他妈的借口！心里的愤怒，让他恨不能马上就把这个小丫头片子撕成碎片。没有想到这样一个农村女孩，竟然有这样的心机。当他不能满足她的需要，就毫不留情地甩开了他。那双在他面前纯洁的眼睛什么时候变得如此虚伪？

什么美丽的彩虹映照清水，什么一泓清水倒映彩虹？一个在天上，一个在地上，永远也不可能在一起，相映成趣只不过是一幅画罢了。雨后的天气变晴朗，彩虹消失，只有他这片清水傻傻地望着一无所有的天空。

当孙水涛从第一次婚姻中走出来，不想接受嗟来之食，满怀信心地想通过自己的努力创造属于自己的生活时候，却无情地被别人抛弃，好残酷的现实。不得不说，孙水涛有着事业积极上进的智商，但是社会交往认识的情商还远远不够。也可以说，他对爱情婚姻想得太天真美好，那么结果自然枉费心机，竹篮打水一场空。

孙水涛和程青燕的婚姻痛苦如同流血的伤口，佟彩虹又在他流血的伤口无情地给了一刀，让他更加痛苦和难过。程青燕对孙水涛没有利用关系，除了那高高在上的女王范儿和看不起农村人的那种态度，让孙水涛不能接受之外，其他的还真说不出什么来，他和程青燕一家不是一路人，奔跑不到同一道上去。孙水涛好不容易把心思全部用在佟彩虹身上，结果是人家在利用自己，和自己不是爱情和婚姻关系，纯粹是利用而已。佟彩虹给他的打击是巨大的，是让他悲痛的，他对佟彩虹的愤恨可想而知。

他迷蒙了，什么样的姑娘才能一心一意地跟随他呢？他感觉周围的树木在嘲笑他，那汽车的喇叭声也不是和谐悠扬的了，也是高一声低一声地讥笑他，那阳光刺得他睁不开眼睛。

这期间，机关干部都知道孙水涛离了婚，有干部也热心地给他张罗对象，有介绍的姑娘是市里的，有介绍姑娘家是农村的工作已经在市里的，女方条件让介绍人说得满对得起孙水涛。还有十五中队的何海晶指导员说，可以把小姨子介绍给他。但是因为佟彩虹的情网罩住了他，他谁都没有答应，他已经决心和佟彩虹重新打江山，结果彩虹消失了，他又不能返回去死皮赖脸找给他介绍对象的机关干部，让人家重新给他介绍，那他就太掉价了。心里极为悲催，也许错过他意向中的好姻缘，心里难免不又对佟彩虹增加愤恨。

孙水涛受到佟彩虹的打击后，朱文成送给他了两个字：活该！说他这就叫急病乱投医，分不清形势，看不透世界。

孙水涛想起以前朱文成对他说的话：要得到更多，你必然失去更多。还真的就应验了。“真的是狗嘴里吐不出象牙！”他在心里狠狠地骂着朱文成。

痛苦，是因为失去的远远比得到的多，得失差距越大，痛苦越深；反之，失去的远远比得到的少，得失差距越小，幸福感越强。

也许和程青燕离婚，是最大的错误，去找程青燕复合，他孙水涛的脸往哪里搁？程青燕一家人怎么看他？这个念头一闪就过，他知道好马不能吃回头草。

锦朝市支队副楼外是一幢七层的空军家属楼，每天都有身着空军服装的军官们上班下班。每天都有衣着朴实的军嫂们出出入入，许多家属一看就是农村来的妻子，她们坚守军嫂的“战位”，尽心尽力地支持丈夫工作,无怨无悔地承担家庭重担，修成了正果。在四楼住单身宿舍的孙水涛和朱文成每天都看得仔仔细细，因为空军家属楼和锦朝市支队这幢副楼的楼间距不过 20 米。每天晚上那些军人们一家三口和谐的团聚场景都会进入大仙和大神的眼里，他们可以看到对面家属楼一层到四层的阳台影像，部队的房子有严格的面积管控，阳台都是变成了厨房，锅碗瓢盆交响曲在每个夜晚到来都会清晰听见，炖鱼、炖鸡、炖肉的芳香味道也会飘过来，勾起孙水涛和朱文成的馋虫来，还有对面楼下传来孩子们的欢笑声让人向往。

“真好!”“真香!”那片家属楼朝九晚五的幸福生活成了孙水涛和朱文成奋斗的目标和期待。

“文成，我都不知道自己什么时候能够奋斗到对面的那个样子，有属于自己的房子，能够扬眉吐气地生活。”大仙垂头丧气地说，婚姻和爱情的打击，让他实在是唱不起来高调。

“你让我说你什么好呢？一说爱情，一说婚姻，你就找不到北了，头脑光一个傻子似的，也不过电。”大神看着这个同学，又气又恨。

“还是你好啊，家里有乔老婆，你可以什么都不想，一心一意地扑在工作上。”曾经不看好朱文成婚姻的孙水涛，突然感觉还是朱文成比他幸福得多。

“我这有什么好呀，哪如你下班就可以回家啊。”

“你就别损我了，看我笑话呢吗？”

“我哪敢呀。”

“我看你就是。”

“我看你是为了吃蜂蜜，去抓蜜蜂，光想着那点甜了，不晓得那东西还蜇人。”朱文成看孙水涛这两次打击受伤不浅，想起小时候调皮抓蜜蜂的事情来。

“你还说不是，这不又来了。”这句抓蜜蜂的话，也把大仙逗乐了。

“得得，我不提了。”

“我真不知道以后怎么办了。”

“我都怀疑你，怎么办案子的时候那么聪明，有个蛛丝马迹就逃不过你的眼睛，怎么一到了搞对象，就变得傻了似的。”

“嗨，入什么脑子想什么事儿吧。”

“你把婚姻爱情想得太单纯了，也把条件定得太高太死了。”

“家庭条件好的女孩难道就不嫁人了？”

“嫁人也许不是嫁我们这样房没有一间，地无一垄的穷当兵的，人家要找门当户对的。咱们用什么拿捏住人家？有什么资本和条件？如果婚姻爱情不对等，给人家当孙子，人家还嫌我们不合格呢？”

“你说得也太绝对了吧？”

“不绝对，也差不多吧。那样纯粹不以物质嫁我们当兵的姑娘不好遇见。”

“谁不希望遇见呢？怎么悲催的结局偏偏都让我赶上了？”

“根还在你的思想上，你看不起农村女孩，看不起和农村妻子两地分居。”

“谁说我看不起啦？佟彩虹不是农村女孩吗？”大仙还在狡辩。

“人家对你是真心的吗？对你有真心的，你看不上，对你不真心，你又爱幻想。”

“谁知道她那么多心思！”这个时候，孙水涛听出了大神画外音，那就是对他有心的朱文玥，他始终都没有考虑过，以至于现在这个局面。假如那个时候选择了朱文玥，也许现在什么困难都克服了，他也当爹了。唉，悔不当初啊。

“以后别死守着非城里条件好的女孩不娶了。”大神告诫着大仙。

“行，这次真的是教训。”大仙好像是老实了。

这如果要在以前，两人论战，大神绝对不是大仙的对手，今天大仙没有资本来开涮大神，他也没有那个底气，任凭大神教训几句吧。

大仙的结局，无疑像镜子一样照在大神面前。有时候想，假如他和周向莉或者刘巧英走到一起，从理想主义到柴米油盐，说不好也会有这样的结局。虽然两个女子对他有明显的好感，但是生活时间长了，也保不齐出现裂痕，磕磕绊绊。这样一想，朱文成更坚定了对妻子乔爱华的爱，为自己的选择而欣慰。

夜晚阒寂，对面楼里熄灭了最后一盏灯，他们也进入了梦乡。

第二十章　诱惑动人心

锦朝市经过几年发展，变化日新月异。城市的当政者学习广东经验，对外开放对内搞活，解放思想更新观念，优化投资环境，温暖来往客人。城市和它的人们一样变得土不土洋不洋。一边是灯红酒绿，歌舞升平，富丽堂皇；一边是黑暗静无声，平房连片，小窄巷死胡同，厕所味道浓厚的脏乱差。这种土洋结合的城市是那个年代每个城市都有的现象，人们的穿着、生活、语言和观念也是土洋结合。时髦、新潮、酷毙、帅呆、范儿、派儿、腕儿、款爷、赛油娜拉、拜拜等前卫先锋词语让我们的大神朱文成目不暇接，人们交流说话时不时蹦出个前卫词语来，别人不会说你是老土。

人们谈论谁的衣着潮起来，谈论在哪里做了一把美容，那个时候的美容已经不是女士抹点化妆品、涂个眼影、纹个眉毛、擦个口红等意义上的“美容”了，美容院纯粹是女士止步，为男士服务。美容院、保健院、洗浴中心、足疗店、洗头房、按摩店、歌厅、舞厅、录像厅、健身房雨后春笋一样在锦朝市开张营业。

锦朝市政府还专门按照广东风格和特色搞了一个比较前卫的街道广东街。广东街从南到北有四个段，每个段内容都不同。一段距离火车站比较近，是宾馆餐饮业区，宾馆、酒店、饭店、餐馆一应俱全。二段是休闲娱乐区，美容院、洗浴中心、歌厅、舞厅等门脸灯光粉红，诱惑着过往的行人。三段是精品服饰区，皮鞋的火箭式、轮船式、方砖式、半球式，跟高半尺咔咔的声音清脆，成为城市的主流节拍；牛仔裤、喇叭裤、锥子裤新奇各异冲击人的思维；超短裙、吊带裙、露肚装、透明装等薄、露、透散发着暧昧的诱惑，很是吸引眼球。四段是广味食品区，南方的海鲜、干货、热带水果、方便食品等琳琅满目，三鲜伊面、华丰伊面都是那时候的方便面品牌。广东街以新潮的特色和前卫的风情吸引着锦朝市民光顾，东西好、感觉爽、享受美，但是价格实在是高，逛过广东街的人们只恨自己钱太少，只恨自己结婚太早。

大神和大仙在广东街开街不久逛过一次就再也不敢来了。就他们那点工资一顿饭就没有了，逛一趟街，都逛不起。在一段餐饮区，每个饭店前都有那么几个妖艳的女子勾肩搭背并排着阻拦他们通行，你走左面她们拦左面，你走右面她们拦右面，语言挑逗，色相引诱，促使你进去消费，大神义正词严地拒绝，大仙把手铐子拿出来抖搂两下，吓得这些女子花容失色，才得以逃出来。在第二段休闲娱乐区，有的歌厅狂吼震耳高分贝地刺激神经，有的歌厅靡靡之音让人昏昏欲睡，昏暗的粉色、红色、黄色、蓝色灯光下，衣着暴露的女子在魅惑地招揽生意，挑逗着过往行人，让未见过世面的那些老土们欲罢不能，不看又想看，看了又让人脸红。看了就想进去，进去肯定是要掏空他们的身体还要掏空他们的钱包，在这种地方，孙水涛和朱文成只能望而却步，这里不是他们光顾的地方。

在第三段服装鞋帽区，大仙让大神给乔爱华买几件新潮服饰，大神一看，这是正经人穿的衣服吗？若是买几件这样的衣服，不让乔爱华拿刀劈了他才怪呢。大神说大仙，你以后搞了对象，带她来这里逛一逛，如果那个女孩对这里的服装感兴趣，说明这个女孩不适合当军人的妻子，就军人这点工资是养不起这么新潮的女孩的，和军人的思想观念也肯定不合拍。如果这个女孩骂了大仙，说明这个女孩很适合大仙，绝对是正派的好女孩。虽说这种检验未来军人妻子的方法有些不地道，但是也确实是一个最有效的办法，大仙佩服大神的分析。

大仙说："大神，想乔老婆是远水不解近渴，可以去一趟广东街，去一趟，什么问题都解决啦。"

大神说："你积蓄了那么多年的火力，早就憋坏了，也就是广东街才能适合你，你去一趟，保证你半年不用起床。"

说笑归说笑，这二人还真对广东街不敢有非分之想，这是他们作为农村人本质上接受不了的东西，也是他们作为军人不适合涉足的地方，最根本的也是没有那个闲钱去嘚瑟。他们曾经在广东街被人骂作"穷当兵的"。

之后不久，锦朝市支队机关理发员小钟在一个周日去旱冰场滑旱冰，和当地女学生认识了，两人聊得非常投机。结果，驻军另一部队战士也认识这个女学生，要求小钟放开这个女孩，小钟哪能认怂？两人三言五语不过，两军对垒勇者胜，结果，战士小钟被另一名战士刀刺身亡。

消息传到支队，全支队深感震惊。小钟的身份来由也有了戏剧性的曲折。小钟从营盘市区入伍，是城市户口。不属于正常渠道入伍，他父母和锦朝市某个官员有一定亲戚关系，这个官员和锦华山集团曾总熟悉，通过锦华山曾总找到合铁街道书记岳克章，又通过岳克章找到机关政治处杨干事，杨干事认识到合铁街道对于支队的重要性，和司令部警务装备股高参谋沟通时候，正巧高参谋也有事情用着杨干事，高参谋小姨子的孩子不属于合铁街道学区，合铁一小名声在外，想入合铁一小上学，高参谋就找到杨干事，杨干事找到合铁一小沈校长入了学，三绕两绕，利益交换也罢，合作共赢也罢，双方皆大欢喜。

凶手被拘捕，等待着严厉的刑事审判。但死亡战士小钟的父母坚决不干，要求锦朝市支队给小钟烈士待遇。这样无理的要求岂能答应？得不到烈士荣誉，小钟家属就搬出锦朝市这名亲戚，这名亲戚又找到锦华山曾总，曾总又找到合铁街道岳克章，岳克章直接找到支队政治处。家属配合着岳克章，在机关哭闹上吊，事情弄得非常糟糕。经过支队领导层层说好话，不断进行安抚，最后小钟按照部队病亡处理，给予了相关待遇。

小钟事件，让部队颜面尽失，支队领导非常窝火。非正常渠道入伍的战士，支队领导都不敢随便开口，竟然两个参谋干事就做了主，还马上就混到年底退伍回地方要安置工作。责令杨干事和高参谋停止工作，接受组织调查。二人痛定思痛的说法就是深受资产阶级享乐思想的侵蚀，没有守好革命军人的阵地防线，在改革开放的大考验面前，打了败仗。杨干事在检查里还说道，这些年为支队工作拿回了不少荣誉，自己还是一个穷干事，心里有些不平衡，地方的请吃请喝也不再拒绝，礼品礼金也不再推辞，辜负了组织多年的培养，辜负了家人的期望。杨干事和家人主动上交了几年来收取的好处费 6000 元，高参谋也上交了几年来收取的好处费 8000 元。真让人大跌眼镜，这样看似的好干事好参谋，竟然是改革开放中被腐蚀了的部队蛀虫。杨干事已经进入党委提正营职的视线，初步是到司令部当政治协理员，小钟事件的出现，阻止了杨干事升迁的脚步，也让二人尽毁前程。

经过多方面考虑，杨干事和高参谋曾经为部队做出过一定贡献，免于刑事处罚，保留军籍，按照志愿兵身份转业。政治处管自身建设的陈副主任负有管理不到位责任，提前转业；司令部管理自身建设的副参谋长负有管理不到位责任，提前转业；支队党委向总队党委作出深刻检查，连续多年的先进政治处、先进司令部为此失之交臂，先进支队荣誉也无缘锦朝市支队。一系列的处理和处分，让朱文成和孙水涛应接不暇：部队啊，部队，岂能成为社会名利场？军人啊，军人，岂能在改革开放中失去本色？

支队后来将这 14000 元，用于希望工程，再添上 21000 元，在贫困的义先县，建了一所希望小学。搬进希望小学时，朱文成看到了那些破衣烂衫的孩子们，面对新教室新校园，纯真快乐的眼中放飞了未来的梦想，孩子们眼中对上学的渴望不亚于《中国青年报》记者解海龙拍摄的大眼睛女孩苏明娟。

小钟事件处理完毕后，锦朝市支队开始了机关纪律作风大整顿，反映出的问题很可怕。司令部作训股战士测绘员过生日，请老乡吃饭，竟然到锦朝市最高档的锦秋大酒店吃喝，锦秋大酒店是锦朝市委、市政府的商务接待酒店，政务接待酒店是锦山宾馆，这两个酒店一听名称就会让人望而生畏。8 个战士 1000 元钱竟然吃冒了，不够花，把士兵证押在酒店，回来借钱才取回士兵证。几个津贴费才十几元的战士竟然敢这么消费，这名战士家里无论是否有钱，但是如此高消费，让见过很多世面的支队首长都自愧不如。政治处电影组战士放映员的器材库里竟然有某种没名的内部录像带，美其名曰“内部资料，仅供审查”，内容低俗下流庸俗不堪，是他们在广东街音像制品店每天 5 元租来的。后勤处战士军械员的仓库里竟然点验出几本黄色书籍，也是在广东街的音像制品店里每天 3 元租来的。

改革开放带来的糟粕腐蚀着绿色的军营，考验着这些青春男儿。堂堂大机关管理着两千多人的部队，竟然是灯下黑。机关严厉整顿过后，建章立制，严格落实，尤其是加强对战士晚间和周日的管理。机关教育整顿完毕是全支队教育大整顿，每个人都要写思想汇报，深刻剖析自己的思想根源，检省自己存在的问题，重新正确认识自己的使命和责任。人民军队的本质绝对不能受到任何侵蚀和影响，这支具有优良传统的部队绝对不能在市场经济考验中打败仗，绝对不能在改革开放面前改变颜色，社会上的庸俗、腐败绝对不能在部队存在；人民军队的宗旨就是全心全意为人民服务，本色就是坚决服从中国共产党的绝对领导，神圣的职责就是守卫，光荣的使命就是保卫。大神朱文成和大仙孙水涛也几次被叫去开会，要求作为住单身宿舍的干部，既要洁身自好，还要管理好战士。朱文成和孙水涛知道，广东街就是考验他们的时代试金石。

这二人闲扯，两人没有想到一个部门的杨干事竟然是个小腐败分子，那么热心竟然是为了好处，还来者不拒，大好前途毁于一旦。

“真没有想到杨干事和高参谋两人手里的权力这么大，可以随时变现啊。”大仙孙水涛说。

“羡慕啦？小心驶得万年船，别忘了，我们是农村里出来的孩子，一着不慎，我们就白奋斗了。”朱文成说。

“还真的是眼热，8000 元呀，那么多。”这 8000 元在孙水涛手里，该还多少欠账呢。

“到时候，像杨干事高参谋似的，把你发配回老家，你就不眼热了，你可千万别动什么心思，一旦手铐子戴到自己的手腕上，你后悔都找不到地方哭去。”朱文成提醒着他。

在后来很长一段时间里，朱文成的头脑里都是机关战士小钟的音容笑貌。在一个机关楼里上上下下出出入入，在一个食堂里吃饭，低头不见抬头见，熟络了，自然还会相互开玩笑。“大神干事，猪毛又长啦，该理理啦！”然后是哈哈一笑，朱文成只能是笑骂，“你个熊塞子，你爹没有教会你说人话吧？”轻抬一脚，踹了过去，小钟像个机灵猴一样闪开了。“您随时到理发室，我都在，保证把您的猪毛打理得贼帅，让锦朝市的靓女们见了您，眼睛直冒蓝光。”小钟好像知道这个从农村当兵出来的干部比别人都随和，玩笑也多了不少，玩笑也开得邪乎。兵不像兵，官不像官，遇见这些吊儿郎当的机关兵，绝对是不能摆官架子的，小参谋小干事小助理的，背景不一定就比一个普通战士深厚，说不清哪天机关战士提了干，变成机关同事了，到时候因为小过节再别别扭扭的。在机关，官谈论兵，兵研究官，都是常有的事儿。哪个兵是什么来历，哪个官随和，兵和官之间心知肚明。这些小常识，朱文成还是有的。如果拿了架子，这些机关兵相互一嘀咕，个个对你敬而远之，往往是给自己找麻烦。他们手里都把着一摊儿，管钱管物，有点小权力的，得罪了这些机关兵，就是给自己工作设置障碍呢，不值得，随他们瞎闹去。大仙刚来机关时，还有些趾高气扬的基层连队最高首长的做派，让大神一顿好训，孙水涛才把尾巴夹了起来。

机关干部和战士们面对那空空的理发室，时不时地感慨一回：多年轻的生命啊，就这样为自己的任性付出了代价。

大神有时候想："小钟，我朱文成宁可再让你开涮一百次，只要你还活着。"

你不主动去广东街，有人会拉你去广东街；你不去腐蚀自己，有人要上门腐蚀你。

王大庆，原支队司令部志愿兵，工作保密员。说来这个王大庆还是个苦命的孩子。从小父母双亡，是几个近邻将他养育大供他上学，没有考上高中种了两年的地，在村里关照下，让他当兵到了锦朝市支队，接兵干部就是现在的赵政委，政委那时还是一名副指导员。临来部队的时候，村干部希望赵副指导员让这个孩子留在部队，别回去了，回地方也没有什么好前途，赵副指导员感觉责任重大，没少帮助王大庆。王大庆也很争气，在中队吃苦耐劳，刻苦训练，还立两次三等功被留队调到了支队机关。

一双老鼠眼睛透露出机灵，小嘴很会说道，一副眼镜挂在鼻梁上，给人很精明的感觉。两次考军校都没有考上，在第六年，支队领导考虑到王大庆的情况，给他转了志愿兵。战士不能在驻地找对象，但是王大庆属于特殊情况，经过请示总队批准，王大庆就在锦朝市里成了家。女方家虽然不是说有多么富裕，也是有房有工作的普通工人家庭，女方一家人对王大庆也很好，王大庆感觉很幸福。到了志愿兵转业年限，王大庆被分配到锦朝市煤气公司，专门给市民来回灌装煤气，工资也不低。但是时间久了，王大庆对这项工作感觉到厌烦，他不顾岳父岳母和爱人的劝阻，申请了停薪留职，然后到了锦朝市有名的企业锦华山集团公司做了安保部部长。

这个企业集餐饮、宾馆、娱乐、商业、珠宝为一体，王大庆任职后的工资待遇还是蛮高的，月工资一千多元，是大神和大仙工资的两倍之多。因为工作关系，王大庆经常出入各种灯红酒绿场合。因为查阅资料和各种档案的缘故，王大庆在支队机关时和大神大仙私人关系也不错。兵龄比大神大仙早几年，二人见了王大庆很有礼貌地称呼王哥。

王大庆到了锦华山集团后，当然想展示自己的才能和能力，和企业老板曾总沟通后，邀约大神和大仙。

脱下军装，换过工作后的王大庆，今非昔比，西装革履、油头粉面、一副墨镜，给人香港黑社会老大的感觉。让大神和大仙看了很是不舒服：这还是那个在部队遵章守纪的志愿兵吗？社会怎么很快就把人改变到这种程度了？人各有爱好，这样的打扮也无可厚非，有事儿能帮忙的，尽量还是要帮。

那一日，王大庆到机关邀请大神和大仙晚上出去坐坐叙叙旧。老朋友来了，吃个饭也就是联络感情，也不至于有其他的问题，一个新闻干事，一个保卫干事有什么利用价值呢？

饭店档次让孙水涛有刘姥姥进了大观园的窘迫感。朱文成则淡定很多，毕竟他在雁冰城大酒店见识过这样的奢华。一个豪华的包厢里，壁灯壁纸，华灯高照，大理石地板倒映出精致的座椅和沙发，锃亮的餐具和分酒器；两位漂亮的服务员明眸皓齿，白皙的双手优雅地交叉在腹前，弯腰鞠躬，嘴里念叨"欢迎光临"，温和地招待每一位来宾，二人顿时产生了自己就是上帝的感觉。

"大神、大仙，今天让你们真正品味一下什么是神仙般的生活。"王大庆很得意地对二人说。

"起酒上菜！"

广味粤菜这一两年才在锦朝市兴起，为了让南方来的商客有宾至如归的亲切，粤菜馆、潮州菜、广味餐厅也都应运而生。四凉六热的粤菜上得桌来，色泽诱人，虽说有十个菜肴，但量都不大，突出"精细"的特色。凉菜有双豆焖凤爪、粤式叉烧、香煎什锦鲜菇、白切贵妃鸡，热菜有咸鱼茄瓜煲、胡椒浸生耗、虎皮尖椒、滑蛋虾仁、豆瓣鲤鱼、葱烧海参。大神和大仙一道都没有见识过。

精美的菜肴，精致的餐具，精巧的玉手，一个"精"就可以形容全部了，那两位美女还用妩媚的眼神看着大神和大仙，大仙孙水涛便忍不住多看了服务员几眼：这假如是我老婆，我能看得住吗？

大仙孙水涛的心态被狡黠的王大庆一眼看穿。

战友酒、叙旧酒、友谊酒、感谢酒，三人轮流干过之后，满桌子菜肴还没有动过几口。有的菜是要用叉子，有的菜是要用勺子，有的菜是要直接下手，这二位是不会用刀叉，勺子的使用方式也不对，让两个美女掩唇偷笑。王大庆喝酒又是另一种姿势，右手端起杯子来，好像画弧一样，用杯子在每个人面前晃过，端回嘴边，但是胳膊成为盘起的环状，好像新郎新娘喝交杯酒的状态，看来王大庆没有少和陪酒女郎演练喝交杯酒。朱文成心里想。

“你们笑什么？还不快给两位领导布菜倒酒!”两位美女赶紧动手布菜，为大神大仙倒酒。王大庆想让两位美女坐在他们身边陪酒，让二人拒绝了。

王大庆有什么事儿，该说了吧？大神大仙彼此对视了一下，在彼此眼中看到了相同的疑问。

“今天请两位兄弟来是有点事儿想请你们帮助。”

原来，锦华山集团想请大神朱文成给他们兼职做企业文化宣传，每月写 8 篇关于锦华山集团下属各企业 1000 字的文章，每月给朱文成 1000 元兼职费。

1000 元？我的天，大神和大仙没有听错吧？部队正团级干部的工资才 1000 多元，诱惑力是够大。

大仙能帮助他们什么呢？当然也有所求。锦华山集团名下众多企业，安保队伍庞大，企业还在扩张当中，需要一批安保警具，也就是防爆器材。锦朝市有一家防爆器材商店，只对公安、检察院、法院、司法局、监狱、保密单位和部队销售，全国严打过后，安保器材的销售控制极为严格。王大庆想让孙水涛以部队保卫部门名义开出几封介绍信买一批电警棍，给孙水涛 3000 元劳务费。

什么？3000 元，天文数字呀，这个数字也惊呆了大神和大仙。

几杯酒加上美女还不至于让我们的大神和大仙迷醉，毕竟他们也修炼了这么多年，没有经历过也听说过许多。大神和大仙刚才还晕乎呢，马上就有些警觉：看来这酒不是那么好喝的。两人假装醉了，不肯继续喝酒。

“没事儿，没事儿，两位兄弟，大哥就是这么一说，两位能帮就帮，不能帮就当我没有说。”

你越是享受得多，让你付出的也就越是更多。

话，既然已经说出来了，明摆着不是鸿门宴也不是白吃的晚餐。晚餐过后，王大庆让两位漂亮的服务员安排大神和大仙去洗澡轻松一下，再做个美容保健。

听到下一步的安排，朱文成拉着孙水涛赶紧拒绝：“谢谢老兄，你说的事情，我们回去考虑一下。”大家都是同一老部队的战友，王大庆也不好继续坚持，不能勉为其难，遂不作挽留。

出得酒店，夜风一吹，二人又清醒了许多。大仙孙水涛还在回味酒店的豪华、菜肴的精美，服务员的漂亮，赞叹不已。他想象不出那豪华的洗浴中心究竟是什么样子，那服务会有多么舒爽？

其实，王大庆本来想在大神和大仙的饮料里面放点迷魂药，但是考虑到他是从锦朝市支队出来的，支队领导对他很好，尤其是赵政委对他更是没说的，一步步培养他。他也和大神大仙关系很好，如果放了药，大神和大仙在药力作用下什么丑事儿都会干出来，那时候他就完全掌控了大神和大仙，让大神和大仙按照他的要求去做事。但是，那样也会把大神大仙两人一辈子都给毁了，大好前途也就毁了，那样他王大庆成了什么人了，太对不起人了？王大庆为放不放药而犹豫了很久，最终还是残存的理智战胜了一切。请一回算尽个朋友之谊，如果这二人能够主动帮他做事更好，不帮也没有关系。

“你就别回味了。”大神朱文成说，“今天如果真去洗了澡，后果就不堪设想。”大神不能不提醒孙水涛，因为孙水涛的父母嘱咐过朱文成，有些事情要帮助孙水涛把握点，他有义务让孙水涛在灯红酒绿面前保持清醒的头脑。

在回去的出租车上，朱文成告诉孙水涛：“保卫股介绍信绝对不能开，否则犯了错误就是一辈子的事情。我也不会去为了那每月 1000 元去给他们写什么文章。”

对于穷得叮当响的孙水涛来说，那 3000 元的诱惑力确实不小，他当时反应不过来事情的正误，但经过大神的分析，他也明白事情的危害性和严重性，此事决不可为！之前的杨干事、高参谋和那个小钟血的教训又浮现在眼前。

后来，王大庆再三邀请大神和大仙出来坐坐，大神和大仙一致拒绝了，说因为很多材料要写。两次过后，王大庆知道这两位不肯帮忙也就作罢。

王大庆在邀请大神和大仙的同时也邀请警通中队的中队长和指导员，这两位中队主官被王大庆频频请出去吃饭，引起了抓机关管理的迟副参谋长的注意。经过调查，原来王大庆想让警通中队出三个兵，每天为锦华山金店站岗，每月给警通中队 5000 元钱，至于这 5000 元钱怎么分配，那就是警通中队中队长和指导员的事情了。为什么找警通中队呢？因为警通中队每天都有外出的通讯勤务，多派出三个两个兵不会引起注意，再说锦朝市还有二三支队、边防、消防好几支武警部队，谁也不知道是哪里的武警战士。那个年代部队并没有脱离经营，因为部队经费也非常紧张，上面的大背景也并没有禁止。当然，警通中队两位主官说是为了中队谋福利，一年60000元不是小数目，所以他们就动心了。

顺藤摸瓜，支队也调查出王大庆请大神和大仙吃饭的事情。一迎一拒，两种性质截然不同，警通中队两位主官私自派兵外出经营，虽然没有坐实，性质也极其严重，受到了全支队通报批评，对于大神和大仙的拒绝，也进行了通报表扬。年底，警通中队两位主官被转业，据说是与此事有关。

结果出来后，大神问大仙："你后怕不？"

"后怕。"大仙连连点头。

我们的大神和大仙就这样修炼着，经受住了各种考验。

第二十一章　神仙各有道

大神和大仙能够共同拒绝外面的色和情的诱惑，经受住名和利的考验，为自己的修炼加快速度。但是每个神和仙的修炼都是为了自己而修炼，绝非为对方修炼，这样一说来，说明“神”和“仙”也都是有自己私心的。

朋友没有十年好，亲戚没有十年恼。渐渐地，朱文成和孙水涛的关系变得微妙了，这两个从初中玩到大的同学加战友有了各自不相同的心思。

政治处干部股姚干事告诉他们，明年上半年，政治处评副营职的名额会下来，但只有一个，顶多是一个名额。因为总队每年给支队正连满三年评副营职的名额超不过 4 人，在机关各部门中，政治处的干部编制数量相对少一些，所以不会超过 1 人，衡量全支队，正连职务满 4 年以上的干部会被优先考虑。如果到年底，副营职务转业干部空位能够多腾出一些来，也许会好的，如果腾不出那么多来，现在支队到年底正连满三年以上的有 11 人，这 11 人不可能都安排到副营的实职岗位上去，例如各股室股长、协理员、副大队长、副教导员，其余的只能是等待评上副营职才能享受副营职待遇。大家都辛辛苦苦熬满了正连，都指望有个副营职待遇，给自己的农村老婆孩子有个随军待遇，房子问题解决了，从副营转业也就满意再归也不迟。

形势严峻，竞争激烈，不言而喻。这两位大神和大仙不是不知道。他们是同一年同一月同一日被下达的正连命令，到年底都是要满三年的正连职。政治处就是他们两位是正连老干事了，警衔也是同一时刻挂上的一杠三星，明摆着，明年初评副营职，只能从他们两人之中评出一个。

副营职对于二人各有不同的重要性。于是，引发了锦朝市支队政治处历史上有史以来的“神仙决”，高手对决，鹿死谁手？

大神朱文成盼望这么多年，就指望评上副营职。妻子乔爱华和儿子武匠随军后就转成了城市户口，分了房子他们一家就可以团聚，儿子武匠就会享受城里人的教育。妻子和儿子眼巴巴地盼望了多少年，他不能再让她们娘儿俩失望了。母亲也可以在妹妹和他这里轮流居住，他们都可以照顾好她，让老人享受享受城里人清闲的日子。

大仙孙水涛也感觉副营职对他是非常非常之重要。自己婚姻和爱情的失败，不就是因为自己待遇低，没有房子和地位吗？如果提了副营职，有了自己的窝，怎么会忍受程青燕一家的冷漠和俯视呢？在矮檐下的日子真不是人过的；同样的，提了副营职有房子，佟彩虹也不会离开。

但是二人想着副营职对自己很重要，也就认为对对方不重要了。

大仙孙水涛认为朱文成的老婆孩子已经忍受了这么多年了，再忍受个一年两年又能怎么的？不像他还光棍子一条，还等着房子成家呢。如果朱文成要和他争，那就太不哥们了，饱汉子不知饿汉子饥。话说他都 30 岁了，朱文成的孩子都可以满山满沟地跑了，他在心里期望老乡战友加同学能够体谅自己的苦楚。大仙孙水涛这样想的时候，心里又时时内疚，因为他欠着大神朱文成很大的人情。一是大神“一支笔”摆平了他的离婚麻烦，才让程家答应离婚的；二是他至今还欠着大神朱文成 3000 元钱没有还，也是大神在他离婚第一时间借给他的。他于是就默念：“文成，对不住了，不是我忘恩负义，不是我不讲人情，是我真的不能再等了，等我翻身以后再报答你吧；原谅我吧，原谅我吧。”他就这样在心里千百次地祈祷着大神朱文成的原谅。

大神朱文成认为孙水涛不能把自己爱情婚姻失败归结为没有房子和地位。已经打了光棍，还怕再来上一年两年吗？俗话说，好饭不怕晚，说不定以后还有仙女嫁给大仙呢，他也希望对方能够理解他的难处。他也想到自己有恩于大仙，是自己的“一支笔”为他离婚立下了汗马功劳，自己还借给他那么多钱。孙水涛于情于理也应当让自己一回，这小子如果一点儿都不谦让，那就太不讲究了，心里也在愤愤地看待大仙孙水涛。

“人情没账，账有账。”意思是：账有数的，可以还完；而人情是没有数的账，是永远还不完的。

都在想自己的难处，都没有想对方的苦楚。这就决定了两人必须是竞争状态。大神把大仙看作竞争对手，大仙也把大神看作命运克星。

好在两人都自我感觉良好，也都有了不把对方打倒不善罢甘休的念头。

朱文成认为，这些年他年年为支队拿回新闻报道先进单位的奖状，年年都让支队在《解放军报》和《人民武警报》的重要版面上露脸，支队领导的提拔进步，怎么能说没有他大神朱文成的功劳呢？

朱文成这样想，孙水涛也感觉劳苦功高。“七五”普法在整个武警部队拿回先进单位荣誉不说，这些年部队的稳定离不开他“我是保卫股孙干事”这响当当的名号，稳定就是团结，团结出战斗力，自从他到机关当保卫股干事以来，支队涉法案件逐年下降，最近这两年还为零。这不能不说他的功劳最大吧？领导的进步能与他的工作没有关系吗？

除了在支队发热，这二人就没有到总队发光的机会吗？怎么说呢，可能是有，但也是命运不济吧。那年月，人情和关系还是要占点比例的，其次才是能力过硬。总队宣传处也知道朱大神的笔杆子过硬是新闻高手，但是政治部有一位新闻站长，也是新闻高手刘干事，刘干事和朱文成年龄不相上下，是从大学里特招入伍的科班生，新闻理论和实践都是来自本源，而朱文成是半路出家的新闻自学成才典范。能力不相上下，这二人到一起能否尿到一壶还两说。总队宣传处有调朱文成到总队的想法，也和支队政治处领导沟通过，但是政治处领导一是爱才，二是怕朱文成走了，支队的新闻报道任务要落后，没有痛快的话，总队宣传处也就没有坚持。

大仙孙水涛也有类似情况，总队保卫处也注意到孙水涛的工作能力和业务水平。业务能力的效果如何要看所在的平台如何，新闻人站的平台越高，视野越广，分析总结出来的文章越经典越有说服力。法律工作是越基层效果越好，普法是普给广大群众，而不是普给顶端上层的几个人。在总队机关，理论性就会多一些，比不上孙水涛在基层“摔手铐子”的效果更直接，更有震慑力。政治处在面对总队领导提及孙水涛的时候，也就不愿意放走。

这样一来，大神和大仙只能在锦朝市支队猫着，踏实地干下去。当然，这二人后来知道总队有调他们的想法，这种想法也不是那么强烈，对政治处领导不放手也有些不满。话又说回来，这二人在锦朝市支队干得如鱼得水，顺风顺水的，到了总队机关，高手如云，也不一定能显示出他们的胜人一筹，高人一等来。也就没有太在意。事到如今，他们二人成为竞争对手，他们就想起这些过往，难免又怨恨再起。

怨恨归怨恨，眼下才是正题。目前在他们面前的是如何把对手干败，自己能够顺利进入副营职，这才是王道。

这两人同机关单位的所有干部们打成一片，加强同支队领导的联系，更是把基础工作做在政治处。“评副营”重在“评”字，民主测评是很重要一关，如果民主测评不过关，领导关系再好，也不一定能成功。

神有神路，仙有仙道。大神朱文成在机关没事儿就请请小客，利用周日值班时间，请请值班干部，值班领导愿意参与一下就参与一下，一两个熟食，一把花生米，几两白酒，小酌怡情。也不至于耽误事情，那时候，只要不喝大酒，小酒不误事儿也就没有人追究。反正朱文成每个月的稿费相当于别人一个月的工资，请点小客还行。时间长了，机关干部尤其是政治处的干部都让朱文成请了个遍，包括大仙还让朱文成请过几次。反正请客也就是扯闲篇，绝对不能说正题，说正题往往会坏事儿，开个所谓的“锦朝市支队新闻发布会”吧。大家对朱文成的印象极好：有才，人缘好，会来事儿。

你有“明修栈道”，我就来个“暗度陈仓”。面对朱文成请小客，时间久了，大仙孙水涛咂摸过滋味来：这是拉群众关系、培养群众基础啊，这小子还真有一套。孙水涛也很快上道，在几个节点也给大伙儿弄点福利，家乡的土特产，花生、大枣、板栗。每个人弄上个半斤一斤的，也算不上行贿。土特产，也没有正题告诉大家，让战友们尝尝鲜，老家的农产品丰收了，分享一下他父母丰收的喜悦，当然朱文成也分享了孙水涛家乡的特产。有这么几次以后，“锦朝市支队警情发布会”的效果也很好，大家对孙水涛的印象也不错。

两人也找支队有关领导做工作，但是好像都被支队领导撑了回来。“你们追求进步是好事儿，但是要把心思用在工作上，而不是用在请客送礼上！”两人都被领导训了个狗血淋头，乖乖老实了。

一计不成又生二计。大神朱文成弄了两篇政工论文，请支队政委和政治处主任给修改修改，把把关。这个时候的政委就是原来政治处赵主任，政治处主任就是原来的唐副主任，关把完了，朱文成把政委和主任的名字署上了，和军队报纸的编辑说了说，论文水平在，又是熟悉的作者找来，稿子不久就发了，支队政委和政治处主任很快就被兄弟支队恭维和祝贺了，这两位领导还不知道是怎么回事儿呢，一看报纸才知道是怎么回事儿。事先朱文成没有给他们打招呼，这成什么了？这算不上行贿受贿吧？就当秘书给写了一篇讲话稿发表了。虽然朱文成提前没有给领导打招呼，但是领导心里还是蛮受用的。

大神朱文成有一招，大仙孙水涛也不甘落后。在“八五”普法工作中，每年都要报先进典型的事迹材料，大仙孙水涛收集各种材料，很快也给政委和主任各弄了一个事迹材料，他不敢让政委和主任把关，他就请保卫股张股长把关。自己小部门的事情，哪能不管？张股长就做主，将这两个事迹材料上报了总队，在总队当年的普法工作通报中，支队政委和政治处主任双双受到表彰，让两位领导在全总队又大放异彩。

高手过招，外行看的是热闹，内行看的是门道。大神和大仙就这样在暗中各自发功，决断高下。

政治处唐主任面对这样的情况，不得不找二人谈话：“希望你们正确面对名和利，要互相体谅和谦让，都是老乡和战友，别伤了和气。还是要把全部心思用在工作上，对于你们的进步要求，领导会考虑的。”

领导三番五次这样讲，大神和大仙两人不分胜负，暂时收兵。

兵是收了，但是两人交心的内容少了，“哼哈”的表面笑脸多了，但是在各自内心里，对方的地位都不怎么样：“神”对“仙”不屑一顾，“仙”对“神”嗤之以鼻。甚至在一起打扑克，两人都不再是一伙打对家，各自搭帮成为彼此的对手，出牌看谁狠，把竞争的那种气氛都带到了娱乐场合。遇上别人玩扑克缺手，招呼大神，大神说没空，写稿子呢。招呼大仙，大仙说没空，写材料呢。他们都是怕遇见对方而难堪。

每天晚上各自洗漱完毕就睡觉，入睡之前都在揣摩对方心理和心思。两人的宿舍里好像有了“楚河”“汉界”，有了各自的领地，谁都不愿意越过那界限，去招惹对方。

那期间，乔爱华想带孩子来部队，朱文成都没有让来，来了以后，孙水涛就要到别的宿舍里去打游击，这样他朱文成就欠下孙水涛一个大人情，这个关键的时刻还是不要欠别人的人情为好，到时候在对方面前说话不硬气。乔爱华来了自然又要给孙水涛拆洗被褥洗他那脏臭的衣服，那家伙还一副心安理得的样儿，过后还要继续和自己作对，那岂不是哑巴亏一样。朱文成请了十天年休假回了趟老家，把情和爱送回老家，乔爱华才满意了。当然，如果乔爱华来部队了，孙水涛肯定能出去打游击的，这点忙不帮，那成什么人了？

有时候两人也想，十几年的同学战友情，就这样拜拜了？一想也是一种悲哀，也都很难过。但是面对各自的实际情况，都不可能让对方三分。因为一让，就不是耽误一年的事情了，一年里会有什么新的变化？正如种庄稼一样，人误地一时，地会误人一年。如果让了对方，等上一年，可能后悔都没有地方找去。自从彼此把对方当成竞争对手以后，俩人再也没有召开过一个听众的“新闻发布会”，一个听众的“警情发布会”。

第二十二章　对决论高下

花落谁家？为了一个小小的副营职，孙水涛率先亮出了大杀招。

“你妈的真孙子，你能不能讲究点儿，整这事儿，你这不是拆我的台吗？”大神朱文成向大仙孙水涛瞪大了眼珠子，恨不能把这个老乡碎尸万段，他绝对没有想到孙水涛为了一个副营职，竟然如此不择手段。

“这与拆你台没有关系。这是我的工作。你想把工作做好了，难道我就不想把工作做好了吗？”大仙孙水涛对大神朱文成的态度有心理准备，但是没有想到大神如此地疯狂，蹙眉之下，怒目圆睁。

在二人的宿舍里，两人开始了“神”与“仙”的论道，火药味儿十足。

“你少拿工作打马虎眼儿。不就是为了评个副营职吗？把我整下去，你就得逞了？你别到时候弄个两败俱伤。”朱文成知道孙水涛的小心思。朱文成将目光落在对方的眼睛上，浓黑的眉毛不敢抬起，这双眼睛应当是很清澈的一汪水，今天竟然这样浑浊；朱文成将目光落在孙水涛的鼻子上，这只鼻子因为紧张，呼吸有些急促，鼻孔不停地收缩，呼出的气体嘶嘶作响；朱文成将目光落在孙水涛的嘴巴上，嘴唇有些干裂，这张能说会道会吹牛的嘴曾经给很多人带来快乐，如今欲张似合地解释，没了以往的圆滑；朱文成把目光落在孙水涛脸上，这张圆润的脸有红有白，极为不自然。他在想如果狠狠地抽孙水涛一个耳光，那脸上该是什么表情，他的手有些发颤，恨不能马上就给他两下。

“我没有，绝对没有……谁不想评副营职，难道你不想吗？评副营职和工作是两码事儿。”孙水涛不敢去面对朱文成眼镜片后面要甩出的眼珠子，如果不是眼镜片阻挡，好像那眼珠子已经砸向了他。孙水涛平时能言善语，此时磕磕巴巴，竟然找不出任何词语。

朱文成平时不善话语，此时竟然葶得孙水涛理屈词穷：“你敢说这项工作没有你的小心思在里面？”

“文成，你别拿这种眼神看着我，我知道欠你的人情，你对我有过很多帮助，但是这次真的一点私心杂念都没有。”说到人情，大仙就更不敢大话对待朱文成。

“你还知道欠我的人情啊，你要是知道，你就不应该整这些。你应当提前和我沟通，你这一下子就把我卖了，显你高尚啦？”大神对大仙的背后小动作，实在是生气。

“对不起，文成，我实在是没有考虑那么多，都怪我。”

“你于情于理都应该和我商量一下，哪怕不商量，提前沟通一下也好呢，忒他妈的不讲究了。”

前段时间，两人过招，不分伯仲，意味着明年的副营职名额花落谁家，还是未知数。两人当然希望在工作中把对方整倒。

没有想到为了各自的“副营职”，矛盾终于导致了公开的冲突。大神没有了“神”的风度和气派，大仙也没有了“仙”的修养和内涵，都变成了凡夫俗子。

两人都不愿意看到对方的表情，彼此翻身给了对方一个背影，孙水涛首先投降，朱文成也就不再言语了。

皮裤套棉裤，必定有缘故。何况天气这么热。

按说，大神朱文成和大仙孙水涛的工作本来就是两条道上的力量，朱文成属于“扬名”性质，孙水涛属于“毖后”性质，交集在一起的可能性不大。但因为五中队一个叫邬木生的战士而产生交集，彼此还爆发了心中的怨恨。

前几天，大神朱文成在军队报纸发表了一篇题为《城里来的种菜兵》的通讯，报道的就是来自本省铁安市的城市青年邬木生。邬木生入伍到锦朝市五中队，新兵下班后，主动要求去菜园里种菜。对于很多不识稼穑和农时的城市兵来说，种菜简直就是要命。然而邬木生竟然去种菜，并且干得很好，这一干就是两年多。对于这个新闻典型，朱文成倾注了大量心血。他很早就发现了，但他始终没有报道，因为他想看看这个城市来的兵是不是有长性，让这个兵默默无闻干两年，把这个新闻蛋糕做大，然后再好好宣传一下，成就一下这个战士。他同五中队的尚指导员和高中队长经常提议，典型树立一定要经得住考验，站得住脚。他每次到五中队采访，都要和邬木生聊一聊，了解这个战士的情况，鼓励这个战士一定要按照部队要求遵章守纪，好好干，把菜种好。这两年，朱文成通过观察和引导，发现这个兵人品、素质、工作干劲、思想作风都没有什么说的。这个兵还真的很优秀，连续两年优秀士兵，还荣立三等功一次。是一块好木头，好好雕琢，应该成为部队建设的有用之才。他和中队两个主官沟通后，感觉时机已经成熟了，可以好好宣传这个邬木生，并报总队，争取成为全总队的标杆。于是，朱文成在沙股长支持下，开始对这一典型的培树工作。

通讯见报不久，反响良好。这也是朱文成从军以来付诸心血最多的一篇报道，也是他最满意的一篇新闻作品，机关所有干部对他的大手笔啧啧称赞。作训股的修国岩来电话，对朱文成表示祝贺；卫生队的何海晶电话表示欣赏，请朱文成到教导队采访；友邻支队的宣传股同行也表示祝贺，希望朱文成到他们支队传经送宝。一时间，宣传股的电话成了祝贺热线。更让朱文成高兴的是总队宣传处来电话，说总队将继续加强宣传和报道，将会在合适的时候来支队采访一下邬木生。这个消息对于朱文成来说，是很好的事情，新闻有了连带效应，影响力正逐步扩大；对于这个战士来说，也是好事情，以后的前途也许会借力东风而青云，不仅仅是继续种菜。正当朱文成沉浸在这个种子已经发芽、看到丰收的喜悦时，孙水涛给他来一次寒霜。

孙水涛看到报道后心里不是滋味儿，他感觉自己落后了，他仿佛看到朱文成提了副营职，得意地走在他的前面，被人称为“朱股长”“大神股长”，他还是原地踏步的“大仙干事”，心里凉凉的，酸味已经从喉咙里吐了出来。但他见了大神，不得不假模假样地表示祝贺：“大神，行啊，真是不管不顾地自己往前冲啊!”

“怎么你这句话不像是发自肺腑的呢？”

“谁说的，本支队干部除了我对你是真的，其他没有人对你真心，因为我们是战友，还是同学。”

“希望没有刺激到你的小心脏。”大神知道大仙的小心思里醋意翻腾。

在总队宣传处决定要加大对邬木生的宣传时，支队政治处保卫股接到了对邬木生的举报信。举报信反映，邬木生在驻地搞对象，并且在中队菜棚里，让人看到接吻亲热，说那个女孩还是驻地劳改农场副场长的女儿。

孙水涛接到信喜笑颜开：真是天无绝人之路。他兴奋并得意地汇报给保卫股张股长，同时向政治处唐主任做了汇报。唐主任当即决定，宣传邬木生的事情放缓，对举报内容查清查实了再说。面对领导这样的指示，大仙心里暗自高兴，这件事情可以说给大神增加了负分，必然影响副营职的评定。张股长鼓励孙水涛将案子办成铁案，不要有闪失，不要给别人找出翻车的机会。孙水涛信誓旦旦说没有问题。张股长欣赏孙水涛的工作能力，很满意，说，好好干，前途不可限量。

孙水涛神不知鬼不觉带着手铐子去了五中队，将举报信的内容进行了调查，没有想到调查内容还真是事实，包括战士邬木生本人都承认搞对象的事情。大仙带着扬扬得意的心情回到机关，心想："大神，我看你这回还怎么树这个典型？"

大仙孙水涛的调查结果出来后，唐主任当即把宣传股沙股长和朱文成叫到办公室一顿臭训：为了树立典型，不管这个战士是否违反部队纪律。用美遮丑，实际上就是欺上瞒下，包括中队的两名主官。

对于宣传股沙股长和朱文成来说，一个先进人物，通过宣传发光发热，并实现了质的飞跃和变化，那他们不是功德一件吗？现在这项工作刚见点成果，就要被人腰斩。怎么让大神保持"神"的修养和风度？而这个来"腰斩"他的竟然是利益竞争对手——老乡孙水涛！他感觉到被人使了阴招的"狠"和"疼"。

在心里总想比大神高一头的孙水涛终于找到了超越的机会。螳螂捕蝉黄雀在后，这件事情，意味着朱文成的典型培树工作的失败，他心里有些沾沾自喜。这就意味着第二年评副营职，他又多了一分胜算，他处于上风优势。虽然朱文成和他急赤白脸，他内心也是高兴的。他知道这么做虽然是对工作负责，但也确实应当和朱文成商量一下，最少应当沟通一下。说严重点叫"背后捅刀子"，有些不地道。

不能让大神朱文成接受的是，这么好的老乡关系，自己还多次帮助他。即便你孙水涛"铁面无私"，你是不是可以先和我说一声，让我心里有个准备，让我考虑一下，和领导请示一下，怎么保护好这个典型，让典型不至于倒塌。于情于理，你孙水涛都应该这么做吧？你着急评副营职，你着急找对象，也不至于置老乡情不顾了吧？你说你没有私心在里面，鬼都不相信。

面对朱文成的怒吼，大仙孙水涛知道自己的做法不怎么高尚。这不是什么军事秘密，也不是什么不可告人的隐私，应当和大神商量一下。怎么遇见事情总是头脑一热，就进行了呢？这些年，大神对自己也确实够意思，怎么自己就没有多来几个弯弯绕呢？即使沟通了，朱文成也不可能阻挡他去完成举报信的调查。当然，他也可以从朱文成的感受和角度里，去轻微一些，帮助朱文成完成这个典型的树立。人之思维，利己性永远大于利他性，对于大神的咆哮，他感觉无所谓，但利益当前，必须装个痛定思痛的样子。

“对不起，文成，这件事情吧，我考虑不周，完全是头脑一热，就去做了。你也知道我比较天真，考虑事情没有你那么成熟。”这句话让大神看到大仙是在找理由。

“你现在说这些还有什么用？事情你已经调查完了，你已经汇报给领导了。我还怎么去融通？再说了，这个战士也违纪了，我又不是不讲原则。我就是想不通，从哪方面讲，你都应当和我沟通一下。不是为了我，也要为了那个战士前途考虑一下吧。”

“对不起，我想得太简单了。”大仙心里的那点优越感怎么也是存在的，但是他还要继续表现得很懊悔，“这么多年的老乡关系，你还帮了我那么多，即便是为了评副营，我真的也不应当和工作扯到一起来。”

他真的头脑简单，还是装得简单？面对这个老乡，朱文成很是无语。即使孙水涛真的没有把这件事情和评副营职联系在一起，结果已经让他很难受。看来这个战友，距离他心中的老乡标准越来越远了。

对于保卫股这样的做法，宣传股的同志们意见也很大。

“不行，咱们不能就让保卫股把这事儿给平了，那以后我们的工作还怎么开展？”李干事发了话。

“就是，坚决不能退缩。”胡干事也附和了一句。

“大神，你这个老乡的人品不怎么的呀。”一下子上升到人品高度。

朱文成不好参与到各位干事的谈论之中，毕竟那是自己的老乡，如果再推波助澜火上浇油，以后更不好和大仙相处了，在政治处不好开展工作。

沙股长也感觉自己脸上无光，找到了保卫股张股长，二人也因此而争论不休，各自为了自己股室的工作而据理力争，彼此因之产生了芥蒂。

沙股长带着朱文成不甘心地找到唐主任，表达了要爱护这个战士的想法，毕竟已经宣传出去了，按照违纪来处理，也是支队自己打自己的脸。更何况在外面已经有了很大的影响，看看怎么补救，再说他采访这个战士的时候没有人反映他和驻地女青年谈恋爱的事情，是不是新近才有的事情？唐主任说，这件事情处理肯定要处理，部队的纪律必须维护，如何保护一个战士的成长也很关键。绝不能仅凭孙水涛的调查就定论，那未免也太轻率了。唐主任知道孙水涛和朱文成有点小冲突，孙水涛的调查是否带了偏见？唐主任一想到政治处这两个大神大仙就想笑。不说副营职还没有开始评，刚有个影子这二人就明争暗斗得激烈，好歹等那个名额来了，再争也不迟。

唐主任冷静以后，和司令部王参谋长沟通了一下，请司令部派警务装备股参谋就举报内容再调查一次，唐主任真怕孙水涛的调查带有偏见，影响了同志之间的团结，影响了部室之间的团结，他不想让朱文成前功尽弃。

邬木生，这个热爱种菜的战士，黑瘦黑瘦的。在铁安市里出生，小时候经常跟随父亲回到乡下的爷爷奶奶家里玩，也可以说童年就是在爷爷奶奶身边度过的。爷爷奶奶也很喜欢这个从城里来的小孙子，经常带他到地里去干农活玩泥巴，去自留地里种菜浇蔬。爷爷没事儿也给他讲很多庄稼地里的知识，时间长了，竟然也学会了很多农时谚语："庄稼一枝花，全靠肥当家""谷雨前后，种瓜点豆""肥前粪后，瓜果管够""人不亏地皮，地不亏肚皮""春肥满筐，秋粮满仓"……通过爷爷的耳濡目染，幼小的邬木生知道了农民的辛苦，也懂得种植的乐趣，他喜欢看那些绿油油的蔬菜和庄稼一天一天神奇地生长，今天开花了，明天结果了。很多好奇的问题充满了他的头脑，问爷爷，爷爷只是告诉他植物有了肥就会生长，正如人吃了饭也会长大是一样的道理。那为什么不永远生长下去还要枯萎呢？有些问题在爷爷那里找不到答案，就回家问爸爸，他爸爸告诉他所有的动植物都有出生、生长、死去的一个过程，也是万事万物都有一个产生、发展、存在、消亡的过程，永恒的物质是绝对没有的。

植物世界的神奇占据了他的思想。在城里上学，见到最多的是马路边的花草，见得最多的是校园里的树木。他会对着花草观察，对着树木言语。每到寒暑假，他第一件事情就是要回乡下的爷爷家里，跟随爷爷去地里看爷爷种庄稼，他喜欢那满眼的绿色，喜欢那绿色带给他丰富的食物。弄得他父母怀疑这孩子长大了不会想着回去当农民吧？

每次从农村回到城里，他都会有很好的收获，学到了很多东西，他会把那些农时谚语背给同学们听，在教室里讲一些农村的新鲜事儿，农村里的故事就像新鲜空气被他带入城市的校园中，很多同学就喜欢他崇拜他，更喜欢他从农村带回去的花生、大枣、核桃等能够生吃的农产品。

很为巧合的是，他同班的一个小女生曲盈盈竟然和他在一个小区里居住，平时在小区里低头不见抬头见。一来二去，两家大人因为孩子还熟悉了。在曲盈盈眼里，邬木生去过的世界是她没有见过的世外桃源，两人从小就成了要好的朋友。

20世纪90年代以前的居民区一般都是机关单位家属楼和企业职工宿舍楼。邬木生的父亲邬海是铁安市公安局一名警察，曲盈盈的父亲曲安是铁安市司法局一名干部。他们所在的居民楼是铁安市政法系统统一建设的职工住宅。两家因为孩子的关系，走动得很近。曲盈盈还闹着父母让她去了邬木生农村的爷爷家里，那农村广阔的绿色天地同样感染了小女孩。

“郎骑竹马来，绕床弄青梅。”青梅竹马，两小无猜。邬木生和曲盈盈从小学到初中，都是同班同学。二人的爱好都出奇一致，对数理化的兴趣远远没有对植物的兴趣浓厚。春季开学就盼暑假，秋季开学就盼寒假，两个假期就可以到农村疯玩，可以欣赏那些无边的绿色和田园风光。少男少女一同成长，也就让两家大人有了那种心思。对于孩子的学习虽然是着急，总催也不顶事，后来也就顺其自然了。乡下的爷爷奶奶就拿他们当小两口儿对待，开他们的玩笑。二人从小就埋下了爱的种子。

“老子英雄儿好汉。”两家大人都是通过努力学习实现了人生的梦想，但是这两个从城里出生的少男少女好像就没有那么“好汉”了。初中毕业，两人学习都不是怎么好，正科高中没有考上，选择只有是职业高中，曲盈盈一看邬木生选择了铁安市农业技术学校，她也跟着选了农业技术学校，让两家大人好不气恼。选什么职业不行，选农业技术！难道真的是要当农民吗？

邬木生和曲盈盈这对少年男女从小一起玩到大，心中的情愫越来越浓，感情从纯真的友谊就变成了酸酸甜甜的早恋。当然两家大人对于两个孩子的亲近，心知肚明，两个家庭也不反对，他们认为彼此算是“门当户对”，算是有共同语言的，没事儿两家还在一起凑个热闹，吃吃饭喝喝酒。

农业技术学校毕业，这二人也才十七八岁，对于职业高中毕业的学生来说，工作一时半会儿也不是那么好安排，即使安排也没有太好的地方，邬木生的父亲邬海就想了“曲线救国”的道路，儿子不是喜欢摆弄农作物吗？铁安市农业局蔬菜科（下属还有种植技术推广站）应该是对口的，可以没事儿到农村去摆弄他喜欢的蔬菜，但是直接进入这样的单位，学历和专业水平不够，单位不可能接受一个高中毕业生。不接受高中毕业生，但并不代表不能接受转业军人吧。邬木生在夏天毕业后去农村玩两个月，就让父亲鼓捣带着就业安置卡当兵去了。

这个城市兵能种好菜？在五中队官兵怀疑的目光中，邬木生走进了中队菜地。对于他来说这才是舞台，才是用武之地。他对于那些枪杆子押着犯人去劳作和训练场上的跃起侧倒，没有什么兴趣，他只对那些豆角茄子白菜情有独钟。那青悠悠绿油油红彤彤紫莹莹白花花的颜色，那硕果累累，才是他的最爱。他把农业技术学校学到的知识，用在了菜地上，功夫不负有心人，在生产班班长带领下，他的蔬菜很对得起他的一番苦心，邬木生种菜的技术让全中队官兵刮目相看：竹架上的豆角长长的像柳条，千丝万缕；白菜整齐如同队列，一个个像胖娃；青绿的茴香味道弥散在空气中，厚实的茴香如同一张厚厚的毯子软绵绵地铺在菜园。不仅如此，在大棚的空间里，还能长出菜来。在斜梁上间隔地挂上竹排，放上土，种上用量不大的香菜，也不影响大棚内采光；在墙上钉上木钉，放上小竹排，可以种出葱蒜。锦朝市支队还在五中队召开了后勤生产现场会，邬木生在第二年就当了中队后勤生产班班长，也是在那个时候引起了新闻干事大神朱文成的注意。大神针对邬木生的经历很感兴趣，没有过早地宣扬这个城市来的种菜兵，大神在等待时机，时机成熟才能助推这个战士更好地成长。

邬木生当兵走了，把思念留给了少女曲盈盈，十七八岁的女孩心地善良，一双眼睛清澈透明，与同龄女孩子比她的头脑算是有些简单的，一个念头在脑海里，就容不下第二个念想。她对工作有没有不是多上心，但对于邬木生的离开倒是很在乎。她也是同样的结局，没有能够找到很好的工作，父亲找了好几个工作，她都不满意。邬木生的离开，也就带走了她的心，她就更没有心思去想工作了。在她痛苦思念中，她父亲曲安进入全省司法系统预提处级干部行列，进入处级岗位，必须要到劳改监狱（劳改农场）挂职两年。曲安没有想到他挂职的地方就是锦朝市支队看押的营盘市新生农场，到新生农场任副场长。曲安对于邬海给儿子的安排，很是赞同和认可，他宠爱的女儿不求上进，他这个当爹的也没有什么好办法，既然她女儿喜欢邬木生就随他们发展吧。这些年，他们曲家对邬家的人品条件都很满意。这样一来，曲盈盈就有了更多理由到新生农场去看望她父亲，然后就拐弯到部队和邬木生在一起，两人没事儿就一起研究种菜，一起诉说甜蜜和思念，撒撒娇让邬木生给她一些爱怜，一男一女成了那菜地最美的风景。对于曲安来说，女儿来农场，只要不影响他的工作，她愿意去找邬木生就随她去。

邬木生种植的菜园成了“夫妻菜园”，菜园远离中队，大约两里地的距离，有点“山高皇帝远”的味道。知道的人认为这是部队的菜地，不知道的人以为就是农家夫妻菜园呢，邬木生一身泥土军装，已经让人看不出他是一名军人。曲盈盈知道她没有什么追求，这辈子就是和自己喜欢的人在一起就满足了，至于工作不工作的，都是次要的，她喜欢邬木生，这辈子就要和邬木生在一起。这个没有心计的姑娘，每天在父亲单位食堂里吃完饭，就来部队菜地看邬木生种菜，有时候还帮助邬木生一些小忙，不忙的时候这对小情人可以亲热亲热。生产班的另一个战士一看，知趣儿地跑到旁边清闲去了。

五中队那个养猪的战士小柳有些嫉妒。他和邬木生是中队的两个优秀士兵，这第三年了，都想入党，获取全支队的“生产种植（养殖）能手”的荣誉称号。他知道入党和荣誉名额都是有限的，他和邬木生不可能同时都得到。更让他不高兴的是，支队朱干事还采访了邬木生，在军队报纸上快占了半个版面，心里怎么不嫉妒呢？之前，朱干事也写过他的事迹，在报纸上也就巴掌那么大。于是他把侦察到的“敌情”就举报给了支队保卫股，他知道保卫股孙干事的手铐子哗啦啦地响，“我是保卫股孙干事”这句雷霆的话语会带来意想不到的效果。结果，保卫股孙干事带着手铐子真就来了，在中队待了两天，找了很多人问话，也找了他问话。没有想到支队警务股又派干部来了解情况，连续两次调查情况，让小柳看到了希望。

然而，邬木生的心情就不一样了。先是摔手铐子的孙干事，一脸的威严和恐吓，让他心惊胆战。一个 20 岁的小战士哪见过这个阵势，他只有一五一十将他和曲盈盈的恋爱过程坦白了，他也不知道曲盈盈这种情况是不是属于驻地，反正他的曲叔叔调到这里工作了，曲盈盈长时间都在新生农场家属区。后来又是严肃的警务参谋，他又一一重复了一遍。他不知道他将面对什么样的处理结局，大不了回家，和他喜欢的姑娘在一起。他那个在公安局当副政委的父亲希望他回去，安置他到农业局的蔬菜科（或者下属的种植技术推广站）上班。

政治处大仙孙水涛和司令部警务股的调查结果都摆在了政治处和司令部领导面前。应当说警务股的调查比较客观全面，大仙孙水涛的调查里没有女青年曲盈盈户口不在营盘新生农场这一事实，因为挂职干部不带工资不带户口不带家属。是故意为之，还是无意中漏下，没有人去深究大仙的心思。即便孙水涛解释是他的工作粗心，漏掉了这一点，但恰恰是这最关键的一点，让战士邬木生谈恋爱的性质就不一样了。让人们想到他和大神朱文成的争斗，也不得不往坏处去想。

从调查结果可见：邬木生没有和驻地女青年搞对象，只是这个探望父亲的女青年太随意地进出部队，虽然菜地距离中队较远，那也是属于军营范围。

战士小柳反映的问题也为支队提了醒，各中队的生产班、勤杂班普遍存在“自由班”“散漫班”的现象，这些地方往往“灯下黑”，中队干部疏于管理，成了地方人员或者共建单位随意进出的地方。随即下发了《关于加强后勤生产单位严格管理的通知》，必须加强从事后勤工作战士的管理，不能只注重生产成果，而忽略军队纪律的遵守和执行。

关于邬木生同驻地女青年谈恋爱的举报，做如下处理。小柳反映问题没有错，只是看到了现象没有看到实质，不算是诬告。由二大队罗教导员同女青年曲盈盈的父亲做好交流沟通：部队不反对曲盈盈和邬木生谈恋爱，但请曲盈盈注意部队影响，到部队必须在营区做好登记，以探亲的名义入住到部队营区，一年只能到部队探亲一次，每次不超过十天，并且要服从部队的管理，不得影响部队的正常工作和生产秩序，希望曲安场长给予支持。对于邬木生，希望他放下包袱，努力工作，继续做出更好的成绩。

司令部警务装备股的调查反转了孙水涛的调查结果，这是大仙孙水涛做梦也没有想到的情况。在调查中，他真的没有想到曲盈盈是探亲，探望她的父亲，才到部队同邬木生在一起的。说实在的，他只想快速地把这件事情结束了，让大神朱文成在他面前先失去一分而已。他不想把大神怎么着，只想先一步取得副营职位置或待遇。

大仙猛烈的招数打在了棉花堆里，大神轻轻用力就化解了他致命的一招，用力再猛，怎么感觉落点都是软绵绵的无力。面对这样的结果，他心里确实很别扭，人们会因此看低他，说他一个堂堂的保卫股干事办事情竟然这么毛躁，让人怀疑以前的案件处理是不是也因为毛躁而有差错存在。他真的很后悔没有好好和大神沟通，只是一腔热血和意气用事。现在看来不仅没有得到那一分，反而要先失去一分了。

大神朱文成也没有想到司令部警务股的调查还原了邬木生的清白，也证明了他的工作是无误的。他从原来的沮丧又变回了心情喜悦。他对邬木生这个典型确定是没有问题的，是过硬的。他回头再看大仙的表情，就是前几天自己的表情，没有任何喜悦，也不敢直视大神目光。

“文成，真的对不起，我为自己的毛躁向你表示道歉。”如果说之前的道歉和对不起还有些不得已或者虚伪的成分在里面，那么这次道歉绝对是真诚的。他不想因为工作上的事情，得罪老乡，更何况这个老乡给了他很多的帮助和照顾。

“以后，遇事冷静点，多长点儿脑子！光凭一腔热情是不行的，真让人怀疑你办的那些案子是不是也用主观热情来下定论和结案的。”大神朱文成看到孙水涛失落的样子，可气又可恨，他像一个柔道高手，轻松地化解了对方的凌厉攻势，微笑地看着对方垂头丧气。

沙股长冷眼面对孙水涛：你小子，尽瞎添乱。张股长脸上也挂不住地怒视孙水涛，成事不足败事有余。但张股长怎么也要维护自己保卫股的面子，说事情查清查实了更好，这叫正本清源，把事情的根做实，把源挖透。

唐主任把沙股长和大神朱文成、张股长和大仙孙水涛叫到办公室，目光宽厚地扫视两个部门的四个人，手心手背都是肉，都是手下的兵，都是得力干将，批评不是，表扬也不是。只好语重心长地劝教这两个部室的股长和干事：“你们工作有热情，有方法，这很好，但是一定要冷静，要考虑周全再去进行。毛躁和鲁莽，会冤枉我们的同志，也会伤害我们的同志，给部队的工作带来不必要的麻烦和影响。再有，你们两个干事，作为老乡，不能因为这件事情有什么隔阂，希望你们从这件事情上吸取教训。在部队这个环境里要树立正确的利益观和荣誉观。如果这点事情都不能正确认识和考虑，难道说在战场上，如果需要一个人去死，那么我们是不是都后退当怕死鬼？我们还有革命的英雄主义和大无畏牺牲精神吗？说到底，你们的思想境界还差得很远！你们的表现距离一个优秀的革命军人要求还差得更远！”

“距离一个优秀的革命军人要求还差得更远！”这句话深深地记在了大神朱文成和大仙孙水涛心中。

这件事情以后，大神朱文成心中别扭了一阵子，大仙赔了几次笑脸，二人终于冰释前嫌，算是握手言和，彼此的眼睛里多了真诚，多了亲近和友好。这也并不能说明二人都放下了副营职的梦想，副营职是进步的一道关口，是一个成功的标志。

那年底，五中队小柳被评为支队种植（养殖）能手，并入了党，高高兴兴地复了员。邬木生由于总队的大力宣传，成为全总队的先进典型，愉快地留了第四年。

第二十三章　接兵接老婆

10月，国庆节刚过，一年一度的部队复员退伍工作开始了，当然还有接新兵任务。大仙孙水涛作为接兵干部的一员，奔赴河北唐山地区。这让很多人羡慕感叹：大仙就是大仙，又要出去“仙”了。

走之前，保卫股张股长让孙水涛把警具放下。让你去接兵，又不是让你去抓壮丁，咱们不是国民党队伍；带上手铐子，把人家老远就给吓跑了。手铐子一直是他施展神仙大法的工具，一直以手铐子为神奇的孙水涛老老实实地把警具摘下来，放在铁皮卷柜里。

接兵干部的人选一般是在部队没有重要工作的副职和科室工作相对较少的干部去接兵，接兵也是一件很美的差事，离开了部队军营内的严格约束，还可以到接兵驻地到处走一走看一看，逛逛风景，工作极为轻松，吃惯了锦朝市的饮食风味，换换河北唐山美味，岂不是美哉？

那年代，接兵纪律严格，但是执行得不是那么严格，只要兵没有什么大毛病，没有传染病，没有文身，没有派出所的案底，口齿、听力、视力和五官四肢没有问题，基本上就是合格的兵了，不像现在是超级严格。那个时候，征兵难，接兵难。随着改革开放，有志青年都不愿意来当兵，只有城镇兵因为非农业户口，当兵三年后，可以安置工作，还算好征。但是农村广大，大量的兵员从农村来，农村兵的文化水准、思想素质又相对偏低。

征兵的主体是当地征兵办公室和武装部，部队接兵干部主要是协助和配合。接兵干部前期工作就是和当地武装部门沟通，对需要什么样的兵、数量等提出要求。他们也要监督地方武装部门，防止在征兵体检政审等过程中弄虚作假。他们要保证自己接回去的兵是合格的兵，是优秀的兵。有优秀的兵，自己也有面子。如果接的兵在部队出了问题，那可是自己吃不了要兜着走的。

唐山接兵团是支队张副支队长带队任团长，张副支队长平时就是一副黑脸，比较瘆人，不苟言笑。孙水涛有些紧张，他不是第一次接兵了，工作流程也比较熟悉，应该是没有什么问题。但是因为他和程青燕的婚姻关系破裂，张副支队长和曹大姐几次劝说没有挽回他们的婚姻，让曹大姐在少女河纺织厂的副厂长程伟面前没有面子，弄得张副支队长见了程伟也很尴尬。打那以后大仙就绕着张副支队长走，尽量不要单独打照面，防止彼此尴尬。往往人算不如天算，这回实打实落在张副支队长手下了。领导即使度量再大，也免不了给双小鞋穿穿。不过呢，既然在一起工作，主动找领导搞好关系没有什么不好，他心里盘算利用这一个月时间找张副支队长好好沟通沟通，聊一聊。

还不等孙水涛主动，张副支队长主动找到孙水涛，黝黑的面孔不乏宽怀："孙水涛，别鼠肚鸡肠的，张副支队长不是给你穿小鞋的人，认真地把工作干好，别出什么岔子，出了岔子别说我再找你毛病。"

领导大人大量，让大仙感激涕零，赶紧点头："一定！一定！"

接兵团把孙水涛分配到唐山下属某县的城关镇和陈河乡，接兵任务是 26 个兵。

为了节约差旅费，孙水涛请城关镇武装部刘振河部长在城关镇政府院里找个闲屋子住下，吃饭有政府食堂，交纳伙食费按照政府工作人员标准，一个月才 50 多元。这样吃住基本上是解决了，那点可怜的差旅补助就能够省下来。这样既为部队节约了，又为自己省下了。

说到这个 50 岁的刘振河，还真有点意思。孙水涛和他相处几日，感觉刘部长像个长辈一样可亲可敬。满嘴四川味道的唐山话，让人听着就想乐。不是唐山话四川味儿，就是四川话唐山味儿。"中不中的""你个仙人板板""郎艮整出这么个屁样子呢"。这些话语中还带着部队的"整"文化，不和他处时间长了，你都不知道他说的是什么花腔鸟语。刘振河 30 年前从四川大巴山里当兵到唐山，在部队提干的第二年参加了唐山大地震的抢险救灾工作。在灾后重建中，部队鼓励官兵和那些失去亲人失去家园的灾民结成帮扶对子，刘振河帮扶一对母女，母亲 45 岁，女儿 20 岁，刘振河每月 35 元的工资，要拿出一半来资助这对母女重建家园，剩下的一半邮寄给四川的老爹老娘。一年后，母女俩喜欢上了这个其貌不扬的军人，踏实能干，为人憨厚，他就成了这对母女的小姑爷。刘振河在副营职转业后直接落在当地就职，在城关镇任武装部长 20 年没有动窝，提职到哪里都不去，就愿意守家在地，悠悠闲闲地守护着妻子儿女，伺候丈母娘。

乡镇武装部不是常年忙碌的部门，每年征兵一次，外加春秋两次民兵集训，一年的活儿屈指可数。刘振河除了好点小酒之外，最大的好口就是干嚼辣椒。别人是烟瘾、赌瘾，他却是辣瘾、棋瘾。平日里别人背手拿着一颗烟，他背手拿着一颗辣椒，嘴里嚼着一口，手里还剩着半颗，嚼完一颗再拿出一颗。兜里总揣着一把干辣椒，没事儿拿出一颗干辣椒，嚼两口。充分体现四川人吃辣的本性，成为爱好，好辣不好烟。别人见面总是递上一根烟，他总是来一颗辣椒，对别人说，要不你来一颗尝尝？嘴里总在咀嚼口香糖一样咀嚼干辣椒，有滋有味。

刘振河喝酒的最高境界是辣椒就酒，几颗辣椒摆在面前，酒干辣椒尽，脸红像猪肝，浑身淌汗，直冒热气。因为辣椒和酒，刘振河的小脸总是红扑扑的。谁要请他吃饭，必须有辣椒，没有辣椒，酒无味，饭不香。谁要送礼，有钱的送酒，没钱的送辣椒，有这两样儿准没错。一把上好的辣椒比什么都有力度：“锤子的，你不要搞那些歪门斜扯扯，老子不需要。”刘振河一看辣椒红得鲜亮，眼睛就绿了，撕过一颗一尝，“嗯，辣味儿还中。”典型的四川嘴子唐山音，满嘴的辣椒味道。

镇里有的干部，想学刘振河的范儿，也想大口吃辣椒，把辣椒当成烟来抽，结果没几天，就弄得口舌生疮上大火，屁股根生疼，解不出手来。让刘辣子知道后，就是一通笑话：“老子的做派也是你学得去的？刘辣子是白叫的？老子是啥体质，你是啥体质？老子是南方潮湿气候滋润出来的，又当过多年兵，是铁打过的，是太上老君火炉里淬炼过的，你个细皮嫩肉，敢把辣椒当烟抽？”别人学不了去，刘辣子背手叼辣椒也就成了一景。

刘振河看到孙水涛干事还满在眼，不是那种要吃要喝的接兵干部，拍着孙水涛的肩膀说：“你是个好锤子，在部队好好整起，以后大有来头（大有前途）。”对男人称为“锤子”，对女人称为“娃子”“婆娘”，是刘振河对人的称谓，称谓里满是亲切。

镇里来了接兵干部，刘振河就多了说部队话的知音。“你个仙人板板的，给我摆摆你们部队啥情况，越鲜越好，你要的兵不成问题。”当过兵的人，对部队都有一种深厚的情根，总想知道部队的新鲜事情，好的变化状态，刘振河也不例外。来的接兵干部，要么陪他下棋，要么能够陪他吃辣椒。二则有一，刘振河都会配合接兵干部把工作做得很好。

刚来那几天，孙水涛陪刘振河下棋，十盘输九盘，刘振河赢得都没有精神头了："你个仙人板板，就这个水平可不中，郎艮让老子给你招来好青年哟。是不是你们锦朝市支队都是你一样的臭爪哦。"

"别介，我是我们支队最不会下棋的。"

"好辣就好酒，是哥们就整一口。"这是刘振河对待他看得上眼的人经常说的一句话，能让他说出这句话来，那就是要把你当成哥们儿了。

面对刘振河递过来的干辣椒，孙水涛硬着头皮三口两口吃进肚子。辣得孙水涛头上滋滋冒汗，龇牙咧嘴，眼泪都流出来了。

据说曾经有个接兵干部是湖南人，听说刘振河能吃辣椒，有些不屑一顾。湖南的辣和四川的辣从来就没有个输赢，二人比拼吃辣，结果那个湖南干部吃了个急性胃炎，而刘振河是依然如故："我以为是多硬实的辣杆子，结果还是颗怂辣子，能比过我刘辣子的人恐怕还没有出生呢。"

刘振河因为爱吃辣，被人起外号：刘辣子。他自己也喜欢，刘辣子好，热情、热烈。

刘振河看到孙水涛这个样子："算球了，我给你按要求好好张罗张罗，你自己也好好整，挑剩下的，我再给其他部队。"

"谢谢刘部长。"

"谢啥，以后有好辣椒，给我整点。"

"一定，一定。"

孙水涛自然答应，当地政府的配合是开展工作的保障。其实孙水涛有所不知，刘振河对每个来接兵的干部都是一样表态："算球了，我给你按要求好好张罗，你自己好好整，挑剩下的，我再给其他部队。"每个接兵干部都会认为刘振河给他的都是好青年，都是好兵，对刘振河感激涕零。

孙水涛每天都要记好征兵工作日志，每周做一次工作汇总，把相关情况汇报给接兵团临时党支部，领受临时党支部新的指示精神，有特殊情况及时汇报给张副支队长，按照国务院、中央军委征兵命令和《征兵工作条例》做好征兵的每一项具体工作。

大仙孙水涛虽然和当地兵役部门积极处理好关系，但他绝对不是一个好好老先生，他知道每一个兵的质量如何都责任重大。在那个年代，能够做到送礼不受、吃请不去的人有几个？可以说孙水涛算是一个。如果来了人需要喝点小酒，可以在政府食堂里多加几个菜，绝对不到外面的饭店去。他知道自己的一言一行，代表的是武警部队形象，能否让老百姓把孩子放心地交给他，他的言行举止都至关重要。

他在两个乡镇选兵的时候，对每个青年的各种情况，都熟记于心。有些毛病的，无论是乡镇干部找来还是县领导找来他绝不通过，一点也不含糊。在原则范围内符合条件的，能够照顾就照顾。其中几个高中毕业生在同村名额受限，同村报名合格的又多，他和乡武装部协调商量，把名额多给这两个村一个，其他村里报名应征少的，质量不过硬的，就取消名额。

孙水涛的做法得到了刘振河的赞叹："是个好锤子，好锤子打好铁，在部队好好整，会大有来头。"这话让人有模有样地按照四川人的语气和做派，传给孙水涛，孙水涛乐着也美着。

在走访中，他注意和村里的老百姓拉家常，了解应征青年的品行和家庭情况。确保优秀青年不漏征，劣迹青年不入伍。对那些表现不好、参与邪教、打架斗殴、聚众赌博以及劳教拘留、本人不愿意当兵、地方和家庭强迫的、外出打工的、经商和政审有疑点的，坚决不要。坚持应征者本人、应征者父母、周围邻居、村里干部、乡镇派出所"五见面"制度，确保兵的质量。

接兵团团长张副支队长对孙水涛的工作很满意，看孙水涛的目光越来越和蔼，多次在接兵工作临时党支部会议上表扬孙水涛："真不愧是搞法律保卫工作的，打铁还真是自身硬，是个好锤子。"把其他参加会议的接兵干部也逗乐了。

征兵工作基本程序就是这样，定兵后，就是等待起兵运兵。工作是严肃的，但并不是紧张的，闲暇的日子相对较多。对于每个接兵干部来说，闲暇日子就是在接兵地到处逛一逛、看一看、走一走，观民风、品风俗，也就这些内容。但是大仙的日子就不一样了，这次接兵改变了他的人生旅程。

到驻地不久，接兵团团长张副支队长来城关镇看望孙水涛，中午由武装部刘振河做东，加上镇里的分管干部，几人在镇里食堂用餐，孙水涛受宠若惊，很是感激张副支队长大人不计小人过，感激感谢的话说了一火车，说什么都是眼泪，说什么都表达不了对领导的敬重，那么一切都在酒里。酒是明志壮怀琼浆玉液，酒是感情融合催化剂，比语言更见行动和真情。

那一日，他们喝的是当地比较有名的白酒“贯头山”。据说早在魏晋时代酿酒名师狄戎慕赴黄帝故都，补天遗迹，千里迢迢，于贯头山灵泉寺边慧眼识泉，酿酒兴肆。宋末元初，采用老五甑固态泥池发酵法，承先人遗方，酿传世琼浆。清乾隆年间，誉满京城，红遍北国。“贯头山”白酒具有窖香浓郁、绵软爽净、回味悠长之特点，这样的好酒，自然是主人招待宾客首选了。

那一日，孙水涛也见识了刘辣子的豪气。在刘振河面前是半碗辣椒，刘振河喝口酒夹口菜都要在辣椒碗里蘸得通红才入嘴，别人吃辣来一小口都会嗞嗞哈哈的，他如同猛张飞吃豆芽小菜一样。几杯酒过去，刘振河碗里的辣椒都被菜蘸了个精光。刘辣子浑身冒汗，热气腾腾。刘辣子对辣椒就酒还有一通理论：“辣椒是辣舌头通身，酒辣是辣嗓子通气，一个是魂辣，一个是神辣，两辣整在一起，老子天下最巴适。”紧挨着刘辣子的孙水涛，感觉守着个大火炉，烤得他热乎乎的。

气氛是可以传递的，也是可以感染的，孙水涛看着刘辣子大口吃辣椒，大口喝酒，他也频频端杯。

酒里见英雄，酒后有真言。有孙水涛感念的张副支队长，又有支持他的刘辣子，还有照顾他的当地领导，孙水涛必须一个个敬酒到位。几杯酒下肚，话就多了起来。故事从感激媒人张副支队长开始，所有的就餐者也知道了孙水涛和程青燕的故事。虽说婚姻最后失败了，但是对红娘张副支队长和曹大姐的敬重是永远的，说得张副支队长也为之动容，就餐者也为其感慨有这样好的领导有这样好的干部真是三生有幸，大家连续干了好几杯白酒。

“日他个仙人板板，城里人郎艮这根看不起农村人噻？你个锤子的，不容易，不容易。”刘辣子眼里不知道是热泪还是热汗，亮晶晶的。

“来，再走一个。”刘辣子转头又回了孙水涛一杯。

酒过若干巡，菜过已无味，别人只有酒，刘辣子还有辣椒。众人皆醒我独醉，孙水涛酒喝得快，喝得猛，很快就晕菜了，谁曾想孙水涛就这个战斗力，一点“酒逢知己千杯少”的状态都没有。刘辣子等人只好把他扶进他的房间里，刘辣子怕出现酒后反吐堵住气管等其他问题，特别嘱咐工作人员金桂铃每隔三五分钟要到孙水涛房间里看一看，给孙水涛倒热水，盖被子。千万不能出现问题，出了问题是谁都担负不起的。问题的严重性让金桂铃不敢有任何怠慢，干脆就守候在孙水涛屋子里，拿起本闲书乱翻。

孙水涛睡觉也不是个老实的主儿，一会儿被子蹬掉了，一会儿要水喝，一会儿流哈喇子，金桂铃就赶紧忙乎。她好不容易把他弄踏实了，金桂铃也累了。这就有了认真审视和观察这个年轻军官的绝佳机会，而且还是近距离观察，她的一双大眼睛目不转睛地注视这个年轻军人，她用清泉般的目光把年轻军人的脸清洗一遍。只见孙水涛脸色红扑扑的，五官端正，鼾声均匀，酣睡中时不时露出微笑，那张脸一看就很和善。虽然不时有酒味儿传来，但她作为食堂工作人员已经熟悉这种刺鼻酒味，并不怎么反感。

这个接兵干部来城关镇有二十多天了，人们对他反映很好，坚持原则，没有什么歪的斜的。人也没有架子，见了每个工作人员，认识不认识都点头打个招呼，不管什么官不官的，都是微微一笑。见了她金桂铃也不例外，这就让她感到很亲切。今日单独和这个男人在这个屋子里，还是有些紧张。来政府上班有一年多了，接物待人也不少，毕竟这是第一次和一个大男人在一个屋子里，心里就有些突突地跳。

今年 24 岁的金桂铃，一个心地善良的乡村女子，落落大方，说不上有多漂亮，性格还带有一些孩子气的调皮，但绝对是那种越看越经看的女孩。她是城关镇金水堡村的人，父亲金致远是金水堡村的党支部书记，高中毕业复读一年也未能考上大学，在家里帮助父亲和哥哥打理了两年铁矿场，整天与矿灰粉尘打交道，对于一个年轻女孩子来说，简直就是在摧残鲜花一样。家里除了一个哥哥之外就是这么个宝贝闺女，金致远也不忍心天天看着姑娘灰头土脸的，就找到镇政府领导，让女儿到政府办公室先干上了临时工，期望以后转个正式工人，家里也不指望她挣什么钱，有个稳定的工作，到时候找个好人家嫁了，也算是了却父母的心愿。

曾经有个教师，和金桂铃相处了一年多，两人卿卿我我，柔情蜜意，感情还好。双方父母都见过了面，也举行过订婚仪式，两人在商量结婚的时候，这位老师竟然提出希望金桂铃一家出50000元嫁妆，在县城里买房子，尽快把自己临时工的身份解决一下。金桂铃一听，这不是冲她人来的而是冲她家的矿山来的，对她是临时工身份还有嫌弃，婚姻也是男尊女卑，扭身就走，再也没有回过头。她的文化再浅，她也知道“好男不吃分家饭，好女不穿嫁妆衣”的道理，她二话没有说就和这个老师分了手，不就是一个看不起人的老师嘛，有什么了不起的，看不起人，枉为人类灵魂工程师。

正因为家庭条件不错，又在政府部门上班，在个人问题上，她用警惕的眼光看待前来的媒人和相亲对象，也就高不成低不就，到现在还是一个大龄剩女。在农村，一般男女20岁左右都有了对象了，如果到22岁以上没有对象，人们就会怀疑这个男女青年是不是有问题，是人品有问题呢，还是生理方面有什么问题？反正选择大龄青年是慎之又慎，要通过熟悉人把对方打听个清清楚楚的。金桂铃这样一个条件的女青年，农村青年感觉高攀不上，非农户口的青年又感觉金桂铃现在还是个农民，工作又不是正式的，就这样三晃两晃把桂铃姑娘给拖大啦。

如今，面对这样一个熟睡的军官，他的一言一行都浮现在眼前，那威武的形象仿佛有一股强大的吸引力冲撞着她的心房，平时里不敢贸然和这个军人搭话聊天，怕让人瞧不起，怕让人感觉她轻浮。她也就忍耐着，如今有近距离照顾这个军官的机会，她心里有些喜悦，但心事也不能随意就表现出来。20世纪90年代的农村乡政府，也绝对是简陋得出奇，冬天的室内到处透风，单层玻璃窗户，一张单人床，加上一张桌子，两把椅子，就是室内的全部家当，冬天无非多添上一个煤炉子。金桂铃把那炉火弄得旺旺的，室内温度在升高，把她的脸映照得通红通红的，不知是心里有暖流，还是炉火旺。她不知道这个叫孙干事的军人是什么样的状况，从外表和言行举止上看，还是蛮不错的。

大仙孙水涛感觉自己在云端遨游，他好像又回到了童年时代，调皮捣蛋。登梯子爬杆，攀墙上房，上山下河，人小鬼大，到处乱跑。终于有一天，他从树上掉下来，把脑袋磕在了石头上，昏迷了过去，家人发现后赶紧把他送到医院，那晚上他发起了高烧。医院的医生都不看好他能够醒过来，是他的母亲一直把他搂在怀里，一声声地呼唤他的乳名：“五儿，我的五儿快醒来吧，我的五儿快回来吧。五儿啊，你不要走远啦，快回来吧，妈妈在等你，妈妈在等你。”他的母亲一边呼唤着他，一边流着泪水。也许是母子连心，也许是亲情催流着热血，那晚后半夜，五儿在他妈妈的怀里醒了过来。

“咕咯”，孙水涛打了一个嗝。要吐！金桂铃赶紧把孙水涛翻侧过身来，让他吐在床下簸箕里的炉灰中，刺鼻的酒味一阵散发，让近距离的金桂铃皱了一下眉头。吐出来就好了，应当是没事儿的。在迷迷糊糊中，孙水涛感觉有人给他喂了水。

这是在哪里，不是在梦里吗？睁开眼睛，孙水涛看见食堂里的姑娘金桂铃正在打扫卫生，擦拭床边的呕吐物，床边的桌子上放着冒着热气的开水。屋子里炉火正旺，外面的天已经黑下来了。

“醒啦，孙干事。”姑娘看孙水涛醒过来，回头问道。

“这是哪儿呀？”孙水涛的头脑并未清醒。

“中午你喝多哩，你喝得太快哩，你咋那样傻喝嗫？”一口标准的唐山味儿如同醉里的美好吴音。

“好热和，还是这个屋子整得安逸。”说话间，刘辣子嘴里叼着一颗辣椒，推门而入。他酒后休息了一会儿，过来瞅瞅孙水涛的状态，看到金桂铃看护得很好，他也就放心啦。

孙水涛慢慢回忆起喝酒前的状态。

“以后千万别这样傻喝了，孙干事，这样整最伤身体哩。”金桂铃的嘱咐让孙水涛感觉到了寒冬里的温暖，一股乡情笼罩着孙水涛，他的眼睛有些湿润，好久都没有人这样温柔地关怀过他。

“难道这一下午都是她在照顾我？”孙水涛疑惑着，他把质询的目光转向刘部长和桂玲姑娘。

“可不是嘛，多亏了这个细心的娃子，怕这么多酒整倒你。要把你整倒了，我刘辣子就事儿大了，这下中了，球事没得。”刘辣子赶紧回答了孙水涛的疑惑。

感激无法言表，暖流传遍全身，他感觉桂铃姑娘温柔得像一个小母亲。

“娃子，晚上让伙房整两个素菜，熬点稀的。看看有什么干的，清淡些。”

“中呢，那你们扯和吧。”姑娘一闪身走了，轻盈的背影就把孙水涛的目光给带走了，孙水涛还没有完全清醒的样子有些傻呆呆的。

“唉，唉，你个锤子的，眼睛往哪里盯？”刘部长用手在孙水涛眼前晃了两晃。

“哦，哦。”孙水涛自己觉得有些失态，“喝多了，喝多了。”

“我看是酒不醉人自求醉，色不迷人自求迷。看上这个娃子啦？”刘辣子当兵转业，在地方历经三教九流，孙水涛这个神态还逃得过他的眼？

“刘部长拿兄弟要笑呢。”孙水涛赶紧打下话把。

“兄弟，你一杠三星，不会是钻石王老五吧？你还是想泡泡我们唐山娃子，完事儿就撒丫子？”刘辣子的眼神能把孙水涛看到骨子里去。话说完，又想起来在酒桌上，孙水涛说起过他曾经有过的婚姻。“嗨，你看我这个脑壳，也是酒喝糊涂了，忘了你中午在酒桌上说起过你又离婚了。”

“刘部长，看你说的，你兄弟不是钻石王老五，没有那么多钻石，就是一人吃饱全家不饿，连狗都喂了。”自打孙水涛离婚后，别人总和他开玩笑说他是一人吃饱全家不饿，连狗都喂了。

能够这样自嘲的人，可见就是爽快的人：“你有意思啵？你要有意思，我刘辣子就给你保这个大媒。”这样的好事情，刘辣子当然愿意成全。

孙水涛没有接刘辣子的话。

“你先咂摸咂摸。咂摸好了，再找我，你瞧不中我们农村娃子，是你龟儿子忘本了，就算我没有开腔。”刘辣子离开了屋子。

那一夜，孙水涛在床上擀了一晚上的面条，翻来覆去不能入睡。平时没有怎么注意这个姑娘，今日，这姑娘占据了他的内心。

难道说他孙大仙真就不能成为城里人的女婿了，与城里女孩子就彻底无缘了？与城里女孩子在一起朝九晚五的浪漫一直是他心中的向往。早上一起出门的时候可以浪漫地拥抱一下再分别，晚上回到家又把一天的思念聚合在一起，烛光晚餐温馨愉快，爱人纯情迷人，那又是一天最美好的时刻。但是这样的生活物质从哪里来？还有城市女孩认可他一个离过婚的男人，身负好几万元外债吗？孙水涛讲究现实，难道不允许别人讲究现实？

程家条件是好，高高在上的姿态永远不会改变，也是他不能容忍的。但是又凭什么你一无所有就应当获得别人优越的物质生活呢？人家高高在上是有资本的，你有什么？你凭什么要求人家不高高在上，就礼贤下士和你农村的家里人一样的姿态？浪漫爱情一场空，就是五彩肥皂泡，风吹来，泡泡破了，梦也醒了。

走捷径无可厚非，但是要想得到这样就必须失去那样，鱼和熊掌不可能兼得。每个人得到的结果都是相辅相成的，万事万物都要遵守一个平衡定律。

他联想到大神朱文成的幸福生活。乔爱华是多么朴实能干又善良的女人呀，一个巾帼顶起了大神的整个天空，给了朱文成一个坚实的大后方，让朱文成自由自在地飞翔，那才是真正的神，能够无拘无束，信马由缰地驰骋。他孙水涛哪是什么大仙呀，也就是一个人唱着信天游到处流浪的歌手。

佟彩虹给他的打击同样出现在酒后清醒中的思维里。但凡有一点自命不凡的城里女孩，也不可能和他一起创业，帮助他还账堵窟窿。如果当初就娶个农村女孩，自己虽然没有房子，但哪会有这么多麻烦，哪会有这么多的外债呢？也不至于给自己家庭带来那么多麻烦，让他至今都不好意思回老家去。

农村女孩的优点就这样牢牢地占据了孙水涛的内心。这个金桂铃应该是他的大后方，应当是和乔爱华一样的女人，最少她是温柔的，是善良的。一个在食堂里跑来跑去的姑娘，应当是勤快的，能够找这样一个和自己同甘共苦的女人也好，至少是不会嫌弃自己。但是金桂铃认可他吗？一身外债，还是个结过婚的人。明天要不找刘部长试一试？

下定决心后，孙水涛也就不矛盾了，很快就进入了酣眠。

第二日，孙水涛找刘辣子表达了愿意和桂铃姑娘相处的想法。孙水涛又把他以前的婚史和现在的经济状况和刘部长说了一遍，希望刘部长能够成全。

刘辣子没有想到孙水涛还有一身窟窿一屁股饥荒，要没有这个窟窿可能事情还能成，30000 元，至少要不吃不喝好几年，才能还上呢。房没有一间，地没有一垅。哪个娃子愿意来堵这个窟窿？不过，金家娃子应该没有问题，家里有个大矿，也是当地比较有名的富裕主。几万元外债不成问题。

“苦了，苦了，你个锤子整得好照业哟（四川方言，很惨的意思），老子给你试一下。”

刘辣子找了个合适的时机把金桂铃叫到办公室，把孙水涛的情况和盘托出，让金桂铃考虑一下孙水涛。

“他怎么不直接找俺说呢，瓜兮兮的。辣子叔，您去让他龟儿子自己找我来！”金桂铃内心一喜，面装沉稳，学着刘辣子的四川方言，自己随即噗嗤地乐了。

刘辣子一看有戏："你这个娃子，郎艮学人说话呢？"

"四川话，好听噻？"

"那就中了呗？"

"谁说我就愿意啦？"金桂铃一转身走了，让刘辣子的嘴张成大大的"O"，半天没有回过神儿来。

孙水涛一天没有等来结果，两天没有等来结果，三天没有等来结果，第四天还是没有等来结果。看来这个农村姑娘也是不愿意跟自己吃苦受累了，也就心灰意冷了。刘辣子刘部长每天叼着一颗辣椒好像不知道这事儿似的，见了他只字不提。孙水涛每天见了金桂铃有些不自在地打招呼，笑容都有些假了。

金桂铃看到孙水涛这个表现，心里气得直骂："这个憨货！"

到第五天下午，金桂铃看到孙水涛远远看见她就往回走，她知道憨货对她有意见了，她就追上拦住了孙水涛："孙干事，你为什么这几天躲着我？"

"没有呀，我这是回屋子取东西。"孙水涛赶紧遮掩。

"走吧，我爸、我妈、我哥要见你，请你去我们家吃晚饭。你看你多大的面子呀，我们全家人作陪。"姑娘把这个消息告诉给孙水涛，孙水涛好半天没有回过神儿来。

"真的吗？"孙水涛阴着的脸终于转晴，高兴地摇着姑娘的双臂。

"是——真——的！"金桂铃一字一句地给孙水涛说，又拿手指头在孙水涛额头上点了一下，"你个傻涛子，我这一下子指死你算了！"两人一下子就感到对方的亲近，无了拘束。

"那我赶紧去买点东西，不能空着手去见未来的老丈人老丈母娘大舅子呀。"喜事一来，孙水涛的嘴皮子开始油滑了。

"谁是你老丈人老丈母娘大舅哥的呀，你别高兴太早。看你那假惺惺的样儿，就你那点儿钱，留着还账吧，东西我都给你准备好啦。"看到孙水涛高兴，金桂铃佯装生气。

傍晚时分，金桂铃带着孙水涛进了金水堡村，村中鸡鸣狗叫，炊烟缭绕，夕阳西下的冬季傍晚，这些浓浓的人间烟火味都是最动人的风景，也是家对外出归来的人们最温暖的召唤。这样的场景，这样的画面，是那么的亲切。久违了，乡村的土地；久违了，朴实的乡亲。

金致远家是一排六间大瓦房，新起的院落，白墙红瓦，瓦红醒目，墙白耀眼，在那个村里有鹤立鸡群之态。门楼气魄，大红铁门宽阔，汽车可以开进开出，大门是一个家庭的脸，昂扬是这家人的生活姿态。改革开放，允许私人开矿场，金致远父子俩就承包了五十里地外一处矿山，经过几年的开采，金致远成了唐山地区有名的富裕户。家里彩电、缝纫机、冰箱、洗衣机等现代化家电一应俱全，这个家庭还在全县个体户中第一个买了桑塔纳小汽车，安装了电话。有时候乡里汽车不够用的时候，经常借他们的小汽车使用。

大门口，金致远一家大小五口，站成一排，迎接着孙水涛。

“叔叔好!”“阿姨好!”“大哥好!”“大嫂好!”经过金桂铃的一一指引，孙水涛甜甜地称呼着，点头弯腰，彰显一个军人的礼节和他的诚恳。英俊的共和国军官，一身的橄榄绿，有礼貌有修养的举止，让这家人颇为满意。

“小家伙，你也好!”孙水涛和四个大人打完招呼，低头和一个小男孩打招呼。金桂铃说，这是侄子。

“解放军叔叔好。”小家伙手里摇晃着长长的拐棍糖。

“你叫什么名字呀？”

“金瓜，爷爷说，我一定要顶呱呱。”

“真可爱。”孙水涛一下子抱起了金瓜，他瞬间感觉就是抱着自己的女儿程明妍，妍妍还好吗?

“这孩子倒是不认生。”金大妈说。这个军人还蛮稀罕小孩子，说明这个军人很柔和有爱心，给了金家人一个朴实的印象。

走进里屋，孙水涛发现镇里的刘辣子早就到了，盘腿坐在炕桌旁边，炕桌上早已摆上了几个凉菜，刘辣子面前自然有一碗辣椒，孙水涛感到有些意外：“刘部长，您也在这里？”

“你个锤子，瓜兮兮的。老子郎艮不能在这里，你想忘了这个媒人，过河拆桥不得行!”当过兵的人就是这么直截了当，刘辣子红扑扑的脸和善地笑着，他手里拿着半颗辣椒挥舞着，好像那半颗辣椒是画笔，他好像是一个画家，在画作即将完成的时候，满意地欣赏自己的作品，语气中带着几分得意。

“这才哪里到哪里呀，刘部长。步行百里半九十，还早呢。”孙水涛一高兴，也有些忘乎所以，俏皮话就来了。

当孙水涛把手里的礼品——两瓶“贯头山”酒和两盒唐山麻糖放到炕桌上，金致远连忙招呼：“好，好，都上炕。”

桂铃的哥哥金桂山看了一眼这礼品，眼睛就眯了起来，又到里屋转了一圈儿，回来就喊：“爸，妈，咱们家里出家贼了……”

“哥——”金桂铃赶紧去捂住哥哥的嘴，这礼物是她从家里偷偷拿给孙水涛的。

“这还没有怎么着，就开始把娘家的东西往外倒腾啦。”桂铃的哥哥掰开妹妹的手，大声喊叫着，把金桂铃弄得脸红红的。

“妹妹，不中呀，悠着点儿，给你嫂子留点儿，别都给外人拿走了。”这嫂子也拿小姑子打哈哈。

“嫂子，你也跟着凑热闹。”金桂铃走过去就掐了她正在忙乎的嫂子一把。

“啊哟，啊哟，杀人啦。”嫂子故意来了几声大呼小叫整出点动静。

“自古以来就是各家人向着各家人，娘家的就是自己的，各家（自己家）的永远不是娘家的，对吧？”刘辣子在旁边也添油加醋，火上浇油。说完还故意眯着眼睛去看金桂铃，然后又去看孙水涛，把孙水涛和金桂铃臊得很不自在的。

“中啦，中啦，东西是从水涛手里拿来的，就是他的，就是他的心意。你们就都别斗话了。”金致远颇具长者风范，此时站出来打了圆场，前几天孙水涛到村里来走访的时候见过两次，自己到镇里办事又见过两次，感觉这个军人有礼貌，有修养，只是没有想到这么快就要成为他的乘龙快婿了。当然，招个军官做女婿，也是他金致远莫大的荣耀，有一个军官女婿无形中会是他在十里八村昂首挺胸的骄傲资本。他和金大妈两人都很高兴，眉眼间都是开心的笑。有几万元欠账不算啥，只要人好，对他姑娘好就成。姑娘上午偷着往外拿酒拿麻糖，早就让他发现了，他也假装不知道。

“老伴儿，上酒上菜，开喝！”一家之主下达命令。

丰盛的唐山美食弄了一大桌子。海参扒肘子、栗杏炖鸡、炒京粉、酱片瓦块鱼、懒豆腐、烧裙边、饹馇等，色香味俱全，体现着这个家庭的富足和热情。

幸福和谐的家庭就是这样有说有笑，有说有闹，开开心心一家人。久违了，这亲情；久违了，这乡音。孙水涛好像看到了自己慈祥的父母，和善的哥哥，亲切的嫂子，调皮的妹妹。他们含辛茹苦地供养他、支持他，末了，面对他带给他们那么大的负担，一家人也毫无怨言。自从离婚后，他就没有回过家，没有回过孙家湾，他不敢面对那片土地，无颜面对那些挚爱的亲人。故乡在他心目中好像远去了，今日在金水堡，他才感觉自己又找到久违的乡情，回到了亲人的怀中。

大仙孙水涛被让到温热的火炕上，他紧挨着刘辣子和他一样盘坐，左边是未来的大舅哥金桂山，刘辣子右侧是金致远夫妇二人和小金瓜。在炕沿下是金桂铃和嫂子二人，她们坐在凳子上。团团圆圆一家，热热闹闹的气氛。在一个陌生的家里吃饭还是未来的岳父岳母家里，孙水涛难免还是有些紧张。金致远作为一家之主，热情地张罗着大家喝酒吃菜，刘辣子倚老卖老地劝着孙水涛："别整个秀才假斯文，拿出个当兵的样儿来，大块吃肉，大碗喝酒。"说着，就夹一块肉蘸满辣椒，扔进嘴里。

那一晚，在金桂铃的监督和帮衬下，孙水涛没有让他未来的大舅哥金桂山得逞，想探探这个未来妹夫的酒量如何。倒是刘辣子和金水堡村书记有些高了。一个是当媒人的功成名就，一个是将要迎新接婿，何况他们经常打交道，也是老熟人。

刘振河在酒兴颇高的状态下，对孙水涛开始训话："我说你这个锤子，老子把这么好个娃子介绍给你，你们要好好耍（谈恋爱），你要涮坛子（弄着玩，不正经谈恋爱），从好锤子变成了坏锤子，小心老子把你的官帽子给你下了（意思是通过部队把你的军官身份撤了）。"

虽然刘辣子的四川话难懂，但是孙水涛和刘振河相处了快一个月了，对四川话的原意也都能够明白。"您放心，刘部长，我会和桂铃姑娘好好处的，不会拿自己的命运前途开玩笑的。"

"这就对球了。来，走一个。"刘辣子端起酒杯就干，吧嗒，一口辣椒进了肚。

"老子是过来人了，农村娃子比城里娃子好，能干，城里娃子花哨不中用。娶了这个娃子，那是天王老子给你的福分。"

"是，是，我一定珍惜桂铃姑娘。"

"来，再走一个。"

"中啦，辣子叔，您别让他喝了，一会儿他该出洋相了。"金桂铃拦住了刘辣子的酒杯。

“你娃子莫挡道，再整一个。”

金致远一家人非常满意刘辣子的问话，也满意孙水涛的表态。一家子看着这一老一少的表演。

“叔叔，你还来我们家吗？”离开金家的时候，金瓜忽闪忽闪着大眼睛问到。

“来，就为小家伙你，也要来。”孙水涛弯腰抚摸着金瓜的头。

“叔叔以后在咱们家不走了，好不好。”金桂铃问到。

“那敢情好了。”金瓜像小大人一样。

禁锢的城市本来就不是神仙的栖息之地，云游四方落脚在大山深处，才能得到最好的修炼，孙水涛又恢复了大仙的神采。他再一次感觉到了人生只要不断追求，就会有美好的未来，他很欣慰地听武装部刘部长说他掉进了金窝子里。他感激金家人对他的宽宏大量，感谢上天赐予他金桂铃这个朴实可爱善良的农村姑娘。金家人对他热情友好，这样的氛围程青燕家是绝对不会出现的，在这个家中，恍若回到父母身边一样，大舅哥和嫂子也没有拿他当外人，像老家自己的弟兄一样逗趣和说笑。天无绝人之路，没有门的屋子，肯定留有一扇窗子给他出入。金家，给了孙水涛一扇很宽敞的大门，他可以自由地出入。

孙水涛正大光明地和金桂铃来往，接兵任务只剩下起兵回部队，起兵前，他最后一次走访了各个新兵，把握每个新兵的动向，不出差错就好。剩下的时间，就是让桂铃带着他逛清朝皇家园陵清东陵，登景忠山。

孙水涛因为金桂铃，爱上了唐山这片古老而多彩的土地。孙水涛在事业中赢得了爱情，他在闲暇中就研究起唐山。当然，1976 年著名的唐山大地震让这个城市惨烈震惊全世界。坚强的唐山人在全国人民支援下，在废墟上重建起社会主义新唐山。唐山，简称“唐”，地处华北与东北通道的咽喉要地，总面积为 13472 平方公里。唐山因唐太宗李世民东征高句丽驻跸而得名，素有“北方瓷都”之称。这里诞生了中国第一座机械化采煤矿井、第一条标准轨距铁路，是具有百年历史的中国沿海重镇。唐山在孙水涛心中，又增添了无限敬意。

景忠山位于唐山迁西县境内，海拔 610 米，清康熙帝曾御题“天下名山”。据史料记载，景忠山旧有二名，南曰明山，北曰阴山，山上古岩峥嵘，苍松蔽日，峡谷清幽，云雾缥缈，1872 级台阶直达峰顶，自然景观鬼斧神工，风格独具，素有“灵山秀色”之美称。

“小涛子，面对景忠山，你不想对我说点儿什么吗？”站在山顶，金桂铃对孙水涛说。

“小涛子？”真个是调皮性格，也不怕风大闪了舌头，语气中还有长长的儿话音。不过这可爱的称呼，孙水涛是很受用的，心里甜甜的。

“感谢唐山这片美好的土地，感谢唐山人民有这么美好的胸怀，感谢刘部长让我认识了金桂铃这么好的姑娘，感谢金家人对我的认可，感谢景忠山这么美好的风景。”孙水涛大声地喊道。这是大仙的心里话，他是山里的孩子，是土地的子孙，如今在这坚实的土地上，他又找回了似曾相识的真实和温暖。

“你就不感谢我？”金桂铃娇嗔地伸出小拳头，刚到半空就被孙水涛抓住了，把金桂铃拥在怀里喃喃地说：“感谢，感谢，谢谢你，你就是上天赐给我的金铃子。”他实在是喜欢金桂铃的性格，调皮可爱得像铃铛一样清脆，她咯咯地笑，总让他联想到风铃在风中摇晃的玲珑响声。第一次婚姻中的委屈和后来爱情的惨败不由得都变成了泪水，在今日心爱的人面前尽情地流淌。

金桂铃看到这个大男人在流泪，忍不住有些心疼，她用手绢一边给他擦着泪水一边说：“中呢，都那么大男人了，还和小孩子似的。”她脸上带着笑，眼睛却也湿润着。

“我告诉你啊，我们家里人不同意的话，金瓜都不干。”

“那我还要感谢小家伙金瓜。”

“那是，以后去我们家，首先要把金瓜溜须好了，知道怎么溜须吗？”

“知道，小玩具，小零食，小人书。”

“你这个小涛子不笨哈。”

入乡随俗，按照农村的礼节和风俗，男女双方没有意见，就可以举行订婚仪式，大仙孙水涛在简单考虑以后，就同意了，他愿意把自己的后半辈子融入这块土地，他不会再求城里的荣华富贵了。他没有想到金家作为大户，这么有实力，他当初确实不知道金桂铃的家庭有这样的雄厚基础，他喜欢的是金桂铃的温柔朴实善良，实在是没有想到，金桂铃一家会解决了他所有的难题，不至于他的人生比别人难堪。

订婚仪式很隆重也排场，气球和彩带装点金家大门，一阵鞭炮放过，火药味的烟雾笼罩久久不散，八十二席（八凉菜十二热菜）盛宴昭示主人的身份和殷实，觥筹交错好不热闹，一点都不亚于城里人的婚礼。孙水涛没有告诉老家的亲人们，一是路途太遥远了；二是家里来人往返开支是不小的；三是父母年岁大了，天寒地冻的也不是很方便，更多也是想让家里人们省点钱。他请几个同来接兵的战友作为家人见证了他和金桂铃的爱情，他不敢邀请张副支队长参加，他知道邀请简直就是给领导上眼药，不邀请吧，那是心里没有领导，邀请不是，不邀请也不是。犹豫和矛盾中，镇武装部刘振河为他解了围，刘辣子邀请张副支队长参加，张副支队长面对手下接兵接媳妇的事儿，心里就有些不太痛快，但碍于面子，只能说说笑笑地祝福一对新人。

在农村，如果男女之间订婚了，那么男女可以正大光明到对方家里去住，是否同居，两家人都会睁一只眼闭一只眼，无人去追究。金桂铃几次邀请孙水涛去她家里住，但是孙水涛感觉到还是不合适。

地处唐山白羊峪的长城巍巍壮观，是万里长城中最为精华的一部分，砖石全部是大理石筑成，大理石长城举世罕见，同属世界文化遗产。始建于北齐，明代包砖大修。融江南秀色、北国风光为一体。又称白羊关，以雄闻名，被誉为“天下第二关”；另有冷口以险称世，并称“雄关险口”。

金桂铃带孙水涛攀上了这举世瞩目的长城，二人的心情自然很好。过几天孙水涛就要回部队了，对于金桂铃来说，这个兵哥哥什么时候再回到她的身边，就不知道了，是三个月，还是半年，还是多久？每一天对于她来说都是漫长的。冬天的长城上是寒冷的，除了他们这二人，就没有第三人来影响他们的谈情说爱了。

“小涛子，你知道长城的英文字母怎么念吗？”在一处避风的长城垛口里，金桂铃问孙水涛。

“The Great Wall，伟大的墙。”孙水涛的英语还没有彻底忘干净。

“你怕冷吗？”金桂铃说。

“不怕。”孙水涛说。

金桂铃大胆地用纤柔的素手抓住孙水涛的大手，那双手宽厚温暖。

“《Greatest Love Of All》,《最伟大的爱》; I want to give you the greatest love，我要给你最伟大的爱。”金桂铃柔情蜜意地抚摸着孙水涛的脸。每次出来，她都让孙水涛穿便装，她感觉孙水涛穿军装和她在一起，两人都不自在，一是形象问题，二是那种威严，让她不敢靠近。

“我也要给你最伟大的爱。”两人拥吻着，那垛口成为他们的避风港。

“那你先出去，我叫你再进来，不叫你不许进来啊。”金桂铃说。孙水涛老老实实地走出垛口，他要看看这个金铃子还有多少花招。

“中呢，进来吧。”孙水涛走进垛口，惊呆了。

垛口里的平地铺上了毛毯，金桂铃身上所有的衣服都被扔在旁边，平躺在地的身上盖着一块毛毯，原来旅行包里是两块大毛毯。

“小涛子，还不快进来。”语气不容置疑，金桂铃羞红了脸，一掀开毛毯又盖上了。她闭上眼睛深情地等待着，像一块肥沃的土地等待着辛勤的耕耘者。

第二十四章　严冬的洗礼

冬天在寒风瑟瑟中到来，世间的万物都将经受这个冬天的洗礼，有的会默默地在这个冬天里逝去，有的将积蓄新的力量，在来年的春天以崭新的姿态破土而出。少女河已结冰很厚，成为冰河，阳光反射着冰冷的光，不再热情。

卫生队教导员何海晶，已经在病床上熬过了一个冬天了，这个冬天是否能够熬过去，让支队战友们心里发紧。

何海晶和大神朱文成大仙孙水涛都很熟悉。他先在十中队当副指导员，后在十五中队当指导员，再后来因病被领导照顾到卫生队当教导员，也是为了看病方便。十五中队是看守市区某监狱的，这个监狱生产机电设备，有大量的金属铜，锦朝市支队以前的监守自盗案件都在十五中队发生，每年都有一起两起，最多的那一年处分和判刑的违纪违法战士多达 5 人，中队出门就是市区，战士请个假就没了影儿。

因为驻守在市区，兵的来源不排除关系兵、条件兵。反正当兵不去营盘和高山子那样荒凉偏僻的地方就行，无非图个市区繁华和安乐。中队周围经常有地方青年逗留，欣赏观看战士们站岗上哨，甚至和站岗的战士合影。女青年叽叽喳喳，银铃般的笑声不时飘进营区里，对年轻战士们极具杀伤力。中队几个干部的家还在锦朝市里，责任心稍有不到位，中队就要出事故，连年评比中，十五中队都在支队打底。五年前，支队为了彻底改变十五中队落后面貌，十中队的副指导员何海晶在那年抗洪抢险后就被调到十五中队当指导员。何海晶因为爱人陈霞在黑龙江海林农村，可以常年在中队和战士们摸爬滚打在一起。用他的话说，在十五中队，睡觉都要睁着一只眼睛，嘴皮子都要加上三层，才能不磨破。他和中队长商量，中队 8 个干部，晚上轮流不睡觉值班，严查严管，查岗查勤查在位，确保战士出有去处，入有来处。每天除了训练就是法制教育，经过一年的严格治理整顿，这个后进中队终于连续两年安全无事故无差错无违纪。

当然，何海晶还真有他一套做政治思想工作手段。“同志们哪，你们不要被大墙外那些叽叽喳喳的声音给蒙骗了，城里的女孩子你们也带不了家去，你们也摆弄不了。你们都从农村来，农村女孩子是纯朴的，都是过日子的好手，就如同我的那些小姨子一样，个顶个的忒能干，那才是你们以后要娶的好姑娘呢。你们好好干着，我小姨子有的是，个顶个的特漂亮，你们随便选。不过你们干不好，是没有机会给当我妹夫的，我说真的呢，不是给你们说笑。”正好有一届兵是黑龙江的，何海晶抛出村姑的朴实可爱来。

何海晶确实有好几个小姨子，丈母娘家一窝子姑娘，爱人陈霞姐妹九人。老大陈霞嫁给何海晶以后，何海晶在部队的军装照也就亮了剩余八个姐妹的心，愿意找个军人做爱人。这样何海晶也担负起军人红娘的任务。每次回家，叽叽喳喳的一大堆，姐夫长姐夫短，好不热闹。何海晶见了当兵的，尤其是在部队留队提干的战友，“我有个小姨子特漂亮，可以介绍给你”。见面第一句话就这样问候。

说得多了，还真有一些老兵动了心思，遵章守纪，刻苦训练，因为他们见过指导员爱人陈霞的漂亮，小姨子肯定也差不了哪里去。何海晶看到有的兵人品好能吃苦表现确实不错的，就把小姨子的联系方式给了这个战士，让小姨子和这个战士鸿雁传书，谈去吧。也让小姨子鼓励战士在部队好好干。在部队六七年时间，何海晶和机关炊事班长田爱农一道成功地把四个小姨子嫁给了军人，有的是回了老家的同年兵，还有的是支队转业的干部和复员的战士，六个连襟穿着军装，在丈母娘家齐刷刷地形成一道亮丽的军人风景。

何海晶总这样说，战士们就感觉到了何海晶的亲切，不是其他中队干部那么黑头虎脸的，真娶假嫁的，图的是心情愉快，执行任务就有了最好的效果。有老兵和何海晶开玩笑：“指导员，你有多少小姨子呀，连队一百多个兵呢，哪够啊？”

“你不用管，你们指导员别的不趁，就趁小姨子。亲小姨子，表小姨子，表上加表的小姨子多了去，无穷无尽数不过来，就怕你小子表现不好，没有那个资格。”他把小姨子变成了奖品。

有的领导干部对何海晶开玩笑：“我看你是借着做政治思想工作推销小姨子呢。”何海晶说：“我是借着推销小姨子做好政治思想工作。”

两种说法不管谁对谁错，反正何海晶把小姨子诱惑论变成了部队正确的婚恋观教育，端正了十五中队青年战士的婚姻爱情追求，也就稳定了部队。

时间长了，熟悉何海晶的干部见了他就说：“我有个小姨子贼漂亮，可以介绍给你。”当然，何海晶的这一句话还真就拉近了和其他年轻干部的距离。

孙水涛到机关后，经常到十五中队摔手铐子，还搞一些现身说法。普法教育和何海晶吃住在一起，两人无话不谈。那几年，何海晶一心把精力扑在工作上，立下军令状，面貌不改，转业回家。就这样，该休假时让其他干部休假，家里父亲病重去世赶上部队战备期间，都是爱人陈霞操持，在部队解除战备后，才回家安慰了母亲，把爱人和孩子接到部队来住了一些日子。

中队成为先进中队后，也就吸引了大神朱文成多次到中队采访，总结经验成果，挖掘先进事迹。其实早在机关在十中队在抗洪前线，大神就认识和感受到何海晶了，这些年，始终被何海晶忘我精神所感动着。经过朱文成认真总结和精心写作，一系列反映后进变先进的稿件和新闻图片在《人民武警报》逐一刊发了，《何海晶的小姨子》《临危受命的军令状》《先进中队是这样炼成的》《责任心就是兵心》都说了何海晶的心里话，表述了何海晶和中队其他干部们呕心沥血的奉献。孙水涛说朱文成是摘果子的人，他摔半天手铐子，摔出个先进单位来，然后朱文成去吃现成饭，既出名又得利，正应了孙水涛先有鸡后有蛋的理论，朱文成现在就是那个奔鸡窝去拾蛋的老太太，不管养鸡，不管下蛋，只管“笨蛋”（奔蛋），好处都让朱文成占了，心里有些愤愤然，来了稿费，总要让朱文成请客。大多时候，朱文成来了 20 元的稿费，孙水涛自然会让朱文成请上 30 元以上的客，朱文成每次不搭钱，他心里绝不甘心。理论虽然浑蛋，有时候还真是这样，朱文成面对这个老乡也是说不得道不得，就当还是那个年少时候的无赖，请就请吧，也不影响他的日子。

当集体三等功奖牌挂在十五中队的时候，几任中队干部都流下了泪水，这样一个环境下，十五中队跨入先进行列，太难得了。

铁打的机器也有受损的时候，钢做的人也有倒下的时候。十五中队在第四次被评为全总队先进中队的时候，何海晶因为胸部剧烈疼痛被送到医院抢救，一查居然是肝癌晚期。结果出来以后熟悉他的战友们眼睛湿润了，病魔为什么这样不放过一个热爱工作热爱军营的好同志呢？

何海晶调到卫生队当教导员，虽说领导为了照顾他看病方便，实际上，他也没有放松卫生队十几名卫生员的思想政治教育。卫生队医疗业务同样向社会开放，对外叫武警锦北医院，开设有疼痛、皮肤、肛肠、心血管等特色专科，这些专科在锦朝市里还很有影响力和知名度的，前来看病的患者也比较多。如何管好战士与地方人员的联系也是重中之重。那个时候，何海晶因为是副营职务，分得房子，爱人陈霞和孩子已经随军。

大家让他好好休养，何海晶却说："我能干几天算几天吧，组织给了我荣誉和待遇，我不能坐享其成啊。"有时候，他打着点滴，还在和战士谈话，还让战士汇报思想。在病重期间，何海晶还把电话打到机关，请朱文成给他拍几张照片，在他心里，朱文成是可以信赖的人，文字水平好，摄影技术好。他要留几张照片给他的爱人，那天，朱文成请陈霞给何海晶化了化妆，拍了十张照片，赶紧去摄影社用柔光镜洗印出来，送到何海晶病床前，何海晶非常满意，不停地谢谢朱文成："文成，我好留恋这个世界啊，留恋这身军装，但是时间已经不允许了。"说得在场的人泪水涟涟。那场面让朱文成今生都难以忘怀。

病魔终于在一个寒冷的深夜，夺走了何海晶 34 岁的生命。噩耗传来，战友们痛哭流涕，他的几个小姨子和当过兵的连襟也来送别他们的大姐夫，当然还有炊事班长田爱农也在泪流婆娑，何海晶的爱人陈霞更是悲痛欲绝。

在送别何海晶的殡仪馆里，卫生队队长李队长宣读了何海晶的遗书：

同志们、战友们、亲人们：

别了，永别了。生命不久，心怀留恋。感谢组织和战友们对我的照顾，病痛期间，还有那么多工作没有做完，也没有把工作做好，我无以为报，向你们表示抱歉了，对不起组织的培养，对不起部队的关怀。

我走后，我已经告诉爱人，部队分给的房子必须立即退出，除了部队政策该给的补助，不能再向组织提任何额外要求。爱人是农村妇女，在城市里生活肯定不能适应的，她可以还回到黑龙江海林农村，找个好人家再嫁。

至于我的母亲，我下面还有个弟弟为她养老送终，让我弟弟费心了。

母亲，我对不起您，您和父亲含辛茹苦地把我养大，我却不能为您尽忠尽孝了。

……

再见了，同志们、战友们、亲人们，来生还和你们是战友，来生还和你们是亲人。

何海晶

12 月 2 日

遗书念完，哭声一片，伴随哀乐，痛断肝肠。多好的同志，多好的战友。朱文成和孙水涛也泪眼迷离：拿什么来安慰你的家人？我的战友，我的同志。拿什么来告慰你在天英灵？我的战友，我的同志。拿什么来回报你的心愿？我的战友，我的同志。身着病魔之躯，想到的还是工作，去世后想到是退回部队给的待遇，何海晶的高尚品质深深感染和教育了朱文成孙水涛。

几天后，何海晶的妻子陈霞不顾支队领导的挽留，办理了房屋退出手续，谢绝了朱文成和孙水涛的挽留，含泪回到了海林市农村，她说何海晶还有责任留给她，她必须替他完成。

后来，何海晶被总队追认为优秀共产党员，锦朝市支队开展“向卫生队教导员何海晶同志学习”活动。朱文成在泪水中写成的新闻作品《好军嫂一路坚强》，先后发各级报刊，怀念着远去的战友。

武警总队转省公安厅急电，协查通报：

二支队、三支队、锦朝市支队：据悉，12 月 10 日凌晨 3 时，有两名邻省在押杀人嫌疑犯越狱，这两名嫌疑犯以前曾经是船厂工人，根据逃窜路线和逃窜速度，很可能在 10 日下午潜回船厂继续作案，也不排除至锦朝市区其他各部队继续作案。命令各支队接此急电以后，务必提高警惕，建立预案，扩大警戒范围，加强搜索，协同地方公安机关，严查可疑人员，在确保看押目标安全的情况下，尽可能将二犯捕获。一有情况，立即报告。

附：二嫌疑犯主要特征

省公安厅原文

……

总队司令部
12 月 10 日上午 10 时

新的警情到来，绝不可大意，大意轻敌，往往会给国家和人民带来重大损失。更何况首要目标很可能是船厂！接到急电以后，锦朝市支队马上召开勤务作战会议，组织作战部署。支队最后形成统一的方案，所有的中队都要进入战备状态，每个岗哨处要布置三到四人的暗哨，每处暗哨必须有干部带队，防止这两个亡命徒偷袭伤害哨兵，抢夺武器，一有情况，指挥员靠前指挥。

按照电报提供的速度来看，锦朝市支队十二中队很可能最先遭遇这两个杀人嫌疑犯，而十二中队又是守卫造船厂这一重要目标的勤务，如果这两个亡命徒潜入船厂作案，影响和损失将是巨大的。第一道防线就是十二中队，第二道防线才是城西郊区的十三中队、十一中队、十四中队和十五中队，决不能大意，逃犯还会去其他部队。本部队首先要做到的是，逃犯到了锦朝市支队怎么防范，预案要完善和准确。

说到尽可能，那是因为武警部队按照职能分为机动、内卫很多种，内卫的首要任务是保证守卫（警卫）或者看押（看守）目标安全。

打开十二中队兵力警戒布置图，船厂南边靠海，北边是山区，几公里外是铁帽山，铁帽山下有一条河，就是乌馨河，铁帽山树多林密，距离船厂两公里区域就有警戒标志，十二中队负责厂区外围六个出入口。李参谋长（接任原鲁参谋长职务，鲁参谋长升任支队长）分析，这两个逃犯很可能利用铁帽山密林作掩护，伺机接近船厂，接近中队战士。如果中队明哨和暗哨一起设置，那么兵力肯定不够，应当把机动中队一半兵力调到十二中队参与执勤，其余一半兵力调到其他几个中队参与执勤。抽调机关干部到这几个中队代职参与执勤和查勤，防止逃犯袭击部队战士。

得到消息的朱文成和孙水涛也被安排到几个中队代职。孙水涛到十一中队代职，朱文成到十四中队代职。38 岁的老参谋修国岩到十二中队代职。修国岩是朱文成的老排长，也是朱文成入伍到部队的领路人，朱文成除和孙水涛交流比较多之外，和修国岩交流也很多，可以说朱文成的成长都在老排长修国岩眼皮子下面过的水，朱文成的每次进步，都得到了修国岩的祝贺，朱文成也非常尊重修国岩。朱文成从军校回到八中队的时候，修国岩刚从副中队长任命正职，朱文成到了机关，修国岩依然还是八中队中队长。后来，修国岩因为军事素质较好，从中队长位置调到司令部任内训参谋，副营职已经满四年。修国岩高中上了 4 年，在部队又是留队第四年才考上军校，与同年入伍的战友差了好几年，每提拔一步都晚了些，由于年龄因素和岗位实情，征求本人意见，已经确定年底转业。问起他要求代职原因，就是想在部队最后“辉煌”一把，在队一分钟，坚守六十秒。

分析准确，部署到位。果不出所料，警情按照预警方向发展。11 日凌晨 2 点钟，半轮月亮明晃晃地挂在夜空。两个亡命徒从铁帽山的密林里窜出，慢慢靠近十二中队的 6 号哨位。一前一后地向哨位摸去，准备偷袭战士，还未等靠近，藏在暗处的干部战士大喊一声，“哪里逃！”迅速鸣枪报警，将第一个逃犯按住，后面的逃犯一看不对劲儿，马上折身飞奔逃窜，在 5 号哨位查完勤的修国岩听见枪响，马上直奔

6 号哨位，看到一个影子向外跑去，一声令下：“追！”带领通讯员小苏向前追了上去，5 号哨位暗哨里的几个干部战士也迅捷跟进。逃犯借着月光，顺着冬天的乌馨河边往山里逃。

乌馨河在这里“看”了一眼渤海湾，没有停留脚步，又继续东去，化为女儿身，贴锦朝市区而过，在远方入海。冬天的乌馨河属于枯水期，有水地方不多，存水的地方也结了冰。在冬季清冷的月光下，乌馨河静谧而安详。

两个越狱逃犯打破了乌馨河的宁静，让乌馨河再次沾染上了血腥。这两个亡命徒在监狱里因为长时间关押，运动量减小，把身体力量都用在了越狱上，再加上这一天近 300 里的逃窜，一路上虽说也抢了东西吃，但是没有很好地休息，被修国岩带战士紧紧咬住不放，大约跑了有 3 里路，就渐渐被修国岩追了上来：“哪里逃！”一声高喊，修国岩就扑了上去，把这个亡命徒扑倒在乌馨河床的鹅卵石上，没想到，这个亡命徒迅捷地抽出一把尖刀，反手对着修国岩的腰部就是一阵猛刺，在扑倒的工夫，几个战士赶紧钳住这个亡命徒的双手。鲜血流进乌馨河，为这条河流注入了忠诚。

修国岩被紧急送往船厂医院，经过几个小时抢救，输上鲜血，修国岩清醒了过来。好在没有伤着脾肾，刺破了肠子，不再有生命危险。让牵挂的战友们悬心落下。

经过审讯，这两名越狱逃犯，在船厂监守自盗，因偷取大量的贵重金属被判刑，刑满释放后，本性不改，盗窃一家商店，被发现后行凶杀人，合计到熟悉的船厂哨位盗抢枪支，干点“大活”。不承想被抓获，知道只有死路一条，索性来个鱼死网破，两人利用晚间制造一个骚乱，越狱而出。

参谋修国岩冲锋在前，不惧个人安危的英雄壮举，获得了全支队官兵的赞扬，修国岩荣立二等功，其他几名干部战士荣立三等功。部队不能让敢于冲锋陷阵的优秀干部转业，因为有二等功的荣誉条件，修国岩继续留在部队，第二年提职到支队教导队出任队长，实职正营。

部队的事情看似突发无常，但是无常的偶然中蕴含着必然，只有量变到一定程度才会有质变。修国岩因为心系部队，铭记责任，才有如此英勇壮举。修国岩的事迹不仅是朱文成笔下最好的素材，也是孙水涛法制材料最好教案。事迹教育全支队官兵，也激励了大神和大仙。

面对修国岩的壮举，朱文成感觉他在老排长面前是那么的渺小，他反思和大仙“争夺”副营职位置的一系列小动作，简直就是私心私利作祟，迷失了自己的眼睛，迷失了自己的本心和方向。

自然，大神朱文成的脚步更多地追随修国岩，新闻大作《老参谋一声吼：哪里逃》很快见诸各报，又是一阵赞誉，大仙孙水涛又反了一阵酸味儿。

元旦前，共建单位锦朝大学文学和新闻传播学院、法学院联合组织了一台迎新年节目，到部队十五个中队和机关慰问演出，策划和组织者就是学生会优秀的学生干部景珊娜。节目形式除了传统的舞蹈、歌曲之外，还有歌伴舞、表演唱、快板、魔术、相声、小品等，尤其是战士们和学生们的互动环节，笑声不断，这些豪情万丈的战士在大大方方的女生面前变得手足无措，腼腆的脸像一块块红布。锦朝大学的帅哥靓女进了军营，一下子就让军营的气氛活跃起来，枯燥军营变得多姿多彩，在偏远地区执勤的战士们除了训练场、哨位、班内和食堂四点一线之外，基本上没有其他新鲜内容。

女大学生的莺莺之语是那么柔美，让人浮想联翩。除了谈论节目内容，就是谈论学生演员，成为一段幸福甜蜜的谈资。互动的战士还相互嘲笑，见了姑娘比见了敌人还可怕！平时天大的胆子，关键时刻成了怂包。

参加演出的学生们每到一个中队都要听一听中队的光荣历史，都要参观一下军营，感受方块加直线的激情氛围。面对艰苦的军营生活、繁重的执勤任务、神圣的守卫责任、纪律严明的言行作风，这些被捧在手心里的天之骄子深受震撼：在他们无忧无虑的大学生活之外，还有一群人在守候着她们的快乐和幸福！

锦朝大学的文艺演出慰问团由一名辅导员带队，景珊娜作为助手，主持了整台节目，宣传股李干事和朱文成每天接送，陪同到各中队演出。在机关演出是收尾演出，锦朝大学的副校长和锦朝市支队王副政委共同出席观看了演出，让军地共建的慰问演出有了高度，有了政治意义。

在机关演出中，锦朝大学法学院的佟彩虹和一名男生同台合唱了一首《明明白白我的心》，唱得声情并茂，非常投入和专注，有种生离死别的情韵。演出勾起了在观众席中的大仙孙水涛心中往事，别人听得如醉如痴，他感觉是那么的刺耳。他在想："你佟彩虹还有脸到锦朝市支队来演出，还有脸唱《明明白白我的心》？你唱给谁听呢？你要让我明白你的世俗吗？明白你的心机有多深吗？"别人都为这首歌鼓掌，他举起了双手，但只是合了一下手掌，没有任何声响。虽然他在接兵期间收获了金桂铃的爱情，但是这心中的痛，又怎么能够忘却呢？

演出结束后，佟彩虹主动热情地走到大仙孙水涛跟前，伸出手来：“孙老师，您好。”让孙水涛握也不是不握也不是，迟钝了一会儿，才伸出手去握了一下佟彩虹的手：“你好，佟彩虹同学。”这个握手之举让大仙感觉像吃了只苍蝇一样恶心；其他学生也纷纷上前来向大仙孙水涛问好。这个尴尬场景让大神朱文成抓了正着，给拍了下来，大神感觉非常好笑。

相反，朱文成感觉就不一样了，那些学生们见到朱文成，有种久违的亲切。“朱老师好”“朱老师好”让大神心里很受用。在陪同学生们十几天时间里，每天都有很开心的话题。青春的活力让文艺大篷车笑声不断，把欢乐洒向军营，洒给这寒冬大地。

慰问军营，感受军营。尤其是听朱文成讲述教导员何海晶带病坚持工作到生命终结的故事，讲述老参谋修国岩奋勇擒敌的故事，还有中队其他英雄事迹，对这些大学生来说，不一样的天空，不一样的世界，净化了他们的思想，纯洁了他们的心灵。

景珊娜多了些不一样的情愫，和她仰慕的朱大哥最近距离接触，朱文成为他们热情周到的服务和风趣的言语，时时刻刻感染着她。有时候朱文成的一个眼神好像就通到她的心底，有时候两人见面都是莞尔一笑，心有千千结，也就在相视一笑中解开，冬天干冷的空气都变得柔和而温暖，她心里感觉好亲近好幸福。她在日记中这样写道：

十六天的军营慰问演出，与其说是慰问，哪如说是让我们接受了一次火热军营直线加方块的再教育？从灵魂深处，让我的心再一次得到了洗礼，那些英雄事迹激动人心，震撼灵魂。尤其是和我仰慕的朱大哥近距离在一起那么多天，甜蜜由心而生。文学让我认识了朱大哥，因为朱大哥我懂得了军人，这浓浓的军营情愫将是我这辈子也不能抹去的记忆，将永远镌刻在我的生命里。

第二十五章　漫长的冬季

农闲了，北方进入漫长的冬季。萧杀的寒风无情地吹刮，掀起大地的老皮，等待来年再换上新装。山野间的野草和树木也都变冷漠，脱下温厚的装束，露出狰狞的本来面目，动物们也知趣儿地找个洞穴猫起来。那些不知寒冷的喜鹊、麻雀、朱顶雀、乌鸦和老鹰偶尔从天空飞过，落在枯草丛中、落在枝丫上，给寂寞的冬天展示生机，它们是勇敢的，也是坚强的。

农忙时光短促，人们感觉怎么都不够用，抢收、抢种把人们弄得跟敢死队一样，一刻也不敢闲下来。相思也是无处落脚，针插不进。

一旦到了冬天，思念就像雨后的疯草，在阳光下，恣意生长，乔爱华坐也不是，站也不是，每天晚上都要想第二天找什么事情做。家务活儿也是不少的，她有鸡鸭和猪要侍弄、拆洗被褥、洗洗涮涮，要去山里打些烧柴，但这些活儿对于利索的乔爱华来说，都不算什么。剩下的时光就是朱文成充斥她的身心和脑海：那头“猪”在忙什么呢？她的成子在干什么呢？是不是也在想她？

进入冬季的部队是一年中最为忙碌的时节：部队冬训、年度考核、全年工作总结、一年一度的老兵复退工作、干部转业等都开始了，人手比较少，任务重，机关干部们都要下点去代职，去指导工作。这个时候的朱文成同样也很忙碌，他要看年度的新闻报道任务完成如何，是否还要冲击一下，这个时候，部队上稿是最难的，因为很多单位都要在年终冲击任务。锦朝市支队是否有在全总队叫得响的稿件，是否可以在年终被总队评为一等二等的稿件，支队是否能够被评为先进单位，都是他要考虑的，如果形势不好，他也要努力冲刺，让领导们在全总队新闻工作总结大会上有光彩。另外，支队的全年工作总结，确定哪些中队、哪些个人是先进，要帮助他们写好材料。整个人忙乎得也是昏天黑地。

这个时候，乔爱华是不能去部队的，因为去了，无形中是给朱文成添乱。利用冬天的农闲去部队探亲，刚一见面的头两天，两人忙里偷闲还是很热乎的，但是过两天，她就是自己带孩子孤零零地守在宿舍里，等到很晚，朱文成才回宿舍，有时候早、中、晚三顿饭都是政治处战士从食堂打给他们，朱文成都不知道在什么地方忙乎。少女河已成冰河，河边寒冷，武匠不嚷嚷去冰上打溜溜，她是不会去的。更多的时候是自己带孩子在锦朝市街头漫无目的地瞎逛，商场商厦里花花绿绿的色彩虽然不是流动的，但也还有些视觉感染，是生动和温暖的。白天积蓄的热情想等朱文成晚上回去释放，但是朱文成回去后就像泄气的皮球一样，几句话没有说完就是呼噜声。

这样有过两年冬天探亲的经历，乔爱华就再也没有冬天去部队探过亲。她不怪朱文成没有时间陪伴她，因为部队的工作性质决定了她冬天去探亲是很不合适的。即便冬天的思念是那么的强烈，像针刺一样，让她是那么的无助，她只有忍受，把每一个毛孔里疯长的思念拔除。往往这个时候，她才叹息，自己嫁给这头“猪”图的是什么？就为了“军嫂”这个虚有的名分？没有熟悉和亲近的人说个心里话，自从小姑子朱文玥上大学走后，也有了自己的眼界和视野，和她的知识不在一个层面上，交流不像小时候那么样无拘无束，姑嫂间的交流也就少了许多。当然，朱文玥依然和她亲近，但是心事不像过去那样无遮拦。

白天天气好的时候，就找一个开阔地方带儿子放风筝打发日子。那个人头形状的风筝还是娘儿俩去部队探亲时，朱文成给儿子买的。他们两口子在那个人头上画上眼睛、鼻子和嘴巴，画上眼镜，那翅膀就是肩膀，然后写上朱文成的名字。朱文成对儿子说，如果武匠想爸爸了就可以去放风筝。成子这句话让乔爱华心里很高兴，她始终把朱文成比作她手里的风筝。儿子不更事的时候，就说：“咱们把爸爸放出去吧。”娘儿俩看那风筝越飞越高，心里越快活。在儿子心目中，爸爸就是那个风筝，那个风筝就是爸爸。有时候那个风筝落在电线上了，小家伙就哭：“爸爸要被‘电’死了！”或者落在树枝上，小家伙也哭：“爸爸要被‘挂’了。”乔爱华不知道儿子哪里学来的这些词儿，就说：“儿子，爸爸不会被‘电’死的，也不会被‘挂’的。那是爸爸累了，需要休息，休息是为了飞得更高更远。”找一根长竹竿，把风筝挑下来，小家伙才破涕为笑。

乔爱华给儿子讲风筝飞翔的原理，讲风筝的故事，教给儿子背诵关于风筝的古诗：“草长莺飞二月天，拂堤杨柳醉春烟。儿童散学归来早，忙趁东风放纸鸢。”风筝飞得越高，乔爱华越高兴，她希望她的成子事业飞黄腾达，这个时候，她手里的风筝线绳也就攥得越紧，她同样不希望她的成子脱离了她的手掌。只有在放风筝的时候，她才感觉到一家三口又欢笑地在了一起。风筝给了儿子想象的天空，带走了她的寄托和思念。

纸鸢飞过，风筝归来，她心里很温暖的。朱文成的才华早就征服了她，让她为他无怨无悔地守候。成子心里始终也牵挂着他们娘儿俩，她就很满足了。再说了，谁让她是“军嫂”呢，一名光荣的军人妻子呢，说得世俗一点，是军官太太呢。她每次做一件事情，都在想是不是最好，能不能对得起朱文成给她封的“天下第一军嫂”，她在做人和做事儿上，无形中又提高了对自己的要求和标准。

当然，乔爱华对朱文成的思念也是“天下第一强烈的”。她的相思不单是对朱文成的想念，更多的是对朱文成的牵挂。和平时期的部队，同样有许多危险。朱文成刚开始当兵的时候，她就怕她的成子有什么闪失，摔坏胳膊腿儿的，又怕她的成子吃不了苦，当了逃兵，让她没有面子。后来朱文成当了干部，她担心的就更多了，害怕她的成子去参加抗洪抢险、参加平暴治乱的突发事件，或者是去参加灭火救灾，她时刻担心着他的安全。但更多的时候，乔爱华在心里想，他不去最危险的一线，哪里有鲜活和真实的素材，哪里有他最真实的感受？她的成子应当冲在最前面，那才是军人最光荣的本色。只有那样，她的成子才会写出最棒的文章，拍出最生动的照片来，她希望她的成子在最危险的地方建功立业。在她的心里，成子也是“天下第一军人”。只有“天下第一军人”才能配得上她这个“天下第一军嫂”。

但她实在是担心着成子的安危，每到雨季或者天干季节，她就担心。每当朱文成自豪地给她讲那惊险的一幕幕，她就劝阻朱文成下次别去了，但军人的使命和担当就是如此，他们不去，难道让老百姓去吗？她知道每一次朱文成的出发，都是正确的，都让她提心吊胆。这些年，朱文成把她的心揪碎了，她人在天林山，心却在朱文成身边。她不仅心里装满了对朱文成的牵挂和思念，连同眼角的泪槽里也都装满了牵挂和思念，泪槽里的牵挂和思念带着她的目光随同风筝飞起来，飞到遥远的少女河畔。

她在牵挂中细数着漫长的日子，等候春节的到来。这些年，朱文成除了当战士的时候在部队过个春节，其他春节都是回来同父母和他们娘儿俩过的。日子临近一天，心里就开心一天。儿子武匠也很想念爸爸，也常和她一起数日子，今天腊月初几，明天腊月初几，离过年还有多少天。当然等不到过春节时候，朱文成就回来了，一般会提前个五六天，然后正月初八九再走，有半个月的时光属于他们全家，那是他们夫妻二人最快乐的一段时光，那期间，他们二人有叙说不完的情话，有传递不完的恩爱。

乔爱华将一家人的旧毛衣毛裤找出来，洗干净拆成线，加上新毛线，再给文成、武匠和婆婆每人织一件新的毛衣毛裤。武匠像树苗似的，越长越高，其他人的毛衣可以不用改织，但是武匠的不行，年年织补，年年变短。织完三人的，如果有剩下的旧毛线，再抽空给自己织一件，给他们三人都是一年一织补，给自己是两年一织补。毛线都是去镇里委托孙水仙去县城里捎来的，孙水仙总去县城里进货，因为朱文成和孙水涛的关系，她们也算熟悉。孙水仙进价来进价给，从不多收一分钱，她心里不落忍，所有的副食调料都去林记食杂店买，还告诉娘家亲戚，那是咱自己人开的店，多照顾一下。

自从小姑子朱文玥结婚到了大东市里，乔爱华交流最多的就是孙水涛的妹妹孙水仙，两人无话不谈。孙水仙有时候谈起在镇里开店的不容易，总有当权当势的来揩油。派出所来取东西，总是挂账，要账从来都是没有。结合自己在朱家屯的艰辛和劳累，加上恶人在虎视眈眈，乔爱华明白在哪里都不易。农村的信函投递，如果在山区，一般只投递到镇里，孙水涛来的信函都是邮政投递员放在林记食杂店，乔爱华也找到投递员，让把给她的信函放在林记食杂店，林记食杂店成了乔爱华爱的中转站。

每个周日，乔爱华都会去镇里赶集，有事没事儿都要去林记食杂店小坐十分八分钟，说话聊聊天，她希望第一时间收到朱文成邮寄来的信函，她怕耽误了朱文成给她的情话。时间长了，孙水仙会逗她：“嫂子，又想朱大哥啦？我这门槛让你给踏破啦。”乔爱华说：“你个小骚蹄子，没有好话。”都是过来的女人，床上话难免多一些。有时候，部队来了信，孙水仙面对乔爱华探寻的目光，非常遗憾地对乔爱华摇头，故意说没有，等乔爱华有一句无一句地聊上几分钟要走，失望地离开，孙水仙才笑嘻嘻地把信塞到乔爱华手里。乔爱华从进门的希望变失望再到喜悦，心情出现了曲曲折折的跌宕起伏。她恨不得把孙水仙的店砸了，这个婆娘，太能装了。

镇里的邮电所，对于乔爱华来说，那也是让她亲切的地方，两个投递员也知道她的身份。那里可以传递她和朱文成的感情，可以把她心中所想带给朱文成，带给绿色的军营，还能把绿色军营带给她，那高高的绿色信箱接纳了多少人的情感，传递了多少人的爱啊，人们称他们为信使，真的很准确，和平的绿色天使。平时里，她可以写信给她的成子，如果思念急切了，她可以在邮电所里打长途到部队，她打过两次电话，只有一次是朱文成接到了，那声音在遥远的锦朝市变得很微弱，但声音和气息是亲切熟悉的，就像他在她身上的喘息。一个长途下来，30 元的费用就没有了，她心疼坏了，就再也不打长途。公公病重的电报也是从这里发过去的。绿色的邮电箱上写着“人民邮电为人民”，她亲切地感受到，那两个投递员践行了邮电为人民的话，乡镇邮电所是山里人通往山外的心灵驿站。

织毛衣的手段是自己在娘家当姑娘的时候学会的，姑娘的勤劳朴实表现在做家务，心灵手巧体现在女红。现在已经不像过去要绣花刺绣，绣罗帕绣锦缎绣嫁妆，但织毛衣、纳鞋底还是要会的。每到织补毛衣的冬季，她粗实的手有些不习惯，农忙季节，拿惯了锄把和镰刀的手，操弄细小的铁签子，总是攥不紧，有劲儿使不上，要把一双手握拳一样松开握紧再松开再握紧，反反复复好几天，才能适应那几根细细的铁签子。婆婆一年给武匠做一身棉衣裳，她一年给武匠织补一身小毛衣毛裤。她的一双手已经没有当姑娘时候那么细腻，织毛衣也不会那么多针法，她只会平针和螺旋针两种，她认为毛衣毛裤又不是敞穿，针脚好看不好看没有什么用，只要针脚密实，穿上弹性好，暖和就好。她织补的平针毛衣就像少女河中细密的浪，一层一浪，让微风吹皱了波纹；她织补的螺旋针如同在倒背崖下种的那块麦子地，纹路像麦穗紧凑在一起成行成列。每年朱文成冬天回来过春节，她都要朱文成换上新织补的毛衣，像一个母亲为孩子换上过年新衣服一样，看着朱文成穿上合身又紧凑，她感觉一种母爱传递给了她的爱人，她把他打扮一新，她会兴奋一冬，幸福一个季节。

“妈妈，今天我见到下屯的王回明叔叔了。”

“怎么见到他了，他说什么了？”

“今天，我和王通合玩，他叔叔走过来就亲了我一口，说我很乖。他说有事情要找你，让你去找他。”

“这个王八蛋，偷刨我们家马肉吃，我还没有和他算账呢。”

“妈妈，你说什么？”

“武匠，咱们以后不找王通合玩了，行吗？在家里，看看小人书，陪着妈妈。”

“为什么呀？”

“妈妈怕坏人欺负你。”

“谁是坏人呀？”

“乖孩子，妈妈不让你和王通合玩就不让你玩。你要不听话，妈妈不高兴了。”

“好吧。”武匠翻看着小人书。

“爱华，武匠要出去玩，我带他出去玩，你就在家里收拾做家务吧。”婆婆在旁边说了话。

“行，娘。”

“他要敢干什么，我这把老骨头扔到他们家里去。”周红妹在乔爱华进了朱家门，在朱老汉的影响下，她终于把乔爱华当成了这个家里不可或缺的成员，尤其是朱老汉去世，她不得不在心里更加亲近这个儿媳妇，和她相依为命，儿子女儿都在很远的外地，儿媳妇是唯一的依靠，看来老头子的决定是正确的。假如儿子有个城里的媳妇，也不一定容得下她这个农村老婆子。

凄清的月亮从腊月十五之后就变得越来越小了，月光在房间里游弋，最先落在炕头的婆婆身上，稍后移动到武匠身上，最后落到乔爱华身上，然后又爬到墙上去。婆婆和武匠的鼾声响起，乔爱华还在辗转反侧，和那个月亮对话，是乔爱华每个夜晚的必修课，她希望月亮把她的思念和情话带给朱文成，或者月亮能够把她温情的目光反射给朱文成，那是她对他的爱。她等待月缺的时候，那时候，她的成子就会回到朱家屯来。

她的成子就像月亮一样照亮了她的全部生活，给她黑夜中坚守的勇气和光明。

第二十六章　走进天林山

“还是人家小铃子有眼光，手长得很，这不，等到最后才动手，摘了一顶军官帽子回来。”嫂子总这样逗欢金桂铃，说她这个姑太太变成了官太太。

“嫂子，你嫁给我哥，不也是一个阔太太了吗？”订婚后的金桂铃在幸福中陶醉。

“小铃子，你从现在开始就是泼出去的水了，以后就是外人啦，妈，你可要把咱们家看好了哟，别让外人把家里的东西都倒腾到婆家里去。”嫂子的嘴是不留点滴情面。

“乌鸦嘴，原来嫂子是个小心眼儿呀。我还没有结婚哪，你就拿我当外人啦？”说着，就要伸手过去掐她嫂子，她嫂子嘻嘻哈哈一闪身躲开了。

嫂子的话不一定有恶意，但金桂铃心里也不是那么舒服。这些年，她和嫂子连个脸都没有红过。虽说嫂子是玩笑话，但是意味着她真的不再是这个家里的一员了，这也促使她要考虑婚后的日子。

姑嫂和谐是一个家庭和谐的重要因素，金致远夫妇看着这和谐的姑嫂二人，心里乐开了花。儿子打理着矿上的生意，女儿的终身大事也算是有了着落。

“小铃子，你也是有婆家的人了，以后就要考虑着如何过日子，别整天的脑瓜子跟浆糊似的。”

“知道啦，你们以前怕我老在家里，现在又怕我过不好。我要过不好，就找我嫂子，有嫂子吃的就有我吃的。”老妈从以前她不找对象，就絮叨不停，现在又开始变了絮叨内容。

“哎哟，小铃子，别寒碜你嫂子啦，你那么大的军官太太当着，还找我要吃的呀。”嫂子就是嘴不饶人。

“反正我不管，你是我嫂子。”金桂铃搂着嫂子胳肢她的痒痒肉。

“中，中，惹不起你这个无赖的姑太太。”

“这才是我的嫂子嘛。”

日子就在这样逗笑中度过。成为准军嫂的金桂铃不再像以前那样心里什么都没有，现在她心里开始对她的小涛子牵挂。她开始在生活中体会和读懂“军嫂”的含义，她知道那一身的荣光之后就是奉献，是艰难的守候，是如潮水般的寂寞。

有了心事的人和没有心事的人绝对是不一样的，金桂铃在镇里上班的时候，经常走神儿，或者干错了活儿。镇里的其他人就取笑她：“金桂铃的魂儿让那个孙干事带走了吧？”她就羞红了脸。

孙水涛给她讲部队的故事和太多经历，军营在她心里有了更多的神秘，也感觉到孙水涛在她心中有很多传奇色彩。她的小涛子还是部队的“大仙儿”，她感觉好笑。还给她比画他摔手铐子的气势和动作，让她感觉到这个小涛子可爱，她有时候模仿孙水涛摔手铐子的动作，怎么摔都没有气势和力度，花拳绣腿。

嫁给军人的相思是甜蜜的，时间久了也是痛苦的。她总在心里问：“小涛子，你在干啥嘎？有没有想我？不想我可不中。你要是想了别人，可别怪我打到你老家里去。”有时候感觉和孙水涛相识在一起就像做了一场梦，梦一醒来，她还是孤身一人。这个小涛子不会一去不复返吧？这样想的时候，她就骂自己乌鸦嘴，自己轻轻地掌嘴。

每到夜晚，望着漫天星斗，这个以前沾枕头就着的姑娘，就有了长长的思念。一遍一遍地数星星，望着最亮的那一颗才说：“小涛子，你藏在这儿呀，你藏到哪里，我都会找到你。”有时候，面对那星光，她就想起他们在景忠山上，孙水涛搂着她像个孩子似的，泪流满面的那一幕，女性的母爱升腾：“小涛子，我会给你当一个很好的小母亲，像母亲一样爱你，做一个伟大的军嫂。”这样一想，她的眼中就有了泪光，她感觉孙水涛就是那颗最亮的星星在引导着她前进。

她突然想到孙水涛的老家去，去看看孙水涛的哥哥嫂嫂和她未来的公公婆婆。她为这个决定感到英明，她还不想告诉她的小涛子。

想到哪里就做到哪里，这就是一个唐山人的性格。第二天，金桂铃就把这个想法和她老爹金致远说了。还没有等金致远开口，嫂子就发了话：“行啊，咱们的金铃子啥时候变得这么热情主动啦，还赶着送上门去，人家都是用聘礼前来娶媳妇，咱们是带着嫁妆送媳妇儿啊。嫁个军官就是不一样啊。”

“嫂子，你又来了。难道你不希望我嫁得好一些吗？嫁好了，不也是你当嫂子的光彩嘛，你说是不是？”金铃子得意的神色中，眼睛在斜着往上瞅。

“小样儿，美到天上去啦，我希望你嫁给太阳，也不知道太阳娶不娶你。”

“他不娶，我还不稀罕嫁呢，借用我哥几天，保证完璧归赵。”

“又白借，可不中！”

“怎么是又呢，好像我借过多少回似的。不白借，我还给你打个欠条啊？”

“白借，就是不中。”

“到时候我们有了孩子多喊你几声大妗子，喊得亲甜一些。”

“呵呵，还没有嫁出去呢，就说到孩子啦，羞不羞。”

“早晚不得有呀。”金桂铃有些不好意思了，脸上飞红云。

“中吗？那么远，又是第一次去。”金家老太担心这一儿一女。

“我看中，小铃子想得周到，路上注意安全，多带些东西，多带些钱物，去了该花花，不要失去礼节，让人说咱唐山人小气。”金致远鼓励了金桂铃。

“反正，妹妹是把她哥豁出去了。”金桂山也参言进来。

“哥，妹妹这是给你一个表现机会，以后想要表现，妹妹说不定给不给呢。”

“那我还不乐癫了？”

为了有个好形象，金桂铃拉着嫂子特意到唐山市里转了一圈，给自己烫了个荷叶头，戴上有鼓边的蓝色圆帽，买了金黄的华达呢大衣，红花相间的纱巾系在脖子上，脚穿高腰皮鞋，这哪里是个村姑呢？典型的城市妞儿，让大嫂啧啧称赞。

“这才是金家最中的女子。”

“你是金家最中的媳妇儿。”姑嫂互夸，其乐融融。

确定好行程，带上换洗衣物。车里所有空间就如同搬家一样，贯头山酒、麻糖、板栗、烧鸡、虾油、瓷器，每样都是四份五份，把车塞了个满满当当。

“小铃子，我看把咱家的矿山搬过去吧。”嫂子发了话。

“我只搬属于我那一半儿。”

“只可惜了的，你搬不动。”

“那我把你搬过去。”

“把我带过去，给你当佣人，伺候你一辈子？人不大，心还很贪。”

“把你供起来，一天一炷香，中不？”

“不中，我可受用不起。”

“桂山，多带些烟酒，把家里的红塔山和希尔顿都带上，十条都不一定够。酒多搬几箱子，拿一部分烟酒放在车的最底层，上边放点其他特产。”金致远说。

“中，中，爹。”金桂山赶紧又重新装置物品。

“爹，你们去哪里呀，是去看那个解放军叔叔吗？我也跟着。”小金瓜抱着金桂山的腿，不松手。

“瓜瓜听话，等瓜瓜长大了，爹就带你去。”

“瓜瓜，等姑姑回来，给你带个大玩具回来。”

“中吧。”小家伙无奈的口气。

“爹，带那么多烟酒干嘛？”金桂铃不解。

“烟是招呼酒开路，没有烟酒，这一道恐怕不会顺当。赶紧出发吧，道上注意安全，提醒你哥开慢点。”金致远和老伴千叮咛万嘱咐。

金致远的开明，鼓舞了兄妹俩的行程。金桂山也兴高采烈，把妹妹嫁出去，嫁好了，也是他当哥哥的责任，对于妹妹的要求，几乎是有求必应。

“中”与“不中”，是唐山人最美的语言。在唐山人的语言里，很多内容需要表达肯定或者否定的，都在“中”与“不中”里。行与不行、好与不好、成与不成、可以与不可以、同意与不同意，都在“中”与“不中”里，他们善于把“中”的一声发音改成二声或者三声，缀上不同的语气副词，就是他们全部的情感，喜怒哀乐皆在其中。只要你在唐山久了，会让他们把你感化成“中”与“不中”的唐山人，唐山人接近东北人的性格，在某一方面还超越东北人，简单豪爽中带着燕赵人的质朴和淳厚。“中”表示赞成，“不中”表示反对。据说唐山各地搞举手表决是否同意或者反对，经常会出现这种情况。组织者宣布，中的举手，不中的不举手，结果纷纷举手。工作人员数数，一中、二中、三中、四中、五中……工作人员对组织者汇报结果：全部中。组织者说：“这么多举手的，你怎么说全不中？”工作人员说：“我是说的全部中啊。”组织者说：“你说的就是全不中，明明这么多举手的，你怎么说全不中呢？是他们不中，还是你不中，是他们不忠，还是你不忠？”工作人员说：“我是不中，而不是不忠，我是中，而不是忠，中了，你把我搞混了，这工作我不干不中？”拂袖而去。

国道蜿蜿蜒蜒，起起伏伏，宽阔平坦地伸向远方，总看前方是路的尽头，车到面前又峰回路转，曲径通幽。不时有对面来的车辆经过，飞驰而过。车走起来，大地也开始了运动，远的变近，近的变远，小的变大，大的变小，远山由远及近，朦胧变清晰，清晰再变朦胧，从幽蓝变真切。越来越近的是天林山，越来越远的是燕山。没有树叶青草遮掩，大山是干草黄的色彩。山形时而柔美蜿蜒，时而斧劈刀砍，锋凌而折，千姿百态。“我见青山多妩媚，料青山见我应如是。”

在山海关车辆检查站，可能金桂山和检查人员熟悉的原因，没有太多言语，就放了行。金桂山摇下车窗：“我妹妹要去东北的婆婆家去看看，我去送一趟，等我回来，咱们哥几个一起再待会，今天就不打扰你们工作了，哥几个辛苦。”说着，扔出一条烟，疾驰而去，留下后面检查人员说：“金哥就是讲究。”

路标指引，汽车前行。锦朝市的标识越来越近，金桂铃的心“咯噔”了一下，怦怦直跳，她喜欢的爱人就在前方的城市里，这个城市里有她的爱人在坚守。“小涛子，你在干嘛呢？”“是不是在想我？不想我，看我怎么掐你，我可是贱了巴嗖地把自己全部交给你了。”“我现在去你家，给你家人一个大大的惊喜。我伟大吧？”她就在心里这样一遍一遍地念叨孙水涛。她多想让哥哥把车开进城市里，去看看那座神秘的军营。虽然在她熟悉的城关镇天不怕地不怕，但是去一个陌生的地方，她心里还是有些胆小和心虚，她不敢贸然闯进去，给她的小涛子一个冷不防，让他尴尬和没有心理准备。面对近在咫尺的城市高楼，她知道自己还是一个农村的丑小鸭，还是一个村姑而已，自卑感油然而生。孙水涛突然变得有些陌生和不被了解，好像她是拿自己一生的命运在赌博一样，这样的意识冲进大脑的时候，她的眼角不自禁地流出一抹清泪。也不知道去孙家湾还有多远的路，快年根了，哥哥矿上的事情多，不敢耽误太长时间，家里担心不说，回去嫂子那张嘴还饶得了她呀。

“小铃子，进去看一看吗？”金桂山问。

“咱们还是抓紧去孙家湾吧，如果回来有时间，咱们进去打个晃。”金桂铃说。

半绕城的公路如同少女河一样绕着近在咫尺的城市。城市大同小异，城边都是低矮的平房，一丛丛平房如同杂草一样没了高楼的腿脚，束缚了城市的前行。少女河如同透明的绢布，系在锦朝市西侧的脖颈上。阳光下，河面上的冻冰闪着光芒，刺痛着兄妹俩的双眼，反光伴随汽车一路前行。

前方，少女河大桥如同几根琴弦一样跨过这条河流，桥上不时有车辆经过，城市就在脉动。前方右拐可以进入锦朝市，路标清晰指引着方位。

“哥，在桥头那里停一会儿吧。”

“中。”

脚踏在锦朝大地，金桂铃激动万分。她好希望自己爱的人突然出现在面前，他惊喜地问她：“你们怎么来啦？”他抱起她转圈圈，带着她去冰上打溜溜，给她讲少女河的故事，少女河以宽广的胸怀接纳他和她，少女河是有温度的，也有温情的。在寒冷中，她偎依在他的胸前，抚摸着他圆润的脸，他的脸一定是凉凉的，他需要她的温暖，她像个母亲一样，对他问这问那，关心着他的冷暖和衣食住行。她会说：“工作悠着点，别太玩命了，身体是革命的本钱。”她愿意在少女河畔给他柔情给他爱，她不怕寒冷，她相信爱可以战胜一切。他的一身橄榄绿是世界上最美的色彩，吸引了她义无反顾地嫁给他，绿色在冬日的少女河畔，在阳光下，光彩夺目。她愿意他一辈子都在军营里，只有那样，那绿色才永远闪光。

凭栏远望，城市在这山间，河流在城市边沿，人落在河边。从近及远，从远及近，人都是渺小的，唯有她的爱才能永恒和真实。

“走吧，哥。”金桂铃有些伤感也有些凄楚，爱的力量坚定她的前行。远处女儿河纺织厂的大烟囱冒出浓浓白烟，被北风吹散开来，化作飘云，把大地上的往事带走成为烟云。

汽车很快就把锦朝市落在后边，前方就是一望无际的东北大平原，是广阔的辽河流域，黑黑的田野，阡陌纵横。曾经的渤海省为这对关内兄妹又展示了坦荡的一面，周围高山，中间平原，胸怀宽广地接纳了这对兄妹，如同当年接纳浩浩荡荡的闯关东大军。他们不再是闯关东的破落难民，如今是富裕的人儿送温暖看望亲人。“大平原，我来啦！”“大东北，我来啦！”金桂铃摇下车窗，伸手高声呼喊。没有真实见过平原的金桂铃真想下车去，打几个滚，肯定摔不着，不像在山里，到处是沟谷和悬崖，要提上多个小心。

路标写着：前方进入营盘市境内。在锦朝和营盘的交界口，他们被拦下了。

沉浸在爱情向往中的金桂铃远远地看到三个东北大汉，每人提着一根棍子，一根横木拦在前面。

“哥——”金桂铃哪里见过这个阵势，让她碰上了，她不由得紧紧抓住金桂山的胳膊。

“妹妹，不要怕，你在车里不要下来。”金桂山说着，拿着一条烟，揣了一把刀子，下了车，把车门锁好。

“哥们儿，辛苦了，哥几个弄盒烟抽抽。”

“一条烟？打发要饭花子哪？”

“你看，兄弟是做小买卖的，也不趁钱啊。”

“没钱，没钱开这么好的车？甭废话。有多少，掏多少，要不然今天别想过去。”

“我知道，东北的哥们儿弟兄重义气，都是讲究人，我金桂山也是讲究人，咱们交个朋友吧，以后哥几个到了唐山，用得着兄弟的地方，尽管吱声。我金桂山交你们这个朋友交定了。”

“快点，别磨叽。”

“这样吧，我再给你们一条烟，再来两瓶酒，哥几个晚上好好喝一喝。”

“不行。”

“你看我送我妹妹去大东市农村她婆婆家，也没有什么准备，借了一辆车。哥几个高抬贵手。中呢，中呢。”金桂山把烟塞到其中一人手里。

“少中不中的，快点的，继续拿。”

“我怎么也要给她婆婆家留点礼物呀，她婆婆家穷得要命，是大东市天林山农村里的，我们大老远的，怎么也要给人家意思意思吧。”

“我管你那些，我们要吃饭，我们要生存。”

“你们也有父母，也有妻儿，你们干这个肯定也是被逼无奈。”金桂山继续磨着。

“……我们说不过你，但是我们有这个。”有个劫匪举起了手中的铁棍。

“咱们要文斗不要武斗，伤了和气谁都不好。你们背了命案，这一辈子东躲西藏的有意思吗？”

“所以，你就痛快的。”

“咱们山不转水转，水转，人也转。两山到不了一起，两人肯定会到一起。出门在外，谁没有个难处啊。中吧？”

在车里的金桂铃紧张坏了，第一次出门就遇见这种事情，她生怕哥哥有个闪失，那她怎么和嫂子交代呀。她希望这几个劫匪，能够发发善心，放过他们一马。她的心都快跳出来了。在家千般好，出门事事难，穷家富路。真的应了那句话。

“我给你们两条烟，一箱子酒。要不然我今天就耗在这里，光天化日之下，你们竟敢抢劫，我说交你们几个朋友，哥几个这么不给面子可以不中，以后还怎么混社会呀。”

“面子值多少钱？”

“俗话说，在家靠父母，出门靠朋友。多一个朋友多一条路。既然哥几个这么不讲情面，我金桂山今天就把命撂在这里了。我也练过，弄死一个保本，弄死俩算是赚的。”说着，脱掉上衣，露出胸前的青龙文身，亮出手中的刀子，一副拼命的架势。

打架怕横的，横的怕不要命的，气势镇住了这三个劫匪，三人面面相觑，私下一合计：遇见茬子啦？

“行吧，哥们儿。一看也是道中人，兄弟们也不容易，糊口饭吃。两条烟就两条烟，一箱子酒就一箱子酒。”也许是上天之感应，对面远处有车驶来，身后也有车远远驶来。

“按说，我就给你们一条烟，两瓶酒。两条烟和一箱酒也行，回来的时候，不许再劫我们。万事讲个和气生财，中不？”

“行，兄弟怎么称呼？”

“唐山迁安铁矿金哥。”

“我姓郝，人称郝铁棍。”

金桂铃看见他们双双抱拳，知道事情已经化解。哥哥安全回到车上，心终于落了地。她才想起来，父亲说的，烟打招呼，酒开路。拿出烟，拿出酒，金桂铃好心疼，好在是有惊无险。

“没事儿的，妹妹，出门在外，只求平安，破财免灾。”

在哥哥的安慰下，金桂铃心情大有好转：“哥哥，你什么时候文身了呀？”她从来都没有看见过哥哥的文身，她感觉她哥很社会，和孙水涛不一样。

“没有办法，咱们挣了点钱，好多眼睛都在瞪着，不横点不中啊。”

世界真的是好大，自然地貌千变万化，平原的尽头是一轮轮青山，天林山脉重峦叠嶂，好像是似曾相识的燕山。都是峰回路转，都是道路尽头又出现一段道路，千转万转，还在山里。天林山高天林山险，往上抬头不见顶峰，低头不见谷底。在副驾驶位置上的金桂铃不再惦记她的小涛子了，紧张地看着她哥哥手把着的方向盘，目光随方向盘转动。别看金桂铃是个大大咧咧的姑娘，好像天不怕地不怕，其实胆小着呢。没有出过远门，第一次出远门，紧张得要命。

“哥，你慢点，咱们平安才好。”

“放心吧，妹妹，你哥是老司机了。你睡一觉吧，等你醒来，也就到了。”她哪里睡得着呀，刚才那一幕让她把心都拽出来了。新奇的劲头过去，山都是一样的，只不过天林山更高更险，比关内更加寒冷。她在怀疑孙水涛一家在这样的山里是怎么生活的，常年这样爬上爬下？她有些读懂孙水涛的眼泪了，他的童年少年一定很艰苦。

夕阳照耀，一片开阔的山谷出现在他们的视野远处，山谷中，错错落落的楼群清晰明目，高楼上的玻璃次第闪着金光，又出现了一座城市，那就是大东市。“大东到啦，大东到啦。”金桂铃从紧张变兴奋，感觉她和孙家湾又近了一步。未来的婆家是什么样子，他们会有什么样的心态接待她呢？

兴奋和担心伴随着这兄妹两人。兴奋是因为一个陌生的地方，让人感觉新奇，担心的是，怕还遇上车匪路霸。

当车开进大东市里，两人才完全放下心来。楼高树密，街宽路平，各种字号的门店，在夕阳下，沐浴着金辉，有的电子管灯已经开始闪烁，她发现东北人真的敢给自己的店铺起名字，XX 商厦、XX 大厦、XX 中心、XX 基地、XX 国际、XX 总部，实际上店铺也不过一层楼，两层楼。改革开放，让这些商家都变得狂热，一点都不谦虚，她的唐山绝对没有这样的字号。

“晚上想吃什么，哥请你，给你压压惊。”

“哥，我就想吃一碗正宗的东北大拉皮。”

“我的妹妹呀，瞧你那点出息，吃点什么不好，非吃大拉皮。”

“再来个东北大乱炖，东北杀猪菜。”

“唉——”金桂山摇摇头。

“你把请妹妹的钱给妹妹，妹妹就感激你啦。”

“干嘛，给孙家人发红包呀。你这个胳膊肘往外拐得太厉害了吧？”

“我怕钱少了，让孙家人失望嘛。”

“中吧，我再给你 2000，够不够？”

“凑合吧。”

“你呀，金家的闺女都是金子做的，怎么到了孙水涛这里就成水做的啦，一分钱的彩礼收不着不说，还要倒贴，咱妹妹有这么贱吗？”

“哥，有当哥哥这么说妹妹的吗？我就贱了，怎么着吧？我喜欢他。”小脸一扭，不高兴啦。

“我还能怎么着？惯着你呗。”

“这还差不多。”又给她哥哥一个白眼。

雨过天晴，一阵调皮的笑声，让人又怜又爱，谁让妹妹就喜欢这么个当兵的呢？

两人在一个饭馆里点上几个东北菜，入住一家酒店，一夜无话。

第二天早上，金桂山带着金桂铃在长途汽车站找了几个司机，问了问去同发镇的路线，用笔在纸上画了个线路图。

汽车从开阔的城市里出发，像一只金属甲壳虫，不知疲倦地钻进了天林山脉，不畏前途艰险，不惧路途遥远。一段沥青油路后，汽车爬上了县乡公路。砂石路像一条银灰色的白带飘在山间，荡起的烟尘成为汽车长长的尾巴，久久不能消失。不停地转弯，不停地鸣笛，提示前面拐弯处突然出现的汽车。实际上，大山深处，汽车已经稀少。不少路段因为雨天泥泞，还有很深的车辙，需要小心才行，即使这样，也是东歪西扭，入乡随俗，汽车像老太太扭起了东北大秧歌。

“普天之下，还有这样的破道。”

“这一趟让哥跟妹妹受委屈啦。”

“小事一桩，一看这破道，孙家湾说不清多穷呢。”

“你以为改革开放了，都和咱们唐山似的，你也开矿，他也开矿呀？”

“也是。”

“小涛子，我到你家视察来啦。”天真烂漫同样是山里姑娘的本性，冬天的朝阳伴随金桂铃一路好心情，同发镇就在眼前了，孙家湾就在眼前了。

一路颠簸，一路辛苦，中午时分，他们到了同发镇。镇区立在半山腰上，往下是不见底的深渊，往上是高不见山峰，对面的山峦伸手可触。“天山高，天山险，天山横在我面前”；天林山高，天林山险，天林山横在我面前。天林山和天山就差一个字啊，都是同样的艰和险，金桂铃一下子就想到了电影《天山行》的片段，好像她就是那个女主角李倩，她的孙水涛就是那个郑志桐，郑志桐坚守边疆建设天山，孙水涛在守护天林山，守护千家万户的“天林山”，李倩是天山行，她是天林山行。但是她绝不会是放弃郑志桐的李倩，她要比李倩更坚决地爱着孙水涛。

一条十米宽的街道是路也是街，两侧各有一排房屋，临街成为各式店铺，小镇的店铺远没有城市里那么多花哨，高高低低，起起伏伏，新新旧旧。有的扬眉吐气，散发着时代的活力和气息；有的畏畏缩缩，好像没有跟上时代，或许是在拼搏或是挣扎，也许是在自甘破落等待灭亡，不是破茧成蝶就是要被淘汰。只有阳光没有挑剔一视同仁地照亮着它们，给它们希望和未来。小镇虽小五脏俱全。餐饮店副食店服装店理发店商旅店，店店冷清；中药铺铁匠铺镶牙铺农资铺修理铺，铺铺红火。纯粹消费的还是少，维修谋生的还是多，好像刚散集的样子。有的店铺上有醒目的“国营”二字值得信赖，“抓革命促生产”“发展经济保障供给”“工业学大庆农业学大寨”“土肥水种密保工管”伟人语录和口号还可清晰地认出。铁匠铺呼啸的炉火代表着小镇的温暖，叮叮当当的打铁声就是小镇的生气，其他店铺里，店主都围着厚厚的棉衣期盼着生意。

“哥，好像改革的春风没有吹过来似的。”金桂铃还有调皮的幽默。

“你不是那个女菩萨，救世主吗，快来拯救拯救他们吧。”

“我要真的是就好了。”

孙水仙在她的林记食杂店里，一手奶着孩子，一手吃着烧饼。隐约还露着雪白的肚腩，柜台挨着街面的窗子，窗子开得大，冬天的风钻进窗子里，再钻进她的衣服下摆里，凉到她的心口窝。改革开放了，农村联产承包了，人们有了更多的自由，人们开始走出家门做生意。这个镇上，有国营的，就有私营的，私营主有的是从农村里走出来的，也有国营职工自己单干的。所有的店铺都是成双成对出现，有了太阳就有了月亮，有了月亮就有了星星，有了星星还有卫星。人们把公家的比作公，把私营的比作母，有公有母才算成双成对。没有爱情哪有婚姻，没有婚姻哪有下一代，没有下一代，哪有活力，市场也一样。国营店里没有的，私营店里有，私营店里没有的，国营店里有，相互相补；大件物品国营店经营，小件物品私营店经营，公母互补互不干扰。小镇经济就此丰富活跃，进哪个店，人们有了更多选择，物美价廉是首选，其次是态度。孙水仙两年前和丈夫林勇订婚后，在婆家帮助下，开了这家食杂店。

孙水仙的林记食杂店，农商特色兼具，也是众多农村和城镇结合点中最普通的一个。除了销售老百姓需要的生活必需品之外，还兼具了农资代办、信息中转和仓储功能。七天一个集市，最新市场信息哪天出现？紧俏农资也不会是逢集市才有。为孙家湾几个哥哥和朱家屯乔爱华家代买紧俏农资的任务，城乡农产品收购信息的搜集任务，都是孙水仙艰巨的责任。还有亲人们在集市上没有卖掉的农产品，也要暂时放置在这个食杂店里。很多时候，农资和农产品将一个小小的食杂店塞得插不进去半只脚。镇里其他几个门店也有这样的情况，谁没有个农村的家人和三亲两近的呢？

孙水仙忙起来就啃一块烧饼。烧饼就是旁边的老字号赵家楼烧饼，同发镇绝开不起来第二家。用芝麻酱兑水和面，外面再糊上一层芝麻，炭火烤制，外酥里嫩，脆香脆香。赵家楼烧饼所用的食材都由林记食杂店提供，林记食杂店吃烧饼都来自赵家楼，每次孙水仙回娘家给孩子们带的零食也是赵家楼烧饼。这也是孙水仙的经营之道，需求互换，互相营利。

上午还算热闹，生意还不错，500 多元的流水，能有 100 元的利润，要天天是集天天有这样的收入多好呀。农村周日逢集市，孩子才会撺掇大人带他们赶集，买点小零食和小玩意，然后高高兴兴地上学。平日里都是三五十的销售，利润也仅够维持房租和开销。丈夫承包了镇里的卫生垃圾收集和清运。每月也有 300 元的收入，平日里垃圾少，就是逢集时垃圾多一些。两人除了房租和吃喝开销，也能剩下个 300 多。如果这样下去，攒上三五年的积蓄，可以在镇上买个属于自己的店铺，生活会越来越好。

嫁出去的姑娘泼出去的水，林记食杂店为她在孙家湾赢得了崇高的地位，娘家侄儿侄女们姑姑长姑姑短地叫，嫂子们远接近送，都是因为有这个食杂店为亲情增加分量。有句古话："你多富有两门穷亲戚也不算富，你多穷有两门富亲戚也不算穷"她就属于前者。这两年，她管着家里人免费的油盐酱醋；买种子化肥，都要从她这里借钱，借多还少是常态，她也不计较；两个哥哥超生罚款，也要她这个妹妹解难。更没想到，这样的理想，让她五哥给打破了，两年辛辛苦苦攒下了四千元钱，一下子就让她五哥给借去离了婚。那个城市女人太令人讨厌了，有什么可高傲的，有什么了不起的？有什么可看不起人的。她自从见了那个女人，心里就不舒服，成为一块心病。好在五哥终于像个爷们儿一样，敢和她离婚，离婚不可怕，五哥那么大军官还愁找不到一个好女人？前段时间，五哥来信说在唐山找了一个媳妇，人家很好，条件也好，不是看不起人的那种主儿，说还要帮助他还离婚时候的欠账，但愿五哥这回看得准，那个小姑奶奶能把农村人当人看。

想到五哥后来订婚的女人，孙水仙知道嫁给军人的女人不容易。上午乔爱华来过，在她的店里采买了不少过年要用的物品，带着失望的神色离开了她的店，很久没有朱大哥的信了。乔爱华说朱大哥在冬天的部队里特别忙，没有时间回来，又不敢去部队打扰。不过说到朱文成的成就，乔爱华会眉飞色舞，自豪得很。她和丈夫林勇天天低头不见抬头见，她体会不到一个相思女人的痛苦。她不知道五哥后来订婚的那个农村女人究竟是什么样子的，是不是能像乔爱华那样坚强和能干。如果让她嫁给军人，她肯定不干，她没有那个魄力去忍受。

远处传来汽车声音，还有喇叭鸣叫。昨天通往县城的班车才来过，每两天一班的汽车不会今天又开一班吧？这辆车的动静没有公共汽车那么大的声势，长途汽车会在老远拉长了笛音，尖叫和嘶鸣，回音都会传到店铺里来；这辆汽车的笛音轻并且柔顺，发呜呜音，好像不给让路就是委屈，像要哭泣的孩子。孙水仙抱着孩子，想通过柜台往外看，由于柜台的阻挡，结果什么也看不见。她干脆又回到座位上，不看了，继续奶孩子。那孩子闭着眼睛，也不管外面动静有多大，有奶比什么都强，奶是他最好的定力和吸引，紧一口慢一口，抽得她心紧，看来小东西吃饱了，就是不撒开，似睡非睡，想起来就猛地吸一口。汽车开过来了，还停在了她的店铺门前，深蓝色的爬爬车，后面跟了一些大人和小孩，更多的是小孩，小汽车在这里绝对是稀罕，很少看见，听说县长以上的官才能坐得上。“林记食杂店”那块招摇的旗幌拦住了这辆汽车，车上下来一男一女。女的穿戴时尚，金黄色的呢子大衣，蓝色檐口圆帽上系着一条二指宽的红丝带，圆帽下是边卷的荷叶头，帽子蓝色和汽车颜色一样，口红和朱砂一样红艳。那男的留着一缕胡须，皮肤粗糙，完全不像女人的脸上皮肤那样细腻。两人走近窗口，看来是口渴了，要买点水喝吗？

“大姐，想和你打听个道儿。”不是本地口音，原来问道的呀，孙水仙心里那点光马上就熄灭了，但是脸上的笑容依然不灭。

“咱们先看看买点啥，再问也不迟，我也渴了。您这里有什么饮料啊？”男的说。

“只有汽水。”还是男的会来事儿。

“来两瓶汽水，来两个面包。”

“好，面包一块钱一个，汽水三毛钱一瓶，一共两块六。”买卖虽然很小，但是孙水仙依然心花怒放，积少成多，就是收入。

“刚才这位大姐打听道儿，你们这是要去哪旮瘩呀？”

“大姐，去孙家湾怎么走啊？”

“全是山路，你们可开不了车。”

“远吗？”

“十多里路吧，要走一个半小时。”

“我去，我的哥吧。这要累死我呀，还有这么多东西。”女的一下子就松了劲儿，他们不是两口子呀。

“大姐，我就是孙家湾的娘家，你们去谁家呀？”

“大姐，孙水涛家，你知道吗？”

“那是我五哥。你们去他们家有吗事儿？”

“哎哟，原来是遇见了自家人了。”男的说了话，“我妹妹就是孙水涛未过门的媳妇，你未来的五嫂。”女的有些不好意思了，看来还有些害羞。

“哎哟，真没有想到啊，我说这几天家里灶膛火总是笑呢，原来有远客来。快进来，快进来。”孙水仙赶紧走过柜台，打开店铺门，把金桂山和金桂铃迎进屋子，又拿出两个凳子，请他们坐下。

汽车面前还围着一帮孩子，看着稀奇和热闹。

“大老远的，你们怎么来啦？”

“这不快过年了吗？我妹妹非得过来看看，认认未来婆家的门儿，见见未来婆家的人儿。”

“这位大哥怎么说话还一套一套的。”

“我哥呀，和人说上两句话就像熟悉人似的。”

“你们吃了中午饭没？我去给你们下点面条垫补点吧。”

“不中，不中，有汽水和面包就中了？”

“嗨，我都不应该收你们的钱啊。”孙水仙说着要把钱退给金桂山。

“不必了，不必了。”男的赶紧阻拦。

孙水仙看金桂铃虽然穿戴华美，但面相单纯，心底应该是不坏的，她守了两年柜台，看人还是看得很准的。

金桂铃看孙水仙，也像见了自己熟悉姐妹一样，有农村人的朴实，也有农村人的小狡黠。

“来，妹妹，我帮你抱一会儿孩子吧。”认清亲属关系，金桂铃马上改孙水仙叫妹妹了。

“那我和你叫五嫂了呗。”孙水仙也开打亲情牌。

“中，我当然倍儿美啦。”金桂铃很高兴有这样的称呼，这是她融入孙家湾的表现。

“那就有劳五嫂啰。”说着她毫不客气就把孩子放在金桂铃的手里，“还是五嫂好。”

“妹妹，你还会抱孩子吗？”两个女人在一起话就多了，就轮不着金桂山说话了，终于插上一句话来。

“你们家金瓜，我少抱啦？我嫂子不也是总拽给我嘛。”

“我去给你们沏茶。”孙水仙从柜台里拿出一包茶叶，去后面屋子忙乎了几分钟，端出干净的茶壶和茶杯来，放下一张小桌子，倒上茶水。

“您先坐一会儿，我去把我们家那位找回来。”孙水仙说。

“中。”

在孙水仙离开的空当里，兄妹俩可以扭头看看这个店铺，店铺前半部分是食杂小百货，后面是吃住起居，中间有墙隔断，有门供出入。房顶中央落下一根电线，电线吊着一个擦拭明亮的电灯泡，清晰地见到瓦数也不大。柜台玻璃下有各种零食小百货，旁边有醋缸和酱油缸，咸味和酸味四溢，贴墙有高高的橱柜和货架，橱柜里、货架上的商品琳琅满目。油盐酱醋、烟酒茶糖、锅碗瓢盆、针头线脑、书本文具、新华字典，一层一格，一栏一档，分门别类，说是食杂店，简直就是个小百货铺，铺子里就是山里人的生活。四周的墙壁贴满了陈年旧报纸和宣传画，衬托着商品的崭新透亮，屋顶黑黢黢的，房子也有年号了，午后的阳光照进来，都是希望。

“这是谁的车？”店外有人在高喊。

“我的，警察大哥。”金桂山赶紧出去，他以为自己的车挡住了别的车辆通行。

小镇太小，一个屁可以臭了全镇，屁大的工夫，都知道山外来了一辆河北牌子的小爬爬车，屁不相干的人都想过来瞅瞅热闹。三个身着制服的公安人员，领口松散，围着汽车审视。一个警察拿着牙签剔牙齿，声音从牙缝里发出，一个警察的屁不往下走，臭气往上走打嗝而出，一个警察拿着一个本子在记录。一股酒味让人群围着，久久不能散开。

“身份证，驾驶证，行驶证。”语气比山风还冷。

金桂山赶紧将三证送上。为首的一个警察嗖地抽过去，然后翻来覆去地细看，看了证件，再看人，低头看证件，抬眼皮看人，反反复复。

“打哪旮瘩来啊？”

“河北唐山。”

“来这旮瘩干吗？”

“送我妹妹到婆家来看看。”

“唐山的还能嫁到这穷山沟里？”

“是啊。”

“你妹人呢？”

“在屋子里呢？”金桂山给那个警察指引金桂铃。

“车钥匙给我，跟我们走吧。”

“干啥子去？”金桂山迟迟不给钥匙。

“叫你跟我们走就跟我们走，到前边派出所里，人车接受检查。”

“检查啥？”

“这些物品里是不是有违禁品，我们要详细查。”

“这些都是零食和特产，有几条烟，有几瓶酒。”

“长途运输这么多烟，有烟证手续吗？”

“自己用，要啥手续？”金桂山知道遇见麻烦了。

“没有手续，就涉嫌走私香烟。”

“警察大哥，我从河北跑这老远就为了走私这么几条烟？”

“谁知道烟里还有什么文章呢？”

“大哥，你这样说就不中了，我们有自己的生意，有必要做那些文章吗？”

“那谁说得清？”

“你还严重地客货混装，这是载人的汽车，装了这么多物品。”

“那我总不能开一辆货车来啊。”

“开货车怎么啦？没有手续，涉嫌走私香烟。”

“警察同志，你们不能这么评定，我买了就是自己用的呀。”

“我就这么评定，你说你自己用，谁给你证明？”

“我妹妹可以证明。”

“你妹妹能证明吗？你怎么不说你爹你妈都能证明啊。”

“警察大哥，咱们先到店里坐一会儿，慢慢聊，中吗？”

“别废话，赶紧把钥匙拿过来。”

这个时候，围过来的人越来越多。金桂铃抱着孩子，又不敢走出铺子，只能高喊：“警察大哥，我就是孙水仙未过门的嫂子，这是她家的孩子，我们给她抱孩子看店，她去找她老公去了。”

“赶紧到派出所，做个笔录再说。”

“警察大哥，我们大老远的，来一趟不容易。”

“哪有什么容易与不容易的，赶紧的。你们涉嫌走私香烟，人货混装。其他是不是有违禁物品，还需要查。”

“去屋里吧，我给几个警察大哥汇报一下吧。”金桂山拿出香烟就要散发，请警察抽烟。

“你少来这一套，你以为我们是吃贿赂的？”

“你们在这里查吧，我把车门打开，后备箱打开。中吧？”

“让你把钥匙拿来，跟我们走，要不然我们把你人铐起来，把车砸了。”

金桂山怕车受到损失，把钥匙给了那个警察，自己被两个警察一左一右簇拥着，跟在后面走进了几百米之外的派出所。

铺子里的金桂铃一见，怎么是这个样子，眼泪就流下来了，她又不敢离开。天林山，伤心的山；同发镇，欺人的镇。

孙水仙带着爱人林勇，回到店铺，店铺门前的车没有了，周围的人说起刚才的情况，孙水仙赶紧安慰金桂铃：“五嫂，没事儿，到了同发镇，不会让你们受气的，放心。”

“赶紧救我哥，都是因为我。”

孙水仙临危不惧，泰然自若：“五嫂，不怕，天塌下来，有你妹妹。”“林勇，这是五哥在唐山订过婚的五嫂。你把衣服换了，赶紧回孙家湾，去肉铺买几斤肉回去，让家里人准备好晚饭。让大哥二哥来镇上接一下，让家里人把炕烧热了，把卫生打扫好。”

“五嫂好，我马上去。”这个叫林勇的青年男人一看就是朴实的山里人。

“五嫂，咱们把店关了，你跟我去找杨部长。”

孙水仙找到武装部杨部长，介绍了金桂铃此行目的，让金桂铃将情况做了描述。杨部长也有些气愤。

“典型的土匪作风!”军人转业的杨部长，握紧了拳头，“走，咱们去看看。”

五分钟过后，三人走进了派出所。汽车停在院子里，车里已经空了，后备箱打开了。

“你们先在院子里等我。”杨部长走进了所长办公室。屋子里堆满了烟酒和土特产，闫所长叨着牙签，正在欣赏“战利品”，眯着眼睛，红通着脸，手插兜，裤腰上露出手铐子。

“闫老弟，中午喝了几两呀，看把你高兴得。”

“中午没有敢多喝，三两吧。”

“喝酒不敢叫上你哥，自己吃独食？”

“你杨大部长，总不给面子。再说了今天有点私事儿。”

“我听说你们查抄了一辆汽车？”

“是，这不东西都摆在这里了嘛。”

“什么情况？”

“涉嫌走私贩卖香烟，同时违反客货混装的长途运输。这些东西打算作罚没处理，罚款后放人。”

“闫老弟，帽子不要扣大了，人家远来走亲戚，就成了走私贩卖了？”

“没错儿，你兄弟我是依法办案。”

“兄弟，你清醒一下，咱们自己不要犯了错。”

“不会的。”

“不会的，那我问你几个问题，你要能回答上来。我就依你。”

“老哥，请你不要影响我办案。”

“我今天还就要问个清楚。你现在的状态，我已经看见，值班时间饮酒，对吧？”

“拥军优属的政策你应当是懂得的，人家从唐山来走亲戚带点东西来就成了走私，这在哪里都站不住脚。如果扣大帽子办案，难道你不怕自己的帽子丢了？”

“杨部长，请你不要打官腔。我虽然没有你资历老，但是我好歹也在公安干了十几年了。”

“你听我说。孙水仙，你也认识，她五哥孙水涛是我征去当兵的，政审档案原底还在咱们派出所，那时候你还没有来。现在孙水涛在锦朝市武警支队当保卫干事，也是学法懂法的。金桂铃是人家孙水涛马上要结婚的媳妇，人家来婆家看看，说明这是个好人家的孩子，能主动到咱偏远地区山沟来看婆家人，你妹妹能做到吗？人家来了，就是咱们同发镇的客人，咱们能这么对待客人吗？”

“我这是严查外来人员，维护同发镇的治安。”

“你少来吧。如果这事儿，你还不放手，以后要出了大麻烦，你会吃不了兜着走的。”

“放心吧，杨部长，我是严格维护同发镇的安全。”

“镇里的老乡亲们过来看一看，警察欺负我们军人家属，大家来给评评理。”院子里，孙水仙抱着孩子坐在了地上开始哭叫，孩子不哭，也让她给掐得哇哇地大哭，撕心裂肺，一阵哀号。大人孩子又是鼻涕又是泪的，悲伤和委屈赛过老天爷，镇里看热闹的老百姓指指点点的议论纷纷，“大盖帽”不办人事儿，没他们其实同发镇更稳定。金桂铃蹲在旁边，抹着泪水。

“孙水仙，你又来耍泼妇这一套。”闫所长走出办公室。

“我不管，你们就是在欺负军人家属，扣押军人家属的财产。”

“我们这是依法办案。”

“我们没有犯法，你办什么案？大家伙儿来看看，来给评评理，我五嫂他们从老远的唐山来，就说他们走私香烟。”一时间，镇里的百姓蜂拥进院。

“兄弟，赶紧收手，放人，要不然闹大了，你还坐得稳吗？”

“行吧，你把孙水仙劝到屋子里来，别闹了。”

“你把人放了。”

“人在那个屋子里做笔录呢。”

“水仙，你起来，闫所长让你到屋子里说话。”杨部长去拉孙水仙。

“我不起来，看他老阎王能怎么着，我今天把我们娘儿俩的命撂在这里。”

“听我的，点到为止。他不敢怎么着。”

“行吧。”孙水仙将孩子交给金桂铃，自己拍拍灰尘起了身，随杨部长进了闫所长的办公室。

金桂铃知道女人耍浑谁也弄不了，今日果然见识了，看来男人的横对女人有时候是不中的。她有些佩服这个小姑子了，敢作敢为，有一套本事，远比自己强。

旁边屋子里的金桂山被铐在椅子上接受笔录，他心里这个气啊，从小到大，哪里受过这个气呢？但他又不好发作，又不能拿出对付土匪的那一套来，如果那样，只能越坏。到了人家的一亩三分地，强龙压不过地头蛇。这帮玩意儿，连同车里所有的物品件数都一一问过，连同自己家里有多少财产都问过，看来也是吃肉不吐骨头的主儿。问过一阵儿，两个警察哈欠连天，呼哧着酒气，困困蔫蔫的，有一句问一句的，听见外面的哭声，重新又精神了。

金桂山听见孙水仙的号哭，知道这个女人会有办法，没有办法的女人是不能在镇上开个门店的。穷山恶水出刁民，穷山恶水刁公安。

这就是孙水仙的厉害，在镇里租房开店，让老公接收了镇里打扫卫生的活计。她知道，作为一个女人，要把店开得住，光是笑脸相迎还不成，用笑脸是对付不了那些专捏软柿子的人。她不欺负人，但别人也别想欺负她，她会打女人牌，会打军人家属牌。自卫还击战树立了军人的威望，军人的牌子必然有分量。她五哥当兵，他们一家把杨部长看成恩人，杨部长从来不吃拿卡要，是军营里出来的好人。

闫所长可以不听杨部长的大道理，但是孙水仙这个娘们儿一闹，群众再四散传播，事情不会往好的方向发展，他想全部罚没这个外地人的想法看来是不能实施的，万一真的按照杨部长所说破坏双拥，罪名也是不小，什么涉嫌走私，什么客货混装，不过都是借口而已，他和其他两个警察心里明镜似的。万一今天罚没，明天就被告了，那也是麻烦。他换上了一副笑脸。

“行吧，杨部长，我看在你老哥面子上，帮助你做好拥军优属工作，放他们一马，今天你兄弟办案是没有错的。”闫所长回头买好，凉油锅里的泥鳅——又圆又滑。

“行吧，谢谢闫所长给我面子。”杨部长自然不好打笑脸人，看破不能说破。

“孙水仙，把这些东西都搬到你们车上去吧，数一数，看看东西有没有少。”闫所长又去旁边的屋子将金桂山带出来。

金桂山揉揉手腕，看到所长办公室的孙水仙，知道他没事儿了。

“金桂山兄弟，在没有调查清楚你身份之前，我们依法对你实行询问，符合法律程序，谢谢你配合我们的工作。这里不存在什么误会，理解也好，不理解也好，我们在行使人民警察的职权，我们负担着同发镇一方平安。”闫所长恢复了笑面虎的神态，表现出“人民公安为人民”亲和力，调子高大上。

“理解，理解。”金桂山回了闫所长一个木头般的表情。

“东西，我们可以一样不少地退还给你们了，你们回头别再弄事儿。来吧，在暂扣物品清单和返还物品清单上签个字，两张单子上的数量都能对应得上。”闫所长拿出两张表，让金桂山签了字。把身份证、行驶证、驾驶证和汽车钥匙给了金桂山。

孙水仙和金桂铃看到物品搬上了车，姑嫂俩露出了开心的笑容，胜利属于军人家属的。

一行人回到林记食杂店时，太阳已经西落，昏黄的圆球在柔和的山顶上滚动，满面红光，扫视他们，晚霞落在他们脸上喜悦逐渐上涌。

“哥。”金桂铃紧紧挎住了金桂山的胳膊，她没有想到让自己的哥哥受了这么大的委屈。

“没事儿的，妹妹。”金桂山大度地拍了拍妹妹。

打开店铺，兄妹俩知道，这些物品只能肩背肩挑回孙家湾，又把所有的东西搬下车来。见过数以后，金桂山发现，十条烟在路上用了三条，只有五条在车里，五箱酒用了一箱，还有两箱在车里。其他土特产也不同数量地少了。

金桂山一说，这些人都明白是怎么回事儿，如果不是杨部长和孙水仙，可能这些东西都没有了。

“想办法扒皮啊，早晚会挨收拾。”杨部长说。

“王八蛋。”孙水仙说，“吃人肉喝人血的东西。”

“哥，算了吧，带东西来，咱爸不是说了吗？烟打招呼，酒开路吗。目的达到了。”

“我刚才就想让他们进屋来，给他们表示的。谁知道他们不进来。”

“街上那么多群众，他们能进来吗？再说了，他们根本就不打算把东西还给你们。”杨部长非常明白派出所的做法。

“行吧。”在家千般好，出门事事难。

“杨部长，兄弟认你这个朋友，请您收下这条希尔顿和这箱子酒。”金桂山说。

“不行，我不能要的，帮助你们，是我应当做的。只要孙水涛在部队继续好好干，就是我这个部长的脸面。”

“杨部长，收下吧，东西虽然是我五嫂他们带来的，但也是我们孙家人的一片心意。”

几番推迟，杨部长终于收下。金桂山是真诚地相送，但是也认为天下乌鸦一般黑。

“看来车，要放在镇上了，你们只能走路去孙家湾了。这样，你把车开到镇政府，停放在我办公室门口。”杨部长对金桂山的车做了安排。

金桂山请杨部长上了车，将杨部长送回镇政府大院。杨部长在金桂山搬烟酒的当儿，将一百元人民币悄悄放在了金桂山的车上。他们发现这一百元人民币时，兄妹俩才知道，天下的乌鸦并不一般黑，杨部长还送了他们一袋天林山野生蘑菇和二十多个赵家楼烧饼。

不大工夫，孙水仙爱人林勇带着大哥孙海涛、二哥孙江涛前来迎接。三个大老爷们见到唐山远客，只是嘿嘿地笑，就如同大山那样憨厚。两个背筐，一副挑担，所有的物品都装上了，两个女人轮流抱着娃娃。追赶着落山的夕阳，向孙家湾走来。

孙家湾面对远来的稀客，整个山湾都激动了，这是从天而降的尊贵客人。孙水涛曾经在信里说过他订婚的事情，他们又一次感受到未来亲家的热情，是亲家一家解决了这个家庭的难题，又是亲家一家人带给他们家老五幸福的生活。对那城里媳妇给他们的感受，他们再也不想提及，城里人和他们门不当户不对，高攀不上。如今面对这个主动上门的儿媳妇，孙家人像对待自己的眼珠子一样亲热。这个准儿媳妇还大大方方地称呼他们，把哥哥嫂嫂叫得嘴甜心蜜，合不拢嘴。名贵香烟，高档白酒，那么多的唐山土特产，金桂铃给孙老爹孙大娘、每个大嫂还有妹妹封了500元的大红包，还给每个孩子两张10元的大团结，这是程家以前不曾有过的。他们作为男方应当给女方家彩礼，今日却享受着女方家的恩惠。他们为当初给孙水涛凑钱付离婚抚养费，不情不愿又无奈，感到脸红；如今，孙家老五确实翻身了，当初还不是那么主动痛快，感到愧意。好在一切都过去了，好在幸福已经到来，他们实实在在地体会和享受到了。

孙老爹花白的头发，张着没有牙齿的大嘴乐着：“娃子，来啦，路上辛苦啦。”孙大娘面对金桂铃的拥抱，喜上眉梢，提起衣角，不住地抹泪。她拉着金桂铃的细皮小手，不住地抚摸着：“好闺女，好闺女，五儿好福气，五儿好福气。”

一路的劳累都在金桂山和哥们儿几个酒里。“桂山兄弟，辛苦了”“桂山兄弟，谢谢了”，喝酒！喝酒！一天的劳顿和委屈都在热情的酒里化解了。男人们女人们，今夜扬眉吐气，孩子们还开心地在院子里奔跑。孙水仙和孙大娘围着金桂铃，不住地夸，不住地看，拉着金桂铃的手，不舍放下，眉开眼笑。每个房间里都点了两支蜡烛，小屋不再昏暗。亮堂的蜡烛将破旧的屋子照得一览无余，房间里已经安上了电线，也按上了照明灯泡和电源插座，电灯悬空就是个摆设，也不知道什么时候才能给供电，据说孙家湾的电线已经拉了两年多了，各家摊派了好几百元，有的村里还没有拉线呢。金桂铃简单扫了两眼，她没有想到孙家湾孙水涛家这么穷，体会到孙水涛在她面前的哭泣和委屈，面对孙家人的亲热，她知道她这一趟来对了。

妹妹孙水仙总是把孩子扔在一边，拉着这个未来的嫂子，那两日形影不离，这才是她喜欢的嫂子，这才是她五哥应该拥有的女人，孙水仙的心声代表了孙家全部人的心声。孙水仙还以过来人的经验，告诉金桂铃在生孩子的时候应当注意些什么、生了孩子应当注意些什么、如何奶孩子、如何哄孩子，说得金桂铃脸红耳赤，不听也要听。

那几日活蹦乱跳的还有上次在孙水涛婚礼上被电线绊倒大哭的小姑娘晶晶，她像一个小跟屁虫，没事儿就拉着金桂铃和孙水仙的手，大摇大摆地走在山路上，“小婶”“小婶”地叫个不停，把金桂铃叫得人美身轻，心花怒放。临走时，孙家人燃放起鞭炮为这兄妹俩送行，那鞭炮声，久久在天林山深处回荡。

金桂铃看到孙家人这么开心，她同他们已经是很和睦的一家人了，她很自然地把自己和嫂子们融合在一起，回答她们问这问那，展示着唐山女性的大方和热情。她没有想到这个不富裕的家庭对于他们的到来是如此的热情和高兴，她读懂了孙水涛的泪水，读懂了孙水涛的心酸，她也感到了自己对于这个家庭的责任和义务。

她为自己的孙家湾之行，再次感到伟大和正确，她感悟到了自己作为军嫂的崇高：“小涛子，你在部队好好干吧，这个家有我呢。”

第二十七章　为自己作主

快要放寒假了。锦朝大学校园里也都有了假期的氛围，学生们都谈论着寒假的设想。这个寒假不同于以往的寒假了，这是他们学业生涯中最后一个寒假。寒假期间联系意向单位，希望毕业能够快速分配到岗，开始准备毕业论文，争取顺利毕业。当然，还有高中同学组织聚会联谊，或者去哪里玩耍，毕业上班以后就很少有这样充裕的时间了。不过，他们还忙里偷闲去少女河的冰面上打溜溜，划冰船，在寒冷中放飞欢笑和快乐。

近一段时间以来，法学院学生佟彩虹的事情在学校里被传得沸沸扬扬。佟彩虹作为第三者，成功介入了一个教授的家庭，教授因为她的年轻漂亮和自己原配夫人起了硝烟战争。原配夫人闹到了学校，学校也不能将人家教授怎么样，这是人的家事，人家说了，夫妻感情破裂，这条理由到多会儿都能够成立，因为社会在改变，人们观念在改变。结果教授夫人是越闹婚姻越紧张，几个月耗下去，教授夫人一看难以挽回，半老徐娘难敌美貌青春，要了一笔钱，签了离婚协议。

景珊娜和佟彩虹认识是因为学校里组织活动，说不上有多好，算是熟悉，自从被教授夫人曝光以后，她感觉佟彩虹原来是个假人，在各种活动里表现得高尚和正气，但是自己的行为却让人指指点点。后来组织活动的时候，佟彩虹依然是过去的那种风格，但传递向上的激情效果比以往就差得远了，后来，佟彩虹就从组织者中退了出去，再后来，佟彩虹在各种活动里就没有了身影。彼此见面后，都是尴尬一笑，匆匆过去。

还有一些女学生认了干爹，比拼干爹。每到周日就有小汽车在校园门口接学生，有的女学生大言不惭，毫不脸红，趾高气扬地上了汽车；有的女生把头巾放得低低的，遮住青春的脸，像做贼一样上了车。回来的时候珠光宝气，很有满足感得意地炫耀，有干爹的感觉真好。歌厅里声嘶力竭，喝着蓝带，搂着下一代，唱着《迟来的爱》。为了就业，青春和美貌都变成了等值现金和实际用途，谁不愿意在城市里有个好工作？有个好的生活环境？

河水的远方是梦，山的外面是理想。景珊娜漫无目的在少女河边走着，冰面上的人比岸上的人还多，热闹都在冰上。景珊娜对这些行为是不齿的。她来自城市，如果她来自农村，父母都是农民呢？她不敢想自己会有什么想法和行为。她不敢想象自己是不是会比她们高尚，她是不是和她们一样选择在社会底层中奋斗的坚强。

她不知道自己曾经无缘由地拒绝了多少追求她的男生，其中就有那个说朱文成像特务陈述的那个男生，那个男生多次给景珊娜写情书，都被景珊娜扔进垃圾桶里。说朱文成是特务，起码是不尊重她的感受，这样的男生学识有多好，在她面前也是垃圾。这个男生曾经当面问她是不是就喜欢那个“特务”，她说就是喜欢，他说她的脑子有病，她说他才有病。

她喜欢浪漫，也知道大学里的恋爱大多无果而终。到大学第二年认识她的朱大哥以来，她被他成熟的气质、才华横溢的风范深深迷住，心里再也容不下第二个人。那些追求她的男生在朱文成面前就相形见绌，更不值一提。她刚开始还因为他的脸型感到有意思，结果，那脸型的魅力就绽放在她的心里，她知道她无可救药地爱上了这个男人，她还搞笑地送朱文成一支英雄钢笔，她为自己的举动感觉好笑。这个男人像太阳一样朗照着她，她已经沐浴在那光辉之下，感受着炽光的温暖和灿烂。

作为有修养有理智的大学生，知道朱文成有妻有子，她心里很是痛苦。她不能去破坏一个军人的家庭，朱文成还一次次地给她描绘了那个乔大姐的温柔和贤惠，叙说他们一家的幸福和快乐。她难过得只有给他当妹妹的份儿，即便是她的内心里有多么不甘，但她没有别的选择。如果不做这个妹妹或者不联系，也许她的心里会更痛苦。她每次热烈地给朱文成写信，得到的回信有礼有节，虽然不乏关心和爱护，但没有那种情爱，只是友爱苍白得如温开水，有温度没有甜度。她知道朱文成在维护他的家，在阻止她的进一步胡思乱想。

她有时候刻意地想忘记这个朱文成，可是一到床铺上，星光就迷乱了她的夜晚。脑海里的朱文成影子，根本就轰不走忘记不掉。她利用紧张的学习来麻痹自己，但是放松下来，朱文成就走到她的头脑中来。她就骂：“朱文成，你个大混蛋，你毁了我，你为什么要这样？”眼泪就无端地流了下来。同舍的学生看见她流泪，问她又有什么伤感，为哪段情而流泪，她说是迎风流泪，别人说她张嘴说瞎话，宿舍窗户关那么严实，哪来的风？是妖风吗？她一下子就乐了。她原本就是思维活跃开朗的姑娘。

有时候她算计着朱文成给她们上课的时间。她希望这个时间快来，又希望这个时间别来；她希望学校赶紧停了朱文成的课，但是又希望千万别停；快到朱文成的课时，她对自己说不去不去，但是一旦朱文成进了教室，她又像被一根无形的绳子牵着进了教室，然后在座无虚席的教室里找个旮旯，听他的声音。她很想找个古怪刁钻的问题，把朱文成问倒，然后让他再也没有脸面走进锦朝大学，他就自动退出。但是她又不希望那样，她希望经常见到他。景珊娜就在这样的矛盾和纠结中度过了两个春夏秋冬。

她每次给朱文成写信的时候，她多想把那称呼变成"大成子"或者"成"，她知道如果那样写的话，可能那信就有去无回了，她的朱大哥连大哥都不给她当了。

她写信，热情地邀请他去大东市做客，真心希望他指导她，帮助她。她特别愿意和他在一起，朱文成身上成熟的男人气息，让她如同注射了兴奋剂。她有时候甚至想，如果朱文成让她给他做情人，自己也愿意，她甚至希望朱文成能在某个时候要了她，她愿意把自己交给他，成为他手中的一张白纸，她应当是这世界上最纯洁最美丽最有温度的一张纸，或舒或缓、或起或伏、或柔或刚，让他欣赏让他珍爱。在他精心运笔和成熟的思想中落墨抒写，这支英雄钢笔在这张白纸上或写或画或圈或点，勾勒出山川大海，描绘出春暖花开。她有时候面对镜子中的自己，赞叹不已，人世间唯有这张纸最漂亮，只有她欣赏她爱的人才能在这张纸上运笔。她有时候用手指在脸上为自己羞臊自己：不害臊，你这个贱丫头。但是她不能做出那样的举动，那样，只能让她的朱大哥看不起她，更加嫌弃她。

不过，这年冬天，景珊娜的内心蹙着温暖和炽热，让她感到自豪的是大学四年里，做得最伟大的事情就是策划和组织了去军营慰问演出这一活动，也因此和她的朱大哥近距离相处了半个月时光，那军营如一枚印章，在她的身心里盖上了烙印，经过军营的洗礼，她的心智更加成熟，她永远不能忘却她有一颗迷恋军营的心。

每次洗澡，她都要不停地展示自己的身体，自我欣赏。凹凸有致，曲线柔美，这么曼妙的身材，也只有她的朱大哥才配拥有，她是其他癞蛤蟆永远吃不到的天鹅肉。她心里默念："朱大哥，你快快要了我吧，我这辈子就是你的。"她对这些想法瞬间还有些脸红。这就是 20 世纪 90 年代初期的大学生，激情似火，思想逐步开放，他们不再墨守成规。

一想到她的朱大哥身边还有个她羡慕的乔爱华，她心里就有些敌意和醋意，但又一想她的身材绝对是那个乔爱华比不了的，她还有些得意。

景珊娜希望寒假里，她爱的朱大哥能够突然出现。她的寒假会充满军营演出的回忆。她还想，朱大哥要真的去了大东市，是不是她就要把自己交给他呢？

景悟是大东市建设委员会办公室副主任，办公室两年多没有主任。很多人都在争办公室主任这个位置，人事科副科长、劳资科副科长、党办室副主任、城建档案馆副馆长、下属局的环卫局办公室主任、园林局办公室主任，还有他这个多年的副主任。论资历，他从 35 岁就开始副主任生涯，先是党办室副主任，后来是人事科副科长，再后来就是办公室副主任。一晃，快 50 岁了，头发还有稀稀疏疏的几根，脑袋如同电灯泡一样还在副科级上发着光，照亮了别人前进的路途，好几个年轻人早早超越了他。前年办公室主任出任园林局局长以后，这个办公室主任一直空缺，不是偌大单位建委缺乏人才，而是这个位置炙手可热，争夺厉害，办公室给领导当半个家，主任就是大管家，领导很多事情都是让办公室去办，办公室基本上是为一把手建委王主任服务，建委其他副主任有时候都要看办公室主任的脸色。领导任命谁都不合适，一直空缺，让景悟牵头，牵头牵头，牵了两年也没有个头。牵头两年来，别人随时以为他会名正言顺地扶正，从来都是遥遥无期，逢年过节没有少去领导家串门，但领导也实话实说，盯着这个位置的人太多太多了，手心手背都是肉，成全一个人，必然要得罪更多人。景悟理解领导的为难，也心疼自己这几年的投入。建委管理着全市的城市建设，是个肥实单位，很多求助建委主任的人都要第一时间把电话打到他这里来，请问建委主任、副主任在不在及其行踪。他有时候凭心情，高兴了领导就在，不高兴领导在也不在。别人来电话开口闭口景主任，好像他就是建委主任似的，外界误以为景悟也是建委主任之一，让建委主任副主任很不爽，随即统一要求，建委部门负责人是主任的统一称呼“X 办”，党办室“杨办”、办公室“景办”，不得叫 XX 主任。

不跑不送，原地不动；又跑又送，提拔重用。景悟同样深谙此道。八月十五前一日晚间，景悟再一次去王主任家去串门，提到这一实质问题。王主任表情是严肃的思考状，一手烧着烟卷，一手端着茶杯，一口茶就一口烟，根本腾不出嘴来搭理景悟的要求。不大工夫，俩人就笼罩在你来我往的烟熏火燎和茶气缭绕之中，景悟不敢催问耐心等待，他知道王主任必须有话应对他的诉求。王主任很是挠头，非常为难："真的是不好办，老景。这些年你鞍前马后是为我没少管事儿，我当然希望给你扶正，但是让我为了你一人得罪一大堆人，合适吗？不过，你也可以想其他办法，走一走上层路线。"

老滑头、老油条、老算计、老贪（脑瘫），这些词语都在景悟脑海中闪过，但是领导说的是实情，其他人也在想这个位置，也不能空手来找领导，领导也不可能为了他而拒绝其他人，他也不怀疑领导的诚意，他必须理解领导的难处。最后这个想法是把他往外推，还是真的就是个办法呢？

"上层路线，你是说我去找主管城市建设的柳副市长？"

"对。"

"王主任，您看，我哪里和柳市长说得上话呀，人家那么大个领导，我连人家家门都摸不着。"

"咱们可以从他身边的人入手啊。"

"身边人？他夫人，他秘书？"

"他的司机石凯。"

"这也是个渠道，但是石凯能为咱们说这么大的话？"

"这就需要你去找石凯做生意的父亲石佳了。"

"石佳倒是认识，但关系也没有那么铁，就是陪您和他一起吃过几次饭而已，具体要办这事儿，他能给办吗？"

"我给你问问，老景，你先回去等等信儿。"

建委王主任的效率还是比较高，过了两日，让景悟通知金宏建设公司董事长石佳安排一顿饭，地点在大东市王府国际饭店。

周日晚上，建委王主任、建委孙副主任、金宏建设公司石佳董事长、建委景办，一行数人占满了那个豪华包间。

三杯过后，一瓶茅台下肚，王主任做了正题发言："今天哪，咱们都是自家人，都不是外人，自家人说自家话。"

"当然，当然。"别人纷纷迎合，错落有声。

"景办呢，在办公室牵头两年了，在职务上想提半级，是个积极要求上进的好同志，咱们在座的应当扶持一把。"

"就是，就是。景办的事就是大家的事，景办的进步就是大家的进步。"同心同德的一番话，让包间里的气氛温馨接地气。

“您王大主任一句话的事情，还用这么复杂？”石佳董事长发了言。

“石佳兄弟，你下海这么久，改革开放让你平蹚世界，你都忘记了弟兄们当干部的辛苦，这么多人，动一发影响全局的道理，你又不是不知道，太难了，稍有平衡不好，就会得罪了广大人民群众，让人民群众不满意，成为人民的罪人。”在王主任一番痛苦陈词中，在座的人会发现，世界上最艰苦的最难干的工作非当官当领导莫属。

“您需要兄弟我怎么做？”

“也不需要您这个大老板亲自出面，您儿子石凯就可以办到？”

“他？”

“对，就他，在他为市长开车的时候，您让他随便提一句就可以。”

“他以什么理由和市长提这事儿啊？”

“以景办是他女朋友父亲的名义。”

“这倒是个好主意。”

“这是我苦思冥想出来的办法。你们想啊，石凯给柳副市长开车，石凯这样一提，这是自己未来岳父的事情，柳副市长自然也理解，给我打个招呼，建委谁能拿柳副市长的话不当回事呢？咱们景办不就扶正了吗？”

高！高！这么大的人事工作调整，竟然需要小司机一句话搞定。阿基米德说过，“给我一个支点，我就能撬动整个地球”。看来事情往往就是这样，四两拨千斤。

既然景办是石凯的岳父，景悟和石佳被王主任扯上了亲家关系。王主任主动承担起月老的重任。说景悟的女儿景珊娜如何优秀如何漂亮，是大东市出色的女大学生，石佳也耳闻景办有个漂亮闺女。石凯虽然学历不高，但有石佳常和柳副市长走动，很容易就让石凯给柳副市长开上了车，成了副市长贴心的司机，当然也成了副市长身边的间谍，副市长的行踪都在石佳手里。一圈酒下来，石凯和景珊娜就是郎才女貌，天作之合，世间绝配的好姻缘。石佳认为这门姻缘也不错，景悟当然感觉更良好。

石凯聪明机灵，几次开车带柳副市长到建委视察工作，为市长周到地开启上下车门，服务极为细致，把车辆擦拭得锃亮。给景悟留下良好的印象：这小伙子有前途。没有想到让王主任给做了大媒，怎么不让他欣喜呢？石老板也还愿意。景悟为此和石佳多喝了好几杯酒，那么大个老板，儿子为副市长开车，他还有高攀的心理。

正题说完，官商一帮人就开始扯淡。红酒（王八血）、绿酒（王八胆）早都喝过，桌上就剩下白酒在转杯子。王主任说起官场顺口溜："科级干部喝白酒、打白条、摸白腿，处级干部喝红酒、收红包、养红颜，厅级干部喝绿酒、拿绿卡、玩绿毛（洋女人）。可以自豪地说，我虽然是个处级干部，这个顺口溜与我一点都不沾边。""是，是。"别人赞同。

石佳说："兄弟，咱们要不叫两个倒酒的过来，陪陪你，你体会一下？"

王主任说："要不，我就在河边走一走，看看能不能湿鞋？"

眨眼间，石佳召唤过来几个绝色美女，重新调整了一下座位，每人旁边都有了莺歌燕舞杨柳细腰。

只见红衣美女坐在王主任旁边，手就在王主任大腿上摸索。端起杯子："哥哥，小妹教你喝几杯酒。"

"甘当小学生。"

交杯酒是婚礼场合新郎新娘的喝酒方式，都熟知勿怪。交颈酒即两人拥抱在一起，在对方背后端杯，一饮而尽，那位美女还顺便咬了王主任耳朵一口，在脖子上给王主任盖戳。鸳鸯酒就比较复杂了，美女和王主任各将杯中酒喝到自己的嘴里，不要咽下，两嘴相对，先是美女在上方，纤纤玉指捧着王主任的脸颊，将嘴里的酒流入王主任嘴里，等美女嘴中无酒后，再到下位仰头，王主任双手托起美女头，将嘴里的酒注入美女嘴中。两人慢慢起身，将头放平，双嘴四唇不要分开，两嘴成为连通容器，各自将酒吸入肚中，彼此的酒里有你有我，是为鸳鸯酒。美女故意将舌头也送入王主任嘴里，在王主任嘴里搅动。两人彼此紧紧拥抱，配合紧密，配合默契，身不留缝隙，酒不洒半滴。

其他人观看完王主任喝完以后，鼓掌喝彩，请王主任再来一杯，好事成双，王主任说，恭敬不如从命，又开始第二杯鸳鸯酒。其他人在陪酒美女主导下，纷纷效仿，当然喝得最多的还是鸳鸯酒，兴奋刺激。一起快乐，这才叫兄弟。景悟有些脸红，很不好意思，但陪酒美女拉过景悟，就把嘴巴对了过来，你起我伏，我起你伏，两口酒很快就滋溜进了肚子。

那天的酒是景悟喝过最爽的一次，他也是第一次喝鸳鸯酒，感觉还真不赖。酒后，在石佳的安排下，去浴池泡了泡，做个保健按摩。那个小女子的按摩手法还真不错，恰到好处，舒服极了。

景悟后半夜回到家，到床上摇醒了酣睡的夫人，把酒桌上正经的内容向在学校当老师的夫人一说，迷蒙中的夫人困意全无，没想到有这样的大好事情，王主任保大媒，市长过问丈夫的位置，两件大事，一朝落听。十拿九稳，景珊娜从小到大，都很听话，大小事情都是父母做主。当即兴奋起来，兴致加性致，她不停地骚扰景悟，激起了景悟的战斗意志，夫人的光洁和柔滑让他很快就策马扬鞭，发起猛烈的冲锋，经过一阵厮杀，在沉重的喘息声中冲上高地。

过了一个月，牵头的景悟终于牵头到头，得到了实质的办公室主任职务，建委很多人对景悟刮目相看，竟然有副市长给打招呼。这样的议论传到景悟耳中，他微微一笑，不做任何辩解。

王主任对景悟说："景办，人家石佳父子已经把你的事情办到位了，下步就看你闺女的事情，别让我这个大媒人掉链子。"

"不会，不会，坚决不会。"

机关传出了新的顺口溜：景办景办，笑容满面，光说不练，有礼才算。让景悟知道后，他没有办法追究，只能恨恨地骂道："王八犊子，别让我逮着。"

景珊娜寒假回到家，一家人围坐在饭桌上，团聚的喜悦在房间的温馨中流淌。

进门的屁股还没有坐热，她母亲景夫人就告诉她一个喜讯，她爸爸升职加薪了，多年的媳妇熬成了婆，不再牵头，是实质的办公室主任。

"好啊。"景珊娜轻描淡写，对父亲的职务变动并没有景悟和景夫人想象中的喜悦。

"你这孩子，怎么你父亲升职，你反倒不高兴？"

"没有啊，我倒认为不是什么好事儿。"

"你——"景悟很生气女儿的这种态度，但是一想到还有事情要和女儿说，就没有发作。

"你爸爸单位的王主任，你该叫伯伯，给你保了一个大媒，那男孩在市政府上班，你爸爸的职务还是人家给想办法调整的呢。小伙子年轻帅气，有能力，以后很有发展前途。"

"我已经答应你王伯伯了，你看什么时候和那个叫石凯的男孩相一相。"

"什么，我还没有回来，你们就答应人家相亲了？为什么不征求我的意见？"

"一直到大，不都是我们给你做主吗？"

"现在我已经长大了，是有思想的大人了。"

“在我们眼里多会儿都是小孩子。”

“你们就这么着急把闺女嫁出去？”

“不是着急把你嫁出去，是对方条件好，我们怕给你错过了。男方的爸爸以前是局长，现在下海成立了金宏建设公司，业务做得很大，和你爸单位业务往来特别多，男孩的父亲和你爸也认识，知道咱们家有这么个漂亮闺女，很早就惦记着，听说你马上就要毕业，就委托你爸爸的顶头上司王主任来说媒，王主任也正有此意成全。”

“我去，你闺女半年没有回家来了，能不能让我先把饭吃完？”景珊娜把筷子放在桌子上，坐到了沙发上，“不吃了！”

“闺女啊，你也老大不小了，男大当婚，女大当嫁。我看这次回来，你们把亲相了，把婚定了，等暑假毕业了，就把婚结了。”

“看看你们老两口说得太轻松了，好像市场上买菜一样简单。”

“你看人家和咱们家，算是门当户对，他们家那么大实力，咱们家仅仅是普通干部家庭。再说男孩工作又不错，可不就这么简单呗。”

“是人家的实力是诱惑，还是媒人你们不敢得罪？”景珊娜很为这样的婚姻反感。

“是也不是，都认为你和那个男孩很般配。经济基础决定上层建筑，他父亲打拼为男孩打基础，男孩积极上进，经济后盾大力跟进，男孩的前途不可限量。”

“说白了，还是看上了人家的经济条件啦。”

“你这孩子，不能把事情想象得那么坏。”

“你王伯伯也是好心保媒，咱们就要认真去相一下，闺女。”

“王伯伯为什么要做这个媒？他那么大个局长要看一个商人的脸色吗？”

“话可不能那么说，你王伯伯也是为咱们家好。”

“说白了就是官商联合，政企结合。我就是那个‘合’的棋子，我要答应，‘合’就更美满。”

“咱们怎么也要给你王伯伯一个面子，是吧？再说你爸爸的职务调整也是你王伯伯出的主意，咱们要知恩图报。”

“知恩图报，就是把我卖出去？”

“没有人卖你，相亲事关重大，涉及的面很广，咱们不能拒绝这么好的事情。”

“涉及面广，就拿我做交易？”

“就算是交易怎么啦，我们又没有把你往火坑里推。”景悟有些生气。

“你们说多重要，都与我无关，我就是三个字：不！同！意！”

“闺女，你为了你爸也要好好考虑考虑呢，再说了，我们奋斗半天，最终不还是给你吗？”

“谢谢你们的好心好意，我不需要！”

“你不为你自己考虑，也要为你爸考虑考虑，把亲相了，你看了那个男孩子，你自然就愿意了。”景夫人信心百倍地说。

“你去也得去，不去也得去，这事没得商量！”景悟失去了最后的耐心，几根不多的头发炸立。

“没有见过你们这样的父母，为了自己的利益，把自己才22岁的女儿，拿出去做交易。”

啪！景悟一个巴掌甩在景珊娜脸上，马上出了五个大红手印。“越大越不听话，越说越不像话。”

“闺女啊，这次听你爸的，以后所有的事情都听你的，我们不干预不反对，好不好？”景夫人拉住了景悟。

“我死也不同意！”眼泪扑簌簌地流了下来，景珊娜跑回了自己的房间，将门关上。趴在床上，委屈在房间里旋转。

掌上明珠地位最终说来还不过是一枚棋子，是黑的还是白的，都不重要，关键她就是那枚棋子，被人利用，被人算来算去，让人不能接受的是她的亲人在利用着她在算计着她，从没有人考虑她的感受。

她在这个三口之家的地位远不是自己想象的高大。三角形顶尖的那个点早就不是她，她现在是三角形的那个底边，是托起父母这两边的基座。两边的压力，顶端随时可以坍塌的空间压迫感，都堆积到她脆弱的身上来。

如今，她这个底座可以随时被搬移随时被挪动，可有可无，没有她这个基座，两边依然可以继续支撑，外表让人看来还是一个三角形的家。父亲的职位是重要的，父亲给王主任面子，促进良好的上下级关系是最重要的，同时对方的实力给予的光环是最重要的。

现实可怕地发生在自己的身上。大学校园里社会庸俗做法的渗透让她嗤之以鼻，没有想到社会的庸俗已经将她所在的家庭彻底颠覆了。她没有资格去嘲笑那些认干爹的女同学，更没有资格去嘲笑佟彩虹。

“老景，要不和王主任说说，咱们闺女不愿意？这么下去要出事儿的。”景夫人在景珊娜不吃不喝的几日里率先投降了。

“不行，咱们采取点别的办法吧。”景悟珍惜自己来之不易的主任位置，在王主任手下工作，和石佳交往那么多，哪一方他都得罪不起。

“你还是和王主任、石佳打个招呼吧，谁曾想闺女这么烈性子。”景夫人还是有些不放心。

“要不，我沟通一下。”

过了几日，石佳承诺：景珊娜如果同意这门婚事，景珊娜的工作可以安排到大东市委宣传部新闻科，否则她要个好工作想都别想。在石佳这样的商人眼里，没有他办不成的事情，高中毕业的儿子能够给柳副市长开上车，他就能决定景珊娜的工作去处。

“闺女，男孩子的父亲答应，你毕业了把你安排到市委宣传部新闻科，也正合你的专业。你连见都不见，怎么知道那个男孩不好，答应那个男孩子，不会错的。”

“妈，我说了不见就不见，他就是玉皇大帝，我也不稀罕，你们不要管了。”

“这不管，那不管。工作是一辈子的大事儿，别人奋斗一辈子都到不了市委宣传部。你有多大本事？”景悟声音提高了八度。

“给我分配到小街道去打杂我认了，我偏不要你们的市委宣传部。你们看好了，你们去，你们认为好，你们去嫁。我的人生我做主，你们要再逼迫我，明天早上你们给我收尸好了！”景珊娜决绝的态度，竹筒倒豆子，一下子全部倒了出来。

朱大哥，你在哪里呢？我好希望你在我身边，给我力量，给我安慰。我不是非要嫁给你。我的青春我做主，我的未来我做主，我不要这样的交易，我不要被人当成交易品。

你寒假能来吗？我希望咱们心有灵犀一点通。

第二十八章　烈火烧不尽

天林山脉深处是遥远的朱家屯。冬天的小村寂静而单薄，浓墨重彩的绿色和黄色纷纷褪下，山也露出本来面目，是清瘦的；树木也失去了华丽衣衫，是苗条的。只有冬日阳光的日落和日出，告诉这个小村时光在更替，岁月在流逝；只有那一缕缕炊烟升起，体现着小村的温度；只有鸡鸣马叫，彰显着小村的生气。

天林山，给了朱文成快乐成长的家园。童年和父母在树林里打柴，追逐兔子和野鸡，看着飞鸟扑棱棱地飞到天外，也把他的梦想带到天外。少年时，自己和同村小伙伴在山里像野孩子一样，不是被刮破衣服，就是摔得鼻青脸肿，还被小野兽咬过。曾经多少哭声和泪水留在这里，但更多的是欢笑和快乐。

离开朱家屯十多年了，朱文成从那个懵懂的少年已经成长为这个小村里让人自豪的大神人物，小村也因为他而光彩鲜亮。十年前和十年后的小村依然没有什么改变，只不过是人们多了对他的客气和笑脸。“回来啦”“回来了”；“回来啦”“回来了”；“大大好”“婶婶好”；“大哥好”“大嫂好”……乡音浓烈亲切。简单地招呼过后，人们依然忙碌自己手中的活计，或者是匆匆地赶路。但这已经足矣，乡情气氛已经包围了他，他感觉游子回到母亲身边的温暖和真实。

在总队开完全年的新闻报道工作总结大会以后，政治处唐主任对他说：“文成，今年许你早点回去吧，别回支队赶死儿了，好好放松放松，陪陪家人。”唐主任随和亲切，不令则行的风范是支队机关领导绝无仅有的。政治处群工干事杨干事被转业以后，政治处强化了管理，严控干部战士的行踪、严格干部战士的思想教育，尤其是如何面对改革开放给部队带来的思想自由化、物质享乐风的冲击，做到防患于未然，坚决保证人民军队忠于党的根本不能变，维护党对军队绝对领导的宗旨不能变。唐主任能够让他多回去几天，那是对他的工作认可，对他的思想行为认可，朱文成心里暖暖的。唐主任总是笑眯眯的神态，在批评你之前，会说那件事情或者那个东西如何如何。例如说，你把钥匙落在屋子里了，要撬门，他会问你那个门怎么了，而不是说你为什么要撬门，含蓄的语气让人很容易接受他的批评。今年又是全总队新闻报道先进单位。领导一高兴，就多给了文成几天假，让他提前回老家团聚过春节。

这又是半年多没有回家了，他的母亲可好？他的华子可好？他的武匠可好？

朱文成的母亲和妻子乔爱华，正在糗豆馅，准备蒸年糕、蒸豆包。那豆在锅里随着水温不断升高，开始翻转，水开的气泡带动着小豆子上上下下跳着炫舞。升腾的水汽弥漫，系着围裙的乔爱华不时用嘴吹开气雾，瞅一瞅锅里的状态，不停地用勺子搅动挤碾，把红小豆搅碎成为粥状。

放了寒假的武匠兴奋地喊道："奶奶，妈妈，爸爸回来了。"二人忙抬起头来，看到朱文成抱着儿子走进了院子，老太太的高兴是很张扬的，写满了整个脸。乔爱华的欣喜是内敛的，嘴角微翘，眼角泪槽紧闭，一翘一翘的，似乎要把喜悦关在心里，不能让它流失。一家人兴高采烈围绕在灶台前，那灶膛里的火苗呼呼作响，似乎在欢迎这个从远方归来的亲人，那锅里的红小豆已经变烂变软，暗红的颜色在锅里咕嘟咕嘟着，就像是一家人的热血汇集在了一起，这就是一个家庭的兴旺，这就是一个家庭的美好。

屋里陈设虽然简陋，但极为干净，不缺乏温馨和谐。炕热屋子暖，一家人团聚的喜悦让这个家已经忘记了严冬的酷寒。朱文成搂着儿子，问候着母亲，深情地看着妻子。他看到妻子高兴地擦着眼泪，心里一热，眼睛也湿润着，妻子和母亲都辛苦了。一袭红毛衣遮不住妻子的丰满：老婆还是那么美。

朱文成放下手中的武匠就要帮忙，让乔爱华拦住了："你会干个啥，就别添乱了。"她不用丈夫干活儿，只要他在她面前就好，她心里就踏实。他虽然不能把这个家顶起来，但是他时刻把她的心支顶了起来，支撑着她的精神和生命。作为军人妻子的苦，无法用语言来描述和表达，她已经尝过百遍的艰辛，她知道有国才有家，她愿意这样坚守，无怨无悔。这个女人从初中毕业回到农村，天天与农活打交道，外表看似变得强悍泼辣，但是内心不乏小女生的内秀和清纯。

这些年，乔爱华支撑了朱文成的事业，让朱文成能够无牵无挂，在那绿色的天空下展翅高飞；朱文成支撑着乔爱华的精神，让乔爱华能够用一个女人羸弱的肩膀坚守这个家，在大山里默默地保持着这个家的完整和温暖。他们就这样互相支撑着，给了老人以安详和满足，给儿子成长以快乐和幸福，展示着共和国一个普通军人家庭的风采。

午饭前，乔爱华给朱文成安排了去几个近当家的长辈们串门的东西，让他不要“屁股沉”（就是在别人家久坐不动地方），早早回来吃午饭。

因为每年都要回来两三次，每次都要去串门，还有过春节也要串门。所以，常去的不是客，也就是象征性的心意表达，表示这个出息了的朱文成眼里仍然有这些长辈。这一点，乔爱华想得比较周到，做得也很到位。离开农村久了，朱文成把家里很多事情都忘到九霄云外，都是乔爱华一手打理这个家。

朱文成不敢在各家久留，他想着尽快回到家陪母亲、妻子和儿子。

谢过长辈们的挽留和相送，朱文成一刻也不停留地往回走，屯子不大，三十多分钟就从屯上走到屯下。

回来的路上，他碰到了屯里的王回明，绰号王三麻子。

“哟，这不是文成兄弟吗？什么时候回来的？”膀大腰圆的王三麻子主动打招呼。

“上午刚回来，回明哥。”人家主动打了招呼，朱文成不得不礼貌地回应。

朱文成看到了王三麻子脸上心虚的笑容，那眼睛尖刻地看着朱文成，让朱文成心里有些疑惑。

回到家，妻子已经把煮烂的豆泥用水过滤了，豆渣皮和豆沙已经分开，豆渣皮喂猪，豆沙再放上红糖用火炒干，就可以包豆包了。

一家人很开心地吃着午饭，一边吃饭一边闲聊。

朱文成把各家长辈对他热情的态度都给母亲和妻子说了，一老一小两个女人都很高兴。

朱文成把在回来的路上见到王三麻子的事情也说了一遍。母亲当即就扔下了筷子：“这个遭天煞的，这么糟改人的心情，以后见了他，别搭理他。”

妻子乔爱华也默不作声，缺了吃饭的心情。

王三麻子，也就是那个叫王回明的，朱家屯里的人一提都直摇头。他在家里排行老三，脸上有些麻子，被人称呼为“王三麻子”，看上去很瘆人，没有哪家的姑娘愿意嫁给他，到了二十五六岁还没有找对象。他索性破罐子破摔，吃喝游荡，见到谁家姑娘媳妇漂亮就挑逗，就更增加了人们对他的厌恶，姑娘妇女们就躲之远远的。因为流氓罪和强奸罪在严打时被判处无期徒刑，后来改判为有期徒刑八年，刑满释放后那颗不安分的心又开始膨胀，积累了多年的雄性荷尔蒙时刻在寻找可以释放的猎物。

王三麻子像幽灵一样紧盯着乔爱华，威胁着乔爱华。朱文成的母亲警告过王三麻子，如果他胆敢侵犯乔爱华，她就死到王三麻子家里去。让王三麻子不得不有所顾忌，乔爱华那厌恶的目光，也让他有些忌惮。婆媳俩经常出入成双，始终没有王三麻子近前的机会，在朱文成父亲去世一年多来乔爱华也相安无事，这些事情母亲和乔爱华从来没有给朱文成说起过半个字，朱文成不知道这一老一少的两个女人竟然承担着这样的凶险。

短暂的不快影响不了一家人的欢笑。饭后，朱文成拿出灰色的围巾给母亲围上，母亲笑盈盈地说，又乱花钱。给儿子拿出一套《西游记》连环画，和一些学习用具，小家伙马上就被妖魔鬼怪给吸引了。

孩子是一个家庭快乐的源泉，儿子武匠一下午也不离开朱文成的身前身后，不给朱文成和乔爱华单独在一起的机会。儿子戴着爸爸的棉军帽，来回地转动给大人看。小家伙一双明亮的眼睛看着朱文成，这是人世间最纯洁最稚嫩的目光了，像被清洗过的月光一样清亮，没有丝毫杂质。他的小手不时地把朱文成的腮帮子往两边拉开，让朱文成的嘴张得大大的。“爸爸，你想我不，我可想你了。”“想，想，天天都想武匠。”朱文成也胳肢着武匠的腋窝，小家伙痒痒得咯咯直笑，满炕打滚儿。

乔爱华看着这欢笑的场面，心里开心极了。她眼角的泪槽舒展开来，变得又宽又短又浅，喜悦从眼角流出，奔涌在宽宽的泪槽里，飞散在这个农村朴实的军人家里。

母亲周红妹也很高兴：这爷儿俩，爹不像爹，儿不像儿，一对儿活宝。

“春宵一刻值千金，花有清香月有阴。”是夜，母亲让武匠跟奶奶一个屋子睡觉，小家伙说：“不，我要和爸爸一个被窝。”黏住朱文成不放手，朱文成和乔爱华也不好意思赶小东西走，还是母亲左哄右劝，小东西才极不情愿地走进奶奶的房间。

朱文成拿出给乔爱华的大礼包：上海罗丽思发油，海鸥洗头发膏，天津日化郁美净珍珠霜雪花膏，万紫千红护手油，马牌润肤油，天津铝管壳皮富强牙膏，双喜牌香皂。散落了一炕，香气溢满屋子，让这个家温馨迷蒙了起来。

“这得花多少钱，一点也不知道过日子。”乔爱华嘴上虽然这么说，但心里甜甜的：这个死成子还知道她是一个爱美的女人。她一件件地撕开包装，一只只地放在鼻子下闻着，打开万紫千红护手油，涂抹在手上，双手揉搓；挤出郁美净珍珠雪花膏擦在脸上，轻轻地拍打面颊。然后闭住眼睛陶醉地享受着这香味儿，搂过大神就亲吻，吻得朱文成满脸雪花膏味儿。她一改庄稼地里的强悍，化作柔情似水的女人。

护肤品的香气四处弥散，大山深处的空气中泥土清香和着脂粉浓香，那奇特的味道有些暧昧，乔爱华心中疯长的思念变成了杂乱的野草，成为一片荒芜的草场，她恨不得一束火焰快速地把这野草焚烧，变成土地肥料，让土地更加肥沃。夜晚的星光下，她身体的每一寸肌肤都如同被烈火炙烤，煎熬着她的思念，煎熬着她的身心，她曾不停地用手疯狂地撕扯自己的身体，挣脱这日日的桎梏，恨不能把自己撕裂撕碎，变成碎片飘飞到爱人那里，跟随爱人去遨游天边。星星之火，可以燎原。火种一旦被点燃，就成为扑不灭的火焰，大火迅速地蔓延，燃烧着整个草场，今夜就让这火焰燃烧得更猛烈些吧，她又推倒了一个个汽油桶，给这火焰助燃。风助火势，火借风威，她要在这烈火中凤凰涅槃。

朱文成感觉他真的成了神灵，自己像在太上老君的炼丹炉里翻滚。炼丹炉里的气温实在是太高，让他喘不过气来；炼丹炉里是火热的，四壁也是滚烫的，他就在这烈焰里跳跃，在炽烈中盘旋。他感觉自己被烤焦了，自己身上所有的水分也都蒸发了，他睁不开双眼，展不开拳脚，他也变成了一个巨大的火球，在炼丹炉里快速翻转，左冲右撞，在不停的翻转中，自己逐渐变小变小，最后成为炼丹炉里的一点点灰烬。

大火终于熄灭了，酣畅淋漓。乔爱华枕在朱文成的胸膛上，幸福地掐捏着他，时不时用点狠劲，把朱文成掐得龇牙咧嘴，他还不敢大喊。

“成子，这次回来就带我们走吧，还有咱娘，一起带走。我们拖累不了你，让咱娘天天接送武匠上学，我也去找个活儿干，租个房子，好不好？”乔爱华终于向朱文成提出了这个想法。

“我考虑一下吧。”朱文成不得不正式面对这个问题。

“你还考虑什么？你不能再自私地考虑你自己了，你倒是轻松自在惯了，不考虑我们三口人的日子了。你知道我有多苦有多累吗？”委屈的泪水从她的泪槽里滴下，凉凉的，打湿了朱文成的胸膛，乔爱华还不忘记狠狠地掐着朱文成，力度比以往都大。她似乎要把委屈通过这力量发泄出去。

“哎哟。”朱文成终于是没有忍住，“你就不能轻点儿？你个死华子，疼死我了。”

“谁让你打奔儿（方言：说话大喘气，或者是说话不痛快，没有利索劲儿），活该！”爱之深，便是恨之切。

朱文成感受到了妻子的眼泪，他的心也湿漉漉的，他的华子确实受委屈了，也受累了。他抚摸着乔爱华的脸，抚摸她眼角那特别深长的泪槽，就像抚摸一件艺术品一样轻柔，那么珍惜。

这个问题，朱文成不是没有想过，但是他感觉孩子已经利利索索了，爱华年轻力壮的，还可以再为他顶挡几年。他再把事业冲一冲，等他评上副营后，想办法调到总队新闻站。那个时候，视野范围、事业高度也自然会有所提升。妻子和儿子直接随军到省城，岂不是更好？省得从锦朝市拖家带口到省城的麻烦。朱文成一心想着自己的事业，但是对于一个渴求爱的女人来说，也是很残酷很自私的。

“我今年上半年就可以评副营了。到那个时候，你和武匠的户口自然随军变成城市户口，现在去武匠的二年级上个半拉子；再说户口也解决不了，学校有择校费，转学费等，费用很高的。等到下半年，副营评上一切问题也就都解决了。武匠直接去市里上三年级，那不是更好吗？”理由很充分，也是现实的情况，让爱华不得不重新思考。

“你以为你是谁呀，说你大神，你还真的神啦？那副营就是给你一个人留的呀？没有人和你竞争吗？你别天真过了头。要不你调回到大东市的部队，离家也近点儿，你回家我们去部队两方便，你看成不？”乔爱华的脑子还真不是白给的，这些年也把部队的情况摸清了，一阵机关枪，就让朱文成哑火了。

是啊，副营也不是给我一个人留的，也不是正连满三年，领导必须给你，也没有应当应分就会给你，你的工作出色，别人的工作也不差，全总队各支队老正连有的是，现在他的强劲对手就是老乡孙水涛。提到孙水涛，他才想起来，明天应当去孙家湾去看看孙水涛的父母，那么大年纪了，战友的父母也是自己的亲人，孙水涛回来的时候也来看望他的父母和妻子。虽说两人现在暗地里竞争副营，但是战友之间的礼节绝对不能少。

调到大东市武警支队，也不是不可。这些年，大东市支队的新闻报道工作在全总队总拖后腿，每年开会的主任、政委都要被点名站起来亮相，让他们很没有面子，如果自己主动要求调大东市支队，他们肯定会欢迎自己。那个时候，他们的主任、政委就会在总队会议上昂首挺胸了。再说，大东市的城市环境发展建设也是很不错的，距离省城相对近一些，调动也是个不错的选择。这些年怎么就没想到这个路子呢？但是锦朝市支队会放自己走吗，自己调走了，锦朝市支队会不会在总队新闻工作会议上被点名亮相啊？支队领导对自己也很好。

这些年，确实难为华子了，应当设身处地为他们想一想了，人也不能太自私了。

文成这样想的时候，心里坦然了，对妻子的愧疚感又增加了许多。可以先找大东市支队领导谈一谈，如果在锦朝市支队不能评上副营，就调大东市支队去。他没有想到华子还有这样的主意，和一个高参差不了多少。

这样想，立马和华子沟通，乔爱华也很高兴。在热火朝天的氛围里，朱文成的手又在乔爱华身上不安分地游动。月亮是夜晚的腹部深处一个甜美的画，在那一晚贪婪地看着这美好的一幕。把冰清玉洁的光辉洒在农家的火炕上，每个家、每个人都有属于自己的月亮，只有属于自己的月亮才会始终伴你入眠。

很快，春节就过去了。在这十几天里，初中的同学们聚了餐，高中同学聚了会。同学们有的考上了大学，有的做上了生意，当农民的也有满足感。农忙的时候忙忙地，不忙的时候做点小生意，打个零工。小日子过得都还好。政策宽裕了，人们也自由和活泛了。纯粹土里刨食的，只有村里上了年纪的老人。一些同学进了城，南下去了东莞和深圳，成为开发深圳的第一批创业者。一聚会，朱文成才知道社会发展变化之大，才知道世界之广阔。

春节前后，他又拜访了亲戚和村里的长辈们，和他们拉家常，叙乡情，感受浓郁的乡愁。和这些老人在一起，他才不会忘记他的本源，这里是他的根，是他的本。他还是这个山里的娃子，还是农民的后代，土地的子孙，他不管走到哪里，这里都有他的父老乡亲。他的自豪不是因为他当了共和国的军官而自豪，自豪他是农民的儿子，是这块土地上的人民。

周围的大山像一位长者张开了怀抱，拥抱着他，呵护着他，把远处的寒冷挡在臂膀之外，让他拥有温暖和幸福。倒背崖下，他还是那个山里奔跑的少年，无拘无束，大山还原了他的欢笑和记忆。

朱文成把未来的美好描绘给乔爱华，乔爱华也很兴奋，未来城市里相聚的美好梦想给这个家庭带来希望和欢笑，这样的喜悦气氛也是父亲去世一年多来最为快乐的一次。他还去了父亲的坟上告慰了长眠的父亲，把心中的怀念和祝福送给另一个世界的老人。他知道多年以后，他会陪伴在父亲的身边，会和父亲一起守望这片土地。

乔爱华在信中曾经说过那匹乌鬃马的事情，他感念乌鬃马的刚烈，感叹乌鬃马的忠义。面对空空的马圈，朱文成的心痛了，心根被生生地拽疼。家里少了一位长者，少了两位亲人，马厩里的气息在逐渐消失。他在记忆中追寻父亲和乌鬃马的对话，嘶鸣高亢，柔声细语，犁把式仍然高扬马鞭，然后轻轻落下。乌鬃马负荷着沉重的犁铧，稳步前行。父亲的坟茔旁没了乌鬃马的坟冢，只有一块空地荒芜着。回到家里，乔爱华将王三麻子盗取乌鬃马尸体，吃马肉的事情给朱文成讲述了一遍。热血激愤的朱文成当即就要去王三麻子家为乌鬃马讨个说法，被乔爱华死死拦住了。

“成子，咱们忍了吧，咱们对那匹马有感情，人家没有，牲口死了就是要被吃肉。咱们不吃，有人来吃。王三麻子哥好几个，咱们招惹不起，算了吧。”

“你这些年不在家，王三麻子的名声可臭蛋了。”母亲插进了一句话。眼见儿子对儿媳妇的亲热，她感觉自己孤独了，儿子早就不是自己羽翼下的孩童，自己身上掉下来的肉，让别的女人装进了怀抱，她想像小时候一样对儿子絮叨絮叨，把爱全部给儿子，但是儿子已经没有那个耐心和激情，也不需要了。她已经没有能力将儿子拽回到自己的身边来，她莫名地对儿媳妇产生了嫉妒，怨恨老头子走得早。唯一让她感觉欣慰的孙子武匠还能和她亲近，那个小东西如果长大了，一样会飞出她的怀抱，她为自己的孤独而悲苦。

作为男子汉的朱文成突然间觉得自己好无能。自己可以用笔控诉少女河纺织厂副厂长要高价抚养费的强权，但是自己却无法去控诉盗吃马肉的农村混混，他只是个穿军装的秀才。

妹妹朱文玥一家三口的到来，为这个家庭的团聚再添喜气。妹妹大学学的是疾病防控，毕业后缴纳了一笔城市增容费，工作分配到大东市卫生防疫站，妹夫在一家企业里当技术员，小外甥也有一岁了，一家三口在那个城市里也其乐融融。舅舅喜欢外甥，这是铁律，那个小东西肉乎乎的，像母肥子壮的武匠小时候，怯生生地叫着舅舅，让他这个舅舅都不知道怎么当才好。

“哥，你怎么不考虑调到大东市里来呀？那样距离家近，也能够照顾到嫂子，嫂子也不会那么苦。”妹妹不止一次地问朱文成，看来文玥也很心疼她嫂子。妹妹也经常给他写信，有时候打电话，告诉他大东市的变化。

“我想如果以后再有其他变动，来回折腾，更费事。”朱文成对他自己的发展还是很有信心的。

“我也不太懂部队的事情，反正不要影响你自己的发展进步才好，就是苦了嫂子。”

朱文玥的提议是在父亲去世后不久提出来的，朱文玥回到老家看到嫂子一人里里外外地忙乎，心疼之下说了她的想法。也就是那个时候朱文成才有调到大东市的想法。

城市陌生与亲切，在于这个城市是否有熟悉的朋友或者亲人。一个城市再遥远，只要有亲近的人在那里，那个城市的距离也是近的，那个城市也是温暖的。那个城市还有另一种吸引力和亲切感，在吸引着他。大东市他去过几次，总队组织新闻采访会战，加深了对那个城市的了解。如今妹妹在那里工作和生活，那个城市变得更加亲切，如果他能够顺利调到大东市去，那么他和妹妹就可以在同一个城市团聚，兄妹两家照顾母亲也就方便多了。

心中有愿景，干什么也是欢快的。当然，乔爱华也不需要他干什么，他只需要当甩手掌柜守在乔爱华身边就好，闹心了，就出去转转，抒发一下对这片土地的感情。

时光飞快而逝。在离开朱家屯的最后一晚，月黑风高，朱文成又充当了一次英勇的灭火队员，纵火犯就是他深爱的华子，乔爱华烧起了两把大火，把朱文成烧得焦头烂额，让朱文成疲于奔命地灭火。

乔爱华的第一把火就是当了一回严厉的审判法官，把朱文成审得和一个小偷似的。这次不同于以往，以往都是二人亲热完事后，乔爱华满足地给朱文成“上课”敲警钟，让他不要用文字去勾三搭四，不要把相机镜头到处乱瞄，这次却是“审判”在前。

“成子，你给我说！景珊娜是怎么回事儿？你今夜要不给我说清楚，你明天甭想离开朱家屯，老娘把你剁成肉酱，留着正月十五作肉馅儿包饺子。这些日子看你心情好，不想影响你的心情，今天再不审问你，你明儿个又该是脱了链子的小狗子，满世界撒欢儿了。”乔爱华语气一重，就狠狠地拧朱文成一把，这些比喻竟然从乔爱华嘴里说出来，让朱文成感觉到很好笑。

朱文成去总队开会之前，收到了景珊娜寒假前的告别信。在信里，景珊娜向朱文成表达了即将到来的新年祝福和问候，热情邀请他寒假期间可以去大东市里看望她这个妹妹，指导她写作。姑娘在信里还描绘了大东市作为她的出生地，是如何如何的美丽，是怎样怎样的繁华。说寒假以后，她就不回学校了，等到毕业前的论文答辩再回去，她要利用这半年时间好好放松放松，十几年的学业生涯，有些疲倦了。她的工作意向是到大东市电视台上班当文字采访记者。还说什么“朱文成大哥要在大东市里当兵多好，那样她可经常见面请教这个大哥哥了。”“亲爱的大哥”“永远的妹妹”等字眼在信里随处可见。

朱文成早已经读懂了景珊娜的这份热情，他虽然答应同她做兄妹，但是景珊娜心中的那份热情是他不能去接受的，他不能同她再见面。一是他不能自毁家庭，二是他不能玷污那朵鲜花。这两点他必须坚守，呵护家庭，呵护这个妹妹，他要让景珊娜理智地明白他这个朱大哥的心思。这两点绝对不能掺和在一起，否则对谁都是伤害，对乔爱华也是伤害。所以他不能去赴约，时间一久，景珊娜走上工作岗位，她的心思应当会淡化下来，那个时候他们再见面也不迟。

朱文成这样想，并不代表乔爱华这样想。景珊娜的热情如同冬天里的一把火，可以燃烧一切，但也引燃了乔爱华心中的妒火，她把这火烧给了朱文成。

女人就是这样，有时候心里可以搬进去一座山，可以填进去一片海，唯独就是融不进去另外一个女人的只痕片影，哪怕是一根女人的长头发丝。

这封信在朱文成回到朱家屯第二天就落在了乔爱华手里，乔爱华要洗朱文成行李里的衣服无意中发现的。她当时没有发作，很平静地操持着所有家务，让朱文成过个快乐的春节。应当说乔爱华还是很有沉着力的，十几天后才给朱文成“开会”。

“华子，你轻点儿，你这是刑讯逼供，容易屈打成招，造成窦娥冤。”朱文成老老实实坦白了同景珊娜认识的过程，他又是如何拒绝景珊娜的绣球，当然也坦白了拒绝周向莉和刘巧英等美女爱情橄榄枝等诸多光辉壮举，向被窝里的“乔大法官”表示忠诚，黑暗中，得意扬扬的表情只有老天才能看得见。

“什么，还有周向莉、刘巧英？我说去部队探亲，你总是忙忙地推脱老娘，原来有这么多青春美貌的、甜言蜜语的、花枝招展的、细皮嫩肉的、风情万种的在陪你啊？”乔爱华不依不饶地加大“审讯”力度。

“华子，咱们家的责任田里什么时候种酸枣树了？咱们家腌制的酸菜还没有变酸吧？咱们家的大米什么时候酿上米醋了？”朱文成知道对妒火上升、醋意正浓的乔爱华讲不出道理来。两人好像在对戏词一样，他不停地起誓表示忠心：“放心吧，朱文成除了犯过一次先上车后买票的错误，其他任何错误都绝对没有犯过。”

说到“先上车后买票”，乔爱华心知肚明，就无声地笑了。那是朱文成考上军校第一年，由她公公做主，给他们结了婚，也是后来补办的结婚手续。她一辈子都认为那是公公做得最伟大的一件事情。但是她知道不能让朱文成心里长草，不能让他太疯狂，她要把他心里的草拔干净。

“我说我一提调动到大东市里，你小子就乐不得的呢？原来是想会你的那个情妹儿，你们早就预谋好了吧？死成子，你肚子里还有多少花花肠子，快给我说！”语气严厉的同时，手上的力度也拧得朱文成呜哇乱叫。

“爸爸，你怎么啦？妈妈，不许你欺负爸爸！”朱文成没有忍住的叫声，惊醒了对面屋子里的儿子武匠。

“傻孩子，快睡觉，没你的事儿。”母亲周红妹赶紧哄着武匠。

两人慢慢住了声，听见对面屋子里似乎没有了动静，“审讯”又继续进行。

“我告诉你，成子，你要是胆敢有‘花边新闻’发生，看我不扒了你的皮！”声音变小，语气变重。

“乔扒皮，你放心。”朱文成只有继续表白。现在什么道理，对于一个妒火中的女人来说都是徒劳的，只有这样才能泼水灭火。

这句话，已经是乔爱华第二次这样说了，也表明了这个女人把忠贞的爱情看得比生命都重要。

“你少给我贫！那个调动的事情就不要考虑了，等姑奶奶我什么时候高兴了，让你办，你再办。听见没有？”语气威严，不容置疑。

“圣旨下，必须照办。”朱文成在黑暗中点着头。

“以后每月给我写一封信，汇报你的思想，看看你的花心去了根儿没有，听见没有？”又是一个“手把肉”地撕扯。

“死老婆子，我这身上的皮肤都让你给拧成花布了。你这哪是什么‘天下第一军嫂’呀，简直是‘天下第一醋坛子’。”朱文成委屈起来。

“老娘就是都要天下第一，你怎么着吧？”说着，又要下手，让朱文成摸索着紧紧抓住了。

“行，行，第一都给你。第一醋坛子，第一小心眼儿，第一婆婆妈妈……”连续几个第一，逗得乔爱华噗嗤就笑了，她心里的妒火也随之熄灭。

“审讯”好不容易结束，朱文成没了心情，扭身就要睡觉。然而，第二天夫妻又要分隔两地，乔爱华得意之余，岂能让朱文成傻睡？她兴奋着，又乘胜追击放了另一把火。

这把火引燃了整幢摩天大楼。乔爱华像一个调皮的纵火犯，点燃一层，不等烈火烧到第二层，就跑上去引燃第二层，如此反复地引燃到高楼的顶层。还引导着朱文成一层一层地举着高压水枪灭火，朱文成刚把第一层的火扑灭，第二层又燃烧起来了，刚把第二层的大火扑灭，第三层又燃烧起来了，处处都是着火点，燃烧得还很猛烈。大火无情人有情，最终大火无情地把这个“纵火犯”和“灭火队员”一起吞噬，易燃物在噼啪作响，烈焰在欢唱，热浪在高扬。大火不知燃烧了多久，好像很漫长，整幢大楼都在炽热的火海里融化坍塌，二人也被烧成连在一起的焦炭，紧紧不能分开。

两把火烧完，这回总该睡觉了吧？然而，乔爱华又拧着朱文成的耳朵，语气轻轻地嘱咐：“成子，我告诉你啊，你吃饱了喝足了，你可要把你的枪给我看好了，别没有事儿拿出来臭显摆和嘚瑟，别给我整出擦枪走火的事儿来，给我整出事儿来，看我饶得了你！”说着，说着，就把朱文成下面狠狠地攥了攥、捏了捏、拽了拽。

“哎呀——你还有完没完？”朱文成知道女人黏涎子（指对一个问题婆婆妈妈的没完没了），他没有想到乔爱华这么“黏”，整出这么多含蓄的词儿来，还真能拽。

“老娘就是没有完！”乔爱华终于放过朱文成，自己也翻身睡了。

谁也不曾想到，这一夜的大火，竟然是乔爱华给朱文成的“爱的绝唱”。

第二十九章　新闻在延伸

大仙孙水涛鸣金收兵，一路凯歌，班师回朝。相对于其他接兵干部来讲，大仙孙水涛是“革命生产两不误，事业爱情双丰收”，“搂草打兔子两不耽搁”，圆满完成接兵任务，还把他的金铃子接到了怀中，还有什么比这让人更开心的呢？尤其是这个金铃子在他回部队之前，还给了他 30000 元让他还账。面对这巨款的时候，大仙也不是那么理直气壮，毕竟不是自己的，也不理所应当，甚至还脸红了：一个堂堂的军人竟然有吃“软饭”的嫌疑。不过在金桂铃看来，孙水涛的困难就是她的困难，她作为他的未婚妻责无旁贷。当这 30000 元被金桂铃大大方方装在他的行李箱里时，把大仙给激动得恨不能把金铃子举到天上，恨不能和金铃子叫万岁叫姑奶奶，这一年多来的各种压力太让他沉重，可以说心情就没有愉悦过，他怎么能不叫万岁叫姑奶奶呢？他把欠程青燕的那 10000 元抚养费给了程青燕后，心里感觉轻松和踏实多了，他不顾程青燕的挽留，看了看可爱的女儿，转身离去，他知道这个城里女人再也和自己没有任何瓜葛了。天上掉下来的金铃子一下子就把他的穷气绝根了，他又从那个“负翁”变成了“富翁”。

大仙孙水涛把 3000 元钱还给大神朱文成的时候，心里轻松了许多。

“你哪里来的这么多钱？”朱文成很警惕地看着孙水涛，“你不会是接了一些花钱的兵吧？或者揩了‘兵油’，我告诉你呀，你小子千万别犯错误。”他有些不放心这个老乡，怎么一下子有了这么多钱。

“哪能呢。”孙水涛很自豪地把接兵过程中，遇见金桂铃，以及她全家对他的接纳和认可，叙述了一遍。

“哦，原来是‘卖身救父’，傍上了富婆啦，你小子，真有你的。”大神高兴地搡了大仙一拳，“你先还别人吧，我的以后再说吧。”

“别说那么难听，我这是人格魅力和价值所在。”大仙不由分说地塞到大神衣兜里，还不忘记吹呼，得意的神采又回到了大仙身上。

孙水涛还完部队战友的欠账后把剩余的钱汇给父母，汇报了他和金桂铃的情况，孙家湾又一次变得喜悦和开心，孙老汉老夫妻两人长时间蹙着的皱纹终于舒展开了，眼角绽开了久违的笑容。孙家人始终认为他们的“五儿”不会白给的，会让人扬眉吐气的，好小伙子自然有好姑娘相配。孙家人又给孙水涛邮寄来很多农村的土特产，让他给领导们战友们尝尝，关键是让他给他未来的老丈人尝尝，表表孙家人的一片心意。

从那以后他在工作之余《心雨》小曲不离口：

我的思念是不可触摸的网/我的思念不再是决堤的海/为什么总在那些飘雨的日子/深深地把你想起/我的心是六月的情/沥沥下着心雨/想你想你想你想你/最后一次想你/因为明天我将成为别人的新娘……

这个时候，大神朱文成就逗他，人家金铃子都成为别人的新娘了，你再想人家就不道德了。大仙想想也对，这首歌曲虽然他拿手，也不能这样表达他对金铃子的爱情，就又改为《真的好想你》：

真的好想你/我在夜里呼唤着黎明/追月的彩云哟也知道我的心/默默地为我送温馨/真的好想你/我在夜里呼唤着黎明/天上的星星哟也了解我的心/我心中只有你/千山万水怎么能隔阻我对你的爱/月亮下面轻轻地飘着我的一片情/真的好想你/你是我灿烂的黎明……

孙水涛又投入紧张的新兵普法教育当中，工作中有使不完的劲儿，有用不尽的力气。金铃子就像催他奋进的战鼓一样，咚咚地响彻在他的生命里，他又重新找回了当大仙的感觉，神气，飘飘欲仙。他又把手铐子在新兵们面前摔得山响：我是保卫股孙干事！把新兵们震唬得一愣一愣的。

孙水涛接兵接回一个媳妇儿的事情，很快就在支队上上下下传了遍，成为锦朝市支队人们茶余饭后的谈资：孙大仙就是孙大仙，到哪里都是仙儿，能整！语气是羡慕还是不屑，都说不好。反正不是太好的印象，给人不可靠的感觉。你说不靠谱吧？孙水涛的工作是一流的，无人可以挑剔。

但是接兵接回一个媳妇儿的事儿，让支队领导很不舒服。你是接兵去了，还是接媳妇儿去了？怎么能利用出公差的机会干个人事儿呢？但是这个事情也不好深究，毕竟是出差期间的工作之余，而不是把整个工作时间都用在了搞对象上。人家光棍一根，还不允许人家搞对象吗？再说孙水涛这些年的工作是没得说，给支队拿回不少的先进牌子。

支队的另一大新闻就是司令部管理股管理员高石头的事情。

高石头离了婚的老婆耿芳有一天找到高石头，痛哭流涕地表达了自己一百八十万分的悔恨，表达了自己鬼迷心窍，表达了自己有眼无珠，然后不停地抽自己嘴巴子，说自己是对不起高石头，对不起孩子，对不起家里人……总之，千错万错都是她耿芳的错。请高石头看在孩子的份儿上，让她回到他的身边来，她愿意回来给高石头当牛做马，只要让她回到原来的那个家里就行。

原来和耿芳滚床单的那几个男人也只是图耿芳的一副漂亮皮囊和风情万种的姿色，耿芳也是喜欢那几个男人的帅气和那事儿的勇猛。总吃肉也有吃腻了的时候，时间一长，那几个男人先后离开，她毕竟是一个快 40 岁的烂倭瓜，都让多少人给踩烂了。她既不是过日子的人，也没有人愿意娶她回家过日子。就这样过去半年多，她找谁谁厌烦她，这个时候，她才知道人家是在玩弄她，她才醒悟过来，她才深切地感悟到还是那个“农村小土豆”高石头是天底下最好的男人，包容她谦让她爱护她，靠得住。她没有体会到抛弃高石头的痛苦，但是她体会到了被那些野男人抛弃的痛苦，她曾天真地相信那些男人会迷在她的风情万种里，然后能够娶她回家。那些信誓旦旦的男人一个个说翻脸就翻脸，比她对高石头翻脸还快。那些情场欢愉只是欲望的展示和发泄，哪里有什么恩爱和天长地久啊，她怎么不悔恨和痛苦呢？痛定思痛，她厚着脸皮请求高石头看在孩子和曾经多年恩爱的份儿上，能够破镜重圆。见到高石头，她才知道这个“农村小土豆”是那么的可爱。

小个子高石头因为耿芳的出轨阵痛过、羞辱过、流泪过。当看到耿芳满脸是鼻涕是泪水的表情，眼眉不再妖冶，那漂亮的容颜曾是他心中最美的花儿，这个湖南人多少次想，如果耿芳跪在他面前忏悔，他也会一脚把她踹出去。他曾经很痛恨这个女人，恨她狗眼看人低，恨她一时贪欢。如今她真的就跪在了自己的面前，他的心反而就软了。他经过几分钟犹豫，就接纳了这个伤害过他的女人，女儿进入了青春期，有事情他无法和女儿沟通，需要她母亲给女儿做好心理辅导。不管耿芳以前怎么样，她总不能把自己的亲生女儿往坏里带吧。她回来，意味着，他们还是一家人，还是一个完整的家。

高石头在征求女儿的同意后，又接纳了耿芳。他向司令部领导汇报了以后，在政治处干部股重新开具了婚姻登记证明，办理了复婚手续。同时向领导提交了转业申请，他愿意带着耿芳和女儿回到湖南老家去。给她们母女俩一个全新的生活环境，开始另一个城市的生活。

高石头在别人不解的目光中离开了，别人问起这件事情，他心里也只是认为那是一辆自行车，让别人骑过后，又送回来了。高石头人小，胸怀却很大。

说高石头窝囊的人不少，赞叹高石头是个爷儿们的人也不少。

大神朱文成和大仙孙水涛谈论这事情的时候，意见观点是出奇的一致：高石头为了孩子做得对，还有浪子回头金不换一说呢，更何况耿芳是孩子的母亲，他们曾经也是很恩爱的夫妻。他们有时候也有偏激的想法，应当好好羞辱一下耿芳，再让她回来，把心里的怨恨释放了再接纳她。大神和大仙反过来又一想，如果是那样，可能会出事儿的，如果高石头不接纳耿芳，耿芳是不是会因为失去生活的希望，万一想不开，做出过激的举动，到那个时候，责任谁承担？让高石头后悔一辈子，还是让她女儿恨高石头一辈子？个人多一些宽容，社会多一些和谐。大神和大仙竟然都能够同时想到这一步，说明两个人还是很默契的。

大仙孙水涛从高石头的婚姻里，看到了自己婚姻的崎岖坎坷，好在军人的胸怀和责任最终有一个圆满的结局。金桂铃的出现，让孙水涛看什么都是善良和美好的。他给他的金铃子写信叙述了高石头的事情，他没有想到金铃子也很赞同高石头的行为，说军人的胸怀真的能够融进高山大海。她幸运能够嫁给孙水涛，希望她的"小涛子"要像高石头一样包容和爱护她。孙水涛一看这话，他赶紧回信问金铃子："你不会要和耿芳学习吧？"当金铃子在信中把他好"一顿臭骂"后才放下心来。

部队干部基本上是三年一挪动，三年一提职。"三"成了部队干部的关键词儿，排长要干三年提副连，副连要干三年提正连，正连要干三年提副营，以此类推。但是也有因为工作需要提前一年就提职的，当然也有到了年限还在原地踏步的，把"三"

踏成“四”踏成“五”的踏成“六”的，甚至更多，在整个总队，有六年的老正连，有六年的老正营，有八年的老正团的。原地踏步的正连和原地踏步的正营、正团也很多。越到高处，那个“三”变成另一层的“三”就越难了。一些人走着走着就离开了这个队伍，被转业了或者被退休了。

到了年底，哪些干部被确定转业，哪些干部要升迁，都是很敏感的话题。看似很安静的部队，整个机关，静中有动，尤其是到一定杠和一定年限的，内心像火一样炽热澎湃着，在静中运动，那些不到年限和杠杠的，也在静中关注动态，算计自己的年限。大神朱文成和大仙孙水涛同那些到“坎儿”的干部一样，把鼻子伸得长长的，把耳朵竖得高高的，把眼睛擦得亮亮的，耳眼鼻都比平常机灵了许多，生怕关键时刻有什么遗漏，因为他们也到了“坎儿上”。他们两人的希望是保卫股张股长转业或者升迁，宣传股沙股长转业或者升迁，给他们二人挪挪窝。其他适合他们的副营位置可能性不是很大，所以他们的眼光就盯死了张股长和沙股长。

他们得到的消息是：支队张副支队长、王副政委、司令部两个副参谋长和后勤处两个副处长都被确定转业。牵一发而动全身，支队层面有两个领导转业，长江后浪推前浪，一批干部会顶上去。结局让大神和大仙两人失望。唐主任升任支队副政委，政治处主任由后勤处协理员才协民担任，现任的副主任没有能顶上去，保卫股张股长是老股长也没有能够动窝；宣传股沙股长倒是动了，去作训股当股长，从基层中队来了一个汪指导员当宣传股长，形式上和内容上没有大神和大仙半毛钱的关系。

看来春天二人评副营的竞争是免不了。这样一想来，两人又看对方有些不顺眼了，恨不能沙里淘金地找出点对方的毛病来。虽然说何海晶和修国岩的事迹也感动了他们二人，二人知道对于个人利益应当想得开一些，应当谦让，都要有牺牲精神，正确对待荣誉和利益。大道理虽然是这样，但真到实际操作却有些难，这也许是他们的实际情况造成的，想也不为过。如果真的到了战场，肯定把生的机会留给对方。还没有到大是大非关键当口呢？小事没有风格，并不意味着大事没有精神。很多英雄人物往往在小事上寸步不让，关键到了生死考验的时候不也是勇敢地冲上去，把生的机会让给战友了吗？他们二人在抗洪抢险的时候不也是没有计较个人生死吗？看来不能从小事不谦让就定论一个人大事没有风格。起码抗洪就是最好证明，这并不矛盾。

政治处干部股副连职姚干事竟然申请转业了，在人们惊讶中，离开了支队机关。这个姚干事高大帅气，文字材料也过硬，人品也很好，要不然也不会选调到干部股当干事。在孙水涛离婚期间，姚干事结婚，可以说姚干事的婚姻是孙水涛追求的完美婚姻范例，爱人工作好，在政府部门工作，老丈人是革命老干部，在市里有些地位和威望。家里有宽敞的房子。政府部门要总结老丈人过去光辉履历，都是姚干事代笔，政府部门的干部知道这个老革命的文化水平低，但是这么漂亮的文章无可挑剔，文字生动，事迹感人，引起了市纪委秘书长的兴趣，想见一见这个写材料者本人，看到姚干事本人，经过言谈，就想要这个部队干部，征求了姚干事本人的意见，竟然有这么好的单位要他，自己又年轻，以后发展机会肯定很多。于是向领导申请转业。虽然支队领导爱才，很是舍不得，但是不能耽误姚干事的大好前途，就这样放行转业了。

姚干事优越的婚姻曾经是大仙离婚期间痛苦时最强烈的羡慕，如今又有这么好的条件转业，转业到市纪委，让人羡慕到天上，不能不让大仙孙水涛眼热。不过有了金桂铃给予的爱，他的羡慕嫉妒不再像以前那样强烈。但是心里的酸味还是免不了，总和大神朱文成说，那家伙怎么会有那么好的命呢？

这个春节，大神和大仙二人过得都很开心很幸福。大神朱文成回到朱家屯过上了神仙日子，给乔爱华当灭火队员；大仙孙水涛去河北唐山找他的金铃子摇铃铛，寻访绿野仙踪，奏和谐美妙的音乐。孙水涛在临离开部队前收到父母的来信，说金铃子和她哥哥去了孙家湾，看望了他们，给他们带了很多唐山土特产，还给老人和孩子们花了不少钱。说到这些，让大仙孙水涛感动得再次流泪，他没有想到嘻嘻哈哈的金铃子还有这样细心的举动，温暖着他的军旅，温暖着他的人生，心生感动和爱意，这才是他寻求已久的伟大女神，是她实现了他那个久远的梦。金铃子敲响了他以后幸福的钟，他的唐山之行真的是人生中最大的收获。他见到金铃子，能说会道的嘴表达不尽内心的喜悦和感激。他再也不羡慕那城里的婚姻和爱情了，这一生有金铃子就足够。

这二人各领任务，再次回到锦朝市支队。

大神朱文成的任务是调动回到大东市，早日实现一家人团聚。虽说乔爱华让他等候号令，但是他知道他的华子恨不得日日和他厮守在一起。其实他心里还有另一棵草，就是小妹妹景珊娜回到了大东市，对于这个妹妹，他虽然没有实质想法，但是见个面聊聊天的想法还是有的，活跃活跃他的思想，激发他的灵感，还是蛮不错的。见面也要等景珊娜对他没有任何心思了才能见，他必须把握好这个尺度。他在大东市等候火车期间，去了一趟大东市武警支队，找到了赖支队长，表示了自己的想法，赖支队长对于这个从天而降的人才，当然是热烈欢迎。表示尽快和锦朝市支队以及总队领导沟通，办好这件事情。朱文成信心满满地回到锦朝市支队机关。

把工作调动到距离自己家近的地方工作，这是所有两地分居军人共有的想法。“苟利国家生死以，岂因祸福避趋之。”民族英雄林则徐这句诗可能更多地表达了朱文成等更多两地分居军人的心思，但家也是他们生命中最为重要的温暖港湾，也不能不考虑家的安全。他在锦朝市支队可以全身心地工作，回到大东市支队，同样可以把工作做得更好。即使照顾家庭牵扯到一定的精力，但不能说他的工作就会因此而受到影响，家好，心情好，工作肯定会做得更好。到哪里的部队都是为国家尽义务，尽好军人的职责。距离家近了，他的华子会感觉他就在她的身边，她会更好地全身心地照顾好他的母亲和儿子。要求调动也不能说朱文成自私，也不能说想回到家跟前的军人就不安心部队。最终能够调到家跟前的部队干部还是少之又少，更多的军人都在他们的岗位上坚守，守卫着国家，想念着亲人。

大仙孙水涛的任务是开具结婚介绍信，把他和金桂铃的结婚手续办了。他已经上车了，还没有买票，那车已经开出来很远了，再不买票就该出笑话了，更何况金桂铃已经快乐地中弹了。应当说孙水涛这个战斗队员，枪法还不是吹的，两次打靶两次准确命中。第一次和程青燕，第二次是和金桂铃。

孙水涛赶紧找干部股开好介绍信，等候金桂铃春天来锦朝市一起办理结婚证，并打算在部队举行一个军营婚礼。这几年支队年年都是全省的计划生育先进单位，这要让领导知道了他先上车后买票，肯定会很生气，那结果可不是好玩的。几年前有个干部因为在老家超生，被连续降了两级，从副营降为副连，立即转业。支队对志愿兵和干部的婚恋情况都掌握得很是严密，他孙水涛有天大本事也不能碰计划生育国策这个高压线。

两个人都有自己的任务，但是评副营的事情并不能放弃。大神认为，不管调到哪里，级别越高，位置越重要，如果他是副营了，那么到大东市支队，一年半载的还不安排个股长干干吗？那时候妻子在大东市随军，距离家里很近也方便。大仙认为，如果评为副营，金铃子可以马上随军，这是给她最好的礼物，她现在还是农村户口，随军后是城镇户口，即便是转业回到唐山的话，她家里有点关系，可以给她安排正式工作。现在在那个城关镇转为非农也是很难的，即便他们家条件不错，要很费周折还不一定成，哪如随军这么简单省事儿呢。

话又说回来，二人因为评副营的事情，表面上还是比较谦让的。大仙，你评吧，我不和你争了；大神，你评吧，我也不和你争了。这样谦让，彼此都不怀疑对方的真诚，彼此一想还是老乡加同学好。尤其是老排长修国岩的英雄事迹给了朱文成很大的感染和震撼：位置靠奋斗，不是靠争出来的。

春节后，支队各部门各岗位的干部全部到位。在机关干部中，才主任是比较有才能的老协理员出身，文字能力、管理水平都不是一般的，不苟言笑，一副眼镜玻璃瓶底儿样厚。才主任到任就在全处会议上发布了严厉的施政演说："咱们政治处是有敢打敢拼的顽强作风，工作争一流的优良传统，不容错误的完美追求，还有任务不完成不罢休的敬业精神。这些需要你们继续发扬。但是我想说的是，以前取得的成绩只是以前的，你们每一个人有多优秀多出色，在我的眼里现在全部清零，我只要成绩说话，我需要你们为这个集体夺回荣誉，那才让我高看你。我听说政治处还有什么'大神'呀'大仙'的，我认为这不是在表扬你们，这说明你们的工作和纪律散漫到一定的状态了，有能力有本事更要遵守纪律，我不管你们什么'鬼神'，我要看你的本事和能力。有成绩怎么都可以，有了错误和过失，绝对不迁就和轻描淡写。"才主任说完，然后用那威严的眼光扫视每一个人，用目光和每一个人对话，每一个人哪接得住这严厉的目光呢？如果接着这目光，让领导怎么想？是挑战还是不服？恐怕谁也不敢去接这个威严的目光。政治处的会议室里安静得掉针能听见响动，大家大气儿都不敢出。

领导明摆着是批评大神朱文成和大仙孙水涛的散漫，他们的工作性质是这样，也无法改变。第一次全体会议就拿他们开刀，难道我们就给以前的才协理员留下这么不好的印象吗？才主任犀利的目光在每个干部身上蹀躞徘徊，就像两根小鞭子抽在他们身上，让他们既有疼痛又有麻痒，着实让这二人心里有些不安。好在才主任又找过所有的政治处干部一个一个地交流，表扬了他们的成绩，希望所有的人都要放下包袱，好好工作。这才让他们心里稍稍踏实一些。

正月十四五，部队恢复正常的训练。新兵入伍的前一段时间主要是端正入伍动机政治教育和克服想家关等思想工作内容，训练主要是队列为主。春节后的新兵训练难度强度加大：擒敌训练、障碍训练、器械训练、夜间紧急集合、内务卫生、思想汇报、部队条令条例学习等一股脑儿就出现在新兵训练的程序里。一轮圆月勾起了新战士们的思乡情结，再因为部队高强度的紧张训练，三中队发生了跑兵事件。

而跑的这个兵恰恰就是大仙孙水涛从唐山农村接回来的。大仙孙水涛刚美滋滋地在唐山金铃子那里过完春节，回到锦朝市支队机关还陶醉在甜蜜幸福中，他开具了结婚介绍信，设想着和金桂铃的婚礼场景，沉浸在美好的憧憬中。突然接到这个消息，一下子从天堂掉进了地狱，从“天仙”变为了“地鬼”。

孙水涛在接兵期间都干什么了？除了搞对象就是搞对象，心思有没有用在接兵工作上？这个兵为什么要跑，接兵走访期间没有看出这个青年的思想问题来，孙水涛是怎么把关的？面对这样的批评和舆论，孙水涛心里很不服气。他走访这个兵的时候，了解了很多情况，都说没有问题，怎么到了部队就吃不下这个苦呢？人们把他搞对象和跑兵事情一联系，你做了多少工作，跑了兵都是白搭，都是责任。有人还私下戏谑：“让他媳妇儿来顶这个兵的名额，跑一个兵，接回一个媳妇，名额不多不少，正好 26 个。”

新兵忍受不了部队训练的残酷，出现逃兵现象是各部队每年都会出现的，也是绝对避免不了的。有的时候，接兵干部为了完成接兵任务，把部队说得天花乱坠。机关在城市里，连队在偏僻山沟里，就说部队在某某市里，错误地让应征青年认为这个部队都在大城市里。大城市对于农村青年来讲是很有吸引力：见世面，长见识，住高楼，看车水马龙……是农村青年当兵的一致的想法。当然孙水涛接兵的时候也不可能说各中队在什么样什么样的山旮旯里，他也要说部队在赫赫有名的锦朝市里。

支队首先责成孙水涛和三中队指导员祝宝强一起去唐山处理这件事情。

本次唐山之行，孙水涛心情极为复杂。跑兵事件是否影响到他的未来发展，心里鼓点不停。高兴的是又可以见到他想念的金铃子。兵虽然是孙水涛接来的，但是管理教育责任的板子就要落在指导员祝宝强的头上，所以这一路上，二人就成了难兄难弟，要共同面对责任处理。一想起来即将到来的处分，又你怪我我怪你，你埋怨他没有把好接兵的关口，他埋怨你没有尽到教育管理责任，争论不休。

到了唐山，孙水涛在这样的状态下，还不忘记以主人的姿态给祝宝强介绍他对唐山的所见所闻，还让金铃子给他们接风。带祝宝强到金家，看到祝宝强赞叹金家的富裕，他心里好不得意，这就是他孙水涛以后将会拥有的生活。晚上，孙水涛把祝宝强安排到镇上住单间，他住金家让金桂铃抚平他的“创伤”，金铃子面对突然出现的“小涛子”自然欣喜异常，对于孙水涛的“创伤”，自然全身心安抚。在金铃子抚慰下，孙水涛战斗力全开，那动静不亚于“唐山大地震”。

武装部刘振河刘辣子面对出现的部队干部才知道有了逃兵，心里也不爽，这么多年，自己选征的兵第一次出现逃离部队的，同样也是他的耻辱。“老子吃辣椒多年，怎么还吃出个臭辣子。这个龟儿子，给唐山丢大人了，看老子如何整治他！”说罢狠狠地咬了一口辣椒，咀嚼两口用力地吐远，那张常年因为辣椒而红的脸变紫变酱。

白天，孙水涛、祝宝强和刘辣子一道去这个兵家里做思想工作，希望他返回部队，继续服好兵役，可以从轻发落。但是这名逃兵不管怎么做思想工作，无论孙水涛如何摔手铐子拍桌子，就是不愿意回部队，忍受不了部队训练之苦。艮拧到这种程度，按照孙水涛、祝宝强和刘辣子的气头，三人依《兵役法》追究这名逃兵的法律责任，要把这小子送进监狱里判他个三年五载，越重越好。后来这名青年的家长找到当地武装部、当地法院，也找到他们，坦诚这个孩子年轻不懂事，心智也不成熟，认罪态度较好，当地法院按照《兵役法》中的拘役和罚金两项处罚，拘役一个月，罚金 10000 元。

这样一来，大仙孙水涛因为跑兵的事情，给新的主任来一个“开门绿”，印象打了折扣。不过，保卫股张股长是欣赏他的工作成绩的，多次在才主任面前美言，才渐渐让才主任心气平和了一点儿，孙水涛和三中队祝宝强各自书面检查，通报批评，警示全支队。

大仙孙水涛对大神朱文成说：“我用实际行动证明，我不和你竞争评副营职，你要多努力，哥们儿绝对是讲究之人。”

朱文成还真的从孙水涛跑兵事件看到了百分之百的希望，让他高枕无忧。但是他不能让大仙买了好：“你呀，你本质上没有这么高风亮节，不过呢，我还是要感谢你给了一个机会。”

大仙一副垂头丧气说：“哎，人算不如天算啊。”

大神安慰大仙：“这算什么呀，比起你那美丽的金铃子来，不足挂齿，你这不又给自己创造机会去会金铃子了吗？”

是啊，金铃子是上天赐给他孙水涛的幸福铃铛。

春天的天气干燥，清明节是传统祭祖上坟的日子。那一天锦朝市郊区的锦山上发生了一起因为烧纸引燃一片森林的事故，附近锦朝市支队十四中队战士见到火情后，马上组织了50人前去扑救。十四中队因为距离较近，再加上以往有过这样的情况，反应比较迅速，扑救及时，大火很快就被扑灭，过火面积有个10000平方米的样子。事后当地森林公安部门和林业部门也到支队表示了感谢。这是一件很好的新闻事实，结果大神朱文成突然犯了新闻人常犯的错误，什么“夸一夸、拔一拔”“合理想象，搽脂抹粉”或者是朱文成根本就不懂得火灾的规模和等级。反正在这篇报道里用词猛了点儿，写成特大山火，淡化了过火面积。把火势写得极为猛烈写得极为恐怖，把武警官兵写得英勇传神。

省报刊发后，省林业厅和省林业公安部门按图索骥，发现这只是一个一般的森林火灾，森林大火要到了特大级别，过火面积最少要在10000公顷，就是10000万平方米以上，才算是特大火灾事故。这一下，省林业厅和省林业公安就和省报不干：省报编辑是如何把关的？省报就和总队政治部不干：你们部队的新闻干事是不是都吹牛出身？锦朝市林业局和林业公安也找到锦朝市支队不干：夸大其词，无形中加大他们的事故责任，给他们造成极为不良的影响，要支队说道说道。支队领导赶紧出面灭火，朱文成被才主任骂了个狗血喷头，朱文成左一篇检查右一篇检查写起来没完没了，写检查的日子就如同炼狱一般。最后结局是省报封杀所有锦朝市支队新闻稿件，朱文成被全支队通报批评。

这样一来，这对难兄难弟彻底与评副营职拜拜了，政治处把评副营职名额给了其他部门，其他部门积分末位有拾漏评上副营的，心里很是感谢政治处的这两位大神和大仙，见了大神和大仙二人，还抱拳：感谢！感谢！让朱文成和孙水涛无地自容。

他们这才真正明白，他们还修炼不够，功力很是太差，不知道还需要修炼多久才能得道，才能成为真正的神和仙。

大仙孙水涛还和大神朱文成开玩笑：“这可怪不着我没有给你机会了，是你自己不好好把握。”

大神说：“你我都是同一战壕的，我哪能抛下你不管，独自去享受荣华富贵？我在高处也不忍心看你在低处受苦啊。”

大仙说：“看来，我要评不上，你也休想评上，什么时候我评上了，你的副营职再说吧。我告诉你啊，以后再有机会千万别和我争啊，争也没有你的，要不然还是你今天这个下场。”对于自己没有评上，自己的万分难过，对于大神没有评上又是幸灾乐祸。

大神听出了大仙画外音：“呵呵，好像你今天的下场比我有多好似的。看来这个副营职，你一定要评在我前面了呗？你别自我感觉良好，我看未必。”

大仙说：“你干脆放弃吧，你没戏了。”

大神说：“你才没戏呢。”

都这个经劲儿了，这对活宝还不忘记斗嘴争个高下。

人非圣贤孰能无过？成长的道路本身就不是一帆风顺的。但是在部队，如果有一次失误，或者犯了一次错误，你要用一百件好事和功劳来挽回人们对你的负面评价，因为人们习惯性用老眼光看人。你离开部队多少年以后，人们谈论的不是你给部队带来了多少荣誉和功绩，人们往往津津乐道的还是你曾经的过失和错误。

“什么？你要调走？”才主任厚厚眼镜片后的大眼珠子一瞪，他完全不相信朱文成会给他上眼药。这不是拆他的台吗？他刚来，新闻干事就要走，朱文成一走，新闻报道任务肯定是不好完成，新闻报道任务完不成，那么全总队的先进政治处就评不上，前几任主任都能拿回先进政治处的奖牌来，到他这里就完蛋啦？是政治处整体无能还是他这个主任才协民无能？

才主任没有想到朱文成关键时候想开溜。说实在的，“特大山火”事件，他没有过重地处理朱文成，顶多就是让他写了几篇检查应付各级部门，那也是必须的。对于朱文成的才能，他还是很认可的。

“你先踏实地干着，领导不会忘记你的贡献和成绩的，这么多年都坚持下来了，还怕这一两年吗？再说你现在处于上升进步的关键时期，哪能轻易就放弃呢？今年没有评上副营，并不代表明年评不上。”才主任苦口婆心地安慰朱文成，目光和善了许多。

这样，才主任在不远处给大神朱文成亮起一盏灯，朱文成放弃了调走的想法，他想为新领导再拼上一年，有个说法再走也不迟。更何况，他的妻子乔爱华还没有松口让他调大东市呢。

也许就是这样一步善意的挽留，给朱文成带来了终生的痛。

第三十章　遥远的回声

春天万物复苏，天干物燥中有的人欲望在膨胀，就像那些发情的动物一样，冬季养精蓄锐以后，春天到来，开始四处寻找目标。

朱文成忙碌的同时，妻子乔爱华在家乡小山村也开始了田园里的忙碌。

乔爱华写信告诉她的成子，让他想办法调到大东市里，那样他们的实际距离近了，心的距离也更近了。她和这春天一样，看到了不远处的希望和美好的未来。虽然有那个女大学生景珊娜在大东市，估计有她这个严妻，朱文成不敢有什么造次，她乔爱华不是吃素的，小丫头也不可能挑战她这个军嫂，一说军嫂，那就是军婚，谁敢挑战？想到此，她心里释然。这些年朱文成的表现还是让她放心和满意的。这样想来，生活有了奔头，有了目标和方向，干什么都身心愉悦，步履轻盈。

乔爱华在愉快的劳作中，就忘记了那双眼睛，那双邪恶的眼睛。因为好几年没有出现过意外情况，她也就放松了警惕，认为人是能够改好的。有时候面对王三麻子的招呼，她也就简单地回应一声。她也认为她婆婆那句话吓唬住了王三麻子，让他不敢对她有什么想法，婆婆同她一样，防护王三麻子的心放松了。

婆媳二人这样想，并不代表王三麻子这样想。自从出狱这么多年来，他就没有停息过对女人的追逐。他做梦都想得到乔爱华的身体，在他眼里，乔爱华就是用化肥催熟了的桃子，肥美鲜嫩，身体柔软得像冬天里放久了的大红柿子一样，肯定比那些干瘪的大姑娘小媳妇有韵味。他的嗅觉像狼一样灵敏地盯着乔爱华这块肥肉，张望着她的一举一动。前两年因为朱老汉雷人的眼珠子，那眼珠子在警告他，那眼珠子里射出的每一道目光都如同一把利剑，要把他的心剜出来，要把他的皮割下来，吓得他不敢动弹，谢天谢地，朱老汉死了。但是没有想到乔爱华的婆婆还摆出一副和他玩命的姿态，这个老太婆说到做到，他不能不顾忌一些。有次他骚扰乔爱华的时候，没有想到泼辣的乔爱华让他把他那玩意儿在大庭广众之下亮亮相，看看合不合格。他没有想到这个女人这么老辣，看来心急吃不了热豆腐，还要一步一步慢慢来。他的两个哥哥和老爹老娘虽然管不了他，成天也说，到时候别给家里惹什么麻烦，惹下麻烦不好收场，他也不得不收敛一点儿。但狗是改不了吃屎的，坑蒙拐骗是他的职业，吃喝嫖赌是他的本性。他没事儿就去大东市里游逛几天，回来胡扯一些市里的新闻八卦，蒙骗几个头脑不开化的女人。尤其是把性开放讲得生龙活虎，描得绘声绘色，摧垮女人的性防护意识。时间长了，还真有几个意志不坚定的大姑娘小媳妇被他哄骗上了床。

乔爱华家的马肉还真的很好吃，虽然不比驴肉，但味道也差不了哪里去。王三麻子把剩下马肉拿到同发镇里卖掉，得了一笔小收入。他看到乔爱华找上家门口，没有敢走进他的院子，他不知道乔爱华是犹豫还是胆小。那天他已经做好乔爱华挑衅的准备，扔掉的东西就允许别人捡回来，捡东西不犯法。过了些日子，乔爱华见了他就躲着走，他知道这个女人不会有多大的能水，她一定比马肉更好吃。

很多人对吃不到的东西根本不去想。而有些人正相反，越是吃不到的东西越渴望，越是要想办法吃得到嘴里才感觉香甜。这就是王三麻子面对身在近处又迟迟得不到乔爱华的饥渴心理，占有乔爱华的欲望已经填满了他的全部大脑。他无时无刻不在寻找机会，想办法准备实施他的罪恶行动。成功地吃到乔爱华的马肉，是他胜利的第一步。

乔爱华不理他，他就主动理乔爱华："乔爱华，你家有什么事情，我王回明马上就给你办，家里没有个男人什么都干不动。"

"用不起，谢谢你的好意。"

"你看，帮助你，也是稳定军人大后方嘛。"

"黄鼠狼给鸡拜年。"

王三麻子见乔爱华软硬不吃他那一套，他想了一个极为恶毒的损招儿：你不就是看重你是军人妻子的名节吗？我就毁坏你的名节，打垮你的精神防线。他隔三岔五很早就到乔爱华家院子门口，把一只又破又臭的烂鞋挂在乔爱华家门口：向人们表示这家女主人是不正经的"破鞋"！这家婆媳二人一个是老寡妇，一个是丈夫不在家的"活寡妇"。然后编造乔爱华某天某天和人在什么地方野合了，子虚乌有地说得真真切切，好像他在场逮住了似的。即便人们不相信，但搁不住经常有人把破鞋挂在乔爱华家的大门口上。

时间一长，宁可信其有不可信其无的人们知道乔爱华和她婆婆在外"搞破鞋"。

屯子里的妇女们闲聊就说乔爱华如何如何，说还是什么军人家属，原来军人家属就是这个样子“搞破鞋”的。还说乔爱华就是一头喂不饱的老母猪，又肥又大……言语难听极了，见了乔爱华，人们却三缄其口不再言语，但是很多话就是故意说给她乔爱华听的。

乔爱华和她婆婆为此事相拥而泣，是谁看不得她们好，得罪了谁，要让她们出丑，毁坏她们的名声。娘儿俩夜间轮流地守在院子门口要抓住这个挂破鞋的人，说也怪，娘儿俩准备抓这个贼人时，竟然没有人来挂了，一旦放松了警惕，第二天早上肯定有一只破鞋挂在门上。

因为破鞋的事情，心眼有点儿小的婆婆就旁敲侧击乔爱华：“文成家里的，我知道你不是那样的人，但是咱们还是要把自己家的篱笆扎结实了。”

“文成家里的？”这是什么话？这样的称呼对于乔爱华来说极为刺耳，公公婆婆从来都是叫她“爱华”，又亲切又自然。“文成家里的”这样的称呼看似正统实际上很冷漠，让她从来没有觉得有今日的如此生分。这是婆婆不信任自己啊，娘儿俩天天在一个锅里吃饭，低头不见抬头见，连个红脸的大话都没有说过，怎么婆婆就不信任自己呢？还用这样的称呼，用这样的称呼提醒自己是朱文成的老婆。朱文成是干吗的？是军人，那意思让她别忘记自己是军人家属的身份！一想到此，乔爱华的眼泪就流了下来。别人误解自己还好，可怕的是亲人误解自己。她没有想到这个老太太竟然有这样的心机。

“娘，你还不知道我是什么样的人吗？我是不珍惜咱们这个家的名分呢，还是不珍惜文成带给咱们家的这个荣耀呢？你怎么能够说这样的话呢，你看我什么时候没有把篱笆扎结实了呀？”乔爱华生气地对老太太说道。

“娘相信你呢，娘就是嘱咐一下你，没有别的想头。”老太太一看儿媳妇这样说，感觉到自己的言语有些重了。

“我对文成说过，我这篱笆要让野猪刨了，我就从倒背崖上跳下来。我乔爱华说得到做得出。”

“娘嘱咐你两句不成吗？”儿媳妇给自己的语气并不柔顺啊。

朱老汉在世的时候，周红妹只能是服从的角色。这个羸弱的老太太从朱老汉死后，不自觉地摆出了家长的架势，她的地位和尊严为最大，长者的威严不自觉地就体现了出来。即便是老伴的去世摧毁了她的精神，身体也随之垮了下去，但她作为婆婆的威严和气势依然在展示，“一家之长”的地位还在支撑着她的岁月。她的一双眼睛虽说强装凛凛有威，但是同她羸弱的身体一样已经没有任何力度。

“成!”乔爱华一转身回了西屋，眼泪像决堤的湖水，越过泪槽倾盆直下，她知道婆婆因为儿子是军官而自豪，但是对这个农村户口的儿媳妇总是有些轻视，她感觉得出来。她理解婆婆的孤单和寂寞，在家里处处谦让着婆婆，尽量让婆婆有个快乐的心情，一起把家里的日子过好，这个家里没有了大男人，不能让人看日子的笑话。

乔爱华只能把事情做得更好，她不能和婆婆闹矛盾，不能生分了，这个家不团结，正是坏人需要的。“破鞋”过去很久，婆媳俩依然相安无事，但在婆婆心里怎么都有些不舒坦。老太太就有些疑惑：是不是乔爱华真的有什么事情。儿媳妇也给她分析过这是坏人的一个恶毒招数，要摧垮她们的精神和意志，要分裂她们娘儿俩的团结和睦。她也知道乔爱华不是那种人，但有时候仍不由自主地往那方面猜疑。

儿子武匠也问：“妈妈，小朋友问咱们家有多少破鞋，咱家有破鞋吗？”儿子的问话，在乔爱华的心口窝上扎钢针，一针一流血。

好事不出门，坏事传千里。“破鞋”八卦传到娘家人的耳朵里，也让娘家人一顿好训：“小华子，你要是真的做出对不起朱文成的事情，别怪我们把你的腿打断，不认你这个女儿。”娘家的亲人也在她心口窝上无情地捅了一刀。

在同发镇，孙水仙问：“嫂子，那些谣言不会是真的吧？”

“你如果不相信你嫂子，就当咱俩不认识。”乔爱华没有想到孙水仙会这样问，也是不相信她。

“相信，相信。”孙水仙看到乔爱华一脸的愤怒，赶紧赔笑。

“我乔爱华如果真有这样的事情，我就从倒背崖上跳下来给你们看!”

“嫂子，千万别做傻事啊，有什么事情，大家一起努力解决。”

“没事儿，你嫂子自己会处理好的，放心吧。”

这件事情，不会有别人，肯定是那个没有安好心的王三麻子干的！眼中的愤怒通过泪槽挂在脸上。仇恨与愤怒从此在乔爱华心中积累，她作为一个明事理的初中毕业生，一个光荣的军嫂，岂能容许这样污蔑她的名声？她在心里盘算着，怎么样才能洗清自己的耻辱。

更可恶的是，“破鞋”传出了不久，院门口正上方那块“光荣军属”牌匾，有人往上面扔了泥巴砸了石头。见到这样的场景，乔爱华心中的怒火恨不能点燃朱家屯。这块“光荣军属”牌匾是朱文成带给朱家人最高的荣誉，是她乔爱华用生命珍惜的荣耀，她每隔一段时间都会摘下来擦拭，让那个木质牌匾光洁如新，时间长了，那黄底红字有些被磨掉，她会找来红油漆描好。她像爱惜自己的眼珠子一样，爱护珍视这块牌匾。给她挂“破鞋”是对她个人的侮辱，那么损毁这个牌匾，就是对这个家庭的侮辱！就是对朱文成的从军奉献的侮辱!!

不行，她一定要捍卫她的尊严，捍卫这个家庭的荣耀，要不然，她对不起成子封给自己并认可的“天下第一军嫂”这个名号！这样想的时候，她反倒冷静了下来。她一个弱女子，孤儿寡母带着老，怎么去捍卫？她没有任何招数，一脸茫然地望着这个家。她在心里只盼望朱文成快快评上副营职，她可以带着武匠随军，离开这个是非之地，躲开给她屈辱的恶人。或者盼望朱文成赶紧调到大东市里来，距离家近，对家有个照应。这样的想法维系着她作为农民的坚强，也吞下王三麻子给予的屈辱。

王三麻子的第二步又成功了，他看到乔爱华再一次选择了忍让，知道成功不会远的，人肉一定比马肉好吃。那一日，他在破屋子里还想如果乔爱华找上门来，他应该如何应对，结果这个女人在院子门口犹豫一下就走了。他追到院子门口，看到乔爱华远去的背影，忐忑的心踏实了下来，谅这个女人也不能把他怎么着，还不是连个屁也不敢放就走了吗？淫秽一笑，这个女人早晚会属于他。于是，他就一步一步地践踏着乔爱华的底线和尊严，走向罪恶。

倒背崖下面的那块地该耕了，农时误不得，误了了不得；农时三阴（节气前后三天），宝贵如金；三天不种，一年白弄。种早了苗出不齐，影响收成；种晚了庄稼熟不了，影响下一季。

乔爱华找到朱家会犁地的长辈，希望换工帮助她把倒背崖下面的那块地犁了，当她叔叔长叔叔短地找去，发现这个叔叔没有以前那么友好，以没有时间为由拒绝了她。她又去找到屯里其他会犁地的把式去换工，其他的犁把式也都说没有空。问什么时候有空，都说十天八天后。十天八天后，还不把庄稼耽误了吗？以前没有出现这种情况啊，朱老汉给屯里人哪家没有服务到位？怎么这才两年时间不到，她公爹朱老汉的人情面子就用完了？她百思不得其解。

找到第四个犁把式，这个犁把式看到乔爱华大叔长大叔短地叫，心里不忍心，但他又不敢给乔爱华犁地。他说：“文成家里的，你别跑了，都是那个王三麻子不让我们给你犁地，说我们谁帮你把地犁了，就收拾我们全家，恶人惹不起啊，你要想犁地，就去找他，哪怕你不给我们换工都成。”这个犁把式摇摇头，无奈地叹息一声。

乔爱华全明白了，这是王三麻子计策啊，这不是明摆着让我去求他吗？求他能白求吗？司马昭之心路人皆知。

愤怒再一次冲上眉梢，她想去找王麻子要个说法，但是在回家的路上又一次冷静下来：去找王三麻子，无异于羊入虎口。

心里一遍一遍地念叨：“成子，赶紧调回大东市来吧，咱们不要地了，我跟你到市里做个小生意去，有妹妹文玥帮衬照顾咱妈，咱们也能把日子过好的。要不你的副营职赶紧评上吧，我有理由去找你，武匠上学也就没有问题了。”一老一小的实际问题，阻挡了乔爱华进城的步伐，她知道自己必须守候，还要等候，好在日子不会太遥远。

越是恶人欺负强烈的时候，乔爱华的心中向往越急切，迫切到恨不得明天就能改变现状。

“算了，还是去找娘家哥哥吧。”他王三麻子再如何，他总不敢去威胁自己的娘家人吧？

4 月中旬的一天上午，娘家哥哥帮助把倒背崖下那一块 2 亩多的地耕了一遍，哥哥连午饭都没有吃就赶回娘家了，约好第二天再过来下种。下午，她就拿铁锹和钉耙给那块地整整平，顺便把那些边角没有耕到位的，翻掘一下，第二天好播种。十多年的农活，尤其是嫁给朱文成以后，乔爱华已经把自己锻炼成里里外外的一把好手，做地里的活儿不惜力气，干家务不厌其烦，怎么劳累心里都是快乐的。2 亩多地的整平，加上四个边角的重新翻掘，这是一个大男人的活儿，让一个女人来做，可见劳动量之大。

地块外面的那块斜坡上，是朱老汉的墓地。乔爱华在劳作中，感觉老人只是休息了，还在旁边不远处看着她，欣赏着她，赞许着她。没有乌鬃马陪伴，老人略显孤独，好在有他心仪的土地，还有这丰收的庄稼。老人不会太寂寞，因为他还是倒背崖下这片土地的主人。

天渐渐落晚，乔爱华的影子落在地上，从短变长，直到太阳完全落山，将她的影子埋在倒背崖下面的土地里。她又直了直腰，利用最后的天光，把最后的几锹铲完，不留后犄角，明天可以按照预想播种。

等到弄完天也黑了，把她也快累死了，浑身像散了架似的，一点力气都没有，扛上铁锹和钉耙准备往家里走。快乐的心情洋溢着，在全家人眼里，这是一块上好的土地，只要精心，秋后会有很好的收成。那个时候她的成子肯定能评上副营职，她只有这半年多的辛苦，半年多的辛苦也不算啥。婆婆在家里肯定把晚饭做好了，儿子也会在门口张望。

乔爱华这样想着的时候，王三麻子不知是从什么地方钻了出来，就把乔爱华扑倒在地。

“谁？”乔爱华惊恐地问。

“我，你不是要让我亮亮家物什吗？今天我让你享受享受我的家物什有多厉害。我王三麻子不仅要吃你们家的马肉，我还要吃你们家的人肉。”王三麻子恬不知耻地说。

羔羊哪里抵挡得住恶狼？毫无力气的乔爱华只能徒劳地抵抗着，死命地攥住裤腰带不松手。她刚要大喊，就被强悍的王三麻子捂住了嘴：“你给我老实点，只要你乖乖地从了我，咱们怎么都好说。否则，我让你全家不得安生。你要搞出什么事儿来，我王三麻子什么都不怕，在我进监狱之前，先把你儿子整死！我说到做到。”

武匠是他们全家的命根子和希望，这个无赖竟然要对她儿子下手！一听这话，乔爱华无力地松开攥住裤带子的手，任由无赖盘剥着她的身心，玷污着她的身体。她已经撕巴不过这个无赖和流氓，她没有丝毫力气抗争。她后悔忙碌中放松了对这个恶棍的警惕，她好悔恨啊！她没有想到王三麻子第三招没有成功后，就直接上手欺负她。

她好希望公爹能突然从墓穴里走出来，阻止这头恶狼的欺凌。坟茔沉默在黑暗中，山风呼呼，摇曳着树叶唰唰啦啦地响动。她好希望倒背崖能够突然倒下，砸死这头凶恶的狼，然而，崖峰耸立，静默不语。

泪水在黑夜中流了下来，在她的脸上有些冰凉，这个无赖在她身上没完没了地折腾，她感觉时光是那么漫长。那一晚是她终生难忘的耻辱：清明节后的第一个周日傍晚，黑黢黢的倒背崖掩盖了这一幕的罪恶，山风刮走了她无声的抽泣。

对于王三麻子来说，乔爱华的身体就像气球里装了水一样光滑，像刚揭开锅的发面馒头一样柔软，像阳光暴晒过后的棉花一样蓬松。王三麻子满足地吹响了得意的口哨：“丰满女人就是舒服，比那些干柴火强。这就对了，以后我再找你的时候就像今天这样啊，别给我找事儿，否则别怪我对你们家武匠不客气。”占有乔爱华，满足淫欲，成就了这个魔鬼多年的征服欲。

“王三麻子，你给我记住，老娘也不是好惹的。”乔爱华有气无力地说了一句，泪水再一次无声地流了下来，终于让这个恶棍得手了。

“我倒要看看你是怎么地不好惹，你不想要你们家武匠有个三长两短的话，你就给我放老实点儿。”王三麻子知道哪些是女人的关键点和命门。

“你给我滚！我儿子武匠要少一根毫毛，我都会和你没完!”乔爱华用尽全身的力气大喊。

漫长的回家路，乔爱华不知道是怎么挪动的。她背后就是高高的倒背崖，她是不是应该爬上去跳下来，但是第二天谁知道她又是怎么死的呢？天黑不小心摔下了山崖，她的命就这样不值一文？年轻的她何曾想过生死，最多就是担心过成子的安危。没有料到，死亡的概念会在她心里发芽，但她又不停地想以后武匠怎么办？她爱的成子怎么办？这个家怎么办？她还想到如果告诉婆婆，按照婆婆的性格，不可能不去寻死觅活，如果真的死在王三麻子家，王三麻子再狗急跳墙地祸害儿子武匠，她怎么对得起死去的公公，怎么向朱文成交代？想办法保住这个家的念头逐渐在乔爱华脑海中占了上风。

想到这里，乔爱华变得冷静，擦干泪水，一步一步地往家里拖动自己沉重的身体。

“妈妈，你怎么才回来呀，我都困了。”

“困了，就先和奶奶睡吧。”

“不，武匠要等你。”

“文成家里的，没什么事儿吧？看你脸色也不太好，活儿也不是一天干的，干嘛要那么赶晚？”自从“破鞋”之后，婆婆始终就和她称呼“文成家里的”，她难过她委屈，时间一长也就适应了这个称呼，她本来就是文成家里的，婆婆也没有恶意，她也就随时应答婆婆这样的称呼。

面对婆婆的询问，她没有吱声儿，她说地里的活儿太多，才弄完。然后她疲惫地上了炕，脱下外套就睡了，婆婆端来晚饭，她也没有心情去吃。婆婆只当她是累过了劲儿，没有力气吃饭，心疼地劝她：“活儿是干不完的，干多少算多少，打多少收多少，身体要紧。”

她没有说话，只是喃喃地说休息一会儿就好了。疲惫加上身心的摧残，很快就让她进入了梦里。

在梦中，她看见有个强盗来到自己身边，从她手里抢走了儿子武匠，她一边哭喊，一边追：给我儿子，还我儿子。又看见那人高高地把武匠举过头顶，狠狠地往地上一摔。她喊着武匠武匠，儿子一声不吭。她又看见朱文成到她面前，问到亲爱的华子，你还好吗？我想你了。然后又翻脸无情地骂她，你是怎么照看这个家的，怎么照管儿子的？一串串的梦中场景惊醒了乔爱华，醒来后才发现四周一片漆黑，点上蜡烛，儿子在自己旁边睡得香甜，她紧紧地把儿子搂在怀里，泪水又不争气地流了下来。天暖了，婆媳不再同一铺炕上睡觉，儿子有时候和自己睡，有时候和他奶奶一起睡。

夤夜阒寂，无情地漠视她流泪的面孔。她感觉到自己的身体已经脏了，怎么面对她的成子？她已经不配共和国军人妻子这个称呼了，她不配再拥有“军嫂”这个称呼。她的成子把“军嫂”用文字赞美得无限崇高、无限伟大，她已经不再伟大和崇高，更对不起那个“天下第一”。她已经被流氓和恶棍玷污，她已经不配再拥有这个光荣的称呼。这也许就是朱文成的高明之处，用几首诗歌和几篇散文赞美她歌颂她打动她，给她个虚无的封号，然后让她心甘情愿地为他守候，为他奉献。她好想她的成子就在她身边安慰她，陪伴她。她哪里知道这个时候的成子正在部队上写着没完没了的检查呢？在检查不过关的煎熬中呢。

婆婆周红妹也疑惑她儿媳妇的表情。春种秋收是一年中最忙的季节，乔爱华每天都要忙碌地里的农活到很晚，粗心的老妇人在儿媳妇的遮掩中并没有发现有什么不妥。

日子还是要继续的，如何面对朱文成，她想不出个头绪。该干什么还是要正常地干什么，日子是要紧的。随着时间推移，心中的仇恨竟然钻进某个角落里，不再露头，如果王三麻子不再骚扰她，她也许会隐忍下去，等待那个离开朱家屯的日子。

这期间，乔爱华连续两次给朱文成写信，第一封信问朱文成的副营职评得怎么样了？第二封信说如果副营评不上，就赶紧调到大东市里来吧，她实在是不能忍受了，这么大一个家，她一个弱女子承受不了啦，需要他离家近点有个帮衬。发走信以后，她就恨不得天天长在同发镇林记食杂店里，问孙水仙有没有她的回信，每次孙水仙都摇摇头。孙水仙知道乔爱华在朱家屯一些传闻，她不再逗笑乔爱华，每次直接摇头。看到乔爱华失望地回返，孙水仙知道这个女人遇到了难处，孙水仙想问又不敢问，乔爱华是性子烈的女人，哪句话问不对，还不点了她的林记食杂店啊。自从上次孙水仙那样问话以后，乔爱华和孙水仙的话唠得明显少了。

一个月以后，倒背崖下面那块地的玉米苗长了半尺高，间苗过后，疏密有致，青绿一片，和周围的山色呈现出世界大同。乔爱华每天都忙碌，淡忘着那不堪记忆的那个夜晚。乔爱华正常的大姨妈没有来，她突然有些馋嘴了，还伴有恶心。婆婆周红妹一看，儿媳妇是不是有孕了，怎么儿子走了很长时间了，儿媳妇现在才表现出怀孕来？老人问乔爱华，乔爱华说这些日子太累了，肠胃有些不舒服。老人还是让乔爱华到乡里的医院去检查，乔爱华不敢去，她知道结果出来，无法面对婆婆，只是说过些日子就会好的，忙过去了再去医院。肯定是怀孕了，乔爱华对自己的身体还是了解的，这绝对不是她和朱文成春节期间的结果，这样的事情只有她自己最清楚。心中不禁对王三麻子大骂："王三麻子，你个王八蛋，造孽啊！"她又在思考如何处理掉这个孽障，她绝对不能把这个野种生下来。她在婆婆疑惑的眼神中小心翼翼地应对，她在想着办法。

"文成家里的，咱们家可是一定要把篱笆扎牢了，不能让野狗进来。"婆婆阴阳怪气，一下子就捅到了乔爱华的心窝里，婆婆很大程度上不信任她了，她没有必要和婆婆对倒。

又过了半个月，儿子武匠突然对她说"妈妈，你身上怎么那么臭呀。"小家伙直言直语提醒乔爱华，她天天忙忙碌碌的，忽略了自己身上的味道，因为劳碌的汗臭和女人本身的味道，让她自己没感觉到有什么变化，儿子这样一说，她才注意起自己来，"以前的妇科病也没有这么大的异味啊。"这一怀疑，她利用上厕所的时候看了自己下面，发现有少许微小淡红色丘疹，还有瘙痒的感觉，小便的时候还有灼痛，分泌物有刺鼻的臭味儿。她首先想到的是这王三麻子把脏病传染给了她！她咬牙切齿地拽了拽自己的头发，愤怒点燃仇恨的烈火，成为扑不灭的火焰。

第二天，乔爱华和婆婆说要去部队找朱文成商量点事儿，也顺便看看朱文成，因为朱文成很久没有写信回来了。

"去吧，别走了岔道。"周红妹知道她阻拦不了乔爱华，她没有那个能力，只有这丝苟延残喘的气力，含沙射影的话语又像刀子扎得乔爱华心里疼痛。

乔爱华去大东市经过同发镇，又一次没有见到朱文成的信。孙水仙对她摇摇头，镇里的邮递员面对她的热情，也无奈地摇摇头，乔爱华的心彻底凉凉了。她想打个长途电话给朱文成，又怕费钱，又怕通了后文成还不在，即使在，那么长的线传过来都是哧哧的蚊子声音，她犹犹豫豫地离开了邮电所。"成子，你怎么啦？以前每次去信，都会很快回信，你怎么啦？你怎么还不回信，你要害死老娘吗？"

乔爱华很想去部队找朱文成问个究竟，但是她和他刚分开才三个月，她去部队是不是会影响他？一年之计在于春，这个时候的成子肯定是最忙的时候，如果去了，自己的脏病怎么办，是不是要传染给成子，那时候成子会说她的篱笆让野猪给拱了，她怎么办？

一路的不开心，一路的胡思乱想，乔爱华来到大东市人民医院，挂了妇科号，医生很热情地为乔爱华做了妇科检查，结果真的和预感的一样：早期尖锐湿疣！她一下子变得麻木了，变得机械了，和蔼的医生告诉乔爱华如何如何治疗，应当注意事项，还给她开了药方。这个病如果减轻心理压力，吃点药，注意卫生，很快就会治愈的，但心理疾病是永远难以治愈的。

那一晚，在大东市里的招待所，乔爱华拼命地用水洗着自己的身体，她太脏了，她对不起朱文成，她不能把一个很脏的身体给朱文成。一晚的彻夜难眠，她想了很多很多，她想了几十种方法，不断地否定，又不断地肯定，最后在心里论证了多少遍，该如何做，才沉沉地睡去。第二天很晚醒来以后，给她的成子写了一封长长的信，她要用实际行动证明给她的成子，倒背崖已经结结实实地压在她的心上。

几日后，回到朱家屯的乔爱华，告诉母亲，成子很好，就是很忙，不能回来。她一改自己知道检查结果的屈辱低落表情，她不管人们怎么看待她，她都热情地和村里人打招呼。在家里，她不再抚摸儿子，不再和儿子有身体上的接触，她让儿子和他奶奶一起睡。

她见到王三麻子不再是黑着脸，给王三麻子热情的笑容。让王三麻子又有了很多心思，看来这个女人已经被自己征服了，有了第一次想第二次，饭吃得再饱，也有饿了的时候。不过，这个女人这么快就给他笑脸，是不是有什么猫腻，他还不能轻易被这个女人的笑容迷惑。

再后来乔爱华见到王三麻子的时候，主动告诉王三麻子，她怀了他的孩子，她要离婚嫁给他。王三麻子怎么也不相信这个女人转变得这么快，当乔爱华把孕检证明拿给他看时，他还对她半信半疑。王三麻子逐步放松了对乔爱华的警惕，自从第一次上了她也有两个多月了，乔爱华也没有找他算过什么账，她婆婆也没有死到他家里去，他知道乔爱华没有把这件事情张扬出去，说明乔爱华刚烈地要立牌坊是假，是装样子的表面文章。

于是他试着约乔爱华在某个晚上时间，还到那个树林里去，没有想到乔爱华答应了。

“回明哥，我不想这样明不明正不正地和你搞在一起，我要让你光明正大地娶我。”

“我随时都可以娶你，就看你什么时候能离婚。”王三麻子没有想到乔爱华破罐子破摔，见木已成舟，主动往他身上贴。有这么能干的女人，他这辈子还愁什么？她在家种地，他王回明依然可以在外逍遥自在，她给朱文成干活也是干，给他干活也是干，给朱文成干活是守活寡，给他干活，还可以被他滋润。面对乔爱华问他什么时候可以和他结婚？他反过来问乔爱华什么时候离婚，他们就结婚。梦寐以求的女人不但不记恨自己，反而要嫁给自己，这是多么美的事情呀，看来光棍的这个名称不属于他，幸福是要靠征服就能得来。

“那你从今往后，不能去招惹别的女人，我不会嫌弃你。”乔爱华一本正经地对王三麻子说。

“行，行，只要你嫁给我，给我生下儿子来，我可以痛改前非。”

“那你给我起誓!”乔爱华很是认真地要求王三麻子。

“我王回明如果再去招惹别的女人，我就不得好死!”王三麻子信誓旦旦。

“回明哥，其实那一次以后，我感觉你比我们家那个书呆子强壮多了，你才是最适合我的男人。”乔爱华装作很甜蜜很温柔地偎依在王三麻子怀里，说着还抓着王三麻子的手去抚摸她的胸脯。

“还有，你不能要挟别的犁把式和我换工，要不然地没有办法耕种了。”

“行。但是我说，你都要嫁给我了，你还想那么多干什么呀？”

“不行呗，我要善始善终。”在黑暗中，乔爱华给了王三麻子一个甜甜的吻，湿热的气息装满了王三麻子脸上的麻坑。

又经过几次约会，王三麻子这才彻底相信了，这个女人已经完全属于他，已经离不开他的强壮了，这个女人所有的心思全在他的身上，对他绝对是死心塌地，他也放松了对乔爱华的戒备。

那些日子王三麻子的心都在乔爱华这个女人身上，他没有工夫去招惹其他女人。他一直在问乔爱华什么时候能够离婚，乔爱华说，等她忙完了这段时间，肚子大点儿了她再去部队找朱文成摊牌，反正她的名声已经让他搞臭了。因为这个名声，乔爱华还很生气地拍打王三麻子，抱怨他。王三麻子说那不是爱你才那么操作的吗？乔爱华也主动约王三麻子到那片树林里，说那片树林是他们爱的纪念地。后来的两次，王三麻子还问他猛虎一样的动作会不会影响到乔爱华肚子里的孩子，乔爱华让王三麻子放心大胆地运动，因为她还不显怀，等过几个月就不让他近身了。

这些甜蜜的交流，怎么不让王三麻子开心呢，又怎么会让他对乔爱华再有任何戒备呢。有几次，乔爱华还故意地当着村里人和王三麻子打情骂俏，表现得特别亲热近乎，让那些议论反传到王三麻子耳朵里，他更加相信了她。这些议论很快就传到周红妹的耳朵里，自然就印证了乔爱华是个不干不净的破鞋，周红妹不敢去相信这些事情竟然是真的，但是她曾经说过，如果王三麻子要欺负了乔爱华，就死到王三麻子家里去。现在也没有看见儿媳妇从倒背崖上跳下来，她也没能够死到王三麻子家里。好像不存在王三麻子欺负她儿媳妇，根本就是她儿媳妇不守妇道。

但是周红妹不能不说乔爱华："那个地是谁的就是谁的，不是什么人都可以去下种。咱们不要丢人丢大扯了，你不嫌丢人，我还嫌丢人呢。"周红妹其他的语言能力没有，这种指桑骂槐的语言倒是一流。

"娘，你就不要管我了，等朱文成回来，让他跟我离婚好了，我就要嫁给王回明，我受不了啦，朱文成自己在部队享清闲，什么时候想过我的痛苦？我乔爱华高攀你们朱家了，我知道你也看不起这个农村儿媳妇，你也忘记自己是农村人，我这辈子没有那个到城里享受的福分，就算了吧。"

"我不是你娘，以后也别和我叫娘。好鞋不踩臭狗屎，懒得搭理你。"婆婆周红妹厌恶地看了乔爱华两眼，就回自己的屋子里，"武匠，到奶奶屋里来！"

"这些年，我在你们朱家当牛做马的，没有个说法，就想让我走？门也没有。"婆婆的话，又一次如同毒药一样戕害着她的身心，不过，婆婆这样说，乔爱华还有些高兴，再故意要泼要赖，她知道这样要，婆婆肯定会在屯里败坏自己儿媳妇的名声，自然会传到王三麻子父母耳朵里去，戏份会更足。

乔爱华再叫武匠的时候，武匠躲得她远远的："奶奶说了，你是个坏女人。"武匠的话又是一把刀子，穿透了她的心。

违心的此举此为，让她无奈又心痛。这些舆论让她的心在滴血，婆婆的责骂让她的泪水只能往肚子流，她不能和任何人说她的心思，她知道自己活着的名声已经全部完了，人们见了她已经公开地指指点点，毫不避讳，尤其是老朱家的人们见了还吐她唾沫。她这样做，无非是等待一个时刻。为了这个计划，她不得不自取其辱。她对王三麻子说，你我的名声都好不了哪里去，你不许嫌弃我，我也不会嫌弃你。王三麻子信誓旦旦。

乔爱华让王三麻子去死的心，仿佛像炸药引线，可以一朝点燃，也可以搁置，让过久的日子在上面落灰，还可以不断地放长手中的引线，有多大度量就要放退多少米，突然的脏病让她的引线放到了头，该是点火的时候了。她曾经多少次犹豫，多少次胆怯，期盼救命的希望，希望又迟迟未能出现。

军嫂的荣誉让她毫无退路，别无选择，她要让自己重新振作起来，把那块光荣军属牌匾上的污迹擦拭干净。那高高的倒背崖变得苍茫伟岸，在蓝天白云下，庄严屹立在天林山深处，雄姿挺拔，圣洁肃穆。那块土地里的玉米已经挂上了玉米花，红黄粉白紫蓝的须子如女人灿烂的头饰，在阳光下招摇。

一切成功都是留给有准备的人。从第一次王三麻子凌辱乔爱华三个月后，他们相约第七次。随着夜幕降临，王三麻子兴奋着，准备多日的激情已经荷满他的全身。玉米已经很高了，随时要给玉米地松土和锄草，乔爱华给地里锄完草就早早地去了他们相约的小树林。对于她来说，这一天是这样的漫长，乔爱华所有的准备已经完毕，她要让王三麻子彻底相信她，对她失去了警惕，她才能行动。在他们经常约会的那个小树林熟悉了情况，在几棵大树下，放了几把尖刀，以便她能随手摸着一把，即使在很黑的晚上，她也能够摸到。那一晚上，她疯狂地挑逗刺激着王三麻子，王三麻子精疲力尽地瘫软在她身上的时候，乔爱华把尖刀拿到了手中。

“你去死吧!”她已经熟悉了王三麻子身体的每一个部位，摸瞎也能找到，尖刀狠命地刺进了王三麻子的左肋。在王三麻子杀猪般的号叫中，快速地把刀子转动了两下。在王三麻子还没有喊出第二声来，又从容地抽刀来了第二下，第三下……

为了这一刀，她忍受了多少屈辱，忍受了多少非议，忍受了多少白眼。她为了练习自己的胆量和心理承受能力，她曾去同发镇屠宰场去看女人杀猪，学习杀猪女人的从容不迫，学习杀猪女人的稳准狠。仇恨时刻在挑战着她的底线，屈辱时刻在燃烧着她的愤怒。当她坦然面对死亡的时候，她知道自己已经不怕了，她有能力做到今天这一切。

面对着高高的倒背崖，乔爱华大声地呼喊：“朱文成，我爱你，我对得起你！我无愧于天下第一军嫂!”

耾耾雷声，回穴错迕，天林山在震颤。喊声过后回声不绝。在空谷里传扬，千回百折，最后变成袅袅余音远去。冲出山谷，越过峰顶，飞向遥远的燕山余脉，融入少女河心，水波荡漾，音韵起伏。决绝的少女，勇敢的军嫂，同为爱呐喊，同为爱呼唤。回声荡漾，久久不息。倒背崖下，乔爱华的心在刹那间凝固成高旷的沉默，四面八方此起彼伏的山峦在夜幕下，黑黢黢地收容了她的全部。黑暗中，一种雄浑和生命力在奔涌，回应着乔爱华，那是朱文成的笑容，那是朱老汉的赞许。一阵山风吹过，一粒电光在静寂的思想中闪射，她不由自主地张开双臂，积蓄已久的心声和力量凝成一声“成子”，在山海间飞出。片刻，那“成子”的回声像澎湃的波浪涌来，重重叠叠将她淹没…… 那回声在她心胸中涌着、涌着。她年轻的生命不远千里奔波而来，正是为领略这种回声的神奇。渐渐地，回声退了退了，消失在她热爱的少女河里。黑暗即将带着她的自豪，放光给明日的朝阳，她要重新展翅飞翔，不管前方是否还有风雨雷电。人的语言开启了一种生命的疑问，她的行动却给予了生命最好的注解。回声嘹亮，那是她生命中最壮美的歌谣。

泪水从泪槽里奔腾不息，流过面颊，淌入脖颈，洗过胸脯，溢过全身。泉水般从少女河中奔涌而来，洗去她的沧桑和疲劳，洗去她身上的污垢，她感觉自己洁白如新，纯洁得还是那个在山间里奔跑的少女，山花丛中，她自由徜徉。屈辱不再，清白如秀，她的忠贞她的坚韧，铸就她是光荣而伟大的军人妻子，“天下第一军嫂”这个称呼又回到了她的身上，她拥有“天下第一军嫂”的力量和勇气。

重石终于落地，乔爱华的心不再沉重，不再压抑。她收起眼泪，轻松地回到自家院子里，把血衣脱下，把手脸洗干净。面对婆婆鄙夷的目光，她一改过去低眉下首，高傲地和婆婆对视，婆婆的身高仅仅到她的胸部，她看婆婆时，第一次感觉是居高临下和一个老人对话。婆婆其实很渺小，分不清人们议论的是与非，看不清她的所作所为。

“娘，您儿媳不是那样的人，您放心吧，不是您想象的那样，也不是别人议论的那样，我珍惜咱们家的名声，珍惜一个军嫂的荣誉呢，我所做的都对得起老朱家，对得起文成。”

“你少胡说放屁，少花言巧语。村里人不是傻子，我老太婆不是瞎子，都看得见，等文成回来再和你理论，我们朱家没有你这号不要脸的儿媳妇!”婆婆周红妹歇斯底里，回到东屋，唰地放下帘子。

“不用啦，娘，我自己会理论清楚。您放心吧，您早点歇着吧。别忘了，明天我要起不来，麻烦您喊我一下。”无论老太太怎么骂，乔爱华心里也是美的，她已经咸鱼翻身。她用力把心里的那座大山搬走了，她像倒背崖一样高扬头颅，自豪地注视着周围的群山，头顶蓝天，胸怀高远，豁然开朗的心中，已经容下了宇宙万物，装满了坦然和沉着。

她如同以往一样，简单吃过晚饭，做了些家务，喂了猪，喂了鸡鸭，把门关好，没有了贼人，关不关门都无所谓。询问儿子武匠把作业写完了没有，含着泪水狠狠地亲了几下武匠，嘱咐儿子要听话，快去和奶奶一起早点睡觉，武匠像猴子一样灵巧地挣脱了她，“我不要你这个脏女人亲”。她给文成写了书信，把之前的信一起放在容易让家里人注意到的地方，看儿子和婆婆都睡下，她从容地回到自己的屋子里，手捧着全家人的相框，看了自己和文成的结婚照，看了看自己和娘家人的合影，又看了看在这个家里和公公婆婆小姑子一家的合影，她深情地吻了吻他们，泪水从眼窝和眼角扑簌簌地涌了出来：别了，我的亲人们；别了，我在另一个世界里也会爱着你们。

她拿出朱文成留在家里的两个剪贴本，剪贴本已经让她翻得有些破损了，她没事儿的时候，就拿出来，给儿子武匠阅读，教儿子背诵一些段落，给儿子讲他爸爸的伟大。剪贴本联通着她深爱的成子的心，给这个家庭带来希望。每篇文字都是激情，每篇文字都是力量。她从头至尾地翻过，找出胶布把破损处粘好，紧紧地拥抱，不停地亲吻着，亲吻每一处作者都有朱文成名字的地方，每一篇文章的作者都被她盖上了浅浅的红唇印，眼泪哗哗地流下。“别了，成子，我舍不得你，我要到另一个世界里去爱你。”

乔爱华从剪贴本中找到朱文成给她写的信，找出那首朱文成写给她的《军嫂》赞美诗，深情地阅读着：

你就是那火热的太阳
温暖了我的征途
照亮了我前进的方向
让我不再迷茫

你不仅照亮了我
还照亮了我的亲人
把阳光洒进那个小山村
给了他们幸福的阳光

你在宇宙中坚守
也为我守候
我一身的戎装里
全是你给予的力量

这就是你，军嫂
军人心中永恒的太阳
共和国里最美的风景
所有的语言都在为你歌唱

“成子，我对得起你的赞美，对得起你写给我的诗了。对得起你说的天下第一，我知道我不是天下第一，但是我喜欢这个天下第一。”乔爱华流泪读着，一遍一遍地读着，泪水砸落信纸，洇湿开来。

她摘下墙上的那只人头风筝痛苦地亲吻，这是她最后一次亲吻她的成子了。她又涂了些口红，让那人头上落满了她的朱唇，那是她滚烫的心在与成子作别，这只风筝终于不属于她了，真的飞走了。不是朱文成要挣脱她的手掌，而是那长长的纤绳断了，她也无力把他拽回来了，让她的成子自由自在地飞吧。

军功章是军人的荣誉，也是军嫂的荣誉。她含泪拿出朱文成的五枚三等功奖章，她全部别在自己的胸前，面对镜子照了照，一遍一遍地欣赏。然后又全部摘下，一枚一枚地抚摸，一枚一枚地亲吻，然后装入盒中放好，同那两个剪贴本一起包好放回原处。

这名军嫂擦干眼泪，她眼角的泪槽变得更深更长。成子说过她的泪槽有不同常人之处，各种丰富表情，无论是喜悦还是悲伤首先都在这两条泪槽里展现出来，如今，她的泪槽像一条河，连通着远方的少女河，连通宇宙天国。她笑了一下，那泪槽高高地在两边太阳穴旁翘动了一下：“这个死成子，就你会想象。”她从容地化着妆，再次展现了她超强的沉着力。她先是用海鸥洗头膏洗了洗头，用湿毛巾把自己的身体反复地擦拭了几遍，找出一身干净的衣服穿上。用富强牙膏把牙齿刷了一遍，洁白的牙齿在她的微笑中闪现出白莹莹的光泽。坐在镜子面前，用罗丽思发油打在头发上，使劲地把发油均匀涂抹，一头乌发闪着油亮的光泽，再把头发扎成平时的马尾状。剜出一大块郁美净珍珠霜雪花膏，细细地搽在脸上，不停地揉着脸颊，等到那护肤膏完全融进皮肤里才作罢，那脸白白的，只是那双眼睛流了太多泪水变得红红的，她侧过脸翻来覆去地看，直到满意为止。她又恢复到最早和朱文成订婚时的那个大美人，对自己笑了笑。

她想了想，又重新拿出一枚军功章来，别在自己的胸前，她知道这些军功章里至少有一枚属于她的，属于她这个“天下第一军嫂”。

蜡烛在慢慢燃烧，柱体细圆笔直，距离火光近的上半部分，浑白浑白的，化开的蜡液淌下，好像泪水一样止不住，越往下就逐渐变成浑黑浑黑的，以致成为灯下黑，残灯如豆，烛光摇摆，影子映在墙上，是高大的身躯。乔爱华端起蜡烛面对镜子，认真细细地端详了自己。“粉面含春威不露，丹唇未启笑先闻。”镜里镜外的灯光，映照出一个漂亮的女人，好久没有这样地欣赏自己了，她发现今夜的自己是最美的，唇红齿白，两腮圆润，明眸善睐，泪槽如梭，她非常满意镜子中的那个女人：乔爱华，你是最棒的！她为自己竖起了大拇指。

最后，这位军嫂从柜子里翻出早已准备好的一瓶安眠药，全部吃了进去，又用刀子从容地在自己左腕和右腕内侧深深地拉了两刀，看那鲜血呼呼直流，她才吹灭了蜡烛，一丝青烟飘起，慢慢散去，石蜡味道进入鼻息，她陶醉地吸上两口，满意地躺下，盖上小薄被子，整理了一下胸前的军功章，闭眼躺下了，她知道她会睡个好觉……

桥塌了，让野猪给拱塌，悄无声息，再也不能修复。

夜深了，墨黑墨黑，沉沉的，无声无息，一个生命就这样静悄悄地随着她的思想走向另一个世界。对于乔爱华来说，她完成了人生一个伟大的壮举，为村里除掉了一个祸害，她用生命证明了她的坚贞，她用实际行动保持了“军嫂”这个伟大的称呼和名节，捍卫了“光荣军属”的这个荣誉……

第三十一章　生命连心痛

“华子，我的华子，你醒一醒，你醒一醒，你怎么能做这样的傻事儿呢？你让我和武匠怎么活呀？华子，我的华子。你让我怎么活呀？你让我怎么活呀？你醒来看看我呀，看看我呀。”朱文成在孙水涛的搀扶下，来到大东市公安局法医解剖室，看到面如白纸的乔爱华，奋不顾身地扑了上去。这是他爱了十几年的华子，也爱了他十几年的华子，如今躺在冰冷的解剖台上。无论朱文成怎么去摇动，他爱的华子依然是一动不动，最后的一份热量都全部给了爱着的他，余存给他的是冰血和冷血。乔爱华的泪槽如同一条干涸了的河流，为主人洗尽了铅华，流尽了最后一滴泪，尽了最后的责任，完美地闭合了。这是朱文成最喜欢和迷恋的美，如同一条线紧紧地闭合连在眼角，牵引着主人在黑暗中寻找光明。

朱文成一声声痛哭断肠的呼号，一声声难过和悲悯，让同去的孙水涛也泪水滂沱，让在场的公安干警和法医无不为之动容。

他怎么摇也摇不醒他的华子，回答他的只能是那冰冷和从容的微笑，泪槽闭合，和紧闭的双眼连成一条线，还有那早已僵硬了的躯体。

他多么希望他的华子醒来，继续掐他的肌肉，拧他的耳朵，给他点火，让他灭火，然后威胁他，向他怒吼。回答他的只有那无言的空气，和自己悲痛的泪水……

他多么希望他的华子还和他一起回军营，接受战友们那艳羡的目光，那醋意朦胧的玩笑，那战友们对漂亮嫂子的赞美和恭维……

他多么希望他的华子就命令他守在她的身旁，然后看着她麻利儿地干着这干着那，他清闲地欣赏着妻子忙碌的背影……

他多么希望他的华子给他继续写着错别字连篇的情书，他回信讥笑着她，下次信里改过的错别字，那些错别字隐藏着华子对他的深情……

他那坚强的华子呀，给了他结实大后方的华子呀，如今无情地离开了她的爱人；他那柔情的华子呀，给了他温柔甜蜜的华子呀，如今冰冷地面对他的呼唤；他那泼辣的华子呀，给了他灿烂辉煌的天空，让他遨游世界，如今留给他一个残缺的梦；他那善良的华子呀，给了他全家人和睦幸福，让他对她深情赞美和歌颂，如今再也听不见她的只言片语……

一声声，流泪的呼唤；一声声，痛苦的凝视；一声声，把你礼赞；一声声，终生把你怀念……

一眼眼，看不够你的容颜；一眼眼，穿透你的心间；一眼眼，给你温暖；一眼眼，都是痛彻心扉的思念……

一天天，数着和你分别的日子；一天天，缩短着回家的路程；一天天，回味着和你亲昵的日子；一天天，续写着两地书一世情的伟大爱情……

你走了，谁给我守候着《十五的月亮》；你走了，谁来遥远《望星空》；你走了，谁和我共舞一曲《血染的风采》……

你走了，谁来欣赏我写给你的文字；你走了，谁来成就我相机里最美的风景；你走了，谁来给我情话静听我的情话……

你的声音，已经成为这个世界天籁之声，美好而梦幻；你的声音，已经成为我笔下柔美的文字，感染着我的心灵；你的声音，已经是我生命里的力量，让我的前途一片辉煌……

你的笑容，灿烂了我飞翔的天空，让我回味和怀念；你的笑容，温暖了我前进的方向，让我不再迷茫；你的笑容，照亮了我的心灵，让我拥有了最美好的篇章……

你的身影，支撑了我的草原，让我可以奔跑到无际的天边；你的身影，牵引着我的歌，让我自由自在地歌唱；你的身影，映红了我的军徽，坚强了我橄榄绿的盛装……

恸哭中的朱文成被孙水涛含着眼泪架走了。乔爱华的去世，让孙水涛也极为难过，两家人相处如兄弟，他虽然当面拿乔爱华开玩笑，但是心里是尊重乔爱华的，乔爱华拿他当亲弟弟一般，他怎么能不痛苦，他怎么能不难过？面对乔爱华的遗像，他一遍一遍地叫着“嫂子”，泪如倾盆大雨般流进灵前的纸灰里。

乔爱华的两封遗书还原了事情的真相和事件的整个过程，给大东市公安刑侦支队提供了极好的侦查结案材料。办案警察在调查王回明被杀案中发现，人们对王回明（王三麻子）极为痛恨，没有想到王回明的死亡在整个朱家屯甚至全乡都是一件大快人心的大事，人们奔走相告，竞相庆贺，可见此人作恶之多。人们对乔爱华的去世给了很大的同情和惋惜，为她流下惋惜的泪水。

被害人王回明犯流氓罪、损害名誉罪、破坏军婚罪、故意传播传染病罪、强奸罪数罪并罚，应当予以严厉打击和惩处。王回明由于在数次性爱中无力也无法预见突如其来的刺杀，被十四刀刺中左肋里的肺脏、心脏、脾脏、膈肌等，造成大量出血而死亡。鉴于其已经死亡，不再追究其刑事责任。

故意杀人犯乔爱华，在受到被害人的不法侵犯时，作为军人家属，未能正确处理，以极端方式非法剥夺了他人的生命，应当追究其故意杀人罪。鉴于被害人严重过错在先，又因嫌疑人犯服用了超大剂量的咪唑安定中毒，加上左右胳膊伤口较深，动脉流血过多，已经死亡，不再追究其刑事责任。

两个家庭的责任人各负有刑事责任，不再互相追究其民事赔偿责任。

哀乐在朱家屯上空悲怆地响起，两大丧事，让整个朱家屯沉浸在悲伤的气氛中，倒背崖雪白的峰墙如同重孝在身。

人生悲喜剧，只看以哪个剧种收场。由村委红白理事会做主，先办理王三麻子的丧事。由于王三麻子的恶事太多，没有相下好人缘，这个三麻子让他家人在村里丢尽了脸面，去吊唁的人几乎没有，王家人也感觉没有什么面子，也就草草地埋了。

然而给乔爱华办丧就不一样了，人们终于明白乔爱华为什么要故意当他们的面和王三麻子打情骂俏故作亲热。人们感叹乔爱华如此冷静，心机如此深藏不露。他们没有感觉乔爱华是什么杀人犯，相反认为她是为民除害的英雄，在小村人们朴素的心中，她就变得崇高了。只有唤起记忆，才有心安理得。人们感念乔爱华的勤劳和善良，感念朱老汉一家人的朴实和宽厚，远来近去吊唁的人很多；那些曾经听风就是雨地传播乔爱华是“破鞋”的妇女们，也感觉很对不住乔爱华，也就纷纷到乔爱华灵前，真心实意地哭一场，心里请求乔爱华宽恕。哭声、哀乐声、鞭炮声此起彼伏，白布、挽帐、花圈在风中哗哗啦啦作响；出殡的那一天，下起了大雨，人们冒雨为乔爱华送行，雨水和泪水打湿了这个偏远的小村，纯朴的小村人用宽厚的胸怀给了这个逝去的军嫂以崇高的礼遇。

下葬的时候，朱文成把五枚军功章全部别在乔爱华的衣服上，这些年所有的功劳都应当归功于他的华子，只有她才配拥有这全部的光荣。没有她，哪有他今天的成就？没有人对天下军嫂进行排名，他的华子就是他心中的“天下第一军嫂”！

他把剪贴本的内容也一一复印下来，精心地装帧成册，放在了乔爱华的胸前，让她的一只手搂着这两本册子。他的诗文对她有永远不熄灭的激情和温度，让他的诗文在另一个世界里继续温暖和照亮他的华子吧。

他把那些雪花膏、洗发膏、护发油、护手霜、护肤油等一一装好，放在乔爱华身旁，他的华子是一个爱美的女人，她在劳动中从来没有忘记应该怎么样打扮自己。

天空低矮，暮云沉沉。倒背崖以宽厚的胸怀接纳了这个年轻的生命。山雨如泪，山风如诉。峰墙洁白如天林山的白帐，大地披挂上孝布，哀送乔爱华的躯体入殓山中。合上墓门，乔爱华永远地留在她热爱的土地里。

朱文成把那个风筝用一个长木棍绑好，插在乔爱华坟头上，就当是他在日夜陪伴她，她在继续放飞着他。

朱文成跪在乔爱华的坟前，重重地磕了几个响头，他还能以什么形式来表达他对她的爱呀?

虽然她是杀人犯，但是她勇敢地用生命去承担了她应当承担的法律责任。孙水涛分析，如果乔爱华不自杀，那么她可能也就面对七年左右的刑期。但是朱文成知道，乔爱华是在用生命维护一个军嫂的伟大荣誉和尊严，在用生命证明她对他的爱情神圣不容侵犯，他的华子是刚烈的。

亲爱的成子：

我的爱人，别了。我被王三麻子造踏（糟蹋）的那一天，我就知道我活不了。我受不了人们对我的误解和其是（歧视），我无法面对亲人的误会和不信得过。我没有想到这个混蛋还给我染上了脏病，让我怀上了他捏（孽）种，我知道我更没有活路了。

我给你写信，盼望得到你给我的希望，让我还有活下去的勇气，但是长久收不到你的信，我知道你很忙，我知道我的向往一时半会儿实现不了，没有你的信，我残存的那一点亮光都熄灭了。

……

亲爱的成子，我到现在才知道你好坏，你真是坏死了，你写了那么多歌颂军嫂的散文和诗歌,还有那些情书情话，来打动我，让我死心踏（塌）地给你守家，任劳任怨地为你们家当牛做马，给你弄地，给你生儿子，照顾你妈。你的心眼子真的好多哦，我真的好傻。

我喜欢你写的文章，我从白（崇拜）你，也就心甘情愿地为你守候，让你快乐地飞，但是你飞不出我的手心里，我手里有根线，我随时可以 zhuai（拽）你回来。

军人家属是光荣的，军嫂是从（崇）高的，我要维护这个荣玉（誉），我不能给我们家成子丢脸，不能给我们家成子抹黑。

但是“天下第一军嫂”的高帽子，实在是太大了，我也戴不动了，成子，我戴不动了，也要对得起这个荣玉（誉），至少有一枚军功章是属于我的，我带走了。

我要让这个恶莫（魔）付出代价。

成子，我为了让那个混蛋相信我，我故意变成村里人们说的那种风烧（骚）滥情的女人，我一次次地同那个混蛋调情和不要脸地约会，越是那个时候，我的心越是难过。我不得已那样做，就是为让他对我失去任何防备。这些日子周密地做各种准备，我买了好几把尖刀，仓（藏）在那几棵树下，今天我利用那个混蛋精疲力尽的时候，让这个混蛋见了严（阎）王，我心里长出了一口气。其实我杀他之前，一直是很胆小，我天天安慰自己，不杀他，我这辈子的名声就完了，我就对不起你给我的这个“天下第一”了，我这辈子就洗不清了。我很珍惜咱们这个家，很珍惜你夸我那些伟大的词语。

成子，我以前起过誓，说咱们家的地如果要让野猪拱了，我就跳倒背崖证明给你看，我今天就要证明给你了，我说到做到。但是我不想跳崖，那样我的面目太惨了，我选择这样的方式，不至于吓着你们。我知道我的身子已经很脏了，但是我的心是干净的，我的思想是纯洁的，是永远属于你的。

我的成子啊，我多想让你再陪我带上儿子去少女河边公园里玩上一回，那里有我们一家三口人的欢笑和幸福，还有你给我们拍的那些让人喜欢的照片。在你影响下，我也会浪漫了，我说那条河是有心的，我不知道什么心，但我知道最少有坚贞和忠诚。我人在天林山，实际上我的灵魂时时刻刻都在少女河畔，都在你的身边。我走了，我的灵魂就在少女河里。

亲爱的成子啊，我要走了，我到另一个世界里去祝福你。没有我的日子里，我要你过得更好，你可以和那个叫景珊娜的女大学生联系了，这可是经过老娘我批准的，你放心交往吧，我不会怪你。记住，你们一定要对咱们武匠好，如果你们对武匠不好，小心老娘我托梦给你也饶不了你，拧折你的耳朵。

亲爱的成子啊，你要和我的家人们好好走动，他们因为你自豪，你要多去看望我的爸爸妈妈，他们把我给你不容易。

成子，告诉儿子，他妈妈不是坏女人，也不是脏女人，是伟大的军嫂，是光荣的军人妻子，让他记住，妈妈永远爱他。

成子，我不想离开你们，但是我不得不离开你们，我爱你们全家人，婆婆和妹妹文月（玥）都很好，我到你们家是幸福的，是快乐的。

我的成子啊，我这辈子当你老婆还没有当够，做军人妻子还没有做够，让我下辈子还做你的女人吧？还给你当军人的妻子吧？如果有来生，我们一定还要在一起啊，答应我，成子。

亲爱的成子啊，别忘记了年节的时候，多给我烧点纸钱，因为我想你们。

别了，我的成子，我的爱人。

爱你的华子绝笔

这是他们生死爱情的见证。朱文成一遍一遍地看着乔爱华留下的遗书，一遍一遍地哭泣，那遗书上已经让乔爱华的眼泪打湿了很多字迹，很多字迹有些模糊，他的泪水落下，他们夫妻二人的泪水就是两条不同方向流过来河流，奔向同一个方向，深深地融合在了一起。

这是对恶魔的控诉，是对爱情的讴歌。是生命的绝唱，是坚贞的伟大。

朱文成就感觉自己是个大骗子，欺骗着乔爱华的善良，利用着乔爱华的朴实，给乔爱华几个高帽子，就让乔爱华为他心甘情愿地付出。他为什么不早早调动回来，要是那样，何至于和他的华子阴阳两隔？等他妈的什么随军，如果把她早早带到锦朝市去，哪有今天的悲剧？他跪在乔爱华遗像前，在痛苦中不停地抽打自己耳光，他要替乔爱华抽打自己：朱文成，你为什么不早点给华子回信，为什么，为什么？你真的就是一头蠢猪呀，是你害了华子呀。华子啊，是我对不起你啊。他感觉到胸中憋闷，疯狂地吸食着家里的空气，这空气中，有华子甜美的气息，有华子柔软的温度，有华子对他的忠诚和爱恋。他深情地抚摸那些华子用过的物件，去感受华子留下的印迹，去触摸华子的情思。在朱文成的哭声中，一家人又是一片哭天喊地。

乔爱华的家人也是整日呜咽号哭，沉浸在悲痛中，以泪洗面。他们的华子以死证身，他们和所有朱家屯的人一样，相信华子是清白无辜的，一切都是那个恶魔造的孽。两个老人还晕厥了过去，他们痛在身上，更是痛在心底。朱文成在极度难过中不忘记安慰岳父岳母，他让两个失女老人相信，朱文成永远是他们的亲人，是他们的女婿。

孙水涛请朱文成当家的几个女眷过来陪伴朱文成的母亲和他的妹妹朱文玥，照顾好孩子武匠，请长辈把他们的家产变卖处理。一个军嫂的去世，给了这个家庭沉重的打击，巨大的悲痛也不是一时半会儿就能够抚平的，那个幸福家庭不存在了，这里是他们的伤心之地，这也是他们的痛苦之地。

这个家庭刚从失去父亲的悲痛中走出来，女主人乔爱华又被逼走上了绝路，让那悲痛又重新延续，一家几口人每天在以泪洗面中度生活。

周红妹茫然地看着人们来来往往给她儿媳妇忙碌丧事，得到事情的真相后，她知道错怪了乔爱华，一遍一遍地骂自己老糊涂啊老糊涂啊，该死的应该是她啊。儿媳妇要提前和她说了，她拼死也要把这几斤老骨头扔到王三麻子家。朱老汉的去世摧垮了她，懂事的儿媳妇又离开了，她一次次地干号“我的好儿媳妇哎，是娘错怪了你哟”，空洞的眼睛里再也流不出一滴泪水，她感觉自己是行尸走肉了，没有了精神没有了意志，木然地任人搀扶着她，世界在一夜之间就变得这么悲惨。

穿着重孝的儿子武匠已经从爷爷的去世懂得了什么是生死。小家伙看到妈妈不在了也是哭天喊地：“妈妈，妈妈。爸爸，我要妈妈，我要妈妈。”朱文成的心如刀绞，只有紧紧地搂着儿子：“儿子，不哭，咱们武匠是坚强的男子汉，不哭。妈妈不在了有爸爸。”父子俩脸挨着脸，泪水就流淌在了一起。

孙水仙从镇里来吊唁的时候，捎来了留在林记食杂店的信，交给朱文成。孙水仙也在乔爱华灵前痛痛快快地哭了一场，泪水洗尽她对乔爱华的误解，叙说她的尊重。当她看到这封信的时候，也接到了乔爱华的死讯，世间很多事情就是这么巧合。如果早几天到了乔爱华手里，会不会是其他结局呢？朱文成早就收到乔爱华的信，乔爱华让他快点调到大东市里。而他却在信中说，新来的主任希望他继续干一年，然后再调动到大东市，他也答应了新主任。他在信中，安慰着华子，让她再坚守一年。他会回到她的身边，一家人会生活到一起的。在信中，他又为华子画了一个肥皂泡，只是越来越近的肥皂泡，却不知道他的华子正忍受着人生最痛苦的煎熬，面临着生与死的抉择。朱文成无脸再打开这封信，连同纸钱一并烧在乔爱华的墓前。

妹妹朱文玥也好悲痛难过，自从乔爱华和哥哥订婚以后就拿她当自己的亲妹妹一样，每次来到她家里，都要和她一起睡觉，有时候姑嫂俩钻在一个被窝里，说着女人之间才能交流的情话，她这个嫂嫂不顾她还是一个情窦初开的学生，也不管她害羞不害羞，就给她灌输幸福的感觉，诉说对她哥哥的思念。还经常去她住宿的学校里看她，给她送钱送物，让她好好上学，再考个大学，让她为朱家再扬眉吐气自豪一把，她有时候对嫂子的感觉比对哥哥还亲。她能考上大学，也离不开嫂嫂的支持，也离不开嫂嫂对她的关爱。

朱文玥也无从安慰她的哥哥，因为她也在失去嫂嫂的悲痛之中。她能做的，就是多分担一下对母亲的责任和对侄儿武匠的照顾，帮助哥哥减轻负担，用实际行动表达对哥哥的爱。

朱文玥同她爱人把母亲和武匠带到大东市他们的家里，朱文成跟随孙水涛回到了部队。

第三十二章　挥泪别军营

少女河呜咽，少女河痛苦。上游增多的水流让河波滚滚，这条执着坚韧的河流也有哭泣的时候，是为爱，还是为了忠诚？

两年时间逝去两位亲人，打击巨大。朱文成飞翔的左右翅膀全部折断了，不是折断了，是消失了。让朱文成再也飞不起来了，也神气不起来了，睁眼闭眼都是老父亲在指责他："文成，你是咱们老朱家的顶门男人，你是怎么照顾家的？"睁眼闭眼就是乔爱华的音容笑貌，都是他们在一起的幸福和欢笑。

乔爱华去世以后，多少次梦里都是父亲不停地指责他，痛骂他，回想起来，自己有很多地方对那个家都没有尽到责任。总是想家里有老爹呢，家里有能干的华子呢。他的疏忽和漫不经心造成了如今的苦难和悲痛。

乔爱华不停地给他托梦，说想他，说让他照顾好儿子武匠，然后穿着血衣就不见了踪影。好几次在梦里，他看见华子眼角深长的泪槽里充满了鲜血，在控诉王三麻子的罪恶。还有几次，乔爱华从少女河里走过，让他拍照，让他去看看少女河的心。

朱文成有时候也怨恨，如果我提出调动的时候，才主任要痛快答应我，也许就不会有今天的结果了。但是他更多的是恨自己浑蛋，那个王三麻子的为人自己不是没有耳闻，为什么就没有引起自己的注意呢？为什么收到华子的信，就没有引起自己的注意，就没有及时回复？那段时间的检查真是让他忽视了他的华子，忽略了他的家。

罢了，罢了，也许这就是他必须要面对的残酷现实。父亲没有了，华子死了，他必须要考虑母亲和儿子武匠，妹妹毕竟是嫁出去的人，有了自己的家，有自己的丈夫和孩子，不可能把他的责任全部接过去，那也不现实。

熟悉的战友，熟悉的机关。别人都在好意劝慰着他，他怎么也打不起精神来。

每天如同行尸走肉，整日强颜欢笑。他也懂得这些大道理：人毕竟是没有了，活着的还要好好活着；逝者是对生命意义的不断探索和诠释，生者是逝者的延续和传承，逝者未完成的责任和义务需要生者继续努力。但是感情的痛苦又怎么能是大道理能够解脱的呢？如果要是那样，怎么还会有《孔雀东南飞》和《梁山伯与祝英台》这些生生死死也要在一起的爱情呢？但愿时间能够抚平我们这个大神的伤痛，但愿环境能够擦干他的泪水。

支队领导、政治处领导和同事们都先后看望过朱文成，希望他尽快振作起来，投入工作中，以工作成绩改善心情，改变精神面貌。然而，他却认为这是领导要让自己尽快投入工作中，别因为家里的事情，影响了部队的工作。人在苦难中，容易想得偏激。领导干部们劝慰了几次，好像效果不大。每天到办公室，拿起报纸，就出神地看半天，报纸半天也不见翻动，原来报纸上一些情感类的文章又勾起了他对乔爱华的思念。

回到大东市里的朱文玥安顿好母亲和侄儿武匠以后，来锦朝市里看望朱文成，兄妹俩一见面，难免又大哭了一场。但最后还是朱文玥安慰哥哥，让他以事业为重，不要太悲伤难过，从失去亲人的痛苦中走出来，未来的道路还很长。朱文玥说她已经交了一笔借读费，办好了武匠在大东市里借读上学的手续，以后再慢慢想办法解决学籍问题。

朱文成看到妹妹这样善解人意，心里轻松了许多，武匠的上学问题延缓了乔爱华到锦朝市的梦想。城市啊，你为什么要竖起这么高高的门栏，让多少向往城市生活的人们无法逾越啊？城市啊，正是你这无法逾越的门栏，阻挡了我的华子，让她付出了生命的代价。

孙水涛那些日子如同影子一样跟随着朱文成，也陪他掉过了不少眼泪。在锦朝市里，孙水涛是他唯一的亲人。

孙水涛写信给大东市东山街道办事处的景珊娜，把朱文成的家庭变故一五一十地告诉了她，希望姑娘能够帮助朱文成振作起来。

八九天后，在情网中挣扎的景珊娜接到孙水涛的信后，就赶到了锦朝市。见到她仰慕的朱大哥失声痛哭，她的朱大哥更加消瘦了，眼窝儿深陷，憔悴的面容让她心疼，简直和以前判若两人，她没有想到她崇拜的他，她爱的人竟然遭受了这么大的变故，忍受着这么多痛苦。对于乔爱华的去世，善良的她也流下同情的泪水，为她尊重的爱华大姐感到痛心，那份悲伤，仿佛她的亲人去世了一样。冥冥中，这个年轻的姑娘突然间感觉到爱华大姐把接力棒交到了她的手中，她有责任和义务更好地爱她的朱大哥，照顾好他的家庭。

景珊娜陪伴了朱文成两日，善良的姑娘静静地听朱文成对乔爱华的赞美，对乔爱华的思念，对乔爱华的感情。她听朱文成诉说乔爱华的诸多好处，她没有任何嫉妒，她感到爱华大姐的形象在她心中变得很高大，那是她的榜样。姑娘说："朱大哥，你好好工作吧，我会经常去文玥姐姐家看望武匠和伯母的，你放心吧，我也是他们的亲人。你也别太难过，自己的身体要紧，孩子还小，伯母也年岁大了，需要你，你的责任还很重。你必须振作起来，恢复到你过去的那个大神状态。"

回到过去的大神状态？这句话让含着眼泪的朱文成笑了。景珊娜姑娘的到来，如同阴霾了很久的天气，露出了久违的阳光。

"朱大哥，爱华大姐遇见你是幸福的，她能拥有你这么专注执着的情感，她在另一个世界也会知足的。我很羡慕她。朱大哥，听妹妹一句话，振作起来，拿你眼前这个妹妹当亲人。有什么事情，我会和你共同面对的。"

和风化雨，润物无声。朱文成抬头凝视夜幕下的这个姑娘，竟然有这样的心胸，那眼睛已经是一朵开放的鲜花，明亮地闪烁着光泽，有热量也有温度，在夜晚的城市里是那么的耀眼。

"哥哥，你好好抱抱我吧，这样你心里会踏实一些，也让我感受哥哥给的温暖。"景珊娜拉着朱文成的手轻轻地说。

月朦胧，鸟朦胧，帘卷海棠红。景珊娜那齐齐的刘海，遮挡不住姑娘真诚的目光，那目光里有很多情愫，如同一杯清酒诱人。

"不，不，我不能。"刚见面的拥抱是心灵痛诉的拥抱，现在的拥抱就是感情上的拥抱，这样的性质，朱文成还是能够分得清楚的。他刚想去拥抱，又突然停住，感觉那样做，对不起他的华子，任由她紧紧地攥住自己的手。

人的生来就是为了死去，只不过期间的过程有快与慢而已，过程有长与短而已。正如一个沙漏，乔爱华这个沙漏里的沙子因为外力，加速了沙子完全流失，走向生命终结；而他这个沙漏还要努力地往里面不停地添加沙子，始终保持更多的沙子以供流失，延长沙漏枯竭的过程，增添沙子的过程就是他要不断奋斗的过程。随着父亲的病故，妻子的离去，他的人生需要重新擘画，才能更好赓续未来。

就这样，朱文成慢慢地走出了乔爱华去世的痛苦和心灵雾霾，他的华子还在天上看着他呢，每一颗星星好像都是华子眨动的眼睛，在和他对话，她也不允许他这样颓废下去，流星划过，就是乔爱华的泪槽在闪光。

“文成，我们经过反复研究，考虑到你的家庭实际情况。同意你调到大东市武警支队。我们只顾让你们干活儿，没有考虑到你们的家庭，我们当领导的有一定责任，向你表示抱歉。你换一个新的环境，可能有助于你的工作开展，也有助于你更好地进步。距离家近了，也可以好好照顾孩子和母亲。”朱文成刚想继续努力为新来的主任好好干一两年，没有想到新主任同意让他调走，并且说调令这一两天就能到支队，他拿到调令就可以到大东市支队报到了。此时的才主任，目光里充满善意，这也许是他能够给朱文成最好的关怀吧。

面对下属家庭出现这样的变故，人心都是肉长的。谁不难过呢？但是有些问题是无法预见的，出现问题爱莫能助，能帮助解决点儿实际问题，这也是应当的。考虑工作成绩是必须的，但是部属家庭实际问题也是必须面对的。才主任没有办法，只有忍痛割爱。一个团队里，如果总有一两个心情不好的人，那么这种不好的心情也会蔓延给别人，别人也会受他的心情影响，而让工作没有效率和激情。更何况朱文成家庭变故这种心情，也不是一时半会儿就能好转的。这一两年，政治处的几茬战士报道员也都练出来了，老报道员魏文河也转了士官，还有一个报道员小宋也上了手，在九中队当排长的陆长喜原来就是报道员出身，可以调上来当新闻干事。离开朱文成，也不至于全总队拖后腿。

领导突然同意朱文成调走，朱文成一下子还没有转过弯来。领导从关爱的角度讲了同意他调走的理由，但是不是还有潜意识的其他因素呢？乔爱华是杀人以后再自杀的，偶尔听到一种他老婆是杀人犯的声音。这种声音让他一惊，如果别人不同情他也就算了，还给他扣上这样一个帽子，让他很愤怒。不过他无法去堵住别人的嘴，事实上也是这样，不管前因后果如何，乔爱华实际也是故意杀人后自杀的。他在感情上和心灵上不能接受他的华子是杀人犯这个概念，他的华子是为了维护军嫂这个荣誉和尊严才那样做的，为了除去害群之马才那样做的，在他心目中永远都是很伟大的。

听到这种声音，他心里就有些凉了，锦朝市支队的个别干部怎么是这个素质呢？不管别人怎么议论，他的华子在他心中都是“天下第一军嫂”！

“一寸丹心图报国，两行清泪为思亲。”两天后，调令准时到达支队干部股，接到调令的那一刻起，朱文成知道，他不再属于锦朝市支队，在锦朝市支队的梦想到此结束，在他的心里酸甜苦辣皆有。十二年的锦朝市支队生活，多少艰苦，多少甜蜜，多少奉献，多少收获？眼睛慢慢地湿润，这里有他的青春，有他奋斗的年华，有他爱的记忆，有他灿烂的篇章。

别了，锦朝市支队
我的青春，我的奉献
我的情，我的爱
我是那么的执着
我是那么的坚韧
每一个夜晚凝聚着我的思念
每一个日出放飞着我的爱恋
文字里的激情
华章里的颂歌
取景框里的笑脸和尊严
山山水水中无声的橄榄绿
都是我写不完的诗篇

阳光灿烂，照亮新的征途。支队赵政委、唐副政委、政治处全体干部战士、机关其他部门部分干部都到车站去为朱文成送行，还有那个新来的新闻干事陆长喜，他们也做了交接工作。朱文成在支队当新闻干事七年多时间，培养出好几个报道员，对这几个报道员比对老乡孙水涛还亲，如同对他的小兄弟一样爱护着。有的复员回到地方新闻媒体单位，有的是考上警校走了，毕业去了其他的支队，只有这个陆长喜还是他的忠实信徒。每次到中队，朱文成都让他不要把新闻业务扔下。朱文成像一个首长一样，一个一个地接见大家，和大家握手告别。这就是对他最好的奖赏，认可了他在锦朝市支队十二年的履历，定论了他的奉献和成就。他给大仙孙水涛一个大大的拥抱，对这个爱恨交加的老乡，说什么都是眼泪，他使劲儿地用拳砸了砸孙水涛的后背，一切表达都在那个紧紧的拥抱里。上车后，朱文成满含热泪地向这些首长、同事、战友们深情地敬了一个标准的军礼，在众多挥手中告别了锦朝这块土地。

十二年的时光只是少女河的一段，他站在河中央时没有感觉到河的心跳，只有离开时，才感觉心被割裂的疼痛。

别了，少女河，今生也许不再光顾你的容颜，但你时刻流淌在我的心里，我的心和你的心一起脉动，守望这片土地，我永远也不会怀疑你的忠诚。火车经过少女河大桥的时候，朱文成深情地注视车窗外的少女河远去，泪水从眼角流出，车速快疾带过一阵风，他的泪水飘落在少女河里。

大神朱文成调走了，大仙孙水涛心里空落落的，心情有些悲凉。朝夕相处的战友离开，他有些孤掌难鸣的感觉，没有可以特别掏心窝子的人，他后悔因为竞争评副营职时在心里把大神当成“敌人”，有个别时候还对大神不是那么友好。如果其他干部因为利益和职务与自己相争，还能够痛快地应对挑战，自己的“老铁”与自己成为利益对手，反而还不那么友好。

能干的大神都是这种结局离开锦朝市支队，那么他呢？他将会是一种怎么样的状态为自己的军营生活画上句号呢？按说，他想这些是没有必要的，因为他的雄心和目标还在部队，部队还将是他人生辉煌的旅途。

但部队往往世事无常，往往你自我感觉良好的时候，一纸转业命令就证明你不适合部队发展了，说不定哪天这个命令就落到了自己头上。想到不好的一面，他有些兔死狐悲的状态。

这几年部队全力狠抓“八五”普法，部队上上下下也比较稳定，对兵员的要求也越来越严格，部队的事故率、案件发生率，几乎为零。这里面有孙水涛这个大仙很多贡献。这样一来，政治处保卫股就相对轻松一些，也没有其他科室那么忙碌，一闲下来，别人又该说三道四，说什么保卫股是个养大爷的地方，是出大仙的地方。有人的地方就有舆论，这在哪里都是这种状态，也是避免不了的。一人难满万人意，也就是这个意思。

实际上，大仙孙水涛看似没有事儿干，他在酝酿着“经济市场化条件下，兵员结构分析以及普法针对性”这样高难度的普法教育题目，但他只是在酝酿之中，还没有形成提纲，也不能没有干就说，如果说了，别人说这么大的题目，应当是军事法学专家研究的，与他孙水涛有什么关系，上边要求怎么干就怎么干就得了。而孙水涛不这样认为，上边要求的肯定与部队实际有脱节的地方。

7 月，锦朝市支队一大队周大队长考上武警西安工程学院，保卫股张股长升调一大队出任大队长。这个消息对于孙水涛来说，绝对是好消息，好事情。

但孙水涛也知道支队派出十一中队的陈指导员去沈阳刑事警察学院学习为期六

个月的刑事侦查业务。在这之前，他也和领导沟通过，希望他能够接任保卫股长，领导虽没有明确表态，但是给了他一个很大的希望，让他好好努力工作，领导会考虑每个人的前途，对于他的业务能力和工作成绩，领导都看得见。对于领导安排陈指导员去学习刑事侦查业务，那不一定就是来接任股长，让他安心工作。领导的态度很和蔼，谈得也很融洽，他知道未来肯定是很美好的。

大仙孙水涛心情极好，以爽朗的心情进入状态，开始“主持”只有他一个人的保卫股工作。他每天把保卫股打扫得干干净净，然后若无其事地检查一遍，然后以股长的口吻批评一通：“这里不干净，那里也有死角。”然后自己对自己唯唯诺诺：“是！是！孙股长，我马上打扫干净。”他知道这是他以后“主政天下”的领地，是他发挥神仙道运的舞台，是他发布号令的“王国”，办公室的所有物件都和他亲切起来。那些桌子、椅子、卷柜在他这个“孙股长”面前都变得渺小了，他可以在办公室里，无数次地演练他当股长的姿态和威严。模仿股长的语气和姿态“布置”工作，然后语气严厉地批评手下人的工作失误。“你要抓紧熟悉保卫业务，下次不容许再犯这么低级的错误。如果再犯，我会严厉地处分你！”那个虚拟的干事好像霜打了的茄子一样在他面前垂头丧气，这种感觉十分美妙。被他批评的干事很想得到他这个股长的认可，说周六周日要请他吃个饭，他是拒绝呢，还是愉快地赴约？拒绝吧，显得他太高高在上，没有亲和力，不能和群众打成一片。很愉快地答应吧，显得他这个股长又太不值钱了，一顿饭就能搞定他这个股长。这个分寸不好把握，看来当个领导也是很难的。他想了半天感觉还是拒绝好：“请客这些太庸俗的东西就不要了嘛，把工作干好才是第一位的。”这种想法很快就被他自己给否定了：“不，不，该吃饭还是要吃饭，神仙也要吃饭。工作是工作，工作和吃饭是两码事情，不能混为一谈。”看来当股长的关键，把握好请客吃饭和工作这个尺度才是最重要的。

好几次，他就在椅子上眯着眼想象这样的状态，笑逐颜开地想象他当了股长应当怎么把握好股里的工作全局，怎么抓好全支队普法工作。

保卫股是个业务很强的科室，这些法律业务不是一般人马上就能熟悉的。再者凭借这些年的贡献和荣誉，他孙水涛接任这个股长还是没有问题的。那个时候，还用争抢评什么副营呀，有现成的副营职位呢。支队机关好几个老参谋老助理都是顺理成章地接任了股长位置。例如司令部警务装备股卢参谋接任股长，后勤处军械股李助理接任股长，都是很成功的范例。他扒拉扒拉支队这些干部，应当说还没有人能够接任这个保卫股长。到那时，他就不是保卫股孙干事了，而是“啪”地摔手铐子：我是保卫股孙股长！震慑力要多强大就有多强大！

于是大仙孙水涛在唱《真的好想你》的时候，经常唱起电影《甜蜜的事业》里的插曲《我们的明天比蜜甜》：

甜蜜的工作甜蜜的工作无限好啰喂/甜蜜的歌儿甜蜜的歌儿飞满天啰喂/工业农业手挽手齐向前啰喂/我们的明天我们的明天比呀比蜜甜啰/甜蜜的工作甜蜜的工作无限好啰喂/甜蜜的歌儿甜蜜的歌儿飞满天啰喂/树立起那革命的新风尚啰喂。

有很长时间没有给他的金铃子回信了，他的金铃子可好，是否还是那么少年轻狂呢，是不是还那么大言不惭地想他这个“小涛子”呢？这段时间因为新兵普法工作，又因为出面帮助大神朱文成处理乔爱华的事情，回到部队安慰陪同朱文成。忙忙乎乎就把他的金铃子给抛之脑后了，这绝对不应该，这如果金铃子要在跟前，还不擂他一顿呀。山里的疯丫头，脾气应当是火暴的。

人不经念叨，说曹操，曹操就到。还没有怎么着，金桂铃挺着个大肚子，带着金瓜就来到了部队。一到部队大门，门卫值班战士指明方向，金铃子走上机关四楼就喊“孙水涛”。虽然声音不大，但是一个甜美女子金铃般声音在军营里还是很有吸引力的，都出门望了望谁在找孙水涛，就热情地给指引。虽然金铃子拿着一个大包放在胸前，遮掩一下肚子，但人们还是看出了是个怀孕的女士，也就明白了。

这个小男孩是谁呢？难不成大仙接兵的时候接了个寡妇？还是让寡妇给诱惑了？不过这个寡妇确实年轻漂亮。大仙真有两下子，连后代都一次性搞定，省得自己播种了。不过大仙也是二婚男，有个寡妇也算门当户对。

“哎哟，我的姑奶奶吔，你怎么把这个少爷给带来啦？”孙水涛牙疼般地问起金桂铃，他知道机关人多嘴杂。

“金瓜非要跟我来找你，这不，就带来了。”金桂铃解释道。

“这一路该多辛苦呀，带着行李，还要照看他，坐一会儿吧。”

“叔叔好，我长大也想当解放军，现在来看看。”金瓜见到孙水涛就熟络起来。

“好，金瓜好。就是因为你，叔叔要费多少口舌哟。”

在带金桂铃去宿舍的路上，大仙要多尴尬就有多尴尬。老参谋老干事不停地和大仙开玩笑。

“大仙，行啊，去唐山多接了好几个兵呀，多大的兵都敢接呀。”

“大仙，这是接过谁没有拿下的阵地，又让你给冲上去啦？前面的战友倒下去后面的战友冲上去，军人就是需要这样前仆后继冲锋陷阵的大无畏革命精神。”

“大仙，你这是一箭双雕呢，还是一箭三雕呢？高，实在是高！”

“大仙，你这个育苗育种速度也太快了吧？别人都是十个月，你可好，几个月时间，还育出个五六岁的男孩来，本事够大。”

一个个嘻嘻哈哈地和孙水涛打趣，大仙的脸红一阵白一阵。金瓜是不管不顾的，一手拉着金桂铃一手拉着孙水涛，好像是快快乐乐的一家三口。

孙水涛只好不停地解释：“一个个狗嘴里吐不出象牙，这是她侄儿。”

“侄儿？”回给大仙的眼神不是疑惑，就是非常的不信任。

金桂铃第一次到部队来，她没有想到部队看女人的眼神儿都那么贼。恨不得把她的心给剜出来，她没有想到带个金瓜惹出这么多说道来，早知道，打死她也不带金瓜来。金瓜还很讨人喜欢地说姑姑的肚子里是个小弟弟，说他太孤单了，需要有个弟弟陪他玩。她只是觉得孩子小，愿意跟出来玩，她一番好心就带出来了。不过已经这样了，她总不能把金瓜送回去吧。

大仙知道金铃子过来找他，是让他抓紧补办结婚仪式。虽然结婚证在前几个月已经在唐山找人办好了，但是婚礼仪式必须办，否则在农村要出大笑话，再有几个月，那个小家伙该从肚子里蹦跶出来了。

大仙赶紧申请休年假，带金铃子和金瓜先回孙家湾再一次见过父母，在孙家湾，金铃子甜甜地叫着孙水涛父母“爸”“妈”的时候，把两个老人叫得热泪盈眶，这个儿媳妇真的很好。孙水涛感到以前的那个梦里乖巧甜美的媳妇就是这个样子，更何况是婆媳、翁媳、姑嫂之间第二次见面，自然是亲近了许多。当然，为这个金瓜也要和孙家湾的人解释很多，人们也在想，上次金桂铃来是不是隐瞒了有个这么大孩子的事情，是不是孙水涛也隐瞒了这么大孩子的事情？要不然人家能那么远地主动来看望他们？大仙和金桂铃往往要反复解释，人们才在半疑半惑中认可。他们赶紧在孙家湾办上几桌酒席，走亲串户，让所有亲友见识了这个河北唐山媳妇儿。当然再回孙家湾经过大东市的时候，不忘记和大神朱文成见个面，聊聊彼此的情况，大神朱文成也有这样的问候，说他走了不少捷径，吃了不少现成饭。大仙懒得和朱文成计较，见个面赶紧走人。大仙带上父母到唐山，正式让两家老人见过面。在唐山又按照金铃子父母的安排，举行了隆重而热闹的婚礼。婚礼上的两家老人亲热得很，都是农村人，就有很多共同语言，自然是皆大欢喜。婚礼后金铃子要跟孙水涛回锦朝市，人算不如天算，赶上暑期火车票紧张，因为金铃子有身孕，还是重点保护对象，肯定不能站票，等到有了坐席车票才走。这样一来，等把金铃子带回部队，他二十天的年休假，就超了五天。回来后，在支队招待所安排金铃子住下，他又赶紧找政治处才主任说明情况。

锦朝市支队历来对计划生育工作都抓得很紧，领导们对于这种“先上车后买票”的行为实在是恼火，但是谁也没有深究过。由于孙水涛是在接兵期间搞对象而“上的车”，并且接来的兵还跑了一个，这让领导很是生气，看到支队赵政委和唐副政委对孙水涛印象很好的基础上，才主任也就没有说啥，但是如今竟然超假，那就由不得孙水涛不挨批评了。

“你还有点儿组织纪律性吗？你真的以为你功劳大于天啦？接兵期间搞对象，还没有办理结婚手续就同居，这回又严重超假。你知道你造成了什么恶劣影响吗？要都和你孙水涛似的，这部队还怎么管理？”才主任新账旧账一起抖落了出来，造得孙水涛直冒汗，他知道自己的戏份不大了。

但是领导也没有给他任何处理，在政治处处务会上点名批评一通也就过去了，勉励他好好工作，领导不会揪住别人的小辫子不放的，不会只看过失不看成绩的。

那几天，孙水涛拧不过金铃子，在支队招待所餐厅安排了三桌酒席，邀请支队关系不错的干部参加他们的补办结婚酒席，他也邀请了支队熟悉的领导，结果领导们一个也没有去，因为这种情况谁去，就意味着认可了孙水涛的“先上车后买票”的违纪行为。不过领导们不去，也没有影响气氛，气氛可以说是更好，他幸福地挽着金铃子给大家敬酒，把个金铃子开心坏了。

让孙水涛开心的是，十一中队陈指导员学习结束后，直接回了中队，还继续当他的中队指导员。这让孙水涛不解，应该到政治处保卫股熟悉业务才对呀，是保卫股陈干事才对，怎么还回连队当了指导员呢？

看来，领导还真的没有计较大仙孙水涛太多过失，真的是大人不计小人过。于是他又恢复了青春活力，把金铃子送回唐山后，紧张地投入工作中，经过三个月的调查摸底，翻阅大量的资料，撰写出《经济市场化条件下，兵员结构分析以及普法针对性》理论研讨文章，分析经济市场化给征兵带来的多种影响，兵员会出现哪些变化，对战士普法应采取的针对措施。经过才主任润色后，上报总队政治部，政治部予以全总队转发，要求各部队加以学习和研讨，搞好部队法制教育工作。

材料转发全总队各支队后，大仙孙水涛心里长出一口气，业务上我不会服气谁，咱们凭本事说话，他看到了才主任脸上对他的微笑。

透一点阳光就灿烂，给几滴雨露便滋润。大仙孙水涛就是这样的性格，也就决定了他的人生事业观和爱情婚姻观的取向：有时候想法就难免天真和幼稚。

10月，孙水涛当了爹，按照金铃子的话说他这个“小涛子”变成了“老涛子”了，刚出生的儿子才是“小涛子”，夫妻俩给孩子起名“孙金宏”，各带夫妻一姓氏，单名一个“宏”字。起名字的时候，不免想起当年女儿程明妍的姓名权之争，现在儿子正大光明地姓孙，让他好不得意。不过，女儿怎么样了，他心里还是有些牵挂。

现在的孙水涛感觉就是一顺百顺弯弯顺，人生不再有坦途和坎坷。事业成就斐然，第二次婚姻也很让他满意，金铃子一家拿自己当真正的“姑爷”，还有可爱的儿子。

以前大神朱文成的“两地书，一世情”的版本就复制到了孙水涛身上，他终于可以无忧无虑，快乐地飞翔了。他无家务之劳顿，无尿布之烦琐。他的金铃子也会像乔爱华那样为朱文成守候一样，给他孙水涛一个坚实的大后方，让他放手去冲锋陷阵，他在金铃子支持下，会越飞越高。老天赐给他一个美丽的金铃子，真是他后天的福分，中国有句古话叫作“好饭不怕晚”，他感觉到这好饭真的是很香甜。他可以做快乐自由的“大仙”。

那个陈指导员被调到了保卫股，变成了“陈干事”，开始在他指导下工作，熟悉保卫股业务。因为他多少次地演练和完善，飘飘然，他已经找到了当股长的感觉，注意学习别人当股长的风范，是“高高在上”好呢，还是“平易近人”好呢？按照他的性格，“高高在上”肯定不好使，更何况陈干事也是老基层、老正连，只有是“平易近人”才能赢得股里“群众”陈干事的衷心拥护和大力支持。他很有耐心地帮助陈干事分析部队的普法状态，教给陈干事如何做卷宗，如何处理一些案件。他很亲切地叫着“陈干事”，很和蔼的态度给人很亲民的形象，塑造自己的亲和力。陈指导员也积极向他“请示”“汇报”工作，征求他的意见，等候他的“签字”。

那段时间，他感觉超级好。他认为他已经修炼得道，已经成大仙，只等再一次飞升。

机关一些干部已经叫他“孙股长”“大仙股长”，到基层去开展工作，也有不少中队干部叫他“孙股长”。他刚开始还有些不好意思，有些脸红，回敬对方“不要瞎叫”，但是心里确实很喜欢这个称呼，很多人都认为他当股长是板上钉钉的事情，群众的“呼声”很好地表达了他的心情，他自己感觉也颇为良好。

心里着急，领导什么时候下这个任命呢？找了几次领导，领导总是微微一笑，劝他不要着急。

天不会总是晴朗的，雨雪天气必然会有，尤其是没有气象预报的雨雪天气让人防不胜防。年底，大仙孙水涛在盼望领导下达他当保卫股长的任命中等待，没有想到在他没有任何准备的情况下，被宣布了转业。从臆想当股长的美好感觉，到被宣布转业，这一天一地的差别，让他好像又被人踩到了十八层地狱里。显而易见，未来的保卫股长是新来的陈干事，他被转业后陈干事可以更好地开展工作。

他才知道很多事情并不是自己想象的那么美好，世事难料。领导对于他的几次错误虽然没有追究和处理，但是总账一算，就显得问题突出。领导需要你的时候，肯定不会揪住你的辫子不放，那是问题和错误没有积累到一定程度。

其实陈指导员也不是一般的，也是多年的优秀基层干部，在指导员位置上干得也很出色，还被评为武警部队优秀基层干部，所在中队年年是先进中队。提拔为副营职干部也是人家干到了那个出色程度，无可挑剔。

孙水涛最大的缺点是太过于自信，自我感觉良好成就了他，也阻碍了他。他有些满足于自己的成绩，把缺点视为若有若无，总认为自己比别人做得好。岂知，天外有天，人外有人，仙外有仙。

大仙不再大仙，不说天仙，连个地仙也算不上。孙水涛心里有诸多不解，有诸多疑惑，干部股继任姚干事的崔干事把很多问题给他一分析，他连找领导的勇气都没有了。心里难过了一阵子，也就坦然了。也罢，也罢，他孙水涛离开部队就不闪光了？只要他是努力实干的，到了地方，他也会散发青春的亮来。

好在孙水涛的转业，是按照副营职转业，他到地方可以按照军队副营职待遇安排工作。看来，领导没有忘记他的功劳，没有忘记他的贡献。这是对他的安慰呢？还是对他的认可呢？给大仙就是“被打了一巴掌给一个甜枣”的感觉，这样的结果，让大仙说不清道不明。

没有你飞不到的高度，就怕你的能力不够。没有想到，苦思冥想、梦寐以求的副营职待遇以这样的方式给了他，他也是正连职满四年。他具备的分房条件也会体现在他的转业费和安家费里，但是他的金铃子再也不能靠他的副营职务随军了，他感觉对不起深爱他的金铃子。

“燕山雪花大如席，片片吹落轩辕台。”寒冷的12月，锦朝地区下了一场大雪，让大地上的一切事物变得简单了起来，棱角分明的物体也拥有了柔美的曲线。少女河在冰雪下，沉睡了，犹如一条宽宽的白练从五顶山铺就到入海口。灰色是天空的颜色，白色是大地的颜色。为什么这样简洁的元素构成里，却有这么多的深邃在隐藏？世界不会因为雪落而寂寞，雪下的大地仍然在均匀地呼吸。

大神朱文成离开锦朝市支队是很无奈而离开，心里有很多遗憾，不过奔赴新的岗位，让朱文成心中的梦想依然亮堂。但是大仙孙水涛离开锦朝市支队是伤感而离开，心里有很多的失落，和为之奋斗十几年的部队说再见，期望变成肥皂泡沫，内心的阵痛是巨大的。那迷人的橄榄绿曾经是他向往的梦，如今梦已经醒来，他不得不脱下这一身迷人的橄榄绿，尽管他是那么的留恋，还没有穿够，他的青春理想还在半途之中，不得不中止。他忍住要滑落的泪水，鼻子一酸一酸的。

别了，我的青春，我的警营。我已经拥有了无穷的力量，走向另一个战场，我将更加奋发图强，继续再圆自己的梦。

什么都可以忍让，什么都可以舍弃，只有远处的少女河保留着人们灵魂不死的精神。

至此，锦朝市支队再无朱大神，再无孙大仙。后来的新闻干事是不是又成为新的大神，后来的保卫干事是不是又成为新的大仙，还是干脆就没有大神和大仙了，我们不得而知。

第三十三章　尾声

岁月悠长，山河永寂，唯爱可抵所有。

朱文成调到大东市支队后，在一个新的环境里，很快从悲痛中调整好精神状态，努力工作，把大东市支队的新闻报道后进单位的帽子一举摘掉。正连职务第五年头的时候被评为副营职的新闻干事，又快马加鞭，勤奋工作，后又当了两年的宣传股股长，总队宣传处也打算调他到总队新闻站当站长，但是他考虑到把两个孩子和一个老人都甩给景珊娜是很不合适的，再说景珊娜也有自己的工作，鱼和熊掌不能兼得，就拒绝了。到新单位的第四年因为大东支队已经没有正营职位，领导征求了他的意见后，转业到当地的《大东法制报社》做了一名编辑记者。朱文成把编辑记者业务干熟练了，感觉没有太多新鲜的，就找到领导调到大东市看守所当了一名副科级干警，工作还是比较努力，干一行钻一行，业务都还是无可挑剔的，又被提拔为看守所所长，经过几年的努力，大东市看守所被评为全国安全无事故先进单位，实现了从一个文化干部到业务干部的完美转型。事业上基本上没有什么坎坷，因为军人的本色使然，到了哪里，必须把工作追求第一，才有自己的发展空间。

朱文成总结自己的奋斗经历就是：时光不会抛弃每一个人，只要自己努力，每一个阶段都会有辉煌的自己。

监狱，就是一个特殊群体的第三世界，第三世界把人过往的灵魂、肉体和思想强制性封闭起来，重新燃烧和锻造。在外面的人无论二五八品、金珠银质、高低贵贱，一旦被塞进第三世界，就如同进了大众浴池浑身赤裸裸，都是一具具鲜活的肉体在呼吸，穿上一样的蓝灰衣服，推个光头，在这个大浴池里一起洗刷罪恶。在朱文成到看守所任职的时候，全国掀起了轰轰烈烈的扫黑除恶和反贪风暴，看守所迎来了一批他认识或者耳闻的“客人”。大东市发生一起严重的豆腐渣工程坍塌事件，建设中的某单位职工家属楼突然倒塌，砸死农民工 5 人，伤 10 人，警方迅速将承建方金宏建设公司董事长石佳逮捕调查。摘瓜带秧，一下子就是一大串，大东市政府王副市长（原建委主任），已经调任锦朝市委常委、政法委书记的原大东市政府的柳副市长为此被双规。拔出锦朝市的萝卜又带出了锦朝市的一堆污泥，锦朝市公安局王副局长（原锦和区公安局局长）、锦朝市人民法院陈副院长（原锦和区法院院长）、锦朝市锦和区副区长岳克章、锦朝市锦华山集团曾总、锦朝市天瑞商贸钱总等，在扫黑除恶和反贪风暴中，这些声色犬马的官员和企业老板全部落马，悉数被异地关押到朱文成所在的看守所。据说王主任当了大东市副市长以后，带坏大东市大批官员，严重破坏了大东市的政治生态，能陪同王副市长喝鸳鸯酒的人，那是几辈子修来的福分，高级酒店里喝鸳鸯酒盛行，甚至到了出神入化的境界。“四目含情，朱唇相锁，两身紧拥，琼浆流通。床上床下，快乐其中，心身愉悦，政策放松。”“喝上鸳鸯酒，王府随便走。美女开心扉，要啥啥都有。”顺口溜在民间广为流传。朱文成看到岳克章等人的名字时候，知道他们早晚会有这么一天，岳克章见到当了所长的朱文成，开始一愣，和朱文成打了个招呼：“首长好，没有想到您到这里高就了。”朱文成懒得搭理岳克章：“岳克章，我早知道你会有这么一天，你来这里了，就安安心心地把牢底坐穿吧。”气得岳克章再不敢有二话。同发镇派出所的闫所长后来也成了这个看守所里戴手铐的“房客”，为自己曾经在同发镇的吃拿卡要买单，当然也跑不了那个在营盘市被抓获的“郝铁棍”，前几天被押回的大东市看守所，当年金桂山带妹妹去大东市天林农村，“郝铁棍”也是天林山农村的，就手下留了点情面，要不然他的罪过还会更大。在外面的每个人不管曾经是多么的辉煌，职务和级别多么高，有多少家财，只要到了这里，囚服一穿脑袋剃光，都是一样的在押犯。锦华山集团的王大庆打架伤好以后，因为跟随集团老总涉黑，被关进大东市看守所，后来被判刑五年，朱文成心里非常难过和遗憾，曾经的战友，成了面对面的看押与被看押对象。王大庆几次寻死觅活上吊自杀，都因朱文成的细心而得到解救。朱文成告诉其他监管人员，在生活上尽量多照顾，他又多次和王大庆谈心做工作，让王大庆看到了改造的希望。

景珊娜在当年工作分配中，大东电视台认可景珊娜的学识和文凭，也是景珊娜心仪的工作单位，因为她誓死抗争不嫁给石佳的儿子石凯，石佳恼羞成怒，处处刁难景珊娜的工作分配去向，最终，景珊娜被分配到大东市东山街道办事处，一个偏僻的城乡接合部。景悟当了半年多的建委办公室主任，也因此被石佳变相地鼓捣到大东市建委城建档案馆当了馆长，反贪风暴期间，也涉及给建委王主任利益输送，受到了纪律处分，提前退休。如果不是景珊娜的誓死不从，或许在朱文成的看守所里，会多一个叫景悟的在押犯。

朱文成在乔爱华去世满三年以后，才第二次走进婚姻殿堂。执着的他坚持要为乔爱华“守满”三年，这也是农村的习俗，夫妻活着的一方必须等死去一方满三年后再结婚，否则是对死者的不尊重，也对自己后来的婚姻不吉利。景珊娜始终崇拜追求着朱文成，和他的妹妹朱文玥一家情同手足，和他儿子武匠、还有他的母亲处得亲如一家，便水到渠成，两人走到了一起。虽然景珊娜的选择受到了她父母的百般阻挠，但是也搁不住她第二次绝食相要挟，投降的还是她父母，最终也认可了她给别人当后妻当后妈。但是在景珊娜看来，什么后妻后妈的都不重要，最重要的是她能够和朱文成在一起，愿得一人心，白首不相离。执着的她陪着朱文成为乔爱华“守”满三年，在心里她也非常尊重和敬佩乔爱华。景珊娜在和朱文成结婚的第二天，就随朱文成一起去了乔爱华的坟前，向她尊重的大姐诉说心愿：“大姐，你放心吧，我和朱文成会在您的祝福声中，相亲相爱。我们会把儿子武匠教育成人，会把婆婆照顾好。”倒背崖下，朱老汉墓前是乔爱华的坟墓，那墓已经是芳草萋萋，在山风里摇摆，生命在这里静养，灵魂在这里安息，与山脉化为一体，与山岳同在，伴日月同行。那坟上的风筝已经不在了，只有一根木棍带着一根丝线飘舞着，那是乔爱华彻底放手了。朱文成触景生情，又是一阵眼泪。景珊娜陪过泪水后，又要求朱文成带她到乔爱华的父母那里，朝着乔爱华的父母叫了爸爸和妈妈。把两个失去女儿的老人叫得泪水涟涟，上天让他们失去了一个好女儿，今天又给他们送来了一个好女儿。武匠刚开始和这个景妈妈很不习惯，也不认可，但有景珊娜的细心关怀，小猫小狗吃温食，时间一长，武匠就被感化，变得懂事听话。结婚后，先是一家人住在景珊娜父母给的房子里，部队分房子以后，也就有了自己的家，后来又生了一个女儿，景珊娜给起名叫：朱念华。朱文成一听这个名字，泪水又止不住了，他没有想到这个城市女孩有这么大的胸怀和度量！还尊重着他对乔爱华的怀念和爱，还尊重着儿子武匠对他妈妈的思念。

那个五中队战士郭木生留部队第四年后，又留了第五年，在第五年夏天，被直接保送提干，后来回到五中队当了司务长。二大队罗教导员后来到总队生产农场当了场长，相中了邬木生对农业的浓厚兴趣和特长，调他到农场去种植水稻，过了几年又被总队调到营盘市支队当了副营职参谋，几年后转业到营盘市税务局，和他小时候的蔬菜梦彻底决绝了。邬木生提干以后，就和爱他的曲盈盈结了婚。邬木生和朱文成也成了很好的朋友，保持着多年的来往，他从心里感激朱文成朱干事，始终认为没有朱文成就没有他后来的进步和成长，是朱文成鼓励他的农业蔬菜技术员梦想飞跃成为共和国部队军官梦，他在部队的成长变化给邬家和曲家带来了意想不到的喜悦。

朱文成因为工作关系，也到过锦朝市出差，回过老部队，回到机关。锦朝市支队的生活和奋斗历历在目，让他感慨，让他回味。他感谢锦朝市支队对他的培养。感谢那些老领导们对他的厚爱，他才有今日之成就。间隙也不忘去少女河边，去寻味少女河畔的笑声，记忆少女河畔的欢乐。那条河流的风采依然，柳树依然飘舞，他知道少女河心，依然执着、坚韧、忠贞和忠诚。在他介绍下，周向莉和刘巧英也认识了，两人也成了好朋友。她们没有想到，当年她们曾爱过同一个人。因为朱文成的缘故，两人无话不谈。曾经的追求，虽然有遗憾，但也是她们最美好的回忆。

有一些人，注定这辈子都不会在一起，但是有一种感觉可以藏在心里，守一辈子。锦朝市锦和区合铁街道办事处宣传委员周向莉通过自身努力奋斗，后来官至锦朝市委宣传部副部长，从披肩的长发变成齐耳的卷发证明这个女性是事业型，忙于工作，个人问题始终没有解决。工作之余，朱文成的影子和形象牢牢占据着她的内心情感世界，成为她生活和工作中的一盏灯，温暖着她人生的方向。有时候，朱文成想，如果选择了周向莉，可能这座高山会让他压抑，让他窒息。但是周向莉迟迟不结婚，让他心里有种愧疚感。周向莉也到过大东市出差，见到朱文成和景珊娜幸福的家，心里难免有些酸楚。自己追求的不属于自己，要强的自己仍然是孑然一身。有时候也想，如果和朱文成结合了，自己的性格是否能够和朱文成磨合在一起，是否能够幸福？也是个未知数。让她和他做个好朋友，也许是天意，天意不可违。

锦朝日报社副刊编辑刘巧英后来嫁给锦朝市另一驻军某部新闻干事，她终于拥有了军人灿烂的星辉，夫妻双双在文字领域里遨游世界。朱文成看到刘巧英生活和事业都很好，心里由衷地为她感到高兴。刘巧英有时候面对副刊版面，就会想起朱文成来。想起来的时候，就给朱文成打个电话要几张适合刊发的照片，或者是文学稿件。收到朱文成的照片或者稿件，首先是欣赏不已，然后是感慨万千。没有得到的永远是美好的，这是每一个人固有的思维，然后就是遗憾。她也见过景珊娜，她不知道为什么就败给了那个小女子，那个小女子有什么突出之处？是景珊娜的执着还是至死不渝？也许这正是她在失败面前不具备的长处，朱文成拒绝了她，她是“穷寇莫追”，还是“偃旗息鼓”？

生命中，乔爱华和景珊娜这两个女人组合成一片丽日蓝天，给了朱文成腾飞的空间，为他的理想和梦幻再添色彩，乔爱华和景珊娜是上天赐予他的吉祥之宝。在事业的顺风顺水中，为他助力，为他加油。当然，他时刻念叨军营，念叨那一抹橄榄绿，是那个神秘色彩召唤了这两个女人来到了他的身边，才成就了他的梦。

因为这两个女人，他也就读懂了少女河心，践行着少女河心的内涵，忠诚于家庭，忠诚于事业。

孙水涛转业到妻子金桂铃户籍所在地，在老丈人一家的帮助下，按照个人意愿和双向就业选择，当了一名森林警察。工作和家庭都得到了稳定和落实，算是和和美美地团聚了。让他遗憾的是，他的城市女婿梦悄然破灭，他的金铃子怎么努力，也未能转为正式工人，始终就是一个合同工，仍然是农村户口，后来有了孩子，金桂铃干脆辞职带孩子。不过孙水涛在部队的优良作风和品质没有丢，天天穿森林，走访群众，同那些盗伐和偷猎等不法分子打交道，工作中也是一个敢于冲锋在前，不计个人生死的拼命三郎。

刚开始开展工作的时候，还有很多不顺，大舅哥金桂山对他支持有加。金桂山曾经聚集了一帮江湖弟兄说：“你们如果不支持孙水涛的工作，犯到孙水涛手里，就是不给我金桂山面子。”金桂山通过社会影响支持了孙水涛，孙水涛在同事的帮助下，也很快打开了工作局面。孙水涛虽然性格有些天真，但经过部队十几年的历练，让他走向了成熟，经受住了地方权、钱、欲的考验，他同样拿出了“我是保卫股孙干事”的威风和气势，时间一长那些不法之徒一听孙水涛，就有些打怵。在后来一次追击一群偷猎的不法分子中，孙水涛被不法分子的猎枪霰弹击中右腿，经过抢救，保住了右腿，但是一些霰弹铁砂子没有能够一个个取出来，导致阴天下雨有些疼痛，走路就有点不太利索。那一年，孙水涛被评为全国“森林卫士”和优秀基层公安干警，从他身上同样体现出一名优秀军人的本色。后来领导照顾孙水涛调到县公安局出任副局长兼任治安大队大队长。孙水涛兼任大队长以后，第一个拿金家铁矿开刀，因为安全措施落实不到位关停整治，罚款 50 万元，什么时候安全生产措施落实到位什么时候开矿。气坏了金桂山两口子和金致远夫妻，说哪里是招来的一个女婿，简直是招来的一头白眼狼，曾一度受到金桂铃的误解，但是后来通过整治金家矿，其他铁矿才得以顺利进行整改，孙水涛用他的实际行动赢得了金家人理解和支持。

孙水涛属于被转业的干部，从心里来讲，锦朝市支队没有能够实现他的梦想，反而到地方实现了。每当回到锦朝市，他有种荣归故里之感。一些在部队职务比他高的营职干部和团职干部，转业后的发展都不如他，让他心里有些骄傲和自豪。地方需要大量年轻有为勤奋上进的干部，他的转业适应了时代的需求，加上他本身的素质和能力就不错，在地方就能够快速成长。相反那些部队岁数较大的军人转业后，在精力上和进取心上是不能和他相比的，早到地方工作的他就有了很多优势，自然就胜出了。

那个在计划经济时代辉煌一时的少女河纺织厂，在市场经济大潮中，逐渐走向淘汰。后来经过改制和重组，也未能挽救企业倒闭的命运。程伟副厂长熬到退休以后，女儿就成了下岗工人，一次性买断工龄，一家人吃完了以前辉煌的老本后，日子就举步维艰。程青燕有过两次短暂的婚姻都以失败而告终，后悔当年对待孙水涛和他家人的刻薄，一家人也都在忏悔。但是，世上最难办的就是买不到后悔药。程青燕和孙水涛离婚后，把女儿“程明水”的名字改回叫“程明妍”，小名叫“妍妍”，女儿上学到高中，学费也都成了问题，又找到孙水涛，孙水涛经过金铃子同意后，每个月给她们娘儿俩 500 元生活费，女儿学费由他来出，直到女儿大学毕业。虽然有孙水涛支持和帮助，但也是很有限的，程青燕无奈走进下岗再就业的队伍中去，在锦朝市的下岗就业一条街上摆起了摊点，为一分一毫的利益同买主争执，有时候，程伟老两口子也给她帮帮忙。程青燕随着年龄增长，变得苍老和憔悴，心脏病和癫痫病又加重了，不能太激动，也不能太悲伤，少女河边那个美艳高傲的公主不复存在。她有时候常想，如果没有夫妻生活障碍，她和孙水涛会是很好的一家人，她也不至于把日子过得这么悲苦。

孙水涛因为女儿程明妍的原因，每次带着金铃子回锦朝市，都要去看望前妻一家。他和程青燕夫妻缘分虽尽，但是对女儿的责任和义务还在。程伟夫妇看到现在的孙水涛今非昔比，事业和家庭都不是他们能相比的，势利的一家人后悔自然是无处诉说。面对孙水涛夫妻二人不计前嫌的帮助，很是感激，还是军人出身的警察有胸怀有肚量，关键的时候能够帮助他们。江山易改本性难移，程青燕再见到孙水涛，依然是斜视的目光，从眼中划过鼻尖，从眼角中射出，外强中干的神态，支撑着她的尊严。宁可在市场上为分毫利益委曲求全，在孙水涛面前却怎么也低不下头来。面对孙水涛的帮助淡淡地说声“谢谢”。等孙水涛走后，眼睛仍然在追寻着那个背影，他也是她真心爱过的男人，泪水却不争气地流下来。

看惯了城里女人的脸色，孙水涛才懂得农村女人的好处。相比之下，金桂铃活泼调皮，心慈仁厚，在孙水涛前妻有了困难后，她没有等孙水涛把事情说完，就答应孙水涛，该帮助必须帮助，毕竟是她老公的前妻，那孩子还是老公的血脉。现在，孙水涛家庭和睦美满，事业也很顺利，不再去为部队评副营或者职务升迁去费很多心思。努力把工作干好就成，尽好自己的责任和义务，其他职位问题不再去考虑了，他知道：有为才有位。他经常把金桂铃说成是他“幸福的铃铛”，等待着他来摇动，才有“快乐的铃声”。

孙水涛回到唐山后，和武装部干部刘振河刘辣子成为怀念军营的知心朋友，工作之余，一起闲聊，喝点小酒，并且孙水涛在刘辣子的影响下，也能吃些辣椒，工作也有了风风火火的性格。按照刘辣子说：“你虽然转业了，但还是个好锤子，以后肯定会有出息的。”看到孙水涛成为全国英模，刘辣子兴奋得忘乎所以。再后来，刘辣子因为吃太多的辣椒，引起肛肠大出血，得肛肠癌去世。即便这样，刘辣子在生前还说，人生最美不过辣滋味。让孙水涛感叹不已。

锦朝大学法学院的大学生佟彩虹，在大四的时候，充分展示迷人微笑和主动热情，让大自己二十岁的大学教授为她离了婚，大学毕业就入住教授家里，成为新的教授夫人。教授通过同学关系，把佟彩虹安置在锦和区司法局，实现了落户锦朝的城市梦。然而，结婚后，最难面对的是比她小不了几岁的教授儿子，教授儿子始终没有给过她好脸色，因为佟彩虹充当了不光彩的第三者，破坏了一个完整幸福的家。几年后，因为夫妻二人岁数的差别，生活观念不一致，再加上前夫儿子的对抗，不得不选择离婚，要了一笔分手费，自己带着女儿开始了单亲妈妈的生活。

那个转业的志愿兵王大庆，跳槽到锦华山集团后，因为收入高，在外享受得滋润，频频看自己老婆不顺眼，在灯红酒绿的城市生活中没有把持住自己，和一个洗浴中心的色情女孩好上了，让他媳妇知道后，两人协议离了婚。再后来，因为涉及黑社会打架，被打断胳膊，治好以后，被关进了大东市看守所，失去信心几次自杀都被朱文成救了过来，后来被判刑五年，辉煌一时的锦华山企业也就烟消云散。出狱后的王大庆再次回到像小时候没爹没娘，无家可归，无企业可去的窘迫境地，原单位因为他被判刑将其开除公职，原来的媳妇早就另嫁他人。孙水涛知道情况后，做通大舅哥金桂山的工作，让王大庆在矿上做了一名安全员。过了几年，王大庆因为心情不顺，后悔人生没有好好把握，最后忧郁而终，还是孙水涛将他埋在山里成了一座孤坟。王大庆用其短暂的一生，生动地践行了部队的“整”文化，在部队还算“整”得明白，留了部队，转了志愿兵，到了地方，没有经受住改革开放带来的糟粕诱惑，把自己的家给“整”没了，因为涉黑打架还把自己给“整”进去了，最后活生生地把自己小命都给“整”没了。王大庆的结局，让很多认识他的人都感到遗憾，让退休后的赵政委难过了许久，毕竟那是他当副指导员接来并培养出来的战士。

孙水涛每年都要带上妻儿回孙家湾去看望父母，每次经过大东市都要朱文成接送站，或让朱文成去大东火车站提前买票。然后两家人在一起快乐地吃喝待上一两日，其乐融融。两人谈论起当年评副营的你争我夺，没有战友老乡情分的丝毫谦让，都很感到后悔。当知道朱文成评副营比他晚了一年，他又飘飘然，有了在朱文成面前的优越感。两个后来的女人也都成了好姐妹、好朋友，她们了解对方老公以前的情况，她们珍惜她们的丈夫，珍惜她们曾经是军人妻子的这份荣耀。直到孙水涛父母去世后，他们两家见面才相对少了一些。有几次朱文成带着妻子儿女去北京玩，也顺便到唐山孙水涛家里小住几日。这份战友情、同学情就这样始终不断，情浓似火。

时光更替，朱文成和孙水涛的家乡，天林山深处的同发镇迎来了翻天覆地的变化，美丽乡村建设、脱贫攻坚等工作如火如荼地开展。一条乡村公路在倒背崖下经过，把同发镇和朱家屯、孙家湾等乡村串珠联玉，通达四方。林记食杂店变成了林记商超，经营面积五百多平方米，孙水仙也成了大老板娘。

随着改革开放的不断深入，市场经济的大发展，正规化、专业化、科技化、法制化、国际化成为市场经济发展的主流和方向，旧的营商环境逐渐淘汰，城乡经济日新月异。辉煌时尚的锦朝市广东街在扫黄打非中被清理整顿，擦亮了城市的窗口，成为城市耳目一新的步行街和购物休闲地。

少女河原绕城西和城南，因为城市的扩张和发展，少女河成了穿城而过的城中河流，水韵两岸，少女河心，成为城市河心。河流成为城市的血脉，城市因为河流而灵动。少女河风姿绰约，将城市的人们俘虏，一个个紧紧地偎依在她的怀中。成双成对的青年男女，徜徉在少女河畔，探寻少女河心的真谛。

随着政治建军，科技强军，建设新型化现代化军队的不断深入，部队进行了大规模精简和整编，省武警总队的二支队、三支队部分勤务移交给锦朝市支队和营盘市支队，二支队编制落在了省城，三支队不复存在。锦朝市支队变成旅级单位，支队机关扩大，住址改移到锦北区。原来的支队机关置换给地方政府，被私人承包改造成速 8 酒店，门前的和平大街改成从西往东的单行道，即使这样，曾经的军营魅力，让酒店生意红火，朱文成和孙水涛每次回到锦朝市，都要住在速 8 酒店，住在他们原来的 4 楼单身宿舍，回想过去的新闻发布会和警情发布会，寻找过去成长的记忆和履历。

江河行地久，日月经天长。进入新世纪，朱武匠在上海市某交通道路设计研究所工作几年后，又迎来新员工程明妍。朱武匠没有想到这个程明妍还是他同一所大学同一个专业的学妹，还都是北方人。一聊起来，兴趣和话题就多了，尤其是聊起锦朝市的少女河，就有了更多的共同语言。朱武匠说，少女河畔有我童年很多记忆，程明妍说，我就是少女河畔长大的。少女河的美好又成为年轻一代的话题，越说越亲切，才知道他们的父亲朱文成和孙水涛都来自大东市天林山深处的农村，还是极好的同学和战友。

2019 年 12 月第一稿
2020 年 9 月第二稿
2021 年 4 月第三稿
2022 年 4 月第四稿

后记

一曲永恒的《二支队之歌》

一

离开部队二十年了，十余年的军旅生活历历在目。那些战友，那些故事，每天都在我的眼前，经常在梦里见到他们。军旅生活，成为我一生挥之不去的热血激情回忆。

当我操起笔来，部队的战友们就真实地走到我的面前，那盘锦九中队的营房，低矮的土墙，我又置身在那训练场上，那震耳欲聋的口号声响彻辽河两岸。刀割的北风，漫天的大雪呼啸，不远处的监狱岗哨威严耸立。整齐的步伐英姿飒爽，上哨接过责任，下哨移交使命。

军事训练、野外执勤、夜间上岗、抗洪抢险、青纱帐围猎、逃犯追击、战备演练、特别比武、政治教育、思想检查、作风整顿、军地共建……生龙活虎的场景，就在昨天。

“金色的盾牌，闪耀着光芒，我们二支队全体干部战士迎着朝阳走向火热的战场……”这是那个时代的《二支队之歌》，吟唱起来让人热血沸腾，二支队的光辉履历成就了多少人的梦想，为多少人带去了终生的自豪与荣光。

中队干部、曾经的战友，还是英俊的样子，一身绿军装，微笑着向我挥手。一个庄严的军礼，就离开了那熟悉的军营。

锦州市里繁华区域的一幢浅灰色四层小楼就是武警第二支队机关所在，三楼就是我曾经所在的政治处，宣传股是最大的办公室。在政治处，我度过了十年光阴。从小豆腐块的新闻变成整版的文字，历数着一纸一墨的艰辛。风雨无阻地奔赴去中队采访的路上，南山、高山子、盘山，留下了跋山涉水的多少足迹，留下了风里来雨里往的多少身影。

新闻干事是部队里最自由的差事，保卫干事又是个比较唬人的差事，几乎是神龙见首不见尾的两个大干事。别人羡慕，但是别人又做不来，工作有时候费力不讨好。于是，大神干事、大仙干事就这样产生了。如果政治处没有大神、大仙，会显得有些死气沉沉。如果大神和大仙任意一位在，气氛也会比较活跃，战友们会拿他们打哈哈取乐，如果他们不在，就少了笑料的源头。大神和大仙总有些奇闻逸事从基层中队反馈到机关来，留给基层中队的谈资，有赞扬也有非议，赞扬的居多。当然，被人叫作“谭记者”的滋味也是很美的。

主任是最早的赵主任，后来是李主任，他们亲切的目光里有威严，言行中有关爱。“那个门怎么了？”就是典型的对事不对人的委婉问话。如果基层军营是“铁打的营盘流水的兵”，那么机关就是“铁打的营盘流水的领导”，他们的音容笑貌总在那个四层办公楼里传扬着。每个人就这样把故事留在了部队，丰富着一代一代的军人情怀。

二

我是结婚后第四天就离开我爱人回部队的，然后两地分居八年后，才团聚在北京东边这个叫廊坊的城市里。

我的爱人面对分居不时有些情绪，我总是安慰她：有国才有家，你不站岗，我不站岗，谁来保卫祖国，谁来保卫家。每次她去部队，我都不是很欢迎，因为部队全是清一色的男人，那些目光面对异性就会变成刀子，我不想我的爱人在这些刀子中穿行。

爱人是千千万万军嫂中的一分子。当然也是我笔下赞美军嫂的主题素材，那些军嫂们面对丈夫的工作，给予了极大的支持和理解。面对丈夫的牺牲，泪光里全是怀念。而她们都以军嫂的荣光坚守着军人的大后方。

军嫂们不仅忍受着相思之苦，家中土地的侍弄，年幼孩子的抚养，年迈老人的赡养，也都在她们羸弱的身上。即便是这样，她们还要忍受一些骚扰和流言蜚语。她们心里只有盼望丈夫脱下军装，或者盼望随军的日子早早到来。

一天在部队院里，收到天津市某照相馆邮寄的照片，是爱人抱着可爱的儿子，那小家伙手握着小拳头，眼睛都不看镜头。那一刻，我竟然想，这是抱着谁家小孩？过了几分钟才想起来，那是我儿子，儿子出生了。爱人生孩子，我没有在她跟前，成了她一生的埋怨。由于没有心理准备，很长一段时间都没有进入父亲的角色，更别说尽父亲的责任了。

当我对父亲说，我想把爱人孩子接到锦州市里去生活，父亲沉默了，我知道那是父亲不愿意。他喜欢这个孙子，天天带着孙子去玩，自豪地显摆。我遵从了父亲的意愿，继续两地分居。现在想起来，也是那几年的两地分居，才有了父亲的精神支柱，孙子在他的生命里是最快乐的源泉。如果把爱人和孩子带到锦州，父亲该是怎么样的痛苦，留给他英年早逝前的生活又是怎样的无声无色？

每次回到家里，儿子总不靠我跟前，不让我盖家里的被，说是他家的，不能给外人盖。等熟悉两三天后，小家伙又离不开我，问他最喜欢谁，他竟然对他妈妈说，最喜欢爸爸。我留给他了一个思念的童年。

有多少个军人家庭如我，也许这些军人家庭都有着这些故事，军嫂情怀，都在《十五的月亮》里《望星空》。

三

战友们走进我的笔下，军嫂们落在我的文字里。军人们一身绿色的橄榄梦，装着千家万户的团圆。军嫂们一袭红色情思里，装着丈夫的安危，装着无尽的思念。

这些身影都是栩栩如生的原型，也成就了这部长篇小说。

我沿着政治处干事们的足迹又一次回望着军营，回望着那个机关。可惜的是，二支队因为部队机构调整，这支从黑龙江一路打过来的公安军的编制不复存在，基层中队调整到锦州市支队。那个机关楼也成为社会大旅店了，二支队就这样留在很多老二支队人的记忆里。

朱和孙二位干事，留给我太多的故事，也感染着我的笔触，我必须让他们再一次闪光，才能对得起那些曾经在二支队奋斗和贡献过的军人们。有的战友因为身体原因，因为部队事业，早早地离开了这个世界，离开思念他们的战友和怀念他们的妻子儿女。当那个指导员对我说他好留恋这个世界的时候，我们都忍住了泪水。那个志愿兵司机因为劳累去世的时候，他妻子哭成了泪人。

当乔爱华在我的笔下去世后，我流下了太多的泪水，读一次，流泪一次。我太喜欢这个人物了，敢爱敢恨，风风火火，泼辣能干。她肩上的担子太重了，她不得不权衡这个家庭，不得不为了丈夫的事业考虑，让丈夫飞得更高，飞得更远。她是朱文成最踏实的一片土地，深沉而厚重的土地。只有这片土地才能有朱文成辉煌的梦想，才能让朱文成更好地飞翔。风筝飞向远方，梦在情牵之中。

泪水流给乔爱华，流给部队的战友们，流给军人们身后千千万万的军嫂们。

四

醉卧沙场君莫笑，古来征战几人回；

将军百战死，壮士十年归；

男儿何不带吴钩，收取关山五十州；

……

写着这样的小说，古代壮志豪情的诗篇耳熟能详地随口吟诵。虽然是和平年代的军人，他们同样也是优秀的，同样也有这样的豪情满怀的壮志热血。

写着写着，小说就变长了。原计划本篇小说写成一个中篇小说，但是笔墨如江河奔腾，不能停止。那些人物就一个个地涌进我的文字里，一个个形象变得生动了，一个个故事变得经典了，一个个事迹催下了我的泪水。

以此书纪念我曾经奋斗过的武警辽宁总队第二支队。二支队永恒，永恒二支队，《二支队之歌》传唱在历史的天空里。

写着这样的小说，内心里也涌现出一种感激之情。曾经给我成长帮助的领导和战友们，曾经支持我事业的爱人，以及即将让这部长篇小说面世的出版社编辑，在写作过程中给我帮助和指导的朋友们，还有不知疲倦地为这部小说写评论的朋友们。

大恩不言谢，愿你们都安好。

谨以此书献给所有的军人，以及有过当兵履历的战友们和那些支持军人事业的伟大军嫂们。

2022 年 12 月于廊坊